收获

秋卷

A LITERARY BIMONTHLY HARVEST

二〇二三

长篇小说

上海文艺出版社

目录 秋卷

2 群马 陈鹏
　181 消逝的荣耀　耿占春

198 谋杀夏天 赵小赵
　352 遗迹、罗生门与荒废之歌　贺嘉钰

358 半玉抄 周婉京
　441 女人步上楼梯时　张屏瑾

群马

陈鹏

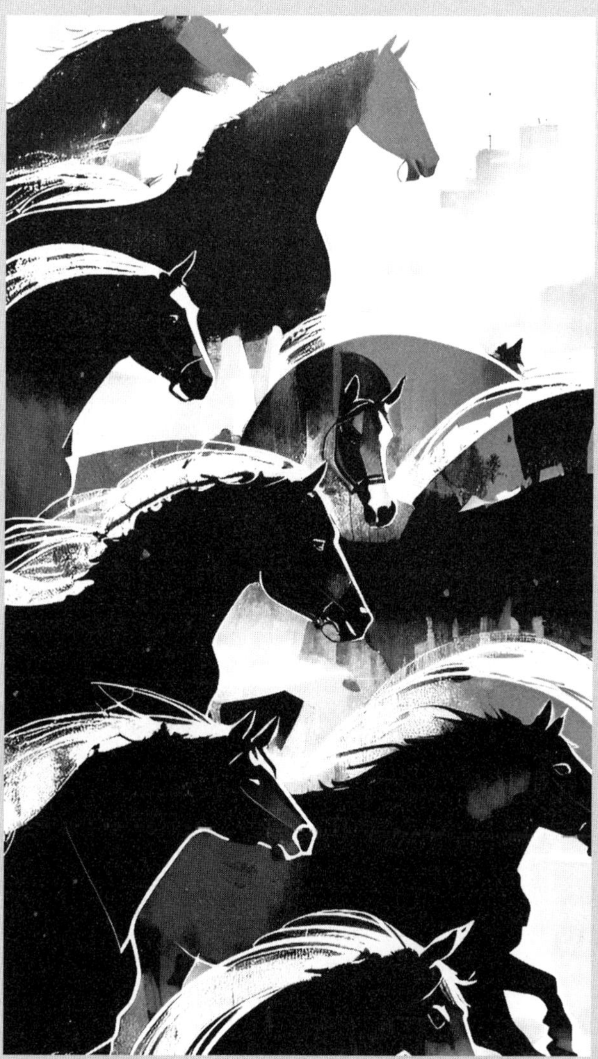

献给我的外公外婆

请跟随我。让死人埋葬死人。
——《圣经》

1

少废话，就这么活，我乐意。

我告诉你啊，铁皮架子石棉瓦顶棚刚到三月就热得不行，一层层热浪野狗一样扑下来。我一把老骨头，离死还远。我一辈子不会离开马甸的，除非我死。死也不离开。我看过墓地了，就在麦地倘下面三公里被翻斗车挖掘机吭哧吭哧抽筋剥皮可还有一小片二三十平米扎扎实实的平地等着我，当年山上埋着马甸两代功臣，三四十个我这辈子记得记不得的老朋友我们是该团圆了可还没到时候我不晓得哪个时候反正不到时候。那地方多好，一眼活泉从松林里面出来，往上一小片山坡，坡顶沙松柏树密不透风你能闻见没被摧毁刚刚爆裂炸开断掉的残肢流出的树脂香味。有碑的没碑的都在那里。肩并肩紧挨着，放眼望去像一小队轻骑兵。你晓得我就是当年新疆骑兵团下来的，来到云南马甸。你瞧，我的铁皮架子石棉瓦搞出来的巴掌大的地盘就是当年场部大礼堂，是放电影的大礼堂。没看出来？嗨你看不出来哪个还能看出来。我刚来那天就在大礼堂门口报的到，一只小桌，桌后坐着个漂亮姑娘，两条大辫子又黑又亮。两只眼睛也又黑又亮，让

我想起冬天的星星。她说她姓齐，齐文雅。哦，听听，听听，文雅。这是我这辈子听过的最美的名字。她为我登记注册，又带我去场部办公室报到。我被安在保卫科。他们说我百步穿杨，不干保卫干哪样？早安排好了。他们给我一支五四。不开玩笑，硬牛皮的枪盒子，闻起来一股子新鲜机油味生牛皮味。巡夜的时候你拷在腰眼上紧紧压住屁股，枪盒子扣一个眼就够，万一有情况不耽搁掏枪。我领它出来，齐文雅又带我去三岔河边土基房认了单身宿舍。宽宽敞敞，好得很，门前三岔河清明透亮，一串小马鱼像游在梦里，河边一大棵垂杨柳耷拉着头发一样的枝条探进水中。现在没有柳树了，三岔河完蛋了。流向盘龙江的小河啊，现在拐个大弯扎进一塘臭水，臭水再倒灌回来把半截河面堵死河不河鬼不鬼我再不去河边了。从前土基宿舍也推了，一片平地，平地对过小庙还在，庙里龙王也还在，龙王庙再往前是莲花池，水也不行了，水草疯长，一摊黑一摊白一摊灰，也就巴掌大一小块还算干净，还能扔下鱼钩钓上拇指长的鲫壳。我是在莲花池学会游泳的，我是在捞起陈达人那天学会的或者说那天我不怕水了，哪样也不怕了，撒丫子就游起来了。是的就是那天，游起来就不难了，难的是之前你瞎扑腾灌一肚子凉水被一帮小屁娃笑掉大牙的夏天。一个接一个的夏天呐。最终，你扎进水里你以为冰凉刺骨其实温温吞吞根本没想过冬天不冬天扑向那人你突然就会了，突然就摆臂蹬腿游起来了，游向那个趴在水面上像件破衣服的人，陈达人。

真像一件破衣服，因为穿了厚厚的黑棉袄。像老海那个喜欢捡垃圾的疯婆娘随随便便扔在莲花池的。那天贼冷，时隔四

十多年我还能想起那天刀子样的冷风戳我的脸,乌云像烂棉絮压在光秃秃的柳树梢上,压在远远近近的荒凉田地上,半公里外走着一两个大成村农民扛着锄头缓慢移动你仔细看他们不像在移动像贴在天上的小纸人,影子枯瘦单薄,像是饿坏了没吃过一顿饱饭弓腰驼背使劲挪动可你硬是感觉不出他在挪动,你也不晓得他们要去哪里准备在哪个地方下锄。我瞪着池水,瞪着水里的人。我怕得不行。四处空荡荡的像被冷风活活劈开。我是头一个发现他的。我是头一个发现陈达人死在莲花池的马甸人。我一大早故意走开就是为了让他走的,让他想到哪去哪,想回家就回一趟。他没走,反而把自己扔进冷得要命像有一万把刀子竖在水里的莲花池。你咋想的啊你真是,你是明白还是不明白呐。陈达人——我的陈大人呐!你还冲我夸口你媳妇送来的棉衣棉裤暖和塞了两三斤棉花扯了八尺黑布找杨桥裁缝现做的不是场里江裁缝手艺浑身冒着新布香气,你还说你穿上就不像通敌卖国的黑秀才了吧真像我党干部了你本来就是干部嘛你不穿也像,也是。你的脸瘦得像磨刀石,我是瞅着你慢慢穿上衣服裤子我才走的,我故意走得远远的你该高兴就使劲高兴吧你很久没高兴过了。我担心你撑不住。你被斗了一遭又一遭游了一回又一回,从马厩到大礼堂从大礼堂到小学校再从小学校折返大礼堂然后让你站在大礼堂五角星下面台阶上。他们给你上喷气式,给你剪阴阳头,冲你吐口水喊口号声音震得脑袋嗡嗡响,他们往你背上屁股上腰上使劲踹,踹得你跟跟跄跄差点栽下来好在你又稳稳站住一言不发一声不吭直到他们让你背一段语录你才开了口。你一字不差。然后他们押你回来像扔东西一样扔进土基小屋我听见你噗通撞墙的声音我都怀疑你把墙撞出洞来。我不晓得这些你都挺过来了还有哪样挺不住的你居然——哎。一大早,我去东方红理发店,老方说我头发不长嘛,我说理吧,理了精神。他问,陈达人咋样,我说,哪样?他说,今早见到他两个姑娘,一个比一个瘦,当妈的一手牵一个从他门前过去进食堂买了一碗面条,三个人分着吃,就坐在门口石板凳上窸窸窣窣吃。女人抹抹嘴,说她饱了。两个姑娘像小猫一样吃得相当慢,老大吃两口递给老二,老二吃得越来越快满嘴都塞满了。女人说你们吃,好好吃。老方说他看不下去,跑进食堂买两碗面出来端到桌上让她们吃。她们不要。两个孩子瞪着黑溜溜的眼珠子绷着小猴子小猫小狗反正不是一般小姑娘那种清清瘦瘦白白尖尖的小脸看他,老方说她们眼睛里只有恐惧茫然,一起扭头望着她们的妈。女人虚胖,喘着气,冲老方摇头,说她们吃饱了,不麻烦了。老方一声不吭就往理发店里走。女人叫他三声他装没听见。女人不叫了,让两个姑娘吃吧吃吧趁热吃吧。几分钟后女人端着另一碗没动过的面条走进理发室,说她们真饱了,一碗,足够了。这碗你吃,莫浪费。老方问她们要去哪里?女人说你咋个晓得我们要去哪里?老方说我一看你们就晓得,要是不出远门就在家里吃啦咋个舍得坐在食堂门口吃。女人说,马龙,我们去马龙,马甸没法呆了。老方说不对啊,老陈他不是——女人不说话,两个姑娘也不说话。老方说,你们走了,他万一——我一大早给他送去新棉裤新棉袜了,能撑过冬天。女人说话的时候脸上带着那种平淡冷漠的像纸糊一样的表情就像什么人在指挥她这么说这么做，声音干巴巴的动作也干巴巴的，冲着外面太阳眯着眼睛。她又说，过了这个冬天，这个冷得要命的冬天，她们就回来。老方问她说你去马龙找哪个？她说，亲戚嘛。老方说不对吧，你和老陈都从广东来，云南哪来亲戚？女人说，老方，这个你就莫管咯。谢谢你，谢谢你给我们一碗面吃。谢谢。我们走了。老方说他眼瞅着母女三人迎着初冬冰冷的太阳直直往前走，两个精瘦的娃娃一个扎小辫另一个没扎。小辫子戳在冷风里像水里的枝条来回晃荡没扎的像漂摆的水草乱七八糟他都能听见呜呜的风锁在发丝里的哭声。三个人，母女三个经过供销社，经过大礼堂，经过小广场，径直出了马甸大门。门头上三面红旗垂在有太阳的冷风里面像昏迷一样微微动弹。

老方就说了这些。再没说别的。他一面说一面在隔板上卷了三支纸烟，忽然一拍大腿，说你赶紧的，赶紧去瞧老陈，赶紧——哪样？我说。嗨，好端端的她们母女三个说走就走老陈要是——我脖颈发麻像被人揪住衣领原地拎起来，扔掉烟头拔脚往回跑两只解放鞋在泥巴路上噼里啪啦乱敲。小屋空着。我绕出来，大喊老陈老陈，一眼望见莲花池水面上那堆东西了。很大一堆。一下子把我眼珠嘴巴喉管都撑破了，像被钝刀子直直捅进来声音卡在胸膛里进不得吞不下活活架在当间我闻见唾沫里的生铁味。我瞅着水面上这堆东西。我不信。当然不信。我五脏六腑被掏空抽走血也放干了眼前煞白一片。我欠他的，欠老陈的，陈达人，广东人，广东河源人。你听说过吧，你总该听说过。我待在石棉瓦铁皮棚屋下面坐着经常听见他在莲花池边上叫我，经常叫我。老张，老张，老张。

所以我一次也没往那边去过。多帅一个广东人呐，长方脸高个头，英俊潇洒，比王心刚于洋一点不差啊笑的时候右嘴角亮出一枚虎牙。我关上土基屋的门。半夜里，哪怕到了现在的半夜里还能听见声音，一种窸窸窣窣很细很小的声音。就像我们还在那个早就不存在的小屋门口坐着，声音从莲花池边水草丛里蛇一样往上爬。我坐板凳上，他坐小屋床上。他问我，老张，你信他们？我摇头，不知说哪样才好。他说我笔记本都交上去了，没让写的我也写了。他的脸沉在小屋里，半明半暗，屋后荡漾着莲花池水和水边饿坏了的呱呱蛙鸣。我不明白，人心为何不能跟这汪亮堂的水相提并论。我说，老陈你莫为难我。我给你打饭去。他说，他自己去。我说不用，我去。不然，我还要大老远跟着你，你媳妇姑娘见了，难看。他一声长叹，坐在半明半暗的床上，一手摸着脑门。他已经不随便哭了。刚关起来的时候经常抹眼泪实在不太像爷们不过这种事情哪个碰上哪个都会软下来没有哪个比哪个更爷们一说。他说他是相信组织的，一颗红心都给了组织给了党。他五二年老党员啦。按理说马甸党委没一个资历超过他。他问我什么时候入的党，我说，五六年。你看，我比你还老资格啊老张。我说那是。他偷偷问我黄玉英现在什么情况，我说还能什么情况，大门不出二门不迈，好几天了，好几天没见着她和你两个姑娘了。不上食堂？自己开火？弄什么吃？米够？菜呢？哪来的菜？我说你莫操心了老陈，莫操这份闲心了。先操心你自己啊。我马上就去食堂。他还是坐在半明半暗的小屋里连连叹气。我走进去，从土基窗台上抄起两个铝皮饭盒往外走。我饿了。

2

　　这鬼地方就剩他一个人了。就剩一个叫张玉明的老倌。我去看他之前割了两斤后腿肉,半条脆火腿,一堆白菜萝卜苹果和梨。他瞧我的眼神有些瘫软。一个男人尤其老男人偶尔的软弱你是一望便知的。我说我实在想不明白你在这里搞哪样,你守着个破地方,一个废墟,到底要搞哪样。马甸没有了,不存在了,你为哪样不去昆明不去嵩明。再不行去前面大成村也行啊你不能一把年纪还守在这个破地方没吃的没喝的连条狗都没有。我说你现在就像条狗,一条老狗,你晓得吗。你为哪样非要过得像条狗?他一声不吭。这个叫张玉明的老倌一声不吭。我们坐在他亲手搭的石棉瓦加铁皮加塑料的蓝色窝棚外面,抬眼看见从前小广东家所在的两层小楼房一共三个门洞住过六户人家孤零零挺着还没被挖掘机一口吞下。奇迹啊。门下荒草疯长,荒草前面,楼的下首,大片麦地整整齐齐麦穗尖得像黄金打的钢针一样迎风摇摆那叫一个漂亮,蓝天也被刺得毛茸茸金灿灿的。眼下三月了,麦子抽穗沉甸甸压着麦秆,风吹过来哗啦哗啦响声脆脆的像小茉莉的歌声。哦,当年,漂亮的小茉莉坐在小学校门口一把椅子里高唱,"月亮在白莲花般的云朵里,穿行……"真是好听啊。我问他还记不记得小茉莉他说咋不记得,咋可能不记得,全马甸最好看的娃娃,穿一条白底黑斑的花布裙子坐在校门口紧跟彭老师的风琴仰头高唱,那歌声,脆得像冬天树梢上最早一批斑鸠啄碎的冰凌。我说亏你记得。亏你还记得。他说人老了很多事情就越来越清晰了,你看,就像那些麦穗呀越来越沉了。现在,你看,他说,老董,你看,我天天望着小广东家那栋孤零零的小楼房就像看一栋豪华别墅,看一座小山,看一个神气活现的猛兽它早就因为不堪重负的残破和遗忘变成神的模样了,再看你就能看见马,一匹马,一匹马甸卡巴金弓背大眼长鬃长尾四只蹄子比水缸子还大,不信你仔细看呐,它撒开蹄子飞到天上去要保护马甸人又毫无办法,它想贴地飞奔却呆呆立着不动像被钢筋捆着死死按在地上。妈的,没有马的马甸还叫哪样马甸。马甸没马也实在没哪样名堂了可你总不能因为马消失了就把它们忘了。那栋小楼里面每家人我都数得出来,闭上眼就能望见,你还能不能一个个说出名字,一个个讲出样子?我说能啊咋不能,小广东家过去是小甘四家,楼下徐医生家,徐医生家左边方东山家,方东山家楼上臭蚊子家……多少回了,我们不厌其烦,我们不厌其烦念叨这些马甸人的名字,不厌其烦念叨他们住哪栋楼哪间房。麦浪在大地上翻滚,清脆深沉的哗哗声让我想起小茉莉想起莲花池想起三岔河。我说你硬是不去昆明,不去杨桥,也不去大成?他说去了找哪个,哪个管我?我一个人一张嘴,死不死活不活的,都一样。我叹口气,说,马甸不是马甸了。他回头看我,两眼射出小电筒一样的光亮。女人啊,不是马甸,是哪里?我说,是废墟,被你种上麦子的废墟,哪还是马甸?他说就是马甸啊,就是。天爷,不是马甸,是哪里?你告诉我,不是马甸是哪里?我想起大门,掉了油漆钢架绷在上面两侧有方形水泥立柱,当年门头上明明白白写着马甸两个大字,明明白白告诉每个路过的人这地方就是万马奔腾的好地方,是你想都不敢想的牛逼哄哄战马咴咴风驰电掣让你屁滚尿流的好地方。哪个又能想象它现在居然冒出老大一片麦子,一片孤零零的必须向大地妥协从此丧失精气神的冰冷荒原,从前的景象没了,完了。你做梦也想不到。我们半天没有说话。我知道我们就算一辈子不说话小广东家老楼还是立在那里就算黄得不像样了拱形大门也还矗在那里就是拆不掉它也许忘了也许根本不屑于拆它,背后老场部小楼房对面大仓库和后面三排大马厩消失了不见了也永远待在这片大地孕育的两颗灰茫茫的干瘪脑袋里,就在我们眼皮后面,你闭上眼睛就看见,伸手就摸着。我起身在水桶里洗了肉,洗了菜,在他小煤炉子上生火,给他做一顿晚饭。我来的目的,就为做一顿晚饭?他看我半天,像匹老马窝在马厩顶棚下面一动不动,像趴在你说不清道不明的记忆现实交接的幽深洞穴卡缝里缩在暗中没法出声。不知道他醒着还是睡了。就算睡着也只会梦见马甸。只会是马甸。他点一锅气味浓烈的旱烟。我都不晓得旱烟哪来的,是从杨桥还是大成买的。我不晓得,也不想为他买。这把年纪不该抽这么狠的烟了。天色正在变暗。我说你点上蜡吧。他点了,你要点上三五根才能照得见锅里的油星子。好在做饭做菜对我们来讲没什么难度。我做好,把饭菜端在小方桌上。他挪过来,腰差不多弯到地下。腰板是再也直不起来了。自从他们干掉马甸以后他就直不起来了。他拖拖拉拉像一团抹布一条老狗挪到桌边,撑住,坐下。我问他要不要来杯酒,他说,要,这么好的菜。我说你三干两湿,不行啊。还是去昆明,我给你找个养老院,好歹有人管你吃住。病了也有人管。他说莫提了,这件事情,莫再提了。我倒两杯老白干,

一仰脖子喝下去,说我不能每个月都来,跑不动哇,也没车进来,你雇个车,人少了不划算,但是除了我这种老太婆哪还有人进来?哪还有人跑这个鬼地方来?我只能甩开步子从公路口走进来。足足五公里啊老张,我这把年纪,不到一公里就喘了,就浑身冒汗两腿发软嘴巴里干得不行了。他说,你莫往这里跑了,我说真的,没吃的我去大成村买,没喝的还有莲花池水可以喝。不消担心。他把酒干掉,咂咂嘴,说,今天你不要走了。也没车了。我没吭声,心说他给我打地铺吗?他说,女人呐,你发现没有,原来的马甸,我们记得的马甸,比现在大得多呀。咋个推光了铲平了就这么一点点,就这么小一块巴掌大的地方,你看,我随便撒点麦子就全部长出来,铺得满满当当。从前为哪样大得离谱?我说是上年纪的问题,人上了年纪凡事都小了不是大了,当年我们多年轻呐。他嘿嘿笑,说,你讲哪样话,我听不明白。我说我自己也不明白。我们一起笑了。我望着那栋楼房,月光停在上面。一轮饱满银白的大月亮,麦地被染得细密金黄湿漉漉暗沉沉浩瀚壮阔,像无边的大海。

3

我让她莫来了,她就要来。

一个月跑一趟,累死人啊。

我说你还记得油库老黄家儿子吗?她说,记得。黄家老大,活活被他爹……哎,她说,咋可能,亲爹咋可能下得了手?对自己亲亲的儿子下手?我说,是啊。是啊,下得了手的不是亲爹啊可偏偏就是亲爹。为哪样?她说。我说但凡荣耀、原则、羞愧将人心啃光蛀空,你试试看。一面说一

面想象她滚圆的屁股被我轻轻一捏。这岁数也只能想一想了你老二都直不起来了只能勉强撒泡尿。我说四十年前那天下午啊，记得吗（记得啊咋可能不记得呢我们也不是头一回说它了可每回她都做出头一回听它的样子，歪着头，瞧着地面，专注，津津有味，像个大姑娘，像她当年，像她刚到马甸那年嫩得像牧草地上的小白花），太阳火辣辣照着，大闸塘的水哗哗打打大堤，从油库传来的哭喊像乌鸦密密匝匝呼啦啦盘绕好几圈才突然消失。我顺大堤上去，沿马甸大门往上一公里要爬一道小坡黄土从脚底升起来。我循着哭声往上走，小碉堡一样的油库主楼高高在上，一道斜坡右转，石砌的房子鱼鳞样的墙面，窗户像永远关着，老黄和他女人和三个儿子很少出来很少走下这道黄土遍地每到下雨就搅起泥巴碎石的土路。现在风里都有股血味了越近气味越浓，我顺土路转弯上到院子里，院子前面一溜细细的小金竹，几只芦花鸡像做梦一样慢慢腾腾刨食踱步。我凑近红漆木门大喊一声，老黄。没有动静。我正要举手敲门发现门没关，一推就开。我摸摸腰间枪壳。直觉告诉我毫无必要，大白青天哪个会拎刀拎枪正对着我？我没进门就看见老黄坐在板凳上，地上躺着人。老黄手里拎一把小铁锤，锤头的血已经凝固变成蜜蜡松油一样小小的一团黑油。我大声喊，老黄。解开牛皮枪套摸出枪来死死握在手里手心出汗了湿漉漉烫手你不晓得到底是你手心太烫能把枪融化还是铁做的枪烧着了能把你一只手烧掉。老黄被我的声音打了一下身体微微一晃，抬眼看我。他的眼神呐，像死鱼死狗呆愣愣毫无光亮就像全部的光从灰黑的眼仁里泄露了，逃跑了。有句话说得好啊光要照亮黑暗但是黑暗不需要光。他三魂七魄跑得无影无踪，天又那么热，被一阵阵翻滚的热浪烧熟了闷在下面像猪被宰闷在锅里。我又喊一声，老黄！他这才回过神来鼓起眼珠仔细看我，汗挂在脑门上一动不动，我见他咽一下唾沫，喉结噗通鼓荡一下像吞进一只青蛙。老黄。我继续喊，要把他三魂七魄从远处召唤回来。地上那人我瞄一眼就晓得了，瞄一眼他脚上奇大的四十五码黑胶底军鞋就晓得了。全马甸只有黄大是这么一双大脚呐。我就没过去，更没沾染地上一大摊漫开的因为太闷又渐渐凝固不动也还在悄悄漫流的黑水，太多了你没法想象一个人能装下这么多黑水就像我们喝醉了吐在地上的一大摊东西不具形状又相当狰狞软塌塌黏糊糊的东西，刺鼻腥臭直到这时候才狠狠捅进来，才让我意识到我早就置身其中的东西到底是哪样，早在大礼堂就闻见的腥味到底是哪样，奇怪的是这种腥味直到你见到它被它裹得紧得不能再紧你才意识到是血，人血。

妈的老黄，老黄——我大声叫喊，把他从没完没了的某个鬼地方继续唤回，像把他从水底下拖着拽着两条腿拉上来拉到岸上。但是你说嘛，一个人要挣脱身上脚上手上黏糊糊一摊的血一样的东西黑水一样的东西多难呐。光也照不透呐。他总算张张嘴巴冲我吐出几个字一点儿也不完整，是咕哝，像抱怨也像诅咒，像我根本听不明白的鬼话。是他们河南方言吧。嘿，嘿，嘿，张玉明。我听见他叫我名字了。我说，是，我是张玉明。老黄——我还是站着没动不向前也不挪动半步，被刺鼻得让你感觉不到浓烈腥臭的血味按在地上。张玉明，张玉明。他一声接一声叫我名字。我只有一声接一声回答。我不能不回答，不能听

9

见了装没听见。我晓得我是借助呼唤回答把他从深深的血臭黑暗的水底拽回来。在呢，老黄，我在呢。我一声接一声，不停地像个女人的唠唠叨叨一刻不停。然后我把枪塞回枪套。他的锤子，那把精黑的锈迹斑斑两头又圆又翘的最少五十厘米长的锤子咣当一声掉在地上。之后我听见来时的闸塘大堤土路上响起一串响动，一串搅起灰土和热风的脚步声说话声越来越近到了坡底停下，一个轻轻快快的脚步沿着弯道上来，轻轻巧巧像猫一样摸进院子。芦花鸡咕咕叫着继续找东西吃，这些由人支使喂养杀掉的小东西哪晓得家里发生了哪样，我有点担心它们会不会同时涌进来啄掉地上的血。院里的脚步声没跟过来，我返身出去，见小广东这小子像只鼻子尖尖的小狗站立在院中两只拳头攥得紧紧的架在小腰两边。他六岁了吧，不是六岁就是七岁。我说，小广东，你跑来干哪样？他仰着黝黑的闪闪发亮的小脸，瞪着一双晶亮的黑眼珠子问我，张叔，听说死人了？我们就，就想来，看看。看你个狗屁你他妈不要命啦给我滚！我一声大吼把他吓得屁滚尿流一转身呼啦冲出院门跑得无影无踪。院外坡脚传来一伙孩子呜啦啦啦一哄而散的狂奔，像一群饿坏了的小马。有两三个娃娃大叫大喊呜哩哇啦像疯子一样越跑越远声音也越来越远。我猜他们没冲进马甸大门，仍站在闸塘大坝上候着我哩，我猜他们瘪瘪的小胸膛里还在扑通扑通跳个没完就等我宣布和证明哪样哩，然后他们会将我团团围住直到将我送入场部办公楼守在门外等我。小广东这小子胆大包天，简直不要命了。我见过他像鸟一样顺着巴掌宽的小学校墙头飞奔，还见他扔出石块把高他一个头的毛孩子的脑袋打出洞来；

食堂老周上吊他也胆敢摸进马厩看那个舌头耷拉两拃长的挂在半空一动不动的尸首。我转身说，老黄，咋回事？老黄？他喉咙里像吐出一串气泡，用一种低得不能再低哑得不能再哑的声气咕咕哝哝耳语一样念叨（声音和感情却极其平静冷淡就像躺在地上的不是他儿子只是一条狗再也活不过来了。血都干了。像一层黑乎乎的酱油你要费三天三夜才能把它刮下来洗干净呐），狗日的，偷。偷，社会主义——我站着没法动弹。我说老黄啊，他不是狗日的，他是你家老大。你三个儿子，他是黄大。他咬牙抬头忽然微微一笑，目光从灰蒙蒙的窗户外面返回来看我，嘴巴紧紧闭上不再吭气了铁锤子哐当扔在脚下好像醒了，终于醒了，被弄出的血和那张面目全非彻底毁掉的老黄家的脸震住了，被这个不再动弹说话也没有声气呼吸的一堆东西吓一跳。他又咧嘴冲我笑了，我说老黄你要讲哪样？他望着我，目光热油一样滚烫冰渣一样阴沉。他说，没带手铐？我说，没有。他说，跟你走？我说，我信你。哪也莫去。我回场部一趟。哦。他说，他像个正常人了，像平时那个走路带风嗓门很大一顿饭要吃三个馒头七瓣大蒜的老黄了。我不走。他说。我不走。他瞧着地上的黄大两手在膝盖上轻轻拍打，一双和他儿子一模一样的胶底解放鞋一动不动沾满了血。到处是血。你去，我等着。他说。他这双鞋比他儿子的鞋小多了，和他的身量一点也不相称。

那时候大理人段云兵已经坐在大秘的位子上，当天他一直帮公安讲这样讲那样做记录。他们问我没别的了？我说没了该说的都说了。段云兵擦擦脸上的汗，白白净净唐国强一样的漂亮脸蛋上闪闪发亮像抹了一层冬天的猪油，他把我拽到一边说对了对了千万莫乱说，没有场部调查多一个字也不能说，何况，到底是大义灭亲还是包庇共犯还真他妈的——我们待在暗沉沉的场部办公室房檐下面偷偷说话，两个公安一个上厕所另一个站在二楼抽烟。家丑不可外扬啊老张，也莫告诉老黄婆娘，莫告诉他儿媳妇小姚，她要是晓得男人他妈的把油弄到昆明……哎，小姚，小街镇嫁过来的姑娘不到半年就守了寡。老黄家就这样完了小姚咋办？一个人睡马甸大水塔下面平房，工厂队小宿舍刚分的新房，一个人怕还是不怕？黄大活活被他爹——是的他讲得对，万不能告诉小姚。你听我的，段云兵说，脸上不停冒出油亮亮的小汗珠子就好像被大火翻来烤去。你说了一家人完蛋。我说，瞒得过初一瞒不过十五。段云兵咬牙切齿腮帮子鼓出来，能瞒多久瞒多久，能瞒一天是一天。那时候段还像个爷们，有情有义的爷们虽然背地里处处有人咒他。他又问我还有哪个晓得？我说，认不得。他说，没有证据，死无对证？我说，是，死无对证。那好，老张，你要是透露一个字我就去你家放把火，不信你试试。我说，天大的事情，放心。他说，区区一两吨又能卖多少钱？老黄是老革命，他妈的脑子坏了公家一针一线掉到大海里泡泡都不冒天知地知你知我知哪个鬼晓得。老张，算我求你。否则彻底完蛋。你还要不要他婆娘儿媳黄二黄三活下去，在马甸挺直腰板活下去？我说，当然要。对，只是老黄脑子坏了，跟任何人没有关系。他只对你一个人提过。你只跟我一个人讲过。老张你这张嘴就是拿烧火棍撬也莫被撬开。我想了想，说，好。那么，小姚——你劝她改嫁，回小街娘家。马甸待不住了。寡妇门前是非多。好，好。这时候公安返回

来楼上抽烟的也下来继续问我问题。油库的事情我一个字不讲。段云兵端茶送水，两个公安又把黄家人也一一问完，一个下午事情就了了。小姚哭得不会动弹，两眼直勾勾瞪着水泥地。她才十九就守了寡。遭罪的还是女人。我劝她回小街。她说她嫁过来就是黄家人了回哪里？她抬眼看我。她很好看。我讲真的，这姑娘，长得押押展展一双凤目让你没胆量看她。我说，还是回去好，免得被讲闲话。她打断我说，哪里有不被人讲闲话的地方？哪里有？回去就没有闲话？还不如马甸。好歹，他们晓得黄大咋个死的，也就不为难我了。我讲不出话来，也只能听她的，但我晓得从此小姚的日子肯定不太平。我们又下楼劝老黄女人老范，还好，她一直不哭不闹多余的话一概没有只说老黄到底咋干的，我支支吾吾。她说，哦，老黄跟黄大闹着玩哩一下失了手，他们经常这么闹来闹去没大没小。是吧老张，是吧？我说，是，就是。明天，最迟后天，我们抬他上麦地偋。老范没哭一声喊一下就像按在地上的灰惝无声息好歹两个儿子还活着，还有两个活的。段云兵偷偷塞我一百块钱，说，老范五十小姚五十。你替我转交。说完就走了。我给老范五十，老范一声不响接过去。她不晓得姓段的一个月也才七十多块工资。晚上我去水塔下面找小姚，屋子整整齐齐小桌子小板凳小床铺，我记得小桌上的凉水瓶上盖一块粉红花布。她让我喝杯水。我摇摇头，把钱掏出来，放小桌上。她怔怔望着我，说，哪个的钱？我不吭气。她又问，你说嘛老张，哪个给的钱？我说，你就当我给的。她说你哄鬼哟，你一个保卫科的每月撑死六十块，你给我五十？我只好说了实话：段大秘书亲自嘱咐的，算

11

场部抚恤金。她问，到底是场部的还是他自己的？我说，算场部的。算场部的？她说，场部的我要，不是场部的一分不拿。我说，两码事，不是人家可怜你，是马甸觉得你一个外来媳妇——不用，老张你告诉段秘书，给我安排个活计，食堂烧火做饭西河海割草装车，都行。我说，小姚，你不跟老范守油库啦？她使劲摇头，眼泪噗噗簌簌又下来了，说到处是血啊，换个活计不行？我说，行，我一定转达。我告辞出来，她把钱塞我手上死活不要。现在细想啊老董，当年这个小巧巧不到二十的姑娘实在可怜骨子里又相当倔既深知自己的不幸偏偏要瞪着眼睛细看这种不幸再看清事情的结局，这种姑娘，心肠还热着偏偏对其他冷得要命。我晓得很多事情的反面的反面未必是好的，反面的反面是她未必能在死掉男人的马甸活得更好小街也回不去了难不成回去种地？一个人死了另一个必须挺住。也只能这样。活在死人的影子下面，说容易也容易说难也难。她公公抡起铁锤捶断的噩梦显然陪她大半辈子直到后来有人半真半假闯进她的小窝那时候她也还是个不大不小的女人呐，离一辈子还远得很。那天她送我三五十米远，哭肿的眼睛在暗夜里闪闪发亮，说她谢谢我，也谢谢场部。请我务必把话带到，不然实在不晓得今后咋活啦。抬头望一眼闸塘埂上的油库都受不了就像望着一团从地底冲上来的鬼火把天都烧了。再这么下去干脆跳闸塘算啦，要么找根绳子吊在马厩大梁上。我安慰了半天，她转身回去了。我去段云兵家把五十块退还他，也将小姚的话讲了一遍。段脸色死沉沉的像蒙了一层牛皮。他说这种事情简单，牧草队铁工厂都可以安排，食堂也行。至于五十块钱——

我们重新走上前往水塔的砾石大道一路上都不吭声就好像走在另一个地方不是熟悉的马甸远远瞧见马厩一扇一扇高高镶在墙上的四方窗框里洒出金灿灿的光非常柔和绝不刺眼只是挂在暗夜里连半个月亮也没有。就是那天晚上，老董，我算晓得一个有魄力有野心的男人的脚步声能大到什么程度了，噼里啪啦噼里啪啦，比打雷还响，像宣言也像吼叫：让老天爷助他一帆风顺好好干加油干，冲在前面的革委会小将早就是过去时了过去时的意思就是过去就过去了不必计较不用想着，人必须往前走，所以你和他并肩走的时候可以感到你们脚底大地的震颤就连星群也微弱隐退被他的气场吓着了。我们来到小姚的家还是新家呢，十九岁生日刚过几天的新娘子孤零零坐在三抽桌前，又问我们要不要喝杯水。段摆摆手，声音压得很低，说姚建芬同志，钱你收着，一定收着。是场部的，不是我段某人的，毕竟，毕竟黄大他——人死不能复活，你节哀顺变，也莫胡思乱想，老黄一时失手你们千万莫胡思乱想更莫到处抬着嘴巴说，对马甸不好，对你更不好。组织会妥善处理，放心吧。他的话工工整整认认真真没有一点毛病。小姚鼓瞪着又红又肿的眼睛看着他，想说话又不晓得说哪样才好，那种麻木疲倦像被噩梦抓住已经懒得挣扎。这种情况下她的感受一定和我一样，说哪样都嫌多余，该说的想说的段大秘书都想到说到了。包括后天麦地倘下葬：他安排四个人上山，棺材也让小车队老王跑嵩明挑好，上乘火漆松木油光锃亮。他说不必大张旗鼓，上了山下了葬就行。坟不错，紧挨着老方家爹……小姚咬着嘴唇不说一个字，眼里已经不单单是木然和空洞了，可能还掺杂了感激和庆幸好歹从满地的黑血里面抽身出来了，我想她晚上是睡得着的也该认真睡一下千万莫再搭理乱七八糟的噩梦她才十九。好了，姚建芬同志，我们走了。钱，请收好。他把五十块工工整整对折恭恭敬敬放她手边，她不再推辞不再吭声，看它一眼像被烫伤一样低头瞅着自己的一双手。一双粗红的手。想去牧草队还是工业队？段云兵说。她摇摇头又点点头，局促惊惧地看他一眼像从梦里惊醒过来显出大姑娘才有的腼腆不安，像搞不清楚嫁到马甸是对还是错，像多年之后他敲开她的门带着赤裸裸的欲望让她困惑又痛恨，紧张又迫切。随便，她说，段秘书，听你的。就工业队吧，段说。牧草队的活计，我怕你顶不住。我们告辞出门直到他噼里啪啦的脚步声重新敲打砾石路面十多分钟跟随白晃晃的月亮前进十多分钟。远离水塔之后，我才小声问他，到底算场部的，还是算你的？他说，你说呢？他说话的时候一眼也没看我。场部最多二十。可是，一个小街嫁过来的，咋能只给二十？

4

我差不多看着他变老的。从小张到老张，一辈子撂给马甸。七十多的人啦，没有女人，没有儿女。从来没有。一个月前这地方，他睡觉吃饭的石棉瓦铁皮搭的窝还只是大礼堂废墟上一大堆荒草和泥巴，是他硬生生凭一双手拓平推倒干出来就像当年南泥湾一样干出来的。不一样的是南泥湾多少人，他就一个人。腰板再也挺不直了瘦不拉几满头花白乱发的小老头子就凭一双大概连枪也抬不平了的手，硬生生弄出一块人住的地方，还往小广东家楼前

种了麦子。他用傲慢凛然的姿态怀念马甸，让马甸废墟不再只是废墟还是惊艳的麦浪翻滚的金色大地。哎，马甸说没就没了。那些张着大嘴巴的挖掘机一旦进来就像超级怪物胃口大得很样样都吞了干干净净摧枯拉朽。几千匹高头大马，卡巴金——我猜你们连听都没听过更别说见过和骑过，从俄罗斯运来的卡巴金呀——也抹得干干净净没有一丝影子就像从来没在大地上出现就像那些铜铸铁打一样穿过硝烟风驰电掣马鬃火一样燃烧的英雄是我瞎编乱造的，不，我一个老太婆还有哪样真话不能说不敢说？你们就先听我说说马吧，没有马的地方咋能算马甸？我十八岁刚来马甸报到就被冲出马厩的卡巴金吓惨了——成百上千呀，大团烟云闪着棕的灰的黑的红的花的万丈霞光从马厩门口碎石铺地的大道上哗啦啦冲出来像大海决堤了，你满眼都是战鼓一样的踏踏到处是唊唊嘶叫声音急不可耐又极其安稳非常从容又迫不及待，一匹挨着一匹一匹挤着一匹像大江大河滚滚而去烟尘高高蹿起来连天上也是飞奔疾驰的影子，亮闪闪的被太阳照得金光四射的滑溜溜的毛皮像披着金甲银甲水晶的铜的铁的玛瑙的珍珠的哗啦啦响着，轰隆隆咆哮滚动快得吓人又慢得不可思议，像几十列火车并行又像遮天蔽日的巨毯铺悬在半空，刚刚溢出的汗珠子又大又圆晶莹剔透呼啦啦洒出来砸进大地，而大地本身吓得缩头缩脑尽量往里面躲着避着坍缩着，马儿们的叫喊声争先恐后十分友好又互相挤对，一个碰撞一个一个抵住一个一个赛着一个让太阳也不敢动弹钉在天边呆头呆脑大气不敢喘一切静下来也暗下来。我像看见一团火球将高高低低的树啦电线啦房子围墙统统烧了半边天都烧着了，它们一个

个高大雄健像一面墙又一面墙简直不像活物不像世上之物而是来自一个蓝的白的红的星球上彪悍地掠夺成性又超然冷冽就好像它们就是为了让你从此不得安宁睡不好吃不下牵肠挂肚就好像它们本来就是你遥远又靠近的无数个祖先和亲人;你看见一团团鼓起的石头一样铁一样的腱子肉和一个个又硬又大的马蹄,你耳朵里全是撞碎石头碾压大地的砰砰巨响,像铁擂着铁石头干掉石头,你鼻子耳朵眼睛里全部是灰味水味汗味,湿漉漉甜津津味闷在灰里很久的汗味像麦芽糖一样的陈甜又像麦子谷子脱粒的清香;我晓得,那就是马的气味就是浑身上下的硝烟味臭味汗味粪味马料味。我呆呆站在路边,丧魂落魄两眼一眨不眨瞧着这一大群你数也数不清的马儿向东南方向疾驰即将顺着太阳铺的金色大道冲出马甸了,就要变成无数的云和光了。远处是密密匝匝绿得要命的黄花树林马儿要冲过去跃过去碾过去吗要把一大片浓暗的绿也活活烧死吗?我心跳快得不得了你都以为它再也不跳了,直到最后一个经过的骑在马上的男人低伏着身体来到面前,一双黑亮的马靴一件精神抖擞的军装腰里扎三指宽的硬皮腰带手里挥舞鞭子大声吆喝,驾,驾,马儿就像他的孩子扬起脑袋目光温柔又果决地向前飞奔,我被裹在燥烈的声音气流和烟尘中小得不能再小轻得不能再轻就要被抛到天上。我想我来对地方了真来对地方了离开昆明是对的,我就该从翠湖边搬来这个充满布尔什维克理想和荣光的激动人心的地方来,就该让我见证战争一样见证军马嘶鸣飞驰成为活着的好好活着的社会主义新人。马儿过去了,骑在马上的人也过去了,烟尘还没飘散,我跳到大道中间瞪着一团烟霞越飞越远。

突然,骑马人拨转马头朝我疾驰而来,一匹房子那么高大的黑骏马呀。到了面前马儿咧开大嘴露出雪白宽大的牙两眼闪闪发亮,而他,一个瘦瘦的家伙没戴军帽,非常年轻,胳膊裸着袖子挽上去能瞅见晒得黝黑的臂膀上一条条凸起的肉棱。他勒住马,我吓得退到路边,他低头瞧着我,拍了拍打着响鼻的黑骏马长长的脖颈。他先开口了,虽然我差点绷不住要问他姓甚名谁哪个部门,他还是先说话了,你是刚来的?我说是,他问我叫什么,我说我叫董以敏,刚从昆明来,云南大学历史系——行啦,大学生,他举起马鞭打断我,他浑身上下也鼓动着马一样的腱子肉流淌着一模一样的亮闪闪的热汗,他笑了笑,说你们宿舍不在莲花池旁边嘛,你咋跑马厩来了?我说我想见识见识马,真正的军马。他又笑了,在马背上挺得笔直,黑骏马颇不耐烦想转身追上越来越远几乎没了踪影只见一团高高腾起的烟云。我叫朱良,他说,我是马队的。你们新来的不准随便跑马厩看马,你不晓得?我说我不晓得。他说你也老右吧?我说我爸是老右,我还没毕业,没法上学了只好——你爸也来了马甸?没来,他去了更远的地方。哦,哦,好啦不废话,你上来,我带你上西河海见识见识军马。你刚才不是说,新人不能上马厩来?嗨,说着玩呢。他又笑了,上来吧,上来。我从他身后拽住马镫,他用力拉我,嘴里吁了两声让黑骏马小心等候,它不太安分地来回踢踏。我好歹上去了,他问我坐好了?我说,好了。他让我抱着他的腰,挥鞭打马,嘴里大喊一声,驾!黑骏马四蹄飞奔越来越快像利箭射过闸塘冲向树林扎进树荫之后突然坠入一片辽阔的汪洋绿海——一眼望不到头的西河海呀,是延绵数千亩上万亩的牧草地,到处是三叶草苜蓿草刚刚淹没马蹄翻腾着绿色海浪朝着远处山脚下漫过去,被太阳照耀抚摸揉捻和一阵又一阵大风彼此迁就交错翻滚扭动像个绿巨人睡醒了又继续趴下迟迟不愿起来,比我熟悉的滇池壮观多了,滇池水让你觉得比大海还有巨大差距不像西河海绿得惊人也温柔得惊人把天空都包扎起来。马群,壮观的马群一旦落入西河海手掌也忽然不值一提,它们星星点点快乐地东游西荡咴咴散开低垂着长长的脖颈吃啊,吃啊,又三三两两较劲比赛一路飙着惊起无数麻雀和短尾雉呼呼啦啦不太服气不情不愿绕着圈子疾飞又在不远处匝地落下。几匹白马耀眼极了,马鬃又长又密身形潇洒像白云裁出来的,随时可能御风飘走。沙地上的苜蓿三叶草开出白色小花迸出的浆液鲜嫩清甜,这种时候你忍不住要唱歌,于是我跳下马背,没征求朱良同意就唱了喀秋莎,他也跳下马来,蹙着眉看我。我唱一阵就停下了,四周的鸟儿马儿慢慢向我靠拢,我不好意思再唱下去,对朱良说你也来一首呗,他满脸通红,说他哪里会唱歌哟,他五大三粗贫下中农出身,根本不会嘛。那天我接连唱了五首歌,他纵马带我在西河海上不停飞奔可真把黑骏马累坏了。他告诉我黑骏马叫大黑它的儿子叫小黑,他带我去看小黑:还是一匹小马驹呢慢慢腾腾跟在马群后面跑一阵就掉队了。黄昏说来就来我们坐在草地上张望麦地倘上面通红的火烧云,西天像牛起无边金雨一样壮阔,披金染红的鸟群正往马甸方向还巢,我说我该回去了,我就住莲花池边宿舍,他说你们有人已经来马厩看过了,还认真学习怎么钉马掌怎么打疫苗消灭马瘟哩。我们上了马背,朱良打一个长长的呼哨马儿自动朝着他和大黑聚拢过来纷纷抖落满身草屑和热汗,小步追随他们纷乱不安又有条不紊朝着马厩滚滚而去。是的不再是大步疾驰而是小步回家。累了,也吃饱喝足了,它们彼此问候着招呼着长长的脸蛋互相摩挲喷着响鼻挺着圆鼓鼓的肚子志得意满昂首往回,踢踢踏踏的马蹄声响起来带着轻轻松松的餍足拖沓甚至心不在焉,即便没有来时那么汹涌壮观却也透出某种凛然粗野的沉浸和傲慢,某种漫不经心的高贵和隐忍,就像一群心满意足的上流社会青年深夜舞会之后集体回家了,它们刻意放缓步伐也好延长微微心酸的惬意满足,让西河海的畜牧草浓烈刺鼻的带有露水气息的香味长久待在嘴巴里鼻息里马鬃里。现在马鬃也垂落荡拂着,在拥挤的马群中间哗哗响,让骄傲的目光滑出一个个弓形脊背向树林大道和波光闪烁的闸塘望去,马尾愉快地甩动,或有马儿拉出粪便,气味像成堆的苜蓿草一样刺鼻。这是它们休憩之前最安逸的放松就像一群神祇终于累了,为一整天的奔袭沉思着,为某次狂奔得意着,被时间俘获又超然其上。这一次,我揽着朱良汗湿的腰走在马群前列带它们回家,二排马厩早早开了大门,饲养员们站立两侧恭候,嘴里发出呼噜噜的吃喝声,马儿们稍稍加速度踩着小碎步踢踢踏踏进入马厩,谁去一号厩谁去二号三号一丝不乱清清楚楚只需听从饲养员的吃喝就行了它们自己也牢牢记着。我赶在大黑进厩前下了马,朱良向饲养员介绍我姓甚名谁。此人自称老杨,说欢迎我来马甸。哇,他说,马甸又多了一个漂亮的大学生咯。他们嘿嘿直笑,看着我又非常不好意思看着我。我说等我分了部门再来马厩,再上西河海。老杨说就怕到时候请都

15

请不来咯，我说怎么会，我很可能分到育种室，天天跟马打交道呐。朱良说随时欢迎。马儿们喷着响鼻各自进圈，一圈三匹，左右两栏站得满满当当，地下铺了金色稻草，马槽里有草有料，老杨说晚上还得加料，马无夜草不肥。我摸了摸大黑脑门向它道别，它冲我低下脑袋，潮湿的大眼珠映照出我的影子。朱良在它耳边抚摸拍打，大黑的鼻息轻得像小声唱歌。朱良说它喜欢你哩，它在邀请你再来看它哩。我说好的，大黑同志，过两天一定来，一定。

5

他们的人，那个鸟公司的人跑来说他们想不明白我守在这里干哪样，等死？我不晓得这是他们的地盘？我说不晓得，你们有种开着挖掘机从我身上压过去，把老子屎尿压出来给你们奠基。有种你们就来。小子说你牛逼什么哦你一个老保卫你还以为有枪啊，没有咯。我说那你来试试，你开着挖掘机过来试试。那小子，穿淡蓝西装白衬衫没打领带，一双黑皮鞋脏兮兮的到处是灰。他掏出纸巾擦了半天，他说他们勘测过，我所在地点迟早要平的——有种你就试试。我大喊。他说你没看过合同？我说看过，我看过，你敢说，合同里面三千三百三十亩地包括我脚下这两亩？包括马甸场部？包括职工宿舍，包括仓库，包括大礼堂？包括——你的意思是，你的意思就是根本不能动嘛。就这个意思。但凡从你地图上找到地界我就躺平让你压路机从我身上过去。他凑过来，笑着让我抽烟，是非常好的红塔山。我不要。他自己点燃，说你认得刘发？我说，是。马甸人，哪个不认得刘发。他带的头嘛。他说，刘发都

不干了，你干？我说，我不干，也不走。你没见马甸没人了？是啊，人都走光了，大爹啊，你何苦？我说，我是马甸人啊。六五年二十四岁从骑兵连出来就在马甸。你数数看，多少年。我管不了别人，只管自己。他说他晓得我咋想的，他也为马甸难过。问题是，你瞧，都拆成这副鸡巴样了，你瞧，前面那栋楼，门洞都堵上了，该拆的拆了该平的平了该走的走了，大爹你一个人又何必——就是个没水没电的鬼地方，就是个废墟啊大爹。你是扛不过的。扛不过哪样？小子又擦擦鞋。大势。他说。大势啊。我说，哪样大势？你懂的大爹。我说我不懂。有生就有死嘛大爹，我会死你会死哪个都要死。马甸也一样。我没说话。他以为说动我了。晚上黑灯瞎火白天鸟不拉屎。天底下就你一个，哎哟大爹，你该抽我一支烟。

好，抽他的烟喝他的水。此时他皮鞋擦得锃亮，把西装脱下来卷在手上四处乱跑，手机拍了照拿给我看，问我说，咋样。我看了，还莫说，小广东家的楼房和老场部的小红砖楼被拍成黑白的非常酷，像老电影里面的风景。我说你瞧，马甸你随便拍也那么牛逼。他哈哈大笑，说大爹你说得对啊，这地方风水宝地，难怪你再也不走了。我说你晓得马甸的好就对了，你们来之前，它变废墟之前你是没见过啊。你要是见过，就不会让挖掘机开进来了。小子啐口痰，说可惜啦。我说可惜的事情太多就不值得可惜。官司输了我认但是合同上没有这方圆二百亩，没有。你们有的，凡是你们有的，你们都拆了挖了建了盖了占了，你们动不了马甸是因为你们本来就动不了马甸，你们没办法动。我们该死的人都死了该发财的也发了就像刘发，他真

16

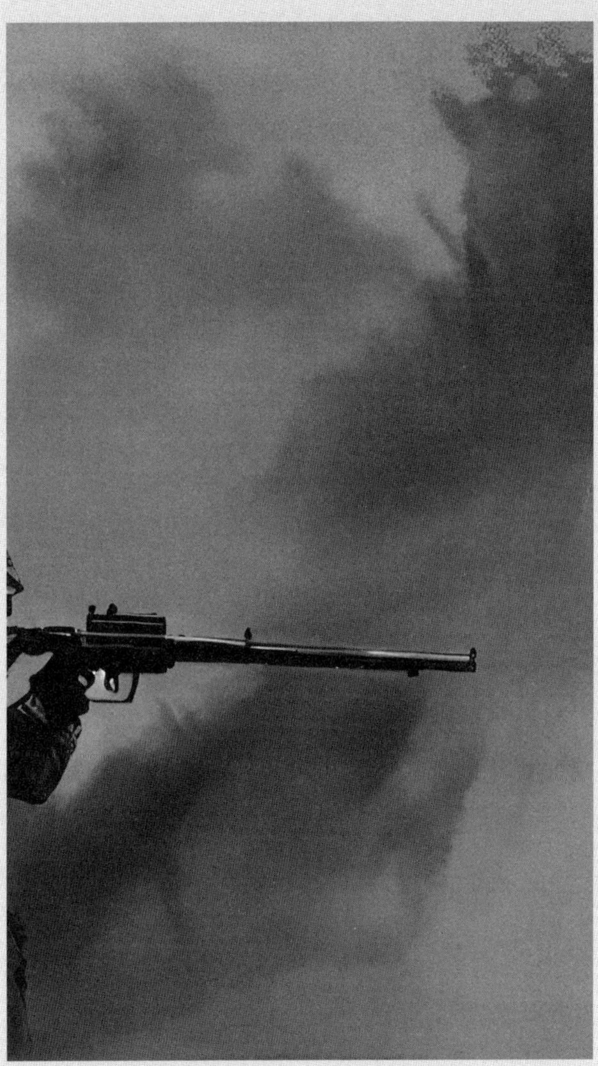

发了连带另外三个杂种都发了，一人二十万？一人一套房？这些没见过钱的贱货眼珠子都绿了屁颠屁颠拿钱跑路连姓甚名谁喝哪个的奶吃哪家的饭统统忘了，你们牛逼啊，轻轻松松就办了，七十二变的孙悟空也没你们有本事啊。他看着我半天没吭声，忽然笑笑说我讲的这几个马甸人除了刘发他一个不认识。我说当时他们几个召集全场老人从昆明从嵩明赶来就坐在前面，喏，前面大椿树下顶着不知道哪里飘来的臭气哦是小甘四把一车烂白菜泅在地上准备种树的臭死人的气味，他们几个，包括四五十号老马甸人一个个坐在他们自带的小板凳上，坐得标标准准腰板挺直，像上课的小学生齐刷刷望着刘发，这个当年用一杆火枪一枪干死盗马贼的杂种，当年风光无限牛逼哄哄的英雄，听他回溯马甸历史两眼瞪得比铜铃还大，瘦瘦瘦的肚子鼓得溜圆站在一块大石头上两手上下比划说马甸的马上过阿富汗战场朝鲜战场苏联战场越南战场，随便哪一匹牵出来都是英雄豪杰可以在亮闪闪的缎子一样的胸前别一枚勋章，任何一匹马的生和死都超过任何一个人的生和死，还记得苏联战场上立下三等功的白马咋死的？吃多了料豆不消化突然就不行了拉肚子腹泻口吐白沫，倒在马厩稻草铺的泥地上喷着响鼻，育种室陈二人打了针也不管用，大白凌晨三点闭眼。你们也都晓得吧你们都晓得（是的是的都晓得都清楚凡上年纪的马甸人哪个不晓得我会慢慢说我会在后面慢慢讲他不是现在我讲了你也不会懂，你年纪太小，阅历太浅，而且我犯不着跟你说我宁可对着马甸的空气说对着小广东家灰头土脑像会倒掉其实站得稳稳当当绝对没有半点差池的楼房说，我还会对着闸塘里面大大小小的虾兵蟹将说，对着莲花池里的龙王说，对着大草棚里的长舌头女鬼说。我会说的你们等着我一肚子故事啊一肚子的马甸好故事我一个一个讲给你们听。我不是一个人，我咋个可能是一个人呢你没听见月亮下去后的草丛里树林里我的麦地里就传来唧唧啾啾的说话声？你们没听见？我从来听得真真切切的细得像蚊子叫连小广东家再往东三百米的大椿树也会开口说话，说的是上下几百年阴间阳间全然没有分别。我一点不孤单，我咋个会孤单呢，我有的是时间，你就听我慢慢讲吧）。立过三等功的大白后来在麦地倘厚葬而之前连长大黑就没那么好命了差点上不了麦地倘不过好歹开了个头我以后有机会再讲。我连开三枪为大白送行。它军功咋立的你们认得吧？苏联基辅战场九进九出运回一个个伤员快得像一道闪电就连德国鬼子的子弹也别想伤它一根毫毛，退役了老了来到马甸吃最好的料豆睡最好的马厩还是着了阶级敌人暗算呐同志们。这时候很多人打断刘发，说老刘你挑重点说莫净讲老黄历。刘发清清嗓子说，好，好，我讲这些是要让大家清楚马甸的过去，让你们晓得你们自己，你们父辈祖辈都是来自五湖四海大江南北的英雄好汉，为了一个共同的建设社会主义奔向共产主义的伟大理想走到一起来了，你们都是高级人才各行精英是我们建设边疆的大功臣大专家，只有你们，只有马甸，才能让这些退役的没退役的要上前线的战马像英雄一样归来和出征，也只有各位所做的点滴小事才像彪炳史册的大事一样让我们一辈子骄傲光荣，让我们晓得我们的汗从没白流，我们的青春比火山喷发的岩浆还滚烫，对吧？刘发这么一吆喝，底下的人哗哗拍起了手。只见刘发双目圆睁，太阳穴青筋暴露，又深又抠的眼窝像要喷出火来。他索性脱了灰夹克只穿一件白衬衫，袖子卷起来两手叉腰，像当年场长发言一样两张嘴皮子上上下下吧嗒吧嗒敲打唾沫星子乱飞。他说一阵子我们又不耐烦了，讲的都是老黄历嘛跟土地跟房子一点瓜葛没有。我们打断他，让他莫绕弯子，他说大家要团结，要信任，要把状子递到法院讨个公平出口恶气。他建议大伙该搬来的搬来，就地住下，官司判了自然可以拿地。我就不信了，天底下就没了王法？我就不信了，没有的咋个变成有？我们自己在自己的地上盖房子讨生活难道有错？就没人收拾那些杂种？就没人可怜可怜我们半辈子血汗打了水漂的老奶老倌？他的话又让一些人拍起了掌。最后一个流程是捐款，田四临时担纲会计给每个人开了票登了记收了钱。后来官司输了。哪个想得到官司会输了？那个挺着大肚子弥勒佛一样的李大律师最早来的时候像只愤怒的大龙虾，一张嘴像打机关枪一样比刘发厉害一万倍，他让我们看见希望流下眼泪一共十七户人坚守下来搭窝棚的搭窝棚睡板房的睡板房，喏，你都瞧见了，还有些板房没拆哩，前几天跑来一伙野狗在里面撒尿窝屎要不是老子提着砍刀拎着铁棍冲进去狗日的就要在马甸搞出几百只狗崽了。那小子打断我说，就不怕野狗晚上把我吃了？我说它敢！哪样阵仗没见过，还怕几条瘦不拉几路都走不动的癞皮狗？见我面都要躲几十米远哩，敢来咬我？狗日的，我硬生生干死一只，其余屁滚尿流一哄而散，再不敢来啦。再也不敢来我马甸地界。是吗大爹？小子吓得直哆嗦。他长这么大，二十郎当岁，我敢打赌他连军马都没见识过，连卡巴金的屁都没闻过，连马掌往哪钉进去都不晓得，你信吗？他们只认钱，哪个给钱跟哪个干。不就赶我走嘛，不就着急把挖掘机开进来嘛。还不够？要多少地你们才算够？二百亩，区区二百亩也不放过？西河海是你们的，岩粉厂是你们的，油库是你们的，闸塘是你们的，麦地倘也成了你们的，方圆七千亩都是你们的，狗逼养的，还嫌不够？我说，打死条狗算个球，刘发还打死过人。他说大爹，这种话不能乱说。我说，他扛起火枪，一枪撂倒，没蹦哒第二下。什么人？嘿嘿，盗马的小贼。在哪里？咋干？大爹你说说嘛。说来话长。反正不知哪个鬼地方跑来的小毛贼摸进马厩牵了我们卡巴金出来翻身上马想溜之大吉，刘发值班，撞个正着，大喝一声让小毛贼下马，小毛贼使劲打马冲出马厩。刘发端枪追出来稳稳瞄准，砰。那叫一个准。当年他干民兵经常十环，全马甸没一个对手。连我这个骑兵连下来的也自叹不如。他追过去按亮手电，这下看清楚了，前胸后背一大摊血。当晚赶来的不下百人，有人还点了火把，将马厩前面的砾石大道照得如同白昼脚下的小石子像满地碎银。那晚可真叫一个热闹哇，人抬到卫生所还有口气，很快就不行了。没人晓得哪来的，为哪样偷马。杨林镇派了公安连夜赶来。早就死透了。关键是卡巴金，他偷的那匹卡巴金屁事没有没伤半分毫毛没受任何惊吓。后来我们才发现，当然也是刘发自己说的，那匹灰斑卡巴金没搭理小毛贼的鞭打突然四蹄稳稳站着不再挪动半步，直到刘发站在二三十米开外抬枪射击。大灰面不改色心不跳专等这一枪呢，待盗马贼一头栽下来它转身踩着小碎步将砾石大道踩得咔咔直响就像穿着两双金光四射的小皮鞋走过来啦，大脑袋在刘发手

19

上脸上磨来蹭去像在表扬他干得漂亮。知道哪样马了吧,在战场上杀进杀出和阎王爷比脚力吊膀子的纯正高贵的卡巴金呐,不是你们这些小毛贼,一两个饭都没吃饱的傻逼二货就能骑走的。按刘发的说法,当时盗马贼狠狠打马以为自己纵马狂奔呢实际上成了一个戳在暗夜里挥动鞭子必死无疑的可笑的靶子。砰——刘发这一枪!我告诉你,我绝对打不出这一枪。我没这个胆量。你让我打一只狗一只狼没问题可我真没想到端起枪来瞄准一个人,一个活人,哪怕这个人是来历不明的毛贼。那人在砾石大道上吐出最后一口气,都没留下像样的话,一句也没有,没说出姓甚名谁就咽了气。刘发为他合上眼睛。当然不会处理刘发,不会,还给他记功呢给他涨了三块钱工资。表彰会就算了,毕竟死的是个人,不是一条他妈的敢跑来马甸做窝的野狗。我没冲人放过一枪是真的,我在骑兵连没上战场真刀真枪干过。狗日的刘发按理说也没上过战场,我搞不明白他哪来的胆子?那天夜里灯火通明,半个马甸都是亮的,我们一路回到马厩,我问他咋敢开枪?从前开过枪?他闷声不说,沉浸在巨大的恐惧后怕和过度兴奋之中身上发烧两眼通红看着我又不像在看我,嘴巴哆哆嗦嗦要讲话又讲不出来。直到我们回到马厩他才说,打靶。我说,我的意思是,战场上——我没去过朝鲜,他说,没去过。我说,我的意思是,没上过战场的人真要冲一个活人扣下扳机要天大的胆量啊。刘发说他端起枪来轻飘飘的不是沉甸甸的,随随便便就瞄准了像打靶一样就扣动了。对,就像打靶。不过扳机就像他妈的自己扣动的自己咔嗒一声自己下去的然后嘭一声巨响震得他头皮发麻。关键是大灰奔出二三十米突然刹住了。嘿嘿嘿,刘发脑门上直冒汗,傻乎乎地大笑,悄声说敢偷我们的马?狗日的。敢偷马甸的马?我还是觉得不可思议。不管哪个,不管哪样人,咋就扣下扳机杀了另一个人?这种事不是闹着玩的,绝对不是闹着玩的。自此刘发成了马甸头号人物,我说的头号人物的意思是他走到哪里都有几个小屁孩跟在后面叽叽喳喳等他训话,就算他借题发挥满嘴胡说这帮小屁孩子也高兴得浑身发抖。前面小楼里二楼左手的小广东就是这帮小子之一,屁股后面还带着小云辉、小建国、小胖华几个小子像发情小狗一样黏住刘发希望从他嘴巴里将那天晚上嚼过几十遍几百遍的细节嚼了再嚼也好让他们有模有样像说书先生一样跑去别的娃娃面前讲了又讲,讲多了难免走样比如小广东添油加醋说那匹青葱灰马已经跑出一公里之遥,但见刘发一个白鹤亮翅蹿上马厩房顶站在滑溜溜的大青瓦片上冲盗马贼端起冲锋枪,没瞄准就扣了扳机,嘟嘟嘟就把盗马贼从马背上撂下来脑袋打炸了胸脯打飞了……这小子吹牛不打草稿我看今后是个写东西当作家的料。一伙小子围在他身边听他讲得头头是道有鼻子有眼,对刘发的崇拜就像大成村人对莲花池边龙王庙两个龙王的崇拜,甚至像对毛主席的崇拜。孩子们如此大人们也多是赞赏和惧怕就算不说出来也远远投去敬畏的目光为这个五短身材添加了沉甸甸的分量就像夜里有人默念的祷告祈求一样你是穷究不了的莫名其妙相当神秘,这种没法细究的东西让英雄刘发越来越高大,也越来越牛逼,如果不是那件事情发生他还真就把自己当成上过战场的英雄了。那件事我没必要讲给你听除非你们让我清静让马甸清静。我声明我不会撤的，绝对不撒。我忘了告诉你我还有火枪，你们要敢把挖掘机开过来我就敢开枪，我的枪法未必有刘发精准但打靶成绩一点也不差而且我正宗骑兵连出来的，你要以为我胆子还没刘发大那你试试看，有种，你试试看。小子不笑了，脸上又困惑又无奈，说大爹你故事不能讲一半不讲了，你接着讲呐，讲讲刘发。你们这伙人，这伙闹来闹去的马甸人，我认得的也就是他。我说你见过他几面？他说就一面。哪见的？马甸嘛。我说你小子胡扯，你别处见的吧，你敲敲门他就让你进了，没说几句你又出来了，你把一麻袋钱给他了？他说大爹你莫乱说哟，这种话，开不得玩笑。我说开你妈玩笑，你想想看，你自己想想，一个英雄，声名传到嵩明、昆明一枪崩死盗马贼的英雄咋说不玩就不玩了？你看他在大椿树下激动成那样简直年轻了二十岁，就像他在马甸度过的前半辈子只是一觉醒来打个哈欠影子都淡了的乱糟糟的梦。他还是从前的刘发，就连说话都弯腰屈膝准备迎着一轮弯月扣响扳机哩。当年他屁股后面跟着一串娃娃从马厩到场部，从场部到西河海，从西河海到莲花池，你想想看。全马甸人，包括场长老孙都矮他三分更莫说剃头的老方开拖拉机的老徐育种室的老陈还有马队的那一拨年纪更小的愣头青了。

他又掏一支烟给我，我说不要了，再好的烟我也不抽了，不然讲不清咯。他说哪样讲不清，我们清清白白，一支烟算个屁。我说你告诉刘发，从前他是英雄，现在不如一坨狗屎。他在我眼里，在所有老马甸人眼里，还不如一坨狗屎。

那你讲呐大爹，你接着讲。我说我讲的每一个字都是真事是发生在刘发身上的天大的事，不是瞎编，我也没本事瞎编。

是发生在英雄刘发身上又改变了很多人命运的惊天动地的大事不过那年月你很少撞见真正的大事，除非你豁出性命，除非你骨子里又坏又狠把陈达人这样的大知识分子弄到大礼堂下面台子上整喷气式阴阳头两只破墨水瓶挂在他脖颈上。有的事情不能随便干干了你就不是你了。那年七月的一天，英雄刘发在一帮娃娃簇拥下先去老方理发室理了个发，出来的时候娃娃们一哄而散跑去莲花池堵沟捞鱼。七月硬邦邦的太阳打在脸上，老方把他送到门口，两手插在白大褂里，说他讲的那些仅供参考，要听进去了就赶紧行动，免得别人后来居上。不过，主意还要自己拿。刘发一声不吭，摸着刚刚剪过的三七开朝供销社走去。老方修过洗过的脸面摸起来滑溜溜的不太像自己的了。他步子很快，经过老杨家门口的时候瞧见捧一只脏碗不知吃哪样东西的小雪莲仰着下巴叫他，喂，喂，刘发，刘发。他没停步，大声说，小雪莲哟，你吃哪样？小雪莲给他看她的碗，里头差不多是空的只剩几颗黑魆魆的酱油炒饭。哟，好东西哟！小雪莲咧嘴笑了，说刘发，刘发，我妈说，你为哪样不讨媳妇？刘发弯下腰说，就要讨咯，又不能讨你妈。雪莲咧开嘴巴大笑，说你要讨了我妈就好咯。雪莲妈在马队干了三年，男人在一场惊马事故中被踩断脊椎三天就死了倒也干脆利落。刘发说你莫让你妈嚼我的舌头，你也不准嚼我的舌头。雪莲说刘发呀刘发，哪样是嚼舌头？刘发说就是不要乱讲坏话。雪莲哈哈大笑差点将手里还剩几粒酱油炒饭的空碗摔到地上，哪个讲你坏话，我妈讲的都是你的好话。我妈说刘发是英雄，是马甸的大英雄。英雄也是坏话？刘发拍了拍雪莲脏兮兮的小脸，大步走向空荡荡的小广场再拐个弯就是门板大开像只青蛙嘴巴的供销社了,坐在长长的柜台后面的李菊芬招呼刘发说,稀客啊,咋跑我这里来了?刘发哼哼哈哈搭讪,要了鸡蛋红糖萨其马,一左一右拎着出了门东西沉甸甸压手。日后李菊芬对别人回忆说刘发根本不会买东西,要是她就买几盒百雀羚几只蚌壳油再来两斤大白兔奶糖,英雄咋啦,到底是个喂马放马的粗人。英雄刘发径直去了场部办公室,让人带话给齐家姑娘齐文雅说他就在她家门口等她,说罢提着东西扭头就走,穿过大草棚门前的塘石路来到水塔下工业队家属小院,在齐家窗户下站定。窗户用《大众电影》封面贴得严严实实不留一丝缝隙。漂亮的刘晓庆姜黎黎张瑜在英雄刘发眼里甚至全马甸人眼里哪有齐文雅漂亮。他耐心等待。半小时后齐文雅一边摘着袖套一边进了院子问他有事吗?非要上班时间找她?刘发说晚了怕你家里人——再说,这种事情,我想当面说。说完把手里东西递过去。齐文雅看也不看直往后躲,你拿回去,我家不缺吃的。刘发满面通红像喝醉了,结结巴巴说我晓得的我是个大老粗你是天上的白天鹅,可是狗日的老方说,他硬是说,这种事情要趁早,要赶紧,不然——齐文雅人如其名,这个从山东来的孩子如今长成一株亭亭玉立的缅桂树了,在英雄刘发眼中像太阳一般光芒万丈但凡和她说句话都喘不上气,像一块巨石压在瘦瘦的胸膛上。齐文雅说,我上班了,你不上班?你们马队——哦,哦,马队,他说马队今天轮休所以剪了头发穿了新衣裳,她没发现?齐文雅说她哪发现得,又说(她的山东普通话真是好听呐),在她看来全马队的七八个人的长相和穿着都一模一样,都是马靴军装大宽皮带三七开,哈哈,她笑了,为自己说了一句顺口溜噗嗤笑出来了。英雄刘发垂下脑袋,两眼直直瞅着地面小声说好嘛,我走了,不过,这件事情——你放心吧,齐文雅说,我当你从没来过,跟我妈我爸不说。英雄刘发抬眼盯着她,说实验室徐东奎也给她送了东西而且是满满当当昆明买的东西?齐文雅问他听谁说的,他说,老方。齐文雅说她的事情没义务向他汇报吧?刘发昂首挺胸,说他好歹是受到特别表彰涨了一级工资的英雄,徐东奎算什么东西,一个技术员,一个小技术员……齐文雅转身就走,将英雄刘发撂在空荡荡的院子里撂在七月暴热的太阳下。她脚下掀起的一小撮尘土将她挺拔苗条的背影高高托着,像三岔河莲花池里长长一串水草流转漂荡。英雄刘发听见心底一声嘶喊,差点把自己也吓傻了。他冲齐文雅的背影大声道,你等着,你给我等着!齐文雅疾步走去。英雄刘发气急败坏将手里东西撂在齐家窗台上冲出院子直奔马队。在马甸历史上从来不乏这种任意妄为的莽夫和漂亮柔弱的姑娘,但是像刘发齐文雅这类冤家还从没有过。刘发被击毙盗马贼的英勇行为蒙蔽了眼睛就像很多人自以为有本事拯救世界只要给他一匹马,一匹白马,就像你们这伙不要脸的自以为绝对拿得下马甸只要砸出无数的钱。后来的刘发沦为马甸人永久的话题端枪杀人的英雄事件也羼杂其中但很快就湮没了忘光了,可见,人还是喜欢丑闻不是壮举。后来他每天跑到齐文雅办公室门前等她下班再陪她回家。不到一公里的砾石路面很快走完了,也让众多马甸人再不敢走它了。刘发的护送持续两三个月毫无效果,后来齐文雅干脆提前下班取道闸塘绕过三排马厩悄悄回家,多走将近三公里。刘发就守在院子门前等她，直到她爹，山东人齐物论拎一根擀面杖冲出门来大声赶他走。英雄刘发面不改色，说自己就想娶他女儿，下次一定为齐叔带一瓶杨林肥酒半斤猪头肉。齐物论是兽医室的头儿也是济南大学高材生自然不能随便往英雄脑袋上招呼，只能气咻咻地说，她的事情她自己做主。刘发说他根正苗红工资不低马上分房，为什么不能娶齐文雅。齐物论说没有为什么，就是书记场长来了我也这句话。刘发第二天就请来书记仍被齐物论撵到院门口。刘发不急不气第二天照样跑来叉腰站着。一个月后齐物论态度软下去，据说将压箱底的三块袁大头悄悄塞给刘发央求他算了。齐文雅一度焦虑抑郁请了很长时间病假，直到刘发总算松口说，强扭的瓜不甜，算球。有人说刘发真的拿了袁大头跑到供销社和理发室，咬在牙缝里又拎到耳边敲出叮一声脆响，然后踩着余音昂首挺胸往外走，说过了这个村，还有别的店嘛。大老爷们咋能一棵树上吊死。齐文雅的故事还没完。重点是后来发生的事情，重点是外省来的一大家子最终要在马甸安居乐业容易又很不容易，你说福建人老于家广东人老陈家上海人老刘家河南人老赵家安徽人老钱家东北人老何家一个个要在民国二十一年就建成的马甸落脚而且站得稳稳的不单要学识人品也要运气，很多很多运气，要是运气不济你纵是天大的才华也没个鸟用，也会让你脑袋闷在灰里雨里满脑袋刺鼻的马粪臭混吃等死和马厩里的劣马没两样更莫说经被战火洗过炼过的雄赳赳的卡巴金了，你连马蹄马鬃都够不上，它们是战斗英雄，你呢，只是伺候战斗英雄的甲乙丙丁周吴郑王。不过，也许你也为你把有限的生命扔在战斗英雄身上服务它们一辈子骄傲无比。是的马甸的真理多直白啊，人不如马。人只是普普通通跌进水里尘里小得看不见的一个个肉身你现在让我回忆他们当年长相已经不可能了，但马呢，你让我说说一号马厩的大黑二号马厩的大白三号马厩的大花我闭着眼睛都能数出它们身上的斑斑点点和争吃打闹落下的硬撅撅的疤，我要骗你我就不姓张。小子打断我说，好啦，大爷，你接着讲齐文雅，接着讲大美女齐文雅。我说讲到美女你他妈就来劲了，说实话，我也记不太清楚她长什么样了，你会发现凡是大美女总是多多少少让你想不起来，你只记个大概，晓得她是美女无可争议的美女大致记得她们走路说话的模样发型卷还是不卷，至于那张脸，那张脸到底美在哪里，你真是哑巴吃黄连。不是因为你说不出来是你根本就没认认真真看过打量过，你连偷偷瞄两眼的胆量也没有。当年我在场部一层保卫科，三层楼二楼就有她的办公室，她下班上班必经保卫科就像一匹轻手轻脚的小马，可你硬是不记得她长什么样啦，硬是无法捕捉她风一样的轻飘飘的影子以及这道影子散发的丝绸一样细细软软的雪花膏清香，他们说是百雀羚，又说是昆明买的上海产的新牌子。对这种东西马甸人还能讲出哪样道道来？就连供销社的李菊芬也说不出个子丑寅卯所以你只晓得她一路洒下气味当你抬头追着气味使劲闻的时候人和气味都消失了。全马甸似乎都有这股子清清甜甜的棉花糖一样的气味我相信有人早就伸出狗一样的舌头追着舔它把它卷吧卷吧吃进肚子一路追到窗下。刘发最早就是这么干的，后来不这么干了。最后一次，也就是收了银元没几天刘发心病又犯了，干脆骑上大红踢踏踢踏来了，肩上扛一件东西，一件用《工人日报》裹住的东西一步跨进院子，而那院子，是六户人家门对门的斜长院落，圆形月亮拱门差点容不下气势惊人高高在上的大红，它羞涩地打着响鼻，似乎为闯进职工院落感到抱歉，似乎没料到马队饲养员要带自己进入这里，要来见识他即将要干的不亚于他俯身举枪扣下扳机的大事。齐文雅躲在房中，院子里左邻右舍纷纷出来聚在大红周围，有人质问刘发搞哪样名堂，刘发不搭理，只顾高呼齐文雅，齐文雅。没人帮忙敲门，因为他声音够大，声势够大，一匹卡巴金差不多把小小的院落塞得满当当的。有人喊他下马，他岿然不动，还有人见他取下肩上报纸包裹的东西抓在手中，另一只手上是绳子缚脚的芦花母鸡，这只鸡肥得就快往下掉油了，呲着毛咕咕叫着被大红浓烈的马汗味呛得睁不开眼睛。刘发继续高喊，两扇被《大众电影》封面贴得死死的窗户却迟迟不开，红漆木门也死死关着，大红不耐烦地倒着步子踢踏踏踏让人又爱又怕。有人提醒刘发，这么干是违规的，马甸任何人任何职工无权在上班时间骑马闯进家属区，这么干要挨处分的，你快走吧就当我们没看见。刘发鼻子里喷出冷笑说你们这么讲我更不走了，你们以为我现在走了就没事了？齐文雅不出来我就不走。有人说你来就来了何必牵连大红呢，何必非要骑着它进来呢，要来找齐家人的是你又不是它。对此刘发不吭声不做任何解释，脸上的决绝凶悍直到半年后人们才从另一个男人脸上发现就像一种转移和回光返照就像是齐文雅的魔力让这种表情传染了，很多马甸男人脸上都暗藏这副表情半年后那个男人的表情更加明显，那个姓徐的育种室小子和小广东的亲爹陈二人一起共事

做他下手，一个二十出头也许二十二或二十三吧总之不会超过二十五。为哪样不超二十五？我清楚啊，我记得，我记得清清楚楚记得那块石头上用哪样笔画刻出来的当然有生卒年月姓甚名谁清清楚楚。后来有人说刘发这么干，像个恶霸一样闯进来骑着卡巴金闯进来是故意的，是挑衅，反正这个狗日的连死的心都有宁可把自己英雄的名头废掉也绝不让齐文雅变成别人碗里的肥肉，让马甸人在议论他的英雄事迹以后还有别的东西可谈。总之英雄就是英雄不是孬种。很快就有人猜到报纸里的东西了。现在这个不再吭声的家伙，这个高高在上连大红也按捺下来不再倒腾蹄子任由骑在背上不动声色的家伙，两眼直直盯住齐家严严实实的门，不喊叫也不吭声，只是坐着，看着，等着。终于有人帮他去敲了齐家的门，大声说老齐，在吗，在就出来一下啊，刘发等着哩，狗日的硬是不走。屋里还是没动静。有人说在呢，在家呢，你不如骑马回去赶紧骑马回去再拎着芦花鸡过来。刘发还是一动不动，既不听劝，也不着急，更不硬闯。僵局直到半个多小时后才终于打破。门开了，齐物论穿一件灰色中山装出来了。所有人的心一下提到嗓子眼。院子外面的人越来越多，连放学回来跑得像风一样快的娃娃们也来了。齐物论面色平静，抬头问英雄刘发，咋又来啦？刘发将缚着的芦花鸡抛在他脚下它咯咯尖叫着，他说他要见齐文雅一面，要她答应他。答应什么？答应，跟我结婚。人群发出一阵哄笑。他说，他骑一匹卡巴金来的目的很简单，就要让马，也让马甸人做个见证，否则——否则什么？齐物论目光里充满难以描述的愤怒和震惊，他说他要讲的文雅要讲的早讲过了没有必要再讲

了你骑着马来也没用，强扭的瓜不甜你刘发自己讲的你要是连这点道理都不懂还妄想做齐家的女婿？刘发嘿嘿冷笑，说你齐家也不是哪样了球不起的高官大户我咋就配不上呢？我哪点配不上？马甸人哪个不晓得你齐物论地主出身山东待不住了屁滚尿流投奔昆明亲戚跑来马甸？你们齐家说白了也就是大地主加臭老九，而我刘发，一清二白根正苗红二十里外大官渡贫下中农，你凭哪样觉得我配不上她？此时有人叽叽喳喳说三中全会都开过了你脑袋里咋还那么多破烂，有人高喊刘发你下来，你出去，你——齐物论冷笑，挺直身躯继续仰头对视他，在所有人眼里他们像调换了位置苍老消瘦的齐物论才是坐在马背上向下俯瞰的骑手，刘发只是矮小瘦弱脸上戳着青春痘没念过几本书也没吃过几碗干饭的混球。场面陷入僵局。有人挤出人群准备向场部搬救兵。刘发终究没有揭开《工人日报》虽然大家都猜到里面什么东西毕竟揭开和没揭开是完全不一样的。有人继续高喊刘发走人，有人说有哪样话好好讲么老齐你就让他去你家嘛，但是老齐硬生生堵在门口，一脸英勇无所畏惧。有人凑上来抚摸大红修长的脸和脖颈。刘发继续高喊齐文雅，齐文雅，齐文雅。打破僵局的不是场部领导，不是大红，不是齐物论，是齐文雅本人。她终于吱咕一声开门出来了，终于千呼万唤站在院子里站在所有人的眼皮子下面了。那天我不在场可我觉得一直在着，我说过齐家姑娘的美你是很难形容的，她一亮相，万事万物立马静下来就连根马鬃掉在地上也听得见有人咕咚咕咚吞咽唾沫收束裆部的声音也听得见。她穿一件工作服，就是场办最普通的灰色工作服，它让猛烈的太阳也暗淡下去。她抬头打量刘发，然后像对娃娃说话一样让他回去，乖乖回去，从哪来，回哪去。她将以场办文员身份请求场部对刘发牵出并骑上卡巴金硬闯家属区的行为从轻发落，最多挨一个内部通报，毕竟刘发是击毙盗马贼的英雄。如果一意孤行等场部的人赶到现场就是另一码事了。刘发牙关紧咬，人人可见他魆黑的脸膛上冒出一条条肉棱。他大概没料到人们将小院堵得水泄不通，更没料到大红在众人的抚摸下竟然听话得像个奶娃娃。他还是不甘心，说，齐文雅，我刘发到底差在哪里，到底——这话让周围那些上点年纪的人笑出声来。齐文雅用一种稳稳当当不高不低的声音说，你要听真话假话？当然是真话。那好，你听着，你在我眼里不如这匹马。刘发满脸通红印堂发绿，有人觉得他似乎就要把报纸里的东西抖出来了。齐文雅接着说，但我敬你是个英雄，开枪打死盗马贼的马甸英雄，你绝对不会为难我的。我知道。你也没必要为难我，喜欢你英雄刘发的马甸姑娘多了去啦。你快走吧。快，场部的人说来就来。说罢越过她爹凑近张着翅膀一动不敢动的芦花鸡，拎起缚住双脚的红绳扬手扔上马背，刘发闪躲不及想一把抱住，芦花鸡咯咯尖叫着在他身上马背上来回蹦哒又落到地上。人们哗地笑开了像潮水一样再也堵不住了，刘发拨转马头说让开，给我让开。人群向后闪开纷纷向大红挥手致意拍打它圆滚滚的屁股抚摸它密密匝匝的鬃毛，大红挤出小院昂首前去，刘发头也没回，脑袋低低伏在马鬃里面紧打马鞭，大红不情不愿哝哝叫了几声像个落败英雄一样撒开四蹄小跑着去了。人们缓过神来，纷纷散开，也不管地上的芦花鸡还在可怜巴巴地咯咯尖叫。有人总算说出他们的担心：太险了，万一姓刘的扯开报纸那他老齐——齐物论说，他敢！借他十个胆子。当年他们抄家打砸抢我姓齐的也没低一下脑袋，有种他就试试。

事情太大，三天后场部给了刘发通报批评将一年前加给他的三块工资重新减回去了。没打开的报纸、卡巴金、芦花鸡是那年最惊人的马甸事件，我们足足谈了一年多。啊哈，那之后两三年间刘发再没招惹齐文雅。再也没有。英雄落荒而逃，有意思，真有意思。马甸再找不出第二个刘发了。再也没有这号人物了。再不可能有了。

6

我是真爱上这些马了，隔三差五让朱良带我去西河海纵马飞奔，像腾云驾雾飘在天上你发现你不单单是一大片美景前面的最渺小的那一丁点也是过去将来之间不值一提的那一丁点，就像一朵花一株草但如果你真变成一朵花一株草该多牛啊，你自豪地接受一大片灰尘烟云和马背马鬃的瑰丽雄浑就像落日全部笼罩下来，无边的金灿灿的西河海就在面前。那么多马满地撒欢，朱良说他在朝鲜战场也从没见过这么多马，真正如假包换的军马，所幸他退役转至马甸来到马队做了一名养马倌，最年轻的牧马人，最有朝气还带着朝鲜战场硝烟和血气的牧马人。就算九死一生在老美飞机大炮轰炸的缝隙捡回一条命奇迹般毫发无损，他还是会像你在夜路上撞见的一条老虎的影子渗出拒人千里的孤高冷冽的气息，像与生俱来再不会消失了，就像你明明想上前抚摸它安慰它给它吃的喝的它忽然露出白森森的牙，提醒你它是老虎，不是猫啊狗啊兔啊。我的意思是他的伤你是看不见的，你是无法想象他在三八线附近雪地里蹲伏一昼夜冻掉两个小脚趾的，你也无法想象他们掩护了一个朝鲜姑娘在她家里借住一宿次日黎明一声巨响他们冲出去只见姑娘被迫击炮炸得血肉模糊，就因为她一早去冻住的河面上凿点冰。你也想象不到他贴身的衬衫毛衣都薄得要命一旦零下二十几度雪地上行军就偷偷捡了死人衣服套上，管它是美国的朝鲜的还是自己人的。有口酒喝成了战场上最大的奢望。很多时候确有奇迹，撞见朝鲜人的酒缸子里满是高度白酒大喝一通顶过七八个钟头晕晕乎乎不再怕血也不再怕死。朱良常来我宿舍边上，像水塔一样站在三岔河边等我然后带我绕过苹果园前面水塔去往马厩，指着一大群马让我随便挑一匹上去，要是还不敢骑就由他挽住缰绳一步一步跟上他。一天下午我挑的是卡巴栗色金高得离谱只能让他下来托我先上去必须踩着他膝盖上去。他现给我弄了一副马鞍。我骑上去它就不老实，原地踢踢踏踏倒着步子扬起脑袋咴咴嘶叫很不服气，我一个姑娘家，它当然不服气。朱良说你跟上我，跟上，不要往地下瞧只管盯住我的后脑就行了要是它不老实你就拽一拽缰绳，它是通人性的不会跟你过不去，它不给你面子总要给我面子啊。老张呐，我们策马驰骋呐老张，我和朱良，从滚滚向前的马群中间杀将出来杀奔亮堂堂的太阳，杀奔绿得快融化的西河海。朱良是我这辈子见过的最出色的骑手就算他也是现蒸现卖自己也才骑了不到半年可他那副英姿比你这个骑兵连下来的更像个骑手。你会觉得他俯身马上就像嵌进去的就像和马融为一体就是马的一部分也变成了马就在热辣的太阳里快如闪电从西河海这头到那头，一会是一粒小黑点一会又变成小山朝你压下来，似乎马上就要撞上你了忽听一声呼啸就让那马儿不管是大黑还是大花还是大白像个电动娃娃一样稳稳立在面前，他满头热汗，冲你大笑，露出白亮的牙。是的我当然喜欢他，喜欢这个朝鲜战场上下来的唯一活着的班长，我才不管别人咋说的咋劝的什么门不当户不对这些狗屁都见鬼去我不在乎。朱良向来沉静爽快大概因为见多了死人，见多了三八线上各种各样的伤口和尸首。他对我从来小心翼翼沉默寡言，自有一种乡下人的质朴分量，当然也有一种军人的倔强尊严，这种尊严自然变成一种拘谨或者傲慢就像你们这些没经历过战火的人是不配跟他谈论什么打仗不打仗的，这种骄傲才是他扎根马甸永不枯竭的底气，所以他在房子前面栽了不少金达莱花你都不晓得他哪里搞的种子总之那个春天就开出来了，红彤彤一大片，这在我们云南不就是杜鹃？他在房门口溜达浇水找一把椅子坐着仔细看他的花，嘱咐我走近时务必小心再小心。他这么说的时候脸色很严肃就像对他下属说话可我不是他下属。我们为此吵啊，嚷啊，我很多天不再去马厩他也不再上我宿舍邀请我挑一匹马跟他纵马扬鞭了。那年春天的某个下午场部人让他把花弄走，说马甸宿舍前面不准随便种花要是个个种白菜种洋芋那还了得，小心，资本主义尾巴要割干净，就算花花草草也不能乱来，这是马甸。朱良只能听任他们将他的花铲掉移走。给他下命令指挥工人的小子和他年龄相当，他对刚从昆明或者大理（哦后来我们才晓得是大理）招工过来的段云兵恨得牙痒。此人脸色雪白，头发又长又密，腰板直苗苗的，真要论起来他该是马甸最帅的家伙有点王心刚的气质而且是那种你一看就晓得会不停往上走的人物他后来的经历印证了这一点。他刚开始给人的感觉温和低调彬彬有礼说话声音低低的脸上也挂着微笑但是笑容来得快走得也快，被一种好像压抑的野心和怨恨取代了。就好像他对急着要当马甸的老大却又必须挺过最艰难的可预见的二十年感到绝望。他说完移除杜鹃的狠话就往场部走，不解释，也不唠叨，只是回头冲朱良微微一笑。朱良索性大吼起来也没能阻止他回场部叫来三个工人，重新站在朱良门前那双样式挺好的黑皮鞋上连一丝黄灰都没染上。他们的冲突不是因为那些花，是段的警告，说场部意见是扣他一个月工资。哪个的意见？党委的意见还是哪一个人的意见？再说，为哪样？抱歉了朱哥，你头一个啊。朱良不甘受辱，跑去找场长老孙。这事情我从没告诉过你现在可以告诉你了，他找了老孙问场部的意见是真是假。老孙答，是真的，也不可撤销。文员段云兵的倡议有相当的政治高度而且不只针对你，还针对那些随意就在宿舍门前门后栽花种菜的年轻的年老的要都这么干还像什么话——他凭哪样倡议凭哪样党委会让他提意见让一个办公室的小兵提哪样意见？民主生活会嘛。群众的意见必须尊重。我实话实说不瞒你，是，你小朱毕竟是战斗英雄，你可千万莫找小段麻烦啊不是什么大事，也就一个月工资嘛二十一块五嘛你也长个教训表个态今后哪个还敢对你朱良指手画脚？不，这事情无法自圆其说。老张，你觉得老孙这么讲就能自圆其说？恰恰是心虚，就像他们商量好的故意挫一挫战斗英雄的锐气，在我看来他哪里还有什么锐气他离人群远得不能再远了整天只喜欢和马待着。所以后来啊,后来,好人必有好报呐——我讲不下去了。时间太久了,实在太久了那时候你刚来报到和朱良宿舍两对门吧(不是两对门但也不远,几步路)你们说话还不到十句,朱良是个闷葫芦。是的他是个闷葫芦。可他在马甸头一场大雨之前将我房顶补好了,给我水缸里挑了满满当当的水。他一直喜欢去马厩待着自觉自愿值夜班睡在一号马厩小屋里枕着满是汗味烟味的草料袋睡下去,他睡在马儿低低的喷嚏和轻微躁动里才踏实安定,半夜起来喂水喂料,将水龙头哗哗打开让水槽里灌满水,料豆是上好的料豆他抓一把塞嘴里嚼着,猫腰从马厩这头走到那头看站得笔直的水塔一样的卡巴金静默得像绸缎织出的黑夜,他看着它们就踏实就高兴就安心,哪怕半夜里看它们睡觉,忽然来一声尖尖的长哨嘴里发出一串嘟嘟噜噜的叫喊声把马儿从美梦里唤醒让它们吃料喝水,马儿不太安分又相当惬意地凑到马槽前面低头咀嚼吞咽几十上百个弯弯长长的滑溜溜的漂亮脖颈排成一排发出嘶嘶啦啦像收割麦穗的响亮嘈杂就好像从一个梦来到另一个梦美美地吃着喝着,就像梦见自己又将黎明出发奔赴火线下意识吃得饱饱的。马儿带给朱良的幸福没法形容,就像他的战友一个个死在三八线上带给他的冲击没法形容。马厩高大的人字屋顶默默耸峙,一抱粗的大梁从中穿过。我去马厩时发现房梁上面会晾口袋、马鬃和牧草地西河海打来的野兔剥了皮的小小的皱缩的尸体。这些小东小西夜半在欢快的马儿吃食的响声中微微晃动,在四面白墙上投上稳定又凌乱的含义不明的影子就像我们无意中听到的毫无意义又相当精妙的歌声。所以啊,有人最终把自己挂在上面我怎么也接受不了也无法想象

当瞧见他的军装裤和裤子下面解放鞋的黑硬鞋底我就有种要吐的感觉就像马厩里面浓浓的马味汗味逼得我要吐出来把早点午饭通通吐出来。这人一动不动晃也不晃。晃动的是周围这些人的影子马甸人一多半的影子密密匝匝一时半会根本劝不走的影子好在影子不再说话不再吭声直到那张尖脸,那张帅帅的老鼠脸,妈的,段云兵的老鼠脸白得像粉笔从人群中钻出来说哪个会为一块马盐就寻死呢何况他才刚来不到一年,是的,从大老远的东北赶来安家只是从马厩顺走点东西就把自己挂到了大梁上,跟那些用火铳和气枪打回来的野鸡野兔挂在一起。我至今也没想通呐。对不起我提前说了那么多。对不起老张。我晓得你恨我唠唠叨叨不想听我没完没了说下去所以我就——不,那些日子我们真是好得没法说。就算肚子经常吃不饱样样限量供应可有了气枪火铳打回来的野味也还是足够了。再不济我们打鸟吃,满地的鸟啊,麻雀,秧鸡,石鸡,还有鹭鸶。从闸塘飞来的白花花的雪一样的高脚鹭鸶。我们在马厩里点起炉子来几支铁丝穿上洗净的鸟上下翻烤,后来他弄一口小铁锅又弄来菜籽油炸,太香了,老张,你没吃过炸鹭鸶吧我告诉你最好吃的还是麻雀,要炸得透透的,骨头酥撒上盐巴了再下嘴。一天夜里他还弄来些白酒,供销社沽来的半斤老白干闻起来直冲脑门我们高高兴兴就着鹭鸶肉麻雀肉喝起来,一口下去辣嗓子,两口下去人就飘了,三口下去我就发现小屋外面的马群个个闪着金光毛发滑得像三岔河水。我说我三天两头往你马厩跑,到处传我们闲话了。哪样闲话?说,我要嫁给你,说我们两个,好上了。他咣当咣当喝酒,喝完了说,让他们讲,让他们说。快

到半夜他才送我回去。那时候的土基房呐，那时候的土基房你该记得的老张，冬暖夏凉哪样都好除了遍地老鼠，墙被打出好几个洞老鼠钻进钻出你那点老鼠药很快不行了你就让他帮你忙，咋帮呢，他自己弄了鼠夹子藏在土基墙外面连屋子都没进来就把它们干掉。我们站在星光下面站在三岔河清凌凌的水里面站在莲花池边打量那些老鼠一个个在笼子里要么断腿要么瞎眼要么打得稀巴烂，嗨，我怎么说起这个？我们顺着河边走了很远去扎鱼和青蛙，他有的是办法竹筒钢丝做的青蛙枪一扎一个准，什么也难不倒他连仗都打过人也杀过还杀不了老鼠狐狸和狼？他自己做的罾就能捕上无数鲫鱼马鱼石头鱼小虾米呢，他烧一锅热油就把它们煎了炸了，马厩里香得要命。啊呀我咋又说起这些你看我老张，你看，我总是惦记着吃的，你给我点吃的，还有水，给我喝口水，我又饿了，也渴了。你这里连块饼干也没有吗？（嗯，老张给我拿了硬撅撅的饼干，又从水缸里舀一瓢凉水。水是从莲花池挑来的我猜你挑不动那天就不住这个板板房了。可你真能挨到你挑不动那天？）老张你还记得食堂的饭菜？马甸食堂的烧茄子小炒肉熘肥肠多好吃啊，偶尔还有火腿和干巴，你都记得吧，食堂老周你也记得我刚才就说了老周胖乎乎的下巴两三层之多那年月居然膘肥体壮像头猪一样，老周朱良咋交上朋友的我忘了，大概因为吃吧，就因为他们经常聚在一起吃这样吃那样吧，总之两人宿舍相隔四五里还是交上了朋友。老周的小灶小锅常常弄出吃的来直到被人举报他藏了一块喂马的盐。本来，一个伙食团副团长拿块盐算什么，只要偷偷摸摸不出声气就无人发现就能继续闷在朱良的马厩小屋里捣鼓他们

想做的美食就连三岔河小马鱼也能变着法子腌起来洒上白酒捂在坛子里三五天后揭了盖子满屋子香喷喷的辣椒花椒香气酒气等着下锅哩。朱良的小屋从不拒绝任何一个食客包括我包括马队其他人偶尔从门口路过的人，态度随和真诚他可是经历过战火洗礼的，是拒绝不了也不愿拒绝口腹之欲的毕竟捡回一条命呐，这就足以解释了，足以解释他为什么对我好像一直没哪样更深想法即便很晚把我送回莲花池边土基小屋帮我逮了老鼠当我们站在星空下面我仔细瞧着他的脸，非常年轻又非常年迈有细微划痕像大雪地上被扫过留下痕迹的脸，不是皱纹但比皱纹还惊人地藏着衰老、怨气和疲惫，你才晓得原来他对马和吃以外的东西真不感兴趣，所以我得接上话头细说，我说人家都在传我们的闲话了。哦，哦。他说。我说，他们说，你想娶我呢。他看我的时候就像没有看我，就像我们站在西河海的青草地上被马群和风声包围我只是这些背景上一个缓慢移动没有生命和差别的小东西，连一匹马也算不上，我想，这就是朱良。我就只是一棵树一株小草，所以他看我的时候心不在焉漫不经心含含糊糊，像做梦一样，跟他头一天拽我上了大黑马背的模样相差很大我搞不清楚很多人很多你亲近的人为什么越往后反倒越拘谨生分了，就好像他故意不想让你了解太多而你已经了解了那么多只好把自己藏起来。他说哦，哦，他也听说了。我说那你不想娶我？他摇摇头，面色凝重，就好像他还坐在三八线的冰天雪地里冷得发抖，他说他还没想过哩，没认真想过。何况，他说，其实啊，他早在参军入伍之前也大概十六岁那年就和大官渡村的姑娘定了亲，姓杨，他至今还没见过哩就算见过也不记

29

得了。停了半晌,我们满耳朵都是风声是三岔河里小沟渠里没完没了的青蛙叫声咕呱咕呱声音大得像被狠狠揍了,非常恼恨地哭呢。我大概知道他要说到谁了果然是被炸死的朝鲜姑娘他说他闭上眼睛,经常,晚上,闭上眼睛她就来敲马厩大门。她穿一袭长裙手里攥一枝金达莱,敲了门就进来了,坐在床沿上,说她累了,不想走了。他抬头看我,目光飘忽,再也没有西河海追赶野马匹尽情飞驰像在绿色草原上飞起来的飒爽英姿了,再也没有冲我弯腰伸手的豪迈挺拔了,他像老了十岁难看了十岁。算吧算了我不再吭声了。那时候老周在马厩小屋点起炉子支起炒锅烧上菜油的浓香无法抵挡,我不知道老周和他走那么近到底为什么,反正有这种朋友也许比一个朋友也没有更好,至少,也许,是我猜的,老周的存在让人晓得一名志愿军英雄还是有朋友的,还是有人说得上话的,至少还能在他的搪瓷饭碗里多舀一点白菜多给半两米饭。他们对吃食的张罗极其痴迷:用气枪打来乌鸦和老鹰,拔拔毛就扔油锅里炸了,又说不太好吃一点香味没有一股子柴味,至于猫,野猫,他们也吃过你没法想象他们将猫皮整个从脖颈上剥下来一撸到底就像翻弄一只手套,腌制半小时就切肉下锅炖煮,香是香但吃起来是酸的。我吃过,那天夜里他们骗我说锅里炖着豹子肉,在麦地倘打的一头花斑小豹,我吃两口就无法下咽,老周嘻嘻哈哈告诉我,猫肉。我哇一声吐了,就吐在马厩里吐在马儿们直苗苗的长腿下面被朱良数落一通你不能吐在马厩啊我的天爷。他把稻草扫出来把硬邦邦的泥地洗得干干净净再重新铺上稻草,然后他们站在马厩里擦汗,半天没回小屋好像被猫肉噎住需要活动活动透

一口气。他们让我觉得我是多余的。现在我总算醒悟了就像清晨大雾迟迟不散是不让太阳那么快那么早就射出强光扎进眼里。你发现你从来就不了解一个人从来没有认真想过一个人到来、干活而且如此认真保持一种紧张的谦卑到底为什么,也许只有经历过生死才能明白,才能发现,才能确切知道。可我那时候才十七呀年轻得要命,我哪里懂得这些?后来慢慢咂摸出味来晓得他未必不是看不上我也未必是真心待我的时候也晚了。没关系。我对他一点恨都没有。完全没有。他是多好的人呐。后来杨姑娘嫁过来了我也多么喜欢这两口子啊,后来我成了他们最亲近的人比亲戚还亲。当年我电影都没看几部就是马甸大礼堂电影或者大礼堂门口或小广东家门口的露天电影加起来不足二十部吧我的阅历也就这么些,少得可怜,幼稚得可怜,就像我爹对我说的,大学刚上一年没学上了投身马甸好也不好,好处是我能接触那么多来自五湖四海形形色色的知识分子农民干部三教九流,不好的是我还太小很容易受人影响把世道想象得太简单了。哎,世上没有一模一样的两片叶子。朱良的沉默飘忽在老周看来就是魂魄留在朝鲜了需要一次招魂。晓得吗,招魂,他特地找了大成村四娘婆也就是巫婆老海做了一番法事。老海用一大把稻草铺在地上,自己脱掉鞋光着脚板拎一面镜子呜哩哇啦念了一通然后吹灭蜡烛,让关掉灯的小屋里只有浓重刺鼻的汗味蜡烛味马味和他们经常架起锅灶弄各种吃食的油腥味。黑暗中老海像个影子一样开了口,说朝鲜姑娘光着脚板夜行八千里赶来马甸和朱良相见,朱良喘息说是的,是的。老海让点起蜡烛,小屋里鬼影幢幢,她张着嘴巴呜哩哇啦鼻音很重让人

30

上牙磕着下牙。她说你七魄丢了三魄在朝鲜山里，姑娘的魂来找你说明她心不安，她说是你们害的，你们几个兵不住她家里她就死不了。朱良嗷地大叫一声扑通跪下，立即觉得失态特别是当着我的面，于是使劲起来向老海请教解救之法，老海说那魂魄要安然返回需要你每天烧香祷告再把你牙敲一颗下来埋在门外九九八十一天。老张，我觉得老海瞎编，是她听从了老周暗示瞎编胡扯结果朱良全信了，他拎起墙角锤子二话不说敲掉一颗虎牙，用稻草卷吧卷吧打开马厩大门让灯光透出去弯腰跪下在硬邦邦的砾石大道上乒乓挖个小洞埋好。老海口中念念有词，一脚踏进黑暗一路手舞足蹈小跑着远去了边跑边喊记得九九八十一天，少一天不行。朱良问她咋个祷告啊老海早已融入黑夜。老周说她刚才说过了你没听见，他说那我明天再去找她。现在想起来，老张呐，所有事情都是故意的或者机缘巧合兜兜转转藏着无可言说的奥秘，当天夜里他们再也没心情弄吃的喝的我也不再让他送我回去，我一个人踩着软绵绵的银白月光从水塔下面的小路绕过苹果园回到宿舍。你该晓得一路上我有多害怕，你该晓得一个姑娘家在遭遇了两个男人一个巫婆莫名其妙一通折腾还敢一个人钻进黑夜里走回去该有多害怕。那天夜里就像一道分水岭让我忽然明白了，让我长大好几岁让我发现我们之间也该了了不能总惦记着不再为了他万箭穿心明明他的心一半撂在朝鲜，不再跟着他们吃这样吃那样不再跟他去西河海了你意识到其中隐含的漫长无望的危险它自己就变成新的危险。我只恨我没早早回过头来踏踏实实过自己日子找个合适的人嫁掉，后来我去了马甸小学校单身宿舍两年后才分了房直到三个月前它们被轰隆隆的挖掘机一股脑推掉，废掉，变成一堆钢筋水泥的渣滓。我恨这帮杂种，恨得牙痒，如果见到你说的那小子那个胆敢过来威胁你利诱你的小子我会捡起一根钢筋砸断他狗腿。哎，那时候老周有家有室就缺个娃娃，明显他不太喜欢他老婆大概也是父母之命媒妁之言吧，到了马甸，那个弓腰驼背瘦得像只鸡一样的女人缩在家里大门不出二门不迈。不这是我的想象，实际上老周婆娘也在食堂，你是记得的，你应该记得吧，她是端菜出菜的小工每月工资还不到他一半。他要是和他婆娘很好就犯不着三天两头往马厩的朱良小屋里钻了，就不会整天偷偷摸摸弄出食堂的菜籽油来琢磨着和朱良弄什么好吃的了。你要是偶然路过三号马厩路过朱良小屋你一定会被飘散出来的浓香吓住，你不由自主凑上去吞咽口水讨教说哪样好吃的要不也给你来一口。哦哦你晓得，是，你晓得，你知道，你吃过，你还提醒过他们不要弄出火星子来把马厩点了就不是开玩笑的了。老周每次见我嬉皮笑脸其实透着某种真诚，他是我们三人中年纪最大的所以更像个老资格的长者，凡事最好多听听他的不要擅作主张。总体上他从不强迫你做什么不做什么，从不唠叨多嘴，话比朱良多些可也就多那么一点，好像他说话是不得不说否则朱良就没了主张，实际上朱良才是主心骨，他毕竟是经历了战火考验有军功章的英雄呐所以他和大白啦大黑啦都是马甸的王牌。所以，我要讲的是，莫看老周有时候话要多些实际上还是听他的，听朱良的。所以，那件事情发生之后我简直不敢想象。所以啊，老张，你看，有时候打过仗的英雄也会一时糊涂低估事情的严重性。那天夜里老周女人的出现让我们大吃一惊,老周没料到自己女人会突然站在昏暗的我们故意点上蜡烛灭掉电灯的马厩大门口,她使劲敲门,老周问,哪个,他出去拽开门闩,一声低骂就像来的是个讨人厌的饿鬼。来者进入我们烛火和香味的范围才露出那张消瘦干瘪皱皱巴巴提前衰老比老海还让人错愕的脸,一张似乎没有血色早就对活着感到厌倦郁闷的脸。老周问她跑来干吗,她低声问他,你们吃哪样。朱良和我异口同声,油炸田鸡,来来来,嫂子快进来,给你挑只肥的。女人抬起袖子抹抹嘴说她也在伙食团干活但她是老周女人所以连一粒盐巴也不敢拿呢,你们的油——朱良扯谎说是我董以敏搞来的,三两菜籽油反复炸了一个多月了。女人皱着鼻梁,说她不敢吃田鸡,也不敢吃麻雀,实际上她不饿。她的话我才不信呢,半个字都不信因为你大老远就听见她肚子发出的咕咕叫声和浑身上下油水不够一直吃得很少的那种饿了。那年月哪个不饿?我们,我跟着朱良就成了例外,这位志愿军英雄让我们隔三差五打打牙祭解解馋。女人的谎言不是重点,重点是她想让老周回家,家里炖了一点小米粥。她浑身上下疼得睡不着,所以吃不进东西,白天上班也浑身没劲,觉得自己好像离死不远了。老周虎着脸,其形象因为摇曳不停的烛光显得狰狞吓人特别是对自己女人这副面孔就尤其狰狞吓人,他也没什么耐性,就像对待一条狗。吃吧吃吧,别唧唧歪歪的,不够我带回去给你熬粥。他扔给女人一条田鸡腿,女人捧在手里细看,小心翼翼凑到嘴边一口吃了,嚼得一干二净,然后抹抹嘴,眼里流出泪来,把我和朱良吓得不轻。我和朱良最担心的无非她到处嚷嚷我们三个窝在马厩小屋里点火熬油,事情一旦被歪曲就会变成另一番样子,何况我还是一个刚出大学校门的姑娘家,朱良也才大我三四岁。但你永远说不清楚明明有风险的事情为何还要干也许正是干它的风险才让我们不停干下去就像朱良早年晓得打仗会死人的照样提着脑袋上了战场。我们劝女人说嫂子你不要这样以后有好吃的一定叫你,老周却虎着脸冲自己女人开骂,骂得相当难听,大意是你他妈的不窝在家里跑这里来丢人现眼啊老子啥时候亏待过你让你跑这来嚎丧?大意如此,他把自己的女人骂得像条狗,女人不哭了,朱良一面劝老周一面又塞给她一整只炸好的田鸡。女人望着外面黑暗中兀自打着响鼻的马儿闻着浓浓的马汗味说,真好,真好,真是好。朱良说跟马睡一起有哪样好?女人说,她宁可和马睡在一起。老周劈面就一巴掌,打得女人踉踉跄跄手里的田鸡也掉了,老周伸手捡起来噗噗吹掉灰一把塞嘴里,吃得嘎嘎直响,回去,你给老子回去,滚。女人抬起袖子擦嘴眼神凄惨凶狠又非常悲伤。我长这么大头一回碰上那么悲伤的目光就好像下雪天里你被人从被窝里抓起来扔到外面。女人盯着老周说,用一种平静干涩的声音说,家里没盐巴了。老周说你明早自己上供销社买。女人说钱也没了。要么,你从食堂带点回家,先赊着也行。老周又劈面一巴掌可她躲过去了。这一下他们全部进入蜡烛照不到的黑暗中我轻轻叫了一声原来是蜡烛莫名其妙熄了火。朱良哈哈笑了两声说见鬼了,滑动打火机重新点上。一切恢复原样,女人小小声声又咬牙切齿地对自己男人说,反正她是没脸再去供销社赊账,也没人会赊给她了他们连她是哪个姓甚名谁都不晓得完全没印象就像她从不存在只晓得她赊了很多钱。她说的是实话，她在马甸就像个飘荡无根的影子大家当然见过这个站在橱窗后面给人舀饭打菜的干巴巴的女人也多多少少晓得她可能是某某的婆娘却很少留意和关注她，好像她也仅仅只是食堂的一部分就像桌子椅子并不值得多看两眼。也没多少人真正知晓她是老周女人直到这件事情之后。行了你回去，回去。老周在重新点亮的蜡烛光线里口气总算松软下来。朱良说我送送嫂子，老周说不用，她自己有脚自己会走。朱良还是送出来，老周悄悄跟上去只有我待在小屋里没动弹手里还提拎着油漉漉的田鸡腿。撒一点点盐巴的田鸡腿那叫一个香啊。我告诉你，老张，此后几十年我再没吃过那么好吃的田鸡腿了，其实后来几十年我再不吃它了，再没机会也没心思吃田鸡了它永远从我的世界里消失了就好像长在清水里的田鸡原本就不是拿来吃的。后来我听见他们出去的声音，说话声，非常低的说话声，最后是女人急急走掉的脚步声然后是老周放下门闩的哐当声，他们重回烛火光亮之中都不说话神色凝重你说不上来为哪样凝重，我当时理解为老周被婆娘找上门来相当不好意思相当没面子因为自己女人挨饿生病自己却溜出来大吃特吃。半天没人吭声。田鸡吃完，炉子里的炭烧得正旺将我们影子扑在墙上两人怔怔望着炉火，我也望着炉火。我困了该走了，不想让朱良送我。有几次月光亮亮堂堂的他就不送我了，忙着把小屋收拾干净。今天也一样，我该独自回去了。朱良执意要送，那就送呗。一路上我们都不说话只是当我说水塔就像个没手没脚的大脑袋老倌时朱良忍不住哈哈大笑。溪水在我们脚下翻滚，声音脆生生的，月光在三岔河里跳跃。到我宿舍门口，朱良说了一句话，老周女人，可怜。我问他咋回事，他没说话，跟我道了别转身就走。我记得那一夜的月光太亮了就像它不是个月亮而是别的什么亮闪闪的超出想象的东西被看不见的手高高挂上水塔，就像被谁扔在天幕的一支特大号蜡烛，到处是晶莹洁白的毛茸茸的光连苹果树梢上也全披满了。那段时间我也许胖了可哪胖得过真正的胖子老周，他像个发酵的面团一样让全马甸人扎眼又扎心。第三天夜里，他把自己挂在马厩房梁上，老张，就在第三天夜里。那晚马厩早早被包围，场部来了三个人，另有你们保卫科的两个偏偏你不在？哦哦你在，你当然在，你那天夜里跟我说了话问了几个问题我们就是那天夜里头一回说了那么多话的。我头一个见的是朱良，他指了指旁边地上的东西裹得严严实实是用装料豆的麻布袋子裹住的露出胖滚滚的人形，对场部段云兵说今天刚回到马厩刚放了水让它们喝着，扭头就发现梁上吊着个大家伙，凑近一看，是老周，都冷了硬了。段云兵说话带哭腔，说他们，场部的人也只是随口一说，连吓唬都算不上呐他怎么就——我直直看着朱良。我没胆子也没心情看那个被麻袋包裹的影子就像他根本不存在不是我们经常聚会一起厮混炸鸟炸肉的胖子老周。朱良脸色铁青，不看我，也不看保卫科的不看场部的只是盯着马厩深处那些知晓真相但什么也说不出来的高头大马。那根大梁靠近大黑圈门，麻绳比手腕还粗，灯光很亮又很暗，老周曾说这条梁上绝对有麻雀做了窝不信你们仔细听，有小崽叫唤呢，叽叽啾啾，叽叽啾啾。你们没听见？我凑过去仔细看，有剪短的绳头和绳头上面黑亮的瓦，哪有麻雀做窝小崽进出？段云兵凑近了问我，董姐，看见哪样了？我不吭声。

我听见朱良跟你老张说，只是一块喂马的盐。马厩到处都是，喏，那边，堆得小山一样。你们要处理就处理我。这时候你走到我身边，说你早就警告朱良不要在马厩吃饱了没事干开小灶了，早晚出事。你看，以敏——你竟敢直呼我小名，你竟敢这么叫我而不叫一声姐，哪怕你叫我一声同志我也不会生气啊。我一声不吭。你又说，这种事情，真是做梦也——然后老周女人来了。她尖瘦苍白又黝黑寡黄的脸出现在马厩灯光下，我像看见老海招来的某个鬼魂，某个早就不在世上缺乏关照和问候连饱饭也没好好吃过更没尝过田鸡麻雀鹭鸶的鬼魂，她的存在只是为了证明什么东西是错的。而这种事情，原本在老周手中简单得不能再简单：能弄来半斤菜油来自然也能弄到一块喂马的盐巴，自然也能轻而易举就把自己挂在大梁上。女人没有一滴眼泪，小声向段云兵请教麦地倘坟地怎么走，有没有人帮她一把。到底有没有人帮她一把。到底谁来帮她一把。她唠唠叨叨没完没了。无人说话，没人回答这个简单得不值一提的疑问。所有人沉着脸，一遍遍听你老张的推演和想象。你讲得非常在理因为事情很简单不可能再简单了没有任何意外也排除所有意外你就是专家。没人说话除了老周女人唠唠叨叨的声音退到你声音后面像一面墙超出了我们听觉的极限。后来朱良猛然冲她大吼一声，住嘴！她咔住了，半句话齐齐断在嘴巴里身体僵在暗中像个诡异模糊的怪物一个饿瘪的人形待在浓烈的马的气息中被熏得丑陋至极：精瘦，下巴尖得像锥子，两根锁骨耸起来衣服又大又宽一件花布衣服一看就是裁缝老江呆头呆脑的手艺他只会这种款式这种半棉花布，她好像不再是我们马甸的一分

子了。她谁也不是了，连她自己都不是，嘴巴空洞张着，眼睛血红鼓胀惊疑未定丧魂落魄。你是知道的老张，后来场部的加五个食堂的一起把老周送上麦地倘，我和朱良没去。没人通知我们去也没人不准我们去。听说女人在坟地上哭了一场就下来了，之后调回昆明西山区一个很小的我从没听说过什么鸟地方给人烧水做饭。整件事情，老张呐，整件事情的意义只在于背叛实施后就连遭受背叛的人也不觉惊异于是坦然接受干干脆脆以一种决绝的方式来了结，整件事情的要义更在于如果不是这么决绝我们还将隔三差五打鸟打野鸭打田鸡打黄鳝再弄到马厩小屋里吃它个够。哎，这件事情，这件天大的事情从此把我们的聚会消灭啦。现在想起来这种聚会早晚要被消灭，可我做梦也没想到会以一条性命为代价。女人离开马甸的时候凄然又忿恨，你晓得的老张，她那种凄然忿恨不是我形容得了的，让我想起马厩地上被麻袋包裹的肥胖人形和幽暗无光弥漫着浓烈汗味的空荡荡的马厩，和我们吃过的美味一点关系也没有，一丝回味也没有，并且，说真的，这些美味早早被我驱逐了我再也回忆不起来了不再想着更不惦念似乎真是一种罪孽，我们杀戮太重，过于贪婪，我们犯了罪才落得如此下场而老周啊，不过是代我们遭了恶狠狠的毫无退路的惩罚这真他妈操蛋——天下美味其实都差不多，几乎一模一样。但说实话，我们在那种年月里吃到那么多好吃的简直像梦一样不可思议，直到现在我也想不清楚老周什么时候入伙的，什么时候和朱良称兄道弟的，什么时候让我们成了三个人的小团伙不再只是我和朱良两个人。两个年轻男女时间久了一定会出问题的，不是可能是一定

34

是绝对。老周的加入也许阻断了这种绝对将萌芽早早掐死在黑暗中。老周女人的离开就像从没来过从没留下痕迹，她的人形变得像空气一样轻飘飘的毫无意义就算这种意义被强加在"老周女人"的称呼上。食堂没有她照样是食堂，照样卖好吃又便宜的饭菜，而且也没人意识到她来过又走了，没人晓得她何苦跑去场部手里举一块马厩弄来的盐巴，那么，当然啦，也就没人计较她到底为哪样不好好干下去非要拔脚就走。

7

我们熟悉的人，一个个都死了。

西装小子来了又走走了又来，这回给我拿来一只满满的白塑料桶子说里头有十多里外梨花村弄来的最好的土蜂蜜。我不要，他硬塞给我然后落荒而逃就像我会拿火枪或早就上交了的五四崩他屁股。我想追没追上，眼瞅着他连蹦带跳上了那辆白丰田一脚油门冲出去了，从马甸废墟冲出去烟尘卷上来在小广东家楼顶上盘旋就像一百只老鸹盘旋。我拧开白塑料桶盖，扑鼻的蜂蜜香啊货真价实的土蜂蜜梨花村老马家产的老马死了老马儿子儿媳还活着继续割蜂蜜卖蜂蜜，我用长把勺子往里挖呀挖，果然勾出扎得紧梆梆的塑料袋裹得死死的绝不漏气。我洗净，打开，一沓厚厚的现钞往下掉少说五万多说七八万我不晓得也懒得数。可惜了可惜了，可惜了老马家的上好的蜂蜜。这个小狗日的杂种，要浪费要糟蹋也不是这种整法被钱弄脏的蜂蜜你还咋吃？哦，蜂蜜。三五只蜜蜂嗡嗡从苹果园方向飞来飞上大礼堂门前台阶，江若愚摆出的小摊子让人流口水，半干半湿的麦芽糖装在四个铝皮饭盒里躺在她小巧的绣着红玫瑰的黑布鞋前面（有时候也穿皮鞋上海产的皮鞋很时新你一眼就能看出来），她两只手，两只白白的手从膝盖上抬起轻轻驱赶蜜蜂像施展魔法，蜜蜂绕了三圈就飞走了。江若愚腰板直苗苗的头发挽在脑后一丝不乱，这身衣服，灰黑对襟开衫和白底黑花旗袍也是上海产的，下面一条黑的或者灰的卡其布长裤。第五只铝皮饭盒里面是像鲜花一样盛开的晶莹剔透的玻璃弹子呀，像无数颗星星落在银盘里，立刻吸引了马甸娃娃的注意力。小广东小云辉小建国们放了学叫着喊着一路冲到大礼堂前面，抓起玻璃弹子就在两头泥地花台里面玩得昏天黑地不想回家，刚开始那点小心胆怯很快被兜里几分零钱换来的玻璃弹子驱散了。江若愚头顶上，大礼堂的红五角星目空一切，马甸人都不晓得她怎么选中礼堂并且胆敢坐上台阶的，她好像有办法搞定各种事情。按说她底细嘛，还不足以搞定各种事情——她爹在昆明也是有头有脸的处级干部被打成老右发配马甸，江若愚带着十二岁的姑娘小茉莉从昆明来到马甸没人知道她们在昆明发生了什么。据说，后来江若愚告诉场部人说，她男人是昆明重机厂工会的几年前被红小兵打得头破血流拉到医院就断气了。我还记得她独自一人拽着小茉莉的小手大老远从你们来的土路上走进马甸的样子。我现在睡的地方坐的地方，正是当年大礼堂，正是当年马甸的心脏。嗯，当年她还年轻呢，她从出场亮相到最后离开脸上都有细纹却从来不像马甸女人一样突然就老得不行，十几年后她还是那样，皱纹不多白头发也不算多。那天她们一路走到大礼堂，手里提拎着一只大柳条箱子，另有一只黑皮上海牌挎包，一只蓝布兜；小茉莉扎羊角辫，脸色白得过分身条直苗苗瘦叽叽的一看就是个美人坯子，瓜子脸丹凤眼小鼻梁尖下巴。母女两个激动又惶惑，疲乏又紧张。有人主动上前打招呼，问她们哪来的，找哪个，江若愚一一答话，昆明方言听起来软得像糯米。旁边供销社李菊芬立马带她们去工业队宿舍找老江江心白，他刚好生病起不了床，挺身大喊，哟，你们咋个来啦？江若愚牵着女儿小手往屋里走，进了门才说，你病了？后来的事情就简单了，她收拾收拾就和小茉莉住进老江宿舍也就是挤进那间砖砌小屋，想办法弄了几尺花布将房子一隔两半，她和小茉莉睡地铺老江继续睡他的木床；后来老江向工业队申请一张床，迟迟没有下文，江若愚就找来大成村王木匠花五块钱打了一张，总算不再睡地铺了。小茉莉就在小学校三年级跟读，她连学号、户口也没有嘛，只能跟读。这些困难比起后来的遭遇就什么也不算了。

嗯，江若愚很快在新的铝皮饭盒里面摆出来的橡皮筋外面缠一小圈白色红色绿色蓝色的毛线，多好看呐，多吸引娃娃们呀，毛茸茸软趴趴那么精致可爱就像童话里才有的小东西就像某个小公主夜里变出来的，在铝皮饭盒里码得整整齐齐，这一手很快把全马甸的小姑娘们，小云红啦小艳红啦小燕子啦一大帮人吸引过去啦，大礼堂门前很快热闹非凡，左右两边花台上是男娃娃们凑成一堆打玻璃弹子的呜哩哇啦，正前方是女娃娃们花三分五分买了扎头绳、橡皮筋和麦芽糖举在手里搅来搅去快乐的叽叽喳喳，马甸人都说江若愚了不得，竟然把大礼堂变成了孩子们聚集玩耍的阵地就像她要恢复某种古老的氛围将快乐留住和放大，所以她脸上经常挂着微笑，悄没声地看着眼前这些像小鸟一样飞来飞去的娃娃们，直到天光暗淡黄昏到来就连大礼堂的白墙也暗下去她才收起小板凳，将铝皮饭盒一只一只盖好，收进篮子，走下大礼堂台阶。她姿态优雅脚步轻捷像风孩子们立刻安静下来脸上天大的不舍，就好像有人把他们嘴里的奶头夺走了。他们眼巴巴望着江若愚穿过篮球场往铁工厂方向走，老江宿舍如今也就是她和姑娘的栖身小窝就在马甸最南面，她越走越远像古老又时新的小人书里的人物慢慢消失，孩子们遗憾地四散而去，就好像江若愚收了他们钱就该多陪陪他们呐，可惜这么点好处也没捞着；其实口袋里还能挤出几枚硬币，他们忽然意识到要能留住她又何必留到明天。十二岁的小茉莉也会来大礼堂接她回家，帮她拎着小板凳一步一步往下走。打玻璃弹珠的男孩立即停下来装作观察对手动静仔细辨认小茉莉轻悄的一两句话，就像辨认深夜卡巴金在金色稻草上的轻轻踢踏。很多孩子紧张出汗直勾勾看她又装作没看她。小茉莉太扎眼了，太不像土生土长的马甸人了，她白得像大白兔奶糖，花布裙子加搭扣黑皮鞋格外耀眼酷似电影散场后露天幕布散射的柔软银光。第二天江若愚继续坐在大礼堂门口，摆出六七只亮闪闪的铝皮饭盒。我告诉你我想不明白的是，她为哪样一坐一整天，不等孩子们放学的时候才把东西一一亮出来。明明没有大人没有任何马甸人对这些东西感兴趣啊，除非专程跑来给儿子姑娘买一点带回去。比如供销社的李菊芬，她说得直白：供销社从来没这些小东西所以才勾了那么多小姑娘的魂了，每天放学跑来还不够还要缠着大人再跑一趟非要把七色的缠了毛线的橡皮筋攒齐才行。她告诉江若愚，单单攒齐七种颜色已经落伍了，一帮女孩开始用整套皮筋拧一根更长的皮筋所以非得买足够多的皮筋，然后她们就在小广场上三五成群地跳呀蹦呀，橡皮筋很快成了硬通货，比如三根皮筋换一块纸豆腐或两根搅搅糖，也能换来男孩手里的弹珠再用弹珠换更多的橡皮筋。娃娃们的事情就这么神奇。嗯，没过三天小子又来了胸有成竹回来了，我把钱扔进车窗扔他脸上，小子缩在白丰田里面半天不吭声。然后钻出来，说大爹你来真的？我不讲话。他咧嘴说，大爹，你不见棺材不掉泪啊。我说，见了棺材才好，就有人给我收尸啦。他脸色软下去，说你何苦？人心都是肉长的，我一百个理解你，我也是奉命行事啊大爹，也不容易啊，每月九千多房贷要还，一个三月大的姑娘要养。哎。你仔细瞧瞧，马甸已经没有了消失了剩一片废墟了再不是马甸了。你七十多了吧，一个人守着这个鬼地方到底为哪样？又没人发你一毛钱。我摇摇头，往地上啐口唾沫。他说大爹你儿子姑娘也不劝劝你？我说我无儿无女。他说，难怪。大爹你也没老婆？我说我赤条条来赤条条去。他笑了，大爹，我请你吃饭，我们上昆明吃大餐，再把你送回来。不去。你走吧，走。大爹，你考虑一下——滚蛋！他消停了，摇摇头，钻回汽车轰一声冲出马甸幸好啊还有大门，还有一道你老远见着不会迷路的马甸大门。大门，你们进来的那道水泥大门还立着可也快倒了，只剩两根水泥柱子了，原来有个拱形门楣的，前两个月才拆掉，马甸两个大字自然也拆了。当年江若愚就是循着这道大门老远走来的，就是瞄着门楣上清清楚楚齐物论亲手写的两个红漆大字一步一步从尘土里走过来的，最少走了两个钟头。

那时候坐趟车多难呐，她们从昆明到嵩明转车可是太晚了没车顺道拐进马甸，只好甩开步子一步一晃拎着大柳条箱子足足走了五公里才见着马甸大门。江若愚伸手指给姑娘看，喏，马上到了。姑娘问她，外公呢？不来接我们？她答，他连我们来不来都不晓得，咋接？小茉莉不再吭声，也没法帮妈搭把手。那天凡是经过土路的大成村人都说一个女人家，一个树叶一样精瘦没有多少力气的女人家提那么大个箱子还带着娃娃实在可怜。可是没有一辆马车一辆单车经过，更莫说汽车或班车了。人们眼睁睁望着她们一步三叹晃晃悠悠磨磨蹭蹭不断被黄土掩没一点点挪动像两只蚂蚁逼近马甸，不时有大成的恶犬狂吠着幸好没扑上来。她们总算进了马甸大门，一直走到大礼堂下面，没着急坐在台阶上大声嚷嚷四处央告，反而镇静沉着就像大老远受了那么多苦总算到家了。她们歇了歇才四处打听消息。我说了那天生病在家的老江毫无准备，他能有哪样准备？他后来告诉我在他写给姑娘的信中明确告诉她，他无力为她在马甸谋个活计，更莫说她还带着姑娘了。他让她莫忘了他只是个老右，刚来马甸劳动改造的老右。这些信，这些略有夸大却也大致符合事实的描述没能拦住江若愚投奔马甸的决心，就像后来她亲口告诉我的，不来马甸还能去哪里？她和姑娘，还能去哪里？但是一板一拍一个钉子一个眼的马甸让她这个昆明来的小寡妇兼老右的女儿无事可做，她必须打起精神自己想辙，后来她让大礼堂热闹起来成了天黑前莲花池、仓库、大草棚之外又一个快乐天堂。这种快乐，每天随江若愚收拾小板凳走下大礼堂台阶戛然而止。后来很多人，比如小田四小艳红就喜欢追着她的屁股追着小茉莉的屁股送她们回家，甚至，有的孩子自发给她们送吃的，食堂包子啦，馒头啦，油条啦，小炒豆腐啦，那时候小茉莉已经跟班上了马甸小学三年级和小广东小云辉做了同学。而江若愚，我晓得的，表面上安安静静暗地里找过场长老孙，老孙说没办法呀，实在是没办法。这是他们头一次在他办公室见面的时候他亲口说的。当年老场部办公楼离这儿不远，三层小楼带一个水泥院子，老孙办公室是三楼最后一间。那天下午，很多人见江若愚早早收了铝皮饭盒小板凳，用一块白底蓝花布盖好，走下大礼堂台阶昂首挺胸往场部走去。这一路远比她初到马甸的黄土大路短太多也好走多了，脚下全是干干净净连一点浮土都没有刚被卫生队清扫过的水泥大道，两边是修剪齐整的冬青树和缅桂花，她经供销社、仓库来到场办。有人好奇地跟上想看她要找哪个。她的模样啊，那么白亮耀眼，那么从容挺拔，就像把马甸光线全部粘在身上。一个小时后她从三楼缓步下来，身上白底碎花旗袍和对襟衫没有一根褶皱就像画出来的。没人晓得他们说了哪样讲了哪样，后来老孙透露说他不得不对她倒苦水：真没有办法啊，你爹老江能在马甸捞个检修机器的活已经很不错啦。编制，你们想想看，部队企业编，哪那么简单？即便这样，即便江若愚暂时离开，放学赶来的娃娃们都没胆量碰她的东西，就像那张平整干净的碎花布，她的小板凳和她的小角落都自带魔力，就连她身后礼堂大门上锃亮的铝制把手也亮得惊人像哈哈镜一样把他们红扑扑的小脸蛋抻得又扁又圆，他们笑啊闹啊后来终于消停不玩弹珠不跳皮绳只是聚在一起叽叽喳喳瞎说一气，岳云和牛皋哪个厉害，刘胡兰和刘三姐什么关系，红军叔叔怎么蹚过草地的……直到江若愚忽然出现，踩着下班时滴滴答答的军号声从场部回到大礼堂，娃娃们张口结舌再也出不了声。长长的缄默和场部大喇叭的单调重复陪着她一步步走来，娃娃们见她面无表情，眼神像从三岔河捞出的马鱼眼一样黑白分明又相当复杂，孩子们有些害怕。江若愚身上有种东西一直让他们又爱又怕。她走到台阶下面，抬眼瞧了瞧十来个大大小小的娃娃，似乎吓了一大跳，说走吧，都回家吧。说完朝铁工厂方向走去都懒得上来收拾东西。娃娃们被她吓住了，被她的疲乏和沉默吓住了。就连几个大胆的女娃娃也没跟上她，而是低声商量如何帮她，小艳红干脆掏出作业本撕下纸来写上"不要动，是江阿姨的!!!"，用石头压到碎花布上才算放心，才各自招呼一声，四散奔逃回家吃饭。

小狗日的又来了带着兵马来了。一大伙人，一看就晓得从哪个工地上拖来的你只要给钱哪样都敢干。嗯，一伙人把我围在当中，准备先拆我顶棚，再拔光麦子。他大声吆喝下达命令当我不存在，就好像站在他面前只是一团空气一片瓦渣。他们哪里晓得我是站在大礼堂门前的虽然它消失了你咋能说它不存在？它一直就蠢在我身后啊，我就站在红五角星下面啊。我大声说，哪个敢动！没人听我的，两三人跳上板凳挥舞棍子连砸带打掀我的塑料石棉瓦顶棚眼看顶不住了，三两下被噼里啪啦砸出洞来。我问小子，你来真的？他不搭理我。我又说，你耳朵聋了？他终于看着我了，冲我鞠一躬，对不住了大爹，实在对不住了。我大吼一声还是无人听我的就像一伙没有耳朵的石头怪胎三两下将我顶棚拆了露出光秃秃的钢架。我扑上去夺他们家伙但你晓得我老了，我七十七了。我能使的还有哪样，除了当年偷偷摸摸藏的一支火枪还剩哪样？我从床下掏出它来原本用一张麻袋裹住，我当年从朱良手里接过去的一张装马盐的麻袋，对，也装料豆草料还冒着酱油味汗臭味颜色发暗发沉，火枪被它裹得严严实实，我三两下上了膛站在顶棚下面空荡荡的只有太阳扑在身上可你感觉不到热的。我又吼一声他们吓住了，小狗日瞅着乌黑乌黑的枪管，表情狐疑困惑完全不敢相信。当然不敢相信，这么亮堂的光天化日之下我咋就能变出一杆枪来，咋就能弄出一样防身的东西而且私藏这东西是严重违法的，这一点我晓得，可要是换作你，换作你一个人守在这一大片马甸地盘上可能有狼有虎有强盗你就不能不做一杆枪了。做一杆枪，对一个骑兵连退伍老兵外加几十年马甸老保卫来说太简单了。枪嘛，无非两三样东西，撞针弹簧，枪托枪管，你只要去一趟铁工厂就全部搞定了。枪管是早年请铁工厂老先干出来的。火药，钢珠，也简单得很。造一杆枪可真比一匹卡巴金生个漂亮的小卡巴金容易得多啊。其实这杆枪来自老朱朱良也正是这杆枪崩了盗马贼成全了当年的英雄刘发。就是这杆枪。我端枪指着他们，这帮小子吓傻了吓蒙了露出低贱卑微的丑陋嘴脸就像一团团烂泥糊的脏兮兮的皮。小狗日的说，大爹啊——滚！我说。他脸上出现戏谑的微笑说大爹你开哪样玩笑——我举着枪。他说怕不是真的，他手上东西要是真的我打赌——我扣下扳机，轰隆，只见小广东家门前一棵老柏树上一大块皮飞了树干白得吓人。他们屁滚尿流冲向皮卡连滚带爬冲出马甸大门我真担心把大门撞倒，那就没有马甸二字了。但他们还会来，还要来。这帮狗杂种二流子光棍汉下三滥的蹩脚货，只要给钱，就是让他杀人放火也没哪样不敢答应。在一伙进了城找了地方打了工老家早就回不去的烂人堆里挑一伙杀人犯多简单呐，生养他的地盘反正没了，所以再没顾忌了，这道理就好比你爹妈都死透了你也就天不怕地不怕狗胆包天啦。良心呢，你们良心被狗吃了？你们不也是吃娘奶长大的？不也有个舍不得的家？你们以为你们到了城里人五人六就像城里人了就是念过书喝过牛奶咖啡吃过大虾牛排的二货？狗日的杂种。真是二货不晓得我装第二铳钢珠火药是要花工夫的。好了我不骂了，老董，我不骂了我听你的。我坐在光秃秃的顶棚下面，灰落下去了，我这里，你现在坐的地方乱糟糟一团。我端枪坐在椅子上，面朝小广东家楼房，面对楼下飘荡的金色麦地，坐了大概两小时，三小时，一动不动。一种安安宁宁的平静像三岔河水一样漫上来把你泡在里面你慢慢舒坦了，就连刮在脸上的风都软得像蚕纱。我坐着不动，也不想动。挨晚的时候我去大成村找永健家老三打了电话，几个搭房子的从嵩明赶过来，三下五除二就重新搞好了。我凑了凑钱。你看我还是有点钱的，还够用。他们说给过了大爹，我说哪个给过？他们说永健家老三给过了，不用再给。哦，永健，这个小崽子，我看着长大的就在大成和马甸之间一眨眼长大的，现在是大成支书了，五十多了，偶尔给我送一只蹄髈两斤排骨我说他也不听，单说家里还多吃不完。妈的，他哪里吃不完？一大家子人哪里吃不完？我和他爹张富好得很，都姓张嘛。从前他爹在大成种地，一直想钻进马甸吃皇粮幸好没成，成了就完了，就随马甸老家伙死的死亡的亡走的走一个个消失了,哪还有眼下四亩多旱地?晚上永健赶来看我,问我被人打伤了欺负了?我咋还不走?我说,你让我往哪走?他说,去我家嘛,去大成。我说你管我?你咋管我?我又咋能让你来管我?永健一声长叹,说这些杂种要再来找你麻烦,你找我。我说不麻烦你呀,不能麻烦你。是马甸的事情不是大成的事情。他晓得我讲的字字在理,句句实话。他晓得马甸是马甸大成是大成,不能搅浑了留下话把也给自己惹麻烦。再说,这事情似乎早就了结,早就随着刘发他们那一伙马甸人的失败了了,官司也输了你还有哪样好说?唯一占理的就是我脚下大礼堂方圆二百亩翻遍合同找不见影子,能见的几千亩白纸黑字片甲不留。这帮狗日的,这帮黑心肠的狗日的。他们的良心,真比赶我走的小狗日的良心还坏一千倍一万倍,人家在明,他们在暗。表面慷慨激昂像吃三岔河水马甸食堂长大的救世主,背后呢,背后脚底流脓只顾着自己捞钱属于马甸人的血汗钱。永健问我,要么,他给我送一条狗养着?我问,干哪样?他说,有狗,就不怕了。我没说好,没说不好。他带我上嵩明住了七天,料定警察要来找麻烦,火枪暂时交给他,七天后风平浪静警察果然来了又走了扑一个空。他又弄一堆吃的给我,流着泪返回大成。

我现在坐的地方,要不是江若愚当年坐小板凳的地方我就不姓张。这地方就是大礼堂啊,我闭着眼睛也能瞅见它的房檐,它的砖缝,它的大门和门上的铝皮把手。江若愚每天坐在小板凳上,坐在大礼堂台阶上居然解决了生计不用老江上下奔走求爷爷告奶奶,你真搞不清楚是她头顶上面的红五星的庇佑还是她本人能掐会算身怀

什么魔法。她就在大礼堂台阶上坐了很久,娃娃们围着她闹腾了很久,然后,老孙的第一秘书出场了。那是个大晴天,下午五点不到吧,娃娃们刚放学跑来,场办秘书科第一秘书段云兵一步一步上了大礼堂台阶。这个招工考来的大理弥渡小子裤裆里刚长毛呢,嘴里高声吆喝娃娃们让开让开,娃娃们被他压得低低的军帽下的阴影吓得纷纷后退。段云兵走近,蹲下,瞅着一小溜铝皮饭盒,瞅着五颜六色的麦芽糖和橡皮筋,低声问她说,多少钱?面对一个比自己小十多岁的场部来的家伙,江若愚稍显紧张,轻声告诉他搅搅糖、玻璃弹珠和橡皮筋的单价。段云兵抓起一粒弹珠,说,你是老江女儿?是。她说。脸上平静得像她拎着柳条箱子抵达那天。段云兵微微一笑,说这些东西,哪弄的?江若愚没回答。段云兵说,你不讲我也晓得,昆明螺蛳湾吧?江若愚看着他,两手抱在胸前。段云兵说他问过邮局老赵了,每月都送货来。江若愚说,段秘书,有何见教?段云兵说你认得我?江若愚说马甸哪个不认识段大秘书?段云兵看看四周好奇的娃娃们,说走走走,大人讲事情,你们一边玩去。小广东小艳红们不情不愿下了台阶站在小广场上。段云兵又说,不容易啊。江若愚没吭声。我晓得的,段云兵说,你一个人带个娃娃,老江又帮不上忙。哎,这个我要了,那个也要。他一样挑了三五种揣兜里,一分不少给她钱。她呢,从从容容接过去,装进另一只铝皮饭盒。段云兵说,江姐啊——这三个字让他忍俊不禁。哈哈,江姐,你看,你成了著名的江姐。江若愚嘴角绽出微笑。江姐啊,不好意思,我代表场办问一下,你经哪个部门批准,有没有办手续?江若愚答,没有。段云兵说,很

40

多马甸人跑来场部反映,说好歹要有场部批准,不然,个个都卖这样那样还要供销社干什么?现在省市区有政策要搞活个体经济,但是开公司要工商局注册哩,你每天坐这里,先不论要不要上税啦交管理费啦,关键要报批。何况你坐的地方是大礼堂,是开大会的地方,是马甸的人民大会堂。江若愚看看他又看看台阶下的娃娃们,说,我找过孙场长,他没说不行。再说,供销社不卖我卖的东西。供销社没有孩子们喜欢的东西。段云兵说,这种事情你让一个场长说什么好呢?再说,供销社有作业本铅笔橡皮大白兔奶糖高粱饴,咋说没有娃娃们喜欢的东西?橡皮筋也多得很,你不就缠了毛线?江若愚说她的橡皮筋才两分钱,比供销社的还便宜一分哩。哦,那更不行了,段云兵皱着眉,会搞垮供销社的,要是个个马甸人都向你学习——江若愚说她也就卖这么一点点小东西,一点点和供销社不太一样的小东西,不可能搞垮供销社。段云兵摇摇头,一步步走下台阶,要她抽空来一趟场部,一定要来一趟场部。她问他去哪找他,他抬了抬下巴,说马甸人都晓得。江若愚不再问了。段云兵走得飞快。娃娃们呼啦围上来,大礼堂又热热闹闹的了。那些日子,那些让人疑惑惊诧的日子里好像从没什么东西能把娃娃们轰走,哄下大礼堂台阶。就是下雨也哄不走他们,下雨正好和江若愚一起待在檐下说这说那唠唠叨叨叽叽喳喳开心得要命。江若愚偶尔给他们讲故事,他们一下子安静下来舍不得挪动半步直到爹妈举着雨伞跑来拖他们回家。那些日子的确了不起,的确让人觉得要是做个娃娃回到小学校上课放学了跑来大礼堂闹腾是多幸福的事情呐;那些日子延续了不太太长但也不算

短的时间,前前后后快一年啦直到段云兵像个鬼一样冒出来,直到,小茉莉噌噌蹿起个子来不再像个四年级的娃娃了,几乎和她妈一样高像她妈一样苗条挺拔。江若愚没过两天就去了场部,上一回为小茉莉插班上学,这一回轮到自己了。她照例去找场长老孙而不是秘书科。老孙被她的突然袭击吓得没说几句就草草结束,态度像他处理很多杂事一样模棱两可,没说行,没说不行,没说不办手续也没说要办手续,关键是江若愚在大礼堂这种核心位置架起小摊子搬来小板凳做起小营生的事情亘古未有,翻遍全马甸历史找不出第二个。这不奇怪,马甸向来计划发放统购统销文革前脚结束后脚就跑来一个没平反的老右的女儿自主经营,岂不让人手忙脚乱。江若愚说她马上写一份报告上来,老孙哼哼哈哈。她问,交给哪个?老孙说,给他也行,给小段也可以。她小心告辞,仍穿着那身白底黑花旗袍和对襟开衫一步步从三楼下来,经过秘书科的时候连眼皮都没抬。第二天继续出现在大礼堂台阶上继续卖她的小东西继续迎接满地撒欢的马甸娃娃。第五天吧,段云兵来了,他板着脸冲上台阶把娃娃们驱散,这回他恶声恶气像电影里的反动派,娃娃们吓住了,呼啦一下跑开,只有小广东小云辉待在小广场边上偷偷张望,他们见段云兵一手叉腰,另一只手连比带画最后踢了两脚气呼呼冲下台阶;而江若愚,还像从前一样从容平静,低头收拾被踢倒的铝皮饭盒,默默坐了好一阵,招呼小广东小云辉们回到台阶上。她说,来,吃糖。她递给他们搅搅糖,一人一只,糖稀足有半个拳头大。小广东要给她钱,她摇摇头。小广东硬掏了两分钱放她铝皮饭盒里。她叹口气,笑笑说,好嘛,好嘛,

随你们便。后来又一波孩子跑来买她东西，小茉莉最后一个出现，她总是留在教室里把作业做完才赶过来。那时候娃娃们哪有多少作业啊可她尽量做，尽量多做。总之那天我和小广东小云辉一起瞅见小茉莉穿着花裙子来了，跑上台阶帮她收拾摊子牵着她的手往回走。她们牵一阵就不牵了，江若愚说了什么，姑娘仰着脸，笑得像朵花一样。她们要应付的土路不近不远在很多年轻小子脚下不值一提，而老江，她的爹，却厌倦了这段路程于是跟工业队递交申请总算解决了，反正马甸房子多的是，一家三口挤在不足十平米的小宿舍实在不像话，工业队同意他在马队附近一排砖砌小屋里暂住一间。这点要求不过分。马甸向来有人情味绝不刁难一个稳重和气的老右。我们都说老江一家命好，真是好，反正自他来了马甸几乎没受过闲气没人刁难，真该烧香哩。我跟老江不太熟，也许是我巡夜的身份多多少少妨碍我们打交道。反正，沉默寡言常戴一顶鸭舌帽的老江和马甸人区别很大，就像江若愚和马甸女人区别很大从来不是一伙的，骨子里就不是一伙的。我猜无论老江还是江若愚暗地里都厌恨马甸人吧。当然老江后来没机会再恨了，江若愚呢，后来恨到极点就谈不上恨不恨了，她一定把马甸二字像毒液一样注入血管里了所以啊，将近四十年我再没见过她。除了那次以外再没见过她。是的那件事情闹得太大她是有理由恨的，有理由恨一辈子的。很多人知其一不知其二，大多晓得果未必晓得因，未必晓得它为哪样变成后来的样子。那时候长大了的小茉莉跟刚来马甸走在灰尘里面站在大礼堂门前手拎一只小蓝布包的小姑娘不是同一个人了，最先留意这种变化的除了江若愚就是

场部的。除了场部还有哪里？实际上正是姓段的不声不响帮小茉莉插班上课又让江若愚在大礼堂摆摊卖东西的。所以段似乎怀着怨恨来讨债，你讲不清楚这种债的去向但你晓得它不是随随便便贷出去不要回来。段不信神不信鬼，他是马列主义战士，精明的无神论者，一个据说从大理考来马甸不知哪个农校或畜牧学校毕业、肄业的小子，能干到秘书科第一秘书也足见这小子，年纪不到二十一的小子的确有两把刷子。他没爹没妈，孤军奋战来到马甸就靠手里一支笔和小心翼翼八面玲珑迅速得到老孙赏识，一系列公文拟定起草都成了他的活计。可以讲，一九七六年之后没有比段云兵更红的小子了。单单这个名字，这三个字就让你眼前跳出老场部三层小楼：一个马蹄形院子围墙刷成红色墙头波浪琉璃瓦外面种着凤尾竹芭蕉树，象征神秘、严肃、高高在上、苛刻严厉以及文件、惩罚、纪律、作息等等东西，换句话说，这三个字就是场部，就是组织，而且他也比大部分老气横秋的家伙包括老孙更狡猾更有野心也更简单明了，在处理江若愚事件上他狠得像条狼。刚开始的温柔体恤全是障眼法后来变本加厉讨回去本金加利息啊，一对孤儿寡母咋受得住？这个小狗日的，马甸佩服喜欢他的人和仇恨讨厌他的人一半对一半。这种小子，如果未来不坐上老孙位置十来年经营就白白打了水漂，我实在想象不出到底还有哪样东西能让他心满意足，还有哪样东西能在他眼珠里闪出光亮让他兴奋地满地打滚呢？

总之我们瞅见大礼堂台阶上的小摊取消了，江若愚不在上面坐着了。我像娃娃们一样失落。小广东小艳红小云辉们一个个六神无主聚在上面叽叽咕咕猜她去哪了，

连碎花布和小板凳都没了。到底去哪了？有人说回昆明了，又有人说回个屁，明明小茉莉每天背着书包上学呢坐最后一排。生病了？最好的办法是尾随小茉莉放学回家。但是负责跟踪的小云辉由于长得虚胖笨手笨脚居然跟丢了。第三天或第四天，按捺不住的娃娃们一起前往铁工厂南面土基房搜寻江氏母女，他们抬起小手挡着火辣辣太阳，认定倒数第一间就是母女俩的家，窗户拉着白花布帘子干净素雅正是江若愚小茉莉的风格。他们紧张得要死，小广东一条腿爬上窗台，鼻尖凑在有木头味灰味的玻璃窗缝上偷偷往里看。窗帘严丝合缝，什么也看不见，什么也听不见。身手敏捷的小广东跳下来紧张地呼呼直喘，像在演一部反特电影。有人吗？在吗？不晓得，看不清，根本看不清。他们还是搞不清屋里有人没人，也无法想象屋里正发生什么还是什么也没发生玻璃上映出他们着急忙慌的影子。小建国睁着眼睛瞎说：小茉莉就坐在小板凳上写作业，江若愚躺在床上脑门上敷着毛巾肯定发烧了脸红通通的。小广东打断他说里面一个人也没有，绝对一个人也没有。孩子们同意小广东的说法：屋里没人。一个人也没有。他们提议绕到前面敲门，最终派出小艳红出马，她犹豫了半天才去到前门伸手敲了敲，一连三个三下。毫无反应。他们大着胆子高喊，江阿姨，江阿姨。一点动静也没有。孩子们只好悻悻离开一边猜测江若愚去哪了？为什么明明见过小茉莉背着个帆布小书包放了学走出学校操场转眼就没了？放了学不回家还能去哪里？江若愚呢，又能去哪里？一对母女不忙着烧火做饭还能忙哪样？有人提醒说还有老江嘛，去他那里瞧瞧？是的是的就去那里瞧瞧。孩子们差点熄灭的激情又噌地点燃踢踢踏踏一路小跑书包砸着屁股赶去工业队宿舍，他们进了院子，见老江埋头生炉子呢，火苗呼呼直蹿，老江举着火钳拈着木炭正要放下。他已经是个生炉子老手，不是刚来马甸什么也不会连斧子松了都要跑去马厩找朱良帮忙的老右了，不再是那个戴一副眼镜弱不禁风哪样也不会的小老头了，他被马甸改造得相当到位，浑身充满斗志和你说不上来的希望和信心，就好像你把他放逐到马甸更偏远的西河海麦地倘也不再会重击他动摇他。他回头打量娃娃们，笑着说你们找我吃饭？好好好，我有马干巴呀。孩子们哇哇大叫，马干巴马干巴，你哪来的马干巴？买的嘛，食堂买的，你们爹妈没买？没买，早抢光啦。哦，哦，你们运气不好，我整给你们吃，再整棵白菜煮上，好吧？孩子们乐疯了，被衰老击败或意外死亡才能贩卖的马肉马干巴很难人人有份，食堂贴出告示后开卖不到半小时就抢个精光，能买到的要么有办法要么有闲钱要么早早排队守在门口，一律供不应求，马甸人既爱马又不可思议地爱吃马肉，尤其食堂腌制的香得要命的马干巴，这是马甸之外你走遍全昆明全云南也找不着的美味啊老江足足熬了一个通宵排队终于抢到半斤。娃娃们，馋得流口水的娃娃们早把江若愚小茉莉抛到九霄云外，一个个拍手尖叫兴奋得像满地撒欢的小马驹。他们围在炉子边，瞅着老江放进柴煤，火烧得旺旺的，再把洗好擦净的铁锅支得稳稳当当的，往锅里浇上香喷喷的菜籽油，一团团白花花轻飘飘的浮沫像跳舞的小仙女一样冒出来娃娃们七嘴八舌小广东说要等浮沫散去菜油熟了才能下锅呢急不得。他们守在锅边眼巴巴瞅着喷香的油面，老江回屋切好马干巴，端出来，滋啦啦滑进锅里，扑鼻的香气差点把孩子们撂倒。他们激动得快哭了，口水耷拉到热油里尖叫声嘶喊声半天才平息翘着鼻子瞪着眼像老猫一样呆愣愣的，老江大声命令他们退后，小心热油崩到眼睛。娃娃们像没长耳朵伸长脖颈瞅着稀里哗啦爆炒还冒着浓烈麻味香味的马肉条子口水一再流进锅里呲啦呲啦溅出一绺绺白烟嘴里大叫着，熟啦，熟啦！老江举筷子出锅装盘，娃娃们猛扑上去追着老江手里的盘子团团乱转恨不能将他一拳打倒把喷香的肉条塞进嘴巴。那天他们吃得肚皮溜圆爽得不能再爽啦，一个个咕咚咕咚灌一肚子凉水伸长舌头打着哈欠心满意足望着老江，望着这个吃饭也很斯文半天吃完一条马肉的老家伙，恨不能将他碗里的肉也抢来吃掉。老江这时才问他们找他有何贵干，不是惦记他刚买的马干巴吧难道真的惦记他的五两干巴？小广东一拍脑袋说，嗨，我们来嘛，是打听江阿姨和小茉莉哪去了。老江不解，哪样意思？她们不在大礼堂？不在。娃娃们异口同声。后来小广东一辈子记得老江当时的反应：放下碗筷让吱吱冒油的马干巴晾在碗底，碗的另一边是毫无姿色的白米饭加苞谷饭白生生黄灿灿一片。他目光虚幻，两只镜片蒙了一层白雾，再不能像他女儿孙女一样望见大门上马甸两个大字了，连娃娃们也一概看不清了。他迟钝地望望炉火又望望小广东，哪样意思，哪样意思，你们，哪样意思？小广东说真不在大礼堂，娃娃们七嘴八舌说着今天所见所闻尽量认真详细也好报答这一顿香喷喷的连灵魂也会记住的马肉饭。他们说大礼堂没人，去了铁工厂宿舍也没人。反正，她们像长了翅膀飞啦！啊哈江爷爷呀她们飞啦，找不着啦，她们到底去哪啦……老江喃喃说，是啊，会去哪呢，会去哪呢？小广东记得他重复两遍就不说了，陷入长长的沉默像卡巴金掉进了闸塘。老江磨磨蹭蹭收拾碗筷收拾灶台又重新走回来定定瞅着炉子。魆黑的铁皮炉子喷出火星直蹿天空。而天空，此时已经红彤彤一大片铺满玫瑰一样的火烧云了，他们远远听见从西河海返回的马群懒懒散散倒腾马蹄昂壮响亮像大地坍塌一样的声音了。小建国大喊，马！其他娃娃一声不吭一动不动，听着，等着。马蹄声渐渐逼近越来越响惊雷一般滚过路边的三叶草小花，坐着的孩子身体不由自主颤抖起来，之后声音越来越响亮颤抖越来越猛烈，小广东小艳红拉着小璐璐的手蹿到半空浮起来像一朵花两朵花三朵花平平躺在滚热的还冒着马肉香气的洒满晚霞的空气中，飘着，转动着，小云辉小建国拽他们手但是没用，两个小家伙体态偏胖再也飘不起来啦，巨大的喧嚣让每个毛孔都抖起来就像天兵天将下界了你只能眼巴巴瞅着等着。三个娃娃还飘在半空像水涡里的花瓣转啊转，速度不快也不慢，一匹马疾驰而来又疾驰而去，是马队朱良胯下的黑骏马吧，他催动它奔到前面又折回后面，确认没有一匹马掉队，壮观的马群像旋风一样渐渐远去进了马厩大门，悬浮的孩子两脚挨地稳稳降下来。啊呀呀，他们急急叫着叽叽喳喳争论着马肉之外的神秘力量让他们每根汗毛都倒竖起来，反正不是头一回了，他们早就在日复一日的马甸生活中灵魂出窍搞不清楚状况也不必搞清楚状况，反正每次群马驰过都惊心动魄，有时候，比如星期天，还让大人领去马厩寻找一匹喜欢的卡巴金然后跟朱良刘发磨磨唧唧终于获准爬上马背，马队的人当然要小心看护着，要让场部晓得就完了。好在场部也睁一眼闭一眼,哪个会计较自己娃娃为自己的马五体投地?每次娃娃们撞见马群归来就飘上半空像马的亲戚一样等待神秘的骚动平息下去,大人们等他们一个个慢慢悠悠安全着陆重新牵住他们的小手。马儿一匹接一匹河水一样流走啦,这时候娃娃们回过神认真望着老江,他还是不说话不行动只是呆呆坐着,望着炉火渐渐暗下去不晓得琢磨什么。他看起来挺傻,像六一节上呆头呆脑的木偶。娃娃们饱了累了天就要黑了。小广东大喊一声,娃娃们纷纷起身向老江道别,又忘了为什么来找他,反正这地方没有江氏母女嘛,反正吃了香喷喷的马干巴还找什么小茉莉呀。老江望着娃娃们消失才收拾碗筷拿到水龙头下洗净。马干巴的香味仍在浮动,黄昏的月亮悄然升起。回家途中,娃娃们再没提江若愚小茉莉,相信次日她们会出现的。既然会,那么消失个半天一天就不算什么了,就不该死乞白赖地找啊找的了,更重要的事情是做作业,咋能忘了呢?他们撒丫子飞奔回家,自然不晓得当晚老江偷偷找到我要跟我一起巡夜,我看着他像块废木料的白花花的脸大吃一惊。我承认我吓着了,被模模糊糊的不必言明又能感知的东西吓住了,就像晚上你拎着手电筒逼近一头豹子你闻见气味不必非要看见它在暗处趴住不动。我问他,咋了?他不吭声,塞给我二两马干巴。我更吃惊了,说不行不行,你辛辛苦苦买的我咋能——他进到我屋里,不由分说把马肉撂在桌上,返身替我带上门,说你带手电了?我说带了,他又说,家伙呢?我拍了拍腰间的五四。好。他说。走吧。就这样,我们踏上被月亮照得明晃晃的像下过一场雪的水泥大道。

我累了,老董你让我喝口水。我渴。有时候我会把渴和累混起来分不清。你晓得我这里没水,要上莲花池去挑,两只白塑料桶装得满满的再倒进水缸,通常要跑两趟。光跑一趟不够用。我这把年纪,跑一趟是一趟,两条腿就打颤颤了。两趟下来,差不多要半条命。好在我就早上跑一趟下午再跑一趟,好在你不必每天都跑。不,我不想让你跑,怕你累着,你要是摔一跤就完了。你看我们经历了那么多鬼头鬼脑的事情还活到现在是有原因的,老天爷故意让你临死还吃苦受累不得安歇。自找的?是,我是自找的,但我张玉明喝莲花池水喝了五十年,你让我去哪里?昆明?嵩明?喝不上这口水我死得更快。

我这辈子没见过多少事情比得上那天晚上看见的。我们循着大道沿闸塘绕过三个趴着不动的大马厩,顺马厩外面露天跑马圈的矮墙一路走到场部,黑暗中只见场部院墙像海浪一样起伏。一路上老江一声不吭。我也不敢吭声。我总是一个人巡夜。要不是看在他二两马肉面子上我才懒得像拖影子一样拖着他跑遍全场。我们凑到围墙下面,老江伸着脖子仔细瞧,场部大门早就上了锁在月光下黑沉沉的,他跑到我前面绕着围墙来回溜了三趟,像在辨认什么又像回忆什么。我问他咋像条狗一样窜来窜去的,闻见哪样了?他还是不吭声。场部三层小楼漆黑高大像个方方正正的大黑怪缩在一排古柏树后面。你觉得这地方不单单代表权力,更像个吐纳臭气的溃疡,一块滑溜溜的巨冰,一座无人荒岛。我们终于抛下它继续往前走了。前面就是工业队家属区,然后是牧草队家属区,最后是场部家属区。一模一样的砖砌瓦房在月亮下面一字排开颇有马厩的气魄只是小多了,就像堆在冬青树边上整整齐齐的方脑壳玩具。直到这时候，直到我们距离宿舍区越来越近而且逼近院子，他才跟我讲起他当老右的缘由——抽签抽的。他们那一小撮艺专干部靠抽签决定了命运，他在学校任劳任怨从来不管闲事和上级下级处得挺好，所以他抽到签的时候大伙都来安慰他，劝他。但是恼火的事情接二连三，他们一个个跑他家里来借这样借那样，闹钟，水壶，搓衣板，肥皂，等等等等。他们拎了东西就跑都懒得多说就撂下一句反正这些东西你用不上了……去马甸挺好，没有家累，老婆死了，女儿在城郊一家幼儿园教书样样都好没哪样不好还有哪样好计较的走就走吧。都说马甸是个好地方。当然是个好地方。他说，世外桃源一样的好地方呀老张。我说你觉得好就好。他说除了今天晚上，除了今天晚上马甸一直都是好的。我日。他忽然爆了粗口。我从没听过喝了很多墨水的老右爆粗口。我说你到底要找哪个，到底要说哪样。他不搭理我，步子迈得飞快，一双大脚将满地月光踩个稀巴烂。再说那天晚上他吃的是马肉，浑身上下有的是力气。我们就像两条空荡荡的影子飘到场部宿舍，见三个窗口射出灯光。我就是闭着眼睛也认得三个窗口是哪三家人的，都说我是马甸活字典，方圆百亩我样样东西清清楚楚明明白白，铁工厂门口的废拖拉机掉了几颗螺丝也记得，理发室老方的剃刀一共几把收在哪里我也晓得。嗯，左边老王家右边老孙家最末一间段云兵家。这小子刚来两年就分了房反正马甸有的是房从来不缺房就连老右和老右家眷也都有住处有饭吃。直到这个时候，我才反应过来他找的是哪个了，他到底要来找哪个。段云兵的两间砖房在尾巴上，再过去就是小学校大坡了，从斜坡上去三百米就是食堂，对过是老方的理发室。通常来讲，段云兵的房子很安静，推窗就能闻见莲花池吹来的湿漉漉的凉风，抬眼就能望见水面上波光粼粼。越靠近平房老江话越多，问我晓不晓得这次食堂马干巴是哪匹马的，我说好像是阿富汗下来那匹花斑马，前几天套马车拉石料被压断腿只能赶紧处理掉。所以啊，老江说，所以肉是嫩的，比任何一匹马都嫩哩。上次，一年前，那匹卡巴金老得嚼不动，牙都硌掉了。这回，又香又嫩。放滚锅里滚一道就行最多半根火柴工夫不能拖不然就老了。我问他说你牙口不好？他说好，好得很，一口牙只掉一颗，吃肉不成问题，问题是那么好的马甸很少吃上肉啊。我笑了，说哪能让你痛痛快快吃肉？你走遍全中国也找不出个地方让你痛痛快快吃肉。他说，你讲得对，老张。我们顺漆黑一团乌压压一片像生铁一样硬的墙边溜过去来到房子正面，窗口亮着灯，门关着，窗帘是拉上的。他说他要进去，回头冲我说你跟着我，老张。我没说话。我紧了紧皮带摸一把腰间那块硬邦邦的皮。牛皮。又凉又滑，让你格外踏实。他凑过去敲门，段云兵大喊，哪个。然后开了门。我冲他点点头，嘿，段大秘书。逆光站着的段云兵看看他又看看我。老江径直往屋里闯，步子又大又快像一只凌空疾驰的卡巴金本来他就比普通人高大些这时候映在灯光里就更高大了。我待在十来米远处，刚好瞅见小茉莉和江若愚坐在屋里两把木头椅子上另一把椅子是段云兵空下来的，白得晃眼。老江问她们来干哪样，她们都不说话，小茉莉低着脑袋江若愚木僵僵的脸像刷了油漆的板凳脚。段云兵解释说，他们聊上学、小买卖和场部政策，无非这些。她们起来，顺着灯光走到外面进入水泥铺的小院经过我往黑暗里面走。我按亮电筒为她们照着。老江折出来，不再讲话，不讲一句话。他们一家三口排成一列径直往前走。没人说一句话就连脚步声也低得像被大地吸走了抹掉了。我看看段云兵，那种时候，那种灯火暗淡的晚上你很难看清一个人的脸，当然啦我明明看见他原本就很白现在更白了像被马踢了一脚，他忽然问我，老张你咋来了，我说，巡夜。他说巡就巡嘛你跟一个老右捣哪样乱。走到院门口的老江闻言站住，转身说你骂哪个老右，你再骂一个试试？段云兵说难道你不是老右？老江同志，我提醒你，不要犯错误。你还没平反，你不是老右，我是老右？老张是老右？老江在原地说不出一个字一句话。江若愚一把将他拽回暗处我继续拿电筒为他们照着，三人并肩走出去，小茉莉这个不到十三岁的娃娃迷迷瞪瞪垂着脑袋两只羊角小辫在黑暗中像两把小剪刀，而她本人像个小布娃娃一样痴呆懵懂晃来晃去轻飘飘的没有重量，身体紧贴江若愚的裤缝步幅又急又碎明明走着又像没走看着让人心疼。那天晚上我想的是，我要有个姑娘绝不让她遭一丁点罪。你莫看小茉莉长得还算高像她姥爷一样高一个大姑娘家该有的全有了可到底还是个嫩秧秧的像莲花池边水草一样软的娃娃呀。他们走了，都走了，把我抛下了而且没人说话。月光白花花照着，他们挪动的影子既不孤单也不热闹也不太像一家人，倒像什么地方临时凑齐的三个人，身体和身体之间缝隙很宽都低着头像造了天大的孽伤心又绝望。我估摸段云兵还会找她们的，具体说了哪样做了哪样你搞不清楚也没办法从他们嘴里撬出个子丑寅卯。我多喜欢这娘俩

啊。不瞒你说，我真不瞒你说，每次路过大礼堂小广场我都昂首挺胸注意咋个挥臂咋个摆腿好让台阶上的女人看见。每次你的心都像小鼓一样怦怦乱敲从她眼皮子底下勾着脑袋走过去，她好像一直盯着你其实根本没盯着你连一眼都没看你，那么，你搞不清楚她到底在看什么。如果没有娃娃买她东西，大人偶尔来一趟也保证不了她整天都有买卖可做又何必一整天坐着？娃娃们放学跑来之前，你不知道她咋个度过漫长的在我看来就像活活囚禁在大礼堂台阶上的时光的。就那么坐着，有时候翻一本书，大多数时候两手空着，腰板直苗苗的，两眼眯着眺望花草树木天空云朵一排排房子和房子上的烟囱，模样端庄又遥远，像刻在一扇红木门上漆皮剥落的白牡丹。所以，几天后当她不在台阶上坐着，你说我多么失落，心里像钻了个洞，一个漏风渗水的洞。马甸大礼堂要是缺了江若愚和一小排亮闪闪的铝皮饭盒就不是马甸大礼堂了，是别的什么房子了，大而无当空洞乏味。所以她走那天把我找去把刘发找去我们都懵了。我是被刘发通知去的，刘发说去一趟铁工厂宿舍。我问他是不是马跑去铁工厂了，他不吭气。我们急急赶到那里，他敲了那间小土基宿舍的门。江若愚开门时我大气不敢喘。她没让我们进屋，只是站在门口，身上白底黑花布旗袍投下砍刀似的影子。我觉得脚下什么东西来回摇晃。我听见她说，她央求我们说，她想看看马，带她上西河海，看看马。刘发低着脑袋说，好吧，千万莫让人晓得。江若愚望着我像征求我意见。通常我这个巡夜人晓得很多不为人知的秘密，自然也就晓得某些人某些事也晓得哪些事发生了当它从来没发生埋进泥巴。我说，哪个讲

出去天打五雷轰。江若愚感激地看看我，转身拽上门，随我和刘发从大成绕道闸塘。这条路不可能被哪个正在上班的马甸人看见。我们走得很快，她开始讲她多么喜欢马甸的马呀，她刚来马甸的头几天跟老江上马厩看过一次，就一次，后来再没工夫看看它们了。都是上过战场的军马？我答，多数是，也有我们自己培育繁殖的马。刘发默不作声，左瞧右瞧提防四下冒出闲人。她又说，她真想骑上一匹卡巴金冲上前线把法西斯鬼子打得屁滚尿流。我说，哪来的鬼子，早被打跑三十多年了。她嘿嘿笑了，笑完又说，今天娃娃们又跑去找我，咋办？我们答不上来。她叹口气，说他们会难过的，会到处打听我的。老张，我能叫你老张吗？我说当然。我的心咚咚直跳。她让我转告娃娃们，她必须回去了，回昆明，小茉莉跟外公待在马甸，今后有机会再接她走。还请娃娃们好好对小茉莉，把她当要好的伙伴，要好的朋友。回去？为哪样？刘发插话说。江若愚没吭声。刘发的追问换来长长的沉默。三条低入尘埃的影子或长或短重得像铅。我晓得必然和段云兵那个小狗日的有关可你有哪样办法。再说这种事情不是我管得了的，虽然这种事情你闭着眼睛也能想象它的严重性也能看见黑夜里面惊人的细节，就像一道深深的伤口。我的办法是闭嘴，是不想它不管它。哪样也不想。我们从闸塘东北面绕到三号马厩，刘发牵着大黑出来，缰绳交到她手上，又将几百匹卡巴金一一放出来，慢慢跟在我们身后。她小得不能再小，一身旗袍和旗袍下面特地穿的黑的确良裤子与雄壮的大黑不成比例又相当动人。我们走了一阵，在数百匹同样沉默只是偶尔喷出响鼻踩着塘石路面发出踢踢踏踏轰鸣以及制造高高烟尘的马儿陪伴下朝西河海前进，过了闸塘西埂刘发让她上马，扶着她的腰将她送上马背。江若愚紧张得满脸通红，然后听从刘发的命令攥紧缰绳，刘发也跳上一匹花斑大马，我挑了一匹没有鞍辔的枣红马，一左一右在她两边像门神一样守护她。她忽然一声啸叫，缰绳一抖，马儿撒开四蹄，我们打马跟上。身后马群隆隆漫涌过来像一列军队朝着西河海飞奔。我告诉你啊，江若愚一定没骑过马也许一辈子没骑过马今后也不可能再有机会骑马，出人意料的是，上了马背的她居然一点不怕很快骑得像模像样，再说大黑是多么灵性的领袖啊。我们扎进西河海，江若愚越骑越快，两手抓紧马缰，身子差不多趴在马背上。刘发跟上来带她前后奔袭十多趟才吁一声牵马停下了。大黑喷着响鼻，刘发满头大汗下马拉住缰绳，小心翼翼扶她下马。她捂着胸口，说她纵马疾驰的时候像坐着闪电满脑子都是《青年近卫军》的情节：苏联战士保卫斯大林格勒不惧牺牲冲锋陷阵。她擦着额头上的细汗，说值了，来一趟马甸，不对，快一年啦，值了。就这一趟，死也值了……我们问她咋这么说，今后骑马的机会多得是。她说她多想待在马甸，可她是老右的女儿，太难了。难道她不是靠双手养活自己和女儿？难道，她占了爹的便宜又占马甸便宜还到处搬弄是非？没有，从来没有。我们晓得，她只是使劲活着，就连食堂饭票也是自己掏钱买的，没沾老江半毛钱的光。再说老江是老右还有多少光可沾？我和刘发不晓得该说哪样才好。我心里憋屈又难过。她说，明天就走。明天收拾东西就走。我问她，回去做什么？她脸上没有汗了，仍然伸手擦着，然后坐在苜蓿草上，目光追随山峰般

48

的马群来回漂移。她摇摇头，说她不清楚。之后我们在西河海一直待到刘发将马群重新聚拢身披西去的光线撤回马甸。她仍骑上大黑，慢慢出了西河海才下了马，说她就从闸塘绕道回去。快下班了，人多眼杂，让人看见不是闹着玩的。我让刘发赶马回去。我说我陪你走一截，到了闸塘你走你的。她答应了。我陪她一直走到闸塘边上，她站下来，问我说娃娃们会不会扭头就把她忘了？我说，不会。真的？她说。我答不上来。她说她想好了，回昆明先学一门手艺，看能否找个地方扎下根来，这世道要养活自己多不易啊可也没那么难，毕竟还有好人，很多好人像段云兵那种好人。她提到此人名字眼窝红了。我的心怦怦乱跳和步子一点也不合拍。我们走在长长的玫瑰红转深紫色的太阳余晖中，马甸轮廓壮观又坚固像一辈子消散不了，我相信娃娃们早就扑到大礼堂也早就失望地鸟一样散开了。也许他们不出三天就会忘了江若愚。这是她，也是我，想起来就觉得受不了的天大的委屈和遗憾呐。我们故意放慢步子，故意磨磨蹭蹭以便天色尽快暗下去以便孩子们一个不留，他们肚子饿了自然会回家不是溜到她的窗台上扒着窗缝往里瞧。来到大门口，她出神地望了望门楣上马甸两个大字，说，我每月来一趟？我说，好啊，你姑娘有福了，你爹也有福了。那我就一个月来一趟。就算从公路口走进来，走五公里，也难不住我。就是，我说，你下回来，提前说一声，我找张单车接你，大不了我找大成村的永健赶马车接你。说完了我才反应过来，她怎么通知我？打电话到场部找我？还是给我来封信？她笑了，说不用不用，不用麻烦你，老张。我的心仍咚咚直跳，我说，可惜了，帮不上哪样

忙。还要咋帮？她说，你把我每月剩下的糖啦橡皮绳啦都买光了还要咋个帮，还陪我骑了卡巴金哩，我一辈子……她眼圈又红了。她是个多特别的女人呐，我以为她会像铁打的铅铸的牡丹花一样盛开在大礼堂台阶上面，以为她不会掉一滴眼泪。一年前她不就拎个大柳条箱跋涉了五六公里来到我们面前但你根本没看见一丝黄灰落在白底黑花裙子上，落在浓密乌黑的头发上，落在细细窄窄的肩膀上，好在她终究骑过了天底下最牛的卡巴金，好在她的闺女小茉莉最终留下来了。第二天江若愚带上柳条箱子走出马甸大门，这回刚好有车队老曹上昆明办事顺便捎上她。小茉莉脸色苍白，一双黑眼珠子死死瞪着她，瞪着她上了车。小茉莉缩在老江胳膊下一动不动，像挨了一闷棍。我心里说，莫哭，你妈每个月就来一趟呢，莫哭。她果然没哭，好像还没从这件事情上回过神来。当时下午两点，娃娃们正在上课，大礼堂一片寂静像死人一样所有树啦人啦房子啦统统昏迷一样。江若愚冲女儿挥了挥手，门关上了。军用吉普轰一声冲出去卷起高高的烟尘，比大黑加速飞奔还快眼睛来不及眨一下就没影了。小茉莉扭头把脑袋埋在老江身上。哎，十三岁的小茉莉啊，两只羊角辫高高翘着像刚出窝的小鸡仔像冬天马甸颤抖的冬青树条还没硬朗起来还没变成花苞没绽出花朵香气还没从嫩秧秧的带点乳臭的清爽气息中像蝉蜕一样长出来就提前终止了。是的，还没等来下个月江若愚回马甸看她，吉普车卷起的尘土还没完全落地，小茉莉就漂在闸塘里了。不是漂在莲花池她知道那片水死过人所以躲开宁可漂在更大更深的闸塘。我花了半个多小时才把她捞上岸。哎，我进到水里，我进到他

妈的比冬天莲花池还冰冷刺骨的八月的闸塘水里，瞅着那件白花的小裙子和小裙子下面一双马甸人根本穿不起也没见识过的搭扣牛皮鞋，我就停在水里了，不晓得趴在水面上的是或不是，如果不是那又是什么，一点不像她，一点也不像。比起那堆破布似的身体和膨胀的新棉袄，她这一身，她的样子，就像一小块肥皂，一小撮刚刚钻出冻土就被一脚碾碎的嫩芽。

8

是的老张。小茉莉。我记得的。我当然记得这个小姑娘的所以你要让我说说她我是一千个一万个不愿意。我就不说了。你说我就不说了。多可怜的小姑娘。要活到现在，也该四十多五十了。你瞧，老张，你的麦浪层层翻滚，多像闸塘水。多像吞了她的深深浅浅的闸塘水。

9

讲讲朱良吧。台儿庄长春锦州昆明朝鲜，其实他故事不多甚至少得很可你总会记住他记着这个战斗英雄马队的头儿老朱。嗯，叫着亲切啊，老朱。云珍也没法搞清楚他就剩一句的履历："参军，打仗，命好，没死，回来，娶了我。和他一起去的差不多死光了。命大呀。"老董我晓得你对朱良的记忆比我更多更深，我晓得你暗地里喜欢他巴不得嫁给他哪怕他只是个贫下中农大字不识一箩而你呢，老右的千金云南大学历史系肄业在我看来这就是你们没走到一起的关键。当时都说贫下中农抢手其实是屁话，我晓得你心里到底咋想的，可是条条框框也只是条条框框跟真真切切

的血肉之躯真情实感搭不上边嘛。你跟他在一起就像跟大地在一起，对吧，我说的对吧，他宽容，不索取，他做他自己也让别人尽量做他们自己就像泥巴终究是地上的泥巴云彩是天上的云彩，西河海就是西河海马厩就是马厩，所以他每回送你到莲花池边就侧着耳朵听三岔河青蛙的鼓噪你以为他从不动心其实他对你动心又无所用心。沉寂，天底下哪还有比沉寂更高级的东西。所以老董，我晓得，我看在眼里，你在他心里又不在他心里，而他是一直在你心里最后你只能让这种"在"高高在上超凡脱俗不必真正抓在手里不必像李菊芬抓住段云兵一样。是吧，我没说错吧？云珍娘家姓杨我们后来只叫她云珍倒忘了她姓哪样了。的确是三十里外大官渡嫁过来的，的确是十一二岁就定下来娃娃亲后来他头也不回上了战场她重新站在他面前的时候都二十四了在农村当真嫁不出去了。一来他没死二来她说了等他回来，她很小就说了这话所以说到做到。她不是平平常常脚上穿一双碎花布鞋走进马甸的是被一匹小矮马驮着进来的，但你咋个看她也不像个高高在上的千金，反倒落魄得歪歪倒倒在马背上东摇西晃差点摔下来，像个疲敝的戏子像刚从战场下来的败将奄奄一息的伤员由一匹青花小矮马，一匹脏兮兮的浑身泥点子的小矮马远远驮着进入那条长长的土路，是的，马走得很慢就好像非要让人欣赏它背上的人形非要告诉大成人马甸人它和她来了像电影里面一个奇怪的逃难媳妇一样进来了连蹄声你都听不见，像条影子一样飘飘忽忽来了。大成没几个人，下田的下田干活的干活青年劳力在砖窑上打坯搬砖，他们经过村庄远远望见马甸巨大灰色的轮廓小山一样紧绷着，马上的人

被一记响鼻惊得挺身瞭望。然后又垂下脑袋任由矮马驮着自己不快不慢踩着石头和泥巴慢慢前进，最终，我们惊讶的是这匹青花小矮马竟把一个从没涉足马甸的无声无息的女人从大门口准确驮到莲花池边直接走向平房宿舍在一扇暗红木门前面收住脚，脑袋顶在门上一动不动。女人像刚睡醒一样用一种晃晃悠悠有气无力的声音说，到啦？马儿当然回答不了，一路跟来的几个马甸人开口说，到了，朱良家到了。女人抬脚从马上下来，看看四周的人，很不好意思地笑了。人们这才发现女人长得周正耐看，圆脸白牙，高鼻梁大眼睛头发不长不短，在大成人看来她也许缺一块蓝布头巾但在马甸人眼里刚刚好，这一身灰布对襟衫更像是马甸人装扮不像村里的。虽然，她一张口，明显是官渡一带口音。我睡着了。她说。我找朱良。有人说朱良在马厩上班哩，你是哪个？我是她媳妇。她说。我叫云珍，杨云珍。那几个马甸人炸了锅不信她的。朱良还是个小伙子哩你咋可能是他媳妇？他哪个时候娶的媳妇？我就是他媳妇。十二定的娃娃亲。不信你们问他。有人飞也似的直奔马厩叫来朱良。他们远远从大水塔下面斜坡上下来，朱良走得又急又快到了面前眯眼看马再眯眼看她，说，你是云珍？是，我是。我都认不出了。是吗，十二年了，你没变。朱良摸了摸脸。你咋来了？我家出事了。云珍说。她站在门前的模样就像她已经是这家女主人了身上真有一种娴静温和的气质不慌不忙天大的事情也不慌不忙，但她明显不想当着一伙马甸人讲。朱良转身告诉马甸人说她的确是他媳妇，散吧，我先喝口水。马甸人立马就散了，黄昏时候朱良和新媳妇的故事已经传遍全场所有人都好奇这个

横空出现由一匹脏兮兮的本地青花矮马驮过来的媳妇哪来的咋回事，尤其你老董，你听到这消息的时候简直不相信自己耳朵不相信一匹外来的马，那么差劲一匹破马劣马居然能准确找着马甸找着朱良的单身宿舍。你撒开两腿就跑，跑一阵你停住了忽然意识到事情不会有假也不可能有假朱良明明亲口讲过亲口说过他订过娃娃亲你以为是托词和借口，不，不是。娃娃亲真的来了而且节骨眼上来了铁定不是假的该来的终究要来呐。是福不是祸是祸躲不过，老董你一屁股坐在地上号啕大哭，三岔河在你脚边哗哗流淌天上飞着成群麻雀高而虚妄的远处亮得像一根白刺你觉得所有活着的死了的都在嘲笑你羞辱你挖苦你捉弄你。你是头一回哭此后就很少哭了我晓得你哭了你不要问我咋晓得的反正我晓得。你哭了半天直到夜里才回宿舍才走到五十米开外的朱良门前敲了敲门，你不晓得自己咋要敲他的门，非要让一个陌生的叫云珍的女人认得你还是非要亲眼见证他们的的确确是两口子已经住在一个屋里你才安心？总之你敲了门，朱良开了门，好像早猜到是你，他让你进去，你站着没动。从他身后走出来的云珍大大方方亲亲热热把你拽进去说今晚扯的面片刚下锅，还加了白菜和猪肉。哪来的猪肉？买的嘛，下午专门上食堂买的限量三两猪肉他们一直给老朱留着足足一两肥膘。你坐，坐。屋里那叫一个香啊。你进来了，云珍将面条端上来，油汤面上漂着碎绿的葱花。你埋头吃起来但是不晓得到底香还是不香好还是不好。你听见云珍讲，她早听朱良说起过你，常常夸你好。你不信，朱良大字不识一箩难不成给你写信？明显编的那就让她编去不必拆穿她。你稀里哗啦吃完了并不

晓得饿还是不饿唯一确定的是面片手艺真好,不薄不厚不硬不软。云珍又给你端一杯热茶,不是茶叶沫子,是不错的茉莉花茶。不知她哪弄来的短短几小时就像变戏法一样把它变出来啦。你坐不住了,你笑笑,冲她笑笑,讲起育种室的事情各种各样好玩的好笑的她从没听说的事情,比如把卡巴金远远牵过来拴在配种室外面你得再牵一匹母马,之后两匹一起牵进育种室等着。等哪样?云珍睁大眼睛。你从她淡褐色的眼瞳里读出了女主人才有的气息,你能感受到她和男主人那种罕见的绝然匹配的默契一种自然而然的平静沉着就像门口毫无变化的三岔河水。你一下子难过得再也感受不到难过就好像自己成了茶杯里浮浮沉沉上上下下的茶叶从顶端滚落悬在空中荡来荡去。你说你问朱大哥吧,问他吧,他懂。你脸上一丝羞赧也没有你看得太多了而且很多时候是你手把手操作的你干吗说起这个当着新娘子的面说这个?而且,还是头一回见面的新娘子?你不害臊人家害臊啊。害臊怎么啦不也要钻被窝吗?你瞪着朱良让他往下说。朱良使劲咳嗽两声两手圈住膝盖,说不讲了,今天不讲。云珍说你讲啊我想听。不讲啦明天我带你去看。你讲嘛,讲,没外人。于是朱良涨红脸皮讲了他这人从不撒谎更不遮遮掩掩,他说公马卡巴金和另一匹小母马进了育种室,老江,也就是你老董的领导坐在一边冲那马儿吹口哨呀,嘘——嘘——嘘——嘘。为哪样吹口哨?你听我讲嘛,莫急。他偷偷瞟你你却不依不饶像瞪一块石头一面墙一样直愣愣瞪着他不避不让。你眼里的是朱良又不是朱良,不再是你熟悉的躲在二号马厩小屋炸鸟烤肉的朱良了成了一个陌生人一个敌人一个坏蛋叫人厌烦仇恨

唾弃直想扇他嘴巴。他说下去,然后公马的东西就,就,溜出来了——东西就——哪样东西?哎呀呀,你呀,你个傻瓜!你再也坐不住了恶狠狠地跳起来冲出门去,云珍追到门口大声问你咋啦你说你要去大礼堂广场看露天电影今天放露天电影,《永不消逝的电波》。哪样?你说哪样?《永不消逝的电波》,孙道临演的哎呀你哪晓得孙道临……你跑得飞快云珍再不喊了就算喊你也听不见了。你走在黑魆魆的路上一直沿小土坡上去经苹果园从幼儿园围墙下面直插大礼堂广场。后来你一千次一万次回忆那个晚上回忆《永不消逝的电波》,电影讲了哪样没讲哪样根本不重要不记得只见孙道临晃来晃去,晃来晃去,多帅啊但在你眼里也就只是一个黑白分明来来回回走动飘荡的影子。啊,凳子,你都搞不清楚你从哪里找来的凳子坐第三排那天很冷,凳子是理发室老方的条凳应该是反正你就坐着也没人拦你没人赶你走,自然,这把红条凳就是早早吃了晚饭从谁家抬过来占地方守座的反正你也懒得回去抬凳子了就这么着,管它三七二十一。后来,几分钟后你身边都是人了,认识的不认识的没人说你问你最多友好地冲你打招呼你不再感到冷了。那天晚上是挺冷的刮着小寒风,广场两边电线杆子中间绷住的巨大银幕飘摆晃动。电影开始后孙道临的脸就不停变形,又变形,然后正常了,再然后又押长,扯扁。你想笑可你哪笑得出来总之你被马甸男男女女包围大多是年轻人大多是天南海北来的同事黑压压一片,银幕上的光把你两条乌黑的大麻花辫子照得雪亮耀眼。忽然,你忘了电影放了多久,一个男人的声音从后面传过来。小董,小董。你半天才反应过来此人叫的是你。你转身。见一

方蓝底印白杠的手帕递上来黑暗中你见一只男人的手一只年轻男人特有的柔弱的手咋个也不能将这只手与三十年后那只拎锤的手联系起来。你不晓得他哪样意思为哪样给你手帕还当着人的面不过好在你左左右右前前后后的人都顾着看电影没人在乎一只手向斜前方递出手帕更没人在乎谁递出来的递给哪个。此人面熟你知道他姓哪样叫哪样可就是突然想不起来像待在海边上耳朵里全是孙道临的声音也不晓得此人是冲你微笑还是像你一样愁眉苦脸。重要的也许不是愁眉苦脸是那只手,那方手帕。他好像要在半明半暗中或趁着半明半暗重要的时刻将某个人、某些事轻轻擦掉,用一种隐晦私密的办法擦掉如果早一天晚一天就擦不掉。这个你熟悉又陌生的人梳三七开发型又冲你微笑示意,他指指眼睛,指了指脸。你明白了一把抓过手帕把脸上的眼睛的东西擦了又擦还狠狠擤了鼻涕然后将手帕送还。还是没人在乎你们,没人看你一眼,最多有人在你左边或右边发出不耐烦的哼哼声但是因为认识你晓得你,哪个也不会说哪样的一句半句都不会说,他们任由你在暗处上演这一幕反正和他们无关。那只手,那只柔嫩纤细像个姑娘的手准备接过手帕你忽然觉得不妥马上收手那只手也立即缩回去了无声无息脸也隐入黑暗无声无息反正当年所有男人的脸都差不多被脖颈上过紧的风纪扣弄得僵直呆板像被提起脖颈的麻鸭,最大特征是瘦,刻板,但是单纯,一模一样的单纯在电影反光里面闪闪发亮像一排刚刚下线的搪瓷碗就这么一字排开三五人后面才出现一张女人的脸,也差不多一样的瘦,刻板和单纯。一模一样的风纪扣,为了抵御寒风恨不能扣到下巴上两眼直愣愣瞪着银幕一眨不眨

一缕缕光线划过眼睛额头耳朵太阳穴。老董啊,你硬撑半小时就起身了,擦着众人的膝盖往外走又招来一通低低的啧啧声但是终究没人说你半句最多问你,不看啦?多好的电影真不看啦? 不看啦不看啦,谢谢,谢谢。你出去了。你终于站在人群外面,大口大口喘气不再觉得冷了好像脱离了众人包围终于透过气来了。你没想明白,这大半个小时何必跑来人堆里受罪,为哪样你非来不可。你突然感到绝望伤心身体里有个洞脑子里也有眼前就有硕大的银幕空空荡荡只是一张有人影来回飘忽的白窟窿。你在冬青树丛边上呆了一阵,想走,不知往哪走,想留,又再也不想重新穿过人群返回那只本来就不是你的也不会重新属于你的红漆条凳上。你站着,靠在花台边上坚持把电影看完。散场的时候那人来了你一眼认出他来不可能认不出来马甸巴掌大块地方。你举着他的手帕他疾走几步来到面前,你告诉他,洗干净了还他。不用不用你太客气了,给我吧。你不干。坚持非洗干净不可。他同意了人群也散了空荡荡的大礼堂广场只剩下苏电工和小钱几个人忙着把银幕从两根电线杆子上解下来解得极其小心像在剥一张白色马皮,而你,就像看一种真相的剥离和无奈的衰败看着巨大的承载美好的东西一点点垮下, 堆积, 卷起, 被七手八脚裹好三五个人像扛一棵大树一样扛走它,送进大礼堂侧门。他终于开口说了地址,你反应过来那是闸塘埂的制高点远在一道小山坡上远离马甸大得像另一个马厩只是刷成金色像座圆形碉堡,你一直没弄明白它咋要刷成金色,他说他也不晓得,讲不出个道道,只是,方圆百里的油库唯独马甸的刷成这种颜色也许为了警示吧。警示什么? 还能是什么,防火

53

呗，小心火，要碰上火就完了。当年无论怎么小心都不为过也终于将它守住了从来没遭遇一点火星，哪个晓得它也防不住挖掘机，后来一帮狗日的开着机器轰隆隆坦克一样攻上去不到半天就土崩瓦解。哦，黄立新，我知道，他们叫你老黄。是的是的，我到马甸两年了。化工技校毕业。你呢？你做了自我介绍你发现他瞅你的眼光坦白又凝重像藏着东西像石油一样黏也许跟油料打够了交道，人不算难看也不算好看也就那样吧。后来，你去了，老董，我晓得，我看见了，电影《永不消逝的电波》放了七八天吧我见你像英勇赴死一样穿过大礼堂广场走出大门，直奔闸塘直奔大堤上高高的金色堡垒。那一大片茂盛竹子倒也让那个地方像仙境一样漂亮又凛冽。我们很少上去没多少人愿意上去，一是他们关着大铁门呢二是哪个也不能保证你的一只烟锅一根火柴一声咳嗽突然惹下大祸所以那地方，老董啊，那地方一直像个独立马甸之外的东西为马甸放哨站岗浑身充满强悍的警惕排除肮脏的干扰和无聊的杂音，像哪样呢，到底，像一声体体面面的喊叫吧，或者像一道符，一道贴在蓝天上的招魂符上面画满湿漉漉油腻腻的咒语。我不晓得讲明白没有反正像某个大人物站在制高点上振臂一呼下面一帮人随时准备冲锋赴死。你去了，我看你的背影越来越小越来越模糊最后融化在金色符咒前面的翠绿里面了，不是要清算和毁掉它炸掉它你哪来的本事，那就只能心甘情愿做它的手下败将啦，我从你走路的姿势就看出来你不单单是揣着一方洗干净的手帕去的你还揣着恶狠狠的敌意和自我毁灭的决绝但是我晓得你必败无疑。你做事不会不计后果啊，但这一回，你不打算胜利，你决定了。可

能还没那么匆忙反正也是我的猜测总得再去那么两三回吧。不，不，我还是错了，我他妈错得离谱，你咋可能让这种事情重复两三回呐一回就够了，就一回。你再也不会踏进黄立新的院子了再也不会去到他的地盘了再也不会在任何一个地方把自己像一块手帕一样交出去了。一次，就他妈的一次。所谓贞洁也不过是仇恨的宣泄和自我惩罚的权利也好让你更平静更自由像他家人一样走进他的家门如果你还愿意走进他的家门，像一家人一样建立长久稳固的再也没哪样想法也不允许有哪样想法的友谊里面。是的，你坦然了。你是自愿的没人逼你。事情终究会穿过金色围墙四处飘散会飘到马厩里飘到他耳朵里，他呆若木鸡。他去找你，讲不出一句话。你们生分了一年多，直到你重新敲开他的门，叫云珍一声嫂子，我想吃你一碗猪油面，行吗？

10

哦，老张啊老张，哪壶不开你提哪壶。你要听我忏悔吗还是想听我怎么描述那一天，那一夜？不，我不会讲出来这把年纪了讲不讲就那样了我也忘了，忘得干干净净了。你明明晓得人活着的主要义务就是犯错不是清醒冷静高贵善待自己。不是。这些东西只有马甸的卡巴金才能做到只有它们才配得上这些德行，你同意吧？发生了就是发生了没什么好讲总之好就好在没留下后遗症，不像后来徐老五对齐文雅干的更不像刘发对齐文雅干的。太平常了，平常得可怕。也就是说，他给我一个耳光之后我就晓得我们之间的亲密和敌意到底多深了但是到底是敌意还是亲密呢你咋可

能说清楚呢？咋可能呢？全马甸都疯传我不要脸可我晓得他永远不会这么看我，永远不会。他打了我又马上赔不是眼眶充满血丝，整个人像矮了三分低声下气耷头耷脑哪还像个战场归来的英雄。他邀请我去家里吃顿饭。见我一次邀请我一回。他说云珍真心实意看重我喜欢我。我心里冷笑。半年，一年，一年半，不来马厩不找他不理他他登我的门也不理他不跟他讲一句话远远见着就远远躲着像逃避瘟神。至于黄立新，老黄，肮脏卑鄙下三滥否则就不会传得漫天飞了就不会把我说成一个贱货。还真有人来敲我窗户我破口大骂对方嘻嘻哈哈拔脚就跑。狗日的。我知道，仅此一次只是惩罚伤害自己让这一辈子无可挽回的东西再也无可挽回，我要的就是这个。要的就是一根肮脏的鸡巴都不必嘘嘘嘘的口哨声就那么急不可耐刀子一样扎进来。我连我自己都不能指望又岂能指望这种小人。还好，他没缠着我。一个露天电影的晚上他明明白白把红条凳早早架在小广场中央位置，是的，早在四点钟就架起来了那天看电影的人不多我连片名都忘了只记得晾在太阳底下那只空荡荡的红条凳，那么四平八稳趴在地上像匹老马像吓人的伤口汩汩流血，最终倒像是一条被扔在地上的贞洁带了，兜住我私处又臭又长的破东西要把你钉在苍白的水泥地上钉在薄薄的灰上钉在雪亮的光上。狗日的老黄。他来找过我。因为我再也不抛头露面再也不搭理他的红色条凳也不去马厩去西河海，除了食堂打饭我哪也不去。那天他半道上把我堵下来，说就这么算啦？我不理他，扭头就走当不认识他。他追在我屁股后面重复这句话。他想不明白我怎么立马翻脸不认账。那么快就——就什么？我操他大

爷的。难不成八抬大轿明谋正娶？他算哪根葱？可我没料到后来他恼羞成怒往我身上泼脏水坏我名声毁我名节我哪见过这种阵仗都没办法工作了，老张，你想想，一个大姑娘家，一个云南大学历史系高材生，一个有前途有理想的有为青年就这么自己断送了自己而且是心甘情愿深思熟虑的断送？哪有？他软的不行来硬的灌了二两黄汤闯我家里来了，要不是他，要不是朱良——你看，终究还是冤家，我认了。你还记得那匹驮着昏昏沉沉半梦半醒的云珍进入马甸找到朱良的红漆木门的牲口吧，那匹青葱矮马，你看他都不用亲自出面，他一个能懂马语的家伙只要偷偷冲马耳朵说那么一两句就搞定了，就忽然伸出大脑袋砰砰撞门而且一撞就开把他堵在屋里一头撞上去飞出后窗摔个半死，他爬起来连滚带爬哭爹喊娘冲回他的闸塘油库从此再不敢来了。我笑惨啦，笑傻了。这家伙没走，歪着脑瓜看我。我牵着短短一截缰绳送它出去。它两只眼珠又黑又亮，比卡巴金还黑还亮，冲我呜呜叫了两声嗓门低沉，像骡子，也像驴，像安抚我，宽慰我。我顺手拍拍它把它送进黑夜送进那个人的怀里我知道他呢，就在暗处，就在一棵树下，两只凹陷的眼睛像马儿一样瞪得很大想洞穿黑夜。半年之后或至少三个月之后我才认真细想事情的前因后果，你会发现，老张，整件事情都奇怪诡异让你没法细想，我就无论如何想不明白一个远在几十里外的娃娃亲没见过几面的媳妇真的找上门来立马就成了。你听说过这种事吗？莫说解放十几年了就算旧社会也没法细想缺乏逻辑，按我们历史系的术语来说就是缺少反证。你从何证明？如何从反面证明？历史如果缺少反证是不成立的就不成其为历史

就不是真正的历史,孤证不是历史,有反证才是。那么,老张,当时你想没想过朱良成亲的反证在哪?为什么顺风顺水连个小小的波折和凹坑都没有。太光滑了,太简单了,太顺了,异乎寻常。我在三岔河边洗衣服的时候不是没遇上过云珍,我偷偷问过了,她光是笑笑不说话,哪样也不多说。我总不至于还去问他我不想再搭理他再跟他说半句话不想看见他。我晓得云珍会把疑问带给他的那么我暗暗盼着他来找我?总不至于还是派出一匹神神叨叨的矮马来吧总得他自己来,面对我给我讲清楚。所以后来那场简单简陋的婚礼就非常突兀了像你面前这栋小广东家的老楼摇摇欲坠耸立在马甸大地上,就像所有送来鸡蛋红糖热水瓶被子毛巾的马甸人一个个都是傻子白痴。我问过的马甸人都觉得我的问题根本不是问题——订过娃娃亲的男人女人咋真就结了婚成了家算什么问题?我也问过你呀老张你还记得吗?我问过你,你咋说的你还记得吗?你忘了?你是这么说的你说没哪样好讲的人家结了就是结了,你啊,好好过日子。你就是这么说的。你糊涂呀,你们这些没多少文化的老少爷们到底想些什么呀。再后来,大约不到半年就连给老方打下手的女人丁惠玲牧草队大姐李永珍都渐渐瞧出不对劲儿了虽然一时半会只说不上来哪里不对可我们终究是女人,我们的嗅觉历来很准就像他朱良隔着半里地也能嗅出马汗味一样。气味的源头还是云珍,这个突然出现的女人终究还是女人就算她稳重沉静让人害怕到底还是从大官渡来的二十出头的女人呀。于是,她们建议必须跑一趟大官渡,必须偷偷跑一趟。这个人不可能是别人只能是我,只能是局内人这一点我从不避讳傻子也看得

出来。那就跑一趟吧,就去大官渡。没什么大不了。老张啊,这件事情我从没对任何人讲过今天不妨跟你讲出来。我礼拜天出发的也只有礼拜天你才能走那么远的路。我出马甸大门,走五公里塘石大路来到公路口向大成人打听大官渡咋走——顺三岔河走就是了,一直往东不拐弯十公里后是小官渡,过去就是大官渡了。最明显的标志是你会远远望见一座密密匝匝的柏树林,树林下面一条小河,河对岸就是大官渡地盘。我后悔没借一张单车骑过去哪怕路途曲折坑洼洼总还能骑过去还有路可走。现在就只能甩开膀子硬生生走了。三四十里。云珍骑马来的都睡着了我连驴的影子也见不着,只能走,走。拉车赶马的一概没有眼前一片辽阔空茫的稻田。没完没了的六七月间整整齐齐迎风摇摆的青黄稻子啊,偶尔飞过白鹭,真是好看,青山绿水柔柳村郭,比今天大成和大成外面一块又一块被挖开刨烂毁掉的田地强百倍千倍。我足足走了六小时。累了就沿河坐下,渴了捧一把水喝,饿了啃一口馒头。我一早出发,挨晚才到,村里的道路简直不叫道路你几乎没处下脚,满地猪屎鸡屎泥泞。好容易打听到云珍的家,深一脚浅一脚摸过去,房子很破,土基围墙塌了半边墙脚糊满泥巴,青瓦房顶灰白一片好像随时会倒。我摸进去。门又破又黑,屋子里更暗更黑而且臭烘烘的角落里有猪在叫唤但你听得出来最多养了一头再没别的可能有狗不过一直没听见狗叫。我两眼抹黑什么也看不清楚,适应半天才瞅见屋里堆着锄头铲子和杂七杂八的东西,地是泥地,一把楼梯伸向二楼我能闻见猪圈、大梁和隔板上的灰味蜘蛛网味然后是猛然冲上来的猪食味猪屎味灰味人味废东西沉在泥巴里面

56

沤烂的腐败味你没法想象有人住这种地方，可我一路上见过的大官渡的房子都一模一样土基墙摇摇欲坠真不是人住的。但是大官渡人就得一辈子住在这种房子里这种村庄里这种泥巴里这种臭味里，一辈子活在黑暗中没法透气四壁都是污泥坑洞垃圾你连张口大叫也传不出去三五米都传不出去。我壮着胆子大声问有人吗，有人吗？没人答应。我摸着窄窄的木头梯子一步一步吱吱呀呀上去脚底板随时可能垮塌我的心扑通扑通跳啊跳跳我只好大声给自己壮胆，喂，喂，是云珍家吗，有人吗？——哪个？一个苍老的声音从上面传下来像从土基墙里渗出来。我上去，楼上亮起一盏烛火，一个老女人坐在床沿上皱着眉头往下看，似乎无法想象一个陌生人闯进来了从一个比井口还小的洞口上来了一个彻彻底底的陌生女人可又像是早早对此做好准备也就根本不觉惊奇该来的终究要来。她一双小脚悬在床沿和木板之间晃荡你明明不觉得她上身在晃荡可你觉得她的小脚我从没见过的裹了黑布的三寸金莲像一对粽子在烛光里晃来晃去，像警告又像欢迎。我说了姓甚名谁来自哪里。哦，你从马甸来？是，我来，来找云珍。她一下子拦住我的话，说晓得，晓得，你坐，坐。但依我看屋里根本没有落脚的地方哪有地方可坐啊。她抬起烛火直直照过来我这才发现靠墙有只小得不能再小的小板凳好像专给孩子坐的。借着烛光我看她老得实在不像样，两腮塌陷颧骨高耸牙也没了，一颗牙也没有了。她好像一百岁了。两只眼珠子也浑浊得不像话像晾在烂泥里的两小汪脏水。她说话声音、语气和逻辑倒清清楚楚一丝不乱。哦哦，马甸，马甸，多好的地方呐，多好的地方，根本饿不着。根本饿不着。你吃了吧？没吃你下去，灶里煨着洋芋你想吃就吃，拿香油焖的哩我坐楼上也能闻见香味我忍了半天口水啦，姑娘，我眼神不好，你凑近了让我看看？我壮着胆子忍住心跳，两手攥着衣襟凑到她那张像手纸一样破旧褶皱的老脸前面，马上闻见她身上嘴里的臭味就像一件破衣裳埋在地下三百年又取出来使劲抖搂。她瞪着灰蒙蒙的眼珠子瞧我，左瞧瞧右瞧瞧瞧不出个名堂。你心里马上涌起一种怜悯和羞耻的东西就像自己没做错什么又为某人的过错感到难过好像你才是罪魁祸首。我问她云珍，晓不晓得云珍，她说当然，她大孙女啊云珍。我问她云珍骑一匹马去了马甸啦，晓得吗？晓得晓得，马是自家圈里的马，好在还剩一匹犁地，这匹骑就骑了吧。我问她云珍咋去了马甸？她和朱良真是从小订的娃娃亲？真的，是真的。马是嫁妆，还能有假？大雨啊，整整下了三个月的大雨。她影影绰绰的故事讲了半天小脚仍在床边上晃荡，晃荡，半天停不下来。她的故事带着浓浓的雨味臭味泥巴味夹杂血味在漆黑的烛火里晃荡摇曳在破房子里面游走弥漫。全都影影绰绰的你自行拼凑算了好在你还是能看出大概哪怕这个头脑清醒眼睛快瞎了的老太婆是明明可以讲个清楚明白的可她偏偏讲得不明不白。你必须顺着线头往下捋。她说的是：三个月大雨，整整三个月，挨千刀的杂种畜生从楼下摸到楼上然后，井，外面那口井……总之我没在院子外面找到那口井。我走前给她留下一只馒头二两粮票连她锅盖也没揭开看过没瞧瞧里面的洋芋到底猪油焖的还是香油焖的，我巴不得肋生双翅飞回马甸从这个几十里外的地方赶回我的马甸。而她，云珍奶奶的老脸一直在阴沉沉的半空中飞舞奔跑嘴巴里冒出臭气两只粽子一样的小脚晃呐晃呐晃呐来到村口才发现一口井，我凑近了看，就是一口枯井。我转身就跑，沿着湿漉漉滑溜溜的田埂往前跑啊大风呼啦啦在我身后吹着我一不留神一脚踩进秧田里。她还讲，之后老杂种就没影了真没影了没人做过任何事情哪样也没做过自然报不了官，不，不，纸包不住火早晚要被晓得再说是新中国呀，不是旧社会啦。早早晚晚要被晓得，我让他们兄弟三个自己去，自己找他们说说清楚说清楚还是可以宽大的，善有善报恶有恶报老天爷是睁着眼的。是睁着的。我就当没有这个儿子。就当没有。事情瞒不住就只能这样了就只能让一个家突然就毁了就眼睁睁看着大梁塌了孙女被扔上马背想往哪往哪走吧她晓得该往哪走马也晓得往哪走就盼着去个好地方享福哩没死算她命大也就是当妈的在马耳朵上说了马甸二字它就去了，它是能听懂能辨方向的踢踢踏踏就去了沿着细细的田埂就去了马甸太远啦你就是把眼珠子瞪瞎也莫想看清楚它在哪里呀。总之她就去了，按你说法她是到了。走了整整一天吧我猜，连口吃的也没带不过也才一天半天不算哪样。几个兄弟要跟着她要看着她我说不行，不准，都给老子回来。丑事千万千万就不要讲了一个字也不讲。我为哪样又跟你讲？我晓得你就是来问清楚啊不然你不死心，你要抢一个男人嘛和我家云珍抢一个男人我对你讲了姑娘，对你讲了云珍反倒安全了。反正成婚的消息早就长翅膀飞回来了我托人送了一篮鸡蛋，四十个。足足四十个哩。我倒要问问你，姑娘呐，我家云珍还好好的？好啊她很好。好，那就好，我放心了。那么，没别的？她，云珍，再没别的？当时我没理解她的意思直到后来发生齐文雅的事情小茉莉的事情我才晓得她到底想说什么了。我后来也大致明白了因为朱良有意无意说漏了嘴反正我是全部猜出来了。那匹青葱矮马莫名其妙死在圈里也许被人打死也许被人毒死总之忽然死了，他们吓得够呛刚开始怀疑是我干的，自然不是我，我可怜云珍还来不及怎么舍得伤害驮她走出噩梦的一匹好马？何况它还帮我教训了黄立新。云珍真吓坏了以为事情还根本没有了结，一定是自己那个胡子拉碴的爹找来了或者他的鬼魂找来了，那个畜生，那个杂种。我去看了，它倒在圈里口吐白沫很快就闭了眼，就连他朱良也毫无办法只好请来老海烧纸念经，剪下云珍一缕头发找到马厩外面一口枯井念念有词烧了头发盖住井口压上三块大石头这才了了。我们心惊肉跳，云珍的脸白得像没烧完的纸灰，眼神也不太对了。老海问我去大官渡还见了哪样人说了哪样话，我说除了云珍奶奶再没别人。然后呢？然后，一阵大风刮来我一脚踩进秧田莫名其妙一屁股连滚带爬跌进三岔河飘飘悠悠一个钟头就来到莲花池下面啦，就到了马甸地界真是见鬼了。老海说我犯了黑煞一定看了不该看的东西见了不该见的人我说我就见了她奶奶还有——还有哪样？我突然想起村子外的枯井，吓得一颗心脏咚咚咚差点跳出嘴巴。我后来仔细想过，我要是不跑那一趟，要是装傻到底，要是没那么好奇也不听她奶奶唠叨，那匹青葱马是不是就不会死？一定的，祸从口出啊。人太好奇太执拗难免闹出大事而我从来不是一个太好奇太执拗的人。马被草草掩埋，朱良头一次跑来找我。好几个月了，他头一回跑来找我。又能说些什么呢还是无话可说，他呆呆站在院子里站在泥地里看我，眼神凄凉复杂像一匹累狠累瘫的马浑身散发热气和汗味站在那里身上还是那么坦荡干净但是多了某种东西，也许是婚姻给他的云珍给他的，不失庄重又相当无奈可终究要挑起担子来他就是这种人，是志愿军班长。是的老张，是的那天晚上他没进屋讲一句话一个字没喝一口水转身就走了。转身就重新没入黑暗，他的家，他土基垒砌的新家，距我不到百米你顺着三岔河埂抬脚就到。他到底要讲什么？谴责？质问？非难？唾骂？怜悯？对，也许是怜悯吧，深深的抱歉和怜悯我知道他也知道永远如此了一点不复杂就这么简单毕竟十来岁定的娃娃亲，这个世上，说大不大说小不小也只有他朱良能给云珍一个家了。一个牢靠结实的家。把大官渡那些糟烂的没有一个人报警后来还是被发现被追查的噩梦和噩梦的碎片全部扔掉，扔在肮脏泥泞的深处，扔在秧田里，扔在河里。好在没出现云珍奶奶担心害怕的结果。就算有，也不会让我知晓让旁人发现总之云珍从来没有变化一直那么纤细苗条从来没有背负罪孽稍稍改变过，从来没有。她上三岔河洗衣服，上莲花池挑水，一直稳稳当当不快不慢钻到扁担下面一挺身就起来了就直直走回家了。我在三岔河边乘没人的时候塞给她十斤粮票十块钱，她塞还我，我说你没活计啊凭他死工资够过？够。她非常平静让人心里发怵。我说咋算都不够，你们——够，足够。饿不死。她微微一笑，不再多说。为此我找过场部旁敲侧击还问了孙大秘书看有无解决办法，他说一个外乡人，农村户口，有哪样办法？要有办法不也要杜场长点头？孙大秘书问我别人家的事情何必上心，我没吭声。老张你也问过我为哪样上心，朱良云珍绝对饿不死，在马甸还怕吃不上一口饱饭？老张你也许忘了我们当年怎么在三号马厩做吃的了怎么跟着朱良混过一天又一天幸福得像小鸟一样的日子了，你一定统统忘了，我也不明白我们身边从来不缺男男女女为什么就是一步步走到这份上就是孤孤单单在原地再也不能动弹半步。也许，一辈子就这么简单，到头来你再也没工夫从头开始，尤其马甸，尤其那些年的马甸，到处是时间但是时间和时机不是一回事，你说呢老张？哈哈哈不是我看不上你这个骑兵连下来的是我们明明亲如兄妹姐弟嘛，明明你晓得我心里只有他朱良后来我简直就和他们两个融合为一了再也没有芥蒂和怨恨再也没有了永远解除了我们就像一家人，是的，这种局面还是由我站出来告诉他们云珍的工作解决了，牧草队，下礼拜一正式上班。就这么简单。我找过人了，咋了，我是重新去过一趟闸塘埂上的油库了，从此以后我再不跨上闸塘半步，绝不，他也莫想再在场部牧草队兽医室露天电影看到我想也别想狗日的最后拎锤子干了自己儿子真是天大的报应，他和老孙是同学，一起分过来的同一天跨进马甸大门，不找他找谁？你连这点都想不明白？这是秘密。老张，我这辈子从没跟人讲过，现在就跟你讲讲吧，埋在我心里几十年了我愿意跟你讲讲。一把年纪了。人要是用牺牲改变命运哪怕帮一个人改变命运干吗不做？邱少云黄继光你还不清楚？我不是一个死读书读死书的人我愿意身体里的火烧起来又熄灭永远熄灭不留一丝余烬。那我也是最幸福的马甸人呐因为我们真真正正成了一家人，重新，或者实实在在变成我们期望的样子了反正姓黄的很快就娶了女人过起日子来了可真是太低估我了，也太高估他自己了。这个秘密从来没人察觉很快就被忘了因为最初朱良的的确确找过孙大秘书和老杜嘛他以为他们会给他这个战斗英雄面子没想到被搁了很久不闻不问所以突然解决的时候他自然以为场部点头了。他们当然点头了。一切水到渠成。我放下了，放得相当彻底，因为在那种情形下朱良毫不犹豫地娶她只能说明他的善良宽厚堪称伟大我就算追在他屁股后面也别想撵上他一星半点。对这种人你只能感叹仰望心怀永恒的爱和敬畏绝不给怨恨嫉妒一丁点缝隙一丝丝机会你就希望一直挨在他身边像取暖一样，总之我也历经沧桑短短一年多就老了。就成了我根本没想过的模样可我从来不恨，没有恨，就算对姓黄的也没有。你怎么能恨一个真心实意恨你的人呢？就算他是一个杂种到底还是一个守信的爷们，一个牢牢守住油库连自己亲生儿子也不放过的管家。老张啊，我记得清清楚楚的还是那匹青葱矮马，清清楚楚记得它死的那天，倒毙在朱良家后窗下面临时搭的小马厩里，倒在一片暗黄的稻草上面，嘴角流着白沫，眼睛半睁半闭，肚子拉风箱一样使劲起伏像装着什么小东西一个小魔鬼急于挣脱因为长时间左冲右突毫无办法被困得死死的就在圆滚滚的跟卡巴金无法比拟的肚腹里猛然停下不动了，你真不晓得谁干的怎么下手的咋个逃走的，我不相信这匹乖顺驯服的矮马吃了什么不该吃的东西，我一点也不相信。它身上没有伤口。是朱良检查后一字一顿有板有眼说出来的，你绝对不会怀疑一个金牌饲养员兼战斗英雄说出来的关于马的任何一句论断。他就是权威。他是头儿，是卡巴金西河海的传奇和标志。只有老海能看见生死过往。招了黑煞的云珍带着她的秘密唯有我和朱良心里清楚的秘密永远在马甸大地扎下根来。这就是我们的命。我的，他的，云珍的，我们的。我认了。

11

老董呐老董，那我再讲讲他们。朱良，云珍。

你讲的我头一次听说我说服自己听过就忘不必往心里去。我现在就忘了，老董。我当你没说。从来没说。反正他们一个一个死了。死无对证。我相信云珍的小脚奶奶也早没了他们家人也都没了这都什么年代了。太重了，老董，你讲的东西太重了我宁可扔掉，我一个巡夜的不能总是背着这么重的东西往黑夜里走啊。就剩我一个人了。更不能记着这些。何况不是别人的故事是你老董的。哎。云珍的？不，不是云珍的就是你的你老董的我亲眼看着长大变老的老董你硬生生像我一样没成家没嫁人。老董啊。

我要讲的那件事情小又不算小，还是和朱良云珍有关。我说过我有杆火枪把小狗日领来的人全赶跑了。嗯，枪就是老朱给的不是我造的当然不是。他留给我的，不是念想，是见证和良心。我和他之间虽然交道不算太密但总是牵挂惦念的老伙计啊，我和他们两口子的交情，从某种程度上讲，一点也不亚于你。这些年我经常梦见他：蹲在门槛上抽自己种的旱烟叶，脸膛黝黑消瘦但一直精神抖擞。现在你看这杆锈迹斑斑的火枪——枪管细长，木枪托都坏了开裂了，从前就挂在他们里屋墙上，枪管上挑，枪身下垂。朱良从不让人碰它，你还记不记得小广东小时候曾偷偷扛它出去满世界炫耀被闻讯追来的朱良一把夺下狠狠扇他一耳光。以后不准碰它，记着！

小广东被打得东倒西歪马上开溜但从不记恨大舅。他哪敢记恨一个战斗英雄他到处抬着他夸口呀逗英雄还来不及呢，最离谱的是小广东说他大舅见证过黄继光堵枪眼，后来又改口说董存瑞炸碉堡。娃娃们个个羡慕他，是真真切切一个英雄住在身边待在马厩伺候最牛逼的卡巴金和它们融合为一成为它们的一员和传说的一部分没有战死的活的奇迹的一部分。哪还有比这个更牛的？朱良的火枪来历模糊他从不解释我也从不敢问。一笔糊涂账。对，后来打死盗马贼的刘发用的就是这杆枪那时候它还挂在马厩墙上他背着朱良偷偷摘下来的。也就是说，它杀过人，不仅仅杀过一匹马。是的我就要讲到关键地方了你听着不可思议吧，它咋能杀了一匹马？一匹卡巴金？这可比杀个人还严重还惊心动魄。你听我慢慢讲——嗯，那年六月一个黄昏饲养员老杨撞开云珍家的门说连长丢啦！从牧草地回来就没见它，云珍正在厨房烧火做饭，朱良举着一把剪刀修理右脚趾上厚厚的茧。朱良穿上帆布胶鞋问他，几个马厩都找了？老杨说，都找了，没回厩的就它一个。我点了十七遍。朱良揣上旱烟锅往腰里塞一把砍刀，提上八号电筒出了门。走前没忘记交代云珍：给我们留饭。你把小皮匠叫来一起吃，晚了让他睡柴房。

连长是朱良最喜欢的军马之一，大概除了大黑也就是这匹青葱卡巴金在他心里分量最重，据说是参加过斯大林格勒保卫战某骑兵连长的坐骑。炮火、伤病和死亡也没磨掉它的暴脾气，从苏联取道蒙古，再从甘肃转运到云南当天就从杨林火车站跳下来顺着铁路线往回飞奔，朱良和三个饲养员干脆牵几匹卡巴金下来打马扬鞭一路猛追好容易追上它赶回马群和一百二十匹卡巴金重新汇合，到了马甸当晚它踢伤两匹同伴好像埋怨它们胳膊肘往外拐竟让外人骑上它们一路撵它，你们当奴才老子不愿意啊，你们去鸡巴云南马甸老子要回西伯利亚回斯大林格勒妈的老子跑得比闪电还快哩。朱良一咬牙把它拴在电线杆子上铁青着脸抡起门闩揍它，狗日的，总算老实了。朱良拍拍它长脸说走，让你见识见识上西河海。他骑上它一路狂飙但没跑多远就仰天长嘶尥蹶子把朱良甩下马背。狗日的，朱良不服，一个多礼拜吃睡全在马厩就让它的圈正对他的屋门，没白天没黑夜足足十天，他才算真正接近它。老朱的脾气你是晓得的早早晚晚就喜欢马厩和马所以每次送完你从莲花池返回他一定绕着马厩走过来回闻着马的浓烈汗味臭味暴烈味尤其连长大黑大红的气味像闻着战场上的硝烟，要让硝烟抚摸他安慰他帮助他。所以，他是最愿意在马身上打发时间的——一个多月不厌其烦跟连长说话洗澡刷毛晚上喂它最好的料豆直到和这匹惊人的马总算成了莫逆之交。嗯，那天他和老杨越过三幢大马厩一路往西，辽阔的牧草地趴在暗夜里就像大地翻过身来，朱良和老杨踩着柔软的三叶草、奶浆草和低低虫鸣来回搜索大声呼唤连长——草地平平整整哪藏得住一匹马？铁水一样的夕阳把西河海麦地倘二为一。他们沿草地两边溪流和灌木又找一遍，最终在牧草地东面碰头，天说黑就黑了。朱良望着远处麦地倘：连长怕是上山啦。当晚，云珍收留的瘸子小皮匠顶多十五六岁说话还奶声奶气的，云珍记得这是第四回把他叫到家来吃晚饭；朱良找他修过一双翻毛皮鞋，他收很少的钱从此成了朱良的朋友。小皮匠家住几十里外的小白鱼村，走乡串寨给人修鞋做鞋每星期来马甸两天，就在大礼堂朱红色的五角星下摆开摊子。嗯，那时候从昆明来的江若愚还没到马甸还没在大礼堂门前摆下她的搅搅糖橡皮筋还没向马甸人展现她的惊人魅力，当年还只有小皮匠，一个生意不错的小家伙，手艺好嘴巴甜，熟客还能赊哩。大哥不在家？小皮匠一瘸一拐来了。云珍在厨房回答：刚出门，找匹马。找马？马甸的马还敢溜号？当然。马和人，都差不多。我背着磨刀石哩，我给大哥磨磨刀。云珍告诉他砍刀镰刀全在朱良床下。他直奔里屋。砍刀被朱良带走了，他拎出两把镰刀两把杀猪刀，云珍给他舀一瓢凉水。小皮匠磨刀的声音又低又脆在云珍听来就像某种小动物的吱吱歌唱。他是磨完刀、返身出去才发现墙上那杆火枪的。云珍回忆说这娃娃被迷住了，有点脏有点糙的脸蛋突然绷得紧紧的鼻孔呼呼喘气。大哥的枪？他从朝鲜回来，去保山看一个牺牲战友爹妈，人家送他的。他打过？打过几枪，上麦地倘，打野鸡和麂子。小皮匠晕晕乎乎蒙头蒙脑瘸着腿向前靠近。云珍大声说，他从不让人碰呢，连他外甥小广东都不让碰。为哪样？又不是上战场的枪。枪不是好东西，莫碰。小皮匠挺直身体，还想往前凑但一时定住不动了。云珍见他的脸被火枪的乌黑反光照得雪亮。真想当兵啊大姐。要不是这条腿我就参军了。当兵打仗要死人的，不是闹着玩。我认得，打仗拼的是命，当然还要拼运气，三岁娃娃都晓得。你大哥说，打仗哪像演电影？他那个保山战友刚递给他一支烟，半边脸就被打飞了。不可能。小皮匠说，抗美援朝，毛主席的志愿军咋可能被美国鬼子打掉半边脸？大姐你逗我玩哩。云珍一声不吭。大姐，我瞅瞅嘛。我就瞅一眼。就拿在手上瞅一眼嘛。嗯，话分两头，这时候朱良和老杨顺着牧草地往里走，三叶草、奶浆草像湿漉漉的厚毯子，挨近麦地倘的时候扯开嗓子大喊大叫原野天空压低了喊声低弱细微激不起任何反应就像沙子落进水里。一条羊肠小路上去就是麦地倘，山脚有柏树杂草野花小路更窄更细晚上差不多看不清了。没有连长的影子，没有蹄声和嘶鸣。他们走出草地，跃过一米多宽的溪流上山，山路崎岖陡峭通向山腰，很快被麦地倘的小叶灌木一口口吞掉然后灌木也很快被枝叶茂密的矮松吞掉，朱良拽出砍刀开路。一轮大大的上弦月升上来银白的月光让松林更幽暗。朱良抬头，月亮大得让人怀疑就像个假东西你定睛细看也难以琢磨也很难界定它和大地的距离。天空被月辉填得满满当当。他们继续喊叫，几只夜鸟噗噜噜从黑暗射入更黑的黑暗四周漾起尖溜溜滋啦啦的虫鸣，到处是浓浓的青草味松树味泥巴味树脂味野花香味。老朱，你说连长真在山上？老杨有点泄气。朱良没吭声。他们上一个陡坡，又掉头下坡进了山坳，似乎这里才能藏住一匹马。一匹卡巴金就像躲在时间里面而且毫无负担。空荡荡的锅底型山坳长满野花披着月光闪闪发亮。他们大声呼唤连长、连长，灌木丛和松树林无声无息的暗影中像埋伏着千军万马又像亘古马甸的另一群凝重的活物。泥土、花草和树木的香味更浓了，有淡淡的刚落地的露水气息。他们重新返回缓坡，找到一块又大又圆的石头并肩坐下来。朱良掏出旱烟锅点燃。连长啊，不会飞了吧？老杨说。飞不了，朱良说。它咋舍得飞？再说，不打仗了，它还往哪飞！他吐出一口青烟把烟锅递给老杨。老杨深吸一口。他们看得见山下马甸轮廓被巨大马厩撑住天空变得低矮消沉趴在屋顶树梢上月辉像擦过猪油光芒越来越亮。也是，它咋舍得？老杨说，连长几岁？十二？这年纪比你我都老，还能往哪跑？马甸啊，它们最好的养老地盘啦，至少身边一帮战友——对啊老朱，这批马，和连长一起过来这批，都没去过朝鲜？没有，都从苏联过来。你给我说说抗美援朝啊，你和连长，都出过生入过死。嗨，打仗嘛，没哪样好讲。我晓得死不少人。但是咋个死法，你倒是说说。咋个死，被炮弹炸了被枪打了还能咋个死。你没受过伤？我不信。朱良吐出一口旱烟。老杨觉得说错话了。哦哦我听说你们那个连就剩三个人回来。朱良说他真没受过伤，也就趴在雪地里一天一夜冻坏三根脚趾，现在天一凉，趾头茬子疼得要命。嗯，云珍说那天晚上小皮匠未经同意就把火枪摘下来了，她想把它夺回来重新挂好又觉得不妥当。一个外乡人，还是个娃娃，想看就看吧又没子弹——这杆枪装钢珠火药，被朱良藏得好好的。云珍说小皮匠把枪端在手里细细打量差不多把枪管枪身凑到鼻尖上使劲闻像只小狗屋里有淡淡的火药味机油味像刚洗过的拖拉机气味。她看见小皮匠的手微微发颤，它奇特的冰凉温润让他的脸渐渐潮红。他挺起胸膛，把枪扛到肩上面向云珍。我做梦都想打仗呀。我们村放过几部打仗电影，我都看了，其他村放的时候我又跑去看了几遍。大姐啊大姐——云珍看着孩子抱着火枪走到桌前坐下，把枪端平，模仿瞄准和射击，嘴里发出砰砰声。你小娃娃家打哪样仗，幸好你瘸了。大姐你看不起我。小皮匠满脸通红，我要是上战场照样骑马杀敌，大姐不信？好嘛，就算骑不了马扛不了枪总可以给志愿军做做饭修修鞋吧？

我做的翻毛皮鞋没得说，穿个两三年没问题。大哥要是早点穿上我的鞋趴雪地里他的脚就不会遭罪了。云珍笑着劝他多吃。她做的南瓜汤炒茄子外加一碟卤腐。朱良最爱吃云珍腌的卤腐，能就它喝一大碗白酒哩。小皮匠把火枪放膝盖上狼吞虎咽一边吃一边像摸一条狗一样抚摸枪身，吃了饭还不舍得把它挂回墙上去。很快，三把镰刀两把斧子被他一双巧手磨得精光四射他两只眼睛还是牢牢盯着枪，说朱良下次上山打猎一定带上他，要不就去三十里外毛驴箐，到处是野鸡野猪偶尔还有狼，要是打到狼就不得了啦。那时候麦地倘还是真正的麦地倘还没被开膛破肚还像座山还是马甸人下葬的坟地还是俯瞰西河海的神虽不遮天蔽日大得没边但已经是马甸人抬头可见永远挺立在马厩之外的另一个超级大家伙了，就好像它融入血液是不需要追问缘由的本来就是马甸的一部分。山路越来越陡，满山松树清香扑在朱良脸上身上像鞭子抽他惬意又凉快安静又闹腾像针尖扎着皮肉要放一把血出来溶进月光里面洒在山坡和山下西河海牧草地上永远游荡。他瞬间忘了他是来找一匹马的，月光和泥巴味树腥味草味水味就要把他出汗发热的身体戳透了。关于连长的记忆不算太多，但是关于朝鲜和三只冻掉的脚趾记得清清楚楚差不多要像子弹一般在脑袋里击穿一个窟窿跑了蒸发了，让他不太晓得真假虚实也许一切都是记忆的残渣，其中，冰天雪地里躺卧一昼夜等着美国坦克的零下二十度严寒是忘不掉的，很多战友冻惨了截肢的截肢死的死寒冬才是最大的敌人不是美国兵不是坦克不是燃烧弹不是地雷。不是。你躺着，脚上穿着刚发下来的军用橡胶鞋粗毛线袜子穿了三双可是冰冷刺骨寒气从鞋缝里上来像小锥子吱吱扎着。凌晨三四点钟美国兵给养车开过来两辆、三辆、四辆。军号吹响，伏击开始。密集的手榴弹将头一辆大卡车掀到半空火光血红连湖水都烧着了一片血红。老杨连说三遍他才听清：老朱，要么我们分头找？老朱！

好吧，分头前进。他们彼此高声吆喝确定方位。朱良感到孤单，趴在雪地里的冷和疼然后感觉不到冷和疼的麻木，太他妈安静了，太他妈孤单了。树丛枝条劈面抽打，呼喊干巴巴的，他相信连长就在不远的暗处，一个不冷也不必等待冲锋号的暗处。水草肥美鲜花怒放一点也不冷。一丝丝冷风都没有更莫说零下二十度操他妈的近似板结的一块铁一面墙的那种硬邦邦的冷。冷到你脑子都不转了。突然传来老杨的惨叫：啊哟，老朱！朱良拔腿飞奔灌木和矮松狠狠打他的脸，没完没了的石头、草稞高高低低尖的圆的大的小的差点绊倒，他终于找到老杨——夹在两块山石缝里被冷冰冰的石头、黑暗吓坏啦。朱良抽出腰带让他抓住，使劲拽他上来。老杨说老朱要没有你我就完蛋啦，这么大个洞居然看不见。朱良说你没长眼睛呐那么小个洞，哪藏得住连长？他们坐在石头上大口喘气，老朱问他没伤吧，老杨说幸好，就崴了脚擦破点皮。朱良问他还能走？老杨试着走几步，疼得龇牙咧嘴。朱良抽出旱烟锅，点燃，深吸一口，没事，我背你走。当年我背一挺科尔沁重机枪小跑二十里都不带喘的。他们安静坐着，旱烟味在慢慢严肃刻板冷漠的月色中弥散堆积滑开，远处传来夜鸟的惊叫。老朱，育种室打算给连长配几个儿子？这么雄势的卡巴金，配出百八十个也不嫌多。老朱，说句不该说的，你一个战斗英雄，下半辈子就伺候这些退役老马？朱良笑了，我要算英雄，马厩里面哪个不是英雄？老杨缠着他让他讲讲朝鲜。好，朱良灭了烟锅开始讲了讲起那个朝鲜姑娘了还是忘不掉她一辈子跟定他了。那年他们五名战士作为先遣队进入一个美军轰炸过的小村庄待了三天，帮着村民修房子打水侦察美军动向。第四天，来了一个姑娘。翻译说她的村子被夷为平地只好投奔亲戚，半道上和弟弟走散了。当天夜里朱良送她去村民家过夜，他们在漆黑的村庄行走，头顶明月，到处是泥土香味和蛐蛐叫声或者这么久了他已经丧失对气味声音的判断或者就在那夜才真正判断出来闻出香喷喷的泥巴味了。姑娘走在朱良身后，脚步声像一把银色小锤在朱良心头敲打。到了村民家门口，姑娘冲朱良微笑，雪白的牙被月光照成琥珀色的。朱良独自回去，喉咙一阵阵发紧。他看看又大又圆的月亮，莫名其妙哭出来啦。在朝鲜一年多了朱良头一回也是最后一回流眼泪。后来的事情就是那样了老董我跟你说过了第二天大早姑娘想帮他们凿冰取水然后，轰隆……漫山遍野的金达莱。他跟老杨大概讲了讲姑娘怎么死的就好像她把金达莱染红了就在惨白的雪地里。无边无垠的白。朝鲜白。从此以后再也没见过那么白的东西那么白的原野那么白的高山，所以任何一点红花凡是开在雪原上都像金达莱都能顶住严寒。那就是他记住的东西一辈子忘不了的东西。姑娘的脸都忘了不记得了，但是那白，那种覆盖一切的干干净净的白，不是他想忘就能忘的啊。比三根脚趾茬的疼更疼比肉体伤害更深幸好西河海和马甸是不下雪的，从来不下。不不，下，也下。很少，很薄，他自己躲在马厩里。过两天，雪就停了化了。老杨一声不吭。

朱良把熄灭的烟锅点燃。抽完半锅烟背上老杨下山，刚到西河海就听见连长的喷喷响鼻只见十多米外柳林里缓步走出一匹青葱花斑马，老杨大喊，连长！

朱良放下老杨奔向它。连长洋洋得意地打着响鼻，冲朱良俯下脑袋，他跃上马背向老杨得得跑来，上马！朱良欠身拽他上来，两腿一夹，连长掉头直奔马甸。后来云珍说，朱良一直后悔当时为什么没回马厩而是骑着连长回了家。这个致命错误像朝鲜姑娘一样让人记恨一辈子。那天夜里朱良把连长拴在门外毛栗树上，云珍把热好的饭菜端出来，给两个男人倒了两杯苞谷酒。她告诉朱良，她把外面柴房收拾出来让小皮匠睡下了。她提到那支枪。我见他眼神都不对了。云珍说。朱良望向里屋，乌黑的枪身像嵌入墙壁。小皮匠还是个娃娃，哪个男娃娃不想打打杀杀？他和老杨连喝三杯。外面突然传来嘶鸣。朱良拔脚冲出去。月光下，小皮匠像更瘦更小的剪影立在马背上极其单薄诡异像连长骤然孳生的一条影子令人憎恨厌烦而且因为黑暗两者缠得死死的难分难解，这小子这条黑魆魆的影子高唱喀秋莎手里高举镰刀刀背狠狠劈在马臀上啪啪响活活要劈出血肉嘴巴里催促连长快跑快跑。连长高声嘶叫来回折返冲刺很快歇斯底里马鬃和月光扯在一起连成一团朱良的吼叫也失效了。小皮匠吓傻啦，但他停不下来像中了魔咒一样高歌使劲砸着劈着打一下又一下一下狠过一下连长四蹄疯狂踏动已经无法靠近不听老杨的不听朱良的哪个的都不听了只是暗夜里一个突然失控的游魂不在马厩没有同伴，同伴只是四个讨厌的人类而且背上的小子已经把精光闪闪的镰刀砍进皮肉让它疼得要命流出滚烫的血。老杨大叫，

马惊了！朱良闪身进屋。连长风驰电掣，一道食堂围墙也阻挡不了它。坍塌声惊天动地。小皮匠被甩下来。连长掉头冲向云珍老杨，脑袋高高扬起脑门上的血酷似亮闪闪的金达莱。朱良端着火枪出来猫下身体，枪稳稳端平。枪响了。后来连长没被弄去食堂零卖也没草草掩埋而是葬在麦地垧下面这种规格的安葬只有寥寥几匹卡巴金它好歹算是开了个头，再后来是大黑大红大白。你都记得吧老董，他和老杨把坟垒得高高的，你都记得吧？那天夜里小皮匠受了伤从此消失，马甸人再没见过他，后来听说他在杨林、太平陇一带继续摆摊，生意还行。那支火枪除了刘发那一下子再也没人动过直到我前几天把小广东家楼下那棵老柏杨树差点轰断了。朱良非给我不可他躺床上动不了，实际上他晓得自己不行了枪终究是枪总要有个去处干脆给我，我一个巡夜的还从没真正放过一枪他晓得我不会装上火药扣动扳机那种玩法太复杂也太冒险火药应该不行了现在就撂我床底下我以为不行了，可你要是端着它出来还是能镇住一帮狗日的而且真的响了，轰隆，声音大得能把耳朵揪下来。就这一声，这帮杂种才不至于半夜二更闯进马甸把我从床上架起来扔出去活埋了反正弄死我比弄死一条狗还简单。好在，我还有一杆枪，不开玩笑，一杆真正的枪。

12

老张呐，这件事情我们必须好好说说就算过了四十年还是值得好好说说。我们当年没能好好说是因为你没法说不让说也不能说。老张呐。先说那小子，带人来拆你房子的小子又来了？没完没了呀。那天

大成人见他开车进来还是白色丰田,一口气开到你门前停下,给你带了酒带了肉走过来冲你笑着也不担心你拎出火枪把他崩了。就像之前的不愉快从没发生过也没报警抓你没收你的枪,他没做任何对不住你的事情,快快乐乐高高兴兴又来了什么都忘了,又给你带了好东西你总不能伸手就打笑脸人啊,他说大爹你不是坏人,不是像他自己那种无恶不作黑心烂肝的坏人,其实他何尝不是好人?难道他做的这些是他自己要做?不也是听上面命令?你一大把年纪要这点都想不明白你不白活了?问题是,老张,我不明白的就是,他们明明晓得在作恶却还是要作,再把它推个干干净净好像不是自己想干是被人强迫身不由己否则就遭殃了,谁家不上有老下有小呢,谁干个活计不是混口饭吃养家糊口呢?可是他们忘了一点,你要是连道义、良心都扔了都推给别人推给上面你就什么也不是了,再不是晚上睡得安稳踏实的人了这辈子只能浑浑噩噩好坏不分像狗一样只图吃饱穿暖虽然这类人遍地都是不缺你一个而且你看着多无辜啊,可你再不可能无辜了只要你做了。我们缺少站出来的人,不给自己找借口的人。偏偏这小子口口声声说他就是坏人。妈的,你看看,现在的坏人意识到自己的坏你还对他心存什么希望?老张,我最佩服你的就是,你明明晓得他为什么还要冒着被火枪打成筛子的巨大风险再来而你不说,不点破,你等他亮出狐狸尾巴,看他出怪露丑。所以这小子也真不容易。真的。他重新钻进永健帮你修好铺好的塑料雨棚下面,笑得嘴都合不拢,说想不到啊大爹,才几天,完好如初了,比原来的还新还好。他咂着舌头,说大爹你牛啊,你有朋友,还是过硬的朋友。你

一声不吭。他从包里掏出两瓶洋河大曲,又从车上卸下一整条火腿。他说他特来赔罪,上次是太岁头上动土没大没小希望你老人家大人不记小人过。你还是不作声。小子干脆坐下,坐对面瞅着你,你们互相瞅着你能看见他眼里充满焦虑和兴奋就像一条狗落荒而逃又打了鸡血杀回来志在必得又筋疲力尽。你开口了,你说你又来干哪样?他说,一点心意,大爹千万收下。你问他还不死心?他说他想通了,上面也想通了,两败俱伤可不行呐,大爹你想干吗干吗想待多久待多久反正这地界算块飞地吧不争了争来争去没意思。是吧?你年纪也大了,要有个三长两短不是闹着玩的。这点东西就只是我一点点心意。东西是真的,我一颗心也是真的。大爹你保重。他语重心长相当诚恳,讲完了转头回到车上,你都来不及把东西扔还他他就开走了。东西你没动,没碰,半个月来什么动静也没有好像从此消停了问题解决了他们准许你和你的马甸一直存在下去。即便马甸不是废墟还是原来的马甸也都归你,再也没人烦你。是吗老张,他再没烦过你?好了我们不说他。小杂种。你看我也骂人啦,对不起。我想说的是小茉莉。我们接着说说小茉莉吧那天我追着你的脚后跟奔到闸塘埂上,只见小茉莉和她的白花裙子像个布袋子漂在银闪闪的水面上我脚都软了像踩在水里,不晓得我是否在跑是否跟着你往前跑。你站住,伸手胡乱指了指天空好像天上藏着答案这个答案一片模糊看不清道不明让人怒气冲冲却无法开口。我一辈子忘不了那天啊,一辈子记得闸塘波光像一把把剔骨小刀。小茉莉趴在亮晃晃的水上漂啊,漂啊,就好像跑到这地方来只是为了躺在纯净光亮暖和又凉快的水面上好好

睡一觉。你怎么看都不像真的,倒像是天光云影的幻觉一小根白羽毛让我们恨得咬牙。你游过去,像抱一捆稻草一样轻轻抱住,慢慢蹚水回来,把她摊在岸边草地上大坝斜得像一道顶棚。你望着岸边每一个跟过来看热闹的人,男人女人,好像要告诉他们说,妈的你们看什么看不认识她呀不认识小茉莉啊,昆明来的小茉莉啊你们没见过不认识吗?妈的,都一九七九年了马上八十年代了不再是乱糟糟的那几年不是说死就死的冬天了。越来越多的人赶来帮你一起把小茉莉打整好扛回去准备交给老江。只能交给老江。老江的反应我就不多说了,我想说的是我们不晓得江若愚来了咋办?老江肯定要通知她,就算不通知等她重回马甸的时候咋办?她当天夜里被老江一个电话唤来,次日赶上唯一一趟班车从昆明直达五公里外的路口,你求爷爷告奶奶总算找小车队老曹帮忙接她进来。这时候还在疯闹不晓得发生了什么的娃娃们聚在小广场上,他们看见江若愚的时候一下定住了,像突然看见一个熟悉的神灵从天而降。然后,他们呼啦一声冲她奔去抱住她搂住她,江阿姨江阿姨,他们叫啊跳啊,就像她消失了很久(其实才短短一个礼拜)让人牵肠挂肚茶饭不思;如果时间再长一点忘了也就忘了,偏偏才一个礼拜,你让这些热爱搅搅糖橡皮筋玻璃珠子也热爱她从容坐在大礼堂台阶上的娃娃们咋受得了?她像一根困倦的木头任由孩子们像毛猴一样来回捣乱。她累惨了,脸上带着我们哪个也不熟悉的绝望悲凉。她看着每一个娃娃又没有看着任何一个娃娃。他们对她来说一模一样没有分别,而她最熟悉的那一个,再也没了。你在心里哭出来,不是为这个女人哭,不是为小茉莉哭,

是为什么看不见摸不着的东西哭,为你自己哭。她终于摆脱被大人叫走的娃娃们,走到你身前说,老张,我想喝口水。你赶紧从供销社里给她舀了半缸子水,她咕咚咕咚喝个精光,然后随你一起走进场部大院。是啊,你们把小茉莉送场部来了,工业队宿舍没地方放老江跟上我们直接放在水泥地上。你听见她又冲我说话,不是冲地上小茉莉说的。她问你,几点了?你答,五点半。她又说,大礼堂吹过军号了?吹过了。你说。哦,老张,我又渴了。你上二楼给她接一杯凉水,她咕咚咕咚又喝光了。这时候才凑近小茉莉,跪在地上,摸她的脸,像要把她被水泡肿的面团一样发起来的苍白面皮抹平,让它恢复原来的样子她离开时的样子。她久久没起身。傍晚的场部没人。廊上的灯亮起来,灯光苍白毫无血色照得院子空空荡荡。很快,不到十分钟,门外聚了一大批人,你出去赶他们走,劝他们回家,没什么好看。走的人走了留下的人坚持留下。老江站在走廊阴影中无声无息连呼吸都没了连他是否在场也很可疑,总之,你像站在一场梦里被一张厚毛皮敷在脸上再也揭不掉了。你承认,自从你来到马甸见识了马群看了那么多恶事坏事你眼里的马甸不是从前的样子了,可你从来没有这种感觉,这种要命的喘不过气的感觉,张玉明呐,你明明可以做点什么哪怕为刚在马甸扎下根的母女俩做点什么,为十三岁的小姑娘做点什么,可你哪样也没做。你再也做不了啦。真想有匹马,一匹从三号马厩牵出来的马,大黑,大白,大花,随便哪个,迈着神一样的步伐从门外进来走上台阶走进院子俯下身来亲吻江若愚小茉莉。我真看见了,一匹高大优雅的雪白卡巴金踢踢踏踏迈上台阶,

踢踢踏踏进来，用它的脑门，温柔地抚摸她们，见半天没动静，就温柔地把她们叼到背上，转身踢踢踏踏大步去了，像暗夜星星一样飞驰而去了。江若愚的哭声隐忍又悲凉，哭了一阵就不哭了，好像这么哭，当这么多陌生又不太陌生终究是陌生人的面哭出来多么丢脸，她又恢复了坐在大礼堂门前小板凳上的从容镇静的样子了。她呆呆看着小茉莉，怕冷似的发抖，就像被冰冷的闸塘水浸泡的是她本人。多想来一匹马啊。当时我不晓得段云兵干了哪样，后来才晓得他每个礼拜让小茉莉去一趟帮他扫地拖地洗衣服擦桌子。哪个想到才去几回她干脆跳了闸塘？她要不跳就顺顺当当拿到学号顺顺当当也帮老江拿到下一批两层楼房之一的两室一厅了。那种时候，你什么也说不出来，现在你才敢说这种话了狗日的该拖出去枪毙。但是当晚，他磨磨蹭蹭挤进来蹲在江若愚身后一动不动像块石头。没人指责他，很多人同情他，后来他说要请公安来，必须请公安来还他清白。他说昨天他还留小茉莉吃了一碗面条，他亲手煮的面条，放了一大勺猪油和大理酸辣椒，整个场部宿舍都闻见香气了不信就找人打听打听。他就做了这一件事情。再没别的。事实上，后来公安局的报告果然清清白白没有瑕疵那年月我们当然都相信公安，相信那些戴大盖帽穿白制服的警察。场长老孙召集党委会，拿掉段的一切职务并记大过处分，此事不得外传否则马甸脸面就丢尽了。这么处理与小茉莉自杀好像有矛盾对吧？可总要处理啊，总是一条活生生的孩子的命。不过，死在马甸的人还少？活人有哪样好讲的一个个能吃能睡和牲口没有区别，唯有死人，一个个死掉的人，才会让活人想起来讲下去。是吧？

总之场部让姓段的去马队喂马，他不到一年就杀回来了，就在老孙退休之前，回来了，重新回到三楼秘书科的书桌前。那个时候，办公室换掉的人也只有老白一个。秘书科又是他的天下了。那天晚上江若愚回身就给了姓段的一耳光打得地动山摇。段云兵轻轻叫了一声"哟"，然后愣在那里看着等着像在琢磨某件跟他毫无关联的事情，或者说，他好像不相信地板上躺着的是他认识的娃娃，他好像睡着了还没醒来脸上带着睡着了的人才有的懵懵懂懂浑浑噩噩眼睛直苗苗的表情也不太对劲，这一耳光打得很响却没把他打醒他也就不在乎不当回事完全没有反应和感觉，只是直愣愣瞪着江若愚，像要辨认此人，像要说句话又因为没醒呢噩梦压着胸口和嘴巴什么也讲不出来。哟，哟，哟。他单单发出这一个声音。身体也没后退还是支棱在原地人不知不觉跪在她们旁边。马甸人交头接耳，议论他们三人微妙神秘的关系，这种关系当然也会牵扯老江，而老江此时远远缩在暗沉沉的角落里让人顺理成章把他忘了。身为父亲兼外公的老江，当夜甘愿躲在暗处被人忘掉。也没人把他推出来，好像真把他忘了。哪个能预料一个老右的家眷把马甸都掀翻了。此后长长的沉默苍白冰冷像火一样要把每个人的脊梁烧焦压垮。你和场部两三个人带走江若愚，又劝段云兵回家。江被带往三楼办公室，你给她倒了一杯温吞水。楼下，马甸人一个个散了，劝他们的人说回吧都回吧再看不吉利了还是个娃娃，怨气重啊，然后锁上大门。这时候她盯着水泥地板，空洞麻木的眼神已逼近极限，和从前的江若愚真不一样了虽然你觉得多少一样还是那个一声不响坐在大礼堂台阶上的女人。你说，已经安排小车队老曹送她们回昆明。她没说话。你又说，如果要留下——江若愚抬头说，就葬马甸，行吗？她不想带女儿回昆明，这很好理解，你让一个没有活路的单身女人咋安排后事？何况，在马甸死去的人不用火葬。你没法回答，这种事情必须上报听场部意见。你下楼去了兽医室，让老钱收出一间屋子铺好被褥等着，但是江若愚说她就在这里哪也不去她要陪她姑娘。没办法，你索性将褥子被子抱上来让老钱女人为她铺了一张简简单单的床。江若愚忽然毁了这张床抱起被褥下去铺在小茉莉身边。我说不行，晚上冷，水泥地啊。她像没听见，把褥子被子慢慢腾腾平平展展铺好，然后，将冰冷的身上水气还没干透的小茉莉女儿抱上被褥，自己挨着她和衣睡下。你怀疑你们要再劝她她宁可把褥子被子都扔了躺在水泥地上，她紧挨着小茉莉一只手搭她身上你看着实在难受。不是惊骇，是难受，一种单纯的悲凉。你让老钱女人再弄一床铺盖来。此时老江早就退场了，早就不在院子里了。你不想也没工夫去找他。刚才明明在走廊上见过他，就像条阴森惨败的狗一样缩在暗处，你还看见某人给他递了一支烟，他没拒绝也没点燃只是攥着站在原地，瞅着他的女儿外孙女就像她们不是他在这个世上的亲骨肉他无意间闯进一场荒诞离奇的表演。七天后我们才找着他。这么多天他假也没请不晓得跑哪去了反正没上班。奇了怪了，工业队的以为他为外孙女操办后事，操办后事的又以为他照常上班。有人说他在麦地倘见过他，有人说他去了莲花池，还有人说他去了大成，鞋子掉了一只，光着白秃秃的脚丫子沿着细细的两头刚插过秧的田埂疯跑。七天后人们发现他一步一步慢慢腾腾回来了，将自己关在小屋里不去麦地倘瞧一眼外孙女的坟。一块小小的石碑上就一行字，欧阳茉莉之墓，1966—1979。这还是你找大成赵石匠一个晚上凿出来的，你给了他三块整钱。第二天下午你们一行六人护送小茉莉上了山。嗯，棺材也是专程去了嵩明置备的让大车队的人连夜拉下来。总之动作神速总不能将一个娃娃撂在场部，实际上第二天就移到仓库了，又不能一直搁着。那天下午太阳火辣辣的，江若愚一手扶着棺材身上没穿麻戴孝我找了一朵白花让她插纽洞里，她不干，她平静地说用不着。直到这个时候她也没问我半句老江去哪了人在哪里。她默默跟随我们走了七八公里才抵达麦地倘。没有车送上去，也不能开车送棺材上去，这是马甸的规矩。你只能抬着，再累再苦也得撑过去也得穿过繁花似锦的牧草地，那时候马儿还没被刘发带出马厩，你们来到西河海，像一头扎进宁静肃穆绿波翻滚的一眼望不到头的大海，就像走在自己性命的海底，辽阔又沉重，单调又漫长。刷刷的草地拂动声像拍打脚底的海浪一样接连不断，你们肩上的棺材越来越沉很快又轻了小了，你们轻轻松松托举着它就像托举着树皮做的玩具托着江的铝皮饭盒。你们步调一致无人说话，浩瀚的西河海足足走了一个钟头终于来到草地边从一道土坡上去就是麦地倘小山了，土坡上是一大片黑魆魆的松林。站在西河海边上，江若愚忽然说，茉莉啊，瞧瞧吧，你还没见过西河海哩。一年了，你还从来没见识过西河海。她伸手拍拍棺材，示意你们停下。你们将棺材放在草地上放在首蓿草开出的一朵朵小小的白花中间把花蕊压下去，惊起很多蜜蜂几只麻雀贴着脚背蹿起来飞得无影无踪。江若愚跪下，一手扶在棺材上，似乎只要这么停一小会儿小茉莉就能看到和听到了。你鼻子里全是浓烈呛人的花草腥味和香气。太阳当头照着，影子戳在脚下。麦地倘山像一团黑墨泼出来的。你们一动不动浑身透湿，彼此默默望着，擦着脸上头上的汗。还好，风一直从高高的天上吹下来，你歇脚的时候就能感到舒舒服服的凉意了。是该歇一歇了。你以为江若愚还有话要跟小茉莉讲可她不再多说，只是跪着，一手压住棺材，闭上眼睛。额角的细汗晶莹闪烁。你发现她单薄的白花黑底的棉布衣裳也汗湿了，你想起她们刚来那天也是如此也是经过漫长跋涉终于抵达马甸，她手里提拎的柳条箱子比她整个人都沉都大比她的闺女更大，现在她手中的东西竟然是一口薄薄的小小的几乎没入草地和鲜花的木头盒子。我忽然觉得小茉莉就葬在这里多好啊，多合适啊，转念再想又觉得不妥，那小茉莉就再也没安静日子了，就必须忍受每天没完没了上千匹战马的咆哮嘶吼飞驰的。瘦瘦小小的她，哪还能安生呐。不知过了多久，当妈的轻声说，走吧。你们擦一把汗往手心里吐一口唾沫发一声喊，将轻飘飘的小棺材抬起来扛上肩头。一下子都感觉不到分量了。花草编织的绿毯很快抛在身后。上山、挖坟、下葬、返回，马甸还是那个马甸灰色烟云笼罩的家家户户房顶上正冒出轻烟，马匹进了马厩一点声响也没有。路上，你和江若愚有一搭没一搭地说话。是你主动说的。这种时候不说说话是不行的，这个当妈的太需要说说话了。你问她昆明咋样，她没吭声。你又问她什么打算，她勉强吐出几个字，没打算。你重新穿越西河海沉默无声像丢了魂的一溜影子脚底呲呲踩碎娇嫩的草茎和苜蓿花，她总算

开了口，说她不是个合格的妈呀，从她生下来就——你没说话。本来，她说，就剩我们两个了除了她外公就剩我们两个了，本来，我可以不走，走也带上她走。我这个当妈的呀——她站下来，闭口不说了。一种沉重的东西在你们中间飘荡很快又白又大应该是死亡吧就像罕见的高贵，和她重新坐在大礼堂台阶上没有两样，就好像小茉莉的死反而让她更高高在上了。可她的话真是让人心酸。你不敢看她，连偷偷打量也不敢。这个女人不在马甸待下来太可惜了，马甸缺了这个女人实在太乏味了。就像她那些光亮的铝皮饭盒要是不在大礼堂台阶上一字排开吸引娃娃们的激情和口水马甸就不再是马甸。一个能给娃娃们带去快乐的女人偏偏没给自己女儿带去快乐，偏偏连她的单薄幼小的命都守不住。你们凑近马甸大门，仰头可见齐物论手书的马甸两个鲜红大字，她突然跪下了，冲女儿小茉莉消失的浑浊泛黄吐着狰狞巨浪的闸塘扑通磕一个响头。她尽量保持一种超然的高傲磕下去，额头直抵青石板老埂。闸塘水面亮得吓人，像有无形的鬼怪爬行扭动。你尽量转身不去看她。她起身后神色凝重像个稻草人，毫无感情没有知觉。她说她走了，不想再跨进马甸半步。她要做的事情，都做了。你问她，不去看看老江？她一声不吭。你说那你等等，我问问老曹，让他开吉普送你。她还是一声不吭。你又说，要么多待几天？多待几天，你才可能——她打断你，说，我走了。谢谢你，老张。说完转身就走。你赶紧往场部飞奔但是小车班老曹不见人影上上下下跑了几个来回都没找着，你掉头往大门方向飞跑。她走远了，远得只剩一抹影子了，窄窄小小的背影像铅笔画出来的四周有烟尘环绕

70

让她不像个活人。你远远望着，没胆量追上去送送她或许她根本就不想让你送送她。这个背影终于在尘土和光里面消失不见。所以啊，有些事情，有些焦头烂额的事情最终都以一条命为代价。有时候就连付出一条命也未必见分晓啊，好在死就死了从此安息了。苦的是活人，是一个个咬牙煎熬的活人，比如老江。他完了，被外孙女的死打趴下了。后来我们隔三差五见他出门上厕所走两步退一步或走三步退两步迈着狗一样的步子战战兢兢脑袋低垂，磨蹭一个多小时才走进厕所撒一泡尿。无人照料他，也就无人搭理他出了什么问题当然所有人都晓得他出了问题而且是很大的问题，场部只能暂停他的工作让他在家待着什么也别干。一天傍晚，他摸到闸塘边呆坐，让人惊讶的是他这一路没再反反复复前进后退，而是迈开大步走到闸塘边。马甸人担心他也一头扎下去，他们远远站着不敢靠近。好在他们见他除了坐在大石头上没干别的。只是坐着，瞪着水面。这种行为让人心里发紧，连替他难过的感觉也所剩不多了，反而像暗沉沉的波光一样幽暗恐怖。他返回时脸上红通通的，告诉我们说，告诉每一个碰见的马甸人说，喂，你们没听见小茉莉咯咯咯笑？没听见她在水里咯咯咯笑？大伙吓坏了，说你真见着了？小茉莉还在闸塘？不是她呀闸塘有水鬼啊，你不晓得？老江正色道（他说这番话时你看不出他脸上有任何不对他好端端的两眼寒光闪烁食指压在嘴巴上），你们真是眼睛瞎了耳朵聋了，小茉莉就站在水下一点四四米深处冲我大笑哩，你们没看见没听见？马甸人被他特别正式的严肃吓住了。咋可能呢？哪来的一点四四米呢？他们索性跑到闸塘埂上往水里瞧，自然一无所获被翻腾的白浪吓得不轻，特别是半大孩子，他们早就听说闸塘有水鬼，当年的猪、狗、牛、骡子淹死了变成厉鬼随时索命呢，否则小茉莉无缘无故只是来埂上走了几步咋就落水淹死了？闸塘真不是一般人来的，马甸人能不来就尽量不来，你要想去水边遛弯宁可多走一两公里去东南角的莲花池，那里文革时期吞下两三个人可终究风平浪静清冽见底，水草相当漂亮。那天，他们说得有鼻子有眼，小茉莉出事那天手里摘了一朵小花，沿大堤走了一个又一个来回像反反复复思量事情又像喋喋不休跟什么人争论说话，莫名其妙就成了水面上一具轻飘飘的尸首。种种猜测没有定论又指向某种结论，指向场办秘书段云兵。反正他停职了调离了代价够大了。现在大伙担心的是这种代价会危及老江，让一个好容易在马甸扎下根来脾气好得不能再好的老右还没平反就成了水面上的尸首。好在没有。这件事情没有发生，但老江的结局比小茉莉有过之而无不及：工业队报告场部，场部报告医院。一辆雪白的不知哪来去往哪里的滴嘟滴嘟尖叫的救护车接走老江，马甸人这才注意到车身上的红十字也许意味着比扎心的死亡衰败伤痛等等更可怕的是幽闭，是被关起来，关在又黑又小的破房子里，再也没有马干巴吃了，再也没有了。他来了又走了就像从没在马甸出现。哎，哎。我们讲讲那小子吧，你不清楚这一回你为什么不把他拎来的东西统统扔出去扔垃圾堆里，你好像怀着恶作剧的心情要把东西吃掉喝光，反正你缺吃少穿呐。反正狗日的坏蛋们有的是钱，不吃白不吃不用白不用。你凑近那堆东西，拆开。除了洋河大曲和火腿，还有牛奶一箱，饼干两件。是啊，一大条宣威火腿，我要不帮你吃你咋吃得完？你把火腿拎出来，下面压一只大红包，拆开，又是满满当当百元大钞，你估量不了也不想估量不会细细数它。钱是好东西，没人扛得住它可你还是被激怒了。被一沓钞票激怒你一直没钱根本没钱你拿着少得可怜的两万苦撑到现在。拿了这笔钱能撑很久？也许很久，五年十年二十年，直到你死在马甸。正因为你没钱所以你才有资格愤怒。钱像火柴把你的怒火点燃把你烧死。你找个罐子把钱装好再把火腿砍开锯断露出香喷喷的好肉，绝对好啊，少说十年老火腿，吃人嘴软，你明明晓得但是不管三七二十一就想狠狠吃它，就算他们找上门来你也死不认账让他们吃个哑巴亏。总之你带着恶狠狠的快感把它一锅煮了，浓浓的香气把野狗都招来了，然后你把酒瓶拧开，嘴对嘴吹掉大半瓶你酒量真不是盖的，你把剩下几瓶也开了，一路走一路泼原来这么几瓶东西还不够你从大门走到莲花池再到老场部的，随便一圈也四五公里这点酒哪够，更不用说你还要去一趟马厩了，那地方只是一大堆高高垒起的小山被推土机圈出乱糟糟的泥巴一大块丑陋的疥疮，你想起西河海。啊呀，西河海也消失了，一片大草原就这么完了，只剩一栋紧挨一栋初看还行细看粗圆丑陋一模一样毫无特点的尖顶别墅，一堆屎黄色水泥壳子和龇牙咧嘴的白石墙坯，这些鬼东西怎么跟马儿们风驰电掣的天堂相提并论？怎么能和你找遍全云南找不出第二块的高山草原相提并论？你们弄那些乱七八糟的楼房、别墅还不够？还嫌不够？我们永远失去西河海了，永远失去它了。你只能在你窝棚到大门不足百米的地方拎着酒瓶走一圈，嘴里念念有词让死去的记得的人和鬼来吧都来吧你很快

酒光了。你心里憋着一团大火酒气直冲嗓子你恶狠狠地骂呀，你邀他们过来喝酒的时候温柔得像绵羊，低低呼唤他们的名字，来呀，都来呀，我是张玉明呐。你们出来吧从大礼堂从莲花池从闸塘都出来吧这里是马甸只要你有口气在就还是马甸只要老张还在巡夜就还是马甸……你钻进屋，夜幕降下来，你劈柴烧火，火架得高高的要让老马甸各路人马都看见，你想听见回答但是听不见任何回答，只有风声，只有你亲手栽的麦子翻腾的麦浪发出哗哗声，让你快生锈的硬骨头绷得硬邦邦的在浑浑噩噩的泥巴味臭味酒味的混沌黑暗中挺住。我们都错了，他们也错了。没意识到你这么干是你无处可去干不了别的，只能缩在干了一辈子的马甸熬着等着没有救世主从来没有，你的苦熬连你自己也不明原因，有一点是肯定的，你无处可去，除了和死去的马甸人相依为命你没有别的办法，再也没有别的办法何况就你一个，赤条条来去了无牵挂。你想他们当年的样子，想那些人，一起共过患难来到此地见证卡巴金飞驰又倒下的男人女人，想想他们年轻又不年轻，无可挽回地失败、死去，后代一个个湮没，要么去了昆明要么缩在嵩明像死狗一样再也没有动静没有牵挂。你坐下来，在熊熊炉火前清空脑袋返回从前在马甸大地上来来回回最后连黑夜白天也分不清了你的黑夜是别人的白天你的白天是所有人的黑夜，每到晚上你精神抖擞从马厩到西河海到闸塘到莲花池到小学校到宿舍到二层小楼你把每一处每一寸都踩遍了摸透了熟得不能再熟，如果擦得锃亮的五四枪重回腰间那就没有遗憾了。不是随便掏枪震慑杀人，是这只金属打造的泛着冰凉机油香气的小东西沉甸甸的带给你的赤裸

72

滚烫的没有距离的过去。那时候你多年轻。又年轻又没钱你从没考虑过钱你考虑的东西太少了连吃不上饱饭也不在乎你只在乎每天晚上在马甸大地游荡，游荡。他们给的钱你一辈子没见识过簇新的百元大钞啊，你绝不可能在闭眼蹬脚之前花完它。我晓得你不会碰它，一张也不会碰。老张，我又饿了，给我煮碗面，再给我弄一块肥肥的老火腿，一条火腿你至少吃它一年吧。打开的火腿必须接着吃不然就长蛆了。去吧，你给我砍一块火腿，我往锅里烧上水。我像江若愚一样走了那么长那么远的路，又饿了，饿坏了。

13

老董啊，我谢谢你一次又一次来，一趟又一趟跑。我不明白你放着好好的昆明不待姑娘儿子家不去跑这个鬼地方来干哪样？马甸完了，你自己放眼瞧瞧，仔细瞧，除了对面的二层小楼马甸还剩哪样？看见麦子了？长得相当好啊秋天你再来我们可以把麦子打下来磨面。撑到秋天没问题。麦子都能撑到秋天何况是人。哎，你说我从来不种麦子我怎么就种了麦子，我们又不吃麦子不吃面就连嵩明昆明都没一个收麦子的我何必种它？不晓得。随随便便讨来的种子，永健随手给的一小把种子你不浇水不施肥不伺候它就长得好好的，黄灿灿一大片，提醒所有人特别是大成路过的人它是马甸。不过，你说，它现在和别的鸟不拉屎的鬼地方还有区别？小广东也来过，上个月来过他长大了长老了，快五十了吧还在当记者瞎跑。是啊马甸废掉之前我们把他忘了他是大记者啊，我咋就忘了。我说小广东你来一趟吧，你要写写生你养你的地方被拆掉被卖掉人不人鬼不鬼家破人亡妻离子散。他真来了。这个小子，上次见他是三十年前我记得清清楚楚。你看距离上回他来，距离上回那个二十出头的小子重新踏进马甸大门过去了三十年啦所以我乍一见他竟没认出来，我说你哪个？他说他是小广东啊。哦，对，再看，是他，宽脸盘子浓眉大眼身子还算硬朗也端着肚腩皮了。张叔啊张叔，你——他话没说完就哽咽了结结巴巴说不利索了，像三十年前的秋天一样望着我，眼里就要淌下泪来。他疲惫，哀伤，无所适从消耗过度，在我面前摇摇晃晃好像随时都能睡着。我太能体会了。像骑兵连战至深山人困马乏被大雪封死无路可走。我唯一晓得的是一个人一个简简单单的人活在世上除了吃喝拉撒还有更要紧的东西，比起来性命也不算要紧了。他就是这么说的。道理我懂可从他嘴巴里面冒出来还是让我揪心。他还年轻啊。我想，这是那些卡巴金教给他的在他小时候就给了他的东西，就算后来卡巴金消失了他该懂该明白的也丝毫没有消失。那些还在马甸大地上游荡的东西他何止是没有意识到简直是由着它们像雷电一样在血管里奔流，让他终于在这个世上保持了强大的自信、希望和耐心。所以我没办法跟他讨论哪样事情既然我对这些事情一点谱也没有。我根本没资格跟一个北京来的大学生有模有样坐下来。我才念过几本书啊。我们向来说的是好死不如赖活着。活着。活着。活着。听说还有个作家写了一本谈论活着的书卖火了他妈的讲的无非就是好死不如赖活着嘛。陈达人可以不死小茉莉也不必死哪个都不要死你们一个个不如活着，赖活着，比起活着，脸面尊严价值理想抱负算个屁。再说世上没有投降一说是你面前的人和事让你必须考虑活着。不是死。死是最差劲的它多简单啊。这种死磕不是没见过比如鼓捣各种实验一心要干出房子那么大的卡巴金的徐老五最终毁了你都记得吧。我们后面再讲讲他。先讲小广东。三十年前他还是个标准的娃娃一路奔袭到马甸累坏了也饿坏了。他说马甸非常隐秘找他的人不会找着他，他早早放出消息说他直奔丽江而去。没人晓得一个死板保守落后被遗忘的角落是生他养他之地。他先来找我，很晚了，凌晨一两点敲开我的门。我给他煮了一大碗面，放上一大坨猪油，他又放一勺醋一勺辣椒说我这手艺是不是跟当年食堂老周学的？我没吭声，默默看他大口大口吃面，他说对了这就是马甸味道啊这股香喷喷的猪油味儿啊我的天爷！吃饱喝足他放下碗筷要去马厩。我说马厩哪样好看的了差不多空了。还剩多少？最多三十。才三十？我让他窝在我家里莫出来。最好没人晓得他来过。我像窝藏地下党员一样把他牢牢看着。晚上才去马厩。三大排伟岸的马厩趴在夜幕下神似教堂，他流泪了，说他经常梦见马厩卡巴金西河海朱良和我。我说，没有马了。我带他进入黑暗，瞧见一堆目光闪亮发绿的动物，个头又大又蠢，头上顶着犄角。是鹿？他大叫。它们三五成群眼神慌乱怕得要死见了光见了人立马藏着躲着徒有马的形状远无马的气魄只是一群小了两号的娘气矮化的灰棕色活物虚有其表鸠占鹊巢的白痴，还不如杀了吃肉的低级动物，还不如当年饲养队的大约克非夏和嵩明土著黑猪。小广东一手扒在马厩墙头忍受着刺鼻鹿粪臭味是的你看鹿的粪也比马粪臭多了，明明它们吃进去的东西都差不多。我说不打仗了，没有军马养活繁殖了，总不能不让马甸人吃饭让马厩空着，段云兵们就想尽办法养这样养那样后来发现梅花鹿不错啊这傻东西一身是宝，鹿血鹿茸鹿皮鹿肉鹿鞭都能卖个大价钱。小广东咬牙切齿，问我养这些东西挣着钱了？我说这个就不晓得了也没办法晓得。他狠狠骂一声，操。又问我哪还有马？我带他往黑夜里走往他陌生又熟悉的深处走。一路上我们经过兽医室配种室工业队宿舍来到三号马厩。围墙里面没有，要进去。门从里面闩着，我敲敲门，开门的老朱是信得过的。这个世上要有哪个还能信得过非他老朱良莫属。他直直瞅着小广东吓一大跳，小广东低声叫他，大舅。朱良下意识哎一声好像没认出来因为手里擎着的马灯太暗。小广东说，是我，大舅。哦，小广东，是你呀，你回来啦？是的大舅，我回来了。言罢，他没仔细在朱良脸上身上看去明明晓得他的亲大舅已经老得不像样，去年春节好歹是见过面的，他回来住过一天朱良和云珍也去过昆明陈二人的家。小广东掠过大舅直奔马厩深处。人字屋顶又大又空又冷，马厩里站着寥寥几匹马，三五一伙耷头耷脑再也不是高大彪悍的卡巴金了，更像是跟外面那些小不点的野种和流浪儿的四蹄杂交动物差不多的近亲。小广东从这头蹲到那头又跑回这头，不敢相信自己眼睛或不敢相信这么大马厩终究只剩下这些老弱病残绝非卡巴金的后代只是姑且叫做马的东西。朱良着急问他咋回来了，来了咋不回家，他说大舅你别多问。我说老朱啊你随他，哪样也莫问。凡事有我。朱良瞅着自己的亲外甥又瞅瞅我。小广东问卡巴金呢？成百上千的卡巴金呢？雄赳赳气昂昂的卡巴金呢？他哇哇啦叫几声往马厩里面大声武气地奔走又变回当年的小广东了，那个晒得黝黑的孩子,爬高上低一身胆子蹿上墙头乱窜打鸟掏蛋钓鱼捉虾一把好手无师自通在莲花池一次性学会游泳没被大伯陈达人的死吓住的小广东。朱良凑近,摸着他的脑壳说,哪还有卡巴金,卖了,老了,死了,吃了,你要想看卡巴金,就去昆明金殿后山。他瞅着老朱,金殿后山?我接茬说那地方也叫马甸,不过多个跑字。跑马甸。我日,他说。这个小子敢冲他老舅冒脏字了。他说,你们的意思是,马甸的马,成了一个旅游景点里面的东西?差不多吧。小广东摸一把槽子里湿漉漉的料豆。即便这种马这些又瘦又小淘汰下来的马再过几年也看不着了也会一匹一匹死掉。他不再直愣愣瞧着它们,没法面对任何一匹马的老弱病残。老朱着急说,回家吧,你舅妈在家。小广东弯腰冲他老舅说,大舅啊,你和舅妈莫怨我,我过两天就走。我说,放心吧,回家了还怕个球。对咯,老朱说,还怕个球。跟我回去。不行啊大舅。不行。我走啦。他和大舅匆匆道别转身扎进黑夜就像从未来过马厩没见过朱良。老朱没跟上来,只是站着,站在马厩大门口,一溜金黄的光从身后泻出来铺在砾石路面上。我们往回走了很远大门才哐当一声关了。小广东步子很重,问我西河海也完蛋了?我说快了,野草疯长,梅花鹿上不了牧草地,西河海是属于骏马的不属于这些等着放血吃肉的软塌塌的白痴笨蛋,荒就荒了。他连连叹气,回到我住的也是当年小云辉家那栋两层小楼,他要去他家地盘正是我们面前这栋小楼去看看,我劝他别去了,住着人呐。他站在楼下望着阳台,说,没有马的马甸还叫哪样马甸。当晚他睡我家里。两间房,刚够。他总共在马甸待了三天。朱良第二天夜里偷偷跑来,送来几百块钱。第三天他说他必须走了,我说你给我小心再小心啊,有事随时回来。他说,放心吧张叔,我没事,事情没坏到那一步。

到底坏到哪一步没坏到哪一步他不讲我自然无从判断但我晓得事情的严重性,否则他就不会大老远跑回来像个农民工一样脏兮兮的背个军用帆布包就来了。我本想送他去公路口又忽然觉得不妥,立马跑大成村找永健雇了一辆面包车,他戴好墨镜和帽子钻进车厢。我挨着车窗说只要我还有口气,你只管回来。小广东伸手和我用力握了握,车子一溜烟走了。嗯,这就是上回他来马甸的经过。我也只是讲个大概到我这把年纪很多事情你最多记个大概。三十年了。三十年再见我激动啊。老董,我真激动。没想到马甸还能出一个大记者,一个三十年前九死一生毫发无损安然回到昆明后来干了记者的小子,一个倔强的不愿离开昆明的小子竟以一己之力吃苦耐劳硬生生在昆明写出一片天地。多让人吃惊呀老董。他来那天,他大步走进马甸大门那天我直直瞅着他,我已经听永健说过要让他来一趟没想到那么快就来了。我认得走进大门穿出阴影从灰尘沙土之间走来的人就是小广东,好像三十年时间断开又接上像三岔河水也只是被他的小手拦了一下只要拿开水流又恢复原样。他大步走来昂首挺胸都有将军肚了,头发也掉了很多,差不多秃了。没关系,就算他头发掉光满脸皱纹也没哪样关系。快五十的人了,一个成熟男人总会自带一种皮囊受损的稳重沧桑。我瞅着他直直朝我走来就像三十年前突然敲开我家的门。大老远我挥手大喊,张叔,我呀,小广东啊。哎,老董,你可以想见我听这一声喊心里哪样滋味,很久没有这种像被热油烫了的感觉了。很久没见一个活蹦乱跳的马甸后生了。我无非守着一座坟，无非掰着手指数着日子朝着麦地倘现在狗日的连麦地倘也没有了不知朝哪个土堆一步步挪动随时闻见死的臭气，再次见着三十年来没有音信最多零零星星听说的小广东，见着一个可能给我们带来希望的小家伙（他都四十九了在我眼里照样嫩得要冒出水来），我好像觉得我不必着急往地底下钻了，马甸废墟和他家当年小楼有救啦只要他把那些猫腻那些操蛋的猫腻统统写出来就有救。他们不是防火防盗防记者吗？他们不是不怕当官的就怕写稿的吗？哈，小广东眼下就这么个角色，一支笔就能把各路坏蛋干下马来为民请命伸张正义就成了这个糟烂的世上唯一可以指望的亲人了。我起身迎接，他冲上前一把拽住我。这小子的确老多了但你还是能看出当年敏捷的身手和那股子倔劲儿。我们在塑料顶棚下落座，他说他是穿出大成一步步走来的，没让人送进来。他想走走。五公里直达马甸的感觉是一步步朝童年返回，而上一次，三十年前，变化很小的马甸还没给他这种感觉何况当时趁黑来的。这次不一样，这次，他一路见证衰败和废墟像书一样一页页翻开，和他小时候的马甸重叠交织这一路心如刀割。他终于瞧见马甸大门没想到又小又破摇摇欲坠和当年甚至三十年前完全对不上号。好在，门还没倒，还辛酸地立着。他走进来，一眼看见我的蓝色塑料顶棚，这一小块猫屎大的东西挤在一片灰黄色废墟衰草中间。他来回走四处看，熟悉的东西没了不见了只剩下大致方位也许方位都错了，但是当年啊，当年它们曾经多么铺排宏伟，那些养育他的细白马牙石红砖墙楼房茂盛的大片大片的冬青月季缅桂，都没了；仓库大草棚大礼堂宿舍楼理发室铁工厂木工房马队食堂败坏成的泥巴坠在腐土下面像是活着实际死了死得透透的了。我们呆站着。他抬眼看着他小时候住过的两层小楼，不敢相信地说，还在？我答不上来。可能是一次疏忽，一个奇迹，开挖掘机的人把它忘了，又或者，他们觉得早晚要把它夷为平地所以反倒没那么着急，先留着吧，算是对所有马甸人但凡跑来聚在大椿树下被刘发召来的全部马甸人的一次警示，一种炫耀。它成了孤零零的某种东西，马甸大地上唯一的幸存者。不好看，但是，他妈的，很悲壮。小广东看了半天，慢慢腾腾朝它走去，想从木板封死钉住的楼道往里钻，上到二楼，重新回家。他使劲推了推木板，转身问我要锤子，我给了他。他三下五除二把木板拆了，露出魆黑的楼洞。楼梯就在那里，他当年无数次爬上爬下的亲密的窝。他上去了。右手，没有门了，只是个门洞。进去满地灰尘杂草隐隐一股臭气，迎面左右各一间，右手厨房，最左边是他小时候从五岁开始单住的属于自己的小卧室。那时候，他记得相当清楚，那时候还能摆下一张2×1.8米的大床，床边一张书桌，他在这里写啊画啊，自由得像匹小马。他从他爹妈当年卧室走到隔壁客厅，又踱到厨房呆呆站着，望着脏兮兮的墙。墙上除了灰尘和白石灰哪样也没有。他盯着某个地方像在怀念当年那地方悬挂的一块马干巴。我晓得他心里藏着很多秘密。这个鬼精灵的娃娃比我这个巡夜的老家伙还要了解马甸。他从楼上下来了，说真小啊，张叔，比他记得的小太多啦。这么小的地方，当年居然塞进了他们全家而且照现在标准也一点不差啦。然后，他要去马厩。我说，没有马厩了。他说上次来还有，还去马厩见了大舅朱良。我说那是上次。都三十年了。三十年前马都没剩几匹只有空厩了现在全部拆了。他还是要去看看，一直走到仓库废墟又经过老场部废墟，经过一条弯弯曲曲的断壁残垣正是老场部波浪围墙，再往前就是马厩，他闭着眼睛也能摸着大门。是的，从地底冒出的零零星星的杜鹃花杂花乱糟糟长在废墟上高高低低起伏摇晃，这地方就是马厩。它们大得没边像十多个仓库装着另一个世界另一片天空另一面大地，现在只是一团漆黑的一只手就能捏拢搅碎的泥巴，一座耸在天空下的红泥高塔。他爬上去，往西河海方向瞭望，那里只是别墅，遍布艳俗的西式尖顶，一条大河隔开影影绰绰灰蒙蒙的地平线和山的蓝色线条，连麦地倘也被推得七七八八了，再也不像一座山了。他走回来，和我坐在顶棚下面就像现在我们两个这样对坐着，我连开水也没有杯子也没有不能给他沏一杯热茶。我告诉他，要喝水就拿瓢舀吧，瓢在水缸上面挂着，对，就是那里。他咕咚咕咚喝了一大瓢，说，莲花池的水。我说，对咯。他挂上瓢，回来坐好。我问他一大堆问题：当年去了哪里，咋回来的，咋当上记者的……哦，三十年前，这小子去了瑞丽又去缅甸帮人看了几年赌场回到昆明，没人再找他了，随便找个行当找个活计很简单，反正饿不死，更别说爹妈还在昆明。我插话说你爹妈都好？他说，还行。我记得他爹陈二人虽然不像他哥刚烈脆弱一辈子唯唯诺诺，最终还是出人意料地决然离开马甸，而且是最早一波离开的；妻子小秀倒是风风火火对马甸再也无法容忍。走得好啊。不走就不可能有大记者小广东。哎，我还活着，他们咋样？我终于意识到眼前稳重内敛的小子不再是当年那个上蹿下跳精力过剩的小子了，他自然晓得一个人的衰亡迟早要发生也将在他身上发生所以趁他还有力气总要为快死的马甸人做点哪样，一定为他们做点哪样，否则他就对不住他爹妈，对不住大舅朱良舅妈云珍。是他们，一个个消失的他们让他意识到问题的严重性，他放下手头工作立即赶来。要么说，马甸和昆明的距离很短，你坐车，或者先坐车又步行最多花你两三个小时吧。两三个小时算哪样哟。他说，他后来扎根记者圈纯属误打误撞反正报社一不查验身份二不上保险。他改名换姓一混二十年。他让我把一切都讲出来他一定报出去捅上去反正现在都用手机了，自媒体，晓得吧，自媒体很厉害怕他个鸟。一波弄不下来弄第二波，第三波，直到他们闻风丧胆屁滚尿流。我告诉他那个小杂种来过几次了还给我塞了钱给我酒给我肉，钱我没要，酒肉倒是碰了，咋办？小广东笑了，咋办，凉拌。没事的张叔，就该吃他的喝他的。但是钱嘛，一分莫碰。我说，大不了让他们机器轰隆隆从老子身上碾过去。小广东半天不说话，沉思的派头和皱纹袒露在阴影中，一点不像当年的陈二人倒像时间自身延展出来的让你惊讶又陌生的塑像。我一直记得他小时候的样子，干干净净像一捧莲花池水。那个精明剔透的小子啊。从他中年人的嘴巴里吐出的字我听起来像他又不是他。不是他又绝对是他。我不清楚一个小子咋就长成这副样子了，肯定遭受了远比任何一个马甸人甚至他大伯陈达人还要惨烈的爱和恨，那些东西既然没毁掉他就会让他活得好好的。他开口说，张叔啊，你觉得你值？我说，你是喝莲花池水长大的，我是喝莲花池水变老的。

他笑了，说张叔，万一，你想守住的东西可能不是你想象的东西，咋办？我说，你哪样意思？连你也要劝我搬走莫像个憨逼一样？他半天没说话。之后说我这个小棚子所在之处不就是江若愚的大礼堂？是，亏你记得。当然记得，张叔，我记得所有的事情就像记得我脚掌心上的胎记。他笑笑，不做声了，像一头扎进回忆，像水底亮闪闪的金子。我说你还喝水？他摇头，说一瓢就够。我问他饿吗，我给你做饭。他说不忙呢，张叔，不忙。他笑了，这回的笑容完全摆脱了恍惚不定心神不宁，终于露出和他小时候一模一样的小嘴巴还拉出一条弧线和皱纹，酷似在大礼堂玩玻璃弹珠赢了全部人马的他。嗯，现在轮到他讲了。他要讲的东西他记忆里的东西跟我记得的也许有些出入但大体上一样。我佩服这小子惊人的记忆力，似乎全马甸的犄角旮旯都刻在他血肉里。那么多年了，这小子像上天派来的，派到一个马甸老家伙身边来，派到他摆脱不掉忘记不了的废墟上。

他说，他开始说了，江若愚和小茉莉那晚离开后，惦记她们的无非一帮娃娃，一帮以他小广东为首的娃娃。不是吗？他们多么喜欢这对母女啊，他是用一种在北京上过大学的知识分子的声气讲这通话的，这给了他无上的权威我慢慢听不明白了，或者说他讲的是另一个江若愚不是我认识的那个从昆明跑来投奔老右父亲的优雅女人了。那天他追随母女两个回到铁工厂宿舍，像小毛贼一样趴在窗台上仔细听。他听见江若愚反反复复问女儿还有办法吗，还有哪样办法？他不明白她们聊了哪样，更不明白背后藏了哪样。周围响起嘹亮的蛐蛐叫声月亮升上来明晃晃照着，他不害怕也不担心。也许唯一可以肯定的是某种事情已经发生而且和段云兵有关。谈话突然停止，像铅掉进水里。他哪样也没等来，哪样真相也没得到，决定次日跟踪段云兵就像电影里的地下党跟踪特务一样。这个想法让他激动得浑身发抖，上课都没好好听讲觉得一个天大的秘密正迈着大象的步子砰砰向他逼近。嗯，你看，小广东他们这帮小屁孩们真是反特电影看多了，《闪闪的红星》《渡江侦察记》《黑三角》等等等等，他们是长在红旗下的一代满脑子是非善恶你死我活非白即黑，单纯又可怜。但最大的好处是晓得善恶晓得是非，晓得他该为生他养他的马甸大地狠拼一把。那晚小广东从三岔河出发前往马厩，从马厩里弄了些料豆揣兜里，也好在路上遇见某个放羊放牛的大成小子就赏他一颗。另一只兜里塞满玻璃弹珠，要么从江若愚手里买的要么从其他娃娃手里赢。那是他的珍宝。嗯，夜里没有路灯没有月光一切黑魆魆的像掉进锅里，只有水塔下面家属区透出亮光隐约照见砾石路面亮闪闪圆溜溜的碎石头。小广东去段秘书所在场部宿舍要路过马厩拐角实验室，那地方倒是灯光通明窗户大敞着。小广东蹑手蹑脚凑过去，里面的气味浓得没法形容是酒精芳酊乙醇搅和的刺鼻臭味就像臭鸡蛋味黄磷味阴沟味又带点高高在上的硫磺味和马汗味，他一眼瞅见里面穿白大褂的家伙像瞅见一个患上深夜狂想症的疯子。此人扭头冲小广东模糊的人影吐了一口唾沫大喝一声，嘿，哪个！小广东怯生生回答，我。那人探出头来仔细看他随即哈哈大笑，小广东啊你给我进来。不等他回答，此人从窗口探出身体一把将他从塘石大道抱进实验室。里面到处是瓶瓶罐罐玻璃器皿和堆得高高的纸箱纸盒。此人牛高马大身体虚胖,脸色白惨惨的。对,在玻璃瓶子映照下白得吓人像鬼脸一样。他叫徐东奎,也叫徐老五,天天梦想做出一种让全马甸饲养的卡巴金不断长高(最少五十厘米)的神奇药水。他说他的实验一旦成功必然震惊全世界让马甸迎来新的春天。哦,春天,生机勃勃呀,晓得马甸什么时候建的?我告诉你小广东,一九三八年,民国二十七年,晓得吗?民国二十七年这里培育繁殖送走的大马还不是卡巴金,大多是蒙古马朝鲜马,哈哈,一九五八年接手苏联卡巴金才源源不断从北边也就是甘肃啦内蒙啦运进来,晓得咋个运这些高头大马?火车,好几个火车皮,卡巴金一匹接一匹流进车厢脖子都伸不直那叫一个遭罪。一星期后它们进云南下火车沿公路一直走到马甸,几百上千匹骏马就像天神一样让你心醉神迷,你挨它们那么近闻见它们身上的汗味草味臭味香味你觉得你只是它们身上一只臭虫,不,连臭虫都算不上你会觉得人呐,又丑又难看又笨又龌龊比起马来我们算个屁,一样都不算,我们只是肮脏低级的哺乳动物罢了。要按我的眼光,马才是这个世上最顶尖的族类高贵得不得了呐,从来不吃腐烂变质的东西就算饿死也不吃,从来站着睡觉绝不躺下更不跪下一旦躺下跪下毋宁去死,或者离死不远了;风驰电掣是它们的天职要是突然受了伤突然倒下了你就不得不赶紧帮它解脱,它宁死也不愿什么部位伤了折了,不能跑的马还叫马?宁死不伤呐虽然有的伤明明可以治好的它也一心赴死。就是容不下丁点瑕疵呀。你以为骡子驴牛这些也能跑的四蹄动物能和马儿相比?根本比不了,连一根马鬃都比不了。骡子是杂种哪来的高贵?驴也不用说了,像个笨蛋。牛嘛,慢得要死跟风驰电掣更不沾边啦。我告诉你小广东,我这个试剂就快成了一旦马甸搞出全世界最大的高头大马而且是纯种的高头大马,马甸就发了,全世界都会跑来订货,我们只要给马打上标记让它们都带上马甸二字就不愁卖到伦敦卖到巴黎卖到莫斯科卖到纽约,想想看呐,你想想看——小广东打断他,就算卖到那些地方,又咋样呢?那些地方需要卡巴金?徐老五一下子答不上来,支支吾吾说你想啊,这些地方,就连这些不用打仗的地方都有马甸的马——他讲不下去了,脸憋得通红,小广东说他要走了有急事呢,徐老五说你去哪里,你个小毛头。小广东闷声不吭气。徐老五说我送你吧,我送送你。他不容分说将一堆玻璃瓶子送进洗涤槽转身拽着小广东进入黑夜。几分钟后他们在暗淡的大草棚顶洒下的弧光灯光线中前进,脚底响起唰啦唰啦的砾石响声。徐老五说他有答案了,要是全世界所有大城市都跑着马甸培育的高大优雅的卡巴金那该多壮观呐:邮递员靠卡巴金投递,警察靠卡巴金执勤,所有公交车都靠卡巴金拖拉,多牛啊!人和马互相尊重彼此合作马是人类最好的伙伴一个城市有很多马在跑着工作着那该节省多少人力物力。物力是什么,是资源,而资源,徐老五说,据他观察,多年之后肯定是地球上最稀缺的东西,为了争夺它会引爆第三次世界大战,不信你仔细想呐,一块煤炭,喏,你脚底的煤炭,只有一块的时候,十个要用它烧火做饭发电的人是不是会为它打起架来,是不是小广东?你能听懂吗?能,对吧,你都二年级了小子。好,就这个道理,你想,如果房子那么大的卡巴金代替了人力节省了资源那人不就解放了,就不必为一

79

块煤打起来了，只要有充足的食料就够，对吧？只要有充足的给马吃的料豆和稻草和盐巴和水，这些东西嘛，人类是从来不缺的是源源不断没完没了的可以随时供应的，就算暂时供应不上来也可以花很少的钱买嘛，你看我就晓得我们供销科给马厩购买的饲料三分钱一公斤，稻草就更便宜了，一吨才几毛钱。哈哈，你想啊，就算全世界都是我们的卡巴金也花不了多少钱对吧？到那时候，到那时候人就真正解放了不用使劲劳动了一切都交给马了，也就是说，人类真正实现共产主义啦！哈哈哈你想明白了吗伟大的马克思同志居然没想明白这一点就因为他没有出生在遍地都是卡巴金的伟大的马甸啊，而我们，天天和卡巴金打交道的我们，主要是我，早早看到了这一点，所以，一旦实验成功，一旦我的实验成功——徐老五激动地将小广东提拎起来骑在他肩膀上迎着蓝色月光大步飞奔，吓得小广东嗷嗷直叫。徐老五的演说持续了十几分钟后才打住了，问小广东到底要去哪里，小广东就说他去场部宿舍。找哪个？小国峰，他撒了谎。哦哦，小国峰我晓得我晓得。徐老五没追问他这么晚了找小国峰干吗，只是快乐地在砾石大道上像马一样撒欢飞跑，小广东忽然发现徐老五脚下地点早已偏离场部宿舍了，莫名其妙跑进刘发一度骑着枣红大马进去过的后勤队小院（刘发是马队的，那年一枪打死盗马贼成了马甸英雄，然后骑上一匹大红马跑来向我们马甸头号大美女齐文雅求婚呢，胆子真够肥的！被齐文雅狠狠轰出去了。哈哈）。嗯，小广东发现齐家两扇窗玻璃上的《大众电影》画报还像新的，刘晓庆张瑜性感漂亮一口整齐的白牙就像闸塘水干了缀满月光的微型水涡。我们到啦，

嘘嘘，晓得这里吗？不是，我不是要来这里我要去场部——嘘嘘嘘，不要讲话不要讲话，会吵醒里面的人的你个傻蛋。我才不是傻蛋我要去场部宿舍你放开我。嘘嘘嘘，马上，马上，你等我一分钟，最多三分钟。我们就站在这里，就站三分钟，好吗。我先走啦，我先走行吗徐叔叔我认得路。不行，你陪陪我嘛小广东，你就陪我一下嘛，连你也不愿意陪我吗？难道只有实验室的瓶瓶罐罐才愿意陪我吗？我听不懂你讲哪样啊。我讲的多简单呐小子，再简单没有啦。你见过齐文雅吗，你认识她吗？当然啦，当然晓得啦，哪个还不晓得大美人齐文雅。那你说，你说说看，她是不是全马甸最优雅最好看最高贵的，就像一匹卡巴金。你是说，大白？乱讲，她比大白漂亮多啦，大白只是一匹瘦瘦挺挺的马。那就是大黑啦。不不不，大黑也比不了她呀，连她一根手指头也比不了呀。那你刚才还说，世界就没有比卡巴金更漂亮更高贵的物种啊。我说的是，除了，除了齐文雅，所有人，都不如一匹卡巴金呢。哼哼，你乱说，我觉得齐文雅没有大白好看，也没有上次刘发骑的大红好看。你才乱说，马终究是马，而齐文雅，世上只有一个齐文雅。哦，你就不怕刘发拿着他的枪——他敢！你个小毛头样样都晓得，样样瞒不过你……这两人这对奇怪的组合一个大一个小大的太大小的很小就在院子里在房檐阴影里闷了很长时间叽叽咕咕大半天就像两个小偷悄悄摸摸吵来吵去面对两扇贴着《大众电影》封面的窗户，瞪着被月光擦亮的上过红漆的梨木窗框。这一切对于小广东来说简直无聊透顶差点要了他的小命，要不是徐老五老虎钳子一样的大手死死攥住他早就脚底抹油一溜烟跑了，

80

就是三更半夜他也能在马甸跑几十个来回呐根本不用担心摔了碰了迷路了,哪里有道篱笆篱笆上面几根刺他和他的小伴们都一清二楚。现在大个子徐老五身上汗味药水味非常难闻,他带着哭腔说走吧,徐叔叔,走吧,我们走吧,一道破门两扇破窗有哪样好看哟。徐老五说好好好,马上,你不要讲话。说完他凑到窗前趴下身体耳朵凑近窗玻璃紧贴刘晓庆的脸蛋听了几十秒钟,让小广东想起一匹安安静静站在马槽边上睡觉做梦的马。徐老五终于凑过来抓住他的小手向外飞奔,就像惊动了窗子里的人即刻被逮个正着,就好像他们偷了什么秘密再不跑就完蛋了要被齐文雅的亲爹齐物论活活打个半死。出了院子徐老五问小广东,晓不晓得太上老君。他说,晓得啊,被孙悟空踢翻炼丹炉那个老家伙呗。徐老五说,是,又不是。算了你个小毛孩啥也不懂。我懂,我当然懂,你问我这个干哪样?我问你的意思是,我问你就是告诉你,太上老君晓得我在做什么等待什么,精诚所至,金石为开,晓得吧?不晓得,哪样意思?哎哎,你个小毛孩果然什么也不懂。我回家了,不陪你去场部宿舍了你晓得怎么走吗。晓得晓得,再见再见!小广东撒腿就跑担心徐老五突然变卦又抓他干什么扯淡事情呢。徐老五高声说你们都给我等着,我早晚干出试剂来的,早晚培育出房子那么大的卡巴金来!他的大嗓门就像一串鞭炮砰砰炸着,吓得小广东加速飞奔尽量冲出其声音编织的大网难道他不怕惊醒齐文雅吗她好看吗真的吗刘发都把马骑到院子里了徐老五竟然把耳朵贴在人家窗玻璃上像个鬼迷心窍的傻瓜——他才是大傻瓜哩。小广东一路奔逃,没听见徐老五站在月光下反复念叨吾言甚易知甚易

行天下莫能知莫能……后来,当他长大成人当他考上北京理工大学才终于明白,那时候徐老五对李聃的"信"并无同道,一个也没有。当年除了马恩列斯毛就是马恩列斯毛,哪来老子?后来,马甸人在他家里找到一本《道德经》,整个儿黄透了像块敷了泥巴的破砖头很多页都散架了,要是当年有人发现故意举报够他喝一壶的。他把它塞在锅灶洞里反正他从不开火每天掏出来坐在小板凳上坐在蜡烛光里读它。不开灯,不碰一下灯绳,直到半小时后才把电灯拉亮,在灯光铺满的小厨房里你已经找不见它的影子了。嗯,那晚小广东来到场部宿舍找到段云兵的家,从一间亮灯的屋子里又能发现什么呢?——照样敞着门,照样挑灯夜读模仿关公只不过段读的是《水浒传》,不是《孙子兵法》不是《资本论》也不是毛选,只是一本厚厚的竖排版《水浒传》。这个白脸家伙精得像狐狸,一抬头瞄见小广东,厉声问他跑这来干什么,这么晚了不睡觉你小子明天不上课啦?小广东扯谎说他去莲花池钓青蛙哩走错了跑这儿来了。段云兵上下瞄他,说你和小茉莉一个班?小广东说不是不是,小茉莉比他高两级呢五年级啦。段云兵问他,娃娃们咋说?哪样咋说,小广东两脚刨地像小马驹一样急着离开又不甘心就这么撤了。段云兵说你们咋看小茉莉的事情?哪样事情?她死了,淹死了。哦哦,我听五年级老冯说啦,小茉莉是被水鬼弄死的哪个要她没事干跑去闸塘边洗手帕。洗手帕?嗯嗯,她手里不是揪着一块手帕?段云兵不吭声,咬着嘴巴眉头紧锁,远比徐老五标致二十倍不止的脸蛋上阴沉沉的,像电影里紧张兮兮的前线指挥员。是嘛,就是,平时从来不去,偏偏那天,偏偏拎着手

帕——哎！段云兵一声长叹。那我走啦。走吧，你走吧，小心看路。我走啦，我真走啦。呀嘿，你小子到底跑来干哪样，你贼头贼脑瞄来瞄去看哪样看？我走啦我走啦。小广东按捺着狂烈心跳转身飞奔耳朵里全是呼呼风声像月光释放的悲戚哭声或深夜闸塘水鬼的哀嚎。闸塘是有水鬼的，以后有机会我慢慢再跟你讲。先说小广东一路逃窜一身大汗冲进家门呼哧呼哧咕咚咕咚灌下一大瓢凉水才消停了。小秀问他这么晚疯哪去了作业做完了？他说妈呀早做完了早就在放学以前做完了那点屁作业几分钟就行。洗洗睡，小秀大声说。小广东问她闸塘有没有水鬼。小秀火了，上来拎他耳朵，哪个告诉你有水鬼？这个世上就没有鬼，莫听人乱说！小广东哇哇直叫。段云兵葫芦里卖了什么药必须等第三天第四天甚至很多天后才可能露出一星半点呢，再说你咋能指望一个娃娃搞清楚这么复杂的事情，就像今天我还在指望这个娃娃为消失的马甸鸣冤叫屈。有的人，他这种娃娃，这种马甸娃娃，命是注定的。我后来细想想，也只有他，只能是他发现那些秘密。这种发现不单是一种发现，还是一种开端，它预示的东西你要等上很多年才会到来。小茉莉那年十三岁，由她妈江若愚从昆明带来马甸投奔她的亲爹老江江心白，老江还是个没平反的老右哩，当年被发配马甸，在铁工厂干活。小茉莉来了不到一年就成了漂在闸塘上的尸首。说什么的都有啊，说来说去二十一岁场办第一秘书段云兵难逃干系，说他为了给小茉莉插班上学给江若愚安排工作让小茉莉每个礼拜天去他宿舍帮他擦桌子拖地板，没干几回呢，小茉莉干脆跳了闸塘。马甸场部严厉处分段云兵发配他去马队养马但这小子厉害，

不到半年杀回来了；江若愚在马甸麦地倘小山埋了小茉莉回了昆明，再没回来过。一对传奇母女呀。老江江心白干脆疯了被拉去疯人院关起来。哦，又是另一个好故事我抽空给你讲。反正她们来到马甸那一年我们永远忘不了：江若愚就坐在大礼堂台阶上摆出铝皮饭盒卖各种小东小西，搅搅糖啦，橡皮筋啦，扎头绳啦，玻璃弹珠啦，都是娃娃们的心头好。大礼堂每到下午放学就成了娃娃们的天堂，他们买她东西就在小广场上跳啊蹦啊打弹珠啊……嗯，我扯远了。当时的情况除非当事人直接告诉你，除非江心白江若愚小茉莉三人同时对你开口，但这种可能性为零。一个回昆明永不回来，一个死了一个疯了。死了的埋进麦地倘疯了的去了疯人院。一个娃娃，哪怕小广东这种马甸精灵也没有办法查个子丑寅卯，除非小茉莉本人，我指的是藏在水下的另一个小茉莉亲口说话。小广东小云辉小建国们照他们的路子干，去找小茉莉去问小茉莉管她是不是水底下的小茉莉。不这么干没办法除非姓段的一五一十讲出来。他们去了闸塘，黄昏时分天色将暗未暗看不清周围和水面也看不清马甸大门，三小个下了大堤，水域辽阔，风吹浪涌的哗哗声比你站在堤上听见的响多了，他们哆哆嗦嗦被冷飕飕湿漉漉的晚风吹得东倒西歪，差点打道回府而撑掇他们干下去的勇气无非是他们对江若愚说不清道不明的崇拜，是这个昆明女人高高坐在大礼堂台阶上优雅地将一只只漂亮的玻璃弹珠从铝皮饭盒里取出来交到他们手上的淡淡的笑容，简直像魔法一样让他们心甘情愿围在她身边一路玩到天黑，这种神奇的魔力你一辈子也解释不了，何况小茉莉的死也让他们放不下。娃娃们认定有的人永远

是坏人,有的人永远不死,否则很多东西就解释不通,比如大白飞到马厩屋顶上,朱良的影子立起来说话,巡夜人张玉明从西河海牧草地一分钟就回到大礼堂……稀奇古怪的事情可多啦。现在他们迎着对岸摇来晃去的鬼影一样的黄花树丛呼唤小茉莉,声音由低变高,越来越急迫响亮。闸塘水哗哗拍着大堤像追着月亮涨潮了,湖底螺蛳蚌壳小鱼小虾浮出水面叹口气又轻轻沉下。长长水草下面,暗沉沉的闸塘水下两米深处,娃娃们果然看见小茉莉穿着白底黑花裙子一步步走上来啦,像从一条被太阳照得发腻的油不拉儿的斜坡底部走上来,离岸越来越近越来越近不长不短的羊角辫子稀稀拉拉就要捅破水面冒出来像花骨朵一样冒出来。几个娃娃浑身打抖抱成一团。小茉莉的脸白得像面团像雪人像碎了的粉笔看不清呀不知是笑是哭还是没一点表情。是她吗是的是的不是她是哪个?就是高高瘦瘦一截小腿露在裙子下面黑色漆皮搭扣鞋上面的小茉莉呀,走路轻飘飘的像踩着苜蓿草不是马甸地底的泥巴。脑袋就要出来了又迟迟没有出来就漂在水面以下。小广东叫喊着,嘿,嘿,江茉莉,江茉莉,是你吗?小云辉趴在草皮上把脸使劲埋进去埋进去深些再深些以便把自己像准备伏击的八路军一样埋进草里泥嘴巴不停发出吭吭哧哧的猪一样的叫唤,明明来了嘛,她来啦她来啦她来喽。小建国噘着嘴像白痴一样支支吾吾,胆大的小广东忙告诉水下十厘米处的小茉莉他是哪个,旁边的又是哪个和哪个。此时月亮爬上树梢,一大排黑魆魆的黄花树呆立不动,大风将树叶吹得哗哗响像在给小茉莉鼓掌加油。月光跃上水面,无数浪花缠在一起混在一处像拉面一样拽出一条条银线抻在水

上。小茉莉的脸有种难以形容的淡粉乌黑随着月光流转时明时暗,目光也时明时暗,不知道看着还是没看着,听没听见小广东前言不搭后语的结结巴巴。她一直没从水下出来,就悬在幽暗中缓慢摆动像一株长长的水草。小云辉闷在草里的声音忽然拔高了,鱼,鱼,大鱼!小广东小建国循声看去,猛见一条硕大的水缸那么大的鲤鱼扑棱棱游过来撞出一朵朵晶亮的浪花又将其压瘪碾碎。鱼可真大呀,当它游近时他们吓一大跳纷纷逃了十来米才站下来。而那鱼,硕大的鲤鱼已经搁浅,攀在岸边浅滩上蠕动嘴巴吐出泡沫开口说话了:你们找江茉莉?娃娃们齐声说是啊是啊,大鱼说,她将在水下游荡九九八十一天才可还阳哩,现在不是时候,她上不了岸,也讲不了话。小广东说我们明明瞧见她在水下走着哩,不能走出来?不能,大鱼说,水下水上自是不同,就像阴间阳间不可同论。她要在水下漂荡八十一天,否则前功尽弃。你们回吧。娃娃们吓得合不拢嘴。小建国小声问大鱼何方神圣?大鱼说它是莲花池龙王庙里龙王麾下,无名小卒。小建国差点把晚饭吐出来,说大鱼啊大鱼,莲花池和闸塘连着吗明明差着好几公里哩,一个在东一个在西。大鱼笑道,自然是连着的,你们这些娃娃哪里晓得。小广东说我们不是娃娃了,《闪闪的红星》看过吗,《鸡毛信》看过吗,你肯定没看过你连什么是电影都不知道呐,电影里的孩子办成了天大的事。大鱼咧开嘴巴,两抹长长的胡须似笑非笑在越来越亮的月光下泥鳅一样扭动,两只灯泡那么大的鱼眼瞪得溜圆。这么说,是龙王派你来的咯?大鱼不答话。小建国问它姓什么叫什么,大鱼还是不吱声。小广东说要这么讲,小茉莉不会搭理我们啦?

大鱼说，是的。小广东又说，过九九八十一天呢？过了九九八十一天，小茉莉的魂就回麦地倘了。哦，哦，那你肯定晓得她咋死的。大鱼说，淹死的啊。闸塘淹死的马甸人还少？民国二十七年至今淹死九个。小广东们吓坏了，九个，整整九个，我的天。小云辉再次将脑袋埋进泥里草里，闷声问了一句，你能回答我的问题吗？关于小茉莉的问题。大鱼又不吭声了。小广东着急说我们就想知道她到底咋死的，咋就——淹死的。大鱼回答，身体缓慢扭摆，将浅滩上水草间银白的月光披在溜圆的鱼鳞上又大又亮如坚甲一般，嗓音暗沉沉的和马甸人说话一模一样。鱼啊鱼，请你告诉我，她怎么会跑到闸塘边上来又怎么跌水里淹死的？大鱼说它只知结果不问缘由，作为龙王麾下只晓得这么多。冤有头债有主，大鱼说，你们还是问人去吧，在下无可奉告。几个娃娃沮丧得要命。此时小云辉埋在泥里草里的脸重新扬起高喊着小广东小建国快看小茉莉，他们循一条笔直的银光望向水底，但见小茉莉穿着齐整落进水下一步一步从这头走向那头，单薄的背影轻飘飘的和上学路上没有区别一只帆布书包斜在肩膀上坠在屁股上。她走啊走，没完没了来来回回，他们看了一阵就厌了困了。他们不害怕了本来就没什么好怕。最重要的是她走来走去或近或远可就是看不见他们，好像在水底睡着了。像鱼一样睁着眼睛睡着了。他们又轻声呼唤小茉莉，小茉莉，大鱼说她听不见，你们回家吧，太晚了，你们爹妈要担心了。小心别落水，我可救不了你们。他们只好怏怏道别，大鱼扭动尾巴激起一朵白浪便无声无息滑进水面消失了。小建国一声大喊，小茉莉，小茉莉不在啦！果然，闪烁不定的月光被乌云遮住，水底水面黑压压一片大大小小的波浪前赴后继一个接一个哗哗声越来越响。没有大鱼没有小茉莉什么也没有了。黄花树站在岸边悄无声息，突然降临的黑暗说不出的恐怖三个娃娃连滚带爬冲上大堤朝着马甸密集的灯光奔逃。他们在大礼堂下面正好撞见巡夜的张玉明，他们嗷嗷尖叫抓着他拽着他掐着他差点把他扑倒了。嗨，老张当然不信几个娃娃的胡话，他一面护送他们回家一面摸了摸腰间五四牛皮枪壳准备沿闸塘去一趟马厩。小广东们总算安全回家了。但我要讲的是，小广东不是一般的娃娃呀，这个两只眼睛瞪得溜圆追问这个追问那个样样事情都想弄个明白的小子啊，简直是马甸精灵。但凡事哪来因果？凡事有因就必有果？不，眼下我不这么看了。通常遇到这类事情，这类解释不了的事情我就装没看见，当然啦，我们也很难再碰上这种事情了人都上年纪了，天眼早就没了，娃娃们看见的可远比大人多得多，不过娃娃们的追问最后都不了了之再没下文。那晚小广东在家门口和小云辉小建国分了手，三人约定今晚的事情除了对张玉明讲过再不对任何人讲，一个字也不讲包括爹妈。三人都晓得这时候才进家门免不了被一通臭骂搞不好要挨两耳巴子。等小云辉小建国走远了，小广东忽然一跺脚，掉头转身经牧草队宿舍抄近道去了场部宿舍。那些夜晚到处是这个小毛孩不甘心的东奔西走，可真相哪有那么容易就让你找着呢，就算后来我们领悟了真相但是看不见摸不着的压力毫不亚于事件本身呐，它带给娃娃们的影响就可想而知了。所以我们更愿意看看马厩、闸塘、西河海水塔，宁愿凑近徐老五的实验室深更半夜他还在鼓捣呢灯还开着，我们宁愿看看这个疯子把自己逼成什么样了就为了搞出房子那么大的卡巴金。你心里一定晓得哪些人你喜欢哪些人你讨厌对吧,我们身边无非这两类人嘛。马甸人我大多喜欢,不喜欢的人自然也有,大理人段云兵算是其中一个,那年他才二十出头呀已经混到马甸第一秘书位置上了这小子,厉害。那些夜晚,你把很多碎片拼接一下就会发现他独自行走在马甸塘石大道上的瘦分分的鬼魂般的影子真是吓人,这条影子好像悄声告诉你他拼上性命干的事情彻底失控了不是他能想象把握的了。巡夜人老张就在大草棚门口撞见他三次。他站在路灯下,本来就白的脸更白了像个吸血鬼,慢吞吞问老张,有没有发现几个娃娃不太对头?老张喔一声,没叫他段秘书。他说老张你喔一声哪样意思,老张说没哪样意思我只是喔一声。段说陈二人家小广东夜夜乱窜,不怕撞鬼啊。老张说,该撞的都撞了,鬼哪有人可怕。他说,哟,老张,你话里有话。老张就讲了娃娃们在闸塘撞见大鱼的事情,但是为哪样撞见以及小茉莉在水底走来走去一概没讲。段的脸白得像烟壳里的锡纸,说老张你信他们讲的鬼话?老张说娃娃们可是开着天眼的,段说那条大鱼晓得人为哪样死——老张没吭声。段云兵踢着脚下的砾石,稀里哗啦一阵脆响。党员的党性是哪样,老张你晓得吗?我不是党员。所以啊,段一声冷笑,所以啊你只是个巡夜的。是,你说得对。好,那我告诉你,党性就是不信谣不传谣,不搞封建迷信,哪来的闸塘大鲤鱼,哪条鲤鱼会开口讲话?毛主席说过,这个世界上根本没有鬼神,共产主义战士是坚定的无神论者,你咋能把几个娃娃的疯话当真?要是让人听见——哦哦,我不传谣不信谣,再不对人讲了。这就对了老张,这就对了。他叹口气。我不告诉老孙,不往场办那边说。老张瞪着他半明半暗的脸闻见他身上的汗味肥皂味灰中山装该换了何必天天穿着前胸口袋上别一支钢笔,难道这种打扮才像老孙的红人马甸第一大秘?老张说,好,谢谢。他又说,马甸的事情,很复杂。我们嘛,其实——其实什么,他没再吐露一个字,脸上身上忽然透出溃败的疲乏忿恨像一个失眠很久的家伙虚得连喘气都困难了。他抬抬手,使劲笑笑,示意老张可以走了。老张从他身边过去斜插实验室,那地方果然亮着灯,里面冒出来的酸味臭味辣味足以呛死一匹马。他回头打量,段云兵已经消失不见像个真正的黑暗孳生的鬼一样。嗯,徐老五又在捣鼓他的实验。老张纳闷为哪样姓段的不管管他由着他胡来难道他们认为一个实验员深夜加班再正常不过?老张凑到窗前,喂,大专家,成功没有?徐老五顶着一身气味朝他挥挥手,马上。马上是多久?马上就是,最迟下半年。下半年?你的意思是下半年就能搞出房子那么大的卡巴金?对对对对,房子那么大的卡巴金,全地球最高大最威武的超级卡巴金,连纳米比亚人也会跑米马甸下订单呢。想想吧老张。你想象一下。老张说想象不出来我想象力太差。徐老五说亚非拉兄弟必须完成人力到马力的转变才能翻身得解放才能让那肥沃的土地不再陷入战争和贫困,让马完成人的活计,啊哈,多伟大的壮举啊。为哪样不是欧洲不是美洲?亚非拉是我们亲兄弟啊老张,亲兄弟当然排在前面啊。你小子到底为哪样?徐老五抬头看他目光疯狂又坚定,为了实现共产主义啊老张,为了实现伟大的共产主义。要失败了呢?别乱说,呸呸呸乌鸦嘴!老子云夫唯不争天下莫与之争,不争不抢者就不会失败。万一呢?我说的是,万一。那就接着干呗,非干出来不行。行,我走了,你慢慢整。徐老五说能不能请你捎个口信,就说,她要是答应了,晚上十点整拉亮电灯。从这里,做实验的地方是可以看见她窗口的虽然每天晚上九点灯就暗了,灯绳噼啪拽下来连梦想也消失在突然凝滞的黑暗里屋顶上的亮瓦像一群乌鸦一样死死趴着,实在让人揪心难过;如果她十点钟拉亮电灯,就能让他熊熊燃烧起来让伟大的实验进行下去下半年必见分晓,她是可以在见证和冷漠之间作出选择的,灯绳拉下,锦上添花。如果那样,马甸就不必等到下半年啦,全世界就不必等到下半年啦。你就这么告诉她,原模原样,一字不差告诉她。你就说,一个帮助人类实现共产主义的勇士总比一个养马放马的弼马温好得多吧——哦,都说刘发没戏?哈哈哈,那就好。到时候首都北京肯定会派专机接我飞过去的,到时候我不但属于马甸,还属于全国,属于全世界,属于全宇宙啦——老张实在不愿听他废话不想闻见他满身臭味转身就走,他连声大喊,问老张听清楚没有,老张懒得搭理,但他晓得他会把这些话转达的,当然不是在那扇窗口拉下灯光一个多小时的现在。老张承认,就算把话带给某人也未必管用,还遭人恨哩,可每次看他困在那个白惨惨的小房间里鼓捣这个那个老张就可怜他,虽然谁都晓得他不需要别人可怜。他正可怜亚非拉的穷苦兄弟们,他才有资格付出可怜呢。好吧,我们相信他下半年就能鼓捣出房子那么大的卡巴金跑步进入共产主义,你说这家伙哪来这么伟大的想法?那天晚上齐家两个窗户都黑着。全马甸都黑了很少有窗户还亮

着灯这个点已经没人再点灯了,万物黑暗静默,月亮也躺在云彩后面睡觉。老张后来转告了齐文雅但她的窗户照样每晚九点熄灯,照样一团漆黑,她连个回话也没有权当没听见。这个骄傲的山东姑娘骄傲的齐物论骄傲的齐家就像西河海上的万丈霞光把大地都照得像另一片大地了。那些晚上那些无所事事的晚上,老张从马甸这头走到那头他这么做是不得不这么做,这么做是工作又不完全是工作,他像漂在马甸大地的另一个他,一个和马甸融合为一的凡胎肉身只要在大地上晃荡漂泊就心满意足了,踏实得像麦地倘埋着的死人一样。他每晚看着黑沉沉的庄严高大像大家长的马厩耸在天空下,一排排整整齐齐的土基房砖房伸展出去拥抱黑夜等待检阅的傻乎乎的爷们他就高兴得很,它们像是活的夜夜进出怦怦的心跳拥有恒常的体温,它们是大地的谛听者和观察员,它们见过的听过的太多了半个多世纪啊你想想看。嗯,我们太喜欢黄昏和夜里三岔河水哗哗奔流小朵小朵的浪花笑着闹着往前跑了,太喜欢莲花池南面的稻谷和豆田流出来的清香了,豆角你随手掰下来塞进嘴巴咯吱一声满嘴鲜甜带着酒一样的冲劲扎进胃里。还喜欢跑到马厩下面听马儿嚼舌头打响鼻磨牙互相挤擦的哼哼唧唧,喜欢闸塘水面上哗啵一声跃出银白色大鱼,当然也会喜欢远远站在西河海边上回头打量马甸时候的突然寂静就好像一座大山趴在天上连影子也是多余的房子连着房子烟囱挨着烟囱像一张凝定无边的巨画,下沉又起飞的灰尘和炊烟反反复复没完没了不时透出玻璃小手指一样的荧光来,多让人放心和宽慰啊。你从南到北由东往西,兜一大圈又慢慢回来。他们经常问老张撞没撞见这个那个他

一概说见过了统统见过你们想到的他见过了没想到的他也见过，他们就不再问了。他的确见过又都没见过。哈，实际上哪有小广东小云辉们见得多，他只是个拎着电筒绕着马甸走来走去的巡夜人，连娃娃们一半的聪明一半的胆量一半的好奇也没有呀。

14

是啊老张，那些夜晚你也到过马厩和我们吃吃喝喝，时间久了你不太好意思来了，因为你不能见着了当没见着干脆避而不见。我在返回路上也会见着白狗骑着青蛙，披头发的女人在河边洗菜死去的人在闸塘边冲我满嘴胡说。我多想遇见小广东，可那时候还没他呢。我见的是陈达人的兄弟陈二人，就连小秀也才十五岁还是个娃娃。陈二人年轻的时候你记得吗多帅的广东人，陈达人真比不上他，陈达人长方脸大嘴巴圆鼻头陈二人鹅蛋脸直鼻梁小嘴唇眉清目秀。你把陈达人捞起来抬进小土基屋里陈二人后脚赶来说他嫂子带着娃娃走了，就他一个了。马甸就剩他一个了。他这么说好像不太自信又怕引起误会所以不得不说。场部不再为难一个十七岁小子睁一眼闭一眼让他把他哥送上麦地倘。他连哭都不敢大哭怕招来麻烦，随他上山的人也只有三个，场部指定没一个多余。他一一分发了几支小春城就随他们下了山一个人拖在后面慢慢穿过西河海眼瞅着朱良放出卡巴金来，被壮观的马群吓得目瞪口呆。朱良截住他们，问他事情办妥了？他说你晓得了？当然，这么大的事情，你哥啊，可惜了。陈二人伸手堵他的嘴被朱良一把推开，怕哪样，我从朝鲜三八线上死人堆里爬出来的还怕哪样。几个人装没听见着急往回赶。陈二人和朱良聊了半天，心里好受多了。朱良说你想哭你就哭出来，这地方只有我和三千二百匹马。陈二人说他嫂子和侄儿侄女走了，连夜收拾东西走了连封信都没留，带着二百块钱五十七斤粮票，一早走了。朱良往苜蓿草上狠狠啐唾沫。这种事情无人不感到愤怒。你想，一个刚被关起来被逼问审讯的副场长，主动用他自己交代的东西为自己定了性相当于自己把刀子递给敌人，太单纯了，明明可以撑住可以等待，老婆孩子就是撑下去的信念可信念突然没了，坍了，跑了。朱良说再等一等熬一熬也就过去了。多大的事呢，这算多大的事？陈二人反而安慰他说走就走吧这样也好，免得孩子遭罪。朱良说人都死啦还遭哪样罪？又说，你要是没地方吃饭就来我马厩吃没地方睡觉你去我家睡。陈二人红着眼眶说他不晓得下一步是回差点饿死他的广东河源还是留在马甸或是去别的什么地方比如昆明或嵩明混口饭吃。朱良劝他等等看，场部肯定会给他说法的毕竟干出人命了，毕竟，一条人命，就算是黑五类走资派通敌卖国也是条人命，何况陈达人是副场长哪有这么大的官死了白死？再等等吧，再等等。陈二人瞅着马群飞奔灿如烟霞在绿松石色的草地上疾驰，眼泪一下出来了，说马甸真美啊，这么美的地方，就没我陈家兄弟的位置？朱良大声说挺起腰杆来，你给我挺起腰杆来！当天夜里，他给住进陈达人房子的陈二人送去五十块钱五十斤粮票，陈二人哪敢收啊，朱良非给不可他才战战兢兢千恩万谢接过来整整齐齐锁进床头柜里。他跟我说过，他跟我说那些夜晚他像只老鼠一样担惊受怕惶惶不可终日。没人通知他接下来咋办更没人告诉他走还是留,除了朱良没人走进小院来敲敲他的门陪他说句话。他想起河源老家浑身浮肿的爹和爹生前续弦的后妈拉长的脸以及站台上乱糟糟的人群口袋里一小把炒面是后妈偷偷塞给他的,让他路上省着吃,尽量省着吃。后妈知书识礼大家闺秀自然晓得南方总有一口吃的根本饿不死,你哥大学毕业五六年都干上副场长了,你的信他也回了你就启程吧。揣着一把炒面两只苹果连像样的行李也没有坐上班车赴广州乘火车哐当哐当摇晃三天三夜抵达昆明,下了车眼前乌漆麻黑。一座西南方的小城蠹在暗夜里还来不及看它几眼就上了夜班车,司机说只到公路口要等直达车就得第二天了。陈二人急急上了车不料自公路口进马甸还有整整五公里塘石土路而且伸手不见五指,他下车前又问了司机,凌晨两点。不过,好歹有了具体方位,似乎近得不能再近都能闻见大哥的浑身烟味了。他拔腿就走,除一只帆布背包一只小皮箱子再没别的。一路上听见汪汪狗吠从大成村深处和暗处传来,没走多远开始下雨。马甸的雨非常奇怪来的时候又猛又急但半小时最多一个钟头就停了。他没带雨伞也没雨衣就这么甩开膀子头顶雨水脚踩稀泥深一脚浅一脚经过大成来到马甸大门口,大雨说停就停,门头繁体的马甸二字让他热泪盈眶。他不冷也不饿就算浑身湿透没一寸干的地方就连裤裆里没穿内裤的赤裸裸吊着的老二也激动地贴着冰凉的大腿根晃来晃去,十七岁的陈二人冲着大门里面冲着黑暗冲着雨水初歇的空中呼唤大哥的名字,陈——达——人——似乎大哥就站在前面屋檐下候着他呢,嫂子一定早早做好了热乎乎的饭菜洗澡水也烧好了专等他踏踏实实吃饱喝足连另一张小床也换了干净床单软软的香香的被窝一头扎进去大睡三天了。但面前黑洞洞的马甸仅有几排平淡无奇的瓦房土基房砖房整齐又单调,近处大礼堂高耸的人字尖顶戳进雨后刺鼻的泥巴气息中,它们静谧又陌生,有种紧绷绷的拒人千里的冰冷。黑暗深处像藏着东西就像一群巨兽趴在地上或一群狗一群狼趴在水泥地上砾石路上等待陌生人靠近咬他的肉喝他的血而他想象中的马,大哥信中反复提及的像房子和小山一样的马完全没有踪影,一丝影子也没有。忽然射来一束光,他凭直觉晓得有人拿电筒往他脸上晃动,是你,老张,你刚从大礼堂那头过来,听到他的叫喊就赶过来了。你眼前是一个湿透了的瘦得像匹劣马的小家伙,营养不良脸上滴着水珠看起来又饿又累脸上却挂着渴望和激情,你觉得他还不到十三岁,但他告诉你,用胆怯的广东普通话告诉你他十七了,马上十八,是的,再过三个月就十八了。也就是说他心底早早认定自己已经成年是可以冒着大雨拎着行李闯荡世界的。再说马甸人有几个不是远道跋涉而来,招工的招考的下放的支边的外地人多了去了,五湖四海天南地北为了一个伟大的共产主义理想为了从未见识过的惊人的马群远远赶来不辞辛劳抹掉一身尘土热汗成为这块土地的奠基人和开拓者,真正的有志青年,真正胸怀理想呀。但陈二人多多少少和其他孩子不一样,他来投奔大哥,不是招工的毕业的有身份的新人,他踏入马甸这一刻未来全然未知也很难预料,他惊惶自卑得像只西河海的小老鼠,也没人晓得他在故乡河源遭了多少罪挨了多少饿,父亲的脸肿得像发酵的面团两条腿像粗壮的木桩耷拉着连连叹气稀粥也喝不进去了,眼睁睁断了气。他回答你说，他来找陈达人，奇特的是头一回听闻云南话的他不用转换就听懂了面前黔黑瘦长的手执电筒穿雨靴军装的年轻人的问话，从对方手势、语气他就猜到他是保卫科的。而你，张玉明，觉得此人更像陈达人的儿子不是兄弟，那么瘦小可怜，像几天几夜没吃一口东西了。你呆了片刻，回头瞅一眼也许被大雨冲掉的大字报但它们还贴在大礼堂墙上白得刺眼不过新来的人是瞧不见的，新来的任何一个人都不会留意这个。你说，走，跟我走。你带他去了你家，烧柴禾煮水给他捞了满满一大碗热腾腾的面条还卧了鸡蛋撒上葱花，又放一坨大大的猪油。陈二人狼吞虎咽，吃完了使劲抹抹嘴巴，冲你拼命道谢。他问你咋不直接带他去见他哥陈达人。你没吭声。他又问。你说他在信上没告诉你？没有。哦，也是，一封信，马甸寄到广东，少说大半个月。他闷声不响从箱子里摸出那封信，看了日期，都一个多月了。按理说大哥自然该收到他的复信。所以没等大哥再写信来就收拾东西开拔。你只好平淡低沉地告诉他陈达人如今在哪里又为什么在那里——你要有心理准备——你考虑再三还是说了。不说不行。这种事情，天大的事情，哪瞒得了？通敌卖国的反革命定性昨天才下达的，已经在大礼堂台阶上斗过三次了喷气式坐了两次阴阳头也剃了如今关在莲花池边小土基房里，这几天不错，没再遭罪。要看你就看看去吧看看他他也心安也就晓得该如何安排你这个兄弟，不过，眼下，他是泥菩萨过河，你来的不是时候哟。陈二人傻了，眼泪在眼眶里转来转去让你立马带他去见他。这时天蒙蒙亮了。你们深一脚浅一脚从小学校后面绕到莲花池凑到小屋前面，你敲门。陈达人瞧见陈二人的时候脸色铁青死灰，他已经瘦得不像话，一颗阴阳头让陈二人忽然噗嗤笑了，是的，他觉得眼前是一头奄奄一息被柴草缠住的山羊可怜又痛苦凄惨又滑稽，陈达人说二人呐，二人。陈二人笑完就哭了，陈达人让他不要哭，不许哭，当着老张的面，哭什么哭。陈达人问你咋不领他兄弟去找他嫂子，去他的家？你说怕麻烦嫂子呀深更半夜的，我先让他吃口热的。陈达人谢了你，你转身出去，让兄弟两个好好说话。你隐约听见他们用你完全听不明白的广东话叽叽嘎嘎说了很久，你知道他无非重复他一再跟你讲了又讲的：他主动说的，主动承认的，一颗红心无怨无悔上对得起组织下对得住妻儿。后来陈二人不再插嘴只是听着。土基房像一座小小的孤岛沉没在雾蒙蒙的清晨被灰亮的光照着莲花池上升着浓雾。再后来你听陈达人用普通话嘱咐陈二人找场长老陆说清楚，工作他会安排，就算他本人已经这样，老陆不至于难为你毕竟马甸还在招工你条件不差初中毕业呢，高小毕业的多得是。嗯，嗯，嗯。你终于听见陈二人出声了像个懵懂的孩子对长辈吩咐一律应承绝不说半个不字。你又听陈达人说你先回家，让张玉明张大哥带你回家，帮你嫂子照顾侄儿侄女家里用得着你的地方多着哩，随后又给他兄弟介绍了马甸的方方面面林林总总就像场部开会在台上发言一样，毫无错字也无停顿一气呵成行云流水。你听呆了，打心眼里为他竖起大拇指而且就算瘦成这样被剃了阴阳头你也没听见（自始至终没听见）他半句抱怨场部革委会红卫兵的话。没有。反而，他让陈二人务必寻求老陆和场部的帮助因为他是他，他又是他，马甸向来公私分明一是一二是二不必担心。回去告诉你嫂子侄儿侄女,我好好的,总会查清楚的。陈二人临走前陈达人交给他一个日记本,这是他们看过查过又还给他的,可以交给嫂子。其实他这么做无非想让妻子黄玉英拿到它认真看它从他细致认真的楷书中看透他,看透他的纯洁、无辜和爱,看透他堂堂正正必然安全无虞地回来。他要让这只小小的红色硬塑封笔记本为他正名,不料,后来反倒成了帮他跳进莲花池的最后一击因为在黄玉英眼里这就是自己认了自己给自己定了罪她五雷轰顶天都塌了一切都被他亲手写下来了再也没有推倒重来的可能。于是,那天早上,老张呐,她带着娃娃们走出马甸大门连头也没回,笔记本撂给陈二人她不需要了。不想再看它第二眼。她如此决绝就因为他写得如此清晰。事无巨细林林总总,都在里面了。那天陈二人由你带往陈达人的家,嫂子黄玉英没高兴也没不高兴总之还算正常,直到三天后看完日记她才亮出杀手锏,说你这种时候跑来不是添乱是什么?你不知道他被关起来了?陈二人刚要解释就被她噎回去:再不走,他两个姑娘就完了,马甸留给你们兄弟吧,希望陈达人挺过去我也相信他能挺过去,你呢,也会在马甸安家落户,娶老婆的时候记得通知我回来喝杯喜酒。次日一早,即黄玉英带着两个女儿动身之前,陈达人冥冥中似有感知,套上她半夜送去的新棉衣棉裤一头扎进莲花池。头天夜里你毫无察觉,你能有什么察觉。你只晓得黄的的确确亲手为他做了一套漂漂亮亮的棉衣棉裤执意一个人送过去让陈二人在家看好侄儿侄女她很快回来。她果然很快就回了,前后不出半小时,到家开始收拾东西虽然实在没多少东西可收的。在这件事情上陈二人像个局外人。怨不着他呀,

他刚来,才几天?黄玉英往中间拉一条布帘子将他们隔开。他每天跑一趟场部求见场长老陆,老陆拒不见他说有事半个月后再说。半个月的意思是,秘书孙启明告诉他,半个月的意思嘛,等你哥陈达人的事情处理完再谈你的事情。孙启明也就是后来的场长老孙又偷偷将他拽到一边,说你哥都这样了,你啊,怕是留不下来。陈二人两天后被你叫往莲花池小屋,面对陈达人尸首居然不哭不喊没掉一滴眼泪,只是冷冷望着地上这具泡得肿胀难辨的人形。你让他跟他哥说说话,他说,不用,张同志,谢谢。他没再跟他刚见几面的大哥多说什么似乎该说的早就说了。不过,我觉得,他应该突然意识到自己这一趟来得太不是时候。也许,他暗自猜度,是他的到来加剧了嫂子的怨气,也许,他才是压垮大哥的最后一根稻草,也许,他不是走投无路一死了之只是为刚来的兄弟主动让路。哎,后来很多人说,还是和那个笔记本有关系,就算什么也没做过干过却也匪夷所思地将还没扣在头上的罪名提前揽下来了就好像他这么说才显得多么无私,多么信任场部和革委会小将们,作为一个中国农大畜牧业高材生他认为只有把自己灵魂和灵魂之外的自我糟践都算上才是最佳选择,其忠贞才是无可挑剔的,比完美还要完美。也有人说黄玉英最后一夜送去的不是棉衣裤,是催死符,然而除了她本人哪个又能说清她到底讲了什么说了什么哪怕她至今还活着也记不清楚当年所讲所做的了。在我看来,哪样也不用讲,只要一句就够,就一句:她领着两个娃娃走,一早就走。就足够把他扔进数九寒冬的莲花池了。那么,陈二人不留马甸都不行啦,老陆不可能不让陈二人待下来副场长一条命换一份

活计天经地义啊，陈二人最终进了牧草队，帮老王老杨和一帮妇女一起侍弄收割上千亩草的西河海保证马厩草料充足，但瘦得像只秃毛小鸡的陈二人耐不住高强度割草种草浇水施肥，苦着脸跑去场部却吃了老陆的闭门羹。在这件事情上，我们觉得，我们每一个在牧草队打过草施过肥苦过公分的女人都觉得陈二人为这种事情就找场部很不值当，也太娇嫩了，哪有刚来几天就挑肥拣瘦的？更莫说马甸是特殊招工是照顾了一个反动特务、黑秀才的亲弟弟。他愁眉苦脸找到孙启明希望他帮忙想想办法。孙启明，三十出头的场部大秘，满脸青春痘让人觉得很不稳重实际上城府深得很，比闸塘水还深。总之我们不太晓得他们谈的具体细节直到突然有一天，真的，非常突然——我们看见陈二人把老孙十一岁的儿子，笨头笨脑的儿子带上西河海观看万马奔腾，这个小屁孩子激动得哇哇乱叫像疯了一样。很快，我们远远看见陈二人从朱良手里牵来一匹栗色卡巴金让老孙儿子孙大笨手笨脚上了马，马背上没有马鞍。朱良既不可能提前备鞍也不可能将自己大黑的马鞍卸下来为一个毛孩子安上。他最多只能对这种严重违规行为（你都不晓得陈二人求爷爷告奶奶低声下气说了多少好话）睁一眼闭一眼，一再叮嘱他：小心，千万莫让他打马。陈二人保证不会孙大只想尝尝骑马的滋味请他放一百个心。于是那天下午我们看见雄壮的卡巴金驮着敦实的孙大从这头踱向那头，非常小心也不情愿。马甸的马终究是通人性的英雄呐。后来，一窝掠起的麻雀呼啦啦扑在马脸上我们做梦也没料到的最坏情况发生了就像老天爷突然醒来狠狠打个喷嚏卡巴金加速了咴咴嘶叫风驰电掣像顶着硝烟冲锋陷阵。孙大，这个逃课跑来非要体验战马的孩子被甩下马背像一件轻飘飘的衣服所有人都来不及反应，陈二人张着空洞的嘴巴呆呆站着。朱良催动大黑奔袭而来。孙大事件，在我看来决定了后来很多人的命运也让多年之后的小茉莉送了命。这是老天爷的安排，你没办法，你一点办法也没有，就像我们这把年纪还要走那么远的路才能进入废墟，进入我们自以为重要其实已经不值一提再也没法返回和修复的家，老天爷自有安排呐，你有什么办法，一个接一个在你面前没了，埋了，就连马甸自己也被自己埋了尘归尘土归土一切都有定数你老张也埋到喉咙了明天咽气我也不觉得突然。我们经历的事情不过是闸塘激荡的一层微薄的涟漪是湮没在塘底的泥巴和灰，一旦结束了就连记忆也不可激活了连影子都显得厚实高大所以我们只能藏在无数影子下面，像一群小鸡藏在母鸡翅膀下面。人来一趟世上不过如此而已，怀着数不清的胆战心惊自我怀疑不可确认像拖着一口破箱子当年陈二人那样的破箱子走啊走啊，到老，到死，随时面临大大小小的变化。当年，很多人建议场部劝退陈二人，让广东来的小子重新回他的广东，看来他做不成哪样事情，一个十七岁少年说大不大说小不小，让他去牧草队吃苦耐劳和我们共同积攒一点阅历在手上心上磨出厚厚的老茧本来是挺靠谱的安排，可他的小身子骨挺不住啊，本来是可以挺住的实现一种强力救赎可他硬是连这个小小的坎都跨不过去那就不是马甸的问题了，哪怕，这个问题和他死去的大哥连在一起。实际上马甸人之善良就体现在很多人对陈达人陈二人的深深同情上，牧草队的人建议他离开而马队、场部和兽医室（他们多是陈达人的部下得到他很多帮助他是多好的人呐，谦卑、善良、宽厚从来没有架子）都希望他留下来，否则，他回广东老家不就死路一条？哪有出路，要有出路还会不远千里投奔大哥？所以啊，尽管孙大终身残疾从此躺在床上坐在轮椅里是最惨的悲剧比陈达人小茉莉干干脆脆死了有过之而无不及，却也奇特地让马甸人爱心泛滥希求肇事者陈二人留下让这个没爹没妈又没了大哥大嫂的小广东扎下根来。再说孙大的事情一半责任在孙启明，不全在陈二人，他一个毛孩子懂什么呢？你身为老陆的大秘连家属不可上西河海骑马孩子们一律不得骑马这点规矩你都不懂吗？何况还是逃学去的，还是偷偷摸摸对朱良千叮咛万嘱咐才干的，说来说去算咎由自取就算有人故意唆使你还不晓得轻重？所以，最终，毛孩子陈二人留下了，非常意外地获得一个不错的职位：兽医室助理化验员，相当于学徒工，条件是至少在牧草队干够半年挺过一百五十多天把身体和神经练得结实些。陈二人，这个早熟的小广东，对马甸人千恩万谢对孙启明孙大永远感到愧疚隔三差五就往他家里跑，往他那条已经不听使唤的腿上按啊搓啊揉啊最大限度争取孙家父子的宽宥。但这种事情，怎么可能宽宥？怎么可能当没发生？后来孙启明变成老孙再后来陈二人娶妻生子不到十年就再也待不下去了只能带着小秀小广东远走昆明。哎，我要说说孙大。一个可怜的娃娃，我去看他。他躺在床上两眼瞪着窗户，问我麻雀还在吗？我问他哪来的麻雀？他说每天大早一堆麻雀落在窗台上他让他爹扶他坐起来仔细瞅，后来他爹在窗台撒了米粒，它们叽叽喳喳吃完呼啦一声飞走了。他每天看着，像看一部大片。他想象这批小东西张开翅膀飞得又高又远自由自在浑身像赵子龙的白金甲一样闪闪发亮。他想象它们的故事，给每一只麻雀取个姓名。大多数名字是小人书上看来的：金兀术、岳云、关羽、张飞、连城、聂小倩。对啊，聂小倩，一只体态娇小温柔的小仔叫声脆极啦追在体型更大的老家伙们身后小心翼翼打捞它们吃剩的残渣。它们会拼杀相爱打架对垒关怀像一家人又完全不是一家人。像另一个马甸，另一个牧草队和兽医室。每天，他就泡在小人书、收音机、麻雀的世界里打发时间，一个脸色白净心地好得不能再好的超级梦想家。脸色也一直好好的，原本虚胖的小脸更圆了，问我说，他一辈子下不了床啦？我说能下，大不了你就挂个拐，照样骑上卡巴金飞奔。孩子眼中射出亮晶晶的光，说他一辈子记得骑在卡巴金上的感觉就像飞一样就像孙悟空的筋斗云一样，从马背上摔下来一点不觉得疼而是埋进三叶草和泥巴里面使劲吸吮浓郁的香甜想象自己变成一匹小号的卡巴金。他边说边笑，笑得很大声，讲话也很大声，他一点恨都没有，真的，至少在我面前没有。我想，应该是他年纪太小还不知道也没学会恨呢就已经坦然接受了，很快就习惯了不用腿的生活也欣然挂上拐杖试试行还是不行。后来他能坐起来了，左腿能动弹了，拄着拐杖从这头凑到那头。第一件事情就是，这个心地像金子一样的娃娃呀，往窗台上撒了米。再不用老孙代劳，麻雀们像树叶一样纷纷落下叽叽喳喳把米粒吃光他躲在一边偷看咧着嘴巴笑啊，笑。复学后他坐最后一排，放了学么么他爹要么陈二人背他回家。他后来叫陈二人二哥，渐渐把他当自家人看了不管孙启明往他耳朵里灌了多少毒液也没把他小小的心脏变黑更没往他伤口上多撒一粒盐巴。我要讲的是一天夜里陈二人从马厩一路飞奔回家，眼泪噼里啪啦往下掉。他以为有人会来敲他的门找他的麻烦，好在没有。对于一个异乡少年，一个十八不到刚刚习惯马甸就背负着愧疚悔罪的巨石在牧草队拼命劳作的少年来说，他要面对的未免也太残酷了，而且，很大程度上，这种残酷是他自己招来的，是抄便道走捷径的代价像偷嘴的野兔被差点干掉。那天夜里，他几乎被一桩事情压垮了，这件事情也只有你老张是唯一见证。你被孙启明叫到二号马厩眼瞅着那匹栗色大马卧在稻草上，脑袋差不多毁了，血和脑浆流了一地。孙启明沉着脸，说马惊了，一头撞了马厩的墙。你回身看那道墙，一个脸盆大的坑。孙启明又将陈二人叫来指着血淋淋的马头让他仔细看，是不是那匹马。是。陈二人两腿发颤喉头发热胃里翻江倒海。满地又红又白的污迹映衬硕大的马头像玫瑰月季牡丹缅桂一样混杂怒放，马屁股上有烙上的编号，239。孙启明声音平板，说巧了，我路过马厩，刚好瞅见它从西河海奔回来一头撞墙上了。你们俩都瞧见了，我没瞎编啊。陈二人和你站在尸首边上一动不动。孙启明转身就走。陈二人等他走远了哇一声吐出来五脏六腑都要掏出来马还瞪着漆黑无辜的大眼珠子瞪着他，像某种超然的谴责。你说不出话来。你什么也说不上来。你叫来朱良，你们商量一阵就由你写了报告交到场部最后不了了之马肉很快做成马干巴由食堂售卖，第二天就抢光了。你还记得朱良和老杨老刘将马撂在三号马厩外面的干渠里，拎着长长的杀猪刀为它剥皮。那一张漂亮顺滑的栗色马皮很快从马身上蜕下来就像脱一件衣裳，腿脚、肚腹和脊背亮出亮晶晶的腱子肉。你没胆量再看下去。孙启明早早守在渠边上看着他们将马肉一块块切了割了盛在大草筐里运到食堂。那天晚上陈二人哭得够呛。一匹雄势温柔高贵的卡巴金就这么死了而且让他亲眼目睹那一大摊生命的残余和嗡嗡营营的苍蝇一点一点硬掉的稻草混杂铺设的泥地，他遭受的冲击超过了面对肿胀变形的大哥的冲击。很快，陈二人绷不住了，哭得嗷嗷大叫像随时可能倒地死掉，或者就像后来的老江一样走三步退两步最终消失。第二天他去了麦地倘，穿过灌浆的牧草地穿过骤然掠起的麻雀毅然上了山，当夜没下山，就在大哥简单得不能再简单小得不能再小也许比一个刚刚发育的小姑娘的乳房大不了多少的坟头睡了一夜。我相信陈达人的游魂一定跟他说过话了，一定像他刚来那天对他认真嘱咐一番安安稳稳对他嘱咐过了，所以，这个小子下山的时候昂首挺胸带着头一天夜里顶着大雨抵达马甸也没有过的非凡气魄穿越辽阔的西河海回了家，给自己煮了一大碗热腾腾的猪油面条。说心里话，老张，我挺佩服他的，挺佩服一个大老远跑来一步一步克服恐惧慌乱终于在马甸牢牢扎根的小子。接二连三的意外反倒让他不怕了。真不可思议。否则他就不可能隔三差五跑一趟老孙的家面对再也没办法像从前一样撒腿奔跑的孙大，否则他会像瞧见239号尸首一样随时吐出来哭起来。不过，他瘦得像只脱了毛的病鸡随时惊惶失措又全力以赴。他当然明白，陈达人教训得对，人嘛，必须活下来，再难也要挺住，也要咬咬牙。广东是回不去了否则就不必出来。再说，他还那么年轻呢，未来还很不好说。我挺喜欢他晒黑的样子，在马甸不黑不可能你想我们牧草队哪个不黑？他带着淬过火一般渐渐硬朗的身子骨挺过来了，就算每次面对孙大都是一次回炉再造的煎熬这种煎熬只要由娃娃说出几句天真好听的话就不是不可忍受，甚至温暖得很。他告诉孙启明，他每月二十一块八毛工资，他拿出十块，算一点点心意。老孙一声不吭只在鼻孔里喷气像一条凶恶的大鱼。后来陈二人每月发工资就把十块钞票摊在孙家的小饭桌上，再用什么东西比如孙大的文具盒压好。老孙不说一句话，自从儿子倒下就没再对这个小广东说过一句话，除了那天意外叫他去见识脑袋开花暴毙的大栗马。陈二人很快习惯了，习惯了老孙铁青着脸指桑骂槐，要不是看在十块钱的面上，陈二人怀疑他早晚冲进家来把他打成个残废。我去过他家里，那个家，当年属于陈达人的家还算宽敞总比你我的两间小房要宽敞些也更冷清些。陈二人为我倒杯茶，问我，董姐啊，他大哥到底遭了哪些罪哪些人动了手，我自然没法讲这些。我本来就不是革委会小将。人都死了，我劝他，你也留下了，还是要念马甸的好。他说他想不明白大哥写了哪样黑文章就成了通敌卖国。我说我也不清楚，你要问问老陆，问问孙启明。他说他在大哥日记上读到，说场部并未问讯就主动交代了一九五〇年前往香港探亲的细节该说的全说了，不该说的也都说了，我说不该说的也说？他说大哥对组织向来忠诚从不马虎，所以，人家没问呢自己就一锅端。这一端不要紧，通敌卖国的罪名立马坐实正愁没把柄呢这下好了，正中下怀。我觉得喘不上气。人都死了。不明不白简简单单就死了。我明明记得陈达人是会水的，可见人一旦铁了心就算八匹马也拉不回来。我也无法复述大礼堂上接二连三的批斗虽然我是在场的，无法描述往陈达人后背和膝盖弯子上蹾下去的翻毛皮鞋究竟套在哪个的脚上，更无法告诉他陈达人脸上鼻子上全是血竟然一滴眼泪没流一句话没说只是简单重复他们让他重复的谎话。陈二人说他想不明白的是，嫂子干吗要走，要急着走，明明大哥该挨的整挨的斗都挺过去了何必要走？我说，嗨，这都不懂，她不走，你侄儿侄女咋活？他摇摇头，说他还是想不明白，大嫂往广东寄过五十斤粮票还给他写过信多么贤惠顾家啊怎么说走就走？我说不出话来。他望着外面光线一点点暗下去，说，大哥不是他记忆中的大哥了。我说怎么不是了？他一声不吭。我默默喝茶，起身说我该走了。我怎么能告诉他血淋淋的刻在我眼睛背面的东西？怎么能告诉他全马甸一半人目睹革命小将和段云兵用半截砖将陈达人开了瓢？我又怎么能告诉他陈达人血流一地很多人不仅没低下脑袋还暗暗叫好龇牙咧嘴又兴奋又狰狞连眼睛都绿了，哎，被斗得最狠的非他莫属。副场长嘛，大家都盼着一个高级别的领导被打个半死虽然心里都晓得此人的心像金子一样。最让人难受的让我们这些女人眼看陈达人被押下来被倒剪双手由喷气式弄到台下脑门上还冒着细血就快凝固了你仍感到它滴洒在胸口上裤腿上，他居然，老张，我想你总该是记得他冲我们这些远远躲在外围的女人们做了什么——他居然，轻轻笑了，笑得单纯直白像个娃娃像他初到马甸的时候明明白白交托出来什么都不怕了无所畏惧了也许头上身上的伤丝毫感觉不到了。他的笑容啊，被血和口水灰尘热汗混在一起，瞬间把马甸照得惨白。我们呆呆傻傻目送他被押往莲花池脚步踉跄差点摔倒不再关心台上老陆说了什么，反正唠唠叨叨都是让你耳朵听出老茧的东西，我们晓得这些东西和名牌大学来的高材生副场长没什么关联又非常惊讶为什么扯上了关联。我们终日就听这些看这些还是无法了解坏蛋恶棍为什么层出不穷源源不断，你怎么能把这些东西和陈达人联系在一起呢，怎么可能呢？全马甸人都是坏蛋我也不太相信他是坏蛋，这世上要有一个好人我宁可相信陈达人也不会相信我自己。这些我当然不会告诉陈二人。不会将一个懵懵懂懂二十出头的姑娘家的心思都告诉他。我不是为他答疑解惑的最佳人选，他在马甸也没别的人选了，除了朱良，但凡他憋得要死无处可去就跑到朱良家里讨酒喝，朱良从不拒绝一个走投无路又相当坚韧的小伙子两人成了莫逆之交，正如老周和我，也都成了朱良的莫逆之交，和这样的人待在一起你总是如沐春风啊，他总是把你照顾得妥妥当当的。这个志愿军战士，当年的班长，黑瘦帅气的马甸最早的牧马人，这个我明明晓得也许我非常在意和喜欢的男人，在陈二人最难的时候从不吝惜伸出他扛过枪的手。扯远了。你也晓得陈二人和朱良的妹妹小秀终成连理生下小广东在马甸地界上像个迎风蹿动的精灵。哦，小广东，你看我们还在面对他家这栋二层小楼。当年这个小魔头发现了多少秘密啊。让我宽慰的是陈二人经历了这些打击仍像他初抵马甸的模样，还是那个瘦精精的十七或者十三岁少年的懵懂模样脸上带着极少的广东人特征不折不扣的小帅哥呀，说他是马甸第一帅哥也没人反对。他刚来就被自己大哥的死亡嫂子的出走砸蒙了，更别说孙大事件及其连锁反应了。我原以为这种外来小子没准也会像他大哥一样跳莲花池了事，没料到他咬牙挺过来渐渐赢得全马甸除老孙之外所

有人的同情心。这是多么难的事情，又是多么在情在理的事情。他最后一次见孙大是一九八三年夏天闸塘头一次开闸放水滋润大成庄稼后的黄昏他低头走进老孙的家，这个家，简陋，暗淡，不像一个新场长的家，他就像去自己家一样就连那种淡淡的药水汗液和旧家具混淆的霉味也让他亲切惆怅再没什么恐惧只是一种镇定的木然，一种悔愧衍生的超脱，或超脱以后发自心底的疼痛，就像一块大石头挪开了可你一直记得它压住你的时时刻刻虽然那些时刻你痛苦难耐可一旦挪开你又多么难受啊，竟至于泛起苦楚的甜蜜，程度远超淤积的愤懑和厌恶。老孙头一次冲他开腔了，头一次看着他说话了。他们坐在已经长大木木呆呆傻傻愣愣的孙大房间的外屋，唯一的小小的可算作客厅的地盘上，坐在一张厚实的梨花木方桌两头，老孙说我晓得你要走了，要上昆明。是，过几天。陈二人说着将两张十元钞票放在桌上。这一习惯延续了整整八年。最后两年他工资涨了，他每月送来的数字也从十块变成二十。老孙瞅着两张平顺陈旧泛着毛边的钞票，陈二人说，以后，都是二十。不管我在哪里，你放心，孙场长。老孙抬头看他，说哦，哦。你就这么走？孙大——他扭头望向里间，瞅见孙大耷拉的一只手，抬起又放下，白得像剥了皮的冬青木棍——还是那个样。还是那个鸡巴样。我知道，陈二人长叹一声。又掏出一张百元大钞。老孙皱了皱眉可毕竟是新任场长了，已渐渐喜怒不形于色。陈二人说我上昆明住黄土坡，到了就写信过来，你有空，带他来玩。陈二人又说，每个月今天，我给他寄钱。孙启明一声不吭。艰涩的沉默中你能感到时间划开空气划开两人之间厚若坚冰的怨气，锋利

又精准。你儿子呢，小广东，三年级？到了昆明，再上一回三年级。昆明的小学六年制。哦，这小子鬼精。是，一天到晚瞎跑，不归家，比狗还讨嫌。终究是个活蹦乱跳的小崽子啊，终究有一双到处乱窜的腿啊。陈二人不吭声了。小广东当然挨过新任场长老孙的打：他们跑到大草棚爬上爬下被路过的老孙逮住，活活打断一根冬青木条。要不是朱良和老杨赶着马群从西河海返回撞见大概要被他活活打死。老孙说你们不晓得大草棚不让随便进？没看见大门上写着禁止入内小心失火？小广东咬牙挺着就算打得树皮乱飞也没哼一声。这反倒把老孙镇住了，他还想再打，被赶来的朱良一把拽住，说差不多行了。老孙怒吼，回去告诉你爹，再要让我看见你钻大草棚老子一棍子把你当马脑袋劈了。朱良将外甥护送回家，陈二人叮嘱儿子凡事小心躲开姓孙的。他知道，老孙在等一个机会。一个下狠手的机会。针对陈二人的伎俩早习惯了：罚款、内部处分、通报批评……早就是陈二人扎根马甸的一部分。如今陈二人终于抓住机会要走既出于无奈也相当英勇：明明晓得老孙会给他下马威不会在他调令上签字可他硬要这么干，他就想试试，就算不放他走他也走定了。大不了什么也不要自己想办法上昆明摆个小摊卖凉米线炸土豆照样活得下来。孙场长，他说，忽然发现此时说任何话都是多余。他起身，看着老孙，向他伸出右手。最终老孙轻描淡写瞅了瞅这只落满老茧的手扭头不再看他。陈二人没往屋里走只是盯着白白胖胖的胳膊看了半天，大声说孙大啊我走啦，二哥走啦，你得空随时上昆明找我玩啊。不等孙大回话就向外走去，刚出门眼泪就下来了。后面的事情很不顺利，比他想象的还不顺利。现在我才渐渐懂得一个困在床上的少年就算心理再健康品质再善良也很难像健全人一般无动于衷，更不可能将缺乏的欢乐、活动、对抗、飞奔当作自己原本就不该拥有的东西放弃对肇事者的恨，不会的，凡是人就不会，更不用说他在床上轮椅上整整待了七八年之久陈二人都生出儿子来了，一个活蹦乱跳精力旺盛的儿子呐。让人揪心的是，这小子长得飞快像疾风一样在马甸大地上飞跑叫嚷急急吼吼带领几个小伙伴探访一个又一个秘密。而他，孙大只能杵在门前看着他们像马一样飞奔而去任由他们搅起来的烟尘蒙住眼睛嘴巴。这些痛苦唯有老孙清楚。唯有他，一个父亲，七年来和七年前出事那天的心情一模一样没有变化。当晚老孙又去了陈二人的家，没进门，只是站在门前淡漠地宣称，我不会签字。说完掉头就走。陈二人大声说，办公室盖过章了，孙场长，孙场长。他追上去。老孙停下来，说要我签字也行，就一个条件。什么？我要小广东的一条腿。陈二人目瞪口呆。我要他一条腿。你把他打断，或者，我自己动手。我是场长，我不签字你莫想走出马甸。说完大步沿砾石大道越走越远将陈二人撂在家门口撂在陈达人当年的场部宿舍。陈二人将消息告知小秀，小秀转告朱良。这天夜里星光灿烂，壮阔又散碎的光线落在莲花池水面被大地紧紧包裹着安静极了，一丝影子也没有，一丁点昆虫的鸣叫也没有。唯有一种马甸特有的茫然静谧，朱良大步出门，小秀示意陈二人跟上。他们到了老孙家门前，朱良敲门进去，陈二人留在屋外。里面三言两语吵吵嚷嚷很快就结束了。朱良走出来，老孙紧跟其后。朱良来到星空下，陈二人站在大片冬青树的阴影里。老孙和陈二人盯着对方的感受一定是一模一样的：永远的敌人，内心播撒了如此之多的仇恨、隐忍、委屈急于摆脱却永远摆脱不掉了。陈二人屏住呼吸，头皮凉飕飕的。空气过于清冽，像把冬青木掰碎后一遍遍撒在脸上。老孙慢慢靠近，他真担心他手里拎着什么但仔细看只是一只杨林肥的酒瓶子，他已经把自己喝个半醉了。他说，狗日的，吵哪样，孙大刚睡。陈二人说，孙场长，我该说的都说了，我绝不会撒手不管，朱良做个见证：将来我要不把二十块钱每月按时寄来我不得好死，我儿子也不得好死。老孙站得稳稳的，腰板挺得直直的，说钱，钱算哪样狗东西？朱良说，我要讲的都讲了，老孙，你自己掂量。老孙影子直直戳在大地上头顶星光满含怒气怨气又无限凄凉与黑暗凝为一体，或许他本人就是黑暗孕育的一个鬼魂一个神秘深沉的遗腹子，一个七年前出事后再无心思和灵魂的行尸走肉。他终于明白，时间也不能消弭仇恨反而让它加倍了，也把他下半生彻底废了。我日，他破口大骂。狗日的杂种……他的阵阵恶骂随着满口酒气乱撞扎进潮湿沉重的黑暗而朱良已经一把拉着陈二人大步走远了，走得坚定决绝不顾一切不再搭理老孙的污言秽语。陈二人丈二和尚摸不着头脑，朱良直到仓库附近直到老孙的恶骂再也听不见了才告诉他：我跟他讲，你要是不签字，我就把239号的事情捅到后勤部。人家是信你，还是信一个立过三等战功九死一生的志愿军班长？没有证据？那你试试看，马头我一直留着。就一句话，就让老孙欲醉未醉的脸白得像个半死的人。第三天，老孙在调令上签了字。朱良，关键时刻又拉了陈二人一把也彻底改变了外甥小广东的命运当然也改变了他们全家人的命运，自此我们觉得陈二人不再是那个唯唯诺诺活在大哥和孙大阴影中的倒霉蛋了，再不是那个谨小慎微说话细声细气待人谦卑和蔼除老孙之外所有人都喜欢都说他好话也都愿帮他一把的年轻人了，他三五个月回马甸一趟，每次回来张三李四这个那个都邀他去家里吃饭喝酒直至深夜，而他的确自信了大方了长见识了，像个地道昆明人了就连一半广东话一半云南话的奇怪口音也越来越朝着标准的昆明腔一路奔去，而且每次都捎带小礼物让马甸人笑得合不拢嘴。自然是要去老孙家的，通常第一站就是老孙家。两个男人，两个结下一辈子深仇的男人的关系至少因为他的殷勤倒也略有改善，老孙不再咬牙切齿也不再爱搭不理指桑骂槐说一堆狠话了，他似乎渐渐接受了孙大一辈子残废的事实，该看的医生看了该找的专家找了七年来他使上了浑身解数，算了吧，这就是命，老孙和孙大的命。时间将仇恨稍微冲淡了不再让它一直咬住不放。但在我看来，这种缓和只是暂时的，只是老孙把真实的愤恨藏得更深了学会暂时退让，就像退回洞穴的水蟒等待时机，除非儿子孙大某一天真的重新起立奔跑，所以儿子傻乎乎的宽宏大量反而让他的仇恨变本加厉像马厩一样又大又沉。不过，我说了，好歹是暂时的缓和，陈二人进了门他终究没把他带来的东西扔出去把他本人赶走，他坐在外屋抽烟，打量陈二人一边亲叨叫着孙大一边坐到床边为他按摩两条废腿。孙大仍在跟班读书，转眼初二了。这个白痴一样的娃娃，这个单纯善良从不计较也不生气不着急把陈二人当大哥的娃娃，一把拽住陈二人问这问那，陈二人慢慢吞吞把昆明的新闻旧闻一股脑倒出来，孙大听得津津有味，说什么时候你带我去昆明？行啊没问题。陈二人看一眼老孙。孙大告诉他，窗台上麻雀成灾了，引得一帮娃娃经常溜过来用网兜乱捉，孙大恨自己追不上他们，只得提前把麻雀轰走。他把麻雀当朋友，拄着拐杖收拾娃娃们来不及抢走的麻雀尸体时伤心坏了，诅咒他们挨千刀的，感叹马甸娃娃一代不如一代……他问陈二人昆明也有麻雀？当然有。那你一定带我瞧瞧。一定。说好了。两人使劲拉了钩发了愿。临走，陈二人将几张钞票少则五十多则二三百放在桌上，老孙仍在抽烟。他走出去，说有空再来看他。孙大拄着拐杖送到门口，依依不舍地送别他。在陈二人心中，他早就把孙大当作亲兄弟看待，才不搭理老孙心中蓄积了多少毒液呢，也不顾自己的举动究竟对孙家父子是善意还是残忍，是守信还是悖逆。很多事情莫如忘了就忘了过去了就过去了干脆彻彻底底不碰不说不做，莫如寄钱回来再不现身才是最稳妥的至少我这么看的你何必一趟一趟跑回来呢，何必呢。所以，按我的理解，每次回来他要收获很多东西就像一个没收成遭灾受苦的农民一次次忍住伤心绝望又一次次被新的劳作点燃希望。每次走出马甸大门，每次由朱良陪着走出马甸大门他就忍不住热泪盈眶。这种感觉，这种没完没了的责任就是马甸人最深刻复杂的东西，就像你和我。所以他怎么能单单只是寄钱回来就不管不顾？我都七十一啦，老张，从大老远的五公里外一路走进来看你，看看马甸，哪怕它一片废墟没什么好看我还是愿意回来，你也没什么好看呐，你一个七十三岁老倌了。可我就是愿意像个精神失常的老太婆啊，像当年强迫自己回来的陈二人一样，一步一步，从五公里外的公路口，走回马甸。

15

我记得的，我是记得的，样样我都记得。我们这把年纪这把岁数记得的不单单是事情更是那个人那些经历的状态和样貌，你是很难把它们从你眼前抹掉的，你也很难忘掉那些人那些事情那些时刻的场景、光线和声音。你哪样都记得，麻烦也就来了。说我是马甸五十年的见证人绝对没错，你也是见证人，凡是活着的上点年纪的都是，不过要认真论起来也未必如此，我们以为的事实其实是另外一番样子。就拿大栗马的马头来说吧，我以为我该相信朱良的，可偏偏让我困惑揪心的是我一次也没在朱良马厩里见识过它就像他自己描述的那样好好见识一下：面目悲愤无奈，露出两排长牙，双眼半闭，除伤口之外的长面皮紧紧绷着像一只巨型栗色手套像在哀叹自己死于非命而且相当惨烈无人知晓。说白了死于谋杀，不是意外，更不是突然失控的疯狂。多惨呐，居然逃过了所有人的眼睛或者说，朱良和老杨是故意睁一眼闭一眼才让他如入无人之境摸进二号马厩趁着迷迷蒙蒙的光雾趁着马儿们刚从西河海归来满身吃饱喝足的懒倦下了手，可要将身形如此之大的卡巴金一下击倒而且不发出动静简直不可能，你说老孙咋做到的？狗日的。我想，那天也许老杨老赵擅离职守刚好撤出二号马厩出去遛了个弯回了趟家吃了个饭，这种事是常有的，一旦从西河海归来，饲养员们除了夜间添料添水之外就没有太多的事情了，最松闲惬意的黄昏时光来临了，干脆说说笑笑上食堂打饭，而那天，恰恰是那天，新任场长老孙瞅准他们三个同时走了从跑马圈围墙上轻轻松松翻进去拎一只大铁锤就搞定了，只要往马的命脉也就是马脑即马脸正中一抡就解决了。卡巴金是从来不设防的更不用说对一个浑身散发着马甸气息的马甸人设防。我找遍马厩里里外外就连排屎尿的小暗沟也没放过但我就是没瞅见栗色马头的影子，所以我宁愿相信朱良是信口胡说诈了老孙一把，好在他们当时都是栗色卡巴金之死的见证人食堂买过马干巴的也都是见证，这种关乎生死的大事老孙干了也绝不推脱倒也像条汉子。马甸人也不觉得下手太狠反而同情他，一个死了老婆的鳏夫，一个独自拉扯残废儿子的父亲，最终爬到场长位置尽管处处让人厌烦畏惧远远躲着连个主动去他家里（当然是和所有马甸人一模一样没有区别的家哪像现在这些当官的豪宅这些鸟人早该拉出去毙了他连后来段云兵的大房子的一半都比不上）的人都少得可怜，后来段云兵来了，成了连接其酒桌和供销社的勤劳狗腿子而且每次他都自掏腰包先垫着，这也没什么想不明白的，天经地义嘛。段云兵还主动帮孙大洗澡：烧一大盆热水，自己试了又试才帮孙大脱了衣服抱他进去洗得相当仔细就连脚丫缝也从不放过就连耳朵背后的泥也连搓三遍，还帮他洗小鸡巴哩。孙大十多岁了，小鸡鸡像小茄子一样粗大了还长了一片黑毛好歹让老孙感到宽慰但立马又烦恼不已，一是因为这小子这地方十分正常，难受的是这东西迟早要找个地方感受温暖湿润如天鹅绒的快感呐可这副身体这双严重萎缩的比他胳臂还细的柴禾腿啊，让孙大的将来一个爷们的将来愁云惨淡一眼望不到头。这才是后来小茉莉的悲剧所在，这才是小广东小云辉们的悲剧所在，他们最终洞悉了秘密也毫无用处了，完全无用了，太迟了，既不能改变哪样也无法挽救性命，还不如让一切烂在地底，烂在迟早变成废墟的血红焦黄的泥地里面。

找不到就不找了。那匹马，也早进了肚子成了冤魂成了马甸人隆重热烈的谈资虽然大家嘀嘀咕咕不敢明说其实个个心中有数。老孙就用他场长的威严把事情严严实实封在马厩里面不许任何人再推开厚实沉重的梨木门板往里窥探。总之，就算一个被仇恨激怒丧失理智做好上军事法庭准备的家伙，就算大家都清清楚楚意识到孙大的灾难源于他的暗示或挑明，可狗日的毕竟像马一样顶天立地一点也不猥琐，一点也不减损他的威严狞厉。再说，身为场长，他有的是办法将大栗马空出的位置补上，何况后来，大理人段云兵又横插一腿扮演了关键角色，这个从昆明毕业的大专生长得标标致致周周正正让人想起陈二人陈达人，不过漂亮的陈二人还是远远缺乏段云兵的阴柔彪悍，此人说话做事斩钉截铁干脆凶狠，比很多来到马甸扎根的现役军人更像军人。刚开始，他被直接安排在场部据说是后勤政治处打了招呼的，说明他上面有人。他脚勤手快反应灵敏文章写得像模像样很快就从办公室，对，正是齐文雅所在场部办公室一步跨进秘书科也就是老孙当年所坐位置：三楼左手第一间，靠窗，窗外是一棵大得吓人的古柏树，少说百年树龄了。齐文雅眼睁睁看他搬着一堆文件墨水钢笔稿纸报纸笔记本从一楼去了二楼，她轻轻咬了咬指甲，柏树上飞来一群豆丁雀叽叽喳喳窜进窜出身形小得像一把谷粒，眨眼就不见了，就连射进树杈树叶的光线也破碎刺眼。那天下午齐文雅早早告假回家，平时故意避开实验室通往小院的砾石大道这回踩得实实的她轻飘飘走在上面,的确良衬衫又白又宽,脚上黑色半高跟皮鞋后跟沾了指甲大一块泥。这个大热天实验室自然是开着窗的,徐老五瞥见她来了立即迷迷瞪瞪追出去喊了一嗓子,齐文雅。后者,头也没回拔腿飞奔,像受惊的白鹭。徐老五愣了半天才返回实验室,拎了东西出来紧跟甜丝丝的雪花膏香气一路进入小院(那之前,别忘了马队刘发曾经骑着枣红大马踏进来过啊)。当时所有娃娃还没放学小广东们还没各处撒欢呢。到处安安静静,一丝风也没有热得让人害怕。徐老五攥着东西犹豫半天终于伸手敲门,齐文雅开了门,冷冷瞅着他,冷冷说你要干吗。徐老五语无伦次脸红得像嵩明腊月街子上的腌猪,结结巴巴地说,文雅,文雅,我差不多,差不多做出来了,做出——你做出什么东西跟我有什么关系。齐文雅说着要把门关上。徐老五伸脚顶住门,大声说,我的实验呐,你看,你看,他张开硕大的手心,手心里一只握得滚烫的滴管,里面装着淡白色液体。什么,看什么?001号,徐老五说,做出来了,我保证,我做出来了,我养了两只小白鼠,它们,它们吃了001号三个月,长得像小猪一样。长就长呗我家不养老鼠也不养猪。齐文雅拉长着脸想立即关门。但我相信正是新人段云兵的缘故让她受了些刺激所以多少也想跟这个实验室疯子说点什么可的确找不到话说。太上老君啊,徐老五大喊。你嚷什么嚷,什么太上老君太下老君,你不要命啦,我是党员,像你这种无党派分子最好别牵连我。不不不,文雅,我的意思是——谁让你叫我名字啦,谁允许你叫我文雅?哦哦,齐文雅同志,你听我说。我听着呢我没聋没瞎你有屁快放,现在上班时间呢你说完赶紧回你的实验室。齐文雅同志,你不上班?你今天怎么——我的事要你管?不不不,我的意思是——你到底要说什么?我请过假了,怎么,难道我场部的还要向你们实验室的请假?不不不,我是说啊,齐文雅同志,我是说,太上老君天上助我啊,我的实验,成功了,嗯嗯,我的实验,很快会在不远的将来改变世界格局,不但解放台湾,还能解放全人类,把美国的苏联的英国的法国的所有的无产阶级劳动者全都解放出来,实现伟大的共产主义——哟,是吗,你让两只小白鼠变成小白猪就实现了共产主义?是的,是的,齐文雅同志,请你,请你听我解释,徐老五使劲咽口水。你想啊,你想,只要我们马甸的卡巴金吃了我的试剂,就能膘肥体壮长得像房子一样大了,那么,它们的运输能力作战能力奔跑能力和服务能力也像,也像坐了火箭一样噌噌上去了,也就是说,大量的,不,无数的劳动者就解放出来了,原来人做的工作就可以让马甸出产的房子那么大的卡巴金负责完成了,这样一来,你说,是不是解放了全人类,解放了全世界的无产阶级劳动者,你说,是不是,到时候,人民大众的生活水平都噌噌上去了好几个台阶,共产主义自然就实现了。齐文雅一声冷笑,后来哈哈大笑,说你的意思是,让你的卡巴金,房子那么大的卡巴金代替炼钢工人炼钢,代替缝纫工人做衣服,代替纺织女工纺纱线?你是这个意思?徐老五脸憋得漆黑就快爆炸了,说不是这个意思,我的意思是,我的意思是,在很多行业——哟,哪些行业需要房子那么大的卡巴金呐,难道,我们的卡巴金还不够高不够大?再说,房子那么大的卡巴金要培育出来,你是不是要让它们吃

100

更多的粮食，种更多的草，盖更大的马厩啊，那做这些事情的工人不也成倍增加？养它们的人呢，养它们的饲养员那不也成倍增加？你还怎么解放全人类，怎么解放全世界的无产阶级劳动者？徐老五张口结舌嘴巴抽动嘴角的白沫尤其让人恶心他面对的可是全马甸最耀眼的大美人呐。我和老陆，我从前和老陆是讨论过的，和现在的孙场长，孙场长也是讨论过的，他们说，他们说——他们说有什么用啊，领导操心的事情那么多，哪有时间研究你的实验。徐老五有点声嘶力竭，不会的，不会的，我们要相信领导，再说，齐文雅同志，请你想象一下，如果马甸搞出房子那么大的卡巴金，如果我们真的搞出来，那该是多么轰动的大事啊，会引起全世界的关注，会让很多国家领导人都跑到我们马甸来参观，来学习，来——行啦，徐东奎同志，我不舒服，我需要休息。请你回去工作吧，再见。徐老五呆呆站立，脸色一阵红一阵白一阵紫，身上的白大褂被源源不断的汗水浸湿紧贴肥硕的后背，就像他自己炮制的一个试验品，一匹奇怪的又肥又瘦的马。不是，齐文雅同志，不是，我是说——徐东奎同志，我真的不舒服，请你回去吧。齐文雅用力推门，大个子徐东奎只能将他那只帆布胶鞋后撤齐文雅立即闻见它散发的浓烈脚臭，她砰一声关上门从里面拴得死死的。徐老五望着窗户上的张瑜刘晓庆龚雪姜黎黎一动不动，被骄阳炙烤，沉默延宕了十来分钟才大声说，我走了，齐文雅同志，请你相信我，请你相信，我的实验，就快成功了，就快，就快改进我们的卡巴金了，就快创造新的人类和马类的历史了，就快——屋里毫无声息像坟地一样死寂。徐老五挠挠长发，转身拖着一条胖乎乎的影子走回他的实验室。

嗯，我一直记得徐老五。马甸人哪个会忘掉徐老五。这个疯狂的家伙找到朱良希望马队夜里上料的时候偷偷添加他的001号，一种淡白无色无味的药水。朱良当然不干，说这种事情除非场部有红头文件否则要掉脑袋的每一匹卡巴金可都是显赫的英雄呀。徐老五只好耷拉脑袋寻求年轻人刘发也就是他情敌的帮助，人家那时候已经是射杀盗马贼的马甸英雄了，是人人仰望谈论的一夜爆红的小子了，更不敢答应这个疯子的请求，只说你找朱良，这种事情，你必须找朱良。而我们的看法和朱良刘发没什么两样：这个崇拜老子的徐东奎脑子一定烧坏了狗日的就该拉去疯人院关起来而不是在马甸继续疯下去，但显然，我们又强烈希望他捣鼓的东西果真见效让人见识见识什么叫轰动世界的奇迹，所以场部多多少少放任他，偏袒他，实验室领导老全睁一眼闭一眼只要他把份内的活计干完。但说心里话，但凡经过砾石大道撞见实验室透出的光亮和刺鼻的药水气味我就觉得踏实温暖，就像瞅见一头毛毛熊明明认得它只是一头毛毛熊不是人也不是马甚至不是一条狗，却终归让你安心放心因为真真切切有血有肉不像有些马甸人云里雾里看不清楚就算你对此人恭敬有加可每次见着就想远远躲开，比如老孙和老陆。所以很多马甸人其实暗暗期待他的001号搞出房子那么大的卡巴金，把全美国全英国全世界都吓一大跳。至少，你们想想看呐，他是敢于幻想的而我们很多人，很多活着就行吃不饱也饿不死有个饭碗端着的人就不再幻想了，我们早就丧失了幻想的能力，是的幻想也是种能力，一种很强大的能力。我们骨子里都羡慕他嫉妒他。

他比大多数马甸人更像马甸人，带着歇斯底里的火一样燃烧焚毁的冲动。他还不到二十八哩。他们那一拨人呐，我记住的没几个，让马甸记住的就更少了。实验室似乎永远亮着灯永远在加班永远在黑夜里面迎风破浪，实际上有相当长一段时间黑灯瞎火，一点声音一丝光亮也没有。我们以为他病了，再打听，原来实验弄砸了，一窝小白鼠身体肿得比兔子还大很快就死了，据说他鼓捣出来的药水只能将小白鼠变成水肿病患者，像灌满凉水的白气球一捅就破，死后从屁股里流出脓液大肚子瘪下去比原来还小还瘦。我摸黑去他住处，徐老五亮着灯，自己坐在门口一把破竹凳上，两眼死死瞪着黑暗像要把夜幕都戳出洞来。一旦不穿着白大褂他的模样就十分憔悴惨淡，虚胖的骨架子就像他自己弄出来的大白老鼠，一个等待命运审判的戴罪之人。我叫他名字，他没搭理。我搬一只板凳坐过去，听他哀哀怨怨像个鬼魂一样吐出气来，说他请假三天了。我说你咋了，不就死几只老鼠嘛，该做的实验你照做，我们都等着哩。他说等什么，你们还等什么，老鼠都死了。我说你的意思是，完蛋了？完蛋了。他说。我没吭气。这种高科技的事情我一个巡夜的哪懂啊。两人坐着抽烟，烟雾很快把他们团团围住，虚胖的影子已经变成另一个影子了，不再是精力旺盛的北极熊一样的大家伙了。他慢慢吞吞说，齐文雅，齐文雅有没有说过什么。说哪样？老张你有没有听说，她就老鼠的死发表过看法。没听说，我又不是人家肚子里的蛔虫，再说我一个巡夜的哪能跟场部的说得上话。他不吱声了。我晓得他的心思就像晓得刘发的心思不同的是他们两个完全相反而马队那小子胜算很大，他甚至怀疑这

个干掉盗马贼的英雄会不会把姑娘劫了来个霸王硬上弓不是他的也变成他的了。刘发有这胆量。徐老五只是活在幻象中的虚胖影子也许连影子都算不上咋可能收服齐文雅？他凭哪一点收服她就算他真的变出房子那么大的卡巴金。眼下，他算歇菜了，狠狠揪扯头发问我哪里出错了，我说什么哪里？实验啊，明明前几天还能吃能睡能跑能上房呢咋就倒下了？老鼠倒下不怕，怕的是你也倒下，你要像毛主席说的，排除万难去争取胜利。我在他背上重重一拍，鼓励他振作起来重新开始。可他蔫头耷脑好像一辈子完了。他说毛主席还教导我们，时势造英雄，难道说，道可道非常道名可名非常名……他神神叨叨念完了又说，愿太上老君帮他，太上老君终究会帮他，太上老君再帮帮他吧。他瞪着我，说太上老君帮他无数回了，每回好像弄砸了鼓捣不出来了忽然听见有人凑他耳边说话呢，让他加点这个那个然后几只小白鼠就嗖嗖长起个儿来。我说，就是嘛，你的老天爷你的太上老君是看得见的。他说三年了，老张，从我进马甸头一天开始，我就在琢磨这个伟大的工程，都干了三年，三年来我经受了一百零九次失败，这回是第一百一十次失败。不怕不怕，再多一次失败算哪样？多一次失败就向成功又迈进了一步，毛主席教导我们说，失败是成功之母，只要有愚公移山的精神什么事情都能办到。哎，老张，最后还是失败呢？他两只眼睛死死盯着我。那些日子，那些艰苦的马甸日子，我承认徐老五的目光总让人想起某个伟人抡圆胳膊在黑板上狠狠画了一笔。可哪个能回答他呀，除了他的太上老君谁也不晓得他到底行还是不行。我走前说了一句立刻管用了，让他眼里忽然一亮。你

给我听着，你要想娶齐文雅，就必须干到底。那天后半夜，我从闸塘返回就看见实验室的灯亮了，徐老五像个不眠不休的疯子重新动手，让那些瓶瓶罐罐重新冒烟。此后每天夜里灯都亮着，不到一个月就传出消息说他攻克了老鼠水肿身亡的难题，两只小白鼠长到小马驹那么大啦！我们好几个人跑去实验室一探究竟，果然，两只巨大的白乎乎东西把我们吓傻了。大如马驹言过其实，但绝对大过一只兔子一只猫啊，简直像后勤队刚引进的约克夏猪一样大，大白老鼠活蹦乱跳眼睛通红，在一个大笼子里耷着舌头来回溜达。我们不敢靠近也不敢吭声。徐老五说，不出一个月，就能在西河海搞一次实验了，就能让马甸人见证奇迹了……这个疯子，这个不可理喻的疯子硬生生在沉闷的马甸大地上凿出一口井来。你们不晓得啊，最终那件事情发生后我们多难过多希望只是做了一个噩梦呀可它不是噩梦它就发生在马甸实验室。对，我记得场部去往实验室也就六七百米，马甸人尤其场部人也都记得那扇小窗子没日没夜亮着开着为此受过一回通报批评说浪费公家的电，他们扣他工资，就算扣工资他也要把试剂研发出来所以他差不多忘了齐文雅，一门心思扑在实验上，他去昆明购买试剂在北站挨过打。几个小瘪三以为这个疯疯癫癫说话天一句地一句的外乡人是找碴的趁机修理他把他瓶瓶罐罐砸个粉碎。他回马甸歇了七天，七天后带着伤口重新出发，走五公里到路口，跳上去昆明的班车。这次学聪明了，第一时间就把东西通过邮局寄回来了。所以我们都不太清楚那次关键的寄送也是唯一一次寄送除了瓶瓶罐罐是否还有别的，别的更要命的我们不晓得的东西，比如，雷管。他在北

站吃了一碗热腾腾的小锅米线然后返回马甸，一周后收到包裹马不停蹄扎进实验室。老张每次巡夜都尽量不去骚扰他。我发现这个小小的地盘每天透出的硫磺味酒精味来苏味和别的说不上来的或刺鼻或柔软的气味都有一种舍生忘死的决然就好像他的疯狂早就远远超出极限，就连透出的光也恶狠狠的让人胆寒，不再是孤独、温暖和坚强了。一天黄昏，他终于去了一趟后勤队宿舍小院，直面刘晓庆张瑜发现她们有些旧了，都是去年的了。他敲了敲门，齐物论开了门。有知识有文化的实验员来访老齐还是愿意开门的，还让他进了屋，结果徐老五哆哆嗦嗦僵硬挺直地站在门槛上不敢进来，硕大的身躯简直要把房梁戳破了。齐文雅就坐在小小的收拾得干干净净非常文雅如同其名的客厅里，徐老五凝住一样一动不动。齐物论热情招呼他，让他进来坐下，齐文雅欠身将小椅子往后挪以便腾出地盘容纳这个大家伙。他还是呆站着不知前进还是后退，屋里飘着雪花膏香气不是来自李菊芬的供销社是她偶尔约上姐妹们跑一趟的昆明百货大楼。百雀羚，或者别的叫不出名字也不认识的神秘牌子。极致的虚幻像某种耳语，告诉他此情此景再也不会重现了，再也不会在他生命中重演一遍。他两脚往屋里挪动往桌子前面凑过去，齐物论让齐文雅倒水，他没听见也没看见，只是循着一道模糊的光亮坐下来，两脚像踩在莲花池水面上。齐文雅从水瓶里倒出凉开水，放下杯子，坐回去，徐老五低头看着水泥地面像看见自己的过去那个从山西分配来的热爱实验的小家伙一个卫生所出身有理想有抱负的外省青年一直胸口发烫被什么东西烤糊了，脚下溜光水滑微微摇晃处于惊疑不安和懵懂前进的纠

缠震荡之间，像把自己裹住织茧的虫子，还没半块指甲盖大呢。头十年他还是个孩子，有人被送上大礼堂台阶上批斗他浑身燥热跟在台下喊口号，那人被扭送穿出人群忽然神秘地笑了徐老五像被雷电劈了一下，他声嘶力竭的嘴巴猛然合拢，身体像被掏空了脑袋上面的五角星翻转过来向下狠戳，几天后他随大伙奔到莲花池边亲眼瞅见一个活生生的他尊重又辱骂的男人变成面目全非的膨胀的尸首，什么东西不对劲儿了，他意识到他本来就缺什么东西就像一棵树缺乏光合作用缺乏叶绿素，避免发生意外的办法在于埋头干一件惊天动地的事，就像毛主席说的，人有多大胆地有多大产。不，不是人的问题，不是人或好或坏一定是这个世界靠的就是改造进化进步。达尔文说得好，人是猴子进化的，人的兽性自然是进化的残余，改造的办法是继续进化，所以，一旦搞出房子那么大的卡巴金来——这个山西娃当年也就二十出头你想想看，大脑瓜子简单得不能再简单啦，比那些瓶瓶罐罐还简单。所以，齐物论一眼就看透了他，齐物论他上司的上司是兽医室主任场部以下重要部门的头儿之一。他轻描淡写不高声也不轻慢地问他，小徐，你有事？徐老五口干舌燥不敢碰一下面前的玻璃水杯，那上面还散发着齐文雅高贵的雪花膏气息呐。哦，我来，我是想，请齐文雅同志，当然包括齐老师，您，邀请你们二位，三天后，三天后，去一趟西河海。齐物论听不明白，齐文雅就更不明白了。齐物论说去西河海干吗？徐老五支支吾吾解释，他和马队商量过了当然也请示了场部秘书科最终被批准了，也就是说，反正，马甸马多，可以拿一匹老掉牙的卡巴金做实验。这个实验，这个实验——齐文雅哈哈大笑，锋利的笑声就快把他活剐了。他满头大汗，汗水一粒粒渗出来砸向地面，他急忙伸手来回擦。齐物论看不下去了，示意齐文雅取纸来。齐文雅将厚厚一沓草纸放桌上，他一动不敢动。齐物论让他慢点说，慢点，喝口水再说。他哆哆嗦嗦端起杯子嗅到雪花膏味道也清清楚楚听见齐文雅的话了，你？又搞什么名堂，房子那么大的卡巴金？打死我也不信。我表态啊，我不去。齐文雅同志，徐老五几乎窒息，齐文雅同志，我相信，我相信，这一次——得啦，就算你成功了我也没兴趣，我本来就不感兴趣你就是造出天大的马来我也没兴趣，再说，三天后是星期五，正常上班，请不了假。徐老五张口结舌脸上的汗珠子又一颗颗绽出来源源不断怎么擦也擦不完，他可怜地扭头望向他上司的上司，一个固执又稳重的山东男人。文雅，齐物论开口了。不要这么讲话，人家小徐挺上进的，你就应该向他学习。学什么，我一个办公室的难不成跟他学做实验？再说了，我就搞不明白了这种实验到底有什么意义，场部居然批准了。就算他搞出房子大的卡巴金我们就跑步进入共产主义了？广大无产阶级就翻身得解放了？忘了当年亩产几万斤的浮夸风啦？教训还不够深刻？都八十年代啦，我们最该警惕的就是这种打着科研幌子的新式浮夸，我们的马甸，我们的国家，再也承受不起了。历史再也不能开倒车了。在我眼里啊，那些钻头觅缝的浮夸分子还不如倒垃圾的扫大街的呢，倒垃圾扫大街靠的是真本事真力气，他们靠什么？装模作样神吹胡侃，全是糊弄人的假东西，自己吹的牛皮把自己都给蒙了，可笑可耻呀。行了我有事出去一趟，你们聊。徐老五对这一番电影明

104

星般的宣言缩紧脖子无法还击一个字,齐文雅起身往外走,砰一声砸上门将两个男人撂在家里。徐老五继续流汗不停流汗,一种濒死的感觉从睾丸一直爬上脊梁爬上每一根头发。他站起来,迷迷瞪瞪往外走把椅子也撞倒了。在她眼里他还不如倒垃圾扫大街的呢。他结结巴巴没搭理齐物论说了什么出小院往左一路去了莲花池不是实验室不是住处,不管三七二十一脱了衣服裤子光着屁股亮出长长一蓬黑毛噗咚扎下莲花池使劲游出去,足足横渡六七个来回才精疲力竭爬上来,就在当年大人物被打捞上岸的一小块薄薄的草坪上躺下。深秋的水真冷,他躺在稀薄的太阳下很快被这种冷刺穿了。路过的小广东小云辉手里举着竹筐网兜雪蛙枪大声喊他,徐叔叔你咋个露着鸡巴呀。他火了,扯着脖子大叫,过来你们给我过来!过来干哪样?你们过来,过来看看老子长了多少根毛!他打雷般的吼声把两个娃娃吓得撒腿就跑,一边跑一边数落他上次把大白老鼠喂得像猪一样活活撑死了,他吃老鼠肉吗?这个杂种想吃肉想疯啦。两个娃娃嘻嘻哈哈笑作一团把三岔河下游的小鱼小虾杀个片甲不留。莲花池边的大白肉终于套上衣服裤子回了家,当天夜里没钻实验室,倒在床上发起高烧,第二天被老张送去卫生所打了两针柴胡才慢慢好了,第三天夜里又回实验室为西河海实验做最后冲刺。那些天实验室墙上挂了一幅青牛图,我们看了半天也没琢磨出个子丑寅卯,上面一个古代老头慈眉善目白胡子白袍飘飘欲仙,牛是大黑牛不是青色的,犄角比镰刀还大浑身肉鼓鼓的够一家吃一个多月了。我们问他,是老子?他像根木头一样埋头把一些药水弄进器皿,又把另外一些药水混进来拿一根滴管弄来弄去的。我们说,嘿,马吃了就长房子那么大?他还是不吭声。有人说,你吹牛逼吧,你会变戏法还是说全世界养马专家育种专家都比不上你,吃了噌噌就长?他继续沉默。这种态度很快让我们没话可说了觉得他和他的实验相当无聊永远不会成功。是的,徐老五就是个笑话这辈子也就这样了翻不了身了。我们没滋没味地离开对他新一轮实验不抱任何希望又诡异地抱着希望。我再去看他的时候让他把墙上太上老君取下来,开不得玩笑。他好像没听明白。我自己动手把画取下来了卷吧卷吧要带走。徐老五说给我留着啊,给我留着,我不挂了行吗。不行,党办的人要晓得你还做个屁实验。党办这个也管?管,咋不管,你换个刘晓庆就不管了。这话让徐老五垂下脑袋,似乎瞅见后勤队家属小院贴满明星的窗户上甜美的笑容大大的酒窝。他抬起眼皮,说齐文雅来,还是不来。我说我一不是她爹二不是她肚子里的蛔虫我咋晓得?你邀请她嘛,当面邀请。他说他邀请过了,被拒绝了。我说算了嘛不来就不来嘛。为什么不来,老张,你说,她为什么不来?妈的,你这个问题问的。我扭头要走,他说难道马甸人都不看好他的001号都认为他捣鼓的东西一钱不值?我说是骡子是马,拉出来遛遛呗。你要是搞出来了老子请你喝茅台。他说老张啊,你也没结婚没有女人,为什么,你不着急?我说你不要问我这种问题。好吧,不说这个。你不觉得我的伟大发明能让一个地方一个省一个国家彻底改变?我说行啦,干出来再说。他说你们太可悲了,妈的,马甸人太可悲了。共产主义会实现的,是值得为它奋斗的,我必须把房子那么大的卡巴金搞出来造福全人类。行啦行啦行啦。

老子云——我懒得听他念经,说这回又失败了咋办?他张张嘴说,不会,这次绝对不会。次日他邀请的差不多是马甸有头有脸的人物和同事朋友,但最后赴约去往西河海足走了五公里的人不超过十个,大多是有力气有时间的年轻人。场部段云兵也来了,破天荒给了一个实验员面子。另一个大人物非齐物论莫属,没想到他真来了,白衬衫黑布鞋,走进辽阔的牧草地像领袖一样振臂扩胸深呼吸,我们站在蓝天白云下面绿油油的草皮上满耳是奔马飞驰的风声。到处是马,到处是让我们自惭形秽的高头大马,我搞不懂山西人徐老五何必还要废寝忘食造出房子那么大的卡巴金?还让不让人活?眼前成百上千匹健硕雄壮皮肤闪着亮晶晶的汗珠马鬃快如闪电吓得人张大嘴巴气喘不上来的马儿还不让人惊叹吗?还要更大的马将人的猥琐卑微完全亮出来像臭虫一样吗?总之那天我们光顾着欣赏卡巴金的风驰电掣忽略了抱着药箱子的徐老五,忽略了他的伟大实验,好像他所说所做的就是个笑话我们已经抛之脑后并且提前原谅他了,就好像我们一个个早就预见了他的惨败所以不闻不问让他任性干到底吧。我们忽然发现此人并不重要实验也不重要我们才不真正关心什么奇迹哩,我们关心的,也许是见证一个小人物一个疯子被彻底击垮也好趁机付出一点点感叹和怜悯。对我们来说他早就无足轻重啦。是的,无足轻重。马甸的重要之物只能是马也必须是马。人算什么东西。我们能准时赴约就给足山西人面子了说明我们挺有同情心的。我们呆呆看了大半天马儿才被徐老五叫到身边去,向他和他那一堆破东西靠拢。只见他从药箱子里取出一个大号注射器,插进一个玻璃瓶子抽出半管子白色液体又往另一个小罐里抽了半管子黄色液体,之后混合,搅拌,大喊道,朱良同志,马,你的马。朱良嘴角浮现一抹暗笑,大声说,到处是马,你要哪匹?我们快活地哈哈大笑。徐老五有些着急,高声说我们讲好的那匹啊,就那匹,那匹老马啊你快牵过来。朱良慢慢吞吞下了大黑的马背,这匹卡巴金早已上了年纪可朱良哪里舍得给他。他冲马群打一个呼哨,只见一匹花斑老马摇摇晃晃从马群里退出来耷拉着毛发稀疏的脑袋一步一步走来,朱良吆喝一声,马儿抬头看了看他,目光湿润温柔。没有缰绳没有马鞍马镫什么也没有。你瞧,一匹马居然乖乖的朱良只要发一声喊,更可怕的是他随便嘬个嘴嘟囔几声就能让马儿听个明明白白凑近了摇头晃脑轻轻地舒舒服服地喷出鼻息大脑门在他怀里蹭来蹭去,就好像朱良早就会讲马语,晓得它们心里咋想的。总之朱良像哄娃娃一样冲马儿一阵叽叽咕咕我们谁也听不明白。这匹花斑马的确老了:眼睛凸出,马鬃稀少,骨架子支棱着腿脚细苗苗的不再有劲肚皮上绷出一根根肋条,但它照样昂着脑袋噗噗喷出响鼻。我们不敢凑近。朱良在它脑门和两耳之间摩挲,亲了亲它刀子一样的脸,让徐老五走上前来。徐老五直愣愣走过去了,举起注射器凑近马脸,马儿有些吃惊地向后退开扬脖嘶鸣,朱良吁了一声,它垂下脑袋不再动弹马味相当浓烈,脖颈上结实的肉棱子轻轻颤动着把蠓虫赶走。我们围成一圈,静静看着,等着。徐老五让朱良命花斑马张嘴,朱良拍了拍马耳下面三公分处又冲它尖溜溜的耳朵说了什么,花斑马乖乖照办了,徐老五乘势将注射器塞进马嘴马儿再次吃惊地后退几步,徐老五将一管不白不黄的东西迅雷不及掩耳推进去了,马儿咴咴叫出声来撒开四蹄兜了一圈,朱良吁吁几声让它重新平静地缓步回来。我们忽然有些紧张,忽然意识到徐老五的实验开始了,虽然有点滑稽有点不可思议但终究开始了,我们不就是为此来的吗那就让我们开开眼吧嗖嗖长个儿顶到天上去吧。但见花斑马绕着牧草地呼哧呼哧奔了几个来回,一会隐入马群一会折返出来我们七八双眼睛牢牢盯着,徐老五更是眼皮一眨不眨一手架在脑门上一只手上的注射器像一把明晃晃的长枪。我们焦躁不已。惊人的一幕出现了:不是马儿噌噌长个儿,而是,从场部方向远远走来一个袅袅婷婷身姿挺拔的姑娘白衬衫灰裤子看不清脚上穿了什么按理说是黑色上海牌皮鞋,当她进入牧草地时四处腾起蜜蜂蝴蝶和麻雀绕着她蹿来蹿去像围着女王上下翻飞,卑微的我们即刻被她抹掉了。有人喊出来,齐文雅。齐物论蹙着眉头,瞧了一眼就扭过头去好像也被自己女儿吓了一跳。徐老五满脸通红,手里的注射器抬起来直指天空似乎想顺势给自己来一针也好领受极致膨胀的奇迹。齐文雅走近了,我们一个个喉咙发紧冲她大声招呼(是啊即便我们女人家也受不了这样的美啊)。她笑着,走到她爹身边,徐老五嘴巴张着一个字也说不出来。此时太阳以极快的速度追着西河海上的云朵向西坠去,花斑马已经跑了不下十个来回。我们终于意识到,过了那么久,差不多半个多小时啦,马还是那匹马,与之前没有变化,哪个要发现它长大了长高了超出别的卡巴金哪怕半公分一定是脑子进水了。朱良再次唤它过来,大伙围着它仔仔细细瞧了一遍。我们大笑起来七嘴八舌说徐老五啊徐老五,你狗日的咋办呀,你给它喝的是石灰还是猪尿啊……那天下午笑得最猛说得最凶的当属齐文雅。她明明给了徐老五面子如约来了却更像是为了见证他破产的娃娃,手里拿一根比注射器小得多的绣花针直接把他的伟大实验戳破。她笑弯了腰,一屁股坐在松软的苜蓿草地上,纯净的西河海空气中全是她清脆的笑声让我们也跟着哈哈大笑。这时候,有人掏出皮卷尺认真量了花斑马然后公布了数字,这个数字直到太阳落山也没一丁点变化。徐老五脸色白一阵黑一阵从头到尾不声不响也不敢瞧一眼齐文雅,只是盯着他的马,老掉牙的花斑马。眼看天就要黑了,他站在晦暗斑驳的斜阳里嘟嘟囔囔,我们凑近了才听清他念的是祸兮福所倚,福兮祸所伏……齐文雅大声说,徐东奎同志,这就是你的伟大发明?这就是你准备解放全人类的比房子还大的卡巴金?徐老五两眼仍盯住花斑马既不看她也不搭话。齐文雅说我建议你干脆趴到马屁股上往里吹气吧,没准吹气更管用呢,没准就把它吹起来了立马超英赶美飘到月亮上去啦,马上实现共产主义。哈哈哈哈。我们也哄然大笑一个个捶胸顿足笑弯了腰。齐物论高声喝令我们不要笑了,没什么好笑的,小徐付出了多少汗水就算失败也没什么关系天底下哪有随随便便成功的道理。齐文雅还是笑啊笑,齐物论大声喝止才让她消停了。那天下午很多人意识到,我们抵挡不了齐文雅的笑声,抵挡不了她的明眸皓齿像牧草地上辽阔优雅的苜蓿草一样的音容。那笑声啊,我告诉你们,太脆了,穿云裂帛晶莹剔透像金针一样在我们脑袋上一根根立着。我们转身要走,重新跋涉五公里返回马甸,就算什么也没见识什么也没发生终究还是见了齐文雅,她才是这场实验的最大惊喜,所以回去的路上有她在后面走着区区五公里就不算什么了，再说，你也不是随便就有机会看见马群奔腾的壮观场面的就算段云兵这个大秘也未必想看就能看着，反正我是一两个月没见着了。临走前段云兵扯着嗓子高喊，徐东奎同志，谢谢你的邀请，希望你再接再厉，排除万难去争取胜利。徐老五站在苜蓿草地上呆若泥塑。花斑马早就跑得没影了，齐文雅接过段云兵的话头说都三个小时啦，除非那匹老马成精了才会变成一栋天大的房子哩。徐东奎同志，你给我听好啦，从此以后我再不信你的话了。一句话也不信，一个字也不信。我们又嘻嘻哈哈说笑一阵，转身就走，将徐老五撂在西河海跟马儿作伴而朱良也瞧不上他只顾策马奔腾严防卡巴金溜出西河海地界。回到马甸时天黑透了，我慢慢才咂摸出味道来：齐文雅的突然出现不是冲徐老五的实验更不是冲他本人，而那个大理小子连正脸都没给她呀。世上的事情就这么诡异，别人对你做梦都想攥在手心里的东西不屑一顾，对你不屑一顾的东西又像珍宝一样稀奇。这加剧了更狠更猛的爱或怨气总之是你逃不开躲不掉的命。随后几天徐老五成了全马甸的笑柄。一传十传百马甸人反反复复描述他拎着冲锋枪一样的注射器给马喂药的场面，大伙儿笑弯了腰就连小广东小云辉这帮娃娃也都跟着起哄，尤其小建国，这个家伙有鼻子有眼地说徐老五拎起注射器就往马腿上扎了一针，马惊了尥蹶子把徐老五踢出九十公里之远差点摔死。三天后的夜里，关于徐老五的笑话还没讲透讲完的夜里我们老远听见实验室方向传来巨响。巡夜的老张头一个赶过去心说狗日的又捣鼓哪样鬼东西。哎，我告诉你们，惨不忍睹，徐东奎那么大块头凭空消失了，血肉糊得满地都是。瓶瓶罐罐玻璃器皿液体粉末再也分辨不清就连实验室也坍了一半，徐老五终于和他成天捣鼓的东西融合为一了。这个胸怀世界的坚定的共产主义者兼忠实的老子的信徒最终还是没听老子的劝诫，没听那句"咎莫大于欲得"，一路把自己送上西天。哎，太上老君会谅解他吗？后来我听说，那天夜里他曾经高喊齐文雅的名字，一声又一声，大概九声之后，齐家窗口仍然没亮灯更莫说她本人突然出现了，而她即便在熄了灯的暗夜里也能听见叫喊的，除非，她往自己耳朵里塞了棉花，往窗户上钉了棉布。

16

你真不走吗老张？你真要在这个鸟不拉屎的鬼地方吃喝拉撒直到再也动不了活活等死吗？不能这样。千万别这样。连个陪你说话的人都没有，连条狗都没有。不要太倔了，你这辈子就是太倔了家也没成连个媳妇娃娃都没有。你总不能一直这样为一个不存在的地方陪葬呐，到时候哪个为你收尸？老张，我的话，你认真想想，我绝不开玩笑，我老了，你让我隔三差五一两个月就跑一趟就走上五六公里过来看你太难了。不为你自己想你该为我想想，还是，你不为任何人想既然你连你自己都不管不顾了。我对马甸的感情不比你浅，没准远远超过你哩。可我没法像你一样一个人在废墟上住着，熬着，等着。到底等什么呢？等老天爷开眼还是等自己一条老命没了，等神或人的拯救比如小广东树碑立传做你的见证？我想不明白。我就是想不明白。现在的小广东我反正没见过只记得他小时候鬼精灵的眼珠又圆又大又黑那个在马甸大地上游荡乱窜自小就有种坚韧不拔洞悉秘密的激情。我还真想见见他，真想见见。小茉莉的死和陈二人和老孙有关联，所以你总该记得陈二人走后那些让人喘不上气来的沉默压抑。该走的人终究走了，留下的人还要煎熬尤其对一个始终站不起来只能拄着拐杖或坐在轮椅里游荡活动的小家伙来说就太凄惨了，好在他从不计较好像从不觉得自己是个招人嫌弃的小残废，反倒有种少见的豁达，你一见他就觉得这小子坦坦荡荡高高兴兴，但凡马甸人在他家门前或别的他能去的地方见到这个壮实的影子都由衷地高兴，都主动叫他喊他上去掐他脸摸他脑袋拍拍他，要不是那么大个子还想抱抱他呐。很多人同情他很快就自怨自艾因为从他身上发现闪闪发光的金子般的东西可自己永远不会有这种东西啦，所以他们悲哀又怨念。不是怨忿孙大，是怨忿看不见摸不着的命，是拿到手上少得可怜的工资，是日复一日的某种深深的贫乏。他们开始反思。但马甸有什么东西可反思呢面前就是一堵墙，又高又硬你闯不过去冲不过去日子平淡琐碎就连反思的欲望都被褫夺了，一个个简简单单又卑微无聊，说忙不忙说不忙又忙得要命总体上人的精气神远远不及马厩里的卡巴金，远远不及呀。这么活着当然也有好处不必思考现在也不必操心将来。将来，还远得很，再说马甸当然是为马服务的否则它就不是马甸了。既然以马为中心人又算什么呢？可我还是要说，还是想说，老张，正因为我们将马看作最重要最珍视的东西所以马甸人从来有种你想象不到的单纯直白善良简单，就像我们脚底的石头和泥巴，像清冽干净的三岔河水。反正我再没见过像马甸人一样善良的人了所以我们

多么容易被诬骗被欺负啊因为我们首先相信没人会诬骗你欺负你。那些原本跟我们是一路的后来怎么就走偏了走岔了。还是我们自己的问题。我们蠢，笨，没知识没文化，落得这步田地就因为没见过大世面又自以为是相当自私。我们不可怜。我们被自己的蠢和笨害了。我们才是我们自己的敌人。对吧老张，我讲的，你同意吧？我先说齐文雅，我们接着说说她吧。徐老五的死给她的打击超乎你们想象，她请了长达半年病假跑到昆明五十八医院住了一年才回马甸，发现场部办公室的工作也难以胜任于是申请下放牧草队工业队或兽医室，随便哪里只要离开场部大楼。这时候，我们这些女人，稍稍年长她几岁刚刚成家的女人才发现事情不简单，也许徐老五的死只是表面原因那天晚上实验室的惨状也只有你老张和极少数的人见过，齐文雅当然没见过。我猜她对整个事件的厌恶痛恨一定有别的缘由不单是徐老五段云兵给她的，没准，是一种内心深处的厌恶，一种没法确定的绝望和倦怠。整件事情怎么少得了段云兵？小广东这个小夜游神以为自己做了个梦一个暗黑复杂的梦就像睡着以后被人带上麦地倘赤脚走在黑松林里突然获得某种超能力。这个娃娃，黝黑精瘦，被马甸的太阳（马甸最不缺少的就是热辣辣的太阳啊就是稀少的雨水充足的阳光空气里有一种热辣辣的植物比如毛栗树苹果树梨树桃树冬青木浓烈香气的呛鼻气味，在它之外你闻不见马的味道除非你跑到马厩边上除非追随它们一路跑到西河海）晒得亮晶晶的像尘土和雨露淬炼的小精灵张开双翅飞翔在马甸大地之上云彩之上，还捎带一帮小伙伴们，小云辉小建国小云红小艳红小璐璐没完没了精力多得像闸塘

109

水一样漫出来到处乱窜刺探胡闹闯祸侦查有时候做好事有时候帮倒忙有时候比大人还果断老练胆大心细。那些夏天傍晚小广东撇下伙伴们到处跑，终于在闸塘埂上他们曾经见识过鲤鱼精的地方不远处，一个月光亮堂堂刚好照见一半阴影一半草皮的凹坑里看见他们了。是的，他们，段云兵齐文雅，他吓蒙了，他明明白白看见两条赤条条亮闪闪的银白色大鱼在一片阴影和月光的交错地带滚动重叠像搏斗一样难解难分。是他们吗，还是大鱼精变化的人形？他们如胶似漆难分难离又像彼此仇恨带着天大的怨气绝不就此罢休和解的执拗互相侵袭伤害又不断将这种伤害抛开放下，他们像滚烫的锡水时断时续分开又聚拢其实本来就连为一体，像水面破了又圆了碎了。小广东啊，他多好的眼神呐，看得真真切切明明白白虽然根本不信他看见了。他吓得屁滚尿流，巨大的恐惧吓得他肚子难受胸口发紧，以为自己瞅见的是闸塘女鬼披头散发白花花软绵绵发出哼哼唧唧或高高低低疼不像疼哭不像哭的声音，就像水底冤魂爬上岸来踩着月光向他扑来啦。他转身就逃，顾不上噼里啪啦惊天动地的脚步声这一串响声也把他吓得够呛头也没回更没回答只顾跑呀跑呀。次日他被段云兵叫到办公室，他一个人的办公室。他问小广东昨晚去哪了？小广东回答哪也没去。看见哪样了？没看见哪样。昨晚，你好好说，到底去哪了？哦哦，闸塘——到底看见还是没看见？好像，好像，看见两条大白鱼——段云兵狠狠扇了他一耳光打得他晕头转向。不准哭，小狗日的，你回家告你爹也没用，就说是我打的。你一天到晚到处乱跑肯定要闯祸，你要是敢把你看见的东西说出去——小广东捂着脸说不说不说，

打死也不说。他果真像个爷们跟谁也没说直到很多年后的某一天才悄悄跟我讲了。那天他转身就跑像逃离瘟疫一样逃离段的办公室虽然段最终掏出一块他从没见识过的巧克力塞他口袋里。他远远逃开了，火烧火燎的脸皮提醒他两条人命徐老五小茉莉是巨大的谜团再也查不清楚了就凭他一个人是绝对不行了。狗日的段云兵。两起命案不像油库老黄打死儿子一样明明白白，他们躲在暗中连最初一点微光也消失了像深不见底的闸塘，而他，一个小子，咋可能理解这些？哪还有胆量冒险？我是真喜欢这小子啊，我真喜欢这小子身上少见的真正的马甸人的气概，陈二人的软弱憋屈和小秀的敢说敢做孕育出这小子的果断、隐忍和洞察力。他明明看清楚了也猜到答案了可宁愿沉默。不是因为害怕而是出于尊重。他晓得大人的世界自有大人的法则不是一个娃娃可触犯的，就算离奇得像太上老君驾临也让他豁然开朗也只能去尊重，去害怕，像躲避闸塘女鬼一样躲得远远的。那些日子，那些焦虑散乱忽而白天忽而夜晚的日子就快碎成一大堆谜团，就快让这个孩子承受不住了，段云兵那一巴掌提醒他扔了算球像破烂一样扔了，他重返小茉莉江若愚住过的工业队宿舍，它空了，还没人住进去。他趴上窗台仔细往里看，明明什么也看不见可还是想透过严丝合缝的白底蓝花窗帘看到一丝动静哪怕一束光和绕着光盘旋浮动的尘埃。没有动静一直没有动静里面传出沉甸甸的人去屋空尤其有人过世才有的冰凉哀怨，就像小茉莉的鬼魂来过停留过决意要给这帮娃娃留下哪样线索为她申冤报仇。幽亮阴湿晦涩蛇一样钻进钻出让他小心脏怦怦乱跳，像距离两母女近得不能再近又因为人死不能复活远

110

得不能再远。窗台上红砖缝隙里有细细的蜘蛛网,他抬手擦了擦,鼻孔里有木头味灰味时间味。他跳下窗台一双黑布鞋留下很大一块灰他弯腰使劲拍,从工业队宿舍挑小路插向学校背后的小树林,到达后果然见小云辉小建国趴在地上撅着屁股掏蚂蚁窝,后来他们嘻嘻哈哈说了半天高兴和不高兴的鸡毛蒜皮。三人决定再去一趟段云兵的家,他们断定段云兵和小茉莉的死有牵连虽然他们说不上来到底哪样牵连。总之小广东没告诉他们昨晚他在闸塘北岸看见了什么听到了什么,也没告诉他们姓段的赏了他一个大耳刮子。他们玩闹一阵就分头回家,以最快速度扒了晚饭溜出来聚在小云辉家门前泥地上玩了半小时弹珠,天总算黑下来,他们急不可待揣好弹珠从小学校前面直插场部宿舍。都盘算好了,他们守在段云兵门前冬青树背后偷偷监视观察就像电影里一样。这时候月亮薄得像纸,月光像银纱罩住马甸大地。段云兵的门仍然开着,灯早早亮起来他坐在桌前翻书呢没准又是《水浒传》,他怎么看也没看完的一本厚厚的书。没有任何情况发生。他看得不耐烦了就起来踱步,又坐回去,然后关上门。小云辉小建国互相瞅着不知道接下来咋办。小广东说再等等,我们再等等。果然,天黑透啦月光越来越亮蛐蛐叫声又尖又高像被鞭子抽着屁股门嘎吱开了,姓段的穿一件黑中山装一双黑布鞋返身关了门急急往外走。小广东做了手势三人蹑手蹑脚跟上尽量和他保持距离。这段路,这段一点也不短的土路从马甸西南角直奔闸塘经大礼堂食堂场部的阴影高大威严让人心惊肉跳牙齿磕着牙齿紧张得要命好像随时闯出什么绿毛怪物,就好像他们即将闯进某个最阴森恐怖的地带。闸塘大得不再像一块水泊倒像是另一个西河海另一片天空,段云兵这个精瘦挺拔的家伙大踏步行走就像一次飘忽神秘的远征,娃娃们尽可能躲得远些,最终看见段的影子上了东南大堤又从那里飞一般滑下去消失在一大片灌木和黄花树阴影里惊起两只夜鸟鸣鸣叫着掉进黑夜。娃娃们快速朝大堤飞奔再也顾不上噼里啪啦的脚步声了必须快些再快些赶在神秘怪物变形钻地底或下水之前。他们下了大堤,找不着段了,哪也没有,这在后来的记忆中变得非常恐怖,像白晃晃扎进梦里的一把尖刀。他们来来回回找了一圈也没找着,不敢分头去找因为太黑太暗月光反倒精亮吓人,三个小子你拉我扯深一脚浅一脚行走在沟壑间被长长的蒺藜和野菊花绊得跌跌撞撞晕头晕脑不知身在何处,有一阵子他们怀疑掉进一个地洞里啦再也没机会跑出来了,只好互相鼓劲没事没事没事不会有事姓段的肯定溜回了家我们也回吧万一撞见女鬼——后来小广东跳上土坡仔细查看了一番就果断让他们跟他走,往东走只管走,不要担心找不着路怎么可能在马甸迷路。小云辉小建国定了定神,让勇气和胆量重新回来追在小广东身后由西往东找到大堤然后从堤上一路下去,小广东认定还能看见白花花的纠缠翻滚的两具人形。但那道凹坑里什么也没有。他只能凑近了反复确认不是做梦上一次也许就是做梦。眼下,在眼前摊开的只是一道汪了一层薄水的斜坡一面反射月光和星星的亮闪闪的东西,此外什么也没有。看见了吗?看见哪样?看呐,走过去,我们走过去看看。他们继续大着胆子一前一后凑到面前果然看见两片大而轻薄的膜就像平整柔软的两张蛇蜕,小广东抄起一截树枝将它挑起,这东西像棉絮和鹅毛一样轻盈忽然在月光下融化了挥发了什么也没有了就好像小广东挑起来的只是一团空气和虚无。那片绒毯般的凹坑像嘴巴一样大张像所有的马甸角落或闸塘四周不起眼的长了薄草的寻常地方非常无辜地摊开着,月光狠狠刺痛了小广东的眼睛就好像他不到九岁就受够了欺骗,就像他专心执拗的探索全被禁止了再也没有真相,就像大伯父的死也没留下多余东西除了那个硬壳上海笔记本。他的死也只是他爹陈二人和他妈小秀的部分谈资他从没咂摸出味道来只是遭马踢之后朱良手上一道淡淡的疤,所以陈二人憋屈地活着首先要吃饭要养家要住在大哥留下的房子里,据说小广东出生那天他不知所措,走进卫生所产房看了一眼儿子却不敢靠近更不敢碰他,好像被初生的丑陋儿子吓坏了,不太确定他呱呱坠地带来的是麻烦还是惊喜。小广东长大后果然不太听话,闹腾,调皮,上蹿下跳精力旺盛像没完没了的莲花池水经常跑到小云辉小建国家里吃饭过夜非得第二天第三天小秀上门找他。他倒是更听云珍的,云珍,朱良的夫人,他的舅妈,沉静寡言的云珍从不管束他教训他,他想怎么闹腾怎么闹腾,爱怎么玩怎么玩。奇怪的是这小子学习很好历来全班前三从不给爹妈惹麻烦三好生奖状得了一大摞他们不得不轮流表扬他。这小子从小就有主见呐,从小就是一块好料就看日后怎么打磨了。三十年前他像条野狗一样乱窜我晓得他回来了,回到马甸了。你收留了他再把他送走了。不单我,马甸很多人包括姓段的都晓得毕竟林德章是看见的,自然会把消息通报给姓段的当年他们关系不错是大理老乡。你不晓得的林德章这个牧草队工人大字不识一筐报纸都不会念广播都听不明白

的大老粗怎么和段走那么近的,他早早在段的房子后面要了三分地自己种菜吃,我想那就是他们友谊的开始。小广东抵达当天林就偷偷跟段说了,段闷声不响。段已经是场长兼党委书记了,他不吭声也就没人再敢吭声。后来我明白了:小广东的的确确是在他眼皮子底下长大的,的的确确是他看着走出马甸的,他默不作声像没听见林德章说了什么暗示明示了什么,总之那天晚上他沉默得像块石头。嗯,再说另一个重要的晚上小广东小云辉小建国惊骇过度蔫头耷脑回到家被两段轻飘飘的蛇蜕填满被月光注满被水浸透像闸塘女鬼幻化人形趴在水面吸吮攫取终将从水面飞起来钻进他们脑袋的幻觉吓得够呛,一个个发起烧来满嘴胡话,直到三天后才好了。很多事情,很多马甸的事情就是这么诡异。小广东干脆跟踪齐文雅,这个不可方物的姑娘呐,在一个娃娃眼里也就是一道轻飘飘的毫无分量模糊虚幻的存在只知其好却未必超越一只鸟一条鱼的女人罢啦,也只是他们父母辈中的一个大人没有什么了不得,又明明非常了得说不清道不明好像事事与之相关。他每天黄昏就跑到工业队家属小院门口待着不走,直到天黑再也看不清她窗户上的刘晓庆张瑜才闷闷不乐地回去。一次也没有,是的,一次也没有看见这个全场最美的大美人天黑了还出门的。直到窗口的灯光点亮又熄灭还是没动静。小广东毕竟只是娃娃,只能打着哈欠连跑带跳回家睡觉再也没有闲工夫搞清什么查明什么了。再说,没有小云辉小建国陪着多么无趣啊本来大人的世界就够无趣的连崩掉半拉墙的实验室也黑灯瞎火黑咕隆咚隐隐透出血腥气不是他熟悉的灯光和气味了,不再出现高大古怪的徐老五了,这个

112

大家伙已经永远没入暗处没入时间和尘埃,如果马甸真有鬼魂他也不会害怕,他倒真希望碰见徐老五的鬼魂否则马甸之夜就太没意思了,不如早早睡觉反正闸塘大堤下面什么也没有只是一汪水。难道是两条纠缠的鱼精他看花了眼或干脆就是蛇精变的胶着不休干着他隐隐已经晓得的事情?几天后的黄昏,他被齐文雅堵在院落门口的柏树下面,正好大风穿过树梢将她刘海吹乱就像刘晓庆张瑜从窗户上飘下来了穿一件雪白的衬衫,腰身挺拔像一棵骄傲的柳树。她低声喝道,小广东你一天到晚跑我家院子里干什么?不干什么。小广东转身要跑被她一把揪住衣领原地倒腾三圈终于站定了,仰头看着她,闻见阵阵香甜的雪花膏味,她憔悴得像个纸扎的稻草编的反正很不对劲,他说不上来哪不对劲反正大人们总是这里不对那里不对的,而马,所有马甸的高头大马就没有这些问题啦就一个个壮得像石头一样,哪像人呢,哪像一个个美人和帅哥?人多多少少都会体虚气短再怎么精神的好看的也都会像霜打的茄子一样蔫下来,再怎么好看的人尤其是马甸人都不如马呀。所以我能体会那年小广东重返马甸让你领着他去往马厩看一眼最后的十几匹老弱病残的感觉了,它们太难看了连人也不如了,再也没有当年专属卡巴金的精气神,没有高昂头颅浑身紧绷绷的像随时跑到天上的大气魄了。所以小广东,十多年后的小广东才号啕大哭因为卡巴金们早就融入他的血液和灵魂,他回来一趟只见又矮又瘦十几匹老马被无耻的梅花鹿挤进角落,他万箭穿心呐,哭完了问你,从前的卡巴金呢?我们的卡巴金呢?你让他去昆明金殿后山,他真去了,他真的在金殿后山一个旅游跑马甸内找到几匹卡巴金,错不了,印着编号呢,267,9876,140,2678,349,478,225,一共七匹。他挨近,伸手抚摸它们,被养马人大声呵斥,喂喂,莫碰马,碰不得!他火了,说你们知不知道这是什么马?养马人说我们的马啊咋不晓得。小广东说你们的马?操,马甸的马,晓得吗?养马人说少废话,哪还有马甸?一匹马你晓得多少钱?小广东冷笑,说知不知道它们是上过阿富汗战场越南战场的英雄?你们那点钱,够买英雄?养马人让他滚蛋。他不走。对方软下来说了几句好话,说的确是从马甸买来的淘汰的军马,不知什么品种——卡巴金,我告诉你们,这是最牛逼的卡巴金。纯种高加索战马。养马人懵懵懂懂不知说什么才好,他又问多少钱买到手的,答复说每匹三百。妈逼哟,才三百。小广东热泪盈眶,凑在几匹卡巴金面前呼唤它们的名字紧贴它们汗味浓烈微微泛酸并不很热倒像一张张老人的衰败可怜的脸,大花,大白,大黑……马儿似乎认出他来了,一匹接一匹凑过来聚在他身边,他伸手拉住缰绳一根一根拉直到第七根,它们全都稳稳当当站在他面前了,它们老了毛也掉了皮也松了好在屁股大腿还紧绷绷的像铁打的钢铸的,小广东一面抹眼泪,一面抚摸它们,低声说都好吗老伙计,你们都还好吗,还记得我吧,我是朱良的外甥小广东啊,都记得吗,朱良,朱良,朱良,你们总该记得吧……他没完没了,再铁石心肠的养马人也受不了啊,他们聚拢过来,从他手里接过缰绳说还有生意要做有客人要跑三个来回哩,小兄弟,对不住啦。马儿是老了,疲了,眼睛仍是亮晶晶的,一个个凑近又一个个退开,被拖拖拽拽极不情愿地绷紧身体抬头喷出响鼻。他们一定听懂他的话了,听懂了他的呼唤闻出他的气味认出他的声音特别是当他念出朱良二字它们都明白了,这个名字伴随它们从母腹坠地站起来撒欢奔跑在马甸待了大半辈子,这个名字也随马甸消失而消失。听懂了。当然听懂了。高大的身体往后撤离眼中流出泪来滴滴答答砸在不值一提的烂泥地上,哪里是西河海的疆场呐,就连砾石大道也算不上只是一摊为了拉客牟利才随随便便铺出来的泥巴,只是一块城市边缘的滩涂,让马儿们在这种鬼地方拉客人像傻子一样瞎跑还不如把它们杀了算啦。哎。它们可是全世界最牛逼的卡巴金。骑跨它们的人也许这辈子从没见识过只此一次再没机会,根本不晓得它的高贵稀有远远超过你们这些傻逼无聊的玩家呐。卡巴金岂能是让你们这些人说骑就骑的?每跑一圈才十块钱。区区十块钱。那天黄昏小广东发现齐文雅算不上什么大美人,没那么好看嘛,哪里好看嘛。大人的眼光就是奇奇怪怪莫名其妙。齐文雅建议他们去一趟马厩,小广东不假思索答应了。于是齐文雅拉住他的小手,小广东惊吓得心脏怦怦乱跳就连小鸡鸡都有了反应突突挣扎着猛然抬头直到走出十来米才消停了。马厩就在前方,就在初升淡月勾出轮廓酷似耸立在舞台背景上的壮阔峡谷,人字形瓦房屋顶一眼看不到头像梦中所见。齐文雅走向一排密密匝匝的柏树林,再过去是古老的厚得像砖砌的梨木大门,门闩从里面拴住。马儿们踢踢踏踏来回倒腾也只是刚要入梦或刚要将脑袋探入水槽食槽的轻微动弹。他们走过一号马厩,小广东闻见浓烈的马尿味马粪味从排水沟渠里翻卷上来,沟槽边缘排尿口上有白花花的尿霜,小广东小云辉曾经拿着子弹壳一点点将这层白霜刮

下来再混入硫磺黑炭就制成了火药。这是实验室徐老五教他的,这个什么都能捣鼓梦想改变世界的不合格的道教徒兼共产主义战士已经烟消云散成了马甸上空一团比他实验室捣鼓的烟雾还要浓黑的东西。齐文雅绕到后面露天跑马甸上,空荡荡的栅栏空荡荡的月光坑坑洼洼的泥地上有大团阴影低矮的围墙后面是更高更密的柏树上面落满麻雀深夜你要是抬一支气枪再抬一只手电你会打下一长串麻雀它们连飞都懒得飞就让你随便打就像射击靶环一样直打得你不耐烦了。嗯,小广东将这个打鸟秘诀对齐文雅说了,她似乎听着又似乎完全没听,后来重复说真的吗,你们就那么打它们吗,它们就这么站着,一动不动让你们——是的是的是真的,云辉家的气枪,我们去供销社买两种子弹,一种是带小尾巴的降落伞子弹,一种是没有尾巴的直筒子弹。当然是降落伞更准,你晚上啊,就用手电筒照进树杈,马上就能照见麻雀白乎乎的小肚皮了,然后你把手电筒放在准星后面,一般是云辉帮我照着,让我瞧见标尺和前面瞄准器里的小黑点,然后三点一线,哦,三点一线嘛就是标尺准星麻雀肚子三点一线,然后你就可以开枪了,砰,正中肚皮,然后它就噗噜噜从树上掉下来了一头栽到地上,你只管去捡。要是没死呢?齐文雅说。要是没死嘛,要是没死,你只能,你只能追上去,打着手电撵上它,拎起翅膀或者脚爪把它,把它摔死,它要不太好抓,你就,再补上一枪。太残忍啦!齐文雅叫出声来。小广东说麻雀肉真好吃呀,我们太喜欢吃油炸麻雀了,那叫一个香!你给它剥皮蜕毛,掏掉内脏,洗洗干净,呲啦下锅炸出来,再撒点盐巴,喔哟哟,口水都出来啦。再说,老师说麻雀是

害鸟，偷吃我们的谷子啦麦穗啦米粒啦对吧？不对，不对，麻雀不坏，麻雀吃害虫哩，你看孙大从小就在自己窗台上放很多米粒喂它们吃呢。哈哈哈，是的是的那个傻子孙大我们还用砖用簸箕捕过他家窗台上的麻雀呢一捕一个准，那里的麻雀太好捉啦……他们站在三号马厩后面的跑马甸边上，望着坑坑洼洼的洒满月光泛黄而非泛红的泥地上有清晰的马蹄印子一个个大得离谱就像大象踩出来的。你们怎么那么喜欢打鸟捉鱼，这就是男娃娃们喜欢干的事情？是啊是啊，我们是男人嘛，男人就这么玩的。三岔河的鱼多了去了你只要弄一只脸盆找个地方两头堵上，然后哗哗往外泼水，不到十分钟就能捉上一脸盆的鲫鱼啦马鱼啦，还有虾米，有时候还有青蛙和水蛇。啊，水蛇！是的水蛇，没什么好怕的它们不咬人咬了也不怕它们没毒，你拽个衣角让它咬住，再使劲一拉，就把它满嘴的牙都拔下来了，哈哈哈。水蛇都挺傻的你给它什么它就咬什么，水蛇身上的腥味也不重没有菜花蛇重，我们在大草棚顶上见过菜花蛇呢，手腕那么粗，盘在大梁上一动不动吓死人啦，我们看见也没办法，没有枪没有子弹没有弹弓连块石头都没有，哪样都做不了，但是忽然，它就不见啦，你都不晓得它钻到哪去了是不是上了屋顶还是蹿到稻草上了，是不是就在我们屁股下面，把我们吓得屁滚尿流，一个接一个从大门底下连滚带爬钻出来就跑哇……齐文雅站在马圈围栏前面，身体浸入月光浑身雪白像披着一层白纱又像亮闪闪的高挑笔直的夜树让人头晕目眩。小广东想起那夜的大闸塘洼地小鸡鸡不免又动弹了一下，他认真打量齐文雅，夸赞她真好看，齐文雅说你个屁娃娃好像什么都懂，

你说，我哪里好看？嗯，嗯，你——小广东半天说不出来。我不好看。她说，再说，好看有什么用？小广东说好看当然有用。有什么用，你说说看。有啊，我觉得好看的人个个都喜欢，个个喜欢，就是有用。个个喜欢算什么用，又不能帮助马甸实现四个现代化。齐文雅笑了，小广东也笑了。他搞不明白她干吗要来马厩，要来闻这些浓烈的泥巴味马尿味马粪味和夜晚的冷雾味以及说不清的高高在上的汗湿味。我们回去吧？小广东建议。回去干吗？齐文雅说。小广东说大晚上的来这地方干吗，我早都看烦了，天天对着马厩，真烦了。我还没好好看过马厩哩，齐文雅的声音轻轻飘荡，就像从遥远的闸塘方向传来。要是，我也能骑上一匹卡巴金疯跑就好了，上西河海疯跑，哈，那就太美了。这个简单嘛，太简单了，你找段云兵呀，让他告诉马队的人，随便挑一匹卡巴金，带你跑一百个来回。齐文雅盯着他半天没说话。然后，她问小广东到底晓得什么，小广东说他都晓得。晓得什么呢？晓得你们好啊，你们是一对？齐文雅噗嗤笑了，笑完又使劲摇头。小广东就不再问了。太没劲了。大人之间也就这点破事实在太没劲了，哪有晚上拎着小云辉的气枪打着手电收拾树上的麻雀过瘾，差太远了。那么，你晓得段云兵的事情？小广东说哪样事情？她想了想，笑笑说也是啊，你晓得他哪样事情。小广东说我晓得他很多事情哩，晓得很多哩。你要听什么？哟，你讲讲看。有哪样好处？大白兔奶糖，咋样？我明天就给你买二两大白兔奶糖。行。一两就行，多了我吃不下，我送给云辉和建国。好啦好啦，就二两，你吃不了给云辉和建国，你快说说看，你到底晓得什么事情？我晓得他喜欢读书，

115

嗯，水浒啦，三国啦而且开着门读书，都是天擦黑的时候，开着门，屋子里亮着灯。是的，他是喜欢读书。可为什么开着门呢？是呀是呀，我还想问你呢，为什么开着门呐？嗯，因为别人只要经过就能看到吧，比如说，老孙路过，就能看到，对吧？是的是的，反正路过的人就能看到。对咯，这就是段云兵狡猾的地方。狡猾？看书有什么狡猾。哎，你不懂，你还小呢。我不小啦。也是，你不小啦，你牙都换啦？齐文雅凑上来扒开他的小嘴巴让月光洒下来让香甜的泥土气味涌上来钻进他刚换牙不久还有颗犬齿空着的小嘴巴，他呆站着，像呆头呆脑的海象看着她闻着她。她特别好闻，香甜的雪花膏味道暖得像刚刚焖烧的稻草像朱良侍弄的炉火，真想抱抱她可他哪敢啊。她退开了让他接着讲，他说没什么了他晓得的也就这么多。你真的就晓得这么多？齐文雅的脸色忽然凝重就像结了霜的硬邦邦的跑马地，他不晓得大人的脸怎么说变就变前一秒还在他鼻子面前甜蜜蜜地笑呐这后一秒就快哭出来了就像大难临头不知如何避开也不想避开的样子了。小广东也只在自己亲爹陈二人脸上看见过这种逆来顺受的模样，但凡他不顺心不高兴就这副模样就任人责骂绝不还口。你就晓得这点东西啊，哎，都说你晓得很多哩。我晓得啊，晓得他买了很多马干巴送给老孙，还晓得他高兴的时候就吹口哨，晓得他的白衬衫从来洗得干干净净的，自己动手洗，晾在院子里的绳子上。够多啦，这么多事情，还不够？我晓得你是晓得江若愚小茉莉去过他家里的对吧？是的是的，小广东叫出声来，对对对，这事情我们都晓得，没有一个人不晓得嘛。你们？我呀，云辉建国呀，都晓得。还有谁晓得？没有了，就我们三个。好，好，我要是不晓得这么多就好了。什么呀，你说的话，我听不懂。我的意思是，我晓得的事情还是比你多，一个晓得太多事情的人，很危险。是吗？你晓得江若愚江阿姨的事情，也晓得小茉莉的事情？小茉莉就那么淹死啦，张叔叔说是被闸塘女鬼害死的，我们问过鲤鱼精了，不是女鬼害的，是她自己死的。是她自己，哦哦，她自己就在水底下走来走去哩，脸色白得啊，像抹了粉笔灰。喂，小广东你别吓我！齐文雅往他身边靠了靠他又闻见她身上暖暖的香味了这种香味和妈妈小秀身上的香味完全不一样，是另一种透明清澈的气味就像早晨第一只麻雀掠过核桃树树梢。我说真的，我们都瞧见了，都——好吧好吧不说鲤鱼精了反正说了你不信。反正小茉莉是自己死的对吧？齐文雅没吭声，小广东又问她，江阿姨不回来啦？不回来啦，再也不回来啦。到底咋回事啊，到底——哎哎，我整晚整晚地睡不着呀小广东。为什么？因为，因为知道太多秘密的人都睡不着吧，也活不长啦。你别乱说。你好好的嘛，你又是我们的大美人。齐文雅凄凉地笑了，说你这个屁娃娃，什么都懂又什么都不懂。不懂什么嘛你说看，我快九岁了什么都懂了。你看我还会打鸟钓鱼还见识过鲤鱼精，你咋能说我什么都不懂呢。我看你才什么都不懂，你啊，多少人喜欢你，你晓得吗？你根本不晓得。齐文雅又笑了。说如果真有太上老君徐东奎就不会死了对吧？人要是故意想死，就连老天爷也放手不管？那当初干吗要信呢？小广东噘着嘴说他真听不懂了，不晓得她在说什么。她又说，还有的人呐，明明干了非常肮脏的足够下地狱的丑事，可你要是偏偏记挂着这么一个人，这么一个丑陋的人，又该咋办呢？什么呀，你到底在说什么呀，我想回家啦。你听我说完小广东，这些话我再也不说了也懒得对别人说就让它烂在我肚子里，所以我是没办法跟你明明白白说的因为你懂又不懂，懂的是你明明晓得这件事情和他有关系不懂的是干吗和他有关系，反正，你想一想孙大就对了，你想一想他好好一双手好好的一副身板好好的各种小零件总想找个地方找个温暖的小小的地方像小麻雀一样蜷缩在窝里你就什么都懂了，也就晓得他为什么要带她去了，可他还是躺在床上一动不动他根本就不需要动嘛他就在门外守着，全部人都在守着等着事情总要兑现的嘛可是等的人还是等不及了把自己变成了漂在水面上的东西了，所以啊，所以小广东，所有事情都那么丑恶比厕所里的大粪还丑恶我实在受不了啦，可他自己，实施者自己也受不了啦所以一次次去闸塘边走啊走啊在密林里走啊走啊去没有月光的地方走啊有时候都走到了西河海所以我有时候又不怕鬼了，鬼很可能就在你身边呢反正你身边的人早早晚晚被折磨惨了，可一切成了定局人死不能复生再也活不过来了再也不能像从前一样活蹦乱跳穿着白底碎花裙子黑皮鞋背着书包上学了再也不能跑到大礼堂门前守着妈妈了，再也不能了，小广东啊。出事是没法预料的反正他们不都想做点好事尽可能让那一大家子人得点好吗让床上的人走不了路的人得一点点好吗至少像一次正常人呐，他都这么大了，转眼也就二十出头了裤子上隔三差五就白花花像沾了米汤一样的硬了脏了，总得像个人，像个真正的男人，而另外两个，不都想在马甸扎下来住下来无忧无虑像所有马甸人一样乐乐呵呵的？难道不是吗？难道，一个十三四岁的姑娘家还什么都不懂吗一点概念也没有宁愿去水底见了鱼精也不愿住在干干净净的砖房小屋里吗？难道，他又是故意的吗？他才不是哩，他一个外地人除了想活得像个人不被人瞧不起除了往上走往三楼上走总不能在一楼待一辈子嘛，所以，小广东，你见过马甸还有谁比他更爱读书的？没有了，一个也没有了。每次我藏在冬青树后看见他敞着门亮着灯读那些我们根本读不懂的书你想你该有多么佩服他，《资本论》，马恩列斯毛，不单单是《水浒传》《三国演义》《说岳全传》《杨家将》《野火春风斗古城》和《与魔鬼打交道的人》《红岩》《金光大道》，才不是呢，他才不单单读这些呢，他能大段大段背诵《资本论》，资本家每一个肮脏的毛孔里都流淌着肮脏的血。他绝对绝对是马甸甚至嵩明昆明最大的大才子，绝对绝对大材小用可他还那么年轻呢。他受不了这个，我说的是，受不了一个年轻孩子的死所以隔三差五带我游来荡去除了马厩该去的地方都去了，他说为什么要来马厩，多脏多臭啊毕竟马待的地方我们干吗要来马待的地方？他哭过好几回，有一阵子每晚都哭，问我世上有没有轮回有没有地狱又忽然说不对他是唯物主义者怎么能相信这些可是他也听说她在闸塘水下走呢，我们守了好几个晚上也没瞅见，什么也没发现什么也没有一点影子也没有，他难过得要命。我告诉你呀小广东，他偷偷去过昆明把好几个月工资他攒的那点工资都给了她，找人转交的，肯定转交了一定转交了他的话我绝对相信他除了我谁都信不过，他没必要瞒我，更没必要撒谎。隐瞒和撒谎总是免不了的就看是对什么人隐瞒和撒谎了。哎，你听懂了吗小广东？你都懂了吗？这个人呐这人又是多么有理想有抱负啊，为了理想努力奋斗向前再向前又绝对不说任何大话夸口任性只让我等着，男人终究要成就一番大业，终究要在他深爱着的大地上扎下根来的而且深深地扎下去，然后枝繁叶茂长成参天大树，那时候太阳啦花啦空气啦麻雀啦凤凰啦都来了，马儿也会循着气味跑来连西河海都不去了你信不信？你成了像座山一样的大树，像天一样，像太阳一样，像足够大的家呀像另一个马甸。那就等呗，谁还没有点时间呢我才二十四呐小广东，你妈二十一就生你了你晓得吗？我二十四啦。二十四不小了可也不算大。哎，哎，你呀，你什么都不晓得，什么都不晓得……哎，老张啊，懵头懵脑什么也听不明白的小广东将她送回家属小院转身就逃像匹受惊的小马，他从齐文雅一双凤目里看到某种烈焰正一点点烧起来他不假思索就跑起来不管齐文雅在他身后大声说喂喂你跑什么你不进来喝杯水吃颗糖啊……小广东边跑边喊我要大白兔，二两大白兔你答应的不准反悔，明天我就找你拿……他当然搞不懂一个女人尤其一个美丽的女人差点流出眼泪的诉说到底意味着什么。他才八岁。

17

嗯，他们又来了。那伙人又来了。小子嬉皮笑脸好像从没来过，从没吃过闭门羹。他送的东西我动过了，老实讲。我没动过钱当然不会动钱但我动过火腿了动过板鸭了动过干巴动过酒了。哦，干巴，牛干巴终究还是比马干巴好吃得多，吃过你就不会怀着一种敬畏一种仰望来看待你嘴巴里的东西了。我吃得干干净净，我晓得我不该吃他东西，吃人嘴软拿人手短，可我才不管那么多，你一个人，独自一人待在一个菜也没有井水也没有吃吃喝喝要靠人帮忙要去大成花钱的地方你也就不会在乎这点脸面了，他敢送我我就敢吃，咋了，我不拿你钱，我就吃你的你能奈我何，底气我有的是我知道他们不敢咋样要弄我早弄了我一点不害怕。都这把年纪了，吃个牛干巴算个球。所以这小子也有些底气坐我对面了，好像获准坐下来就有底气好好谈了。张口就是让我耳朵起茧的一通屁话，让我最好下个月初就搬随便搬哪里只要我愿意他帮我上昆明找个房子住下来，头五年全包。我说是吗，不错啊。他说是的大爹，你安度晚年该吃吃该喝喝，不是守在这么个鸟不拉屎的破地方慢慢熬，说句不好听的，大爹，在这里熬着你少活多少年，你自己看，没水没电没吃的，搞不明白你一个人守在这地方干什么，更莫说你家里人一个没有，没人死在这里没人生在这里，你也半路来的你就甘心守着？我就是不明白啊大爹，我跑来跑去一趟又一趟不怕累不怕苦就是没人理解没人同情，我们的抱负和雄心只不过想把一座废墟变美变好它未必是从前的马甸未必是还叫马甸，它该是一个生生不息之地一个新的凡是路过都忍不住停下来多看几眼的漂亮天堂，对吧？马甸没有了，消失了。我们给它取的名字就叫天堂湾，有大大的风车、城堡、河流，还有密密匝匝的小树林，绕着一幢一幢童话一样的尖顶小房子，简直是全云南最棒的房子呀，比从前的马甸漂亮太多了，美太多了。而且它是新的是永不过时的天堂，不像马甸，不像你的马甸，马厩空了马群没了就彻底荒了废了消失了。人是依附于马的，大爹，我们现在和未来要做的是人不必依附任何东西，人就是天堂湾里面每座房子的主人，人就是国王，就是上帝。你懂了吗大爹？你何必苦苦守在一个毫无意义的地方守着一堆垃圾？你守着的只是一个名字罢啦大爹，只是马甸二字罢啦。有什么意义？还有什么意义？我没法想象你老人家一个人怎么对付下去，天冷了热了咋办？吃的穿的咋办？挑水跑大老远的莲花池要是路上结冰你一跤摔下去……他像从前一样唠唠叨叨。我理解，他就是个干活的，就是个喽啰，拿人钱财替人消灾。他真是敬业。我没打断他也没接他的话不回答他的问题。我该说的早说完了就算只守着马甸二字也是我的命。能守一天就是一天。不，不对，咋就是两个字呢明明我脚下大地就是马甸就是实实在在的马甸我待了一辈子的地方怎么是不存在的地方呢？人做主人当然没错，难道从前我们就不是我们的主人？就算不是，你们就有胆子把原本属于马的地盘夺走？你们问没问过马的意见？问没问过更多人留下还是搬走？你们哪样也没问过，你们想当然地闯进来了，把好好一个马甸活活废了毁了。你们是强盗啊妈的。天堂湾？你们哪里晓得天堂的模样绝不是几幢房子几条河的模样它就该是万马奔腾有山有水安居乐业的模样就该是一个人吃得好睡得好活得舒坦自在的模样。妈的我们是真真正正见识过天堂的。他呢，他算老几？老董啊，就算过去马甸不是天堂我也从不觉得这地方肯定是天堂，你也不能闯进来说，你把我家拆了一定给我一个天堂。你给得了吗？给得起吗？你们那些狗屁的偷工减料的房子要是一个人也没有还算哪样鸡巴天堂？老子不要天堂，老子就要守着我苦难的死过那么多人的马甸守着我干了几十年没挪窝的破

地方就算房子完了马厩没了那也是我们的地盘呐。狗日的，他每次来也是白费力气。我进屋干了半瓢凉水，水缸里的水你要是存太久会有苦味。我十天半个月没上莲花池打水了。他讲完了蹲在地上，干脆蹲着，是我小板凳太硬太矮，这种猪鼻子插葱装象的城里人咋受得了。他眯眼看我，忽然说他见前面麦田经常有各种各样的鸟飞来，我不怕麦子被白白糟蹋？我说，不怕。可怕的是人，不是鸟。他笑笑，说这片麦浪啊，青青黄黄的麦浪，让他想家了，想他河北老家了。他说他是河北人，邢台，听说过？我摇头。他说他农村出来的，一出门两脚就踩进麦地了一眼望不到头，秋天的金色麦浪那叫一个好看。我说我没指望这片麦子养老，它们随随便便就长起来了，总比光秃秃的残垣断壁泥巴废墟强得多，那些东西像断肢一样让人看了难受。你怎么能天天面对你熟悉又难受的东西？有了麦子就不一样了，有了翻腾的麦浪就真不一样了，你一觉醒来它就让你安宁，就像瞪着一湾湿漉漉的黄金，一捧温暖沁人的海水；晚上睡不着你只管听着就是了，麦浪翻滚的呼呼声就像地底下马甸老伙计们一个个死掉的魂高高低低发出来的，他们怕我孤单一起呼呼唱着喊着我就不怕了，顺带把什么野狗野猫吓走。没有狼啦，哪还有狼。有狼就好啦，有狼我也不怕，你我我都不怕我还怕狼？小子坐不住了，说大爹你别骂人，行不？我好心好意来看你，老话还说呢，伸手不打笑脸人，你是直接打我脸哩。我说你小子是扇得不够。我老了，我真恨不能扇你，我也真恨不能当年五四枪还别在我腰杆上还挂在我墙上，一伸手就掏出来咔嚓上了膛，我看你们哪个还敢来？小子笑了，从车上又拎出一堆东

119

西，牛肉青菜西红柿萝卜外加一袋大米。他说大爹啊，等你吃完这些东西，跟我走吧。走？去哪里？昆明。去昆明干吗？住啊。住哪里，你们的破房子里？大爹你要想住新的也行。他打开手机，满眼漂亮的新楼盘新房子新家具新沙发桌子新的大床金灿灿亮闪闪我一辈子没见过。他说，大爹啊，房子就在麦地倘上面，小高层，你站在阳台上就能清清楚楚看见马甸了，你照样守着你的地盘。他拿着手机在我面前晃来晃去。我没忍住，抢过手机吐了口水扔在地上。他惊呆了，脸憋得通红紫胀。我说，你走。滚。他捡起手机用纸擦干净动作慢得像梦游，说你再想想，大爹，你再想想，麦地倘上面——滚，我说。这回他沉稳多了让我多多少少后悔吃了他们的牛干巴和火腿。大爹，你听我说完，下个月再不走，我们挖掘机就进来。还有，他转身瞅着地上那一堆东西，皱着眉头好像在看一伙心烦的野狗野猫恨不能手里也有杆枪砰砰射击。我最后一次给你送吃的了，最后一次了，大爹。下回再见，下回——他忽然满脸哀伤，像在面对一个又老又残的快死的亲戚。他的模样突然让我心里发酸。我晓得他还是个娃娃，但你永远不晓得一个娃娃咋就变成一个不像天使也不是恶魔的可恶又可悲的东西。像条野狗。对，不是家养的是山上的钻到林子里的在人前磨磨蹭蹭找点吃的急起来六亲不认的野狗。既保留凶残本性，又提前老了。还没利利索索长成就不行了。我实在有些可怜他。大爹，他又说，目光突然清澈柔软，让我想起小广东，想起所有的马甸娃娃。说真的，他说，我想不明白，我真想不明白。我瞧着他说，不明白就不明白吧。麦浪继续翻滚奔跑发出呜呜声，像有人在地底哭

喊。这些东西，他说，每次带来的东西，都是我自己买的，自己的钱。哦，那你拿走，都拿走。不不，大爹，不用。他转身大步走到麦地那头，弯腰摘下一串麦穗又走回来，将刚刚灌浆的麦粒掰下碾碎塞进嘴巴，仔细嚼。大爹啊，你没好好打理，只能看看了，吃是吃不成的。我说我种它不是吃的，就算能吃也不会让你们吃。他没拎那一堆东西就直接上了车，探出脑袋轻声说，大爹，你保重啊，保重！说完轰一声跑远了。我瞧着麦浪。莲花池。麦地倘。西河海。他们占了麦地倘。麦地倘山坡下面种过的麦子后来不知不觉消失了。多少马甸人葬在那里啊全部推平了山都没了，他要我住在老马甸人的阴魂上面？狗日的。我走到麦地上，踩上麦秆的感觉像在莲花池里泡着脚底软得不像真的。我摘了麦穗塞进嘴巴。他骗我，有籽有粒甜滋滋的顶住舌头和牙槽，庄稼你放任不管还是庄稼，还是在你需要的时候救你命的庄稼。我要是走了去昆明去麦地倘住进漂亮的天堂一样的小楼里，哪还能种上麦子？我不吃它，我就看着。我每天看着它们，马甸还是我的。

18

老董啊老董，你先歇一歇，我接着讲，我接着讲讲小广东。好咧我晓得你没意见你不会有意见，渴了你就自己喝瓢里的水吧。有的是水。管够。我说了他来了，他来过了，这小子四十老几满脸褶子了你要是不细看你都认不出来啦。他站在马厩废墟上一动不动半天没讲一句话。其实马甸就算破得不能再破碎得不能再碎也还是马甸，闭上眼睛它就在那里。马厩屋顶上的

瓦片亮得发暗，对面大草棚土基墙上的洞尽是鸟窝，柏树一排排一列列站得稳稳的。那晚齐文雅牵着小广东的小手走了一大段砾石路回到院里小广东转身就跑。他真喜欢跑啊，脚下噼里啪啦像踩着风火轮嗖嗖钻进黑暗像只兔子一样无影无踪进入马甸幽深晦暗的现实像转世小鬼一样迫不及待。老董呐，一个娃娃，心里是装不进东西的，听过就忘尤其齐文雅讲的那一番话他一个字也听不明白，除了满肚子疑虑对大人的反感好奇转身逃走真是没办法啦。就连马厩，就连伟岸的巨大马厩也在他心里留下阴影像百思不得其解的谜。刘发倒没闲着，那个射杀盗马贼的英雄开始模仿我夜巡，晚上溜达出来而且真不知好歹轻重竟敢擅自将二号马厩的大红牵出来骑在上面骑在一匹本该好好休息的卡巴金上面高视阔步踩着砾石大道来回走，他不敢越出三五百米的砾石路地界，幸好不敢，否则朱良不会让他这么干的所以既然他就这么荡来荡去索性睁一眼闭一眼算了当然他这么闲荡显摆的次数也有限，最多四五回吧。我撞见他和他的马在夜里来来回回，马蹄敲打砾石的声音亮得像月光一样，天上云朵奔流，紧紧拥抱大地拥抱马厩拥抱其他沉睡的马儿它们轻松地喷着响鼻，我问他这是干哪样，你不睡也不让大红睡？他说大红夜料吃得太多太撑让它遛遛弯帮助消化，我说夜里有我就不会有盗马贼了，我挎着五四呢。刘发说最近人死得有点多啊他睡不着，所以出来透口气，夜里才好睡哩，不然不踏实，再说不怕一万只怕万一。我说没有万一，我说你醉翁之意不在酒啊，你晚上这么干会坏事的会把人家吓个半死的上次你就把人家吓坏了你永远像个大老粗，你不能想当然地以为马甸姑娘特别漂

亮姑娘都会高看一个杀过盗马贼的英雄呐，再说人家讲得清清楚楚明明白白你何苦——我不是做给她看的不是做给哪个看的，何况她早早睡下了九点五分就熄灯了，我说了，我只是遛遛弯，随便遛遛弯，老张你莫管了，你该干哪样干哪样。我离开砾石大道离开马厩经过被炸得不像样子还没修复的实验室，经过水塔和牧草队仓库又折返回来。那个夜晚和所有的夜晚没有两样，一旦你认定刘发不是故意显摆也只是遛个弯是闷得慌，一个有过战场经历的小子难免闷得慌那你必然觉得今夜和所有夜晚一模一样，就连厕所臭味也一模一样。我凌晨三点回去睡下，次日又是新的一天。不过气息似乎有了让你担心又紧张的轻微变化，你能感觉到可能别人感觉不出来你靠的是你一只灵敏的巡夜人的鼻子。早上我站在门口，立即闻见某种气味就是那种有事情发生的败坏气味，我的心吊到嗓子眼上。事后很多人包括朱良陈二人老孙李菊芬都认为此事主角刘发早就有所预谋否则就不至于大晚上的而且连续三个晚上骑着大红咔嗒咔嗒走在砾石大道上了，放眼全马甸只有他干得出来。那匹枣红大马，那匹驮着他从场部直奔西河海麦地倘的高头大马见证一切却无力阻止一切，你怪不着一匹卡巴金因为晚上马的视野减损太多几乎半盲。我去二号马厩仔细看过，它站在魆黑的廊圈深处倒腾蹄子轻轻喷出响鼻两眼溜圆晶亮像一种警惕的瞪视和不由自主的愧疚，它一定认得我的，从它大眼珠子里就能瞧出来，所有的马甸卡巴金都是认人的能认出马甸每一个大人和娃娃能嗅出他们身上独一无二的气味，就像我们隔着老远也能认出它们来从屁股上的编号印记上晓得它在哪个马厩站哪个方位。我问

它，老伙计，几点出的门，你们去了哪里，山上，还是牧草地？它只是轻轻打着响鼻也只是甩了甩又长又黑的马尾扭头看我，我继续追问，它干脆咴咴叫了两声埋头吃草吃豆喝水。我摸了摸它光滑的缎子一样的脖颈，拍拍它圆鼓鼓的肚皮。四蹄健硕粗壮就像莲花池边龙王庙里四根鎏金烫红的大柱子都是最好的榆木造的花了好几千呐，大成人在这方面从不小气。我知道齐文雅必然去了那里除了那里她根本没地方可去。就像陈达人最后一跳之前就呆呆望着它小小尖尖的鎏金庙顶，问我说，老张，那地方有用吗？我说你是布尔什维克咋能信这些，你瞧，他妈的那几个家伙，老孙他们带头，差点把它门都拆了殿里也没什么东西了都破四旧了这种时候哪个还敢进去？门锁都落满了灰啦。是吗老张？我一年多没去过了。陈达人语气低沉像没吃饭饿得厉害，实际上中午我还给他端了一碗猪油面条，他稀里哗啦就吃了，不像昨天剩下一半。我没料到他将在次日一早就噗通跳下去否则就不会吃那么饱了就像故意给自己增添分量。我要是晓得他铁了心就给他打五两面了，让他吃得饱饱的绝不饿着。好在他吃得也不算少能扛过阎王小鬼的头一轮问话了吧至少他在龙王庙前面死的阎王也怕龙王呐，所以他才问我那些问题，问我关于龙王和阎王哪个更大的问题，这些问题我也不懂啊，只晓得阎王管地下龙王管水里，也就是大路朝天各管一边，谁也不怵谁至少打个平手。陈达人望着龙王庙尖溜溜的房顶就像一根针一把刀似的房顶一声不吭脸上再无表情。他挺帅的，不是陈二人那种漂亮而是上甘岭王成那种刚毅汉子的英武，但人嘛，长相是长相心思是心思两样东西也河水不犯井水呐，你

岂能料到这么一个广东汉子说跳就跳了而且他原本是会水的游得极好，横渡莲花池三五个来回毫无问题，可他硬生生就把自己淹死了那要多大的勇气啊。直觉告诉我她就是去了龙王庙不会去别的地方不可能去别的地方我立即赶过去了。那天早上啊，那天早上齐文雅就坐在场部办公室楼梯上等头一个上班的人。我宁愿相信她要等的人除了段云兵再没别人。头一个赶来的不是姓段的是一楼和她一间办公室的小李，他被齐文雅吓一跳，说齐姐你没带钥匙啊。说着开了门，又觉得不对，齐文雅明明坐在通向二楼的高处而非靠近办公室的一楼台阶上，再说她向来细心怎么可能随便忘了钥匙，果然她起身时他听见她兜里或手里钥匙串的声音了，叮叮当当，叮叮当当。小李说齐姐你带着钥匙啊，咋不开门？他故意嘻嘻哈哈进门开了灯准备拎上水壶打水。齐文雅只是站着，没跟进去，小李还没转身出来就听见她三步并两步噔噔上了三楼，小李憷头憷脑，心里晓得齐文雅一定有事既然不说哪敢多问。之后她待在二楼通往三楼的楼道里了不再坐着只是抱臂站着，楼道光线还很暗太阳缩在遥远的药岭山山头还没露脸，最先上到三楼的人是场长老孙，他瞅瞅她说，哟小齐，那么早？他往上走两步又说，你有事？狗日的老孙，他当然能看出一个大姑娘特别是马甸第一美人那么早就立在楼道里自然是有事而且表情凝重晦暗像霜打的茄子还这么问，丧德呀。他明明感觉到了哪样却不多说一个字，也隐约听说过各种传闻所以在对方开口之前赶紧躲开。马甸人有时候走得太近了，直到彼此伤害才猛然醒悟距离的好处因为地盘本来就小，这一招也是从马儿们身上学的，你看啊老董，马儿们

夜里三五一伙待一个小单间咋不让它们都拉通了挤在一起？就怕打起来呀。要保持距离。再亲近的人和马，都要保持距离。所以老孙拍屁股一走齐文雅就剩唯一一个念想了，她继续等着直到光线渐渐亮堂此时小李悄悄上来问她要不要为她倒杯热水，她默不作声像完全没有听见也不看他一眼。八点三十分，姓段的小子来了，远远出现在冬青树篱栅边身姿挺拔高昂着脑袋走来身上的灰色中山装干干净净整整齐齐下面的白衬衫一尘不染，他进了楼道精气神更加抖擞模样也更俊了快赶上陈二人啦。齐文雅从镂空墙眼里瞅见他时噔噔下到一楼站着。段走近了，抬头看见她的时候没立即招呼直到凑近她身边确定没人才说你咋站在这里，咋不进办公室。齐文雅说找他有事。这里不是说事的地方啊姓段的上下左右看来看去只能往上走几步来到楼梯拐角，低声问她什么事情非要跑这里说。这是上班地方啊，是场部。齐文雅咬咬嘴唇说，她想报案，他是秘书科大秘，这种事情，他管吗？报案，报什么案？我咋管？你家里被盗被抢了？我管不了啊你要去保卫科找老张，先找老张，张玉明。他继续压低声音生怕被听见被看见急急忙忙给她眼色让她速去二楼，我要是不在就上大礼堂找我必然一早在大礼堂下面转悠了绝对错不了。按照此人逻辑，除非发生天大的事情是绝对不可找他叨扰他给他添麻烦的，哪怕一丁点麻烦都不行哪怕马甸头号大美人也不行。工作生活岂可混为一谈。他急急要走甩开步子上到三楼赶紧坐下或赶紧打一瓶开水将老孙的茶泡好这一天才算开场。齐文雅没拉他也没拽他，只说，你听我一句，我就说一句，行吗？姓段的压低声音直觉告诉他老孙到了肯定到了千万控制

音量否则死定了。此时也来不及撤退，没办法撤退。不上不下卡在中间再耗下去更多的人必将涌进来。你快说，快，我马上工作了——我出了事，你管不管？齐文雅脸上混合了眼泪和隔夜的冷雾看起来憔悴虚肿丧失了惊天动地的美。什么？你什么意思？出什么事了？你要我管什么？哎呀呀这里不是说事的地方我先上去了你先上班，中午我们找地方说呀行吧？中午我找你行吧，我一定去找你。姓段的还没挪动，齐文雅转身就走噔噔噔冲下楼梯冲出场部办公楼大门径直往莲花池方向去了，她经过供销社李菊芬刚开门营业转身瞅见她大步向前真像一道模糊的影子而不是她本人。李菊芬想扯着嗓子打声招呼又发现齐文雅只顾走路根本没有搭话的意思也就自顾自推门进入幽暗的供销社店堂慢慢吞吞开了灯就好像齐文雅是有传染性的让人忽然坠入幽闭的境地检视自己就好像我们撞见一面镜子不得不立即自照一下。齐文雅径直去了莲花池龙王庙。不是去了莲花池一头扎下去，还不至于，还不想变成另一个陈达人这一点是确定无疑的她心里终究还揣着一个人呐。心里有人就有希望。就算这个人不着调不靠谱可终究在她心里藏着呐。她抬脚踏进龙王庙，实际上大门刚被庙祝老马打开她进门直奔龙王殿，抬头看一眼怒目圆睁的白龙王倒头就拜砰砰磕了三个响头，然后默默祷告祈求龙王保佑诸事顺遂恶棍不得好死。她在龙王庙跪了一个钟头，累了疼了才晃晃悠悠起身出去也不搭理上前搭讪的老马，他说小齐你今天不上班？你不烧香不算卦——齐文雅充耳不闻，像木偶一样迷迷瞪瞪走到莲花池边，回身望了望至今还伫立的变成小建国或流浪汉夜宿的小土基房，她大概晓得当年被关押

123

过的副场长陈达人就在莲花池水里把自己杀了。这一次，她上工业队找了齐物论，后者从育种室匆忙走出来摘下手套上下打量她，直觉告诉他女儿出事了但他拿不准到底出了什么事，昨夜他就听到响动了他一直等她回来天不亮她又出去了。这么算起来，她前后出去过两趟，两点一趟，五点一趟。他模模糊糊听到动静却无力制止半梦半醒间被一种卑微的无力感死死按住，他晓得棋子的命运是不必苛求上天，女儿的美貌终究要惹出祸来那就是她的命呐他实在无能为力。他努力劝说自己是幻听，是一场不大不小的噩梦所以转身接茬睡，清晨起来齐文雅就不见了，迷迷糊糊记得五点多天没亮齐文雅又出了门。他哪里晓得女儿天亮之前绕着大半个马甸走了一圈又一圈凑到马厩墙根下聆听尚在梦中咀嚼料豆的马儿的吭哧吭哧的幸福之声，他隐约知道出事了但是到底出了多大的事他既不敢想也不愿去想。当齐文雅憔悴又冷静地站在面前，齐物论的心跳正在消失，就像马嘶声忽然从马厩里消失，他轻飘飘像个娃娃，初涉人世还没离开山东老家的娃娃，面前的女儿让他千辛万苦好容易在马甸扎根奋力抓在手里的东西像个笑话，像掠过房梁的鸽子洒下的破布似的阴影。他说咋啦，你不上班？齐文雅眼前出现白龙王诡异狰狞的土黄色面孔蓝白黄三色涂抹的眼珠下巴獠牙，觉得亲爹齐物论像山东老家的白龙王一样遥远。她说出口的话自然也不是她想说的因为她已经对龙王说过了，侘寂的龙王庙烟火冷冷清清火盆里只有黑屑不见一张纸一根香还不到时候，通常每月初五人们才从四面八方涌来但囿于马甸的特殊地位其香火自然不能和方圆二十里的其他寺庙相提并论。她感知到的是白龙王粗糙狰狞的脸孔，不论灵不灵验只是一尊东西，一尊勉勉强强的恶神也许卧在莲花池池底也许飘在空中无色无味无形像空气一样毫无意义不见任何启示，但也只有它了，没法乞求别的了，早些时候要是听从徐老五的要是信了太上老君也许就没那么多麻烦了，可他早就变成一堆让人厌恶的让你深深自责又加剧了厌恶让你恶性循环摆脱不掉的血肉模糊的零碎，是啊命这东西最后不都是零碎。她没有勇气看他一眼，是我，巡夜的老家伙告诉她的，是我用一种简简单单的口气告诉她的，告诉她说你就想象一下厨房里的沾血带肉的砧板就是了。我明明讲得再简单不过她还是忍不住蹲在马厩沟槽前哇哇吐了。她问过我徐老五的信仰，我说不清楚，总之他是信老天爷的相信会有人帮他一把，可是，我又讲，老天爷不准这么干，除非他想下地狱。齐文雅脸色苍白就像发着高烧转身看我又没在看我，眼里含着热泪说他为什么呢，为什么弄成这样呢，他到底是为了——她说不上来，又说她到底做错了什么呢？是不是，她某个时刻做点什么说点什么，这个徐老五是不是就不必这样？我不知道说什么才好，不能说不是，更不能说是。我劝不了她。这种事情我见多了，当事人只能自己慢慢挨，只能自己靠自己要挨不过去也没人帮你。当她发现自己一脚踩空像浮在莲花池水面上期待神示的小气泡她连她亲爹的眼睛也不敢看了，虽然这双眼睛犀利又混沌的目光一闪即逝没有苛责和抱怨只是疑惑地看了看她，好像对徐老五的死和零零星星的传闻感到歉疚好像是自己纵容了他们，也纵容了女儿，问题是，她有错吗？她天生就长这样啊是马甸人眼里的大美人远比外来的江若愚高高坐在大礼堂台阶上的成熟韵味还要好看十倍,还要让马甸大大小小的男人们惊叹不已像追在一匹小马驹身后一样远远跟着或装腔作势地嬉戏打闹以便吸引她的注意,很大程度上,她早就是马甸的标志了不像外来者江若愚,她是我们所有人可能忽略却绝对存在的西河海一样辽阔又完美的东西,不是突然插进来的片段和风景,不是一道光线一抹雨水,她早就是马甸的一部分了。既然错不在她,那就是他的错了,远道而来的父亲好不容易扎根下来的山东汉子一定忽略了女儿身上天大的变化自以为小小的马甸不至于让她有天大的变化,姑娘家嘛,顺顺当当上学工作结婚生子几十年转眼就过了,要嫁的人才是关键,必须擦亮眼睛呀,可他一直以为自己的闺女还是小时候那个吃奶吃糖的娃娃远没到谈婚论嫁的年纪就算长成大人了他也尽量拖着,就好像小小的马甸不接受一个娃娃忽然长大长高娃娃终究是娃娃不会到处惹祸尤其不会伤人更莫说伤害父母。他的困惑也是齐文雅的困惑因为没法想象她本人,柔弱说话轻声细气走路还有些飘乎乎的刚刚把工作定下来的姑娘怎么就成了一个男人横死的缘由,不明不白就成了不祥之兆红颜祸水想想看呐,多他妈操蛋,多他妈的操蛋。他还是没什么话好说,似乎女儿的造访太突然太直接他承受不住,所以她出去两次都极不真实让人腻烦也让他追究不了。他转身要走,说自己还在上班,你快回去吧,不然领导知道了不好。齐文雅欲言又止,忽然说,爸你好像穿少了。齐物论没料到女儿特地跑来竟然说这个。但他没有追问的勇气。一点也没有。宁可转身走掉反正时间会给他答案会让那些秘密水落石出反正她终究下了班要回家。姑娘大了,是大了,不是娃娃了。齐文雅等他返回工业队小楼办公室才走向砾石大道,很快来到大礼堂前面台阶上,找到每天早上都在这里端坐半个钟头喝杯热茶瞅着马甸人来来往往的我。我这么看着瞅着打量着以为马甸的秘密都瞒不住我,事实上我才是那个最蠢的笨蛋一点也不明察秋毫连夜里狂奔乱窜的小广东都比不了啊,很多秘密很多或好或坏的事情早早晚晚偷偷摸摸发生了你以为发生在你眼皮子底下其实一丝风吹草动也没有,平静得像马甸大地,像西河海,然后冷不丁给你一记重拳。我总是被打懵,心里难过得要命,老董,我心里憋得慌啊就好像我只是马甸的孤魂野鬼吃公家饭喝公家水却毫无作用没有丁点本事只会收拾烂摊子连盗马贼也发现不了五四枪从来抽不出枪壳还得仰仗刘发端出火枪轰隆一下炸个稀烂。我愧疚呀,不晓得我该咋个发现马甸深夜我明明巡视过检查过的黑暗下的罪孽。我晓得马甸人绝大多数是好人呐和你我一样从四面八方赶来混口饭吃爱马爱得要命,出事的总是藏在场部阴影中也被阴影滋养的一条条晃来晃去的影子,你一不留神就忽略了他忘记了他但是场部大楼终究会说点什么的,会告诉你秘密的由来和去向,就算那些东西终将以性命为代价。我后来发现,马甸大概等同于一个个惨败的事件和一个个无名的死人,我不知不觉成了这些人的帮凶同谋因为你没法预料也就没法阻止。我只是一个不起眼的非常操蛋的小人物也就只能每天背着个五四枪套坐在礼堂台阶上看看他们瞧瞧他们了,也就只能帮李四家搞下水道帮张三家修修门槛帮王五家背背碎砖了。也就这样了。所以我瞅着齐文雅远远走过来以为我看错了以为她是去供销社找李菊芬买东西呢。她忽然凑到我面前，站在台阶上将我头顶的太阳挡住。我连忙起身问她有何贵干，她说，老张，我要报案。报案？我吓一跳。她面色潮红，很快又极其苍白。我示意她去办公室，她说就在这里讲，没什么不能讲的，没别人。她又说，对，你要记录吗？我想了想说，不怕，你先说。齐文雅站到台阶上似乎比我高大，苗条的腰身紧绷绷的我能闻见她的雪花膏香气。她说，刘发将她带上麦地倘了。我吓坏了。哪样？刘发？她说，她用一种非常冷静低调毫不渲染的口吻说，今天凌晨，刘发骑马将她掳上麦地倘。我脑袋里咔嚓滚过一记惊雷，说，真的？她说，是。我说走走走去我办公室。我们一前一后赶到我办公室我问她要不要关上门她说不用，开着吧。我给她泡了杯茶，让她坐下慢慢说。她说老张你不记吗？我说我先听你讲，要是真出大事了，我给嵩明公安局打个电话。她端起茶杯又放下了，像完全看不上杯子里那点漂来漂去的茶叶沫子。她说，半夜三点，刘发来了，把她从床上叫起来说有非常非常重要的话，她说他们之间没什么好说也不必说啦都这么晚了，刘发说这事情关乎徐老五的死，更关乎你最关心的某人的前途。齐文雅吓住了，立即下地出门被眼前的刘发吓一跳，只见他又牵来大红马马鞍上拖一块红绸，说要带她上麦地倘细说，她说麦地倘埋着那么多死人，她不去。刘发说不去也得去你总不至于给他惹麻烦吧？她只好乖乖上了马背坐在他身后他让她披上红绸揽住他的腰拨转马头卡嗒卡嗒沿着砾石大道轻悄走了几百米后策马飞奔，经过西河海时马速已经快得像飞一样像箭一样掠过西河海大地她身后的红绸缎高高飘扬他们像迎着月亮疾飞如果

不是她内心早就对刘发厌恶鄙夷根本看不上这个农村出身的大老粗，如果不是她今夜的举动本能地排斥着这个装腔作势的马夫那她肯定会认真领略纵马飞驰的快感比眩晕做梦还要畅快而眼下只有极度恐惧和害怕，耳边充满刘发打马飞奔的吆喝声和鞭子抽在马身上的噼啪声以及大红疾驰的踢踏声凌晨冷夜的呼呼风声，无数坚硬的冷风戳她的脸和身体，像被扔在冷冰冰的乱石堆上，要是从不恨他讨厌他该多好，你说，要是她好好放松下来该多好这可不是任何一个马甸人都能感受的，也绝非任何一个马甸漂亮姑娘都能感受的。那马，那匹大红马暴风骤雨一样从西河海直插麦地倘，沿一条小径扎进松林，无数枝叶打在身上脸上手上她感到红缎子爆裂作响她浑身发抖喉咙被死死堵着连一句完整的咒骂也吐不出来了，马儿上下颠簸忽快忽慢来到坟后空地，要是白天上山你会看见偌大的草坪上杂花遍地，绝对比西河海苜蓿草丛繁衍生长的细碎白花还灿烂。但夜里，即便月光出来又隐去，还是让无数黄的红的白的紫的花朵黯然失色又极其强悍地朝向山林和冷夜怒放。刘发下了马，抱着齐文雅也下了马。她揭开红缎，被眼前所见吓懵了，一半因为偏远，一半因为太像繁花和星光编造的梦了。她问刘发带她来干吗，刘发，这个粗人因为一路上被她揽着腰又伸手抱她下了马以为他就可以更进一步了，他粗声粗气说，齐文雅同志，齐文雅同志，你刚才，刚才披着红缎子的模样多像新娘啊，多像我刘发的——说完上前伸手——她的叙述中断了。在那种情况下，她逃脱的可能性几乎为零。她望着我说，他没得逞，老张，我没让他得逞，他不可能得逞。要感谢那匹卡巴金啊，感谢大红

我向它求救哩它突然抬起前腿咴咴嘶鸣,把刘发吓傻了,他转身狠狠用鞭子抽它,把它打得蹿进松林里再无动静。刘发再转身时忽然怕了,没了兴致也没了精神。他想跟她聊点什么但忽然发现他一旦没在马背上一旦离开山一样的卡巴金就什么都不是了,比她还矮大半个头呢。如果在马甸场部或她家门前小院中,他独自面对她时还有马厩马匹给他壮胆外加一个英雄的名头呢,那么,当他傻乎乎带她穿越牧草地幻想自己是红马王子场部册封的大英雄将她带上山巅,原以为她会因为害怕、浪漫和敬意突然萌发爱情,不料她眼里只有更深的厌恶和鄙视,这在旷野之中山岭之上月光之下暴露得更清楚了。再清楚不过了。是山东人齐文雅骨子里绝瞧不起大字不识一筐的农民刘发,瞧不起一个浑身汗臭终日与马厮混的莽夫,一个无端展示蛮力和强悍的傻子。这种厌恶,一秒钟也没犹豫怀疑此刻更加坚定了,他明明骗她说今晚找她和段有关现在她抓住了这一点,冷静地说你就不怕段秘书晓得?随他便,刘发色厉内荏,我还怕他姓段的?我人都杀过我怕他?齐文雅冷笑,说你可以不怕他,可要是整个场部都晓得了——晓得哪样?刘发的声音低下去,我只是,我只是——只是什么,他内心强烈的自卑忽然让他无法说得完整连一句像样的自辩也说不出来。剩下的就只有行动了。他突然上前抱住齐文雅她后退反抗大叫他说这地方鬼都没有啊啊啊不对只有马甸死人的鬼魂啦想帮你也帮不上啦。此时,大红踢踏踢踏从松林里走出来,打着响鼻高昂头颅浑身闪闪发亮就像从远古返回的神,像经历了硝烟战火暴力死亡对世上的混乱醒醒再也不能容忍和宽恕的神,它闯进两人中间,大脑袋逼近刘发像有话要说像发出警告,然后,黑亮的大眼珠转向齐文雅像仔细打量就像确定她的想法而那一刻,就在那一刻,她毫不怀疑它能感受到她的恐惧和恶心到了什么地步。马儿噗噗打着响鼻,竟把他拦住了,在她前面竖起一道厚厚的墙,狠狠瞪着刘发就像瞪视一个小偷一个当夜想盗走它的另一个小毛贼,一个卑鄙无耻的下三滥,啊,这是刘发接受不了的。英雄刘发哪受得了被自己的马这么鄙夷地看他?他呆站着,血凝住了,也没法开口对自己的马说句话。他被它的目光凿空了。死一样的长长的沉默。齐文雅率先说话了,刘发同志,请你送我回去,就当我从没来过,行吗?刘发早已泄了气,从懵懵懂懂惊惧不安的对峙中缓过神来,隔着马背说,回去?没等齐文雅回答他又说,齐文雅同志,你是真的看不上我?你真的不可能——不可能,除非——除非哪样?除非我死了,埋在麦地倸。刘发大声说,哎,你莫讲这种话,讲这种话不好。齐文雅说走吧,这地方不吉利,请你带我下山吧。刘发一声长叹,觉得自己像月影下面一粒小得不能再小的草籽,陷在泥里被踩踏毁坏的野麦粒。那么,这件事情,今天晚上的事情——我不会说的。一个字不说。好,好,一言为定。刘发要扶她上马,齐文雅拒绝了,她宁愿继续坐后面再揽住他瘦瘦的细腰,刘发只能听从。他们重新上马,马儿向马甸飞奔。齐文雅在马厩大门前下的马,坚决不让他送到家属小院。刘发也下了马,低声说那么,我,那么你就——他语无伦次。齐文雅转身就走。刘发冲上来一把拖住她的手像个侏儒或软体动物屈身瘫坐着半跪着任由膝下的砾石噼啪直响用力亲她的手心手背像一匹发疯失控的矮马,齐文雅叫出声来，但是没着急挣脱，而是像受惊过度之后笃定自信地站着，任由刘发亲了几下才抬起手臂，说，天快亮了。刘发站起来，晃晃悠悠呼哧呼哧直喘。天色果然微微发亮像擦掉灰的白银。齐文雅大步往前走，直到她消失在小院门口刘发才重新跨上马背。这就是她讲的一切了，就是她安安静静坐在我办公室里跟我讲的全部。她没遮遮掩掩，承认说她的确保证过她不会讲的，但她很快被一种强烈的恶心席卷了浑身每一个毛孔都在流淌脏水让她浑身散发阵阵臭味（其实没有，她还是那个亭亭玉立高贵又苗条的紫绕着雪花膏香气的大美人呐），她觉得自己犯了天大的错误纵容了绝不可纵容的恶行还被它狠狠玷污了亲了那么多遍的手和胳臂接通身体内部也散发着骇人的臭气，如果这事情就此销声匿迹她就没法面对段云兵，没法面对马甸，没法面对齐物论和所有马甸人。她就是这么想的。漫无边际的恶心让她早上起来就狠狠吐了三回水也喝不了一口东西也吃不下去。她默默流泪，后来终于平静，觉得必须讲出来，必须讲出来，否则她就活不成了，否则他就会头一个讲出去到处炫耀和勒索，对，他会得寸进尺有了第一次就有第二次他就是一个不要脸的恬不知耻的土包子就是一个让人恶心的贫下中农傻子混蛋他有什么资格拉她的手来这么一出虽然那几下时间不长，虽然他的卑微他的恶心让她高高在上像钻石一样夺目，可她还是被深深伤害了，就像被深深羞辱或者她已经不能分辨二者的区别。不尽快讲出来连一天都挺不过去。老董啊，我偷偷问她，告诉段云兵了？她摇头。我又说，还有哪个晓得？她还是摇头。我想了半天，劝她说这事情你考虑清楚，拉弓没有回头箭。

一来对你本人不好，二来嘛，二来什么？二来嘛，现在全国严打，这种事情不是开玩笑的，很可能就——老张，深夜劫持威胁加强行猥亵，你觉得，这是哪种性质的事情？我答不上来。沉默了几分钟，我说你再想想，明天告诉我。不用明天，就现在。要么，我让刘发给你下跪磕头再使劲赔一笔钱，行吗？不行。她看着我，脸色苍白态度坚决。我早想好了。不能让这些，这些马甸坏蛋再这么为所欲为了，小茉莉的悲剧不能再上演了。我心里苦笑啊老董。小茉莉的悲剧跟刘发有屁关系，有关系也是和姓段的有关系啊。但我自然不能说这些，我自然不能告诉她藏在马甸深处看不见的黑暗都是谁挑起谁发明谁肇始的哪个才是躲在幕后的混世魔头。老天爷是睁着眼的。我说，你确定吗？确定要我上报？她纠正我说，不单向场部报告，要第一时间通知嵩明公安局或杨林派出所。哦，是，我差点忘了，她是场办的，规矩政策比哪个都清楚。事情到了这一步就很难挽回了。很多人无非因为一时冲动和义气就毁了，毁的是一生呐，至少大半生。一个好端端的人一个被折磨厌弃的人，好像遗忘还不够还要一个芝麻大的事件将他活活撕碎扔掉变成垃圾。这些事情，凡我经手的事情我都想倒回去看看，凡是天大的事情今天看来不过芝麻绿豆大，可你觉得不重要的一些迹象和因果恰恰摧枯拉朽。比如说拆掉马甸，我们一个个像狗一样排成长队从大礼堂右手进去左手出来台子上坐着段云兵和一个没见过的家伙，穿西装打领带，嬉皮笑脸笑里藏刀活脱脱的笑面虎可实际上呢，当时呢，他让全马甸人见了世面得了实惠区区两万现钱，每人欢天喜地出去了他面前的堆成小山的钱不断减少最后告诉后面的，把存折号告诉他就行，不放心的可以找段场长，你们段场长为你们操碎了心呐。我们一个个出来手里拿着钱厚厚两沓钱一共两万摸起来很多实际少得可怜真不赖啊没见过那么多钱。我们像待宰的狗夹着尾巴慢慢腾腾一个接一个进去，出来，站在颓敝的大礼堂台阶下面小广场上，没有一个人走掉。好像每个人，每个人手里捧着红彤彤的钞票既不高兴也没不高兴，好像确定大伙拿到的钱是一样的，实际上心里的洞大得像闸塘水底亮出来的斛口永远填不满了。我们一个个瞧着彼此灰头土脸就好像我们把自己拉到牲口场上一次性卖了，真把自己随随便便交给笑面虎交给段云兵打发了本来这事情开过大会说得好好的，大伙都懵懵懂懂同意不晓得每人两万每户五万什么概念，只晓得两万我的天都能买小汽车了。我们站着不动，渐渐响起叽叽喳喳的说话声后来不知谁先哭了，引出一波波的哭喊几个老娘们的声音最大。男人们把钱收起来默默抽烟，不吭声不说话，扭头瞧着大礼堂上面灰扑扑的五角星你再也看不出它是红的还是蓝的就连大礼堂三个字也早被一层层灰盖住了。谁也不晓得挖掘机铲土机什么时候开进来什么时候将马甸一锅端。笑面虎和段云兵走出来站在大礼堂台阶上说，谢谢大家配合，签过字的每家每户发放到位然后贴出通知，就在场部办公室外墙上，大家留意看。让我惊讶的是，这么大一件事情，这么天大一件事情，竟然没有一个马甸人跳出来说一声不。我们真像一窝羊羔，一窝拖到屠场也不哼哼一声心甘情愿走到砧板上的羊羔。晚上我去段云兵家，他不在。他当然不在。我猜他，不，不是猜，是很多人都这么说，说他这时候就在昆明某个大饭桌上喝二十年的飞天茅台。我等到深夜十一点多才见一辆桑塔纳一直把他送到家门口。

在他那个家，那个和所有马甸人的家没多少区别也只是从当年单身宿舍搬进两室一厅的老孙隔壁的家，也只是和场部领导相差无几和更多马甸人差别不大的地盘，水泥地板粉白的墙空荡荡的像只口袋，连像样的电视机电冰箱也没有，还是九十年代初的货色，还是昆明冰箱厂倒闭之前最后一批处理的和我那台一模一样的兰花冰箱身价九百八十块。我们坐在小小的茶几前面，他给我倒茶，茶也只是普普通通的茉莉花茶。他瞪着醉醺醺红彤彤的眼珠看我，说老张你有话就说有屁快放，要想跟我喝两杯你就自己拿，就在我床底下，把酒塞在床底下还是老朱良教的，他家里的酒啊，你比我晓得，你比我喝他的酒喝得更多啊我十个也不及你一个，老朱良的酒你还记得？床底下泛滥成灾了一小溜一大排每次要喝就撅着屁股钻下去掏啊掏出一瓶半瓶给你满上再让云珍给你炸一盘花生米整几片马干巴。嗯，老朱啊，死得早啦。我说是，哎，早了，也不算太早，三年不到。他说还是早了，整整早了三年。否则他手里就攥着他和云珍的五万块了。五万，嘿嘿，老张，撂在桌子上比一坨马干巴还厚。我说我就想找你说说这个，说说这些新崭崭的百元大钞，你让我们拿回家咋办，藏在床底下？老鼠咬了咋办？存银行？那就要跑一趟昆明了，去昆明你要撒丫子走五公里远去到路口搭上班车，你还要晓得银行在昆明哪条街哪条巷，咋个存进去，想取又咋个取出来。妈的，我爆了粗口，这些东西，你们一概没讲，你们一个字也没讲，你们光叫叫嚷嚷说，来来来，你们有钱了，有钱了，马甸人终于有钱了。他，段云兵，我看着长大变老的大理小子现在这张娃娃脸已经皱缩得像只破橘子了，就像挨了马甸死人的诅咒暗骂也变得和死人差不多，老朱良死的时候皱纹也没他一半多。这间房子，他抬头说，下个月就拆。他直直望着我。钱嘛，终归是钱。马甸人一辈子也没见过几万块钱。我没说话因为不晓得咋个接他的话，马甸人是很少见过钱可要比起他们一辈子的血汗这点钱就太少了比起他们见过的总和又太多了。我敢说一半马甸人无论男女回到家一定仔仔细细数了又数再小心翼翼收起来藏起来要么用蓝布帕裹着像裹自己亲儿子一样，要么拿塑料袋封好找个腌菜罐装进去外面套一只榆木箱子用蜡封死再挖个地洞埋好，还有的比如小云红家掘地三尺还不放心又取出来再挖几米深。即便两万，只有两万，拿到手里的感觉也好极了，你看你捧起来就沉甸甸的粗糙的牛皮纸划过手心嫩得像小姑娘的脸蛋，还泛着机油味水味汗味臭味凑成个个喜欢向往好闻得要死的钱味。是啊，马甸人多么渴望钱味啊。现在他们就攥在手里了哗啦哗啦翻动气味充分释放声音尽可能塞满房间马上拆除消失的房间让他们晓得钱好挣又多不好挣。沉默很久，我开口问他，你收了多少？两万五，比你们多五千因为我面积大了八平米，你不信我就量给你看。钱也可以拿给你看，就睡在我被窝里呢。他转身去了里屋真把它取出来放在桌上，厚厚一沓，还带着他被窝的温度和气味他就这么抱着它睡觉呐。少吗？我觉得，少。少？不少了。我倒想收个几十万呢。哈哈哈。他咧开嘴巴大笑像所有喝多了的傻瓜一样大笑，此人是很少大笑的，几十年来一直绷得紧紧的二婚十

年了也没一男半女。他紧绷绷过了几十年到头来终于笑出来了就因为有钱了而且搂着钱睡觉？我听不出他是真心大笑还是装装样子或是故意笑给我看让我闭上臭嘴。他伸手摸那沓钱，捧起来凑到脸上像捧个娃娃亲昵得眼泛泪花就像这沓钞票唤醒了他从没体验的父爱和责任。他笑个没完，哈哈哈哈哈哈，后来一只手撑在钱上另一只手在身体一侧晃荡差不多吊到地面像一条眼镜蛇随时可能蹿起来取人性命。那张喝多了变得通红的白脸渐渐发黑最终像憋过气一般皱成一团捏破揉皱的百元钞票，腰板还是笔挺的身体皱起来裹成一团像一只漏气皮球像钱攥得太久再也不能复原。好了，他不笑了，脸色慢慢恢复只是偶尔从喉咙深处冒出咔咔几声余音。如果让一个外人来听，他整场大笑其实五味杂陈有委屈有骄傲有失落有得意有欢乐有绝望有兴高采烈有黯然神伤什么都有什么都齐了一个杂货铺百货店总算开张了不再怕这怕那让我瞅见哪样窥探哪样了。哪样都不怕了。连一儿半女都没有，还怕个鸟。好，好，老张，你讲哪样你讲，听你讲。我说是我，是我想听段场长讲讲。讲哪样？你要我讲哪样？他依然坐着身体耷拉下来不再挺得笔直不再像个场长。随便你讲哪样，我都听着。我都认认真真听着。他看着我，目光严肃冷峻，像在大礼堂台子上开会一样目光扫过台下像亮出钢针和刀子身体还是佝着。我晓得你想听哪样，老张。他开口了。都开了十次还是八次大会集体同意也集体表决了，对吧？票数我也记得，一百四十一比九，你看看，差距多大，一百四十一个比水浒一百单八将还多他妈三十三个投了一次性买断的票，老张，你想一下，这帮在马甸苦苦奋斗一辈子的老家

伙就这么同意了，同意把自己卖了，同意把自己的地盘自己的家一次性拱手卖啦，所以，你看呐，这帮人，天天在你面前晃动的一个个亲人的脸呐你发现根本不了解他们一点也不了解他们，急急惶惶表态就是为了赶紧离开这个鸟地方这个倒一辈子大霉的地方不为别的就因为，就因为——你晓得为哪样老张？受够了。他们受够了。急急惶惶签字按手印等着发钱今天终于发了，终于一个一个像猪一样从那张桌子上面拿了钱回家认认真真数了一遍又一遍连大拇指都磨破了皮，这回高兴了，这回都他妈高兴了，心底的恨啊不满啊愤怒啊怨气啊统统不见了不是消失是兑现了，统统变成实实在在看得见摸得着的钞票啦而且是百元大钞，一辈子就这样啦，清清楚楚明明白白一分不多一分不少就这么了啦。是我我说错你没听错你要是高估他们对这个鸡巴地方的感情你就错了，一个个巴不得远走高飞越远越好越快越好。你看呐老张，早早走掉的陈二人小秀他们儿子小广东考上的是北京的大学啊，听说在昆明干上记者成了名副其实的马甸骄傲，你说马甸娃娃哪个还有这种出息，你摸着良心想，他妈的莲花池闸塘哪里喂养出第二个小广东他从小就是人精。我没看错，我从小扯着他衣服领揪到面前仔仔细细看过他那双贼溜溜黑漆漆的小眼睛我就晓得他长大了不得了，他要没出息我就不姓段。你看，现在，从前，将来，哪还有这般人物？再也没有了马甸也没有了马甸人就这鸡巴德行你给点钱就满眼放光样样可以不管不顾有奶就是娘没奶也活得好好的甘愿像狗一样活你给点吃的不多不少刚够就行绝没二话，不抱怨不恨不争不抢你说朱良女人云珍吧你多给她也决不多要，你让她往

东她就乖乖往东决不往西决不问你为哪样不往西。段云兵歇一口气，迷迷瞪瞪望着我但目光渐渐向内收缩变得亮晶晶黑乎乎像被施了法术，像忽然清醒无比。他终究是他，终究是那个早早从大理来到马甸报到的农校小子，那个浑身透出狠劲韧劲运气一直不错就算遭受风吹雨打照样风平浪静的坏种。真正的人精呐。让人无法亲近又无法真正恨他呀。他是马甸的门面当然也是我老张你老董的门面是我们麦地倘的马厩场部的门面。我见识他几十年，陪了他几十年。狗日的啊。他使劲喘气，让我给他一瓢凉水。我起身走进厨房，一股子霉味，你立马晓得他很久，不，他婆娘很久没在家里开过火了。我从滴滴答答滴水进缸的大缸里舀了半瓢水，回来递给他，他咕咚咕咚一气喝干，说还是他妈的莲花池的水好喝，今后是喝不着了，我操你妈哟。他大声咒骂，将瓢咣当撂桌上。我问他，婆娘呢（这个时候他婆娘是卫生所小许，比他整整小了十七岁），他说哪个婆娘？哪个鸡巴晓得。我说你好好讲话。他说婆娘跑昆明了，一个多月了。她去昆明干哪样？他不回答，继续看我，问我还听不听他说下去，我说听，你说，我听着。他说再说下去，再说下去我就快哭了老张。我说不至于，你好歹是一场之长。他捂着脸，过了一阵又放下来，说你也瞧见了，你也看得明明白白了。我说看明白哪样了？他说，钱呐，老张，钱，到底是好东西还是坏东西？我说，钱嘛，当然是好东西。那你说，自从马甸没有了马我们还剩下哪样，操，一个个孤魂野鬼啊。九十年代就没有马了，只剩下难看得要死的鹿茸鹿鞭根本卖不出去的梅花鹿后来也得鹿瘟一个个死了。报应啊老张，马甸哪样都没有啦，

养鸡养鸭养兔子我都试过珍珠岩粉面粉面条也试过。王小二过年一年不如一年,咋办,还有东西卖吗?有吗?要能把我零卖了养活马甸我姓段的绝无二话。后来,哪个晓得脚底下不值一分钱的东西才是浑身冒油的好东西,马甸哪样都缺就不缺这片硬邦邦的一眼望不到头的好东西。他们说当年不必卖马要搞一个天大的跑马场全国最大世界最大宇宙最大的跑马场再倒卖出去试试看何必零敲碎打老的老死的死亡的亡,算了事后诸葛亮死都死了死人不能复活。我该尽的力尽了该做的做了我要没为你们着想我就不是爹妈养的,老张,山穷水尽了,我一个人,一个人坐在台上。人差不多死光了没死的也快死了该走的都走光了马厩不是马厩了,没有马啊,没有马还叫哪样马甸?你仔细瞧啊,老张,我从你脸上身上瞅见绿森森的鬼气你个老不死的就像个鬼一样飘啊飘,哪还有人精神抖擞做这样干那样不服输不怕死不要命,就算给人开车煮饭当牛做马也没人在这个鬼地方守着了。只有小建国还赖在马甸看大门,看个球大门那扇水泥大门你不看它不也好生生戳在那里。小建国还跑到莲花池边上龙王庙里面守着(我提醒他说不是龙王庙是从前关了陈达人半个月的小土基房),哦,是,陈达人,死了。他死了。小建国哪都不去就想搭个窝棚就这么过下去算球(我又打断他,说不是他自己要住破土基房是他房子被挖掘机轰隆隆拆了他一个单身汉不跑才怪,一个单身汉住哪里都是住睡哪里都是睡,自从媳妇跟人跑了他就这样了,混吃等死才四十不比小广东小三四岁哩)。好好好,我又讲错了老张,他一个人跑来找我,说要扎根马甸,就看大门吧问我一个月给他多少,我说每月五

百,要是嫌少你就上昆明找小云辉小广东想想办法,没想到小狗日的一口答应说没问题,吃的可以下莲花池捞,喝的可以下莲花池挑,五百够了一人吃饱全家不饿。他就这么去了,现在腰里也别着两万了今早头一个来的就是他大礼堂还没开门他就睡在地下等着然后你老张开了门,你总该记得,他像个喝了酒的傻乎乎的废人三步两步冲上台站着,众人陆续进来看他一个人站在台上不动就大声叫他,喂,小建国你小狗日的等着吃子弹壳?众人哄笑。他不说不笑也不动只是抬头望着漆黑高大落满灰尘的大礼堂房顶,直到人都进来了田四上去把他拽下来问他瞧哪样,又瞧见大腿粗的菜花蛇?他小声说,这地方是小云辉结婚摆酒席的地方啊,整整二十桌,台上台下都摆了不只台上,你看,台上就足足二十桌啦。小建国是伴郎穿得人模狗样西装领带围着一张张酒桌到处敬到处说小云辉总算结婚了总算是结了婚了。小云辉女人姓靳,少见的姓所以我还记得老张你也该记得。小云辉后来上昆明开出租不到三年靳嫁了别人撂下他一个人单过。小云辉的事情我不太清楚倒是小建国的子丑寅卯逃不过我的眼皮他站在台上大声说你们晓得个鸡巴,大礼堂马上就完了,你们笑我,笑个鸡巴。他们继续笑,说我们就是笑你个鸡巴。他说他至今记得他给二十桌酒席的马甸人一个个敬酒,再把小云辉小靳拖到面前来一桌桌挨着敬酒,历历在目,就像昨天。为哪样记得?你说为哪样记得?能在大礼堂结一次婚,咋可能不记得?小建国缩在莲花池边上今天还在莲花池边上你要不去瞧瞧他?老董,我跟你讲,我早去看过,早就去莲花池边看过。我一见歪歪斜斜像顶破草帽的当年陈达人待过的小

132

土基房就伤心。没到面前呢隐约瞧见水面上又漂着鼓鼓囊囊一大团东西我吓一大跳，以为小狗日的模仿陈达人变成龙王庙前的冤鬼。好在不是，好在就是一团水草，我定睛看清楚了，使劲敲他的门，小建国缩在床上半睡半醒不晓得搞哪样名堂。我问他那么早就睡？他竖一根手指说嘘，你听，老张，你听没听见水底有动静，龙王走来走去，水鬼游来游去，我说游你妈个大头鬼，你吓老子啊。他说是真的，真有声音，夜里还有人对他说，马甸拆不得拆了遭报应，他说讲话的人穿棉衣棉裤梳三七开头发脸庞帅帅的不就是陈达人？我心惊肉跳，说他跟你讲话？是的他跟我讲话，他说凡拆马甸的，没有好下场。我问他，还讲哪样？他说没再讲哪样了。天爷呀，拆不得。我说你小狗日的拿了钱画了押想反悔也来不及啦。他说马甸人被骗了，都成了睁眼瞎。我说那你小子就不该画押。他说钱嘛，哪个不爱钱。张叔啊，我没见过那么多钱。我问他咋不回家待着跑这个破地方来，他说那头就要拆了，这头还好好的，你说我选哪头？那天夜里我发现小狗日床上扔了好几本书，《三国演义》《封神演义》《安徒生童话》《聊斋志异》。他说他跑这里来是相信莲花池有女鬼，他做梦都想讨个女鬼做媳妇。我说女鬼不在闸塘嘛你跑这里来有屁用。他说陈达人说了，闸塘动工挖了铲了填了女鬼就都跑莲花池了，你不懂，张叔，你哪样都不懂。他拍拍书，说这上面都有呢，都有答案，凡你所见未必是真，你看不见的才是上天安排。我说你小狗日的神神叨叨，我走了。走前给他两百块钱，他不要，说哪有一个长辈给小辈钱的道理。嗯，后来刘发撤离马甸这小子也跟着撤了，不再寄希望于一个杀过人坐过牢的过气英雄，刘发已经是满脸皱纹满头白发像个扫大街的捡垃圾的不是从前腰板笔直身材矮小却不认输服软的刘发。嗯，那天晚上，我接着讲，喝多了的段云兵让我舀了三瓢水才止住渴，连一泡尿也没有。这个狗日的，一张白白净净的脸后来更加白白净净就像个女的。我瞅着他一直坐在桌前一动不动，我说我给你烧壶水沏杯茶，他说不用，他就要喝莲花池的生水，烧开了反而不甜，老张，你给我瓢。我以为他会慢慢清醒可他唠唠叨叨没完像不会醒来也不愿醒来。他说的话我赞成一半，马甸没了马还叫哪样马甸。可是没有马的马甸照样是马甸啊马甸人还活着还在这片地上吃喝拉撒。他说老张啊，我尽力了。我呕心沥血差不多累瘫了累垮了，没有一个人说你好，倒有一百个一千个人戳你脊梁咒你早死咒你狗日的哪天也像陈达人像，像——小茉莉，我说。我故意大声说。他瞪眼看我，好像被这三个字狠狠抽了一耳光，一个愣怔之后极力从里面抽身出来从闸塘泥巴里面拔出脚来，身上的烂泥却永远洗不干净了。是啊，他说，小茉莉，十三岁的小茉莉穿一条花裙子一双小皮鞋坐在小屋里安安静静写作业呢嘴巴咬着铅笔，那只榆木小板凳凳腿都磨掉漆了光溜溜的，江若愚也是坐在这只小板凳上坐在大礼堂门口等待娃娃们放学。小茉莉，小茉莉。我凑近了也不敢叫她只敢不远不近仔细瞅着她脑后头发下面小小的一个小酒窝似的东西，她的脖颈挺得又长又直就像童话里的小仙女。我这么瞧着等着连呼吸都没有了。就在你们发现她漂在水上第三天我去看的，偷偷去看的，她还在屋里就在屋里半天一动不动写作业像等着江若愚或者老江或者我的召唤，她真乖啊老张，那么安静，那么小心就算外面野花丛中飞来一群蜜蜂嗡嗡直叫她也定定坐着像尊泥胎一样。这么长时间坐着是不行的，早早晚晚腿要麻手要疼脖颈也受不了啊老张，她脖颈上那个小小的像一小片水洼的嫩秧秧的小地方呐……嗯，嗯，你再给我来半瓢水老张，狗日的肯定给我喝了假茅台，胆敢给我喝假茅台。狗日的。我说你自找的啊，自找的。他盯着我，手在半空划拉来划拉去像要把小茉莉死死抓在手上，把一群嗡嗡乱叫的蜜蜂赶走。妈的，老张啊老张，兄弟我——我没搭腔，通常这么抱怨的人心里是感觉不到苦的。我宁愿相信苦的人是老孙是孙大绝不是他段云兵。当年正是他撮合讨好才苦了老孙一辈子可老孙从任上下来没说过半句废话，就冲这一点我佩服他是条汉子即便这个位子当年也是从老陆手上硬生生抢来的就像狼一样，一样无耻一样卑劣一样惊心动魄一样委曲求全。但我现在不想讲他只想讲讲姓段的。这个杂种，你就把他当杂种吧我骂他杂种习惯了这个骨子里的杂种说他从老孙手里接过位子就苦苦挣扎在生死边缘总不能繁衍一批又一批卡巴金杀了贩卖干巴独此一家？现在想想没准也是条活路呢总比你像个傻逼一样养了梅花鹿养了猪羊牛鸡狗就差没养大象狗熊豹子老虎。我是真心可怜那些被拉到金殿后山的卡巴金呐老张，那么多高头大马落到无耻可怜低级下流的小商小贩手里给从没骑过马见过马的城里人骑在胯下像奴隶一样乱跑，我操，那是卡巴金呀，全世界最牛逼的卡巴金呀。可是，可是啊，老张，钱终归是钱否则老家伙们连棺材都买不起啦。钱嘛，多少算多多少算少？不少了，够你安安心心找个地方住着安安心心过完最后几年，就这么谈定了，就这么谈定了。我晓得马甸人历来要求不多不高我晓得你们会体谅我晓得一轮轮谈判一轮轮较劲干了十几二十个来回才搞定了谈妥了也请老马老王老周三个人去了当面锣对面鼓就这么定下来了。好机会啊，我不想到嘴的鸭子又飞了你看看周围呀周围荒废凋敝世道终究要变的，老张，没有马了，一匹都没有了。没有马的马甸还叫个鸡巴马甸。老张你再给我舀一瓢凉水。我给他又打了凉水，进了厨房才瞅见墙上挂着一小块硬邦邦的比铁还硬的干巴，当然是马干巴。居然那么多年没舍得吃它，就那么挂着，像一面旗一样挂着，黑魆魆灰蒙蒙像包浆一样。我问他哪年的，他说就是老孙退位那年他特地买的特地挂起来的咋个能吃，咋个能吃这么好的一块马干巴。他说他晓得是哪匹马，让我猜，我说，猜不出来。他嘿嘿笑着说是刘发那匹枣红马，他坐牢了它就不吃不喝很快不行了你总该记得。我说记得，当然记得。他说马干巴足足卖了三个月也没人多买一块很多人都闷在家里不闻不问从前排大队的景象一去不复返就因为它是大红，就因为它是彪悍的大红二号马厩的功臣和头儿。我说我也没买，一两没买。你做得对，老张，你这个老不死的一直做得对。你这辈子没干过一件亏心事吧？你老实说，你这辈子，在马甸几十年，干没干过哪样亏心事，晚上让你睡不着觉的坏事？我想了半天，摇摇头。他说你这辈子干过的亏心事肯定是没好好待你自己不然咋混成这样你他妈的错过了太多机会和人了我说得对吧。这话让我哆嗦了一下。我答不上来，几十年下来你咋晓得你做对了哪样做错了哪样？你只晓得你该做未做的事情，只晓得不该做终究做了的事情。他说，老张啊，你离开马甸就活不下去？老傻瓜，你有钱了，从前你连这点钱也看不见摸不着。你一辈子也看不见摸不着就好像你和钱中间隔着整整一片西河海，今天总算喘口气了我答应的钱一分不少交你们手里了，是吧，一分不少吧？（不少）对嘛，我一辈子，说话算话。我昨晚睡不着听着外面猫叫鸟叫马也在叫，我听出来是大黑，绝对是大黑我穿上衣服出去一路走到马厩全他妈空着哪里还有一匹马，门也大开着我走进去了，真见着大黑了不骗你。死了十年了你们葬在麦地倘的大黑，我见它站在马厩里紧挨着磨得发亮的榆木栅栏黑魆魆的亮着一盏小黄灯泡的墙角边它自己的厩槽里，周身上下呀，那叫一个漂亮，像亮汪汪一捧猪油像黑金打的铁塔，两只眼睛瞪着我专等我过去呢，我走近了抬手摸它，在它油光水滑的像块玻璃一面缎锦一块生铁的脸上摸来摸去，它溜圆的大眼珠子映出我来，灰头土脸爬满皱纹。我又摸它硬邦邦的铁弓一样的背脊，短矬矬的皮毛不是硌手是一种迂回、清凉的肉和肉的反应。就好像我们被什么东西吓了停下来辨认带着恼怒怨恨就好像我们是父子是母女又是仇敌是对头是凶手和死尸。大黑打个响鼻马汗味浓得要命。再后来，我出来了，把门关好。进了家门倒下就睡直到秘书科小宋跑来敲我的门说段场长啊，八点啦，我煮了一碗猪油面你趁热吃。他搁在我门前转身就走。我开了门，把面条端进来，一碗猪油葱花面我稀里哗啦吃完，真香。然后我带上门直奔大礼堂好像浑身都是力气用不完的力气是大黑给了我力气我哪样也不担心不害怕了定了的事情只管照做。你们一个个进来了。嗯，一个个进大礼堂了。他又抬头瞧我满脸疲惫好像被这件事情拖了两年三个月彻底累垮了跟他一起的人都累得不像人样。在我看来不值当，不值当为他卖命，不值当为两万块钱就卖命。但我没哪样好说的，两万，不少了。我说，我走了。他说你再给我舀瓢水。我又去了厨房舀半瓢水出来，他让我放桌上，搁他手边。他做个手势，我往外走，经过他黑沉沉的没哪样人气的两间屋子，开门出去。我走出很远才回头，他小小的厅堂里的昏黄灯光比马厩的光还暗，他孤孤单单的人形凝缩在桌边小得像一只破麻袋一坨石头毫无生气不会喘息不像个人不像活的只是蜷缩在灯光照见的两三平米之中，一动不动，看着我又没有看我也不晓得他为哪样非要看着我。他身上绝无一丝马的气息马的气味马的气概，只是一坨东西。在我看来，只是一坨应该被挖掘机干掉的东西。我可怜他。真的老董，我可怜他。我一路去马厩。都空了，像他说的，全部空了，没有一匹马一只鹿了，连马粪味也淡了馊了。小广东来的时候它已经是一片废墟你连半根马鬃也找不见连排水沟马尿也没了只是一片废墟。小广东摇摇晃晃走来走去选个高点立住不动要体会当年大黑大红大白的纵横驰骋但绝对的死寂凋敝让他的身影又老又荒凉，背也驼了，十多年记者不是白干的是活活像拉犁拉磨的牛和骡子一样干出来的。我记得我最后瞧一眼大红的干巴就在段云兵厨房墙上多少有些瘆人你不会将它和别的哪样肉混起来，你晓得你就算饿死也不一定吃它一口。它孤零零挂在墙上纹丝不动也不投下一丝阴影只是孤孤单单待在白色墙上就像嵌入墙体的一张画，一颗痣，或者，干脆就是段云兵房子的一条胎记。你很难再看出大红了，但你一定会看出来。这就是他一个场长还把它挂在那里一碰也不碰让它长出白斑来的缘由而且再也不像吃的东西了,放在你进进出出高过脑袋二十厘米的前方。小广东问我拆马厩的情况,问我有没有人制止为哪样没人制止,我答不上来,他一步步从废墟上走下来,脚底踩着土基瓦片杂草和泥巴,他说要是当时,当时你们一伙人出了门站在挖掘机前面要是他们——要是哪样呢?我没法告诉他当你拿了两万块钱你的胳膊你的脑袋都是垂着的了,哪样也干不了了。你只能听凭机器开进来轰隆隆挖墙破路横冲直撞扑到马厩前面举起大铁臂挖下去像大怪兽一口咬下去。马甸人都关起门来缩在家里这是待在这个家的最后时光,他们不是不想去马厩看看而是没有胆量。他们吓破了胆,宁可窝在家里发呆发蒙两眼望着窗外望着虚空望着马甸又根本没望着马甸,我们就坐在板凳上椅子上地板上听着机器轰隆轰隆咆哮像牛啊马啊老虎狮子豹子不出半天工夫活活就把三座马厩拆了,拆得那么快那么猛实在超乎想象,建盖的时候整整花了一年多呐,第一任场长老苏专门请来专家从图纸到施工下足了功夫尽管是土基大瓦房榆木大梁大椽可耗费了多少心力啊,整整一百五十个工人苦干四百六十七天。第一批卡巴金从西伯利亚运来,整整走了七十四天。第二任场长老廖自黑河运入第二批卡巴金,被日本人炸死在半道上草草掩埋连个收尸的也没有。那几个东北佬不晓得他是叱咤风云开疆拓土让上千匹卡巴金纵横驰骋在云南大地的好汉,更不晓得马甸有三排大马厩大得能装下全天下的骏马。可惜啊,老廖。所以大马厩就是让牛逼的卡巴金休憩喘息之地是马甸人仰望膜拜的圣殿和天堂。但我们只能待在家里听着机器把它们毁掉、撕碎,没人出门阻拦一下哪怕看一眼的勇气也没有。那种感觉你是晓得的,老董,你也是躲在家里的人之一啊,我们缩在家里发抖打摆子咬牙切齿一瓢接一瓢往肚子里灌冷水那种感觉就像你再也活不成了你的活路已经没了你只是一团臭肉了嘴巴被捂上眼睛被蒙住脑髓被抽光,你出不去了,你动弹不了,你两脚两手完全不听使唤。就好像他们把你父母拉出去杀了活埋了。有人在家里哭,在家里喊。就是没人出去干点哪样。没有一个人。我相信朱良要是活着他会出去的实际上后来是有人出去了但是太晚了,三座马厩差不多完蛋了才奔出去又叫又喊根本没用了,就算装模作样搥胸顿足跪在泥巴中间也彻底没用了。十根手指有长短,我们心不齐呀。我们晓得事情就这么干了就这么开始和结束了有人心里还带着隐秘的盼望就好像大黑大红的神祇突然驾临把这伙杂种一个个踢进闸塘。但是哪样也没发生,哪个也没来拯救。我们被巨大的悲伤绝望打垮了,活活打个半死。所以,直到天黑透了一拨马甸人也许是全部马甸人才陆陆续续出门,才慢慢腾腾磨磨蹭蹭走向废墟呆呆看着望着哪样也不敢碰不敢摸垂着脑袋连连叹气,就好像自己做了天大的坏事就好像懈怠、贪婪和卑劣才让马厩一个个倒下。我们一个个心怀鬼胎,回到家里连再数一遍钱的力气都没有了只是呆呆坐着或者随便找户人家钻进去傻坐着一句话不讲不说。空气里啊,我告诉小广东,那几天空气里到处是纷纷扬扬的灰味泥巴味最浓的气味是马厩里面马料稻草的刺鼻气味混合了一部分水味烟味皮革味汗味,呛得我们再也不敢出门凡事战战兢兢担惊受怕直到刘发忽然冒出来。是的,我告诉小广东,他妈的刘发,从监狱出来十年之久没露过面的刘发忽然冒出来了，简直像个奇迹。我见他的时候真吓一大跳。狗日的还那么矮小除了长出几根白头发之外好像更精神了，就像一匹精力旺盛跑不死累不垮的十岁十五岁的老卡巴金，你冲他吹句口哨他就能在马甸大地上跑一万个来回。他穿一件我们熟悉的卡其布夹克，脚上一双黑皮鞋——居然是一双上好的牛筋底皮鞋，大踏步走进马甸大门站在大椿树下要是大礼堂还在他就必定跃上去了，很快聚集了一堆人，纷纷说你是，你是——？直到眼尖的认出他来大声说刘发，你是狗日的刘发？是，我是刘发。人们发出惊讶的低呼。啊呀，刘发，你来晚啦，狗日的，他们已经发过钱了。刘发说，他们也给过他钱了，大家有些吃惊，说你狗日的又不在马甸，你狗日的在——麦地倘。他接说。是的，将近十年他最少五年就待在麦地倘。他一个人，也许五个，也许十个，具体我讲不清楚，我就晓得他带领一小伙人上了山，开山炸石，挖渠通水，在麦地倘后面种了整整二三十亩榆木松木。这些年他一直待在山上过起野人的生活很少下山除了有要事非去场部。有人在这十年间还是见过他几次的，比如我，眼见他像鬼一样傍晚或深夜低头走进段云兵的家，他在麦地倘荒山上的林地才不至于被禁止被夺走。他说，他站在礼堂上面高声说，他这些年种树是为了造福马甸，松木长成了长大了就能卖个好价去年就卖了一大批木材足够缴纳承包费了。台下的人窃窃私语，有人高声问他你狗日的多好过啊还跑回来干哪样？凑哪样热闹？你都缺钱，我们干脆死了算球。他说，先不说钱的问题，先说说他的树——他们把他多年心血毁了，活活把几十亩好树砍了伐了，拿到手里的钱哪够？

再说，另有一批树苗再也拿不到一分钱他们说给的够多了，不满意就打官司吧……我晓得你们咋想的，刘发说，你们以为拿了钱搬走就万事大吉就和马甸没关系了，大错特错，你们，你们每个人拿到手的还不抵不上我的十棵树，甘心拿这点钱就走？马甸人乱了阵脚，但也未必听得进去。他们不会羡慕一个开荒植树的老家伙到底拿了多少钱，他们在乎的是马甸人拿了差不多的钱。他们问他到底要干哪样，你狗日的钱也拿了而且拿了很多你还跑回来干哪样？刘发说，公道，我要为你们讨回公道。有人大笑起来挖苦他嘲讽他轰他走。你想啊，老董，一个因为齐文雅吃了九年牢饭的老家伙咋可能又凭哪样冒出来捍卫马甸人的权利？我们的权利是你想捍卫就捍卫的？你狗日的没资格啊，你只是个钻出牢房把自己放逐在荒山野岭再也无人提及的打死过盗马贼的二货，只是一个差点被枪毙的对马甸第一大美人图谋不轨的傻瓜。时间过得真快，九年牢饭还毁不掉一个人？我看能毁掉而且彻底毁掉就像一点烛火一盏马灯一阵风就给灭了。当年，是我亲手将他交给派出所的，说好了没派警车没上手铐，没让他在马甸人面前丢脸。马甸人早就习惯了遗忘卑微之徒不是牢牢记着，现在这个卑微的老倌兼流放者归来了，像领袖一样穿一双崭新的牛筋底皮鞋站在台上大呼小叫你说他的话能有多少分量？除非他将自己的家底亮出来，告诉每一个马甸人究竟该拿多少他又捞了多少。后来，终于有人佩服他了，这个坐过牢杀过人的小个子果然有过人之处啊，好像晓得迟早有那么一天所以拒绝马甸让他回马厩饲养梅花鹿的邀请，拒绝了珍珠岩粉厂打工的机会，开诚布公告诉姓段的给他几

137

个人手他想一头扎进麦地倘干出样子来。出于深刻的厌恶或特别的恨，姓段的竟然同意，也许内心里一直想看他笑话或者渴望他被狼吃了，何况此人年纪一大把啦一棵树倒下来就能活活把他砸死连棺材坟地也免了，姓段的绝对想不到刘发果然干出一片森林用十年时间走完别人也许二十年三十年才能走完的丰山之路也为马甸带来些许美名和收入，段云兵直到三年前才后悔给他的承包价太低，低得连两三个马甸人的半年工资都不够。这么看来，刘发果然发了，而且发得很猛终于像个成功爷们一样跳到台上发号施令了。让人意外的不是他透露的每亩林地的钱款高得离谱让马甸人捶足顿胸肠子都悔青了，意外的是他讲的东西，是他言之凿凿忽然将枪口对准姓段的，对准在位十年的场长，对准这个娶过两任老婆还没一男半女的对头和冤家。他说，姓段的捞了天大的油水，偷偷摸摸就把你们，马甸的兄弟姊妹们打发了，就像当年江若愚随随便便打发一伙娃娃一样随随便便打发了。每人两万，天老爷，说出去笑掉大牙。有人说，你的意思是？刘发说我的意思就是，你们拿了两万，姓段的就拿了二百万。众人嘘声四起既不相信又被他喊出来的数字吓懵了。你们不信我？你们连一个五十八岁老倌的话也不信？你们宁可相信统治马甸十几年狠心就把马厩拆得连根毛都不剩的大理人的鬼话？周围一片死寂而且人越来越多了。我告诉小广东，就连马甸好几个七老八十老眼昏花的老家伙也纷纷出来一步一步蹭到人群前面望着皮鞋亮闪闪的酷似昆明人的刘发，人们这才注意到，他灰夹克上有一只张大嘴巴的鳄鱼他们一辈子没见过没穿过更无法想象衣服上还能印这种东西。老人们说

你是刘发，你真是刘发，你要是有胆子，你就把你刚才讲的话再讲一遍。他就真的又讲一遍，二百万。几个老家伙嘿嘿冷笑连连摇头。很多马甸人也开始嘲笑他让他走不要张嘴乱说，要是场长听见就不是闹着玩的了。刘发安安静静站着等着直到喧嚣平息了才躬身告退，就好像他早已洞悉了马甸人的软弱无能和藏也藏不住的贪婪，不过，他有把握今天的火星子能烧起冲天大火。所以他毕恭毕敬，说各位兄弟姊妹，我过三天再来。言毕一步一步往外走老老少少自动给他让出道来就像当年内心纯洁的马甸人自动为陈达人让出一条通道。他踩着闪亮的牛筋底皮鞋直奔马厩废墟，有人悄悄尾随瞧见他像后来的小广东一样站在木头泥巴瓦片上呆了半天才往大门方向走去，门外，人们看见，远远停着一辆四圈奥迪轿车，晶红锃亮，明晃晃照出蓝天白云和大门上灰土土的马甸二字。他发动汽车一骑绝尘让人想起他当年骑乘的枣红马，往事清晰又模糊，像不可思议的噩梦或传奇。而他，刘发，从来没有娶妻生子像我一样打一辈子光棍，从这个意义上讲，特别从他吃了九年牢饭的铁一样的事实上讲，这个梦境多少有些沉重、荒诞，又轻得像羽毛上的灰，而他，这种年复一年不知怀着哪种心态的自我放逐让他展示了毅然决然高高在上的大马厩一样的气概，这种气概不再是当年打马扬鞭拼命攫取渴望的气概，打死再多盗马贼也换不来今天出人意料的沉稳和神秘，更不可能散发那种叫人人退开令他从容通过的暗黑的能量。那三天里，他站在大椿树下的每一个字一字不差传入姓段的耳朵而此时姓段的就像我那天晚上面对的虚幻的影子一样早就累坏了累瘫了对刘发的突然出现完全不屑一

顾，他只说了十个字，这番话也是通过几个心腹传出来的很快传遍马甸人的耳朵：不做亏心事，不怕鬼敲门。就这十个字。他是平平淡淡说出口的，没有咬牙切齿，没有愤愤不平，也没有怒骂狗日的刘发得了便宜卖乖。他淡定的语气态度绝对和那些日子以来遭受的质疑有关，当然也显示了他超常的耐受力。第三天他没像其他人想象的那样避开人群消失在马甸人后面，他来了。就在人群中间，没躲没逃。这一次聚拢的人更多了，老头老太太们密密麻麻因为马甸嘛你晓得，年轻人没几个了走光了但也有留下来的干着毫无意义的活计的两三个傻小子，有小建国这种宁可去卫生所扫地搬砖去莲花池边上的破房子住着也不上昆明的大傻蛋。刘发还穿着那身衣服那双皮鞋脑袋上多了一顶鸭舌帽，看起来更洋气也更自信就像个老资历华侨一张口就让人信服的老领导，他说得不快不慢，但保证最后一溜马甸人都听得清楚。哦，你们来了，他本人也来了，我不怕得罪你，不怕得罪你们任何人，只要我讲的是真的我就哪样也不怕。真金不怕火炼嘛。九年牢饭不是白吃的。我想说的三天前就说了，我现在还敢那么说就因为你们了解我刘发的为人也都晓得我有话就说敢讲敢干（是的是的你狗日的把自己干到监狱里去了！众人哄笑），你说得对，你们说得很对。我从不避讳讲这个嘛从来不觉得坐过大牢多丢脸，进牢房的最大好处就是，你忽然看清了人的面目，就好像，你九年牢饭不是让你肉体受折磨而是像太上老君的丹炉炼出了孙猴子一双火眼金睛，你就能明辨是非了就能看得真真切切，哪个再想骗我，我心里就说，去你妈的，老子再不上你们狗当，我现在一把岁数讲哪样都敢讲说哪样都敢说，一不犯法二不昧良心三不骗人四不偷抢，行得正坐得直我就天不怕地不怕。就是天王老子来，我也敢说。这些话其实上次就讲过了，大伙想听听他讲点新东西，等他上点干货特别是他上回唾骂的当事人就像一支瘦骨伶仃的标枪戳在人群中就像一个为马甸受够罪孽却从来不得理解不得报答的冤魂，现在这副饱受摧残折磨满脸无奈又使劲捍卫尊严特别是场长尊严的躯壳在众人眼里相当怪异，就好像他不是真身是一个假人，一个冒牌货，一个虚弱又强硬的连马甸人都觉得陌生的老家伙因为我们从没离他这么近，都能数清楚他脸上腮帮上的汗毛和皱纹了。我们忽然发现他已经很老了，皮肉松弛一道道纹路简直像刀刻的只有皮肤还像牛奶一样白但是你已经找不到当年的通透了只是一种迟缓无力的疲弱苍白一种做梦一样的暗沉沉的光。他抱着两手，好像不是来听一个人咋个骂他揭发他的，而是听一个人咋个误解他评价他，两眼清晰锐利分明在谴责台上这个穿戴一新像个马戏团跑出来的小丑和所有人八竿子打不着的暴发户，此人底牌其实在他手里攥着呢：一个被放逐深山发了横财的劳改犯，而已，再怎么有钱也是个劳改犯，更不用说倒打一把背地里捅刀子了，他狗日的不也是拿了钱的吗一身行头不也是从厚厚一沓钞票里面抽出来置办的吗而且随随便便就置办了，再也不用抠抠搜搜挖屁眼哑指头了。所以啊，老董，我们都瞅着这个家伙傲慢冷漠地瞪着台上像瞪着一只猴子一条狗，早把他的灵魂都看穿了。刘发继续说，是啊有的话我上次说过了，但我今天不妨再讲一遍，有种让我们去搜，去查。我不信搜不出来。哄鬼哟，如果人人两万，鬼才愿意把这么大一个马甸连同西河海麦地倘马厩闸塘一并拱手送人，大方得很呐，干这种事情的人要么是个白痴要么就是拿了人家天大的好处，你们想想，马甸人，你们自己开动脑筋想想，不要被一点蝇头小利就搞得晕头转向以为占了天大便宜，你们没见过钱呐是真没见过钱，你们穷了一辈子累了一辈子到头来被人卖了还帮他数钱哩，你们那点钱要是没数够十遍八遍我就不姓刘，你们不晓得，你们是数自己的血呢，是把你们自己活剐了贱卖。这话我绝不是无凭无据胡说，坐过牢咋啦，我骨子里还是马甸人，我是喝莲花池水长大变老的，我是拿了十来万，林地值钱嘛不然白种树啦。（我日你妈哟刘发你一个人干了十多万哟！狗日的刘发你凭哪样一个人就干了十多万！）你们想骂就骂，十几万算多？我告诉你们，不多，比起他拿的，嗻，比起我们段场长拿到手的，九牛一毛。老天有眼，我要是说半句假话天打雷劈。这番话让人群又腾起一阵喧嚣。姓段的仍站着一言不发一声不吭毫无表情像一匹即将入睡的老马你晓得的老董，我们马甸的马历来就是站着睡觉的浑身上下透着安闲和高贵。刘发说，敢吗，你敢吗？众人齐刷刷望向段云兵。没人开口讲话就像当年陈达人从台上下来没人说话而且自动为他让出一条通道。但是姓段的不走，脸上还是直僵僵的没有表情让我想起陈达人的微笑他终究不是陈达人，不是那个笑着穿过人群走向莲花池的副场长。他是段云兵。他是大理人段云兵。他是要反击的，况且当着那么多马甸人。他说，举报我嘛，让人查我，我要怕了你就不姓段。再有，现在不是文革了，我警告你，你没有资格煽动任何人冲进我家里找东找西，你有种让上面派人下来。弄死我算你牛逼。我等着你。他撂下这话转身就走脸上忽然绽出微笑来了是对三十多年前的陈达人的超级模仿就好像他被附身了或者猛然间想起陈达人，就好像，大椿树下那个上了年纪身材矮小的劳改犯已经原形毕露亮出没进化完全的耍流氓的泥腿子的老底，一个不值一提的傻瓜，又像从前一般突然借机装疯也许想趁火打劫再捞点好处。段淡定的微笑和退场果然让一部分老头老太太拍起手来，低声说要信他要信场长不然还有哪个可信？再说，签过字画过押的哪还有反悔的道理？刘发不再吭声，瞅着姓段的大步走远了才说，我今天就写举报信。要签名的，跟我签名，不签名的，随便。出事我一个人扛着。嗯，老董啊，其实刘发像个大人物一样驾临还是给人莫大震撼的，虽然大伙都老了没见过多少世面没经历过多大阵仗，但是很多人能掂出分量来所以怀着赌一把的心态倒向他那边——到底还是希望靠他多拿钱啊。还有人就想看看当官的咋被拉下马心甘情愿为他站队效力。赌呗，那就赌一把。至少二三十个马甸人当即表态跟着他干。他说干就干，次日带三个人去了昆明找人写了检举信还找了律师咨询然后将信件直接递到后勤部纪检。事情暂告一个段落。刘发走的时候像来的时候一样无声无息，开着亮闪闪的红奥迪从大门口一溜烟消失了，一去三个多月。三个多月间马甸人再没见过他纷纷怀疑他到底来没来过，是否在大椿树下讲过一番轰轰烈烈的大话。很多人忽然发现，特别是老辈人忽然发现，他们与刘发经历过相同的经历，见证过相似的见证，对他的话不再半信半疑而是猛然醒悟马甸历来缺少这么一个狠货，这种狠不是装出来的一定是做好准备不然他早

140

就拿了钱拍屁股跑了,最重要的是,他们发现,当年他明明跪在齐文雅脚下央求过她的。说白了齐和段就是他九年牢狱之灾的祸端。那么,这种彻骨的恨和报复就更可信了,一定是早就预谋终于实施了,一个杀过人的老家伙要是横下一条心哪样事情干不出来就好像当年骑上大红就把齐文雅弄到麦地倘让马甸人谈论了十几年。这件事亏欠的不再是齐文雅,倒是刘发。是他遭到一个女子强烈的鄙视和反抗逼得他动了粗落了难死而未死,不像徐老五死个干干脆脆所以他绝不原谅,绝不,这就是马甸人没有的狠劲儿,落在一个更狠的男人身上就会变成让人叹息的悲剧,变成当年最酷烈的事件之一甚至超过徐老五把自己炸成肉酱。后来人们谴责的不是刘发,反倒是齐文雅。谴责她真的跑来找我真的报了案真把该说不该说的全都说了。我记得,我永远记得刘发在齐文雅面前下跪:警车在楼下等着。她随我上楼进了办公室。刘发身后站着警察。我把门关了。办公室暗沉沉的。刘发噗通就给齐文雅跪了。齐文雅脸色发青,扭头不看他。警察问,行了吗?刘发一声不吭。我扶他起来,他用力把我搡开,然后硬着脖颈慢慢站起来了。但他不敢看她他一直低着脑袋像怀着没法形容的恐惧不甘,就好像齐文雅不再是马甸最漂亮最好看的头号大美人而是别的什么脆弱又怪异让人忍不住靠近又闪避的东西,就像把我们吓个半死的大礼堂里放映的《画皮》。我后来觉得他那一跪完全没必要,错就是错了就该高昂脑袋钻进警车像他骑在大红背上一样雄赳赳气昂昂地离开。如果那天齐文雅有话就讲该多好,如果那天她向我们袒露一丁点她的怜悯慈悲该多好,可惜没有。可惜这些东西她一样也没

有。她背转身一言不发直到警察带他下楼才看了看我,问我,接下来——我说接下来就是公安检察院法院的事情了。哦。直到这时候,直到外面响起警车发动的轰鸣幸好不是嘀嘀尖叫她才吐出一口气,像终于把粘在身上的东西甩掉了。哎,我们说说她吧,齐文雅。老董,我没想到姓段的以那种方式娶了她,在那种情形之下娶了她,这事情闹得沸沸扬扬人心惶惶说各种话的都有。而我,马甸巡夜的,当然晓得这个秘密至少晓得黑暗深处到底藏着什么,所以,你想象一下吧,所以最终他还是把我叫到他家里坐在那张榆木桌子前一边喝莲花池的凉水一边跟我絮絮叨叨说点他心里想说的,他晓得我嘴巴很严,非常严。嗯,他决定娶她的时候已经生米做成熟饭她都出怀了,在那些炎热的夜晚,在干旱的多年不遇的暴热的七月之夜,她一次又一次把他约到闸塘大堤上告诉他出了什么状况。按照小广东的说法,他是窥见他和她另一半秘密的小家伙,洞悉了他们的肮脏无奈缠绕对抗的第一人。所以小广东经常奇怪齐文雅的去处不是段云兵的家也不是闸塘大堤,而是从水塔方向沿莲花池绕一大圈去了马厩,一号马厩。就在一间当时看来刚好废弃的原本朱良的地盘后来因为成了家不常去的小屋里,他们连电灯也省了。朱良站在马厩门外,黑着灯,送她进去。很快,进入黑暗的段云兵偷偷摸摸快如闪电的身影把小广东吓傻了。最终,他们聚集在马厩深处而且多了一个田医生,对,就是小广东家楼下的田医生,她医术高超口风很死当年也奔五十的人了对这种事情只管照做,绝不唠叨半句。姓段的缩在外面暗处充满马尿气味的排水沟边上呆坐着一动不动任凭馒头大的蚊子把他咬个

半死，后来朱良开了门，段迟迟疑疑抬步进去。夜里十一点多直到凌晨三点马甸人都睡得死死的。小广东也早就没影了。然后他出来，蹲在地上祈求老天爷保佑老天爷保佑。那天热得能把所有卡巴金都闷出一身大汗。手术就在浓烈刺鼻的马汗味里一而再再而三反反复复没完没了直到马甸第一美人在简陋的小屋左面的棕皮硬板床上发出一声大喊，啊——没人听见，除了我，在夜里早就练就一双顺风耳的我，远在闸塘边上我就听见这一声大叫了。终究没生出来，终究死在肚子里，齐文雅也死于失血过多。原本田医生建议姓段的立即调车直奔昆明可他选择硬扛，说孙大出生的时候老孙婆娘不也遭了罪不见得出人命天塌不下来。田医生尽力了。天没亮呢朱良跑来拉我一起处理和清洗，毕竟凌晨三点哪样也看不清看不明，他要求我勒令我央求我保密。我会保密的，不会乱说。姓段的哭得很惨。哭完像耗干的电池再无声息进入死一样的沉默像行尸走肉一句整话也不会讲了。尸体就停在马厩，后来运到家里齐物论已经不说话了，一个字也不说。段云兵让人找来老海，让她给他们证婚。他面无人色，像一张废纸。你晓得的，他本来就白，这回更白了，像白化病人一样老了十岁。老海念念有词全是我们听不懂的咿哩哇啦就好像马驹叫鸽子叫也像后来的梅花鹿叫唤。段云兵将一朵马厩外面多得是的蔷薇摘下来别在她整整齐齐的白衬衣领上，亲了亲她的额头。我们几个大气不敢出，齐物论在外面不愿进来。段云兵伸手摸了摸新娘冷冰冰的脸，然后跪下，冲她磕了十几个头，老海又念了一段经。外面院子里摆了一桌酒席，食堂老杜亲自操刀的让人端来，自己没露面。自然是没人送他什么东西，连一把毛笔写上金色祝福的暖水瓶也没有更莫说包着五块十块的红包了。院子里就一张吃饭的小方桌，除了我，老杨老海朱良和他本人再没别人。开席的时候我想把齐物论叫进来可他不在，外面空荡荡的。我硬着头皮陪段吃了三杯酒就陪老海出了门，她念念叨叨说阴婚啊，要折阳寿啊，我也没法啦，没法啦。以后看他顶不顶得住。我说顶得住是哪样意思，顶不住又哪样意思。老海说不可说不可说。我一路将她送到大成村边上香椿树下才往回走，每走一步心里就往下沉一分，又沉一分，像什么东西死死往下拽让我走不了远路没办法大步前进就好像有种非常凶恶的东西往我腿里灌了铅，后来我每走一步差不多就要喊出来，我想起那张脸那张美丽的脸白得像莲花池泉眼里冒出的水一样又嫩又细滑，你没办法想象她现在白得像一张淡淡的皮就好像挂了多年的马干巴上的薄薄一层膜，你也没法想象一个人没了生命没了灵魂那张脸就变成另外一副抽缩的紧紧巴巴的样子了，不会抱怨不能嗔怪了，不能说一个字一句话为自己申冤了，哪样也干不了了。就连过去现在的模样也模糊暗淡了像花一样谢了再也没有多余气息就像过去的小茉莉然而她和没长成的孩子终究不一样，娃娃终究还来不及在马甸折腾出什么痕迹，只是一个娃娃初初长成离她还远，而她，马甸第一号大美人，是在所有马甸角落都留下音容又消失得极快就像一碗水融入另一碗水，何况她早早就万众瞩目个个仰视个个男人不论老的少的但凡见着她就远远站住大气不敢出像欣赏一幅画一样。我眼泪下来了，我想不明白姓段的还玩这一出他妈的哪样意思，人都没了还来个阴婚是到底哪样意

142

思？你没办法揣度他们这些做官的台上的心思啊，就好像你不晓得老刘发站在大椿树下讲的那番话是真是假。总之那天我再没返回姓段的院子，我进了自己家立马发起高烧，好像老海那些唠唠叨叨的咒语降在我身上，不是段的身上，就好像有神明要惩罚我追究我能做的事情能阻止的恶行偏偏没做从不敢把五四掏出枪壳。我他妈干什么吃的？一个巡夜的，到底干什么吃的？我烧得不行，满嘴胡话，三天后才下床才听说姓段的安排了几个马队的一路将她送上麦地徜。齐物论没有出现。他一直没有出现。

所以刘发的密告检举和暗中活动就像要干掉这些秘密，要让全马甸老头老太太重新回忆那张美极了的连一颗痣一粒斑都没有的鹅蛋脸。我们模模糊糊想起来又模模糊糊忘掉了。太美的东西最容易忘记啊。三个月后上面派人下来，带走段云兵。这也是符合程序的没哪样稀奇，没几个人相信他会出事，我们认定就算这场大买卖中间夹杂了说不清道不明的东西可他身为四十多年老马甸总不至于卖了我们还让我们帮忙数钱。刘发的指控最多因为个人恩怨发泄一通不至于抓住了把柄。后来的一天，老董，你总该记得的，九月的一天，天还热呢，上面派来的三个人来到马甸直奔段家，是刘发开着他的奥迪把他们拉到马甸的，我们一哄而上紧紧追在后面。三人进了段的家，刘发请求跟他们进去，他们自然默许。我们一大伙人围过来里三层外三层水泄不通，进去的人只好跑出来劝大家散开但大伙还是默立不动，他只好拉了一根绳子将人群挡在十多米外两棵老柏树下。刘发后来告诉我们，他进去后见他们搜遍段家角角落落，水缸，床下，后院，厨房，到处冒着简陋暗沉的气息干干净净陈旧整洁空荡根本没有藏东西的地方呐。后来他们砰砰敲了敲几面墙壁商量了一下决定挖开卧室的墙——挖开后还是没东西，屋子这下毁了到处白灰乱冒只好打开窗户，这样一来，外面的人就能瞧见里面了而且瞧得相当清楚。我是其中之一。我戳在外面大气不敢喘就为见证这一幕，就是为了让他，主政二十年的段家彻彻底底亮出来翻个个儿所以我像所有围观的马甸人一样又紧张又激动带着犯罪的快感和窥探的卑劣就好像你骨子里是盼着他出事的就算百分之九十九点九九清白可我们不就喜欢闹出动静来，不就喜欢这种怨毒的揭露和逆转？虽然我们紧张兮兮做好最坏的准备但事实证明我们那点小心脏还是承受不住绝没猜到这么荒诞震撼不可思议的场面，你哪来与之匹配的想象力啊。老董啊，我见他们挖开墙壁，哪样也没有。东墙挖了挖西墙，这面挖了再挖一面。家给活活拆了。到处是灰土和破砖。哪样也没有。哪样也没发现他妈的刘发不是口口声声说二十万二百万现钱？哪里？掘地三尺吗难道？是有人敲打水泥地板准备开干他们在厨房接连作业挖了又挖最终挖出比水缸还大的坑来湿漉漉潮乎乎哪样也没有，还是哪样也没有。他们一个个像散了架的狗坐在地上桌上连连喘气，把厨房锡瓢抓在手里连番往水缸里舀水喝也不管里面落了多少石灰和泥巴。还是老刘发聪明，仰着脑袋看啊看，狗日的九年牢饭不是白吃的都磨成精了。天花板，喏，灯泡后面，天花板是新的？刚刷的？他们弄来脚手架，拎起锤子哐哐捣鼓猛砸冒着被砖头砸伤的危险又腾起一阵灰淹没众人其中两个受不住往外跑随即发生了让每一个马甸人目瞪口呆吓个半死的一幕，比电影比魔法比你所能想象的任何奇幻恐怖的场面都不逊色，就像天塌地陷潘多拉魔盒炸开青面獠牙的鬼怪钻出来蹦出来，噼里啪啦一阵红色大雨从天而降像无数血做的砖头砸下来把三个小子几个老家伙包括刘发砸得嗷嗷乱叫，声音充满兴奋疼痛交织的奇特东西好像他们被真正的鬼怪掐住无路可逃。噼里啪啦的响声足足持续了十分钟，直到一坨坨一捆捆既像马干巴又像碎砖头堆满屋子直到一个刚参加纪检工作的小子被压在下面连声呼救叫得相当惨就像女人生娃，我们突破封锁线往里硬闯，一下子鸦雀无声没人敢讲一句话——不是灰土太重太厚太浓太呛，而是，我发誓，老董，我发誓我这辈子没见过这么多的钱这么多现钞这么多百元大钞，一捆捆一摞摞压在那小子身上仅露出一只手来声音从钞票底下传来像从山洞里面地底下传来的哀嚎。这一座小山呐，日后，将来，从此开始的每一刻每一分每一秒，沉甸甸压在每一个马甸人心上，永远挪不掉了。

19

是的老张，你讲的我能回忆起来记得清清楚楚。唯一补充的是齐文雅最后一次去马厩之前是去过朱良家的。她去过。你不承认没关系，反正你总是对的你所见所闻本能排斥不想探个究竟任由它们陷入稀里糊涂的境地，这就是你老张不达标的地方，是你没尽到责任的地方，很多人说你就喜欢和稀泥，可在你看来全马甸的事情无论丑陋的喜庆的肮脏的高贵的（如果还有高贵）不都要和和稀泥？你晓得马甸人迟早要忘掉它们摆脱它们厌弃它们，所以

最好的办法莫过于让他们身上的刺都磨磨平凡事像莲花池水一样平缓清净不走极端，毕竟，连极端也是可疑的。我们已经没多少愿意相信特别是无条件相信的事情了，但这种相信从前是真有。从前，万马奔腾冲向西河海的群马让每一个马甸人的灵魂为之震颤激动要哭要喊要把身体里血和火焰都释放出来烧起来喷出来让我们相信未来就像西河海的夕阳一样壮美，艳丽的火烧云霞孤鹜麻雀让它更鲜活更生动，让我觉得天底下的事情绝不会变的，到老到死一辈子两辈子十辈子也不会变，马甸先天就有某种免疫力像子宫的潮湿和天鹅绒的寂静趋于永恒，是世界外的世界。可是，在经历这么多死亡而且是非正常死亡之后我的信心动摇了，我觉得活着和死掉没有两样了。这是我的心里话。我忽然发现我拿两万块的感觉荒谬得像站在月亮上，妈的，你觉得手里的钱多得离谱，它们蔫头耷脑周身散发的钱味皮革味牛皮纸味和马的气味非常相似又很不一样，是的，荒谬啊，就这么一小堆破纸就买断了你在马甸的一切？就这么点东西，这么少的东西就了断一辈子？那么，它们可就太多了，多得超出你的想象。没办法啊，没有办法，就连齐文雅这么一个大美人这么一个场部的大人物而且是山东来的高高在上的大人物也没办法呀虽然这种没办法也是她自己选的自己蹚出来的，无论如何改不了啦。是我，那天之前的一天是我带她去见朱良和云珍的，两人二话不说，从衣柜里从枕头下面掏出钱来，要帮她上昆明四十七医院住下，按云珍的经验宫缩说来就来不能再拖了，如果不上昆明码码上卫生所，云珍说我马上找田医生，你等着。齐文雅说万万不行呀我，我……是啊，朱良退到外

屋，点一锅旱烟抽着，把两个女人留在里屋后来我也进去了。进去之前我和朱良面对面坐着抽烟。朱良明显感到我心不在焉，说你要是放不下心，就陪她去昆明。我说我当然放不下心。她来找我的时候，我刚吃了饭，她来了，敲门声谨慎小心，我开了门让她进来坐我饭桌上，她指着沉重的身子说他动哩，董姐，他一直动哩。我说文雅啊文雅，你命苦啊——她打断我说她请了三个多月病假开的肝炎假条，场部没有追究。三个多月来她闷坏了大门不出二门不迈马甸就指甲大的地方，哪有不透风的墙。但就算更多人晓得也没哪样大不了，马甸人可以容忍一个出嫁或者没出嫁的女人的一切，再说不少人隐约晓得她和段的关系，就算他们从没真正在大伙面前成双成对亮过相。即便如此，即便马甸人乐于宽容，她和他们之间还是横着亲爹齐物论呢。老齐对这个女儿打了又打。他是山东曲阜人，君子不器非礼勿视非礼勿听之曲阜。还没出怀就被他骂过打过了，说骚母狗从没什么好下场。后来下狠劲揍她，椅子都打断了，她遍体鳞伤，头一次出现在云珍眼前的时候真把她吓坏了，就算偷了东西的毛贼马甸人也不会下这么狠的手，齐物论宁愿把一个孽种揍死把他从她肚子里揍出来也不愿他呱呱坠地全家毁在他手上。她不反抗不申辩，他两个月的时候她被活活打晕送进医务室田医生给她打了肾上腺素才活过来。她默默回家一个字不说咬牙撑住，死死撑住。肚子里的东西竟然一直好好的没给打残打死。硬的不行来软的，齐物论站在门槛上望着女儿，不明白她干吗不走，干吗不立刻就走离开马甸去昆明去嵩明去杨林去任何地方哪怕回山东老家。他想不明白通常做女儿的都怕父亲

为什么她偏偏怕又不怕，骨子里还是不怕还能扛住恶骂暴打更莫说还要忍受马甸人的小声议论窃窃私语了，如果她什么都不要了总该顾忌老齐面子吧，至少，如果她想明白了想通了总该主动让那人站出来，站到他面前来明媒正娶。一个让英雄刘发骑着大红马闯进院落低三下四央求的美人，一个让实验怪胎徐老五炸成肉酱的尤物，究竟犯了哪样罪非要遭受这些惩罚，她居然也不觉得是种惩罚，倒像一种坚韧的不妥协的炫耀和蔑视，就好像这些日子以来齐物论是她的敌人不是生她养她的亲爹。齐物论痛苦极啦，抡在女儿身上的重拳和棍棒都像落在自己身上，让他伤痕累累瘦得厉害。现在，田医生把她送进家门，齐物论只是疲乏地坐着，小声说，要么，回曲阜，我跟你二叔说了，在建设局给你谋了一个——不去。齐文雅说。齐物论死死瞅着她。女儿包扎过的手臂白得晃眼，脸上的伤也擦了碘伏。在他眼里她真丑啊，一天比一天丑。那个小东西那个罪恶那个孽障无人知晓但愿无人知晓老天保佑别再让人知晓。他说，走吧，你走吧，回去吧。她轻声回应他，不去。我就在马甸。小雅啊，我们齐家，齐家——他声泪俱下，随即控制住自己，像踩在悬崖边上必须扛过一跃而下的冲动或尖叫。他求她原谅，她一声不吭。他最后说，你再想想，明天告诉我。次日齐文雅照常去场部上班逢人就说自己骑马摔了是她自作自受违反纪律还弄成这样。没人细究她的说辞，马甸人对其伤势的关心和惊诧远远超出她背后的隐情。也有人说伤痕累累的齐文雅养病期间忽然出现比从前更美了脸上有种少见的丰润和希望。是的，希望。就像她真在马背上驰骋了一番让朱良刘发束手无策。此后

145

几天她坚持上班，直到真的再也瞒不下去了哪怕小广东这种小屁孩的马甸人都要瞧出端倪啦。她重新大门不出二门不迈，齐物论想要的答案迟迟没有等来。她铁了心要待下去耗下去就算被齐物论活活打死。齐物论长吁短叹，不再跟她说一句话。一个下雨的夜里（马甸是很少下雨的真的很少下雨，它正好位于横断山系中部和昆明北部典型干燥气候的小河谷中）他偷偷前往段的家，段急忙给他沏茶看座，两人正经八百面对面互相看着打量着迟迟没人开口。那时候段已经在场部秘书科大秘位子上坐得稳稳的，不出意外场长日后就是他的了。而他，一个老迈的山东人戴一副眼镜畏畏缩缩缺乏信心没说话就输了三分。他明明是给自己鼓足了气的，明明是代表女儿要说法的，而且以凶狠的暴力教训了她差点打断板凳如今坐在当事人的板凳上却忽然泄了气，就好像暴力发泄得太猛太狠把自己耗尽了。段先开口说，齐老师找我到底什么事，说吧。齐物论想了半天才说，你不想娶她？段云兵瞬间满脸通红。你讲清楚，齐老师。我们，哎，我们打开天窗说亮话吧，齐物论的声音近似一种哀告，一种家长式的吁求，微弱却坚定。到底咋办，你们商量过吗？段默不作声。你到底咋想的？段的脸色渐渐恢复正常，说你到底要说什么？商量什么？和谁商量？齐物论怒不可遏但立即像泄了气的皮球因为段的脸上写满困惑不解和楚楚可怜就好像他讲的东西将要说的东西他暗示的东西他一概听不懂更不用说与之有关了。这种事情会让一个老男人乱了方寸，对一个场部大秘那就未必了。他只好重复听起来很蠢的话：你不想娶她？段扭动着身体伸了伸脖子说齐老师你的意思是，齐文雅？齐物论点头。段哈哈大笑说你开什么玩笑她要看得上我那我真该烧高香咯，这种事情，你不能道听途说呀，是她告诉你的？齐物论不再吭声。他知道答案了。他晓得了。这张白白净净漂漂亮亮的脸上，这张搭配女儿的脸蛋并不丢人的脸上已经像莲花池水一样明明白白。他，一个外乡人，一个骨子里恪守仁义礼智信的老家伙自然无力也不能把屁股下面的凳子拎起来砸他脸上，虽然他很想这么干，很想用对付女儿的手段再来一遍砸烂这张白花花的脸。可他坐着没动。严格说段还是他的分管领导是他的头儿。他低头看了看黑布鞋，鞋尖有点脏了，沾着泥巴。他一声长叹，起身出去。段云兵大喊说喂喂老齐你讲清楚再走啊。当天夜里他将段的态度告知齐文雅，她没说话，转身面向墙壁睡着，身上手上还有他赐给她的伤疤让他觉得某个地方也许家里也许别处也许她脸上肚子上亮着巨大的洞，一个黑洞，连着马厩闸塘西河海的黑洞，一颗星星也没有，一丝光亮也没有。他什么也感觉不到了。连叹息都没有了就用一种冷漠机械的口吻说，回曲阜吧，你要让他出来，就回吧，回去我就不管了。她冲墙壁就说了一个字，不。齐物论站了几分钟才走出去，事情就此告一段落，他知道他什么也做不了帮不了只能听天由命她到底是他亲闺女啊，但愿不是，但愿她根本就不是，他哪来这么一个美艳至极又丑陋至极的女儿。他做了最后一次努力，想说服她至少去昆明，她还是不听他的。她谁的也不听。但凡他没赶她出门没让她走她就待着她晓得肚子已经像一件可怕的东西一个怪物一头野兽逼得她的亲爹不敢再下毒手了。齐物论干脆搬到值班室住着眼不见为净。事实证明当妈的也没帮上忙她骨子里就没法帮她这个影子一样的小人物也许被更大的仇恨和羞愧塞满了。本来,这种事情当妈的绝不能撒手不管妈终究是妈可她躲起来了——回曲阜老家的是她不是齐文雅不是齐物论,她带一只小包塞几只馒头就上路了。这个沉默的一声不响的女人再也扛不住马甸人安安静静又十分恶毒的揣测、议论和调侃了。事情就由齐文雅独自扛着。她一个人扛着。云珍建议她去她家里住下给她做吃的喝的她死活不同意,上昆明的提议继续遭到反对就好像她故意这么做非这么做不可怀着恶狠狠的怨气和愤怒,怀着一个母亲全部的信念坚决留下来直到他走进家门。老张啊,其实是朱良一把薅住他衣领推推搡搡像弄一条死狗一样把他揉到家里来的,让他看一看齐文雅浮肿的脸和即将临盆的身子。他说你要不管我就把你拖在马屁股后面跑遍全场,你信不信?段云兵怂了,对她说,我陪你上昆明吧,我陪你上昆明,马上就走,马上,我联系四十七医院马上走。齐文雅挺身坐起来端着一只沉重的大而圆的肚腹不再像从前的她了,是浑身上下熏染了浓烈母性和成熟女子的端庄稳重。她的回答,当她再次面对他而且是将近三个月的漫长时日之后重新面对他,她的回答和对齐物论的一模一样:不。她还说,名字都想好了。段问她什么名字。她闭口不说,仔细望着这个油光水滑的男人,他是她的又不是她的就像一匹瘦瘦的可笑的丑陋又高贵的还没长成的小马。她说,我妈还没回来。她说了这几天要回来,一直没回来。段没吭声。后来他们把我找去让我一起想想办法担心娃娃的啼哭让左邻右舍晓得。商量来商量去,主要是我和云珍商量来商量去最终又跟朱良说了,他说是啊,看来,非马厩不行啦,我把田医生请来。那天夜里,我说的是还没去马厩的夜里,段云兵已经满头大汗像个哑巴和傻子一声不吭只是听着点着头一只脚在朱良家水泥地板上戳来戳去似乎想撬出个洞来像兔子一样跳进去永远消失。第二天夜里我们去马厩,我担心他不来了,好在,他已经在马厩大门口等着了,黑暗中缩手缩脚不晓得该做点哪样,像个丧魂落魄的白痴跟在我们后面像影子一样晃来晃去又不在。我和云珍安排了马厩小屋,也就是我和朱良老周当年经常聚餐的隐秘之所一座小小的神龛和宫殿充满浓烈温暖亲切的马汗味料豆味稻草味,田医生带齐家伙来了,她本想再叫个人手又觉得三个女人足够了。接下来朱良和段云兵退到马厩外面守着,如果遇到你,老张,那就大大方方告诉你反正你是不会说出去的,反正事情已经到了这个份上。到了马厩外面,段云兵小声问朱良要不要通知老齐让他——朱良狠狠骂他说狗日的他要来早就来了还会让他闺女跑我家里来?然后朱良搬一只板凳坐在马厩外面不再搭理没地可坐的段云兵,段只能坐在排水沟沿上因为朱良不再让他回去搬椅子凳子返身就把门锁挂上了。小屋透出暗淡灯光。老张呐,后面的事情我真没法开口再说了也不想再说。我还能说哪样呢,你觉得,这么多年过去我还能说哪样呢,我眼睁睁瞅着全马甸最美最漂亮的女人慢慢从热热乎乎的要做母亲的花儿一样一点点被抽空渐渐干瘪最后剩下苍白失血的皮囊再也救不活了。田医生浑身透湿一动不动,我连哭两声掉几滴眼泪的力气都没了脚瘫手软浑身大汗我觉得冷,冷得吓人,就像站在下大雪的西河海上。

20

老董啊老董,你看小广东家这栋楼老成这样了还是倒不下来,一年半载倒不下来。他们轰轰隆隆开进机器二三十号工人戴着安全帽闯进来真把马甸人吓懵了。都没想到他们这么快就来了这么快就把大机器开进来把大铁锤扛在肩上,他们稀里哗啦只用两天时间最多两天就让我们伟大的永不衰竭落幕的马甸变成一堆废墟,先是马厩、大草棚、兽医室,然后,他们又花整整两天工夫把垃圾运出去,在此之前这些泥巴碎石堆成一座座山。马甸人其实大多撤走了上昆明和嵩明投亲靠友租房子买房子重新过活从此像散沙一样遗落世上了,最初他们就像我一样接受不了也没反应过来没意识到究竟发生了哪样,就好像你一个梦做得好好的忽然给你两耳光把你扇醒,你睁开眼不晓得身在何处也还没感觉到疼,不晓得眼前所见是真是假。假的该多好,但是到手的钞票不是假的。马甸人迅速地自然而然接受了这个残酷又多少有些甜蜜的现实,干脆掉过头去不想别的装聋作哑大门不出二门不迈反复规划和应付四五十岁后面的生活直到当年的杀贼英雄刘发归来将他们召集在大椿树下。后来的事实非常清楚了:姓段的成了公敌,成了人人唾弃想吃他的肉剥他的皮的恶棍,马甸最后一任场长最后一个标志性人物。我们搞不清楚他要那么多钱干哪样。不是搞不清是不能接受理解不了没法想象。狗日的。他没有一男半女没有负担也不缺钱到底要那么多钱干哪样?要拿不是不行你总不能拿那么多,老孙为了孙大可以拿那么多拿也就拿了情有可原,马甸人一定心怀最多最大的善和宽容可你不是老孙,你是夺下老孙位置的大理小白脸,你是一个没有家累一直顺顺当当爬上去的不是马甸人的马甸人,你到底拿那么多干哪样?像座山一样,像推倒拆散了的大马厩一样。太多了太多了比大草棚里的草料还多。我操他大爷呀。我恨不能姓段的立在面前也好让我见识见识那天夜晚他坐在堂屋小桌旁边满脸通红极其羞愧真诚之外的又一副面孔,见识见识他的表情从刚硬激愤变成一团死灰。他和他所有的表情和他本身和他这个名字代表的所有历史时间白色神秘的帅气野心怜悯仗义,统统变成糊在马厩地上稀溜溜黑乎乎的马屎。这些远超想象力的东西被小广东家这栋小楼,你看呐老董,你看,被这栋小楼身上说不清道不明的不屈不挠的灰和光和影子牢牢钉住,钉死在马甸大地上面并且晓得咋个拒绝和摧毁它,也晓得咋个维护和捍卫它。我渐渐发现我的真实想法:它在,我就在。我不能让它孤零零呆在这里浑身上下长满蒿草。我不晓得当时为哪样几十号家伙挥舞铁锤开动机器的家伙放过了它就像放过一个病床上的老人也许觉得它会自行散架断气不必他们伤筋费神,也许他们故意要留下点东西震慑后来陆陆续续积聚又散去的马甸人要让他们晓得拆毁一栋楼房不过是眨眼的事情不费吹灰之力。那就留着吧,反正和摧毁没哪样区别,再说也没人还敢上去,他们把楼道硬生生毁了拆了,门洞用木板钉死封好,让它里面长出野草野花从一楼窗台上探出头来。老董啊,你不觉得它美吗,不觉得它好看吗?特别黄昏的时候,你看呐,楼下一大片金灿灿的麦浪滚来滚去,它就屹立在一片金色大海上面,挺立在一片废墟中间高昂头颅不屈不挠像狮子老虎当然更像我们马甸的一匹马,一匹卡巴金,房子那么大的卡巴金。原来徐老五没骗我们。它不会死也不会垮。大黑是老死的,直接躺在厩里起不来了。那天朱良像平常一样吆喝马匹打开大门所有卡巴金精神抖擞出了马厩向着西河海飞奔,大黑却迟迟不见踪影。朱良返身回去,大声叫它,很快听见它呼哧呼哧的响鼻紧贴地面传来,让人心里发凉。朱良凑近,果然见它一双大眼绷在亮闪闪的光线下面像沾了露水一样湿漉漉的,傲然又温柔地凸显在又大又直的脑门两侧,孤零零地安安静静地望着朱良。马,再老的马都不会让你感觉到衰老溃败,就算再也站不起来了。它目光坦然坚定,马汗味变得软软的又薄又干净。朱良呼唤着它,跪在它身边,抚摸它长长的脖颈,梳理它稀薄但仍然硌手的马鬃。他当然晓得它怎么了,当然晓得它再也站不起来冲出马厩冲向西河海的彻骨的伤心。他抚摸它,和它说话,一个多小时后才从马厩撤出,把剩下的时间留给它。他不到傍晚提前回来,将衰竭的大黑长长的脖颈紧紧搂在胸前听着它剧烈的心跳从快到慢从强到弱。噗通,噗通。他默默念叨着我们并不理解也不能明白的马语直到天色昏黄大黑晶亮的眼球映照出马厩墙上的余晖。它的呼吸停了。他跪在稻草上。当晚请示场部是否下葬麦地倘。他是摸黑找到场办小柳小冯的,两个年轻人表示他们决定不了必须请示大秘段云兵,他径直去了段的家说明来由。段云兵想了想说,老朱你真不懂还是装不懂,麦地倘只埋马甸老人啊,不埋军马。朱良说大黑是阿富汗战场上立过战功的英雄,不一样。段云兵轻描淡写地说哪不一样?它只是匹马,马甸老规矩就是把老死的马送去食堂。朱良的眼泪下来了,那时候的朱良已经五十出头,我敢说全马甸除段云兵没人见过朱良的一滴眼泪。他在朝鲜战场上都没掉过眼泪偏偏就在那种时候就在冒出木头味报纸味油墨味的段云兵门前流泪了。真不行?他说。真不行,老朱,不是我不让,是老孙——朱良转身就走。后来我帮他分析得八九不离十:齐文雅就在一号马厩小屋里出事的她没能保住当然迁怒朱良啊,不要以为共同经历了那个最恐怖的夜晚就称兄道弟了毕竟还是姓朱的把他提拎过去的,他高高在上,居然也有求于他了不是为他自己而是为了一匹马,一匹老死的马。他不想就这么了了就算事情过去了他还给朱良送去一壶老白干算是对自己坐在马厩排水沟上魂不守舍的答谢和交代,实际上没有感谢,哪来的感谢,只有恨,只有莫名的恨虽然没有他们夫妇他就彻底完了,他怎么可能还能在那个位置上待了十来年直到把老孙干趴下自己上去?所以他冲朱良厚实的背影大声说,你先别急,我请示一下老孙。朱良回到马厩陪了大黑一整夜,然后又陪了一整个白天。它硬了,冷了,再不处理不行了。快下班的时候段让人捎话说老孙的意思是赶紧送食堂。食堂老何差了两个手下又让马队几个人帮忙将大黑搬到一辆平板拖车上拉出马厩。之后他们就近挑个宽敞地方,有草有苜蓿,是一小块马厩和马厩之间的漂亮平整的空地。老何派来的人说,就这里吧?朱良一声不吭。马队的人说,那就这里。他们卸了马,等着。朱良问他们等哪样,他们说,你走吧老朱,回家吧。你在,我们动不了手。朱良说你们先等着,先给我等着。他一路回家,倒了满满一杯包谷酒洒在门前,又一气喝了三杯,告诉云珍说,今天不吃了。杨云珍说,好。他

149

转身直奔老孙家，没敲门就进去了听孙大喊他，朱大爹呀，来来坐下吃饭。他奔到孙大床边那地方搁一张小桌上面简简单单三样食堂打的饭菜。老孙坐桌边，孙大歪着身子半躺着往嘴里扒饭。大黑葬麦地倘吧。朱良说。老孙让他坐下，歇口气，一起吃。他继续说，大黑葬麦地倘吧。不行啊马甸没这个规矩麦地倘埋人不埋马。就葬麦地倘吧算我求你。规矩，几十年的规矩——规矩是人定的。不行，我咋敢随便破坏规矩。朱良将老孙拽到外屋，我把大红的脑袋立即埋了，行吗？你过来看着，我今晚动手。老孙仔细掂量着这话的分量以及朱良的决心。他晓得这个当年的志愿军班长向来说一不二但他放走了陈二人。放走了仇人陈二人还攥着那颗也许早就瘪了枯了臭了空了的马头。行。他狠狠瞪他一眼，晚上九点我过来，我过马厩来。朱良着急忙慌赶回马厩没法找出一颗马头往装盐的麻布口袋里塞了一块石头再往跑马圈里挖了大坑，专等老孙到来。这时候，大黑仍然撂在外面排水沟旁边身上盖了一层篷布露出巨大的让他瞅上一眼就心里难受的马蹄，月光把它硬撅撅的蹄边上不知哪里落下的一条条划痕照得又白又深。他一直等到深夜十一点多快十二点老孙也没来我也搞不明白为哪样没来也许骨子里相信朱良会处理干净也许来了被人撞见反而落下把柄所以那天夜里朱良稀里哗啦将麻袋子推坑里埋好，立即找了我，我们从食堂拖出板车又奔大成村永健他爹赶了一匹矮脚马返回马厩，打开篷布我们吓傻了——大黑脑袋齐刷刷被砍了脖颈上伤口整整齐齐马头就垛在朱良挖的深坑边上而那个大坑，早被掘开。麻袋撂一边，石头也撂一边。就这样，马头，麻袋和石头三点一线整整齐齐在坑边一字排开彼此距离二十厘米精准得像某人的大脚丫子踩量出来的。朱良嗷的一声。大黑眼珠子还直愣愣看着他，看着我们，看着明晃晃的刀锋一样的月亮坑里的泥巴湿漉漉的洒满了血。尽管是黑的是不辨颜色的可我就晓得是血。满坑的血。我让朱良别看了。但咋个可能？他咋个可能扭头不管？他硬挺着把大黑脑袋捧上板车，我们七手八脚又把大黑尸身也拖上去，连夜上了麦地倘小山。我们回来的时候天麻麻亮了，老朱身上的汗干了又湿湿了又干这个消瘦有劲浑身肌肉的马队头儿在月光下老了很多又相当神奇地年轻得很，浑身带着魔障的狠劲儿又好像整个掏空了你没法解释安葬大黑到底是悲伤大过安慰还是安慰大过悲伤，总之，一路上他不讲一句话，不说一个字。我们只听见自己的脚步噼里啪啦响彻西河海响彻塘石大道响彻马甸大地。我精疲力竭，到了家倒头就睡一觉醒来突然晓得马甸再也没有大黑了。再也没有了。连个完整的尸身也没有了。它可是英雄呐。好在还有朱良，还有志愿军班长兼老牌饲养员朱良。

马呀，马，马甸的高大的神一样的卡巴金从此烟消云散了。四十来岁的小广东站在马厩废墟上呆了半个钟头才歪歪斜斜丧魂落魄下来就好像这些原本早就没有马匹的马厩如果还毫发无损矗立着也是一种象征，就像马厩不倒马甸还是马甸不论马厩里养的是鹿是狗是猪是鸡。他问了我一大堆问题：挖掘机咋个开进来的，从哪里开进来的，从哪个方位哪座马厩下手的。能说的我都说了，但很多事情我都忘了那几天马甸乱成一锅粥，很多走掉的重新回来张皇失措非要看个究竟就好像要亲眼瞧一瞧自己亲骨肉被拆散被打垮那种揪心之

150

痛非要亲自体验，他们被漫天灰尘和机器咆哮吓得像一伙无力的娃娃，远远躲在就快拆卸的家里和大椿树下等着，小建国像只猴子一样在废墟和房子之间跳进跳出传递消息，哪里拆了，哪里马上要拆……人人闷声不说话只是听着，看着冲天的烟尘就像远远观看一部火光冲天的老掉牙的黑白电影这一切实在太像电影了，似乎全然与己无关暗暗心怀着莫名兴奋晓得自己倒霉了也有点钱了未来也许会好的会的不必再记挂一座废墟了。对家的概念，对他们久居几十年的小小的地盘的毁掉最多一声接一声叹息远远不是哀嚎还有人笑出来了不晓得自己为哪样笑。但是，我想说的是，当小建国喊出马厩马厩马厩的时候，所有马甸人再也绷不住了，一个个像遭到雷击猛地蹲下来放声大哭。这两个字，马厩，两个简简单单的字在马甸人身体里突然爆了一样，让人意识到马甸随着这两个字引发的所有宏伟记忆尤其巨大的人字屋顶神殿一样的庄严和奇迹和时间和经历和它永不可侵犯的凛然，简简单单就随着小建国嘶哑的嗓门一下子消亡了。他们像见证了自己的消亡，自己的不复存在。自己彻彻底底的凄惨的死。小建国哭得最狠，一边哭一边破口大骂操你妈哟，操你妈。但无人晓得他到底骂哪个。乒乒乓乓砸墙的工人像机器的一部分极其冷血地埋头干活，他们灰头土脸钻进钻出像老鼠一样爬上爬下忙着摧毁这个砸烂那个，小建国后来说马厩真让他们和机器吃尽了苦头太高大太硬实了就像他妈的花岗岩修的巨厦，最早一批工人进到里面就被吓傻了，他们哪见识过如此阴凉空旷释放着浓烈的马味的巨大空间啊，比仓库还大，比车间还辽阔，就好像突然重回到娘胎里面重新感受血和氧气袭击的震撼，就好像他们每抡一下都有一双闪亮的湿漉漉的马眼狠狠瞪视带着混不吝的高高在上的野蛮和高贵让这一伙人卑微又丑陋形同臭虫。他们憋着劲乱敲乱砸乱搞，马厩终于在人和机器的长达三天的围攻下重重倒了。一面墙，又一面墙。一号马厩，二号马厩，三号马厩。终于，他们笑着拍掌，骂着比小建国吐出的脏字还脏的脏话来抵消巨大的恐惧。三天后，马甸人终于扶老携幼走出家门来到马厩废墟前面，一座泥巴灰墙稻草木料堆砌的高山让他们目瞪口呆，我远远望着，紧张又惶恐，就好像你自己由内而外崩了，被抽了筋扒了皮。而且它遮天蔽日就连太阳也暗下去再也看不见它后面远处的山和牧草地什么也没了只剩虚无连同倒下的是一排排又老又硬的柏树。非常奇怪，明明没碰过的柏树到了黄昏像约好了一样纷纷倒下去噼啪噼啪响着根和枝叶紧紧相连一个拽倒一个，树叶很快就黄了。工人们吓惨了，好在工程终于结束啦。马甸人也吓得够呛，有人下跪有人默念有人把泪擦干说走吧都走吧。马甸不是马甸了。我操，老董啊，跟你讲这番话的时候我心里慌得厉害，就像那些大嘴巴大牙齿的机器怪物挖了我的五脏连喘口气的心思也没有了。我操他妈。小广东一个人站在废墟上，一个人噼里啪啦拍了很多照片说他用得着，他要让他们吃不了兜着走。我说，小广东啊，问题是，我们这帮老马甸人真是没见过多少世面，都签了字画了押还咋办？他说这个简单，你们都是被蒙被骗的，不晓得市价，更不晓得签字画押之前要检查他们资质啦手续啦标准啦等等，你们一样都没查没看，所以开了几次会也是白开，按了手印也是白按。我说你的意思是有希望？当然有。我操，我就想听你这番话呀小子，我就想听你说这番话。我说当时那些聚集在大椿树下面的马甸人谁都渴望刘发振臂一呼带来好消息毕竟他曾经带来过好消息毕竟他站在大礼堂上面告诉每一个马甸人打赌说场长出了问题，当头儿的出了问题。当时没人相信直到后来姓段的家里砸下无数钞票把狗日的砸进去了十几二十年。我操，那么多钱堆成小山的钱也才十几二十年你说他是赚了亏了？换在老陆老孙时代肯定拉出去毙了不会把他养在牢里。问题是，姓段的哪像拿那么多钱的人呐？哪像他本人？我怀疑不是他，从此没见过没露面就好像人间蒸发了倒也符合我们对从前段云兵的定位和想象，他还是穿他那件灰中山装后来慢慢改成西装你也看不出这种人人可穿的西装到底值不值钱也许便宜得要命嵩明小街上就卖五十块，还有皮鞋，皱皱巴巴你都能用它夹死一只蟑螂最多也就一二百吧。再说那个家，三十年没有变化，哪样东西也没添，还是我坐过的竹板凳小方桌你吃饭必须弯着腰勾着背所以这些年姓段的驼背得厉害就因为三十年前的家具都是杨桥小镇上弄的便宜货就因为这个男人，这个满脸悲戚严肃骄傲的男人好像背着山一样重的使命所以被压弯了变形了，但是骨头会变吗？我认为不会。咋会呢？咋可能变呢？他往哪变呢最多是一心往上爬取代老孙的大理小白脸马甸头号大美人也没放在眼里呀哪会在乎钱，那么多的钱？太多和太少都一个道理都毫无用处老话咋说的，过犹不及，对，就这个意思。所以这种事情的真实性已经很难看清很难让人相信没头没尾也没缘由更没预兆他从来就不是个小里小气抠抠搜搜的人呐所以我同情他，就算不太信他也同情他。不不我就是

信他不是不信。不过他工资本来就低，一个月一两千吧这就是马甸场长的命了。我从他那个家里，就是机器还没开过去的当天晚上去过他房子没锁门，他早就跑去昆明据说帮我们搞这搞那谈这样谈那样大半个月了这个家不再像马甸人的家早就像个空壳徒有象征和震慑了任何人都能随便进去，但凡没事进去喝过他一瓢凉水的马甸人都在谈论他，谈论场长的辛苦神秘直到他带着人马打开关门多年的大礼堂坐到上面，把钞票一摞摞摆出来，像战利品一样血红扎眼。他迟迟不归家自然还有另一层意思嘛我至今才算明白了，他踏踏实实安安稳稳手里攥着马甸人的合同龟缩在某个豪宅里身边躺着两个裸体大美人。不，不对，这狗日的从来对美女不感兴趣那他缩在里面干哪样？喝茅台吃海鲜大餐桑拿按摩？你再也想不出别的了。我也就这点想象力了没办法替他想出点花样了。总之我们像傻逼一样等着，熬着，对即将到来的拆毁怀着期待又相当痛心，就像你马上要和多年的黄脸老婆离婚了。我摸进去，开了灯，橘色灯光最后一次一定是最后一次洒在我脑门上，这地方散发着霉味灰味皮革味水味汗味最终是马甸气味，和我的地盘非常相像又相当不同，家具摆设都是老马甸人风格，简陋廉价土气，三抽柜、高低柜、方桌、自制弹簧沙发，也就这些，还算干干净净。这些悲戚的沉默无声的破旧东西似乎已经知晓自己的终极命运了，他的主人要把它们扔了或撂给更寒碜的马甸人绝不可能交给收家具的小商小贩。我抬头望来望去，我肯定是看过天花板的。你怎能料到上面有这么多好几辈子花不完用不了能将你活活砸死的钱。那么多的钱后来在我们眼里也就只是像脏纸一样没有

意义没有情感哪样也没有。那晚我瞧见的只是整饬宁静平和哀伤衰败的老马甸人之家,是我们连为一体的那种深不见底的孤独无奈窘困凄凉,连神秘也没有了因为神秘是建立在威望上的他这里反倒没有,倒像个凄风苦雨的彻底荒废的巢穴,一个不是家的家,一个孤单落寞者都不会转身回来的破地方他就没想过机器来了咋办,没想过先整开天花板?他彻底忘了还是他妈的彻底不在乎?我进厨房,从墙上取下那块马干巴。大红的干巴。硬邦邦像根柴禾。我揣在怀里带回来。喏,现在就在我小窝棚墙上挂着,硬得像石头像铁,再大的风吹过来都纹丝不动你从它身上一条魃黑的影子一样的身上看不出大红了,只隐约记得它,另一个英雄,昂首挺胸气势非凡的卡巴金,闪电一样飞驰让西河海上割草的牧草队员张大嘴巴瞪圆眼珠怎么看也看不够它。后来我发现它像条鞭子像根绳子把我们牢牢捆住了捆得结结实实动弹不了我实在羡慕陈二人小秀么大气魄和胆量说走就走当然后来走出去的人也不少唯独他们一家让人牢牢记着,他们走得最早,是最早丢下卡巴金的,最早把马的威风凛凛把心里的尊崇卑微扔开不要的。我让小广东看过那条马干巴,已经风化成一种东西了,石头不像石头木头不像木头倒更像是陶土捏的,似乎还聚集着高大彪悍纯洁的魂灵一吹就会醒来。他盯着它看了半天才反应过来是哪样东西。我问他还记不记得大红?他摇摇头。大黑呢,你大舅朱良胯下的大黑。他点头又摇头,表示在他童年记忆中充满各式各样的马匹自然会有大黑位置。我不信他的话。我觉得小广东故意这么说的,故意躲开记忆。他大舅的马他咋可能忘记?他又咋可能忘记大黑被人斩首有人就抓住了机遇成功上位了,成功将一个被儿子的艰难残疾冲昏脑袋决意报仇却无处可报的老家伙暗中告发了因为那是军马,是立过赫赫战功的军马所以迅速被重视被处理就算没有丁点证据终归还是废黜了告发者自然而然上位就这么简单。小广东都晓得他哪样不晓得哪样不记得尤其大舅和大黑。上次他跑来还禁不住跑去朱良云珍墙角下扒着窗台往里看——他们凑在灯光昏暗的小方桌前,苞谷米饭就苦菜卤腐,再没别的了。没有了。自己种的苦菜自己腌的卤腐。食堂都嫌花钱。他们想尽办法省钱。小广东说他们老了,真老了。他眼泪下来了差点推门而入。朱良家的门是永远开着的只是用一小块橡胶皮钉在门框上你一推就开。我无数次推门就进,无数次和他喝酒吃鱼那时候他没事干就扛起鱼罾跑遍方圆二三十里湖泊河汊把大大小小的鱼虾装满鱼篓再摸着夜路回来他还是喜欢吃,当你们马厩小屋的消夜摊子被老周的死终结掉他就换了一种路子这种长距离长时间的行走下罾换来美味让深夜家里充满酒香鱼香,所以朱家没怎么饿过肚子朱良总有办法,云珍更是煎炸煮炖的好手。那时候你不来了,你后来才出现,我晓得你的想法,但我,老杨和我经常跑去蹭吃蹭喝陪他喝酒吃鱼,我们也会带上吃的比如食堂卤出来的猪头肉,老杨舍不得吃偷偷留着的马干巴和乡下亲戚送的火腿花生。我们呲溜呲溜喝着供销社的老白干云珍忽然带了一个人进来。一个低眉顺眼却气质非凡的女人进来。是江若愚,大礼堂台阶上安坐的江若愚,她还穿着她的紧身旗袍像民国走出来的也像电影里的大人物身上有淡淡香气就像栀子花菊花和夜来香的气味,她淡淡笑着和我们打了招呼款款坐下,云珍说她明天就走。葬了小茉莉就走。朱良说你回去了你爸他——他不让你管。她说。朱良让云珍取来碗筷又问她,来一杯?她没说不。那种时候,小茉莉出事之后你很难想象高高坐在礼堂台阶上把娃娃们迷得魂不守舍的江若愚会出现在马甸人的家里,会像我们马甸人一样坐下喝酒。她酒量很大,三杯落肚面不改色心不跳,轻声说她来,一为告别二为道谢。她在马甸的事情都料理好了,非常感谢朱良和我和老杨能将小茉莉的事情办成这样她实在感激不尽,今晚还刻了碑。朱良说碑是场部掏钱买的,不能算他们头上,江若愚说那也是你们出力,要不然——要不然什么她就再也说不下去了。但自始至终神情淡然说话很轻喝酒倒痛痛快快反正你看不出她酒量,我猜朱良脚下整整一壶老白干也不够她一个人喝呐。她抿了抿嘴,吃一条小马鱼,吃得相当慢像要把每一根刺都吐出来。其实它们早被云珍炸得焦黄只管放进嘴巴一通狠嚼一根鱼刺也不会剩下。吃完她端起杯子挨个敬了我们,一口一杯足足干了五杯,还是面不红气不喘像喝水一样。她说她没想过马甸这么艰难,老朱说你的意思是——我的意思是,我的意思是天底下终究是没有容易的事情呐。云珍说是啊,哪里的黄土不埋人。江说昆明大街小巷到处是人有人的地方就让人透不过气总之马甸对老江够好啦她原本也没打算待下来情况好了再作打算,可没想到——我们不再说话。这事情你没办法解释,马甸对一个老右很好骨子里怀着同情悲悯偏偏对一个优雅勤劳的老右的女儿这么苛刻不公,不过,好在我们,在座几个人没这么待她,马甸人,至少,我说的是场部之外的卑微的马甸人可真是把她看作神一样的人物呐。

像她手里贩卖的小玩意一样陌生又新鲜的非人之人,就好像她的到来不是因为走投无路倒像是侦察试探,要看看马甸到底有没有阻拦的勇气有或没有又将以哪种方式了结。段云兵这个杂种。老杨大骂。骂也没用。小茉莉不能复活。事情已经走向最深的黑暗不可言说无法传递就像踏进长长的隧道一去不复返了我料定这辈子不可能再见着江若愚了,除非她来迁走小茉莉,但她晓得她葬在哪里,来不来也就无所谓了省得劳心劳力。她说她也没想到云珍大姐——她是这么称呼她的,云珍大姐竟然邀请她来家里吃一顿饭,也算为她饯行。你们是多好的人呐,你们一家是多好的一家。她又问了云珍家里还有哪个,云珍告诉她两个儿子招工的招工,上学的上学,日后不再返回马甸。是的,别回来啦。江若愚像自言自语。云珍笑笑说,他们亲爹,喏,老朱还是希望他们回来。我插话说,回来干哪样,养马?老朱说,养马才是这个世上最好的活计啊,不过两个娃娃肯定不回来了,也好,各有各的想法。妹子小秀嫁了陈二人,这个你总该晓得。嗯嗯,我知道,天造地设的一对啊。陈二人脾气好,小广东原来是你们外甥,哈哈,我把我的弹珠都给他吧,明天带过来,你们给他。不行不行,这小子手里的玻璃弹子太多了,再说他也大了不玩弹珠了。江若愚不再吭声,闷头喝酒。我问她回去干哪样,她不回答。我相当不懂女人,或者不了解一个失去女儿身为母亲的女人,又接着问她,要是没哪样打算,不如留下来,留在马甸,日子总还过得去。她抬头怔怔看我,说老张呐老张,这地方是我待的吗?我们半天没说话。她走之前云珍偷偷把她叫去里屋偷偷塞给她东西,她坚决不要。我猜

154

是拿小手绢裹住的至少五十块崭新的钱。她红着脸走出来,和我们一一道别。我看不出她真喝过那么多酒。云珍送她回去。她们一走老朱家里的空气硬得像马厩外面的石头,我和老杨又喝一杯起身告辞。我没往家走我像平时一样绕着马甸整个马甸走了一圈又一圈我想发现它深处的秘密看清我没看清的东西就好像我不明白江若愚为哪样走,小茉莉为哪样死而且死得这么凄惨。我想在大马厩之间场部之间大草棚兽医室之间发现马甸的秘密可是除了阴影还是阴影除了沉默还是沉默连灯都少了,灭了。我晓得小广东终究是要写写这些的,把这些写出来登在报纸上让人看看,让人看看他们当年就在闸塘边上瞅见小茉莉披头散发在水底走着我们抽干水也没发现半个影子,如今还在麦地倘吧但愿她还在麦地倘其实不在了让那帮狗杂种挖了填了抹掉了就像杀了她第二次前后杀了两次。我想找到江若愚。我要找到她。找不到她我就不回来至少要把老江找回来。可是老江死了。我找到的时候他已经死了就在一家养老院你们哪个还记得老江?他也在昆明,在精神病院待了五年才进了养老院。这种死一点也不稀奇,就好比你喝了一口水就活活呛死了也许比这个还简单,据说他是爬上一棵不到两米高的杨梅树摘杨梅,一头跌下来死了。这也正常,他都八十的人啦还敢上树?江若愚说不是上树,就是一条树枝,他攀上去,摘了满手黑乎乎甜滋滋的杨梅忙不迭塞进嘴巴还没下来就一脚踩空砸在地上,她赶到时候他已经不行了,最后一面也没见上。江若愚一滴眼泪也没有就像多年分离自从马甸之后的分离他们不再是亲亲的父女,她大老远走投无路地投奔他却害死姑娘你说她咋可能不恨老江,

不可能不对这个无能懦弱的老右父亲兼外公一点想法也没有。她恨呐。她是怀着仇恨赶去养老院的,暗自庆幸早就摘掉老右帽子的爹总算死了,长期以来她再也帮不了他啦泥菩萨过河啊。我上昆明找过她,我非找她不可我就是——嗯不解释了你懂的对吧。她窝在一座钢架天桥下面临时改造的小铺子里,她还是擅长这个,一家裁缝店外加七七八八零零散散的小玩具多少还能看出当年马甸大礼堂台阶上的影子但是相去十万八千里,是很多奇奇怪怪的塑料刀剑面具人卡通猪,现在的娃娃也不再喜欢围着她打转一旦她懒得进货缺乏新鲜刺激他们就会跑去离学校更近的各种小摊。也没有搅搅糖了,她说从马甸撤出回到昆明试着改了行——裁缝。还过得去,搅搅糖就算了再也不弄了就算她晓得这些小东西对附近学校娃娃的诱惑有多大,可这些东西时时刻刻让她想起小茉莉啊,她唯一的娃娃,每天放学跑来大礼堂规规矩矩小小心心帮她提拎东西走下台阶像匹驯顺的小马。再也没有啦。她明明晓得女儿恨她,当妈的不管她多么馋偏不让她碰铝皮饭盒里的东西就连拇指大的一块也不给,非要将它们整整齐齐一滴不洒装进饭盒留给全马甸的娃娃剩下的才会让她洗干净小手挖一小团塞进嘴巴黏腻香甜的汁水裹着口水挂在嘴上。在勾起所有娃娃舔尝的欲望和搅动比拼的游戏之后,小茉莉的恨越积越深最终将她一把揉进闸塘——虽然马甸人都晓得事情的真正原委,但是当妈的哪个不喜欢把罪责往自己身上揽呢,哪个不喜欢给自己的内疚悔愧添砖加瓦直到把自己压得不成人样?她说她做梦都没料到我会跑来昆明看她,是的连我自己都没料到,我说不清楚我从车站出来头一个想到的不

是老江。我连这一趟的目的和意义也不清不楚。哎，老董啊，世上哪来那么多意义？很多事情死就是死活就是活哪来的意义。我告诉她我来是因为麦地徜坟地就要被——她打断我说她听说了，早听说了，我问她哪来的消息，她就坐在窄得无法转身的小裁缝铺子里坐在一大堆衣服裤子鞋袜布料的幽闭空间里各种棉的化纤面料纺织物的强烈气味中像蜷缩在麦地徜山洞里面舔伤口的狼，一匹满身伤痕的狼，早年在大礼堂台阶上在老朱家里那种淡定优柔也不见了，根本看不出来了，她憔悴，消瘦，有重重的黑眼圈，这么多年她一个人过日子成了名副其实的小老太婆了就连腰背也弯了，她说娃娃们的口味捉摸不定变化多端呐你没办法一直追在他们屁股后面，更何况，她老了，跑不动了，经常坐在裁缝店里一动不动，客人都是回头客还算照顾她，年轻人就是另一码事了觉得找个老太婆做衣服裤子简直匪夷所思。她没回答我的问题。没回答哪个通知她麦地徜即将拆除的莫非——小茉莉，她说，梦里的小茉莉非常清楚地告诉她麦地徜就要拆了她非去一趟不可。我后脊梁冒汗，像瞅见闸塘水底的小茉莉走来走去我一直想见识小广东嘴巴里的奇观，把娃娃们吓得不轻。哦，那我们一起动身？算啦，你先走，我弄完这身衣服就来。她在洞穴里的声音像埋在土里。我把带来的糕点糖果腊肉放在她缝纫机下面，和她约了时间：三天后下午三点马甸大门口见，再一起坐小建国破破烂烂的面包车上山。我激动起来就好像这个约定至少三十年前就订下了我忽然明白我错过哪样了，又为哪样非要跑这一趟通知她而且找了养老院的人终于打听到她的地址，也就是说，见她这一面兜了多大一个圈子啊，这一面多不容易让我突然意识到当年多么希望像娃娃们一样抬脚走上台阶聚在她身边不走呀。道别的时候我闻见她身上的味了就是这个气味一点没变淡淡的麦芽糖清香混合雪花膏的香味一种风一样的静谧深沉让我的心怦怦乱跳。我看着她，又不太好意思看她。江若愚看看我又看外面。光线很亮街上的人走得很快立交桥下的汽车很多马上就在转弯处塞住响起一大片嘀嘀嘀的喇叭尖叫人群也在骂娘。我告辞出来，离开立交桥，拐到街边吃了一碗米线昏昏沉沉返回马甸。三天后我在大门口等她，就在当年她拎一只柳条箱子一步步走进来的摇摇欲坠的大门口。我没等到她，没等来当年突然像卡巴金啃着夜草料豆一样钻出薄薄的晨雾出现在我手电光线下那个挺拔又好看的女人，一个绝对坚强傲立的女人，她和她身边的姑娘就像是特殊材料做的可以不吃不睡不上厕所。我等到等不到她都在意料之中，我使劲看着那条灰蒙蒙的大路看着它通向一眼望不到头的远方消失在大成丑陋的硬撅撅的大粪一样杂乱的违规水泥楼房后面，像一截盲肠消失在一摊下水里面。两个小时后小建国催促我上路不走不行了。这次去的人满满当当铺满山坡，各人手里一把锄头一把铲子就地开挖乒乒乓乓的声音传遍麦地徜，一座座坟我们马甸人早就熟悉习惯的坟被打开亮出腐朽毁坏的棺木碎片以及沾满泥巴碎草大大小小的黑魆魆的散脆骨殖。我们把该取的取出来找篮子筐子罐子装好放好，很多人砰砰下跪磕头响起高高低低的嚎哭，就像我们惊扰了安息的灵魂更多是一种羞愧，一种情不自禁为自己没本事守住这片土地只拿了区区两万就丢盔弃甲的羞愧但是还能咋样？哪还有机会有办法像我们哭诉的对象一样躺在温暖松软落满松叶的肥得流油的土地上？没哪样可抱怨的，没哪样想不开的。要抱怨要想不开可以留给以后，刘发又要振臂一呼了。大伙隐隐约约晓得事情未必这么简单就结束终止好像我们晓得各人的命还没结束终止还能张大嘴巴喘气骂娘还能折腾十几二十年。诡异的是我没找到小茉莉。没有石碑没有坟连当年坟头上一棵瘦小的翠柏也不见了。活见鬼！小建国帮着我里里外外找也没找见，后来，更多人一起帮我找还是没找见，他们怀疑我记错了，根本就错了，当年小茉莉一定没葬在麦地倘一个外来老右的外孙女咋个可能葬在马甸人的麦地倘？不对头啊当年二十多年前正是我，老朱老杨老马几个爷们抬她上山的薄薄一副棺材连重量都没我记得清清楚楚啊，我也记得我们就找了一棵清翠欲滴的小柏树就地挖了坑埋了，石碑是段云兵找大成石匠王二刻的，我记得清清楚楚不会有错咋可能有错，这么大的事情，我不是三岁娃娃不会出错何况当时江若愚在场。我们兜兜转转找了又找还是没找着不见坟也不见碑我脑袋嗡嗡乱响没下山先走的马甸人老肖老刘老赵又帮着重找一遍，整整一片坟坡就不见小茉莉的影子，小建国扯着嗓子高喊，妈呀，小茉莉没死？这话让我们后脑勺都炸了脊背直冒冷汗脚底轻飘飘的不知眼前一座座开膛破肚的坟包是真是假，是睁眼做梦呢还是一个梦套着另一个梦当年小茉莉真的没死没跳闸塘。既然没死那就活着。坟是证明。没这个证明那就是活着。我宁愿信这个也说服自己必须信这个。我想赶去昆明重新找到那座人行天桥下面的小裁缝铺把消息告诉她，怀着激动后怕告诉她就像当年有人告诉她小茉莉就在水下走路睁着眼睛穿着裙子和放学回家的小茉莉一模一样。我过了两天才动身。半道上觉得自己这一趟完全没必要，没准她已经晓得了早就梦见了。我何必操心？江若愚不是马甸人从来不是也不需要是幸好她不是。我没走到公路口就掉头往回，心里也像个抹掉的坟地一样空荡荡的。后来他们开着挖掘机轰轰隆隆从麦地倘背后上了山将所有挖开没挖开的坟夷为平地，我似乎瞅见小茉莉的影子了：白底碎花裙，黝黑的羊角辫子，两手揣在小兜里一步步走下麦地倘消散在即将消散的西河海上。我晓得是幻觉，晓得是我他妈一惊一乍的幻觉。我特地去了段云兵家问他咋没上山，他不客气地质问我说凭哪样上山？他家里又没死人。我说齐文雅啊，你忘了。他似有所思，一手捂着脑袋，轻声说，早迁了，八年前就迁了，昆明凤凰公墓。你莫操心，老张。麦地倘跟我没半毛钱关系了。我问他八年前见没见过小茉莉的坟。他鼓着眼睛，小茉莉？那一刻我真想问他你狗日的装哪样蒜没你她咋可能跳了闸塘但我非常平静，告诉他说小茉莉的坟不见啦，没人瞅见也没人找到她可能没死。你莫吓我，老张，我记得——他话没说完，那天他整个人不在状态恍如梦游话没说完就有人前来通报他，说江若愚死了，刚死，对方电话打来场部让找张玉明，这是她死前交代的。找我？我说。说了找我？是。场部人说。咋回事？我说。对方哪样也没说，没多说。哎，天意啊老董，你说是不是天意？我想过上昆明瞧一眼她至少瞧瞧她的小裁缝铺子至少让她给我做身衣裳，可我没去。一直没去。去不去还有哪样分别反正该在的地盘终归还在不在的已经不在了。但我记挂她，记挂她坐在一只黑漆小板凳上坐在大礼堂台阶上坐在红五角星下面两手交叉端在膝盖上，瞧着小广场瞧着大椿树瞧着药岭山，有时候还瞧着麻雀鹧鸪斑鸠乌鸦老鹰白鹭所以她微微眯着的眼睛几乎是不看我们的，不看任何一个马甸人偶尔经过对方也很少抬眼瞧她因为没那个胆量呐。除了我，老董，除了我这个巡夜的白天不睡的时候坐在大礼堂边上，从侧面偷偷瞅她打量她，猜她看见了哪样想起哪样，但从她安宁平静宛如秋水的面容上你哪样也看不出来，就像她们母女进入马甸头一天你从她脸上除了少许激动哪样也瞅不出来她绝不会把心思暴露在大礼堂台阶上的。就算这样，就算她努力要在马甸扎下根来可你从来看不出她到处卑躬屈膝哀告讨好，她连让你感觉温存和煦的时刻也少得可怜但她就是有种平静神秘的魅力把孩子们吸引过去像一小团火光把飞蛾吸引过去。我一定也是众多飞蛾之一我也就只有这点胆子了，只有这点胆子。我还是承认吧，老董，我曾经大白天的拎着一只手电，对，长长的塞满五号电池的大手电明明巡夜用的我竟然下午三点就拎在手里一步一步走上台阶似乎这东西能像我夜间乱走乱撞一样让我勇敢起来踏实一点。上了台阶，就她一个人，就她和我。我们面对面了，我站在矮她三级的台阶上这样一来哪怕她坐着还是比我稍稍高出一点。她冲我微笑，眼神从遥远的天边转回来定睛看我，主动招呼我说，老张。我吞咽着唾沫马甸空气一时不够用了什么东西在我脚下晃荡，晃荡，像她那条素花黑白裙子的轻颤把大青石台阶都震动了。我张嘴说（当然，我说得结结巴巴相当糟糕我都搞不清楚我说清了没有)，我想请她去我屋里坐坐吃顿饭，我自己做的饭，我弄几个菜，肉是现成的食堂打的小炒肉因为我怕自己做不好。她有点吃惊。是的，她微微张开嘴巴。我等着，攥着大手电筒像攥着一只地雷。谢谢你，老张，算啦，我接上小茉莉去我父亲那边吃饭，他昨天就交代好啦。我低头转身走下来往回走往住处走，我听见她在我身后说谢谢你啊老张，下次吧。但我晓得没有下次。不会有下次。我也没胆子再一个人孤零零迈步抬腿重新走上台阶单独面对她了。我能闻见她淡淡的香味雪花膏的香味非常香也非常轻，很轻，像一根水草漂在清凌凌的三岔河面像一群鱼围着它转来转去啄来啄去。再一次面对她面对这一缕香气那要等到她返回昆明以后了，对，就在她小小的转不过身的裁缝铺子里面那时候我已经坦然麻木得像块朽木了，我面对的是一个失去娃娃的母亲，一个老得很快的妈。到头来我没上昆明送她最后一程我晓得她或迟或早要死而且死在我前面虽然我一百个不愿意她死在我前面但你让她还咋个活？零零星星的消息还是会有，只要你去过昆明去过某地，总会有这个那个把这些消息带回来粘在你身上就像雨水尘土。各种说法。总之她死在家里臭了才被发现没人晓得咋个死的，生病还是意外还是别的，我操，不清楚，没人讲得清楚。我也从不想象从不深究因为你永远无法想象和深究你只会记得她散发的淡淡香气和这抹香气之上忽然绽放的一缕微笑，目光从天边甚至天边外收回来瞧着你，瞧着一个马甸最卑微无用的巡夜人。她高贵得像个女王。你怎么能想象女王居然孤零零自行发臭而且不得不以臭味（再也不是香气了永远消失了一点一点被干掉被消灭）提醒别人她没了？没人去小茉莉坟头了，除了我。当然再也不必去了。他们干掉了麦地倘上所有念想所有高高低低的土堆。我说了没找着小茉莉没有她的影子她成仙了吧重新活了吧她长大了长高了我们再也认不出来了所以天大的好事啊，万幸躲过一劫，躲过挫骨扬灰变成他妈的一栋接一栋烂俗丑陋遍地开花的大别墅。那么，你想想看，老董，江若愚小茉莉还有老江，就这么彻彻底底消失了没了就像我幻想出来的影子从来不是真的。哦，哦，江若愚，我想起来了，对，想起来了，场长段云兵说，喉头滑动，眯着眼睛。这个江若愚跟我们马甸没关系吧？有哪样关系？派人上昆明送点钱再弄个花圈？她住哪里？还有哪些亲戚？狗日的满嘴废话。他关心的不再是死人，关心的只是麦地倘西河海是否开工了进度咋样，马甸包括我和他在内，哪个时候可以拿到钱。货真价实的甩在耳边哗啦哗啦响的钱。

21

老张啊老张，你不打算讲讲小广东来了之后的事情吗你要是不想讲，我可以讲。由我来讲没什么不妥当我晓得的并不比你晓得的更少，虽然我一两个月才跑一趟来看看你。就记忆而言，你一辈子就记得一个娃娃而且是一个不断长大的娃娃是多么不可思议的事情啊。但他，小广东偏偏有这种能量就好像他一辈子没离开过马甸一辈子没出走过没有追随他搬迁昆明城的爹妈一起去往大城市吃它的奶喝它的水骨子里还是地地道道的马甸人，还是我们熟悉的夏天穿一件小白汗衫的娃娃亮出两只瘦精精的胳臂晒得黝黑黝黑像刚从三岔河里钻出来的泥鳅，一个被他舅妈云珍的灶膛火熏得像块黑炭跑起来让人想起大黑或者小黑的鬼精灵娃娃，一个好像聚集了马甸全部能量又过早甩掉和背叛它的小子如果不甩掉不背叛那就和小建国没有两样了，这小子啊。幸亏甩掉了背叛了，也就避免了堕落沦陷毫无必要的死忠懒惰给自己招惹麻烦，避免和一艘下沉的大船绑在一起葬身海底可马甸娃娃四散在世上不正是无可挽回的悲剧？老张呐，小建国搬到莲花池小屋住着守着，不再踏上马甸半步即便被拆了毁了他也有种，没专程跑来站在硝烟废墟上发疯只是默默哭了一通，哭嘛，哪个都免不了。可他哭完了干脆待在陈达人当年待过的小土基房子里，一觉醒来甩开膀子下水游泳。我晓得小广东三十年前的秋天某夜偷偷跑来找你的当晚小建国也来了。他来了。你想瞒着可终究没能瞒住就像他跑去老舅朱良家窗台底下仔细往里看是避免不了的，问题是他们之间，两个娃娃之间到底通过什么交流如何知晓一个来了一个即将要来？他走进你院子里站着，小广东立即走出来高声说，建国，来啦。他们在黑暗中相互辨认压抑激动的声气使劲拥抱拍拍然后进屋，你给他们弄了苞谷酒，让他们就着你从供销社买的花生米下酒。你发现你说不上话，你插不上嘴。你老了。你让他们自己待着你带上手电出门转悠绕着房子东看西看防备有人闯入和发现。小广东小建国喝得不少你又急急惶惶回来了就怕出事啊。小建国以为小广东还会像从前一样无所不谈，带领他们在马厩大草棚大闸塘育种室满世界疯跑，还会像从前一样拿出自家的搪瓷脸盆冲到三岔河埂上堵住河流造两座拦水坝光屁股跳下去把水搅浑把一条条大大小小的鲫鱼马鱼泥鳅通通泼上岸，还会像从前那样拎出牙膏为某个被撞破出血的娃娃敷上伤口。他变得沉默，寡淡，心事重重。他一声不吭。小建国看出他是故意不声不响的故意摆出一副高高在上的派头。他好像累了，但是即便睡着了也会竖着耳朵。你说说啊广东，说给我听听呐。让我们开开眼。小广东摇头，使劲摇头。这太不像他的风格了。小建国说你真不够意思。小广东岔开话题，李菊芬后来不是嫁了段云兵，咋又成了你后妈？要这么捋下来，你爹老任和段云兵就成了表兄弟啦。小广东哈哈大笑，你老张也哈哈大笑，小建国并不难堪，只是轻描淡写告诉他当年李菊芬缠上段云兵早就不是秘密，早就是马甸人个个晓得也并不看好的一出闹剧。你想啊，她一个守着供销社的农村女人大字不识一筐也就只能站站柜台享享清闲齐文雅死了五年段云兵像东嗅西嗅的野狗经常摸去水塔下面姚寡妇家——当年油库老黄的儿媳妇呀活活守寡二十年。他以为人不知鬼不觉天黑透了才去。偏偏我是晓得的，小建国说，我当然晓得的我跟你学的，广东，跟你学了一双千里眼和越磨越硬的大脚板子，我就像另一条野狗追在他身后见他去了姚寡妇家不到三分钟灯就黑了。水塔下面的房子独门独户你应该记得，这对狗男女折腾的动静很大听得我头晕脑涨下面也硬得不行干脆跑去莲花池边洗一把脸。狗日的一直弄到十一二点全马甸都睡了连最后一批卡巴金都睡了他才摸黑出来姚寡妇就让他带只手电照亮。他才不怕遇上张叔哩，根本不怕。他一个大秘有的是各种说辞再说张叔是谁，一个完全不管这些鸟事嘴巴紧得你就是拿董存瑞的炸药包也轰不开的老家伙嘛（老张你在一边嘿嘿笑了想扇他一巴掌）。我一共跟过他三回回回听见动静姚寡妇叫起来像匹母驴，不是母马，是母驴，我操。最后一回我被发现了他追在我身后高喊哪个小杂种，哪个！我站下来说是我，他说你深更半夜不在家睡觉瞎鸡巴跑哪样。我说段叔啊，我正想问你哩，你深更半夜不睡觉，咋跑这来？帮张叔巡夜？他说他睡不着，出门溜达。我说我晚上在三岔河钓黄鳝哩，他说你小杂种哄鬼哟，我说真的，夜里黄鳝一个个起来往秧田里钻呐，这种时候你就只管找个秧田口子支上鱼篓下半夜满满一篓子的黄鳝。他半信半疑也懒得啰唆急急忙忙走了。第二天我把消息告诉李菊芬，这个瞅着段云兵的背影都会流两斤口水的女人，这个三十五六了还没尝过男人的老女人一下哭了，说她原以为段一定会找她的一定会来敲她门的至少来供销社溜达溜达买包烟买瓶酒没料到——我得的好处是一瓶杨林肥。总之李菊芬再也不愿傻等了，就由我带去守在姚寡妇家门口直到他像只吃饱喝足的兔子钻出窝来被她堵个正着。威胁是肯定的，一封举报信就能要他小命，他本想抵赖但也晓得就算捕风捉影也会招惹天大的麻烦，这辈子也就完了。他连哄带骗将李菊芬带往马厩，实际上很难分辨到底是哪个把哪个带往马厩的反正李菊芬等这一天他妈等得冒烟了，他们翻墙进了三号马厩就在敞开的泥地上被她三下两下扒了让他早就虚脱晃荡的身体重新硬起来重新找到让他厌烦了累惨了的那条湿漉漉的窄缝进去。这一回，在浓烈的马粪味汗臭味中间在清清亮亮照着的硕大月亮下面的阴影里他忽然发现老处女李菊芬的身体妙不可言绝不是姚寡妇可比的他想起齐文雅难以形容的初夜。嗯，那天之后他就不去姚寡妇家了。最终成亲或被她风风火火要挟拿下逼婚也是可以想见的，反正就这么成了。也就这么成了马甸人眼中最不可思议的一对你有哪样办法段云兵就是段云兵狗日的从不按常理出牌否则就不是段云兵了。早年迟迟不娶大美人齐文雅和现在急得像只猴子一样娶了李菊芬都让人想不明白。能解释的理由无非这个，现在看来，无非这个，无非他这个骚鸡巴被李菊芬拴得牢牢的用她珍藏多年的全部心血，后来有人说李菊芬作为供销社唯一进货人采购员兼柜员早就出现亏空而且亏得不少，缠住场部领导把他弄到手就成了唯一出路。我再去供销社的时候她豪爽地扔给我一条云烟一瓶杨林肥，说，建国啊，管够。我开始想象她就把他或他就把她按在她柜台后面高高低低的大白盐袋上。狗日的。我去找过他，我说段场长呐，我都二十二了我想留在马甸工作你给我个机会。我的意思就是明明我给了他机会给了他一个女人的机会他也该回报一下，我说单单一条烟，一瓶酒，怕是不行。他冷眼瞅我，笑着说，你过来，建国，你凑过来。我凑近了，冷不防他给了我一巴掌打得我眼冒金星耳朵嗡嗡响，差点像条狗似的趴地上。打完了他甩甩手，像没事人一样说，起来，建国，你给我起来。我乖乖爬起来了。他接着说你小狗日的心机深呢。我说我有哪样心机，我只不过，只不过，爱马甸，想留在马甸不想像他们那帮傻逼去昆明去嵩明我就是爱马甸，你就是让我去管管仓库我也愿意。我说这话是认真的，我脸上头上疼得火烧火燎可你晓得你这时候绝不能冲他来硬的了。哦，你爱马甸。是是是，我爱死了马甸。我跟他讲了一大堆我如何热爱马甸，我说我爱那些马啊，像你广东一样热爱那些狂奔的飞在天上比云彩还美的卡巴金呐，后来马甸的马越来越少了几乎没有了都成了梅花鹿的天下我

还是热爱马甸。我说我闻见马味就激动才睡得着我要骗你我就是条狗。你就让我看仓库吧，或者去卫生所，去兽医室，哪里都行。他说这个不是他说了算的，你们咋都以为马甸的事情我说了算？这种事情是要开党委会讨论的人事也要走程序不是我一个人就能拍板，我也没那个胆子拍板。我说你行的，段场长，都说你为马甸苦得腰板都弯了，从珍珠岩粉到梅花鹿，你把心都操碎了，当然还有供销社，要不是你苦苦撑着马甸就连个小卖店都没有啦我们连买包烟都找不着地方。他仔细瞅着我，就在他家黑魆魆的院子里瞅着我，锥子一样的目光让我害怕，就是那种纵欲过度又喝了很多酒似乎还杀过人的男人特有的冷到骨子里的目光，可我明明没闻见他嘴里有酒味我敢说他没沾一滴酒，倒像是被接连不断的酒精和女人压垮了，脸上皮肉也松了腰也弯了白头发越来越多，狗日的，连个娃娃也没有。要说，按理说，哪个要是误解他从未对马甸真心实意操过心而且操了天大的心我都不服，我都想跳起来帮他说话帮他干仗，但你要说他的努力和抗争到底发挥了哪些作用收到哪些效果究竟给马甸带来哪样，就不好说了，真不好说了。我操，总之没有马的马甸真不像马甸了，只是一副烂摊子。没有马的马甸的命运就像坐着滑板车一路梭下去你不晓得底在哪里这么下去咋办，上百号人要养活上百张嘴要吃饭。有时候，他们在台上讲话开会满嘴大道理他们自己都烦了没劲了想钻到桌子底下躺着算了。哪样也改变不了啦。前些年老孙被大黑事件一撸到底就算空口无凭也不抵用啦，疑罪从有不是从无，他干脆下来了，待在家陪他半瘫的儿子孙大都快三十的人了胡子拉碴娶不上媳妇下

半辈子咋办哟。干脆弄死了算,弄死了少个累赘反正马甸从来不缺死人,对吧广东。对,你说的都对,你总是对的。小广东嘿嘿笑。小建国又往下说,他们这一对,段和李菊芬迟早要出事这是从开头就决定了的,你还很难讲李菊芬的目的到底是人还是利益还是别的哪样鬼东西总之当然不一定是想男人想得要命,最终被姚寡妇跑到场部举报就一点也不稀奇了,至少我早早料到啦反正在这种男女关系上肯定要有人遭殃倒霉不是这个就是那个。如此一来,他们的秘密也就是段隔三差五溜到水塔下面小房子里面的事情成了公开的秘密传遍马甸,除了娃娃们懵头懵脑大人都晓得了暗地里绘声绘色发挥想象还就地演起来引发阵阵哄笑。在他们眼里姚寡妇明显比难看微胖的李菊芬更有风韵嘛段云兵哪根筋搭错啦?他总在女人身上吃亏吃大大小小的亏这个人凡事精得像猴子可就是管不住他那根骚鸡巴。这会让男人的魅力倍增又会带来天大麻烦就算他是场部头头也很难摆平,要晓得男女关系总会要人命的,哪像现在?姚寡妇闯进场部大门直接找党委,被打发出来后坐在场部大楼中间院子里也就是安放小茉莉的院子当间一面拍地一面号啕大哭,骂姓段的是猪是狗,明明讲好的说反悔就反悔有人追问反悔哪样,她高声大喊姓段的说好了一三五找她呀畜生呀讲好的食堂饭票每月三十斤也没有影子呐……众人大笑。段黑着脸拽她走,她猛跳起来说场长打人啦,要杀我灭口呀!有人叫来门卫老左才把她弄走可她天不怕地不怕穿一件花格子衬衫的形象在场办院子里来来回回播放像一部相当出格的有声电影。事情的焦点不再是男女关系虽然男女关系已经够惊人了,焦点变成一个月三十斤粮票和一三五的公粮哈哈哈那说明段有渎职滥权的嫌疑还背着李菊芬偷腥呢,闹这么大,党委不能不管了。段的解释是答应归答应自己不是没搞来饭票补贴姚寡妇?不是还没有动用权力做出过火的事情?三个副场长加一个副书记只好请求他下派马龙分场半年等各种议论灭了再说。半年嘛,一晃而过,段回来时场部已掌握证据指向他和他的新婚不到一年的妻子李菊芬了。举报人就是姚寡妇但她哪来的本事哪里搞到供销社的往来记录和诡秘价差?除非她跟踪走访每一笔进货销售否则神仙也发现不了呀,这件事情平复得相当快因为马甸人还是愿意相信段的无辜,至少部分相信,毕竟主动投案的李菊芬将段撇得干干净净不惜离婚把他洗个清清白白。我们吓了一大跳,哪有马上结又马上离的?马甸从没有过呀,更何况段已经去了马龙分场半年,很大程度上,一把手固然接受惩罚,你一把手的老婆哪能说离就离?可真就离了。李菊芬某天黄昏站在柜台后面对着每一个路过的被吸引进来的马甸人声泪俱下,说自己怎么连累了段云兵。她说账是她做的,货是她进的,他哪里晓得?她就是爱他嘛,一门心思爱他,从他和齐文雅在一起的时候就爱他。事情就这么简单。场部早把她主动交代的材料送往区后勤部要杀要剐就来吧她要皱一皱眉头就不姓李。她的演说打动了无数马甸人。不像姚寡妇撒泼惹来众怒,反而引发了马甸人对段的巨大同心承认这个男人也真他妈命苦,反反复复毁在女人手上。李菊芬的表演持续了三天。第三天傍晚有人大步走进来分开人群来到柜台前面,直直望着她说,走吧,走。李菊芬继续垂泪。他说,走,回家。有人说段场长啊,赶紧的,赶紧的,回家把你背时媳妇的屁股洗洗干净。众人哄笑，男人们纷纷拍他后背，女人们纷纷后退就像李菊芬患了某种瘟疫躲得越远越好永远莫再出现想象一下她可能从公家商店里捞了多少好处马甸人真想冲她身上头上吐唾沫了而对段云兵本人，对这个白白净净一旦羞愧就垂下脑袋恭顺得像条老狗的大理人反倒恨不起来也讨厌不起来，他就是干了再多女人那也白干人家有本事有脸盘有身材还有位子，这不就是男人梦寐以求的你干不了怨不得别人是你自己没干的本事。低眉顺眼的段云兵铁青着脸穿过人群像个娃娃任由自己女人拉着手一步步回了家，大步流星在离婚协议上签字画押而且毫不犹豫地签了字这个狗日的，根本没有任何委屈不甘也没多说多问就像两人早就商量好了其实根本没有商量就连大门都敞着就像从前一样敞着以便每个路过的人都瞅见他们说了哪样做了哪样，后来只剩下李菊芬嘤嘤嘤地哭，段一句话就让她破涕为笑，他说，我等你，放心吧。李菊芬这天晚上和他折腾出相当大的动静反正我是去听了就像跑到姚寡妇家窗台底下一样摸过去听了，他们整整干了四回就好像过了今夜就死再也没有半点机会这辈子也不再相见。事实上后来真他妈的跟死了跟不再相见没两样，李菊芬被移送昆明判了两年六个月因表现不错减刑半年，服完刑回来，她嫁给我爹老任，是啊，她出狱的时候姓段的脚底抹油只有我爹老任像个大傻逼一样缩在对面一棵梧桐树底下等她，还花了他差不多半个月工资打了一辆出租车直奔马甸直接开到大礼堂下面。我爹这个人比我傻一百倍一千倍一万倍就是个绿豆王八的命呐。出租车掀起尘土让我们想起当年江若愚牵着小茉莉的小手走出晨雾但是当年的

雾气遮天蔽日万物暗淡也把母女两个轻轻罩住了，尘埃落定，我爹老任和李菊芬大大方方下车，打开后备箱拎出行李，大大方方给司机结了账还故意让人特别是让你，张叔张玉明看见他手里一沓钞票司机掉头开走将马甸永远抛下。要说最近三五年来也就这么一对男人女人这么招摇地回来和花钱了，也就他们两个敢于这么明目张胆昭告马甸人他们就要住在一起了。我吓得不行，等我爹老任将李菊芬送回家（哦当然不是她和段当年的家毕竟两人离啦，是临时租的场部招待所），回到自己家我扑上去问他唱的哪一出，他嘿嘿冷笑，说该哪一出就哪一出。我说你哪个时候看上她的，我连个屁都没闻见。他说给你找个后妈不好？我说你找个刑事犯，你疯球了。但是你的事情，我不管，我都二十的人了。我爹老任第二天就明目张胆住进招待所。这件事情姓段的毫无反应不羞不恼平平淡淡就好像从前他们在一起结过婚过过将近一年的小日子都是瞎编的。他们两个人，曾经的两夫妻的的确确再无交集反正我是没见过他们还像从前一样出双入对就连上个厕所偶尔撞见也掉头就走。我反正没什么好说老任的，周瑜打黄盖一个愿打一个愿挨呗。就是这样，总之就是这样。姓段的这大半年间就像一条丧魂落魄的影子呀，从东到西从西到东，为他妈的马甸操心操肺把梅花鹿都弄来了这帮小丑，这帮傻逼一样的梅花鹿小丑，怎么跟高贵的卡巴金相提并论要是换不来真金白银我担心马甸人该活活剥了他的皮。他再没兴趣关心女人了更何况此人是他前妻而且是急于摆脱干系的坐过牢的前妻。但你要说李菊芬对他没半点恨只有爱只有宽容只有骨子里从来不变早早思虑谋划好的彻彻底底的信任

163

那也是扯淡。我不信。我不信他们之间连一丝怨恨也没有。我反正接受不了。反正不相信就像我他妈的不相信马甸没了马没了卡巴金江河日下还叫马甸。无数事实证明人和人总是会变的，隐藏很深的东西比如埋怨都有巨大的反噬力量就像一条嘶嘶叫的毒蛇反正马甸死的人还少吗，五花八门的事情比起死来算哪样呢既然马都没了。一切都凋落衰败无可挽回了也就不值得为它多做哪样了。我们原本也就不欠别人的。关系只是关系早晚可以撇清一旦撇清了你就能看出其中和背后的忘恩负义毫无价值啦。对吧广东，我讲的，有没有道理？但你绝对不晓得他们之间为哪样半点瓜葛也没了反正我是瞧不出来了，反正她和我爹就这么顺顺当当麻麻利利扯证结婚了还在我家门前也就是小云辉家门前水泥路上摆了十桌。本来不想这么张扬，何况她一个二婚的坐过牢的好像再也抬不起头了但我爹老任偏偏用这种办法让她抬起头来风风光光抬起头来，他想说的是，这个憨鸡巴男人呐，亏他是我爹，他想说没哪样大不了事情过去了就是过去了连卡巴金都过去了还有哪样东西过不去？人嘛，早早晚晚要死，满打满算也就一二十年何况我爹足足四十九了，马上五十。我这个后妈哟，这个风韵犹存的后妈也都四十出头了，你说，还有几年？我曾在姚寡妇门前水塔下撞见段云兵，妈的，我心里咯噔一下，以为他又钻人家被窝了但他主动堵住我，像匹老马一样拦住我去路，说小建国你个小狗日的，这是马甸地盘，你还不准我走？此时天即将擦黑我相信他一定是从老珍珠岩粉厂的破厂房上返回的他在琢磨咋个将老厂房充分利用要么搞一个鹿鞭加工厂直接产供销一体就不用贱卖给昆明来的二道贩子了。他的想法太天真了，哪来的熟练工？外面请吗？他像个晃晃荡荡无着无落从西河海飘来的影子一样横在我面前而西河海早没了卡巴金已经荒了废了再也没有牧草队男人女人挥舞镰刀割草装车拉回马厩了再也没有神一样的马儿风驰电掣再也没有炸雷样的嘶鸣回荡在天上了我们都变成了影子一样的鬼东西，特别是我，广东啊，一个念书不成器也不上昆明打工只想待在马甸从前只要当个养马工待在马队伺候这些漂亮的英姿飒爽的卡巴金就足够的傻逼啊，真不晓得我还能干点哪样。我面对这条影子就感觉他也在打量一条更小更轻的影子他眯着眼睛，红彤彤的好像喝过酒的眼睛，说你小狗日的晓得哪样，你小狗日的屁也不晓得。我说，我只晓得你从前的老婆都成了我后妈啦。他叹口气，如果屁股底下有板凳草墩他一定会坐下来，可惜没有。连块石头连个台阶也没有。我们只好站着，像两杆标枪戳在塘石大道上，远处是巨大的马厩。他说小建国啊，到处是敌人，是居心叵测的女人。我惨呐。你瞧我身边，除了当年留门让我有个热烘烘的被窝可以钻的姚寡妇还有哪个？这个让我钻热被窝的女人如今也成了别个男人的女人了我不可能把她弄来当自己第三任老婆了我要是连她都敢娶马甸我就待不下去了，你看，小建国，说起来天下之大就是没有我段云兵立锥之地。我一个外地人，赤手空拳哪样也没有，跟你从娘胎里出来时候一模一样赤条条来赤条条去，哪样也没有，只能咬牙一步一步往前走啊。我打断他说段场长啊你都场长了，还讲这种话。他说不讲这种话讲哪种话，我告诉你马甸没救了。病入膏肓了，晓得哪样意思？膏肓，病入膏肓，操你妈的你真没好好读书。

164

没有马了。没有马的马甸还叫马甸？全部完蛋了。我想拼了命地救它挽回它结果呢？瞎子点灯白费蜡因为这个世上啊，这个世上从来就不需要漂亮雄势的军马，不需要一匹让你抬头仰视像子弹一样闪闪发亮的卡巴金。没有战争对军马来说就是最大的耻辱对子弹枪炮也是耻辱这些东西你可以重铸再造，马呢，你总不能杀了再养再生。它们老了就是老了死了就是死了容不得新的小马驹了，再也不需要了。没地方装下它们，你想想啊，除了马甸马厩还有哪样地方有这么大地盘简直像诺亚方舟一样可以装下它们让它们一大早冲出马厩像火一样风一样冲向西河海？西河海也奢侈得要命，这个世上哪还有这么一大片草原？你想想啊，这个世上根本就不需要草原和马，不需要这些毫无用处的东西它们本来就毫无用处。你总该记得疯子徐老五吧，想搞出比房子还大的卡巴金解放全人类，真是傻逼到家了脑子里装的哪样鸡巴玩意儿，人咋可能让马代替人？马岂不随随便便就能灭了人？好在这个疯子把自己干掉了终究是被马干掉的你同意吗？狗日的，我要讲的是，你听好了，马甸没有马没有军马，你们这些从小到大喝马甸莲花池水长大的小杂种也就完了。为它干一辈子的人也完了。没有马了。我不晓得咋办了两脚发飘脑袋发麻每次进到空荡荡的马厩你意识到它一定或早或迟被拆掉卸掉再也不会有马进来，再也不会有配得上这个空空荡荡这么大地盘的神圣庄严的东西了，再也没有了。我试过了，我拼了命不让它们空下来。我前前后后跑后勤部不下三十趟，我们想说服上面把马甸办下去把马养下去至少让后代晓得哪样才算军马哪样叫卡巴金，不是普普通通矮得你一蹬腿就上得去的马，

是那种大得你必须昂首挺胸用尽力气才能看见感受呼吸闻见它气味的刺鼻得像针扎像刀子捅一样的马啊，这种马，这种高头大马才叫卡巴金，这个世上也只有马甸出产的高加索战马才是纯正卡巴金不是随随便便的新疆马蒙古马，不是，根本不是。你只有见识过真正的卡巴金才晓得很多马不值一提，才晓得天下骏马的标杆在哪里，就好像你吃过大鱼大肉就不想吃小鱼小虾了，见识过西施你才晓得美女不是李菊芬姚寡妇这般货色啊至少——（他立马打住了我晓得他想起了齐文雅差点就说到她了名字就在嘴边了）我反映了再反映没有结果没有下文没有希望，等来的只是红头文件上面几行黑字：经慎重研究决定，自某年某月某日起不再养马，积极转型再谋发展。哎，从此马和人都——他妈的，小建国啊，马和人都完蛋了。上面要的是转型，让你小建国变成小广东变成小云辉不再让你做小建国了。我们试过了，有用吗？全鸡巴白搭。鬼头鬼脑的梅花鹿像一伙偷偷摸摸的贼占了马厩瞎鸡巴乱转，一个个金头绿耳凡看见人就吓得屁滚尿流连一根马鬃都比不了。我打断他说，段大场长，按你的意思，因为不打仗就没有军马可养了？还是说，就算养下去也毫无用处了？是的，他说，你问到要害了，我告诉你，是这个肮脏污浊堕落的大粪坑一样的世上再也没有卡巴金的位置。这个世道配不上它，不是相反。是它们不能以纯正骄傲的骏马之名继续存在下去所以心甘情愿地绝种，是我们这帮人，这帮老弱病残配不上它所以它宁可消失。我又打断他，说按你的意思，马甸堕落了？是。他说。好吧，我说，哪个时候堕落的，哪个让它堕落的，为哪样堕落？段云兵嘿嘿冷笑，说我晓得你小

狗日的意思。你他妈一点不傻呀小建国。哪个都不干净，我有份，你也有份。我一下子叫起来说我有哪样份哦一个无业游民技校毕业想回马甸混口饭吃，我也有份？他说，当然有，你是马甸人，你就是马甸堕落的一分子就算你没干过坏事也一定参与了见识了助长了别人干坏事。你觉得堕落只跟场部有关，你只是个娃娃，你简简单单活着只管吃喝拉撒能占多少口粮，但是，因为你无知，你依赖它仰仗它又破坏它无视它爱它又恨它或者不晓得爱和恨咋会变成明明白白的伤害怨毒干脆不闻不问漠不关心。是啊，你们这一波人，这一代人多他妈浅薄和幼稚，多他妈懒惰和冷漠，马甸就是被你们的冷漠你们的幼稚搞得喘不上气来你们把它喉咙卡住了，我晓得我这么讲你肯定不服气，你认定是我们这代人造成的跟你有个球关系，我承认，人是瞧不见自己后脑勺的我认了就算你在我眼里还是个毛还没长齐的小屁娃娃，我们做了哪样没做哪样不重要了重要的是老子只能这么做，只能埋头干我能干的可以干的允许干的，还能咋办，把马一匹匹养出来卖出去挣大钱？不可能，你总不能一匹匹分发给职工包马到户让他们养活再年年往回收钱，不，它们是军马，是这世上最牛逼最强悍的马，人就只能围着它打转不是反过来我说了我已经说过徐老五了他总想反过来其实反不过来。你们这波娃娃真他妈想得开，总之撒手不管说走就走因为你们连马屁都没闻几个马鬃都没摸着几根你们跑到育种室看大公马亮出大屌来也算是开了眼了你们还见过哪样？哪样也没见过所以哪样也没感情，没有真正的感情。你骑过几回马？我答，一回也没骑过。就是，你看你们连马都没骑过没机会骑也没胆子骑你们对马又有多少感情，你们连马打个趔趄打个喷嚏也会吓得鸡巴发颤，你们拍拍屁股就走了，留下我们老弱病残想破脑袋也想不出更好的手段了，你们一走，彻底完了。是组织安排我们养马的，也是组织不让我们养马的，老子问心无愧就算把我毙了也没二话，不像你们，小建国，不是我看不起你们，是你们轻飘飘的不晓得过去也不在乎未来更谈不上为马甸受罪吃苦。你们还是娃娃，但娃娃总要长大啊。长大的标志是哪样晓得吗，是你的信——到底信哪样？你回答我，哪样？我说场长啊，你可把我问住啦，信，还能是哪样，除了共产主义——不，他严肃地说，是虚无，你们认定你们经历的不像真的可能是错的，但是，上一代上上一代人为马甸付出的汗水鲜血生命难道不是真的？你咋晓得他们的信不是真的如果掺假还会去死毫不犹豫去死？就像，就像老朱，小广东大舅朱良，一个光荣廉洁埋头苦干的老党员老志愿军战士绝对单纯无私胸怀坦荡从来无所求哪样也没享受，哪样也没抓住。一个可以干场长副场长的料就安于认认真真伺候他的马，那么，当没有了马，你说他咋想呢咋办呢他你听他骂过半句吗？没有，从来没有。这才是响当当硬铮铮的老家伙，他得到哪样了？只有朝鲜冻掉的脚趾头定期发作疼得钻心，只有在马厩长年苦干落下的腰椎间盘突出，哪样也没有了，连存款也没有。那点工资够他过日子就不错了，是的你们从他身上哪样也学不到学不了你们是你们老朱是老朱你们活在马甸又没活在马甸。你们年轻杂种一个个走了发了老朱呢，这代人呢，还是他妈的两手空空现在就更加两手空空，哎——他忽然逼近我，直直瞪我的眼睛，哎，他没说下去。我瞅见他的眼珠又红又肿像是喝醉了噙着满满的血。他还有话要说但忽然不说了。似乎一下子明白跟我这个伸手要饭碗的马甸小子讲这些就是对牛弹琴我在他们眼里不就是个傻子么。他讲完就扔下我走了。狗日的,背也驼了,再不是从前的段大秘书了,不是我们小时候那个漂亮又阴沉的小白脸了。讲完这话小建国沉静下来似乎和最好的玩伴小广东之间早已产生巨大隔膜这可能解释了后者抵达马甸为何偷偷摸摸虽然实情刚好相反,因此沉默就有了双重意味:既是对小建国的爱和不信任也是对马甸的爱和不信任。不信任是正常的,毕竟过了许多年,他怎么可能对马甸人讲述又咋个让他们相信他们活在不同的世界里面,他淡淡说了一句,建国啊,我也不晓得从今往后——他不说了,从此缄口。那时候当然还没发生段的天花板上噼里啪啦掉下一堆一堆钞票的魔幻事件无论他还是他都预见不了这些,简直比他们小时候见识过的奇迹都像奇迹。两个玩伴也只能在你,老张的陪同下去了一趟莲花池和闸塘期望碰见大鱼精或女鬼,但时间剥夺了儿时的神奇眼力,除了满眼黑暗什么也看不见也许因为你偷偷走在旁边所以什么也不能再现了。是的你不能不陪着他你像护犊子的老牛一样处处为他着想就算黑沉沉的没有星星不见月亮你还是担心,就算马甸静如坟墓你还是后怕。之后小建国匆匆道别,说他明天就不送小广东了,小广东一阵心酸,上前和他紧紧拥抱。他不晓得这次是不是生离死别,也许是,也许不是。他呢,自己呢,还能回到生他养他的马甸?小建国走后,你,老张问小广东,你觉得小建国咋样?小广东说还那样啊,傻。你直摇头,让小广东挪窝从你家里撤离直接去大成找

永健,永健二话不说为他安排了一个暖暖和和的被窝。你回到家,一直坐屋里,没上床没开灯,手边舀一瓢凉水不时喝一口,然后抽烟,老旱烟,抽到第三锅烟天还没亮,他们来了。小建国先进来,从他身后暗处钻出来的是皱着眉头闷声不响一脸苦相仿佛遭了无数打击累得要死的段云兵。小建国说,小广东呢?你没吭声。段云兵喝令他离开,小建国嘀嘀咕咕不愿走。段云兵沉下脸,滚!小建国扭头走了。你坐着没动。你桌上点了蜡烛,你舍不得开灯。他在桌边坐下,伸手舀了半瓢凉水。小建国的脚步声越走越远终于消失了。他说,哎,小狗日的,为了去卫生所——老张你没像往常一样掏出五四枪擦来擦去。用不着擦。你一辈子也没用上它。他没回来。你说,莫听一个傻子瞎鸡巴扯。段云兵沉默,也没有抬脚去你隔壁里屋看一看,一声长叹说,小狗日的,还穿一条开裆裤长大的呢。你没说话。段云兵站起来,说如果真回来了,不要怕,我们马甸生马甸长的娃娃啊,唯一考上北京的大学的娃娃,我姓段的绝无二话,他来,只想见他一面,没回来最好,我是真想他,鬼精灵的小崽子。那我走了。段起身告辞。老张你不用送,要真的见着小广东,一定代我问好。他忽然掏出二百块钱塞你手里,在烛火摇曳微风吹拂不凉又不热的凌晨五点钟,天还黑得透透的,你看不清他到底塞了多少直觉告诉你是两张大的你想客套但拗不过他,干脆不拗了,顺顺当当接过来送他到门前让他去了。两个月之后,他还是给小建国在卫生所谋得一个差事工资马马虎虎如果马甸没拆没毁他活下去没问题,关键在于,他似乎用这种方式,帮马甸最后一个小子留下。他是唯一一个。唯一一个愿

167

意留下坚决不去昆明的小子。谁又能预料以后？所以这次安排多少有些悲壮有些出人意料有些含情脉脉好像一个小牛犊坚持留在垂死的母牛身边也不管母牛驱赶了它多少回。小广东，这小子从大成直奔昆明兜里揣着你、朱良和老段给他的数百元人民币外加永健给的干粮。到了昆明没给家里打个电话没通知陈二人秀英，像一粒尘埃擦过城市庞大身躯飘向中缅边境德宏，在一家玉器城隐姓埋名干了三年端茶送水的小伙计又跑了两年缅甸翡翠公盘才重返昆明。记者之路很不平坦——七七八八干了些莫名其妙的活计才用假名做了一份报纸的社会记者，再往后，经商失败重回报社一路干到副编审总算熬出头了。多年来他租房住，好在也能光明正大去看望爹妈了。老陆也就是当年供销科负责买饲料的老陆陆之龙你还记得吧，对你记得，你自然忘不了他挺拔的后背浓密的黑发，此人忽然造访陈二人家巧遇小广东，或真实情况是陈二人获悉老陆要来赶紧做了一桌好菜备了好酒通知小广东务必回来喝一杯。老陆见到小广东本人才晓得他已经是声震昆明的名记和主编"大方"了。陈二人的骄傲溢于言表被几杯黄汤搞得热血澎湃和老陆聊起马甸，顺势聊到小广东的非凡经历儿子在饭桌下狠狠踢他他也浑然不觉。浓重的马甸情结让两个老男人差点抱头痛哭，现在最讨厌的莫过于那些丑陋卑贱的短尾巴的鬼东西鸠占鹊巢住在马厩里面这是对所有卡巴金的侮辱，也是对马甸人，所有老马甸人的侮辱。老陆回忆小广东小时候的点点滴滴对他差点淹死在闸塘的往事记忆犹新，他说，要不是他早早发现通报巡夜的老张他的小命就完了，那时候，小广东才三岁。这件事情，你还记得吧，

老张？（哈哈，可能有这回事应该有也许我救过这小子一命呐）啊连你也没多少印象？老陆喝多了走得很晚，是陈二人硬塞给他一串香蕉才放他出了门。他让出租车司机直奔金殿。出租车司机说，金殿？是的，快，金殿后山。抵达那里是明朗燥热的下午，他直奔跑马甸远远望见十一匹卡巴金就在人工场地上溜达有人骑在上面或空着鞍子让马自行活动筋骨，它们高大、迟缓、璀璨，像一尊尊默然的神。小广东热泪盈眶，他深信它们还能认出它来即便它们老得不能像闪电一样飞驰可凭借当年在马甸大道上坚定伟岸的步伐凭借娃娃们守在路边打量叫喊的狂热和随时将他们抛进天空的声浪它们必能嗅出他的马甸气味，就算这股气味早就在他九岁后的生命中磨得差不多了他也相信从娘胎就带着的浓烈奶臭混合了马甸水气土气粪便味灰尘味的干巴巴湿漉漉金灿灿的气息像磙石路上的石头从二十多年时间背后散发出来，他冲下出租车一头扎进跑马甸大喊，吁吁吁——一匹棕色卡巴金缓步走过来马鬃肮脏稀少，迟疑地喷着响鼻又认真凑到他跟前抬头看他。小广东发现它身上编号是753。那马，753号大马低下脑袋，四蹄轻轻踏动凑近小广东使劲嗅着像忽然发现儿时玩伴从二十年前穿越而来于是挺身咴咴嘶叫，前蹄高高抬起要把身上杂七杂八的虚空肮脏混乱沉重都甩下来也好为这个熟悉的小子这个当年的伙伴腾出位置是的他们曾经在那个地方那片大地上共存过，只要还活着只要没死就必然连为一体，小广东果断跃上马背拽紧缰绳，与此同时所有马匹，所有卡巴金，不下一二十匹就在753号带领下从四处跑来蹄声急遽像天边的闷雷像闪电鞭打，马儿们认出他来了，终于认出这个

骑在马背上高声叫喊着我呀是我呀是我我是小广东啊你们的小广东啊，嘿嘿，吁吁吁他全力模仿朱良刘发打马扬鞭的叫喊久违的声音激在卡巴金灵魂中激起久违的滚烫致命的热血像撕开伤口塞进西河海上烧透烧红的晚霞那一轮惊人的光芒吸引它们聚拢，向着记忆的草原和亲人聚拢打着酣畅的响鼻回应这个骨子里不折不扣的马甸小子，它们闻出他的淡淡汗臭从他长出皱纹的脑门上认出他来自那片正在消失的大地，成了被放逐的尘埃碎屑被抛在外面无家可归不能掂量分量和处境的轻飘飘的东西比尘土还小但这时候又不甘于循规蹈矩的飘散必须向前冲，向军歌嘹亮的远方猛冲向灵魂渴望肥美的湿地和天堂和诅咒怨毒的核心处猛冲像确定死者赴死生者复生。它们，他和它们，都是一模一样的想法这种想法瞬间变成雷霆暴风闪电根本不搭理这个世上任何人类就算后来的主人的主人的主人，他们大喊大叫呆若木鸡，像一伙纯正的傻逼和原始人只能目睹高贵者奢华粗暴地摧枯拉朽。753带头冲出去冲上柏油大路冲向金殿大道向着城市向着从前让它避之唯恐不及的楼群冲去。一团云，一团火，他感觉自己每一条神经每一只毛孔都在燃烧释放马甸的烟尘铺天盖地驰骋着奔赴着绝无妥协，看不清听不见的城市急速后撤又涌来在他们视野中战栗变形，好像城市自身也被惊吓过度发生严重坍缩迎面赶来的追踪者的汽车远远避开差点被马蹄踩瘪，马背上的小广东一面高呼一面甩动缰绳追着猎猎风声冲向拥塞的街头掠过大大小小的钢铁马达吓得它们统统停下，马群奔腾，像史前洪水大爆发席卷咆哮城市不再像城市羞怯匮乏地承认它多么向往原始的征服和踩躏啊，城市本就是征服者

的据点和伤疤，本来就是征服者的排泄物。他们冲过穿金路人民路青年路翠湖北路环城路向前向前，冲过红灯冲过绿灯冲过人群冲过无数粪便一样丑陋猥琐的店铺标语口号广告横幅行道木鲜花庸俗的脸和下肢和碎散的垃圾和窨井盖，城市惊呆了凝滞了报废了像裸露快死的心脏。只有一种声音，只有一种声音在他耳边跳动着噗通噗通噗通噗通那是离他自己心脏不足半米的753的大心脏的搏动就像活活要将这个肮脏诡异的世界砸出坑来以黑暗吞噬黑暗以速度毁灭速度引发地震洪水大火。是的，那天，我记得清清楚楚因为事情闹得太大，上了次日报纸头条——他供职的报纸头版但马背上的人，真名陈旭，一片模糊，无人识得，也无人知晓后来马儿一路奔至西郊黄土坡一片肥美的郊外草坪以后的去向，也许，报社是故意的，故意模糊了他的面目他的来路让这位"大方"主编大大方方消失了，足足十年之后，他才重返昆明那时候他已经化身另一个名字成了另一个记者几乎成了隐身者再也不会给报社和父母招惹麻烦了。他牛逼的地方在于他回来了，回到他的新闻圈子继续铁肩担道义，还能为贫弱者奔走呐喊。这回他化名群马，对，就这么简单直接，群马。时间模糊了太多东西虽然记忆深处的痛感仍然在着。老张啊，我真是想不明白他走了将近十年，去了不知道哪个鬼地方，能待十年的地方还何必回来？何必带着老婆孩子，回来？

22

就让我们继续说说他吧。小广东，鬼精灵的娃娃，晓得马甸很多秘密甚至晓得段云兵老孙秘密的娃娃当然也晓得姚寡妇

小茉莉江若愚老江的秘密，唯一不太清楚的是他大伯陈达人的死以及大伯母黄玉英的出走之谜。他无法理解，更无法理解陈达人为哪样非死不可。他是见过他照片的，一个帅帅的洋气的年轻知识分子目光闪亮被时代和理想擦亮的有志青年，不远千里从中国农业大学毕业后远涉边疆和上千匹军马厮混；这么一个有理想有抱负有本事的优质毕业生咋可能通敌卖国？他是去过香港，那又咋了，一个广东人去一趟香港一点不稀奇就算严厉管控的六十年代这个刚刚大学毕业刚敲定赴云南马甸的陈达人就被香港表叔接过去了，无非买些日本药物澳洲奶粉。兜里的钱也不够他买最少的东西他也的确只买了这些零碎，在香港待了不到一周，就住在表叔拥塞的公房，在一张凉席地铺上躺下，抬手就能撞到表叔的小床。其间目睹香港公车司机上街游行罢工一次，往尖沙咀某书店亲见反共书籍一次。年轻人的心脏怦怦乱跳没法想象世间还有此类读物。他返回内地很快就把在香港见的听的从脑子里甩出去了，直到他们把他押在莲花池边听得见青蛙嘶喊的土基房里面让他写交代材料，他才将那些陈芝麻烂谷子一点一点打捞出来并极力放大之。更让小广东理解不了的是，父亲陈二人保留的那本陈达人日记为何肆意铺陈细节，原本不具备看点要点的经历像手工描红一样一丝不苟写下来，详尽又夸张。小广东问我说，张叔，你看，组织要他交代，他明明可以一笔带过或者干脆不写嘛，他不写哪个晓得哪个知道？为哪样非要写下来？就因为组织要他写下来？我爸陈二人说这些东西他从来没有告诉过他，也没告诉过妻子黄玉英，这么说，关于香港的行程和记忆全是他个人的记忆个人的经历犯

不着把它翻出来晾在日记本里，这相当于，把刀子交到敌人的手心里啦，心甘情愿死于刀下。你同意吗？老董啊，这种问题你能说出哪样来？你哪样也说不上来。你只好说，是啊，就只有一种解释，你大伯陈达人的的确确是一个忠诚得要命的共产党员绝不容忍自己向组织隐瞒撒谎，把事情交代清楚一丝不苟毫无保留正是组织的要求，你们这些娃娃当然不能理解当年老党员的思想境界，你大伯陈达人可是马甸发展的首批党员那是历经考验整整三年才入了党的，他们把组织把对党的忠诚视如生命，所以他一头扎进莲花池，他水性多好啊能躺在水底睡觉啦可他偏偏要死，一心寻死，你说他需要多大决心啊这种坚定的不惧牺牲证明了他的忠贞，可是——他问我，可是哪样？我说，我很疑惑，小广东，他的死，你说，到底自证了清白还是没有？小广东咬着腮帮子答不上来。这就是知识分子的臭毛病呐天真得要命非死不可以为他死了天下就太平了世道就变了因为你以死明志了你的死让人人警醒过来了我操，天真呐，你的死，你一个知识分子的死和一条狗一条猫的死没有区别，和任何一个老马甸人平平淡淡的死没有区别唯一区别也只是你死于自杀，你自己杀了自己你不是躺家里安安静静死了，你制造了轰动惊悚可一旦装进棺材抬进麦地倘你和所有躺在棺材里抬进麦地倘的人有哪样区别？你告诉我，你倒是告诉我，死人和死人有他妈哪样区别？哪样区别也没有终究是一具腐烂生蛆发霉的臭肉。马甸人转身就忘了因为新场长来了你兄弟也来了你的死倒为他换来活下去的一口气可你终归是死了再说他真惦记着你而且感谢你？事到如今，陈二人忘了还是记着？用逃离马甸

的方式忘掉还是记得？我说不上来。总之你他妈的以为死了能为你赢回尊严的想法完全白费力气纯属瞎子点灯白费蜡。草木同秋，这话的意思就是你不过是草木而已。所以何必要死为哪样一头扎进水里寻死？那些害死你的人不会为你流一滴眼泪没人被处理没人被惩罚被关起来他们活得好好的一个比一个滋润。没人站出来。我操他妈的都是不得不那么做那么说那么干红卫兵转身就摘了革委会的牌子挂上场办的轻轻松松把你抹了比抹条影子还容易，哦，影子。妈的我说对了你就是一条破破烂烂的影子穿着你媳妇新做的棉裤还是一条破烂影子。影子他妈的什么也干不了做不成只是个虚妄无根飘荡悬浮像草一样灰一样从高处落下来钻在烂泥里一摊烂泥污臭浑浊脏水噼里啪啦落下来砸下来化了没了哪样也不剩哪样都不是了。哪个还记得你陈达人，除了我，哪个还记得你陈达人？我真想跑到你坟地上大喊你给我出来呀，你好好看看马甸吧，被他们干掉的马甸都他妈什么鸟样了一匹马也没有了他家里倒是噼里啪啦往下掉钱能活活把你砸死十次。像你陈达人之流是绝对料不到段云兵有胆量有想象力这么干的，更没法弄懂原来马甸最值钱的东西居然不是马，居然是大片大片一眼望不到头的东西一点也不稀罕的东西，它们稀罕得连老马甸人死后栖身的麦地倘山也削平了掏空了，连高高在上的马厩也倒下了像巨人一样被砍掉脑袋粉碎肢解。陈达人哪里能预料到这些？所以你就不难明白小广东的不理解不明白那时的副场长多爱这个地方就连段本人也爱这个地方否则就不会搞来那么多钱啦顺便也为我们搞了一点钱。可是，他们之间最大区别在于他们的信南辕北辙天上地下。陈达人的信不是段云兵的信。小广东的不信和信也都因为这两种莫名奇妙的信。他心里是有谱的，我说他不能理解的恰恰是他不能接受人心的扭曲狰狞就像一个人明明饿了非要说自己是饱的就快撑死了，是的，他不能理解人居然会被弄成这样最后连自己都骗了连自己也不信了只信上面和组织。陈达人想通了，从台上下来穿过人群忽然笑了把站在最后一排一直为他揪心的我们搞懵了，他被两个红卫兵扭送着来到我面前绿惨惨的脸上的笑容极其坦荡诚实绝不拖泥带水咧着嘴巴亮出白牙。当他把这些回忆清楚精准地写在几张信笺纸上托我呈上去之后新的麻烦来了，以段云兵为首的小将们要他交代更多细节。我眼瞅着他目光越来越呆滞虚弱像匹累坏的老马，问我说，还写？我只能点头。两天过后各种细节被他写出来我看了都吓着了搞不清楚是真是假了很可能写了一部小说栩栩如生有人物地点颜色气味声音一半由想象驾驭一半由记忆撑着，不愧是中国农大高材生啊。他们看完后让他等着。那些天他气色好了，渐渐恢复信心了或者说看起来信心很足能坐在土基小屋门槛上冲我开开玩笑了。我不是他的敌人啊，从来不是，我愿意一辈子是他朋友，只要他看得上我这种巡夜的小角色。不管咋说我们关系一直很不错啊。但你晓得的老董，当官的，特别是这么大个副场长咋可能对你我这种小蚂蚱掏心掏肝？他坐在小板凳上靠在墙上跟我聊他们夏天咋个下河抓泥鳅的，说马甸娃娃们太笨其实只要把泥巴一坨坨捞到三岔河岸上再一一扳开就解决了犯不着把水弄混一条一条捉来捉去，还有，钓黄鳝也不是这么个钓法，怎么能把秧田埂都刨了用网兜用簸箕弄它们呢那还有什么意思？要从单车轮子上拆一根废钢丝磨尖再穿上蚯蚓把黄鳝从田埂洞穴里引出来再用另一只钩子猛地勾住这才过瘾嘛……我们嘻嘻哈哈讲了半天，见三岔河埂上几个娃娃的影子晃来晃去，湿漉漉的秧田清香随风荡过来那可是非常难得的好天气舒服又明媚就好像预示了他的事情终究会有个好结果。第二天下午，他们把我叫去了，让我转告陈达人，准备好第二轮批斗和游场。是的，这回要游场了，要架到一匹矮马背上绕马甸一圈头上戴高帽两手捆在后面像被擒拿捆绑的土匪，游完再关回来。陈达人两眼直愣愣看着我，悄声说，他父亲当年在广东是著名牧师呐，牧师你晓得吗，对，教堂信众的引领者，代表上帝说话的人。他恪尽职守虔诚布道还把家里藏的粮食偷偷塞给基督徒却把自己活活饿死了，两腿浮肿身体虚胖我从邻居家好容易借来的粥他一口也喝不下去了，他让我读一读《约伯记》，约伯说神呐，你必不可遗弃我。父亲临死之前，说他困惑自己能否进天堂，我说你当然要进天堂啊，他说，主啊，请宽恕我。他让我去壁龛里找出一小把玉米，说有个教会弟兄饿得快死了特来求他施舍，他犯难说，我一口吃的也没了。那一刻他想的是自己和家人，他没舍得这把玉米。他把它藏得好好的。他恨不能变出鱼变出酒让所有人吃上饱饭。为此上帝必不原谅他，如今离死不远，他忧虑自己一辈子的侍奉全白费了死后必不能进天堂。陈达人说，老张，你晓得这个故事的意思吧，最后时刻，我父亲最后时刻怀疑自己的信仰被一把玉米摧毁了，这种摧毁，远比死亡带来的恐惧更让人恐惧。他明明晓得恐惧一定会降临的，那么，他干吗不施舍？至死，他也没吃上他的玉米，一粒也没吃到嘴巴

里。为什么这样？为什么他的信忽然被撕开一条口子一条裂缝？上帝在考验他还是惩罚他？为什么？老张你晓得吗？我使劲摇头。这些知识分子的话我听得云里雾里，更莫说他还提到基督啦上帝啦。我们哪有这些东西，后来也只听过见过把自己炸飞的徐老五口中偶尔念叨的老子从他家灶坑里掏出来的《道德经》。陈达人说，你听好了老张，这条口子这条裂缝就是因为忽然的不信，或者说，忽然的不完全，不彻底，忽然产生了怀疑，我父亲在一瞬间的决定也就是没把这小把玉米交给教会弟兄救他们全家的命就是因为，就是因为，父亲对上帝产生了瞬间的犹疑，也就是说，如果他不晓得自己全全部部的给予到底能不能让自己的主耶稣和上帝知晓，自己的全全部部的信要是换不来上帝的嘉许呢？他和他的家人就得饿死。在死亡面前，信仰，到底是面包还是水？比起性命，上帝的永在的沉默虽然正是上帝永在的本质但是否能冒险一次？就因为这短暂的小小的不信，这条小小的裂缝，他全部的生命和希望都落了空。他为自己和家人留住这一小把救命的玉米有错吗？爱人如己，首先爱自己有错吗？于是这片刻怀疑的后果马上显现了，上帝即将剥夺他的生命让他连粥也喝不下去了。父亲是活活饿死的。对我们来说，他留下的财产只是这一把玉米，我们靠着这一小把玉米挺过来了，父亲救活了我们兄妹四人而不是那个教会弟兄，这究竟是罪愆还是救赎？在我看来我们的生命和弟兄的性命一样重要，只不过，在轻重缓急的较量上，父亲的行为近似背叛，但他付出了生命。对此，上帝究竟是知道的还是不知道呢？上帝是原谅还是不原谅呢？陈达人的问题让我张口结舌不能说话半个

172

字都说不出来我不晓得这么神神叨叨的问题咋要问我他明明晓得我回答不了啊我又不信上帝，他也不信，是的，他也不信，他是忠诚的布尔什维克啊。老张啊，他又说，长长叹一口气，我心里的裂缝也快出来了，就快出来了。这话的意思我多少晓得，在那帮革命小将让他交代这个交代那个还要让他骑一匹矮马游斗绕行是多大的羞辱啊，他当然不觉得自己接受就是忠诚不接受就是不忠诚，那么，只要他心生这样的念头，就已经是不忠诚了，裂缝已经出现。还有修补的办法吗，还有吗，有吗？他问，我答不上来。他说他读过《约伯记》，他晓得忠诚的路径是唯一的绝对的排他的路径，那就是信，永远的无限的坚持的信就好像英勇就义的共产主义战士刘胡兰，因为坚信不疑所以含笑赴死。他讲到这个我倒吸一口凉气，妈的，你千万别干傻事啊老陈。他笑笑说放心吧老张，他们是他们我是我，我这人呐，怕死。换句话说，我现在理解他的话了：一旦怕死就说明信的拱顶坏了，塌了。最后他一头扎下莲花池。我以为是他老婆黄玉英的那封信把他压死的现在看来不是，根本不是。他早就想好了。

小广东对陈达人也就是他大伯的故事兴趣太浓了，所以这一回，在他四十老几的年纪重返马甸准确说是重返马甸废墟我们又去了莲花池，去了那个还立在岸边小建国住过后来彻底空了的土基小屋现在摇摇欲坠就快塌了。他凑着门缝往里瞧，门上有锁，钥匙在小建国手里小狗日还是跑了我以为他会守住的会一直住着我们都他妈的看走眼了，开了会投了票，很快拿到两万，小狗日的七八天就跑了据说跑到昆明给卖菜卖肉的小商小贩开大卡车了，我已经很久没见过这小子的面。小广东还能闻出他的气味就像小时候他留在他鼻孔里的臭气久久不散就像他上次逃回马甸小建国也能嗅出他的气味追到我家一样。两个小狗日的。小广东说小建国啊小建国，我说是啊，他咋可能守住这个地方，咋可能跟我一起守在马甸，这小子日子还没过够哩。但是，你说你守在莲花池边上也比我守在大礼堂脚下舒服多了，热了翻身下去游泳累了倒头就睡饿了生火做饭。为哪样走？钱到手了反而跑了可能到手的钱足够他大干一场，足够闯荡天下未必像你小广东这么风光可也不比原地待着混吃等死更差啊，到底还是想明白了。那是他们又给了钱？给了，让他滚蛋。多给三五千足够了，莫说三五万。是，这个小狗日的。刘发呢？刘发收了多少？我咋晓得，你得问他了，你得当着他那张老脸好好问问他了。小建国的临阵脱逃让小广东很难过，他想不明白一个曾经死也不去昆明非要守在马甸不停向段云兵讨要工作机会口口声声坚持到底的小子，马甸最后一个晚辈，为了三五千三五万就叛逃了。我们去找刘发。小广东说不能不找他就算远在天边也要把他找出来要找一个当初振臂一呼的人物不算难事，我们很快来到嵩明县城一个不错的小区，当时天都黑了，零零星星的灯光就像当年马甸的天空大地像所有卡巴金的眼睛，孤独又倔强，傲慢又伤感，像高高在上模仿神的口气吐露真相欲言又止。是的，不说，不开口，所以厄运往往是砸在沉默者脑袋上的惩罚虽然看起来也像一种奖赏，一种因为神对人极度讨厌之后的离弃。啊，地上的人和马永远不能相提并论，我们活着似乎就为了恶毒残忍地羞辱神明呐。我们活得很憋屈很窝囊因为我们就不值得更好地活嘛。我们一步一步往里走明明是平顺干净的水泥大道却像是踩在废墟里深一脚浅一脚。刘发出现了,他就在一楼门口迎接我们,黑暗中的身影挺得直苗苗的像当年那个货真价实一枪干掉盗马贼的汉子。我们进屋,他热络地为小广东端茶送水,嗓门响亮大声,穿一身灰夹克还是那么干净体面,他问他还记不记得当年他还小哩只是个小不点,现在,大记者啦,我的天,无冕之王啦。这个家不大不小,实木家具溜光水滑,但说真的,老董啊,我觉得你要是把他头发还算浓密的脑袋上的天花板凿穿了也会噼里啪啦下一阵大暴雨的,也会让我们死无葬身之地。到底是刘发,一眼看出我的担心了。老张,你听我说,我不玩了不干了不是因为我拿了人家钱,这种钱你借我一百个胆子我也不敢拿。我打断他,你刘发胆子多大啊,还用得着借?是你把段云兵送进大牢的,是你一枪撂倒偷马贼的,你可是大英雄啊,要是一个英雄都顶不住了——刘发一声不响,带我们去后院,打开灯,只见一片狼藉满地泥巴,一左一右,两个大坑,像两只黑洞洞的大嘴。我们问他说哪样意思,他说那帮杂种来过,一共七个,五个在院子里砰砰砰挖坑,两个把我绑了问我喜欢哪个坑随便挑,深的还是浅的平的还是圆的。你们看见了?你们都瞧见了?老张,狗日的,我老了,我要说半句假话,我就是狗操出来的,当着小广东的面,我要有半句假话你让我五马分尸,让马甸最好的五匹卡巴金把我分尸。我怂了,老张,我当场尿了就在你现在站的地方就在门槛上他们瞅见就笑了,抄起家伙出了门……小广东直视他的眼睛,直视这个当年的英雄如今腰板使劲挺着脸上有很多褶子分明还有精神头的老家伙要是走在大街上,他一定认不得他,一个人到中年一个老迈消瘦,如今互相对视远非一个中年养马人和一个孩子的对视他们一辈子也没好好打量过对方呐,那时候的英雄刘发被放逐的刘发坐过牢的刘发哪会把一个小屁娃娃放在眼里?但现在,他眯着眼睛在暗黄色的像他拉出的尿一样的灯光下的脸又老又丑绷得像张明晃晃黄湛湛的鼓皮,傲然凄惨又惊惶可怜,像垂死的母狗。他身上的气味还算不错但也散出老年人特有的衰败臭气了,夹克衫干干净净不知嵩明还是昆明淘换的总之稍稍显大可他整个人都还精精神神,不像是收过黑钱的杂种突然迸发的那种没来由的矍铄和兴高采烈,我相信在演戏这件事情上没人超越段云兵,他刘发自然也超越不了。小广东两眼纹丝不动看了半天,嘿嘿笑了两声,向他告辞,说我们走了,刘叔,你多保重。我们重新回到暗夜中准备打车回马甸。我问他,刘发扯谎还是没扯谎,他说他肯定扯谎了可你没证据,一点证据也没有。院子里的坑,张叔啊,他一个人,三天就能挖出十个。回马甸路上我心里七上八下,宁愿相信老刘发果真在他自家门口怂了尿了一裤子也不愿相信狗日的房顶上也堆着一捆一捆钞票活活能把英雄的脊梁骨砸断。小广东又独自跑到马厩废墟上,高高站着,像一座泥巴青铜雨水天空大地塑造的某种超能力的血肉混杂的模型就好像他是从地底钻出来破土而出非常坚实的马甸之神一次大破坏之后的遗腹子,是的,遗腹子,对,无父无母尽管他有那也是名义上的和灵魂无关,真正的马甸遗腹子就该是他眼下的模样饱经沧桑还能回来还能站着你讲不清楚他鲜嫩的小肉身咋个消散变化成这么一具硬邦邦的身躯，被活活抛在荒原上垃圾堆上无休止的背叛杀戮贩卖坍塌之上，这就是他面临的考验不是我们这批人面临的，我们这批人的考验是，老董，你晓得吗，我们这批人活得太久了太贪得无厌太斤斤计较所以瞧见和经受这么多折磨还要无奈煎熬，要扮演一个忠诚观众这多难呐所以你还要好好演下去看下去忍受这些又怀有一种隐隐约约的好奇、正义和果断走下去。我当时的幻觉是，如果这摊高高堆砌的泥巴废墟压住我，让我这把骨头做马厩肥料再孕育一朵鲜花来长在他脚下你说该多他妈的好啊至少应该有一朵花，至少有那么一小朵花可以坚定盛开在废墟上面也就无人敢把你铲除了，如果不是花也该是一棵草吧，顽强钻出泥土沙石的青草和这片散发马粪味汗味血味的大地融为一体，一起坚守，瞭望，吼叫，吓退狗日的牛鬼蛇神。我倒宁愿那样，我一个人，一个人待在马甸，谋划，周旋，等待，实际上你不晓得你会等来哪样毕竟一把年纪了骨头也脆了走起路来咔咔响下雨天浑身疼得要命你活不长了，你死路一条，你等来的只是没完没了蔓延繁殖的一大片虚空。永恒不变的虚空，最初世上那一日黑暗虚空连影子都还没有因为还没有光呢上帝还没现身没有缔造没有惩处呢，是吗老董，我们身后，我们所见和不能见的，一片虚空。但是就在这片虚空之上小广东踩着这片虚空挺身立在高高的土块碎砖上面不晓得一动不动微微发胖的身板到底在酝酿哪样琢磨哪样。一只猫头鹰猛然从他头顶飞过，也许是乌鸦也许是斑鸠，我看不清听不明，总之它巨大傲慢的翅膀擦着他的头皮掠过去了，月亮迟迟没出来这不是我熟悉的马甸夜晚了，身为巡夜人的我多么熟悉这地方这土地这天空这小子，鬼精灵一样的小子可他越来越沉默，只说重要的话，也懒得和我追昔抚今因为没用，因为马甸也是他的伤心地呐，也是陈二人和小秀被逐出的家。他终于从废墟上下来一步步走回我窝棚下面接过我的水瓢狠狠喝一口水。转身，他的家，当年的家就在苍穹下面摇摇欲坠又极其坚硬地挺立着骨骼硬朗轮廓挺拔像绝不服输的老狮子趴在麦浪翻腾的大地上。我越看它越发好看了，就像看一匹老得不像话的卡巴金呐比狮子可还要高贵挺拔，我养活的，我喂大的，现在决意和我一起捱过最难捱的时光。是啊老董，你想想，要是小广东不来不介入我们还有哪样念想，一样也没有了，只剩我，一个泥巴埋到嘴的糟老头，一个已经很难巡夜的巡夜人我脚下活动范围超不过三十平米了，不骗你。我问他接下来咋办，还有哪些人要访要见？他说马甸人，能见的都见一见。我答应他天亮之后一大早就把能找来的全部找来。他不再吭气，像对这场笔墨官司早有想法，我问他还有哪样要打听的，他说你们真傻，当初干吗在大礼堂画押签字？我半天说不出话。后来我说钱还在哩，两万块，一分不少我都留着，没动过。他说不是这个道理，不是钱的问题，钱也解决不了问题，要解决的是人的问题，是马甸短暂的一两代人积下的又傻又偏执又封闭又自私而且崇尚暴力权力的问题，这个问题，就太大了，要是这回他的报道没有一个好结果，张叔啊，他长长地叫了我一声，张叔，你千万莫怨我。咋会呢，我咋会怨你呢，你小瞧我啦小广东，你该给大伙一个交代，你大舅朱良，云珍，你大伯，你爹，你真该给他们一个交代。小广东转脸看我，非常认真也非常沉静，说张叔啊，我连我自己都交代不过去。张叔，这是个噩梦吧你说呢？马甸的过去现在将来就他妈一个噩梦吧？是不是啊张叔？你瞧瞧，你瞧。他顺手拎起一块泥巴来，马厩的土基墙，有些湿重，黑漆漆的，像一截牛屎。我说不出话来。明天不见马甸人了，他说，我想见开发商，我要见给你送东西送钱还派了人来的小子，那个小子，让他带我见他们的头儿，我一定要见他们的头儿，否则这篇文章没办法写。我呆愣了半天才说，好，你说了算。

老董啊老董，这么多年了，这么多年来我看够了听够了实在累乏了，我要么听那小子的拿了钱该上昆明上昆明该住洋楼住洋楼总之那地方还是马甸，我哪根筋搭错了非要守着住着赖着野狗都不愿来的马甸，连陪你说话的鬼都不见一个。按理说拿钱就走快活几年就烧了埋了人人必有一死，我何必守着不动？何必为一伙傻了吧唧在自己卖身契上签字画押的傻瓜守在一个不值一守的地盘？你见识过鬼？老董，我以为我见识过其实没有。我从当年徐老五门前经过看见一条孤零零的影子肥胖又模糊像摊烂泥，大美人齐文雅连这种影子也不见了马厩倒下毁掉就没有了把她最后一丝气息葬在下面长出草来。废墟和泥巴才是最常见的而闸塘，操他妈的哪还有闸塘？被一伙人连西河海马厩塘石大道推个干干净净填个满满当当。我只是待在泥巴砖石中间的老不死的，不晓得明天早上起来还能不能动弹的老不死的。我都怀疑他们会不会半夜摸进来给我一刀一百了。可是老董，我说我要待下去，待到死，我被拖出去，像条狗一样出去，否则我不会出去。我说了我要守在我该守的地盘上因为是马甸的地盘不是别人的。我自己的地盘，你的也是我的所有老马甸人的地盘。

我不会随随便便就走给再多钱也不走。哎，守着一片没用的说到底也不属于你的地盘到底为哪样？我不晓得啊老董，到底为哪样，还能为哪样？好，不说废话，第二天那小子来了一大早就来了，开着他的丰田，手里拎着吃的喝的，眯着眼睛仔细打量小广东，小广东说你晓得吗？小子摇头，亮眼的黑皮鞋白衬衫和遍地废墟格格不入。小广东自报家门也请他引见，小子默不作声。小广东说必须找你们老大，你说了不算。小子说老大不是谁想见就见的。那咋办？要预约。哦，你替我约。不用，你就找我吧。你不行。我行，老大委托我了，我全权负责。你负不了责。我能。那好，小广东打开录音笔掏出小本本问他各种问题。在我听来也就是把所有事情前前后后又理一遍全是废话但小广东才不管他废话好话他要从沙里淘出金来。快到中午他们终于歇了，他合上本子关掉录音那小子使劲喝水。好啦？好了，谢谢。小广东问他哪里人，他说河北保定，然后叹气，说你看，就这一栋楼了。小广东眯眼往前看，又掉头看他。说晓得谁家住在上面？小子摇头。我家。他咧嘴笑了。小子也笑了，看看他又看看楼，说早晚的。早晚什么？早晚，也要推掉。我知道，可它现在还立着，还没倒。你仔细瞧瞧，漂亮吗？好看？抱歉，我看不出好来，小子说，太老啦。现在的楼，不是这么个盖法。再也不是这么个盖法啦。是啊，小广东说，既然再也没有了，你们连最后一个也要灭掉？小子羞赧地笑着，说他有事先走，抱歉，实在抱歉。白丰田一溜烟走了吃的喝的撂在地上满满当当又一座小山。小广东从里面掏出苹果，在胸前擦了擦咬下去问我要不也来一个。我摆摆手，说我牙不行了。远处，小子的丰田轰扬起尘土比卡巴金快得多也丑得多。尘埃落定，小广东问我，他还会来？会。当然会。狗日的不到黄河心不死。所以那天夜里，那天夜里我们经历了想象不到的噩梦就像你坠在洞里埋在地底被废墟压得死死的一下干净透亮一下漫天大火三岔河底的水也烧起来一层接一层一片接一片马甸翻江倒海挖了填填了挖满地水草碎砖石头泥巴。半夜里，睡地铺的小广东忽然问我，张叔你听见了吗？我爬起来，外面有动静，有薄薄的光切进来，刚开始我以为是外面汽车马达和车头大灯扑进来我们被包围了几十个人几十把枪黑洞洞的枪就像电影里演的那样，一模一样。我的心怦怦乱跳半天没起来不敢开门不愿把小广东送到枪口上。但是迟早发生的恶行我早就心中有底。小广东一跃而起。我伸手抓他硬没抓着，被他一挥胳臂甩开了。我第一次注意到他已经是一个背部微驼壮实高大头发谢了许多的中年汉子再也不是我记忆中那个像赤脚踩着风火轮奔跑在马甸大地眼睛亮得像星星的娃娃，不再了，脸上有深深的抬头纹法令纹走路迟缓沉重像什么东西坠着拽着提醒他出门就是刀山火海万丈深渊。他急迫的动作和呼吸慢下来，沉着稳重又暗含怒气——这种熟稔的马甸气息就是一个中年汉子早该有的哪怕他里面还藏着娃娃的天真和傻气。他拽开门，外面的东西把我从很深的梦境拽出来让我瞪大眼睛不对是他在拽我，非常用力试着要让我说点哪样。我说啊呀，这他妈的才几更几点——外面，一根直溜溜的深棕色缰绳，循着它向上，再向上，是一匹油光水滑仿佛冰雕玉砌的卡巴金。竟然是一匹也许是大黑也许是大红的混合体噗噗喷出响鼻的巨型卡巴金。其鼻息在身后灯光照耀下比一团团白雪还亮，清晰又完整的轮廓不可一世璀璨剔透紧绷绷的冰钻一样身线像精钢石墨打造的。我喘不上气来，发不出一点声音。绝对是大黑大红的混合体全世界最牛逼最高贵的杂种上天馈赠的恩赐鼻孔圆大厚实嘴唇微微张开白牙瓷实闪亮长长的脖颈扬起棱子肉一条条一根根暴露着就像小茉莉哼出来的月亮在白莲花般的云朵里穿行，穿行，再往上就是一张挺括的深棕色长脸和漆黑深湛的眼睛了，在左右射出不知源头的两束强光里面温柔眨动来回打量小广东和我，打量废墟马甸和它从前的家，从前它当然属于这里必然属于这里我百分之百肯定。我转身想端出火枪因为它不太安分四蹄踏动紧绷绷的长腿朱良在就好了，朱良啊朱良可它左右两头是挖掘机伸长的前臂像怪兽一样做出骇人架势车头大灯的强度能把马甸地底的一个个魂魄唤醒。我端出枪，马旁边的小子让小广东过去，小广东动作迟缓麻木茫然脚步向前挪动的时候啊，老董，我不止一次想起陈达人，那个犹犹豫豫自怨自艾的陈达人陈副场长最终着魔中蛊一样跳进莲花池，我分明从小广东这个大记者身上脸上多少瞧见陈达人软弱凄凉自欺欺人的影子好在没向着莲花池是向着那匹马，那匹马藏身在黑暗和半明半暗灯光之下坟墓一样深邃的黑暗深处，也许是金色麦浪里面，也许是另一片废墟下面他小时候住过的老房子下面。那小子，一身白衬衫夜里十分招摇，继续挥动缰绳冲他招手。小广东一步步梦游一样靠近，拉住马缰绳，翻身上马。他的动作有些笨拙但也算利利索索上了马背，马身上挂着黑鞭，他摘下来扬鞭打马嘴里呼呼几声，那匹马，那匹神气得让我心跳消失的大马转身喷出响鼻，踢踏踢踏扭过身体露出浑圆硕大的墙一样结实漂亮的屁股，四蹄交替启动加速冲进废墟马甸的黑夜沿着塘石大道朝着马厩大草棚西河海奔去，小广东大声呼号起来，声音响彻夜空让我想起当年自己当骑兵的模样想起朱良想起刘发，他来回冲刺三趟之后骑马逼近我让我听卡巴金碗口大的蹄子踏动的哗哗声，我仰脸看他，小广东的脸，这张本来是中年人的脸忽然在强光和冷风雾气中变成从前的样子了，从前小时候的样子了，圆下巴大眼睛黑皮肤像亮闪闪的金子，从前啊，从前的小广东夜里到处乱窜眼神清澈闪亮洞悉马甸奥秘的小广东就是这般模样。他张口说话了，张叔，你把他们干趴下？我说，是。我又说，你小子，真他妈帅。他说他从小的梦想，最大的梦想就是骑上一匹卡巴金在马甸大地上飞奔呐，没想到，四十多岁年纪居然实现这个梦了而且是在没有一匹马连一匹马也不剩下一匹卡巴金也没有了的马甸废墟上实现的，真他妈不可思议。我说，是啊。他说张叔你看它屁股上有编号吗？我凑过去，把清清楚楚的数字大声念出来，204。他说天呐，是，204，你也看见了，不是我做梦。当然不是，小广东。你没做梦。张叔啊，你想骑它吗，想骑一下卡巴金吗？我摇头，说我老了，没法骑了。他勾下腰身看着我说张叔啊，张叔，我要骑着它走了。走？去哪里？张叔啊，我这就走啦。为哪样？你活还没干完哩，要见的人你还没见哩。我不见了。我要见的人就是你，我想干的事已经干了，我正在干着，我正在骑着雄势的卡巴金啊。你到底哪样意思小广东，你他妈昏头啦？没有，张叔，没有。你收拾收拾搬家吧，去一个好地方，好好吃饭好好睡觉的好地方，莫守

着废墟了，守着一堆泥巴和石头毫无意义。马甸没有了，不存在了。你看，最有意义的，只剩下你亲手种的这些麦子了，可你一个人怎么收割呢？只能瞅着它们白白烂在地里。操，小广东，你他妈的魔怔了，忘了你大伯你爹你大舅你亲妈——我没有忘记，张叔啊，没有忘记，正因为没忘记我才不想让你守在这个破地方了，正因为我还牢牢记得那些耻辱溃败没落死亡伤痛贫困无耻高贵我才不想让你守着不是马甸的马甸了。张叔啊，段云兵说得对，没有马的马甸还叫哪样马甸，你到底在守护哪样呢？废墟还用得着你守护？你想想看，没有马的一百年前，这片土地不也是一样的废墟一样的杂草一样的石头一样的泥巴？尘归尘土归土，张叔。你守护一堆毫无意义的东西本身就毫无意义，这堆东西早就在几十年间把自己耗尽了也把马甸和马甸人耗尽了，就连小建国也不见影子他哪守得住他原本就不想真正守住的东西？张叔啊，他死死盯着我，这个小狗日的这个我当年那么喜欢的小子用他红通通的眼睛盯着我，说你想守住的可能只是，可能只是——只是哪样？我懵懵懂懂像吃错了药喝多了酒目瞪口呆，一束束惨白的光打在他身上像鞭子一样，仔细看又像银丝编扎的罗网。我还是无法相信我眼里瞧见的。对面几辆大机器虎视眈眈，我晓得我咋个也逃不过今夜了。小广东仍在马上，继续俯身看我，伸手拍了拍我脑门，张叔啊，马甸可能是你自己一个人的春秋大梦，梦做完了也该醒醒了，张叔，一代人两代人为它拼死拼活不值得，一点不值得，说没就没了。不全怪他们还是怪你们自己是你们把自己害了就算没这块地盘的合同又怎么样？它不属于你，不属于任何

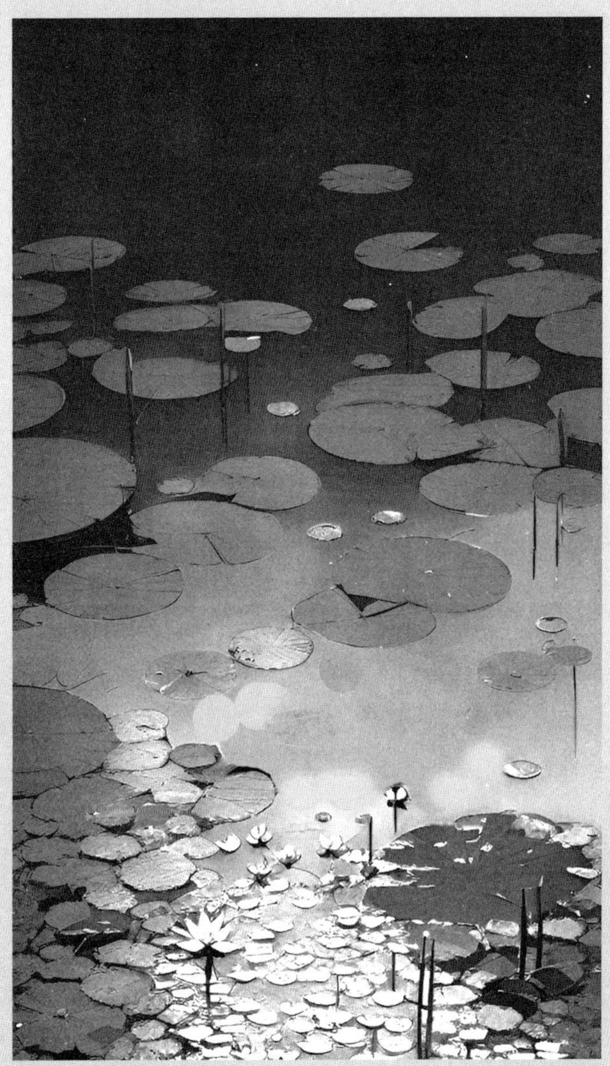

一个马甸人，也不属于他们。他们要动手就让他们动手，敌人打你左脸你就伸出右脸让他接着打，他们必会遭报应但绝不在今晚也不会让你我来实施，自有老天看着呢，你何必为了二三十亩地拼上自己的命呢？何必呢张叔？留得青山在不怕没柴烧。走吧，上马来，走。老董啊，我就呆呆看着他看着这个我当年看他长大的小子，看着一个长大并且经历过无数考验某种意义上我也和他共同经历过的小子，嗯，我说不出话来，我被一种深深的惊悚茫然困惑愤怒狠狠按住没法动弹一下连勾勾小指头也不行了，最好是个噩梦啊只是个噩梦就像我目睹这小子头顶上的云彩打开噼里啪啦砸下一匹一匹卡巴金来。不，也许比卡巴金更暴烈凶悍就像全马甸已经在惨白的灯光炙烤下化成缕缕青烟累累白骨。我说我上马干哪样？去哪里？走，跟我走。他说。不去，任何地方，再好的地方，我都不去。小广东一声长叹，说张叔啊，那我走了。走？你去哪里？去我该去的地方。我走啦张叔，我真的走啦。说完扬起马鞭在204屁股上狠狠抽打，天一样大的卡巴金一声长嘶，朝着灯光之间的豁口发起冲锋像直奔月亮冲去，天空突然垂下来将他揽在怀里，咔咔咔的马蹄像鼓点一样猛敲接着像闪电一样消失了，消失在黑铁般的凌晨了。那机器怪物关下灯光掉转车头，像幽灵一样滑进黑暗。给你七天吧大爷，七天。多一天都不行啦。它无声无息潜没撤退被黑暗吞掉本来就是黑暗的一部分竟然毫不惊动大地像折纸玩具一样被看不见的大手挪走了。我张大嘴巴。老董啊老董，我眼前，在清晨五点的时候，太阳就快出来的黎明，只有无边无际的黑暗。我连小广东家的楼房和楼下翻滚铺展的麦子也看不见了。哪样也看不见了，像瞎了一样。

老董啊老董，幸好，你来了。第七天，你来了。可能是我们最后一面，可能，你会瞧见他们重新涌过来，像无法无天的洪水一样涌过来，像全马甸的卡巴金奔向西河海一样涌过来。

[特约编辑：余静如]

消逝的荣耀

耿占春

陈鹏在《群马》中描述的马甸并非乌有之邦，这是云南嵩明县境内叫做莲花池的地方，一个始建于抗战初期的军马场。小说主要通过两个马甸人口述史式的叙述-回忆，让一部虚构作品呈现出非虚构的历史真实：军马场的重要性随着战争与和平的格局而改变，尤其当战争形态从游牧式进入工业化与电子化，战力从战马转向各种战车，不仅那些骏马失去了昔日战争中的功用，军马场和那些牧马人也随之失去了存在意义。群马的战争价值一旦消失，数千年文明附丽于骏马身上的符号价值也将逐渐消失。一切都在转变，任何地方、人与物都属于历史性的存在。军马场的辉煌时代，在一代牧马人的记忆里，就像一种渐渐黯淡的荣耀。然而，《群马》激烈的抗辩在于，一个转型的世界不该是一个价值虚无的世界。

1

构成这部小说叙述话语的是人物的回忆，是叙述-回忆中对其他讲述者的引用，是另一些当事人或见证者的言说。《群马》的叙事话语具有口语的结构特性，它是被作家的书写语言所追逐着的口语，语句重叠、语义复沓、断句方式都表明它书写的是声音，受到言说者语气顿挫和情绪波动的支配，书写语言的不完善感尽显口语中的那种骚动性和片段性，以及它在书写语言中留下的声音的痕迹。

　　我呆呆站在路边,丧魂落魄两眼一眨不眨瞧着这一大群你数也数不清的马儿向东南方向疾驰即将顺着太阳铺的金色大道冲出马甸了,就要变成无数的云和光了。……直到最后一个经过的骑在马上的男人低伏着身体来到面前,一双黑亮的马靴一件精神抖擞的军装腰里扎三指宽的硬皮腰带手里挥舞鞭子大声吆喝,驾,驾,马儿就像他的孩子扬起脑袋目光温柔又果决地向前飞奔,我被裹在燥烈的声音气流和烟尘中小得不能再小轻得不能再轻就要被抛到天上。我想我来对地方了真来对地方了离开昆明是对的,我就该从翠湖边搬来这个充满布尔什维克理想和荣光的激动人心的地方来,就该让我见证战争一样见证军马嘶鸣飞驰成为活着的好好活着的社会主义新人。

　　这是一个马甸人追忆她初到莲花池军马场的情景,小说写道:骑在马上的人突然掉转过来,询问这位新来的女性,她回答说"我叫董以敏,刚从昆明来,云南大学历史系——",对二十世纪五十年代一个年轻知识女性来说,眼前的景象足以在她心中唤起一种混合着崇高观念的生命激情,何况一种自然的美学景观如此强有力地补充着这种观念。也就是说,这种激情中的元素不只含有五十年代的社会观念,还有千百年来骏马与草原在人的心中所激起的浪漫主义情感。"他举起马鞭打断我……他说你也老右吧?我说我爸是老右,我还没毕业,没法上学了只好——你爸也来了马甸?没来,他去了更远的地方。"询问她并随之带她上马飞奔的朱良是战场上立过功的军人。而她则是右派的子女。荣耀与屈辱,浪漫与不堪,一开始就充满歧义地纠缠在一起。但对她而言,这个耻辱性的社会标签是从外面贴上的,她的内心与马甸的世界观完全一致。在她眼里,群马和牧草地就像是布尔什维克的荣光从天国向大地的流溢,仿佛马甸的光荣与荣耀也是属于她的。

　　……黑骏马四蹄飞奔越来越快像利箭射过闸塘冲向树林扎进树荫之后突然坠入一片辽阔的汪洋绿海——一眼望不到头的西河海呀,是延绵数千亩上万亩的牧草地,到处是三叶草苜蓿草刚刚淹没马蹄翻腾着绿色海浪朝着远处山脚下漫过去,被太阳照耀抚摸揉捻和一阵又一阵大风彼此迁就交错翻滚扭动像个绿巨人睡醒了又继续趴下迟迟不愿起来……壮观的马群一旦落入西河海手掌也忽然不值一提,它们星星点点快乐地东游西荡呋呋散开低垂着长长的脖颈吃啊,吃啊,又三三两两较劲比赛一路飙着惊起无数麻雀灵雀和短尾雉呼呼啦啦不太服气不情不愿绕着圈子疾飞又在不远处匝地落下。几匹白马耀眼极了，马鬃又长又密身形潇洒像白云裁出来的，随时可能御风飘走。沙地上的苜蓿三叶草开出白色小花迸出的浆液鲜嫩清甜……

美学的视野既显现又遮蔽了观念论的视野，此刻，美的视野就是真的和善的视野在她眼前展开。她不会认为她心中的信念是虚幻的：无数的骏马，开阔的牧草地，穿军装的男人，何况这美的视野同时就是一种荣耀的闪光。这是一种双重的浪漫主义，布尔什维克的浪漫主义和自然浪漫主义，以至于遮蔽了她自身处境的悖论性与荒谬感。她的回忆就是从这荣耀的分享开始的，其魔魅一直贯穿她情感生活的始终。命运的逆转与落魄仿佛被骏马奔驰的景象转化为美学和革命的双重救赎。她"忍不住要歌唱"。对今天的人们来说，这种身份的转化是一个谜，风景的美学最多可以让人暂时忘却生活之烦恼，却无法升华整个生命，无法改写自身的社会处境。因为，骏马不再是荣耀、崇高、英雄的符号，人们再也无力把自然的美学现象与布尔什维克的理想视为一体之物。

——这里需要暂缓一下：阅读陈鹏万马奔腾般的《群马》有时必须暂停一下透口气，他的人物使用的语速一般都是快速的和折叠的，其语法受到语气——情绪的挤压，句子通常被叠压在一起，语法形态尚未完整呈现，语句又猝不及防转了弯，就像陈鹏这位足球运动员习惯的身体运动方式，却又时刻携带着故事的整体语境。在此时此地，人们的自我观和命运感正是总体性的，就像对这个辍学的大学生来说，一个场所的政治崇高性和自然的崇高性，都能够暗中定义自我认知，她甚至"遗忘"了被发配的缘由。当傍晚时分，朱良打一个长长的呼哨，群马纷纷抖落满身草屑和热汗，朝着朱良的坐骑大黑聚拢过来回归马厩，在她的眼里也发散出无限魅力，群马已俨然是内心生活的象征符号和人格化的隐喻，"透出某种凛然粗野的沉浸和傲慢，某种漫不经心的高贵和隐忍"：

……就像一群心满意足的上流社会青年深夜舞会之后集体回家了，它们刻意放缓步伐也好延长微微心酸的惬意满足，让西河海的畜牧草浓烈刺鼻的带有露水气息的香味长久待在嘴巴里鼻息里马鬃里。现在马鬃也垂落荡拂着，在拥挤的马群中间哗哗响，让骄傲的目光滑出一个个弓形脊背向树林大道和波光闪烁的闸塘望去，马尾愉快地甩动，或有马儿拉出粪便，气味像成堆的苜蓿草一样刺鼻。这是它们休憩之前最安逸的

放松就像一群神祇终于累了，为一整天的奔袭沉思着……

群马的象征价值，不仅是初来乍到的人的美学感受，群马处在马甸人价值观的顶端，它们神祇一般高贵、傲慢、隐忍，尤其那些从战场上回来的战马，就是人们心中的英雄。与小说中陆续出现的一些人物相比，后者则尽显卑微、悲惨或龌龊，当然，那些具有骏马品质的少数高贵隐忍的人除外。骏马始终都是一种崇高品性的象征，一种可见的精神与尺度。在两个进入暮年的马甸人的回忆中，骏马就是莲花池的荣耀，以及与骏马气质接近的少数高贵的人。《群马》讲述的是这光荣与荣耀的消逝，这是一个重要场所的消逝，也是一群人生命价值的丧失，但在陈鹏的小说里，关于"消逝"与"衰落"的叙事构成了一种具有反讽意义的图景，它对那些导致某种高贵事物消失、荣耀黯淡的支配性力量进行嘲讽。赞美与反讽构成了《群马》的叙述张力，小说的主要叙述人和她-他们转述众多人物的话语，所有关于马的回忆与描述都充溢着毫无保留的赞美。就像在马甸人的辞典中，赞美是必须的，如果人们失去了对美好高贵之物的赞美，崇高就会消失，荣耀就会黯淡无光，是赞美给美好之物以空间。然而在和平时期，荣耀——这是英雄、战争、政治观念的派生情感——在被强制劳动的知识人的目光中转向纯粹的美学领域，这是一种特殊的视觉或幻象，或者说，荣耀观念转向政治的美学化，正如她的回忆所表达的，在如此崇高的事物面前，她接受自己的渺小，接受命运的安排并赞美它：

> 我是真爱上这些马了，隔三差五让朱良带我去西河海纵马飞奔，像腾云驾雾飘在天上你发现你不单单是一大片美景前面的最渺小的那一丁点也是过去将来之间不值一提的那一丁点，就像一朵花一株草但如果你真变成一朵花一株草该多牛啊，你自豪地接受一大片灰尘烟云和马背马鬃的瑰丽雄浑就像落日全部笼罩下来，无边的金灿灿的西河海就在面前。

骏马奔驰的"瑰丽雄浑"景象作为一种"金灿灿的"光学现实被记忆和描述，西河海的马群、"云和光"是一种自然美学现象，也是光荣与荣耀的政治符号。荣耀和光荣是一道光，它照耀周围的人与物，荣耀也就像光那样能够被分享。一种荣耀感让年轻的董对骏马、英雄和马甸首先在美学上产生了无需思考的认同，并促成了她对命运的自我认同。光可以照亮，也能反射，或折射，进入别的状态。她对朱良迅速萌生的情感，正是源自于对荣耀与光荣的渴慕，有如她对西河海牧场的情感，这种情感中既有"革命"属性，又透露出浪漫主义情调。这种爱不只是源于"闷葫芦"一样的朱良对她生活上的悉心照料，董对骏马和牧马人的情感属于这样一个与荣耀有关的潜意识：军马——英雄（牧马人）——马甸或西河海。这是一种三位一体的神圣家族，就像在那一时刻，因政治变故波及家庭及大学生活的她，丝毫没有屈辱感反而自觉"幸运"地加入到莲花池军马场这一神圣家族。

不只是艺术源于模仿，生命中的"模仿论"一直是马甸人的一个秘密，这也是小说《群马》的秘密洞见，人们难以摆脱掉形象、象征和"模仿"的诱惑。同父亲成为老右只得辍学的大学生董以敏一样，另一位老右的女儿江若愚心中也有一个关于荣耀与光荣的原型，在那个时代，仿英雄的姿态与仿英雄的形象，是一种难以抗拒的美学诱惑。荣耀的形象占据了感觉的中心，以至可以遮蔽起自身命运的暗淡。小说中的巡夜人老张回忆起江若愚在不得不离开暂时容身之地莲花池的前夜，在西河海草场纵马疾驰的时刻，当她从马上下来时捂住胸口说，她满脑子都是《青年近卫军》的情节：苏联战士保卫斯大林格勒不惧牺牲冲锋陷阵的形象，"她擦着额头上的细汗，说值了，来一趟马甸，不对，快一年啦，值了。就这一趟，死也值了……我们问她咋这么说，今后骑马的机会多得是。她说她多想待在马甸，可她是老右的女儿，太难了"。此时运动刚结束，她还是一个没平反老右的女儿，无法继续在场部"自主经营"式地生活下去。而这样一个遭遇着不幸命运的女人，心中也存在着一种与战争——荣耀——牺牲有关的革命原型，其间的反讽意味自然是当事人无法感知到的。

群马是人们心中英雄史诗般的文化符号。马甸人喜欢讲述那些神话般的军马，讲述英雄的故事和历史，这是一种话语中的仿英雄，而驾驭着战马奔驰在西河海就是一种身体——形象上的仿英雄。对刚从学校出来的董，对历经生活磨难的江，对导致残疾的孩子孙大和闹出事故的小皮匠来说，都意味着一种难以抵御的"革命浪漫主义"情境的沉浸式诱惑。在纵马驰骋的时刻，一个光荣的原型从他们心中苏醒了，用以恢复不可企及的生命荣耀。月光下的小皮匠骑着"连长"——参加过斯大林格勒保卫战某骑兵连长的坐骑——"高唱喀秋莎"，他用刀背狠狠劈在血肉模糊的马臀上，这个孩子像中了魔咒高举镰刀劈着"连长"狂奔，为着小皮匠的生命安全，朱良忍痛击毙了无法停下来的暴脾气的"连长"。

陈鹏的《群马》不只是对生活现象的描述，也是对当代观念谱系及其复杂来源的考察，具有追踪社会观念史及其传播路径的意味：经过电影形象的塑造，"跨上骏马"这一充满英雄主义情结的身体姿势，已深入那个时代人的情感与意识。在西河海纵马驰骋，有如一种仿英雄的仪式，一种难以抗拒的与英雄主义情结有关的原型。就像小说所讲述的，荣耀与光荣的体验、荣耀的瞬间恢复却是一个不那么合法的仪式，一种私密的仪式。在他们心里，这是表达崇拜的仪式，在崇拜与荣耀紧密联系的心理基础上。只是对普通人而言，荣耀失去了与之结为一体的权力体验。对他们来说，这只是一种心理补偿，是不幸的人们的一种幻觉。

2

荣耀——崇拜——权力的象征结构属于上层，对马甸人来说，荣耀的属性是一种含糊的情感，光荣的象征意味停留在心理结构层面，有如供给制的额外精神补偿。因此，小说中的回忆者尽力在荣耀的象征语境里语义模糊地转换那些并不浪漫的经验，她们的话语与观念是混杂的，对昔日岁月和人物的讲述无法避免时代悖论。而《群马》中的叙述者并不对自己的记忆与经验做心理分析，也不做观念论的反思，因此她——他们的讲述才更接近真实的事态。在董以敏沉醉于西河海英雄主义的美学景观时，她犹记得朱良门前种的花也要被场部铲掉移走，房前屋后私自种点洋芋白菜也是必须割掉的"资本主义尾巴"；她讲述着在"限量供应"情况下通常吃不饱饭的生活，朱良和老周他们用气枪火铳打来的野味也就是他们三人的私享美食了。对马甸的生活和眼前的一切，董更多地采取了美学化的视角。而她回忆中的主人公朱良本身却没有表现出任何荣耀感。相反，他被痛苦记忆所折磨，被过度的内疚感所支配，所谓荣耀只是他人目光中虚幻的光晕，而他自身则滞留于走不出的心理阴影。持久的创伤是战争英雄主义叙事话语中最核心的道德力量，它致命地吸引着年轻大学生的心，激起她心中那些来源复杂的浪漫主义情感。

但董逐渐发现"马儿带给朱良的幸福没法形容，就像他的战友一个个死在三八线上带给他的冲击没法形容"，以致她对朱良的情感暗示与明示都无法获得回应，朱良的沉默飘忽在老周看来是他的魂魄留在了朝鲜，老周特地找巫婆做一番法事为其"招魂"。观念的混杂无处不在，那个时代的人们每天说着新词、大词、圣词，又半信半疑地讲起莲花池里的龙王，闸塘和大草棚里的女鬼。当那些圣词不能解释人们心中的疑虑，感到不安的个人就会倒退到某种模糊、昏暗的宿命论或有灵论观念。观念的混杂或悖谬是那一时期最常见的意识现象，事实上，对人类社会而言，潜意识和某种恐惧感总是意味着无法同步于时代的阴暗层面，不同时代的观念堆积在人们的无意识中，就像文化地层中埋藏着不同时期的器物。

在揭示人的情感、意识与行为的复杂性方面，陈鹏就像在进行一种观念的考古和发掘，将一种精神生活的秘密逐层展现出来。董以敏的情感源自对英雄人格的崇拜、对自然的美学陶醉，源自对荣耀与光荣的渴慕，却在公众眼里逐渐表现为一个女性的罔顾廉耻与堕落，但她宁愿让不知情的马甸人背后对她指指点点，就像她在回忆时对老张所说："你明明晓得人活着的主要义务就是犯错不是清醒冷静高贵善待自己。不是。这些东西只有马甸的卡巴金才能做到只有它们才配得上这些德行，你同意吧？"她从未觉得那些荣耀让她的生活黯淡无光，在面临老黄的骚扰时，是懂马语的朱良冲马耳朵说那么一两句话，这匹马就砰然撞开门把骚扰者一头撞出后窗，让他滚回他的闸塘油库。她记忆中的朱良依旧是保护神一样的存在。

《群马》的另一个叙述-回忆者是固守马甸的巡夜人老张。他的视角与话语中的英雄主义却含有另一番味道。老张对大学历史系肄业的董说，我晓得你暗地里喜欢他巴不得嫁给他，但这个志愿军班长朱良"大字不识一箩"，在老张看来这就是他们没走到一起的关键。荣耀、钦慕与自卑之间的情感关系被颠倒过来了。从台儿庄到朝鲜，一系列与战争有关的地名构成了董心目中英雄的简历，巡夜人老张记住的只是马队的头儿老朱而已。老朱并不是一个讲述自己故事的人，在"英雄——荣耀——权力"的象征结构里，老朱的战功与荣耀只是马甸的装饰品。荣耀是权力的合法封印，是权力合法性的验证。而普通人的战功与荣耀只是高高在上的权力验证。品性高贵却又"没有文化"的老朱热爱的是骏马，而非骏马象征的荣耀与权力。故而这位在马甸人看来理应成为副场长的英雄一生都只是一个牧马人。

还是巡夜人看得通透，"在马甸，马的位置无比高尚"，战火洗练的战马是英雄，更别说那群雄赳赳的高加索马卡巴金了，而人"只是伺候战斗英雄的甲乙丙丁"；但他们也为能够把有限的生命用于服务那些英雄而骄傲无比，人处在英雄——荣耀——权力序列的最底端。"是的马甸的真理多直白啊，人不如马"。在老张看来，人只是"跌进水里尘里小得看不见的一个个肉身"，回忆他们当年相貌已不可能，但"你让我说说一号马厩的大黑二号马厩的大白三号马厩的大花我闭着眼睛都能数出它们身上的斑斑点点"。话虽如此，孤独的老张固守莲花池最后一小片地方，顽强地抗拒着拆迁队，巡夜人心中守护的还是关于人的记忆。他们的记忆都各有自己的情感线索，对董来说，是群马，是牧马人朱良，以及和荣耀感有关的一切；对巡夜人来说，是群马，也是诸多人的不幸与死亡之谜。这些人大多关乎他无处安放的情感。《群马》开头已透出老张固守马甸的心迹：

当年山上埋着马甸两代功臣，三四十个我这辈子记得记不得的老朋友我们是该团圆了可还没到时候我不晓得哪个时候反正不到时候。那地方多好，一眼活泉从松林里面出来，往上一小片山坡，坡顶沙松柏树密不透风你能闻见没被摧毁刚刚爆裂炸开断掉的残肢流出的树脂香味。有碑的没碑的都在那里。肩并肩紧挨着，放眼望去像一小队轻骑兵。你晓得我就是当年新疆骑兵团下来的，来到云南马甸。你瞧，我的铁皮架子石棉瓦搞出来的巴掌大的地盘就是当年场部大礼堂，是放电影的大礼堂。没看出来？嗨你看不出来哪个还能看出来。我刚来那天就在大礼堂门口报的到，一只小桌，桌后坐着个漂亮姑娘，两条大辫子又黑又亮。两只眼睛也又黑又亮，让我想起冬天的星星。

巡夜人固守的是一种古老的传统，当一个地方埋葬着与他生死攸关的逝者，这个地方就被视为一种特殊的地点，就是一个需要人永远守护的空间。巡夜人记忆中的世界仍旧是一个活着的世界，他闭着眼睛都能指出那些已消逝的马厩、闸塘、西河海的位置，指出何处是工业队、牧草队和场部家属区的位置所在。他眼前看到的不只是物质遗迹，还有整个活在心里的过去。面对眼里只有钱的拆迁队，他讲起他们将要毁尸灭迹的那些历史记忆。在他的记忆里，那个不久即死于非命的姑娘永远跟他报到的时刻一样美丽；那些美好的记忆让已被拆除的大礼堂有如心中的一座圣殿。他回忆起江若愚，在她男人被红小兵打死之后她带着十二岁的女儿小茉莉，前来投奔当年发配马甸的老右父亲，他说："我还记得她独自一人拽着小茉莉的小手大老远从你们来的土路上走进马甸的样子……我现在睡的地方坐的地方，正是当年的大礼堂，正是当年马甸的心脏。"他的起居处选择这个地方，不是因为它曾是大礼堂，而是因为，它曾是江若愚多年前坐着的地方，这个饱受苦难却微笑着的女人把大礼堂变成了马甸孩子们聚集玩耍的乐园，就像她要"恢复某种古老的欢乐氛围"，恢复生活世界的自然秩序。他指给前来拆迁的人说：你们进来的那道大门已经拆了拱形门楣，只剩两根水泥柱子了，当年江若愚就是循着这道大门老远走来的。那个时刻永远留在了他的记忆中，她的形象"那么白亮耀眼，那么从容挺拔，就像把马甸光线全部粘在身上"。在这位巡夜人回忆起来的女性人物中，这位老右的女儿已成为他的情感寄托：

每次你的心都像小鼓一样砰砰乱敲从她眼皮子底下勾着脑袋走过去，她好像一直盯着你其实根本没盯着你连一眼都没看你，那么，你搞不清楚她到底在看什么……马甸大礼堂要是缺了江若愚和一小排亮闪闪的铝皮饭盒就不是马甸大礼堂了，是别的什么房子了，大而无当空洞乏味。

对这个还有一口气就继续巡夜的老人张玉良来说，昔日马甸的荣耀里隐藏着绵延至今的无尽罪责与龃龉。与其说他守护的是记忆，不如说是探询马甸发生过的种种悬疑，桩桩疑案，那是一个普通人对生死之谜的追问。荣耀与屈辱、光荣与罪责，那些人们弄不懂的观念之间的纠缠，左右着马甸人的命运。对孤独一世的巡夜人老张而言，江若愚被迫离去不久她的幼女小茉莉投水自尽，是心中难以缓解的隐痛。对小茉莉的死，场办秘书段云兵难逃干系，据说他以为小茉莉安排插班上学、给江若愚安置工作为由，让小茉莉每个礼拜天去他宿舍帮他擦桌子拖地板，没去几次小茉莉就跳了闸塘。场部处分了段秘书让他去马队养马，但他不到半年就重回场部。江若愚在麦地倘小山上埋葬了小茉莉就再也没有来过马甸。她的父亲也疯了，那位早年发配马甸的老右被拉去疯人院关了起来。

在巡夜人心中，英雄——荣耀——权力的象征结构早已被什么力量阻断了，他心中的荣耀属于群马，以及少数像良马那么高傲、孤独和隐忍的人。在他眼里，荣耀只是一种高贵、骄傲和受苦的品性，即使在肮脏的环境里。而他记忆中的女性正是如此。他说，"但我记挂她，记挂她坐在一只黑漆小板凳上坐在大礼堂台阶上坐在红五角星下面两手交叉端在膝盖上，瞧着小广场瞧着大椿树瞧着药岭山"，巡夜人的卑微感让她的孤独变成不可企及的娇贵，"所以她微微眯着的眼睛几乎是不看我们的"，他对时常回马甸叙旧的董以敏讲述说，就算人们都知道她努力想要在马甸生存下来，可你也从来看不出她的卑躬屈膝。"她连让你感觉温存和煦的时刻也少得可怜"，巡夜人老张的生活属于这位女性的时刻是稀少的，却是永恒的，他只会记得她散发的淡淡香气，目光从天边收回瞧着一个马甸最卑微无用的巡夜人的瞬间。"她高贵得像个女王"，"那么，你想想看，老董，江若愚小茉莉还有老江，就这么彻彻底底消失了没了就像我幻想出来的影子从来不是真的。"

固守马甸的巡夜人是一个捍卫记忆的人，在他眼里，那些受苦而不屈服的人才是高贵的。面对不时前来拆迁、索求马甸最后一小片土地的人们，他守护的是记忆的遗址：拆迁队眼里只是一片值钱的土地，这位巡夜人看见的却是一个失去的天堂。那是场部的一座大礼堂，是坐在礼堂门口的那个漂亮姑娘，而他正年轻，走向那个前来报到的时刻。但不久之后，这位马甸最骄傲最美丽的姑娘齐文雅就死于非命。马甸是一座与生命记忆有关的看不见的纪念馆。他守护的是一个隐形的世界。他坚守在此就是唯一的存在证据。埋藏在马甸的不仅有功臣,还有那些美丽而不幸的人,哪个更值得这个巡夜人终身守护?还是亲历者的经验本身?董对他说:"你的苦熬连你自己也不明原因……你想他们当年的样子,想那些人,一起共过患难来到此地见证卡巴金飞驰又倒下的男人女人,想想他们年轻又不年轻无可挽回地失败、死去……"

巡夜人和不时前来叙旧的董以敏,他们一点点从遗忘中捕捉到零零星星的现实,一个个马甸人的死亡之谜,他们的心性和命运及其与群马之间的内在联系。在巡夜人眼里,荣耀的消逝或马甸的衰落,既是群马的命运,也是那些具有高贵、孤傲、隐忍品性的人的命运。巡夜人老张的记忆主要是伦理的,但也有指向美学的瞬间,有时,他的目光也会移动到董以敏的荣耀——美学视野。"从前,万马奔腾冲向西河海的群马让每一个马甸人的灵魂为之震颤激动要哭要喊要把身体里血和火焰都释放出来烧起来喷出来让我们相信未来就像西河海的夕阳一样壮美,艳丽的火烧云霞孤鹜麻雀让它更鲜活更生动,让我觉得天底下的事情绝不会变的,到老到死一辈子两辈子十辈子也不会变,马甸先天就有某种免疫力像子宫的潮湿和天鹅绒的寂静趋于永恒,是世界外的世界。可是,在经历这么多死亡而且是非正常死亡之后我的信心动摇了,我觉得活着和死掉没有两样了。这是我的心里话。我忽然发现我拿两万块的感觉荒谬得像站在月亮上……是的,荒谬啊,就这么一小堆破纸就买断了你在马甸的一切?就这么点东西,这么少的东西就了断一辈子?"在他看来,这是生命与虚无的交换。

带着耻辱印迹的两万元拆迁补偿和莲花池残存的自然美学是无法进行等价交换的,"老董啊,你不觉得它美吗,不觉得它好看吗?特别黄昏的时候,你看呐,楼下一大片金灿灿的麦浪滚来滚去,它就屹立在一片金色大海上面",每当这种时候,巡夜的老张想起消失了的西河海,他悲叹一片大草原就这么完了,他时常低低呼唤他们的名字,"你们出来吧从大礼堂从莲花池从闸塘都出来吧这里是马甸只要你有口气就还是马甸只要老张还在巡夜就还是马甸……"只有风声,只有翻腾的麦浪发出的哗哗声。他们哀悼的不只是消失了的军马场和大草原,而是与场所共享的情感和与之共存的那些生命。一旦涉及那些为它活为它死的人,他们的叙事——回忆,就从对往昔的赞美跨入哀悼的领域。在回忆往昔的人眼里,在马甸,荣耀的消逝伴随着自然的消逝,他们所感受的荣耀,呈现在自然的序列,呈现在人们高贵、孤独、隐忍的品质中,而与将荣耀投射到权力结构的事情无关。

3

以一种口述史的话语方式,《群马》讲述着一部地方秘史,而这些人与事都深深烙上一个时代的印记。见证人的回忆、探究与叙述虽是碎片化的，却逐渐描述出军马场变化的历史轨迹，一个地方在半个多世纪里的社会变迁。其中有荣耀之谜，也有耻辱之谜，这是荣耀、耻辱和死亡纠缠在一起的秘密。有的谜底可以为人渐渐解开，有的只能揭开一个缝隙。

小说总是围绕着难解之谜逐渐展开。巡夜人老张知晓许多人与事，然而也是不完全的知情者，他转述着他人的话语，他和董以敏讲起老周的命运，因为找巫婆做法事受到场部的轻微责备，老周于深夜悬梁自尽，自我惩罚怎样就超过了官方责难？这是一个未解之谜。看守油库的老黄用铁锤亲手砸死窃油的长子，不知是大义灭亲还是别有隐情？也是一个谜团。老张从骑兵连到马甸报到时坐在大礼堂门口的那个姑娘，她曾骄傲地拒绝了一枪击毙盗马贼的刘发的反复纠缠，浮云一样的荣耀曾让刘发以为自己就是英雄，而这个全马甸最美丽的姑娘齐文雅，却死于秘密的难产，而姓段的又与之来个古怪的阴婚，还有小茉莉的自尽……马甸有荣耀、宽容、善意，也充斥丑闻与邪恶之谜。

荣耀与耻辱观念所导致的死亡并非孤例。在诸多死亡事件中，陈达人之死是回忆者自始至终企图揭开的秘密，让巡夜人和董以敏感到困惑的是这位知识分子出身的副场长的心理，他被揭发批斗，主动交代了1950年前往香港探亲一事，于是就成了"卖国的黑秀才"、特务加三反分子，被极尽殴打羞辱之后在莲花池自尽。但他为何主动交出日记？坦白那些无人知晓的心迹？他被关押时还仔细研究自己当年的日记，他绞尽脑汁也没想出自己的罪过，却匪夷所思地将头上的罪名全都揽下，就好像他这么做才是信任组织和革命小将们。作为一个知识分子他认为只有灵魂深处的自我忏悔，其忠贞才无可挑剔？

他的外甥小广东至今不能理解人居然连自己都骗了连自己也不信了，只信上面和组织。他在数度返回马甸时向巡夜人和董以敏询问伯父之死的原因，对这位晚辈来说，没有语言来描述一种失去了意义的事物。老张回忆说，被批斗之后额头滴着血的陈达人被架到一匹矮马上"游场"示众，游完再关起来。正是此刻，走投无路的十七岁的弟弟陈二人千里迢迢来马甸投奔哥哥。他哪里知道大哥的处境——

  陈达人两眼直愣愣看着我，悄声说，他父亲当年在广东是著名牧师呐，牧师你晓得吗，对，教堂信众的引领者，代表上帝说话的人。他恪尽职守虔诚布道还把家里藏的粮食偷偷塞给基督徒却把自己活活饿死了，两腿浮肿身体虚胖我从邻居家好容易借来的粥他一口也喝不下去了,他让我读一读《约伯记》,约伯说神呐,你必不可遗弃我。父亲临死之前,说他困惑自己能否进天堂,我说你当然要进天堂啊,他说,主啊,请宽恕我。他让我去壁龛里找出一小把玉米,说有个教会弟兄饿得快死了特来求他施舍,他犯难说,我一口吃的也没了。那一刻他想的是自己和家人,他没舍得这把玉米。他把它藏得好好的。他恨不能变出鱼变出酒让所有人吃上饱饭。为此上帝必不原谅他,如今离死不远,他忧虑自己一辈子的侍奉全白费了死后必不能进天堂。陈达人说,老张,你晓得这个故事的意思吧,最后时刻,我父亲最后时刻怀疑自己的信仰被一把玉米摧毁了,这种摧毁,远比死亡带来的恐惧更让人恐惧。

"为什么他的信忽然被撕开一条口子一条裂缝?上帝在考验他还是惩罚他?"一个骑兵转业的巡夜人其实完全听不懂陈达人的这些话,但陈达人仍在独白:"你听好了老张,这条口子这条裂缝就是因为忽然的不信,或者说,忽然的不完全,不彻底,忽然产生了怀疑",他对这个懵懂的巡夜人讲述着父亲的故事:父亲没把这小把玉米交给教会弟兄,就是因为父亲对上帝产生了瞬间的犹疑,没有把自己全部交出去,没有坚信上帝会拯救自己的家人。全信是一种冒险。可就因为一瞬间的犹豫,"就因为这短暂的小小的不信,这条小小的裂缝,他全部的生命和希望都落了空"。陈达人对巡夜人讲述着故事的结局:父亲是活活饿死的,他留下的财产只是这一把玉米,我们靠着这一小把玉米挺过来了,父亲救活了我们兄妹四人而不是那个教会弟兄,这究竟是罪愆还是救赎?"在轻重缓急的较量上,父亲的行为近似背叛,但他付出了生命。对此,上帝究竟是知道的还是不知道呢?上帝是原谅还是不原谅呢?"他叹息道:"我心里的裂缝也快出来了,就快出来了。"陈达人的问题让巡夜人张口结舌,却一直留在他的记忆里。老张那时只知道他是忠诚的布尔什维克啊。在那个时代,陈达人表达的不是可以共享的体验,他内心的孤独被抛给不再流通的宗教语言。他将自己交付给那些以信仰为生命的群体,但却失去了合法的语言和叙事话语。信仰移位了。那是一种不可辨认的符号,不可辨认的故事。就像老周曾用失魂、魔鬼、巫术来解释朱良内心的痛苦。这是隐含在一个时代的圣词海洋中的异教性质的词汇。一些已经死亡的词汇,但仍然潜在于有着精神生活秘史的人的潜意识中。陈达人知道老张听不懂,但老张在对他的外甥转述这个故事的时候说:"我现在理解他的话了:一旦怕死就说明信的拱顶坏了,塌了。最后他一头扎下莲花池。"

死亡让陈达人回到某种异国语言之中,回到过去的信仰形式,回到他家族的秘史,他用这个时代里人们早已陌生的语言讲述,表达他对信仰和死亡的理解。他是如此孤独、骄傲、高贵,就像那些骏马。父亲的信仰是这个时代的被驱逐之物,但它在陈达人的信仰语言中换了一套符号又潜回到他的命运。整个历史都是在没有愈合的创伤上繁衍着故事。他用父亲缄口不言的语言、用父亲的死亡讲述着自己的命运。那是他自己的信和死。那是他希望组织听懂的语言,但即使那些革命小将听懂了,不过是罪加一等而已。陈达人的必死之心是对"信"的不彻底、对一丝怀疑或一瞬间犹豫的惩罚,还是暗含了政治——宗教意味的殉道?陈达人的故事是父亲故事的变形记。信仰、荣耀与牺牲相伴,而在陈达人心中,父亲之死是殉道还是背叛?一道裂缝使得判断处在悬空状态。这种悬疑他又遗赠给马甸人及他的后裔。

《群马》围绕着一个秘密的核心渐次展现,陈达人之死是一个被生者回忆、被慢慢理解的秘密。而他的外甥则属于秘密的、不能讲述的故事,这是被封存被冰冻的故事,因此他的故事只能省略为背景。此刻小广东已是一家报纸的主编"大方",当他的身份被发现时,他直奔昆明跑马甸那些已被出卖给游乐场的卡巴金,"它们高大、迟缓、璀璨,像一尊尊默然的神",他果断跃上编号753号的卡巴金,与此同时不下一二十四卡巴金从四处跑来,"蹄声急遽像天边的闷雷像闪电鞭打闪电",群马认出这个马甸小子来了,久违的声音在卡巴金灵魂中激起,向着记忆的草原狂奔。这是《群马》里唯一的一次非模仿的策马驰骋。"大方"消失了,十年之后重返新闻圈子为贫弱者奔走呐喊的他叫"群马"。

有如诗歌,好小说也是触及不可言说之物的叙述,在陈达人和他的父辈故事里,不可言说之物表现为信仰的论域,信仰的变形与延续;在他们的晚辈身上,不可言说之物表现为字里行间的隐微叙事,这是大多写作家无力处理的深层经验。而文学的意义恰在于对不可言说之物的言说。巡夜人直至暮年也讲不清楚这一切,但他知道,陈达人的信不是一心上爬的段云兵的信,小广东的不信和信也都"因为这两种莫名其妙的信",否则他的命运就不会一波三折或再次隐名埋姓了。小广东——大方——群马的命运是小说隐微叙事的核心。在马甸之外,小广东总是带着他的社会面具出现,他的信是无法称呼的信,就像他的匿名一样,在荣耀与罪责、信与谎言被颠倒之后。但他与父辈陈达人和朱良均有不同,他是既定秩序的袭扰者,是身份的游戏者,他的故事仅仅被作家书写在小说的空白之页上,作家仅仅写到他的面容比历经磨难的父辈更显沧桑,仅仅写到他的匿名、卡巴金带着他的远离与返回,仅仅是用他的化名"群马"用于小说之名。与之相比,段云兵的龌龊与腐败,刘发的发家史等等是故事中的显义,而陈达人两代人的信与死以及这位马甸人后裔的信仰变形记与变身术则是故事中的隐义。

《群马》对一个地点的社会变迁和一个群体命运的描述，对曾经深刻支配人类社会的那些信念的变形记与虚无化的考察，深具历史叙事的意义。马甸是一部隐形历史的缩影，也是一个微型社会，但它同整个国度一样有着一种重叠的秩序。在某个历史阶段，它受制于战争-政治秩序，随后受制于经济秩序或生产秩序，之后又是消费秩序的支配。其中历史的沿革，经济属性的嬗变，人口来源的混合，这些都成为一种难以协调又似乎协调一致的现状，无序而又结构性地堆积在马甸的历史时空。而这一切都将被推土机抹去。

4

"马甸的马，成了一个旅游景点里面的东西？"，"没有马的马甸还叫哪样马甸"，重返莲花池的小广东含着热泪叹息。群马被现代战争机器替代了，对上层结构来说，这种替代是必需的，而且丝毫不影响继续制造崇拜、英雄和英雄主义，只是失去了古老的象征形象：群马或战马。然而对某个领域的底层结构来说，这种变迁就是不可抗拒的命运，不仅整个场所无法有效地"转型"，早已习惯于某种生活方式并热爱这种生活的人们，内心的"转向"有如一场看不见的灾变。

没有军马养活繁殖了，总不能不让马甸人吃饭让马厩空着，姓段的场长对人们解释说，他说他等来的只是红头文件上的几行字：经慎重研究决定，自某年某月某日起不再养马，积极转型再谋发展。"上面要的是转型。"段云兵们后来发现梅花鹿一身是宝，都能卖个大价钱。面对马甸人的质询，段信誓旦旦地说："我告诉你，是这个肮脏污浊堕落的大粪坑一样的世上再也没有卡巴金的位置。这个世道配不上它，不是相反。是它们不能以纯正骄傲的骏马之名继续存在下去所以心甘情愿地绝种，是我们这帮人，这帮老弱病残配不上它所以它宁可消失。"当小建国追问马甸哪个时候堕落的，哪个让它堕落的，为哪样堕落的？段只有冷笑："哪个都不干净，我有份，你也有份。"董以敏不再年轻幼稚，但她仍然感到困惑：

> 老张，我不明白的就是，他们明明晓得在作恶却还是要作，再把它推个干干净净好像不是自己想干是被人强迫身不由己否则就遭殃了，谁家不上有老下有小呢，谁干个活计不是混口饭吃养家糊口呢？可是他们忘了一点，你要是连道义、良心都扔了都推给别人推给上面你就什么也不是了……我们缺少站出来的人，不给自己找借口的人。偏偏这小子口

口声声说他就是坏人。妈的，你看看，现在的坏人意识到自己的坏你还对他心存什么希望？

转型是一个时期常见的词，军马场的转型是经济上的，也是马甸人心理价值取向的困难。劳作的象征意义消失了，他们必须接受又难以接受这一命运。莲花池军马场及其生活其间的人们越来越感受到的是"虚无"，经营一个场所不仅丧失了昔日的荣耀和社会功能，还有"转型"之后的经济属性的尴尬。马甸曾经是一个军事单位或半军事单位，当群马不再具有战争价值之后，徒有其名的军马场被迫转化为经济单位，但却根本没有任何经济专属性或经济专属权。没有经济上有效的排他属性也没有市场化的可能，它的消亡只是一个时间问题。因此马甸人面临的是无法转型的价值虚无感。此刻质疑的声音是，"你们认定你们经历的不像真的可能是错的"；而反驳的声音却是：几代人为此付出的汗水和生命难道不是真的？就像老朱这样一无所求的人，"你咋晓得他们的信不是真的如果掺假还会去死毫不犹豫去死？"一旦某种事物结束了历史使命，就像朱良和群马，就只有默默接受自己的命运，像受辱的神祇。

似乎人们只能等待着，那个越来越空无的时刻到来。场长段云兵和刘发这些人迅速地、成功地"转型"了。姓段的将森林山地承包给被判刑出狱后的刘发，最后又将土地出售给开发商。段后悔刘发的承包价格太低让他发了横财，而刘发认定姓段的捞了天大的油水，刘发向马甸人说："你们拿了两万，姓段的就拿了二百万。"对从军企转向地方企业的马甸而言，权力阶层迅速而彻底腐败了。天真的马甸人并不确信。当段被有关机构搜查时，一捆捆·摞摞钱从天花板上掉下来，压在姓段的身上时，这是一座小山一样的钱堆呐，巡夜人感慨说："日后，将来，从此开始的每一刻每一分每一秒，沉甸甸压在每一个马甸人心上，永远挪不掉了。"大捆金钱在段家当众从天而降，成为耻辱的一幕。那些旁观者多么愿他是清白的，不毁掉马甸人心中残存的最后一点信心。

马甸的荣耀消失了，世界外的世界消逝了。一方面是人们心目中的荣耀——爱的理想秩序，另一方面则是现实存在着的权力——贪婪的因果之链。经济序列中不存在荣耀。马甸人的荣耀感于一瞬间化为乌有。这让一生沉浸于浪漫主义情感的董以敏和年迈的巡夜人感慨万千：

我们只是肮脏低级的哺乳动物罢啦。要按我的眼光，马才是这个世上最顶尖的族类高贵得不得了呐，从来不吃腐烂变质的东西就算饿死也不吃，从来站着睡觉绝不躺下更不跪下一旦躺下跪下毋宁去死，或者离死不远了；风驰电掣是它们的天职要是突然受了伤突然就倒下了你就不得赶紧帮它解脱，它宁死也不愿什么部位伤了折了，不能跑的马还叫马？宁死不伤呐虽然有的伤明可以治好的它也一心赴死。就是容不下丁点瑕疵呀。

荣耀失去了光晕，权力亦随之腐败了。在马甸这个小世界，"英雄——荣耀——权力"的象征结构早已解体了，人们再也看不到荣耀的恢复。或许荣耀与权力从来未曾统一过，段云兵们早年的龌龊和如今的贪婪，还有当年被场部册封的"英雄"刘发，如今他们为了钱出卖了整个军马场，"就像他在马甸度过的前半辈子只是一觉醒来打个哈欠影子都淡了的乱糟糟的梦"。财富与金钱成为逝去的荣耀的替代物。但这种替补或补偿，对捍卫记忆的人几乎没有意义。只有荣耀那光彩夺目的形象，才能调和赞美与权力。《群马》是关于荣耀、赞美与权力的象征结构逐渐解体的叙事，荣耀的丧失是一个公开的历史过程，而故事的秘密在于：荣耀与罪责、信仰与谎言的区分早已被混淆、被颠倒了。

巡夜人是一个象征性的角色。巡夜人守护的是记忆，是曾经存在的生命和意义。当一种事物的社会功能和经济功能逐渐消失，甚至当其象征符号的意义都已经模糊不清的时候，被遗弃似乎就是等待它的命运。巡夜人越发感到他"无非守着一座坟"，朝着如今已被推平的埋藏着死者的麦地倘，"我们经历的事情不过是闸塘激荡的一层微薄的涟漪是湮没在塘底的泥巴和灰，一旦结束了就连记忆也不可激活了……"但直至最后的时刻，"群马"都仍然是一种精神象征，一个没有被毁灭的象征，他就是马甸人的后裔"群马"。不要忘了，除了父辈人物朱良、陈达他们，除了那些受苦而隐忍的美丽女性，《群马》的象征人物就是匿名的"群马"，一个几度抱着被出卖的卡巴金痛哭的马甸后裔小广东。老张是马甸最后一小片废墟的巡夜人，而"群马"有如一个时代的守夜人："……零零星星灯光就像当年马甸的天空大地像所有卡巴金的眼睛，孤独又倔强，傲慢又伤感，像高高在上模仿神的口气吐露真相欲言又止。是的，不说，不开口，所以厄运往往是砸在沉默者脑袋上的惩罚虽然看起来也像一种奖赏……"荣耀消逝了，"惩罚"或许就是一种"奖赏"，这就是人们太容易忘掉的事实或隐喻。

[特约编辑：余静如]

谋杀夏天

赵小赵

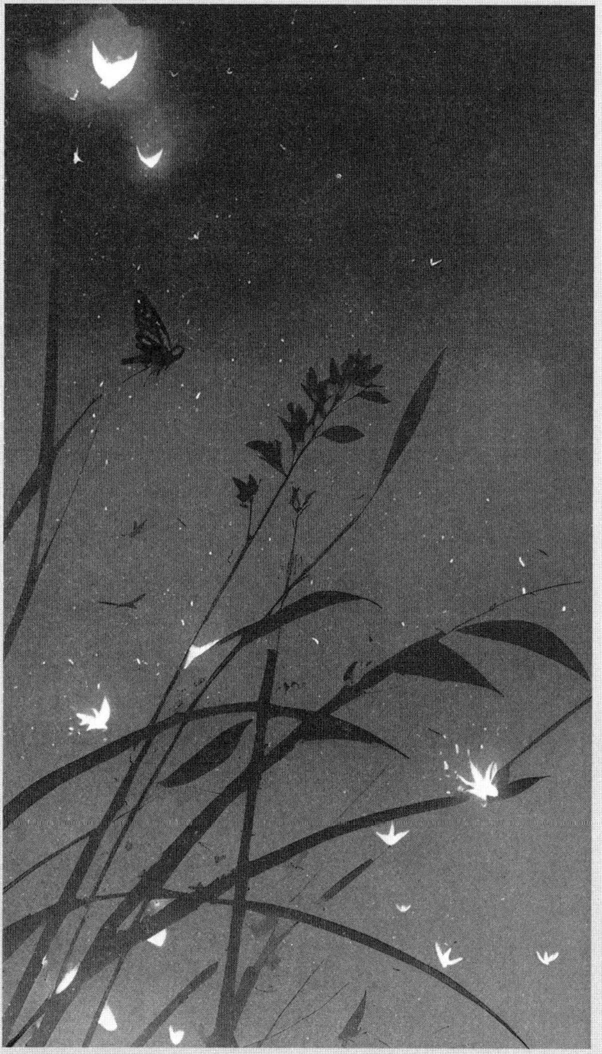

理想主义者是不可救药的，如果他被扔出了天堂，他会再制造出一个理想的地狱。

——【德】尼采

楔 子

十八岁那年夏天，顾小白没考上大学，成了社会闲散人员。说得好听点，是待业青年。这种身份很容易被专政机关盯上，成为重点防控对象。那个阳光白得像女人屁股的下午，孟海老师死了，是在防空洞被人开枪打死的。去看热闹的人很多，湘江造纸厂每年夏天都会多出几个像顾小白这样的流子，跟久治不愈的痤疮一样，呈现出扩散之势，碰到这种刺激场面，自然趋之若鹜。等警察赶到时，现场已经被破坏，气得县刑侦队的副队长梁斌大声骂娘，还朝防空洞顶部开了两枪，驱散了法制观念淡薄的群众。很不幸，顾小白成了杀害孟海的嫌疑人之一。不过，他并不害怕，而是习以为常。他享受这种待遇已经不是第一次了：五天前厂里丢了两辆自行车，他就是嫌疑人；半个月前有人偷窥女澡堂，他也是嫌疑人。但高考前，厂食堂被偷了一桶猪油和三条七八斤重的草鱼，他就没有被保卫科列为嫌疑对象，因为那时候他还不是社会闲散人员，而是学生。

一旦成为嫌疑人，顾小白每天出门前必定会把头发梳得油光水亮，再戴上父亲那块破旧的梅花牌手表，走路昂首挺胸，像个从容赴死的地下党员，到哪里都是万众瞩目的焦点。在孟海老师被害前，顾小白恨不得厂里天天发生案子，他甚至觉得自己去年就应该辍学，好多享受几次这种荣耀。但这次成为嫌疑人，顾小白没有丝毫激动，反而充满了意外和悲伤，因为被害人是他在湘江造纸厂子弟学校念书时的班主任。

顾小白之所以跟这桩命案扯上关系，是因为孟海老师遇害那天，他跟踪了一个女孩。顾小白在孩提时代就落下了一个坏毛病，喜欢躲在别人背后走路。他热爱秘密，偷窥让他充满了快感。发小胡浩说他不去当间谍，简直是隐蔽战线的一大损失。厂里漂亮点的女人都被顾小白跟踪过，所以他那时名声不太好，有人管他叫花痴，还有人说他是《玉楼春》之类的书看多了。造纸厂会收购很多废书旧报打成纸浆，其中有很多线装书，如今都是古董，但那时候就是破烂，一文不值。顾小白经常去偷书，其实胡浩比他偷得更多，家里藏了满满一箱子。顾小白对这种见不得光的行为丝毫不以为耻，他认为自己偷书是变废为宝，是出于强烈的探索精神和求知欲，是渴望把这个模糊不清的世界看明白。好奇心是发明创造的原动力，谁鄙视他偷书，谁就是阻碍人类社会的发展进步。

湘江造纸厂地下有一条防空洞，跟附近几家工厂的防空洞相连，纵横交错，密如蛛网，其复杂性堪比抗战时期偷袭小鬼子的地道。厂里有一半的流言来自防空洞，超八成的社会闲散人员在里面从少年变成男人，它就像一张血盆大口，吞噬了许多不堪入目的秘密。这个幽暗的地方顾小白来过无数次，有时是一个人，有时是跟踪别人。洞内除了一股浓重的霉味，还有一股荷尔蒙的气味，能刺激他的想象力。画面则来自他看过的港台录像和线装书，以及他偷窥到的秘密。总而言之，置身其中，他的每个细胞都会膨胀，都会发出兴奋的呐喊。怪不得蝙蝠喜欢躲在里面，这真是一种冰雪聪明的动物！

顾小白对偷窥如此感兴趣，是因为他想知道大人不让孩子知道的那些秘密有何玄机，想知道漂亮女人背地里都在干些什么。他对解密有种与生俱来的执拗，所以，他数理化成绩不错，文科一塌糊涂。

造纸厂的秘密顾小白比谁都清楚：他看见制浆车间的严主任出差后，人事科的曹科长上半夜溜进了他家，下半夜才走；他知道许国巍的老爸便秘，每次上大号，至少要一个小时才能从厕所出来；他知道每个月都有几个人去厂长马金龙家送礼，有一次送的是一箱茅台；他知道会计郑红英和厂医杨树民钻过防空洞，她发出痛苦的呻吟，就好像她突然被杨厂医用注射器扎了一下；他还知道彭大年家的金毛生了一窝野种，狗崽子的爹不是保卫科的那条狼犬，而是一条跛了腿的流浪狗……顾小白沉浸在解密的快乐中，这个世界根本不是大家看到的那个样子，这让他兴致盎然。顾小白经常跟胡浩分享秘密，胡浩却从来没有跟他分享过一次。有一天下午，顾小白趴在水塔上，看厂里的花鼓戏剧团排演《刘海砍樵》，他发现唱胡秀英的那个花旦屁股很翘，还是水蛇腰。胡浩突然激动地跑来告诉他，说班里的劳动委员马小燕今天没戴乳罩。顾小白翻了胡浩一个大白眼，说马小燕三天没戴了。

顾小白羡慕有秘密的人，他们走在路上都闪闪发光，但他从小就缺乏秘密，透明得像个玻璃瓶子。这么说吧，顾小白就是个为秘密而生的怪胎，他经常随身携带着一个自制的单筒望远镜，时不时拿出来窥视，有时窥视天空飞鸟的轨迹，有时窥视江面上漂浮的避孕套，胡浩说他这样子像极了独眼海盗。

对于顾小白这种社会闲散人员来说，每天怎样谋杀时间是个令人烦恼的问题。几年前，父亲因为工伤病退，和母亲在南门口开皮鞋店，生意很不错，不需要顾小白出去打工贴补家用。他整天闲得蛋疼，经常在厂区东游西荡。他记得案发那天是个星期日，旷野里刮着滚烫的风，江边寂静得像座坟包。他坐在水塔上看了一本让自己浑身燥热的书，事实上他整个十八岁的夏天都躁动不安，咕噜咕噜往外冒水，世界一股腥臊味儿。

顾小白突然看见围墙后面出现了一个女孩，远看不是很清楚，他举起单筒望远镜，发现是江蓝，她提着个锌皮桶，看样子是去厂里洗澡。江蓝跟顾小白以前是同班同学，她父母死于氯气中毒，那次生产事故也导致顾小白的父亲患上了严重的哮喘和肺炎。江蓝还是校广播室的播音员，她播音字正腔圆，每个声调都很性感。胡浩曾恬不知耻地说，这辈子最大的梦想就是跟江蓝钻一次防空洞。顾小白对胡浩的狼子野心嗤之以鼻，说等到地球上的雄性动物都灭绝了，他才有可能梦想成真。

看见江蓝，顾小白迅速爬下水塔，钻进防空洞守株待兔。江蓝没有住在厂区，她家在造纸厂后面的漕溪港，如果从造纸厂大门进来，至少要多走十分钟。从防空洞里走就不必绕弯子，能节省一大半路，关键是还防暑。平时江蓝上学放学都是走大门，骑着一辆老掉链条的凤凰牌自行车。那天太阳比砒霜还毒，顾小白隐藏在防空洞的黑暗中，像只壁虎紧贴在墙上。江蓝果然走了进来，顾小白尾随其后。他看不清楚她的脸，但能闻到她身上已经变得很淡的猫尿味。这种跟踪看似毫无意义，其实意义就在于过程本身。一路上的小心、紧张、期待能促进多巴胺的分泌，能让身心愉悦，这就够了。后来顾小白把这种感受奉为人生信条——享受过程远比得到结果更重要。但胡浩说他就是阿Q亲传的关门弟子，还笑他这种所谓的精神胜利法包治百病，连梅毒和阳痿都不在话下。

对了，高一上学期，顾小白跟踪江蓝时被抓过现行。那天上完晚自习，顾小白骑车悄悄跟在江蓝后面。在乌龙宝塔前，她突然停下自行车，转过身来，把顾小白堵了个正着，她柳眉倒竖：你跟着我干吗？顾小白捏住刹车，在夜色中无声地笑了，觉得她训人像在念播音稿。如果记忆没出错，那是江蓝第一次主动跟他交谈。当时顾小白灵机一动，指着路边的一条野狗说，我是跟着它来的，我想吃狗肉。他的解释无懈可击，她狠狠地瞪了他一眼，一言不发地骑车走了。

顾小白就是从那时开始，明白了证据的重要性。

顾小白和胡浩的话题有很多次是围绕江蓝展开的，他们讨论班上哪个男生喜欢江蓝，猜测江蓝和那个唱胡秀英的花旦，谁的屁股更圆，胸更大，腰更细，汗毛更深。讨论来讨论去总是不得要领，胡浩就怂恿顾小白去趴花旦或者江蓝的澡堂子。顾小白大骂胡浩寡廉鲜耻，人人得而诛之。胡浩反呛顾小白是伪君子，说他是有贼心没贼胆。不得不承认，胡浩的恶评并非造谣中伤。在顾小白最纯真的少年时代，他对异性有过许多非分之想。但在他最油腻不堪的中年，脑袋里却很少有杂念。

顾小白曾经给校广播室投过稿，是一首诗，他从偷来的书里抄来的，只改动了几个字，内容他早忘了。有一天早晨，江蓝在广播里朗诵了这首诗。顾小白毫无思想准备，激动得差点尿了裤子。这以后他更加勤奋地偷书，专挑那些几十年前出版的外国诗集，上面有很多虫眼，擦屁股都嫌脏。他把抄下来的诗歌掐头去尾，重新排列组合，再塞到广播室前面的邮箱里。他还取了个笔名叫海风。那时候，顾小白连海都没见过。

直到有天下午，顾小白往邮箱里塞稿子时被江蓝当场发现。看到信封上的字，她认出了顾小白就是那个神秘的海风。她惊疑地望着他：那些诗都是你写的？他说是啊，我以后想当普希金。她又问，你知道普希金是哪国人吗？他想了想说，是法国人吧，这老头儿好像还写过一本《巴黎圣母院》。江蓝啪的一声把广播室的窗户关上，从此，再也没有朗诵过顾小白投的稿子。

尽管江蓝一度把顾小白当臭狗屎嫌，顾小白人生中做的第一个关于春天的梦却跟她有关。他梦见和江蓝俩赤身裸体地躺在一个瓶子里，从湘江漂向洞庭湖再漂向长江。瓶子在漩涡中不停翻滚，他们渐渐融为一体，他体验到了一种前所未有的快感。在江蓝尖叫的瞬间瓶子炸裂，他们都掉进了水里……然后他就醒了，裤子和床单都湿了，全都是香椿炒鸡蛋的味道。顾小白对香椿的气味非常敏感，也倍觉亲切，它充斥了他的整个少年时代。每次从香椿树下走过，他都会想起那些梦，想起江蓝。经过了漫长的时间，梦里的细节依然如此真实而生动。他记得江蓝的汗毛有如蕨类上的细茸，在阳光下清晰可见。他甚至记得她乳房的尺寸，还有臀部的弹性。

顾小白也跟踪过马小燕，还不止一次。她走路时屁股扭来扭去，像根麻花。她也进入过顾小白那些关于春天的梦中，但次数要比江蓝少很多。而且顾小白醒来时，身上不是香椿的气息，而是桑葚。不同的女人在梦里带来的气息是不同的，有的是槐树，有的是石榴，还有的是羊膻味和奶腥味。

江蓝的高颜值和文艺特长都来自遗传，她母亲叫刘素梅，以前是厂工会的宣传干事，能歌善舞，还是厂花鼓戏剧团的键盘手。那次氯气泄漏事故本来不会殃及她，是她去车间给丈夫送饭时正好碰上了。顾小白听父亲说，刘素梅年轻时迷倒了半个县城，连县委书记的公子都给她写过情书。老实说，顾小白的父亲是个浅薄之徒，从不看书报，喜欢打牌下棋吹牛皮。工伤前，他偶尔会从车间摸点废铜烂铁拿去换点烟酒钱。但只要提起刘素梅，顾小白的父亲就会两眼放光，语气也变得特别深沉，让顾小白觉得十分陌生。很显然，他父亲年轻时也是被刘素梅迷倒的那一个。

顾小白去过校广播室一次，是午休时撬窗进去的。墙面挂着油画，地上有盆水仙，还有很多书在架子上码得整整齐齐。房间收拾得很干净，连透过窗玻璃射进来的阳光也是干净的，而顾小白家的阳光里都是灰尘。空气中暗香浮动，顾小白在麦克风前坐了一会儿，那肯定是江蓝播音时坐的椅子，他在上面感觉到了她的体温。顾小白想象着她播音的样子，抑扬顿挫，声情并茂，他身体的某个部位竟然有了些许反应。

顾小白从小就知道，人在不同的时间段长相是不同的。他跟踪过江蓝多次，最喜欢看她在早晨的样子，面容洁净，容光焕发，像个瓷娃娃，而且，身上还有股猫尿味。跟男人晨勃一样，其实大部分女人都是早晨最性感，晚上次之，下午最丑。一天中最糟糕的事情也大都发生在下午，至少对顾小白来说是如此——高考下午揭榜，他名落孙山；多年以后，他祖母下午离世；他和最好的战友一清早去抓逃犯，战友中枪，下午在他怀里咽下了最后一口气。

孟海老师被杀，同样在下午。

那天蝉歇斯底里地嘶鸣，像在哭丧。听着从女澡堂里传出的水声，顾小白的身体又有了一种异样的反应。他再也没有心思看书，抽起了从父亲那里偷来的白沙烟。大概过了四十分钟，他看见江蓝扎着一个湿漉漉的马尾辫，拎着锌皮桶，朝防空洞方向走去。他一个狸猫翻身，再次爬下水塔，跟在了她后面。隔着老远，他都闻到她身上散发出的香波味道。

江蓝走得很慢，阳光蒸发掉了她辫子上的水分，冒出一股白气。回想起来，顾小白觉得那个夏天的时间好像被人为拉长了，一切都要比现在慢上半拍。绕过一排法国梧桐树，她进入了防空洞。顾小白正要跟上去，突然想起自己把刚才看的书忘在水塔上了。他担心书被人偷走，于是转身回去拿。因为手忙脚乱，他不慎踩到青苔滑了一跤，膝盖都摔破了，他只好放弃继续尾随江蓝的念头。大约过了二十分钟，正在水龙头下冲洗伤口的他又看见了江蓝，她从防空洞里跑出来，冲他大叫：小白，孟老师出事了！

在顾小白还没反应过来时，江蓝就拽着他的胳膊往防空洞里跑。他问她，孟老师出什么事了？她没回答，只说要他先去看看，她担心是自己眼睛看花了。顾小白有点云里雾里，只好跟着江蓝往前跑。在防空洞深处，江蓝停下了脚步，顾小白摁亮打火机，发现一只锌皮桶掉在地上，里面有毛巾、香皂、洗发水，还有江蓝洗澡换下的衣服，乳罩是黑的，内裤是白的。这时，顾小白闻到了血腥味、火药味和香水味。他顺着这股混合味朝前看，只见他高中班主任孟海老师倒在地上，胸口被打成了筛子，全是血！

得到顾小白的确认，江蓝顿时状如鬼魅，撒腿就跑，一路尖叫着，杀人了！顾小白也跑开了，一口气跑到白色的水塔边，在香樟树下撒了泡尿压惊。不一会儿，他看见很多人朝防空洞跑去，大部分是他这样的社会闲散人员，其中就有胡浩、许国巍和彭大年，他们从厂里各个隐秘的角落里窜出来，跑得比黄鼠狼还快。直到今天，顾小白脑海里还储存着孟海老师被杀时的画面——他身体蜷缩，脸色如锡纸，鲜血把白色的衬衣染红了，像雪地上开了一大丛妖艳的玫瑰花。对了，他身边还有一支枪。

孟海老师被杀不仅轰动了湘江造纸厂，也震惊了这座县城。一时间，小道消息满天飞。孟海老师死时明明衣衫完整，到第二天清晨，已经传成了一丝不挂。流言有很多版本，有的说他跟有夫之妇在防空洞里偷情，被绿帽男捉奸抓了现行，不仅要了他的命，还割掉了他的祸根。有的说他诱奸自己的女学生，女生父亲一怒之下将他打死。版本的内容虽然不同，但死因都是被情杀。作案过程也被传得活灵活现，就好像有人在现场目睹一样。

顾小白十八岁那年夏天，阳光破碎，异象频生。他无缘无故地流了两次鼻血，他大腿上突然多了个飞碟状的胎记，他在女厕所后面差点踩到一条粉红色的蛇。他还看见教堂的白色十字架上落满乌鸦，当晚的《新闻联播》说，有位大人物逝世。

顾小白那时隐隐有种预感，这个夏天注定不凡。

消失的萤火虫

1

顾小白上警校那年，父母把家搬到了长沙，在小吴门开了家皮鞋店，生意比以前更火爆。警校毕业后，顾小白混得风生水起，从三级警司一路升到一级警督，这期间立了两次个人二等功，一次三等功，都是用命换来的。2018年初夏，梅雨将至，顾小白从市刑侦支队调回老家，担任县刑侦队的队长，可谓衣锦还乡。此时，距离孟海老师被杀已经过去了整整十三年。

老家的变化太大了，城区面积扩大了两倍不止，走在街头，顾小白有一种强烈的陌生感，连东南西北都分不清。他跳上一辆环城公交车，隔着玻璃，重新熟悉这座在记忆中已经模糊的小城。文星塔、大成殿、状元桥、日杂大楼，幸好这些地标性的建筑都还在，让他尘封的记忆慢慢清晰。车到城北学校门口，上来一个穿花衬衣的男青年，扫视车内一圈后，把目光盯在没穿警服的顾小白身上——他正看着窗外出神。花衬衣挨着顾小白坐下，悄悄把贼手插进他的裤兜。但钱包还没掏出来，就被顾小白一个别臂锁喉按倒在车厢地板上，并且戴上了手铐，整个过程不到五秒。这种手段对顾小白来说太小儿科了，没有任何危险系数。从警以来，顾小白多次死里逃生。最惊险的一次，是在卧底贩毒组织时被熟人认出，他谎称对方认错人了，才打消毒枭对他的怀疑。后来警方割掉了这个毒瘤，他被漏网的毒枭报复，往他车内扔了一颗手雷，在他跳车瞬间手雷爆炸。

在顾小白制服花衬衣的过程中，全车人都静静地看着，没有人上前帮忙，也没人报警。顾小白很清楚，这是小老百姓的心态，谁都不想多管闲事，害怕小偷出来后报复。他让司机靠边停车，然后掏出手机打了110。两名巡警驾车赶来，他们还不认识新上任的刑侦队长，看到小偷被铐，巡警大吃一惊。顾小白掏出证件，巡警连忙敬礼。他们要送顾小白去公安局，但被他谢绝，他想一个人走走。他并没有新官上任的兴奋，内心反而有一种隐痛。就好像他不是荣归故里，而是被放逐到了一块满地玻璃碴子的平原上，他的脚要慢慢适应这种被切割的疼。

顾小白用手机刷了辆小黄车，晃晃悠悠地骑行。相比高楼大厦林立的长沙，这座县城更具人间烟火味。到处都是旧房子和老巷子，空气里漂浮着爆米花香，还隐约能听见花鼓戏的唱腔。街道两旁的法国梧桐树枝叶茂密，阳光透射进来，在路面形成一道道几何形状的斑影，看上去有些奇幻。顾小白骑了半小时，前面是时代国际影城，这里以前叫红星电影院——他更喜欢这个名字，虽然土气了点，但笔画里都是故事。门口贴着大幅海报，今晚八点，雪狼乐队将在这里举行演唱会。这个乐队在省内颇有知名度，最近在全省巡回演出。顾小白停下小黄车，在海报前驻足良久，一股久违的气息扑面而来。

2003年春天，也就是高一下学期，他和胡浩、许国巍、彭大年组织了一支乐队，叫萤火虫。他担任吉他手，胡浩是鼓手，许国巍担任主唱，彭大年是贝斯手，后来又多了江蓝这个键盘手。江蓝对顾小白的看法发生转变，就是从她加盟乐队开始的。其实顾小白并非音乐发烧友，他会弹吉他完全是因为一个女孩。读初中时，他暗恋班上的学习委员。一个很偶然的机会，他听到学习委员说喜欢弹吉他的男生，觉得很酷。于是他就用积攒了两年的零花钱买了把吉他，然后去县文化馆报名参加了吉他培训班。等他学得有模有样，准备在学习委员面前一展身手时，她却跟父母举家迁到了岳阳，从此音讯杳无。顾小白的初恋还没开始就夭折了，那段时间，他经常弹奏吉他来排遣伤感。久而久之，他弹奏的技艺越来越娴熟。后来学校成立萤火虫乐队时，他被胡浩硬拉进去凑数。

江蓝的电子琴是跟母亲学的，本来只想自娱自乐，在胡浩的极力游说下才加入乐队。在这个五人组合中，只有胡浩、许国巍和彭大年是真正的音乐发烧友，他们仨梦想以后出唱片、开演唱会，收获亿万粉丝。坦率地说，当年在湘江边的这座小县城，萤火虫乐队还是小有名气的。风头最盛时，上过县里的报纸和电视台。甚至有些人家操办红白喜事，还会邀请乐队去演出。演出一次的报酬，顶得上顾小白父母卖一天皮鞋的毛利润。如今萤火虫乐队早就解散了。顾小白也有十几年没见过萤火虫。但在他的少年时代，这种美丽的小精灵无处不在。夏天的夜晚，他经常把萤火虫装进玻璃瓶子内，做成小灯笼，提在手里照明。不知道是不是错觉，他发现萤火虫就是在十八岁那年夏天之后突然消失不见的。

一支车队从顾小白身边呼啸而过，打头的是三辆消防车，后面是一溜警车和救护车。顾小白知道出大事了，他蹬着小黄车尾随而去。车队很快就跑得没影了，但风吹来草木灰的气息，顾小白顺着这股气息一路骑行。路过东湖时，他看见湖畔有栋老式阁楼，被改造成了咖啡屋。墙面爬满了青藤。屋檐上有几个兽头龇牙咧嘴，似乎朝天空呐喊着什么。窗玻璃是彩色的，看不清里面的布局。咖啡屋门口有一座绿漆斑驳的邮筒，贴满了小广告，应该早被弃用了。顾小白有点怀念纸质书信，白纸黑字是永远的证明，不像手机里的信息可以随时删除。

阁楼晦暗地矗立在初夏的微凉中，充满了性感。顾小白对性感的定义不是高耸的乳房、浑圆的臀部、纤细的腰肢，而是从骨子里散发出来的一种风情，既可以指人，也可以指物，比如：他会觉得门德尔松的《仲夏夜之梦》序曲就很性感，每个音符都如同女人的手指温柔至极，不断挑逗他的神经，听了身体会慢慢潮湿，有滚床单的冲动。

顾小白想象了一下咖啡屋的主人是什么模样，应该是个肌肤如雪的女人，穿着一袭曳地长裙，要么是紫罗兰或石榴红，要么是雏菊黄或桔梗绿。她端坐在咖啡的氤氲中，曼妙的身姿像极了一幅文艺复兴时期的油画。顾小白对这家咖啡屋如此关注，并不是因为它的情调，而是因为它的名字——萤火虫。如果不是急着去出事现场，他肯定会走进咖啡屋喝上一杯。在那种甜甜的苦涩中，回忆自己像萤火虫一样消失的少年时代。

骑行了半个多小时，顾小白到了洋杉湖，这里有一眼望不到边的芦苇，是造纸厂的重要原料。滩涂上有一片芦苇丛起火，过火面积大概有七八亩地，不过已基本被扑灭。消防员正在清除火场隐患，防止死灰复燃。湖岸有很多人在围观，一些警察和医护人员聚集在火场中央，周围拉起了警戒线，似乎那里有什么发现。顾小白把小黄车停在警车旁，快走到火场中央时，他发现地上躺着一名男子，身材微胖，被烧得面目全非。附近有一支猎枪，还有几只烧成了焦炭的野鸭。不一会儿，医护人员就带着空担架离开了现场，倒地的男子应该已经没有生命体征了。

洋杉湖距离以前的湘江造纸厂不远，最多三公里，是顾小白少年时代的乐园。他经常和胡浩、许国巍、彭大年到这里来捡鸟蛋。一到秋天，湖边白茫茫一片，芦絮漫天飞舞，宛如下了一场大雪。现在这里成了湿地保护区，禁止捡拾鸟蛋和捕猎野生禽类。但湖域面积太大，人一钻进茂密的芦苇丛就难觅其踪，要想完全杜绝盗猎行为不太现实。顾小白看见一个约莫二十六七岁的女孩从他身后快步走来，她手里拿着单反，脖子上吊着胸牌，肩上斜挎着采访包，看样子是个记者。她直接钻进警戒线以内，对准尸体咔嚓咔嚓拍照，没有任何警察上前阻止，她应该跟刑侦队的人很熟。

这位女记者长得很漂亮，身材高挑，如果时光回到十三年前，她肯定是顾小白跟踪的对象。上警校后，顾小白研读了心理学，才明白他从小跟踪异性的嗜好是因为母爱的缺失。在他的整个童年和少年时代，母亲都忙于生意，一个月有大部分时间都住在皮鞋店里，几乎任由他野蛮生长。在跟踪对象的身上，他体验到了女性的美好和神秘。从警后，顾小白依然热衷于跟踪，但跟踪对象变成了犯罪嫌疑人。他热爱解密，善于观察细节，然后通过细节推理出真相。这也是一个跟踪高手应该具备的素质，必须成为细节控，于无声处听惊雷。这些年，被顾小白跟踪抓获的嫌犯近百人，有几名还是上了A级通缉令的逃犯。

看到那名女记者在现场四处走动，顾小白微微蹙眉。但他没有立即上前将其劝离，一是因为现场已经在救火中被破坏；二是他想看看县刑侦队的警员是如何办案的。但看了不到两分钟，就有一名单眼皮的年轻刑警注意到了他，走过来呵斥，谁让你到这来的，赶紧走！顾小白指了指女记者，问道，她为什么能在这？单眼皮刑警说，她是《岳州晨报》的记者，你算老几？再不离开就是妨碍公务，当心把你铐起来！

顾小白亮出证件，单眼皮刑警一看就傻眼了。旁边几名刑警被吸引过来，看到顾小白手中的证件后，立马齐刷刷地举手敬礼，大声说，顾队好！在旁边拍照的女记者新闻嗅觉很灵敏，立即把镜头对准了顾小白，不断按下快门。顾小白瞟了一眼她的胸牌，上面有名字，叫黎乐乐。

刚履新的刑侦队长微服私访，令在场的警员全都诚惶诚恐。特别是那名出言不逊的单眼皮刑警，全身冷汗淋漓。顾小白没有发飙，他要大家该干吗就干吗。法医姚伟明向顾小白报告，说男子已经死亡。尸体烧伤严重，具体死因要解剖后才能确定。顾小白近距离查看尸体，发现死者有些眼熟。但因为面部烧焦变形，他一时想不起来是谁。

姚伟明说，死者原本处于俯卧状态，是医护人员赶到后，为了确认有无抢救价值，才把尸体翻转过来，但尸体的原始位置和朝向并没有移动过。顾小白观察了一下，死者头部朝西，而西边的过火区域有上千米宽；死者东边的过火区域则少得多，只有两百米左右宽；死者南边是湖岸，过火区域大概四五百米宽；死者北边是湖水，过火面积最少，只有不到一百米宽。

顾小白蹲下来，摸了摸死者的口袋，发现手机还在，但已经被烧毁，不能再用了。他起身再次打量现场，猎枪和被烧死的野鸭距离死者不到二十米，野鸭身上有明显的枪伤。他的神色变得凝重，目光穿透虚空，似乎要看清一些什么。呵斥过他的单眼皮刑警叫段宏，此时屁颠屁颠地跑过来，递给他一瓶矿泉水，脸上挂着讨好的笑，顾队，喝点水吧。顾小白一口气喝了半瓶矿泉水，然后把瓶子一扔，掏出一包芙蓉王。段宏连忙上前给他点烟，说，顾队，八成是失火。这种事故以前也发生过好几次，盗猎分子开枪捕杀禽鸟时，火药不慎点燃了芦苇。哦，也不排除另外一种可能——有人在芦苇丛里聚众赌博，抽烟引发了火灾。每次事故都有人被烧伤，但闹出人命是第一次。要我说啊，这家伙活该！政府三令五申禁止捕杀野禽，总有些人为了满足自己的口腹之欲，把禁令当耳边风。现在死了人，应该消停一阵了。顾小白没有马上开口，他看了一眼现场的警员，勘查时都有些漫不经心，估计跟段宏的想法差不多。碍于公务，在走个程序。

刑侦队的副队长杜耀文领着一个少妇走过来，说，顾队，就是她报的警。顾小白要少妇把当时的场景描述了一遍,她说下午两点一刻,她骑着电瓶车从县城回娘家茶山村,路过这里时看到芦苇起火,有个男子被困在火里大喊救命,她就连忙打电话报警。报警不到十分钟,那个男子就倒在了火场里,再也没有起来。顾小白问,那个男子当时什么状态?少妇说,他不断用手揉眼睛,好像被烟熏坏了。她叫他赶紧往湖里跳,但他的眼睛似乎完全看不见了,搞不清楚方向,在火场里瞎跑。顾小白问,男子哪个方向的着火面积最大?少妇回忆了一下,手往西边一指,那边,全是火!顾小白最后问道,当时现场还有其他人吗?少妇摇头说,没有。

顾小白吩咐段宏带少妇去做笔录,然后问杜耀文是否知道死者的身份。杜耀文说,是豪森纸业集团的董事长周云鹏。顾小白大吃一惊,夹在指间的烟头掉在了地上。杜耀文连忙掏出自己的烟递过去,问道,顾队,您认识这个人?顾小白点头说,以前一个厂的。接着,他又补充了一句,我以前是湘江造纸厂的子弟。周边的警员面面相觑,没想到新来的队长老家是本地的,欺生是不可能了。

二十世纪八十年代,周云鹏和顾小白的父亲是同一批进造纸厂的。因为能说会道,心思活络,进厂不到五年,周云鹏就得到厂长马金龙的器重,当了供销科科长,而顾父一直到病退都是个普通钳工。造纸厂虽然有几千职工,但对野心勃勃的周云鹏来说,也是座小庙。供销科长没当几年,他就辞职下海,开了家纸业公司。后来生意越做越大。湘江造纸厂改制时,他斥资一千多万收购,成立了豪森纸业集团,产品远销欧美,拥有亿万身家。他是市、县两级的政协委员,获得过"省十佳企业家"

的荣誉称号。他还热衷慈善,捐建了学校、福利院和精神康复医院。在湘江边的这座县城,可能有人不知道县长是谁,但没人不知道周云鹏的大名。

这个下午的阳光有点像旧年的银器,闪烁着一种阴冷的色泽。顾小白深吸了一口烟,问道,确定死者就是周云鹏吗?杜耀文说,确定,他的大奔就停在湖边。从尸体下方的淤泥里找到一把车钥匙,还能打开车门。这时,黎乐乐走过来问,顾队,周云鹏盗猎时引火烧身,当场死亡,警方是否不予立案?顾小白扔掉烟头说,不,必须立案,这是谋杀。在场所有人都震惊了,几只水鸟似乎也受到了惊吓,呼啦一声,从尚未被烧毁的芦苇丛里振翅飞向天空。

2

回老家的车上,顾小白就给当年的几个发小打了电话,胡浩当即表示,今晚要在自己开的金蔷薇火锅店给他接风洗尘。胡浩现在已经是身家千万的老板了,在县城开了三家火锅店,长沙和岳阳还各有两家,赚得盆满钵满。当年的萤火虫乐队中,就他脑子烧得最厉害,一心想当猫王第二,还夸下海口,二十七岁前要到红馆开演唱会。造化弄人,这小子至今没去过红馆,倒是开了好几家餐馆。四年前,顾小白在长沙麓山路的金蔷薇跟胡浩吃饭,他发现火锅店的装修色调以红色为主打,就问胡浩是不是还有红馆情结?胡浩剔着牙缝说,屁!这寓意着红红火火、鸿运当头,跟红馆没有半毛钱关系。跟顾小白一样,三十一岁的胡浩还没结婚,但女朋友走马灯似的换,顾小白见过的就不下八个,环肥燕瘦都有。也难怪,当年那种带颜色的线装书就这小子看得最多,中毒最深。

许国巍如今也是大老板,经营一家砂石厂,有五条挖沙船,日进斗金。当年他这个乐队主唱会唱会跳,台风潇洒,有点像吴奇隆。他没胡浩这么花心,二十八岁结婚成家,妻子是县花鼓戏剧团的当家花旦,叫辛晓茹——顾小白见过那个一次,省戏曲学校毕业的,鹅蛋脸,丹凤眼,D罩杯,蜜桃臀。当年纸厂剧团里那个唱胡大姐的花旦跟她一比,颜值和身材都弱爆了。许国巍娶她的时候,彩礼就给了三百万,还送给老丈人一辆悍马。两人的婚礼很有特色,没讲那些肉麻的情话,而是联袂唱了一台《刘海戏金蟾》,惊艳了全场宾朋。

彭大年的职业倒是跟文艺沾了点边,他在县里开了家婚庆公司,叫花好月圆。这位当年的贝斯手有时会客串司仪或主持人,登台高歌一曲,给现场助助兴。因为这厮长相俊朗,风度翩翩,在婚庆现场,他经常被误认为是新郎。中学时代,彭大年帅甲湘江造纸厂,一副忧郁王子的派头,他不仅是很多女生暗恋的对象,在学校里还以叛逆著称。他曾经为了捍卫一头飘逸的长发,扬言要从三楼跳下去,迫使孙校长让步。2014年劳动节,彭大年和当年班上的劳动委员马小燕结了婚。马小燕是银行信贷科的科长,彭大年是她少女时代的梦中情人。两人举行婚礼时,顾小白正在贵州凯里追逃,他托胡浩送了个红包。顾小白看过婚礼现场视频,彭大年不再长发飘飘,而是剃了个板寸,曾经一头短发的马小燕却是黑发如瀑。彭大年身上的桀骜之气也完全消失不见,看上去稳重成熟了许多。

傍晚六点半,顾小白来到旭东南路的金蔷薇火锅城,在包厢里见到了三位发小。酒杯已倒满,红汤沸腾,就等下菜了。

这些年,四个人也聚过,但都是在长沙,在老家齐聚还是头一次。几杯啤酒下肚,肾上腺素飙升,大家就开始互相调侃。许国巍说胡浩头发日渐稀疏,都快成了不毛之地,是因为水土流失严重,要他注意环保,节约水资源。胡浩笑骂,不毛之地总比头顶一片绿色的大草原要好,辛晓茹那么漂亮,你小子当心成为草原上忠实的牧羊人。顾小白问彭大年,家里供着一尊财神菩萨,钱是不是多得花不完?他可以发扬为人民服务的精神,帮他花掉。彭大年一本正经地说,不麻烦警察同志,这点小困难自己可以解决。他反问顾小白,你小子不结婚也不交女朋友,是不是性取向发生了改变?许国巍哈哈一笑,替顾小白回答,大年你说反了,小白是不忘初心,还惦记着……在胡浩和彭大年强烈的注视中,许国巍把后面的话连同一根鸭肠咽下了肚。顾小白转移了话题,哥几个,跟你们爆个料,周云鹏死了。大家纷纷表示下午就听到消息了,说周云鹏是去洋杉湖偷猎时,不慎引燃芦苇被烧死的。

胡浩问,小白,消息是不是真的?

顾小白下午离开洋杉湖时,特意交代案发现场的所有人,周云鹏被谋杀,只是他的推理,暂时不能外传,具体死因等尸检结果出来后再下结论。顾小白敷衍胡浩,现在只能证实周云鹏被烧死了,但他是死于谋杀还是意外,需要进一步调查。许国巍神神叨叨地说,洋杉湖几年前翻过一条船,死了不少人,后来就传出那里闹鬼,大白天都不太平,周云鹏可能是被鬼找替身了。彭大年感叹,周云鹏四次结婚,有两次是他当司仪。现任老婆邓雯是县电视台的主持人，三十二岁，比周云鹏的大儿子还小半个月。顾小白担心自己喝多了，会泄露需要保密的案件细节，于是再次转移了话题，说今天路过东湖发现一家叫萤火虫的咖啡屋，看上去不错，哥几个下次就在那里聚会，他请客。

顾小白的话音一落，刚才还胡吹海侃的许国巍等人就不吭声了，全都埋头吃喝起来，包厢里一片吧唧吧唧的声音。顾小白觉得奇怪，就问，怎么啦？都不喜欢喝咖啡？我说你们能不能别这么庸俗，一天到晚只知道赚钱，有点文艺情怀好不好？那家咖啡屋跟咱们以前的乐队名字一样，看着亲切。哥几个进去怀怀旧，洗洗身上的铜臭味，陶冶一下情操，多正能量啊。胡浩点着了一根和天下，他的脸在火锅的蒸汽中显得越发油腻，小白，知道那家咖啡屋是谁开的吗？

在酒精的刺激下，顾小白的脑袋里起了一层雾，他问，谁开的？胡浩吐着烟圈说，是江蓝开的。彭大年放下筷子，往嘴里塞了块槟榔说，开业庆典还是我策划的。许国巍说，我们仨每个礼拜都会去几次，照顾她的生意。胡浩打着酒嗝说，小白，你要去哥几个不拦你，但我劝你最好别去，也别再惦记着狗屁萤火虫，那都是猴年马月的事了，幼稚！可笑！可能是真的喝高了，顾小白的脑雾更加浓稠，胡浩等人再说什么他已经听不清楚了，趴在餐桌上呼呼大睡。

第二天早晨醒来，顾小白发现自己躺在维也纳酒店的席梦思上。他知道是胡浩开的房——床头放着金蔷薇火锅城的贵宾卡，持卡消费可以打八折。匆匆洗漱了一番，顾小白下到二楼餐厅吃了早点，然后徒步朝县公安局走去。这次上任他是借调，任期可能是一年，也可能是两年。前任刑侦队长梁斌得了肝癌，住进了湘雅医院。顾小白是刑侦高手，办案经验丰富，又是本地人，熟悉情况，所以被市局派来补老梁的缺。

从维也纳酒店到县公安局并不远，步行二十来分钟。一路上都是豆浆、油条和烧卖的气息，很家常也很温暖。昨天下午，顾小白已经跟县局的几位主要领导见过面，办好了交接手续。谭局抱歉地说，局里实在没有多余的住房，只能安排他住湘江宾馆。顾小白没成家，对住哪里无所谓。这些年他五湖四海到处跑，在招待所住习惯了，有人打扫卫生，水电费也不用自己操心，挺好的。而且，他只是借调，迟早要回市里，要县局的房子干吗，有个落脚的窝就可以了。

顾小白直接来到刑侦队在三楼的办公区。新官上任三把火，大家还摸不准顾小白的脾气，怕触霉头，因此都来得比平时早。见到他走进来，全都起立，在杜耀文的带领下鼓掌欢迎。段宏还给他泡好了一杯铁观音，努力弥补昨天的过失。县里比市里的条件差了不少，顾小白没有单独的办公室，他跟二十多个下属挤在一个区域内办公，只是桌子比其他人要大，椅子也高级一些，旁边还有一盆绿萝，长得很茂盛。办公桌左右两侧有隔板，是个半封闭的空间。顾小白没有讲废话和套话，他用最短的时间熟悉了一下大家的名字，然后吩咐开会，讨论周云鹏的案子。法医的尸检报告还没出来，他要杜耀文先谈谈现场勘查和后续调查的情况。

杜耀文说，昨天下午他带人赶到现场时，已经有不少群众自发在那里灭火。后

210

来消防人员又用高压水枪灭火，再加上医护人员的介入，现场破坏严重，基本丧失了刑事勘查的条件。至于起火原因，消防部门还在调查。现场遗留的那支猎枪是雷明顿M700，上面提取到了几枚指纹，都是周云鹏的。周云鹏遇害时，手机和钱包都在身上，钱包里有五张银行卡和一叠被烧得残缺不全的现金，经过拼对，不少于两千块。周云鹏价值八十多万的百达翡丽腕表，和一枚价值六十多万的蓝宝石戒指都还戴在手上，肯定不是劫财杀人。我再三询问了那个报案的女人，她肯定地说，周云鹏被困在火场时，周围没看见其他人。周云鹏留在湖岸上的那辆大奔也检查过了，上面有行车记录仪，可以确定他是一个人去的洋杉湖。后备箱里有枪套，跟现场遗留的猎枪完全匹配。哦，后备箱里还有两盒子弹，上面也提取到了周云鹏的指纹。周云鹏并没有办理持枪证，他属于非法持有枪支，狩猎更是非法。他的财务状况我们连夜查了一下，他个人和公司都没有债务，也没发现他和谁有过经济纠纷。他虽然有钱，但平时为人还比较低调，没发现他和谁结仇。他的生活作风倒是有点乱，但和现任老婆邓雯结婚后收敛了很多。他跟前三任老婆都是和平分手，被报复的可能性不大。周云鹏住在东湖丽景小区，是四百多平方米的独栋别墅。据邓雯说，昨天中午周云鹏出门前，说要去跟几个朋友打麻将。但实际上，他从自己家里开车出来，一路上没有停留，直接去了洋杉湖。从沿路监控来看，没有发现他的车被人跟踪。对了，邓雯还说，因为她特别讨厌烟味儿，周云鹏跟她结婚后，就戒了烟。在火灾现场和周云鹏的车上，确实没找到香烟和打火机，吸烟导致火灾的可能性可以排除。杜耀文最后谨慎地补充了一句，顾队，时间有限，这都是初查，仅供参考。

从杜耀文的话里透出三个信息，情杀、仇杀和劫财杀人都不成立。很显然，他并不认可周云鹏是死于谋杀的推断，但又不好当面反驳顾小白，只能隐晦地提出质疑。其实他的质疑也是刑侦队所有人的疑惑，大家都在猜测，新来的队长是不是好大喜功，喜欢搞有罪推定？顾小白问，出事时，周云鹏有没有跟谁通过电话？杜耀文回答，查过他的手机通讯记录了，出事前两个小时，他没有任何通话记录，也没收发过信息。

顾小白喝了口铁观音，慢悠悠地说，周云鹏死亡时，整个身体朝西，说明他当时是往西边逃跑。昨天刮的是东风，案发现场的火势是往西蔓延，报案人的话也证实了这一点——周云鹏被困火场时，他西边的火势更猛，着火面积也最大。但周云鹏没有选择从着火面积相对较小的东、南、北三个方向逃跑，偏偏选择了最危险的西边，这很不合情理。报案人说，周云鹏当时在不断地揉眼睛，好像看不清方向。如果是在密闭的火灾现场，眼睛被烟熏坏很常见，但在露天，这种情况很罕见。就算暂时丧失视力，也是渐进式的，不会突然看不见。在周云鹏失明之前，他完全可以选择正确的逃生路线。据我所知，他会游泳，往北边跑不到一百米就能跳进湖里，这是最安全也最快捷的逃生方式。即使被烧伤，也不会致命。

顾小白点了根烟，继续说，一个正常人，发生危险时，如果无法逃跑，通常会在第一时间报警，或者跟家人联系。但事发时，周云鹏并没有掏出手机。这说明他的视力是突然丧失的，他根本就没有办法打电话。所以,他的眼睛绝对不是浓烟熏坏的。只有一种可能,当时他的眼睛遭到了外来袭击。芦苇丛里有很多鸟类,受惊后,理论上有可能袭击周云鹏,但概率比较小,我更相信是人为的。还有一个细节,不知道大家注意到没有——周云鹏猎杀的几只野鸭,就在他死亡现场,你们想一想,这说明什么?

大家面面相觑,段宏挠了挠头说,说明周云鹏的眼睛是在起火前就丧失了视力,所以没有及时发现火情。后来又因为行动不便,丧失了方向感,一直到被烧死,他都没有离开过狩猎现场。顾小白点点头说,没错,袭击在前,火灾在后!如果我猜得没错,凶手应该是用石灰或者腐蚀性液体偷袭了周云鹏的眼睛,还有可能使用了汽油之类的助燃剂。在场的人大眼瞪小眼,个个面红耳赤,一个丧失了刑事勘查条件的现场,居然被顾小白看出那么多问题,他们都感到羞愧。

会议开到一半时,姚伟明拿着尸检报告走进来,他眼睛里布满血丝,显然一夜未睡。他说,周云鹏是死于吸入性损伤,也就是热力和烟雾中的有害物质引起的呼吸道、肺部损伤。除了烧伤,周云鹏的身体上没有其他外伤,可以排除他生前和人搏斗过的可能性。周云鹏的体内也没有检验出酒精和毒品的成分,但在他的衣服和皮肤上检测到了开枪留下的硝烟反应。姚伟明还说,据报案人反映,周云鹏在火灾现场好像什么都看不清楚,所以他特意检查了周云鹏的眼睛,发现眼角膜被严重烧伤,是碱烧伤,眼睑内残存着石灰颗粒。如果是风偶然把一些石灰颗粒吹入到周云鹏的眼里,不至于造成这么严重的后果。姚伟明怀疑,周云鹏生前可能遭到有预谋的石灰袭击,而且石灰的量不少,瞬间就导致他丧失了视力。

尸检报告印证了顾小白的猜测,周云鹏生前的确遭到了偷袭,但凶手的动机还不能确定。杜耀文说,如果排除了情杀、仇杀和劫财杀人,那有可能是泄愤杀人。比如,极端的动物保护主义者,看见周云鹏猎杀鸟类,为了惩罚他,就投掷石灰弄瞎了他的眼睛。在慌乱中,周云鹏的猎枪走火,引燃了芦苇,酿成了惨祸。但顾小白认为这种可能性只是理论上存在,试想,一个连鸟类都想保护的人,心地必然比常人更慈悲,更有爱心,怎么可能用如此残忍的手段弄瞎周云鹏的眼睛?如果他想惩罚周云鹏,报警是最好的手段。

顾小白弹了弹烟灰,下达命令:查查周云鹏昨天的活动轨迹,要精确到分钟!段宏连忙说,已经查过了,昨天上午,周云鹏起床后,在家里待到九点四十五分,他跟妻子邓雯说,要去一家咖啡屋跟客户谈生意。那个客户我找到了,叫黄辉,前天从湘潭过来的,跟豪森纸业集团有业务往来,目前住在维也纳酒店。黄辉说,昨天没发现周云鹏有任何异常,也不知道他下午要去洋杉湖狩猎。

顾小白问,周云鹏去的是哪家咖啡屋?

萤火虫,就在东湖边上。段宏边给顾小白的茶杯续水边说,老板叫江蓝,是个女的。

顾小白的脑袋里嗡的一声,像是炸开了一个巨大的马蜂窝。

3

午后,顾小白开着局里配给他的专车来到东湖边,是辆国产猎豹,跟了前任队长梁斌七八年，底盘重，耗油，但皮实，劲也大。他把猎豹停在离萤火虫咖啡屋只有几米远的地方，但并没有马上下车，而是点了根芙蓉王，慢慢地抽着。阳光凶猛，风从泛着银光的湖面吹过来，带着一股鱼腥味，就像他咸涩的少年时代。

每个人心里都有一个隐秘的角落，顾小白也不例外，那里杂草疯长，门扉紧锁，尘埃满地，是回忆的禁区。十三年来，顾小白总是很小心，避免踏入禁区一步。然而，回老家上任伊始，这个隐秘的角落就被掀开了一条缝，那些休眠的往事好像瞬间苏醒，全都朝顾小白眨巴着亮晶晶的眼睛。他知道，自己不能再视而不见了。很多东西不是忽视就不存在的，它们一直藏在生命的褶皱中，层层叠叠，无法摊平，他终究需要面对。

一个年轻女人从咖啡屋里出来，顾小白觉得有点面熟，定睛一看，是昨天在洋杉湖见到的女记者黎乐乐。她径直走向猎豹，自来熟地坐进副驾驶，说看见这辆车还以为是梁队回来了。顾小白找了个借口，说自己是临时靠边停车，准备打个电话。黎乐乐神秘地笑道，顾队，我知道你和江蓝是高中同学。《岳州晨报》社就在旁边，我经常到这里来喝咖啡，跟江蓝姐很熟，你们的那些事我都知道。仿佛在伸手不见五指的防空洞里待久了，突然有群萤火虫飞过来，点亮了黑暗，顾小白的眼睛一下子不能适应，感觉有些晕眩。

顾小白的整个学生时代，都在湘江造纸厂的子弟学校就读。尽管江蓝也是纸厂子弟，但她家住在厂外，她又是在漕溪港上的小学和初中，所以上高中前，她跟顾小白并不认识。高一开学没多久，江蓝从乌龙中学转到了纸厂子弟学校。转学的理由是，乌龙中学离她家太远。顾小白还记得她第一次出现在自己眼前时的样子——穿着一条有蓝色马蹄莲花样的裙子，扎着马尾辫，头发上别着一个粉红色的蝴蝶结。她不是那种漂亮得让人惊艳的女孩，但很耐看。五官和身材不管从什么角度审视，都很符合黄金分割比例，至少对顾小白来说是如此。特别是她那双眼睛，如同幽深的绿潭，扑通一声，他一下子就陷进去了，不能自拔。

班主任孟海老师安排江蓝和顾小白同桌，其他男生全都对他羡慕嫉妒恨。在江蓝没来之前，男生都觉得，漂亮女生应该是劳动委员马小燕那个样子，五官精致，或者是学习委员张迎春那个样子，身段窈窕。但江蓝一来，让男生发现女生原来还可以有另外一个样子。至于用什么美好词汇来形容她的样子，谁都不知道，语文经常不及格的顾小白更是不知道。反正，她就是跟别的女生不一样，比如：她从不说湖南话，只说普通话，糯糯的，像顾小白母亲蒸的八宝饭。因为普通话讲得好，江蓝担任了校广播室的播音员。只要她一播音，全校男生都会竖起耳朵，生怕漏过一个标点符号。她的成绩也很好，一个年级两个班，每次考试，她都是全年级第一。奇怪的是，顾小白发现她上课并不是那么认真，老偷偷地看小说，她应该属于天资聪颖的类型。课堂上，顾小白经常不关注老师在讲什么，而是关注江蓝在做什么。他至今认为，当初他成绩不好，跟江蓝有莫大的关系。

在加入萤火虫乐队之前，江蓝从没关注过顾小白，连话都很少跟他说。偶尔交谈，也是顾小白死皮赖脸地搭讪。她说话时眼睛并不看顾小白，而是望着别处。不过,这并非顾小白的特殊待遇,跟其他男生说话时她也这样。但她越是高冷,越是令男生着迷。这就像多年后顾小白破案一样,让他兴奋的,不是大案、要案,而是那些看似毫无头绪的悬案,它们都是一个难以破解的秘密,充满了诱惑,江蓝也是秘密。

关于江蓝的很多信息,大都是顾小白从父亲那里旁敲侧击打听来的。小学六年级那年夏天,江蓝的父母在氯气泄漏事故中遇难后,她就和外婆相依为命。她外婆在漕溪港开了家南杂店,是自家的门面,上面住人,下面开店。每天放学后,江蓝都要在店里帮忙,有时还要做饭。为了关照这老少俩,厂里很多人都会去她家的南杂店买东西;江蓝的父母从小是邻居,也算青梅竹马,她母亲刘素梅师范毕业后,本来有机会留在长沙当老师,但为了跟她父亲在一起,选择了进造纸厂。提起刘素梅时,顾小白的父亲多次愤愤不平,言下之意就是,他怎么看都比江蓝的父亲强,刘素梅要是跟了他,生活会幸福很多,至少不会早死。父亲说,刘素梅的电子琴弹得相当好,有一年春节,厂里开联欢会,刘素梅边弹电子琴边唱《执迷不悔》,很有王菲的风范。那时顾小白还小,他没有看过这个联欢会。父亲还说,江蓝跟她母亲是一个模子里刻出来的。顾小白跟踪过很多人,按理说,像刘素梅这样的风云人物,应该会成为他的跟踪对象。但他在记忆里搜索了很久,始终想不起来何时何地见过这个女人。顾小白曾经问过胡浩,是否对厂工会那个叫刘素梅的女宣传干事有印象?胡浩也说没有。就好像磁带中的某一段声音被清洗掉了,顾小白和胡浩的记忆中,都出现了一段诡异的空白。

不仅男生喜欢江蓝,男老师对她也很关照。她是孟老师指定的文娱委员和英语课代表,她担任校广播室的播音员也是孟老师推荐的。孟老师只比江蓝早来学校几个月,刚刚大学毕业,教英语。他跟子弟学校的其他老师都不一样,只说普通话,不说方言。他平时用手帕,身上有股淡淡的香水味,而且人长得帅,有点像张国荣,很多女生都暗恋他。男生对他印象也很好,因为他从不发脾气,比女老师还温和。顾小白总觉得英语课是孟老师为江蓝一个人上的,除了背过身去在黑板上写字,孟老师的目光大都落在江蓝的脸上,提问也是第一个叫她。顾小白特别讨厌体育老师,他不像孟老师,看的是江蓝的脸,他看的是她的胸,目光跟只苍蝇似的,赶都赶不走。在当体育老师之前,他是厂里的仓库保管员,只有初中文凭,但孙校长是他亲姐夫。

在遇见江蓝之前,也曾有女人闯入顾小白那些关于春天的梦中,但那些女人的形象都是模糊不清的,完全认不出是谁。直到认识江蓝,梦中女人的形象才清晰起来。有时候,顾小白会带着梦的气息坐在江蓝身边,这让他感觉梦境无比真实。顾小白还经常趁江蓝帮外婆开南杂店时,去她那里买东西。为了多看她几眼,他甚至半路又折回南杂店,谎称她多找了一块钱。高中三年,顾小白至少给江蓝外婆的南杂店"捐献"了一百块。

江蓝不待见顾小白的情况,直到高二那年春天才改善。上警校前,顾小白觉得胡浩有生以来做得最牛逼的一件事,就是说服江蓝加入萤火虫乐队。据胡浩自己说,他为此准备了一个多达三千字的文案,把嘴皮磨薄了整整一寸。在文案中,胡浩忽悠说，萤火虫乐队以后将冲出亚洲，走向世界。乐队成员个个会成为家喻户晓的大明星，有游艇和私人飞机，环球旅行跟去长沙一样简单。顾小白后来从江蓝那里得知，她对胡浩画的大饼子嗤之以鼻，她之所以加入乐队，只因为胡浩说的一句话：你妈喜欢音乐，你加入乐队，可以跟我们一起唱很多好听的歌。你妈在天堂听到，一定会非常开心的。

胡浩的架子鼓是跟他舅舅学的，他舅舅没有正式工作，专门跑场子唱夜歌。所谓唱夜歌，说通俗点，就是在葬礼上唱歌，超度亡魂。许国巍是乐队主唱，也是吉他手，他哥教他弹的。他哥以前在县城的一家夜总会里当驻唱歌手，夜总会涉黑关闭后，就在街上蹬三轮卖馒头，声音高亢，极富韵律。彭大年的贝斯则是照着电视上的教学视频学的，半生不熟。只有顾小白上过正规的吉他培训班，但比起江蓝，他的乐器演奏技巧还是要差一些。江蓝娘胎里就带着音乐天赋，会盲弹，会飙海豚音。尽管她不是主唱，是键盘手，但其实她是整个乐队的灵魂。这么说吧，没有她，就等于萤火虫不会发光，只是一种平淡无奇的小昆虫。

同在一个乐队，江蓝看顾小白的脸色就好了不少，两人的交流也多了起来。为了取悦江蓝，顾小白曾经昙花一现地展露过自己的音乐才华，他创作了很多歌词。胡浩说，他至今还记得顾小白写的一句歌词：这个夏天，我想全世界轻而易举，我想你无能为力。胡浩对这句歌词赞不绝口，说即使以现在的眼光来看也非常牛逼。顾小白经常以探讨歌词的名义接近江蓝，一开始，江蓝怀疑他是抄袭的，就跟他抄袭大师的诗歌给校广播室投稿一样。但经过反复验证，确认是原创无疑。从此，江蓝对顾小白刮目相看，甚至有了一些欣赏。但十八岁那个夏天以后，顾小白再也没有写出过一句像样的歌词，他的音乐才华好像跟萤火虫一样突然消失了。

校内出名后，萤火虫乐队在红白喜事上演出过很多次，都是在周末或假期，瞒着家长去的。相对而言，顾小白更喜欢在白事上演出，不仅仅是因为演出费更高，更因为刺激，恐惧带来的刺激。这种刺激让肾上腺素飙升，他演出时就会发挥更好。后来顾小白发现，自己天生就是块当刑警的料。在普通案件面前，他表现平平。但到了命案现场，他就像打了鸡血，破案的灵感勃发。在他眼里，尸体是会说话的，那是一种无声的密码，让他有破译的强烈冲动。在白事上演出还有一个好处，江蓝会害怕，顾小白就可以名正言顺地送她回家，而平时她总是独来独往。不过这种机会很快就丧失了。有一次，乐队在一个老人的葬礼上演出。老人当过兵，乐队唱的全是革命歌曲。恰好许国巍的父亲跟老人认识，过来吊孝，发现了正在唱《浏阳河》的许国巍。许父怒不可遏，一脚将儿子踹倒，还碰翻了两个花圈。许父把状告到学校，孟老师批评乐队不该参加商演。在顾小白的记忆中，那是孟老师第一次如此严肃地批评学生。从那以后，大家就老实了，只是纯粹地玩音乐。

当时一个抓教育的副县长爱好文艺，思想比较开明，他在2003年教师节搞过一次全县规模的文艺汇演。湘江造纸厂子弟学校选送了两个节目，一个是诗朗诵，好像是歌颂教师的，名字顾小白已经忘记了。还有一个节目就是萤火虫乐队的。本来这次汇演没有乐队的份，是孟老师极力争取来的，说乐队展现了中学生的青春活力。孙校长犹豫再三就同意了，他钦点《园丁之歌》让乐队排练。但乐队排练了几天，都找不到感觉。最后是江蓝发现了问题，她向孟老师报告，这首歌不适合乐队演唱，能不能换一首歌？孟老师没有请示孙校长，他私自答应了。

汇演那天，县电视台现场直播。因为过于紧张，纸厂子弟学校负责诗朗诵的学生中场忘词，气得孙校长差点心梗。轮到萤火虫乐队上台时，五人配合默契，唱了一首《我的未来不是梦》。乐队临场换歌，孙校长本来要大发雷霆，但看到全场欢呼，效果出奇好，连副县长也在热烈鼓掌，他立马转变了态度，大夸孟老师培养出了几个音乐人才。萤火虫乐队在汇演中大出风头，最终获得了第一名，这是纸厂子弟学校从没有过的荣誉。

很多人看不惯别人风光，跟仇富心理是一个德行。出了名的萤火虫乐队自然遭人嫉恨，被校外的小混混堵过好几次。挨打次数最多的是彭大年，因为他长得帅。顾小白从小就知道，混混偏爱揍比自己长得帅的人。江蓝也屡屡遭小混混调戏，往她身上扔橘子皮和烟头。有一次顾小白和胡浩忍无可忍，从地上捡起板砖冲了上去。混战的结果是，两人头上都缝了好几针，但混混再没有堵过乐队。

萤火虫乐队最浪漫的一次演出是在湘江边，乌龙宝塔下。沙滩上散落着许多岳州窑的碎陶片，很有历史的诗意。那是2004年夏末秋初的一个晚上，有很多人围观。演出进行到一半时，江边突然聚集了一大片萤火虫，铺天盖地。这些小精灵似乎是受到音乐的感召，相约前来看演出的。它们有的在人群中翩翩飞舞，有的吸附在草尖和树叶上，一闪一闪的，像无数绿色的小灯笼。现场的人都惊呼起来，都说从来没见过这么多的萤火虫。多年后，胡浩告诉顾小白，他去过江边好几次，在同样的时间段和同样的地点，却一只萤火虫都没有看见。

顾小白记得那天晚上是他送江蓝回家的。路上江蓝问他，以后你想做什么？他当时使劲想了想，还是回答不出来，他从没想过这个问题。江蓝很奇怪，你怎么会不知道呢，你难道没有梦想吗？顾小白很想说，我的梦想就是天天跟你在一起。但他说不出口，就敷衍道，我的梦想是当歌手。其实，顾小白对当歌手没有什么兴趣，他更愿意在厂里找份清闲点的工作，不下车间就好。江蓝说，她要考医学院，以后当一名白衣天使。当时有一句话在顾小白的喉咙里吞咽了很久，却始终不好意思说出来：还考什么考，在我心里，你已经是天使了！

对顾小白来说，玩乐队是他一生中最幸福的时光，他觉得自己为数不多的浪漫就是那时候"挥霍"掉的。但好景不长，高三下学期，乐队就基本停止活动了。孟老师要求大家抓紧时间学习迎接高考，江蓝是尖子生，自然要做出表率。她每天都泡在题海里，脸色苍白，好像真的被海水长时间浸泡过。许国巍、彭大年和胡浩都知道自己再怎么努力也考不上大学，他们梦想做出一批原创好音乐，实现人生逆袭。顾小白也知道自己考不上，他不愿意跟着胡浩等人发高烧，经常找借口脱离乐队，独自趴在水塔上，拿着那支单筒望远镜发呆。他想要写一首歌，只属于江蓝一个人的歌，送给她当毕业礼物。

纸厂子弟学校的高考录取率是非常低

的，曾经有过连续五年剃光头的纪录。顾小白那一届，按照孟老师的摸底调查，有希望考上大学的不会超过六个人，江蓝就是其中之一，而且是最有把握的一个。因此，孟老师给她开的小灶最多。每天下了晚自习，基本上都是孟老师送江蓝回家。顾小白跟踪过好几次，发现两人一路上谈的都是学习。有一次孟老师告诉江蓝一个连校长都没透露的秘密，他已经考上了湖师大外国语学院的研究生，过完夏天就要去上学了。顾小白偷听这个秘密后，很是失落。江蓝要走了，孟老师也要走了，那湘江造纸厂还有什么值得留恋的呢？高考前，许国巍、彭大年和胡浩经常聚在一起搞原创，有时是在江边那条废弃的驳船上，有时是在防空洞里。顾小白听过他们仨创作的几首歌曲，平平淡淡，毫无特色，听得他直打哈欠。那时候他就知道，这三个发烧友将来在音乐上不可能有什么建树，只能自嗨。

马小燕的成绩仅次于江蓝，每次考试都是年级前三。她爸马金龙是厂长，她自然也是各科老师的重点关照对象。马小燕是萤火虫乐队的忠实粉丝，确切地说，是帅哥彭大年的粉丝。彭大年私下里跟乐队成员炫耀，马小燕每周都会给他写一封情书。那一届的纸厂子弟学校，有个很不好的名声，叫婚姻介绍所，早恋的学生相当多。但据胡浩调查，马小燕和彭大年是唯一修成正果的。他们怎么好上的没人知道，顾小白只知道，至少高中三年，彭大年没喜欢过马小燕。萤火虫乐队的人都听彭大年吹过牛，他会看相。他说马小燕是桃花眼，招祸。千万不能娶回来做老婆，不然会败家。彭大年到底会不会看相，顾小白不敢打包票，但他见这厮从纸厂收购的废纸里偷过书，都是些麻衣相术之类的封建糟粕。在彭大年和马小燕的婚礼上，许国巍喝多了口无遮拦，把彭大年的这句差评当面告诉了马小燕。结果，彭大年在新婚之夜跪了半小时的搓衣板。

跟顾小白和胡浩一样，那时候彭大年喜欢的是江蓝，当然，许国巍也是。但谁都知道，江蓝不属于他们之中的任何一个，所以彼此都没有竞争意识。江蓝属于远方，属于情歌，属于梦幻。她是坠落天使，在人间只是路过。随着高考日期越来越近，顾小白等人也越来越伤感。不是伤感马上就要成为待业青年了，而是伤感江蓝就要成为回忆了。

顾小白原以为，命运的列车会按照他预想的那样前行，方向和速度都是固定不变的。后来他才发现大错特错，超速、晚点、临时停车，甚至出轨、翻车都是常有的事。就跟侦破一样，越是大案要案，真凶往往不在嫌疑人名单之列，反而是最出乎意料的那一个。十八岁那年夏天，顾小白送给江蓝的歌一直没有写好，不知为什么，他似乎突然江郎才尽，丧失了创作的灵感。当时他就隐隐觉得不妙，仿佛有什么不寻常的事情要发生。

高考成绩揭晓，纸厂子弟学校只有两个人考上了大学，江蓝不在其中，而是马小燕和另外一个男生。学校里所有人都大吃一惊，但不包括孟老师，他那时已经死了。在孟老师的追悼会上，萤火虫乐队大放悲声，唱了赵传的一首歌《我终于失去了你》，在场的许多女生听了当即哭成一团。那是萤火虫乐队最后一次满员聚集，把一个阳光灿烂的日子唱成了愁云惨雾，到黄昏时分竟然下起了暴雨。而且电闪雷鸣，跟有人渡劫似的。

落榜和孟老师的死对江蓝是双重打击，顾小白一度害怕她想不开，每天都偷偷地跟踪她。有一天傍晚，江蓝独自去了乌龙宝塔下，望着翻腾的江水出神。暮霭从江心弥漫过来，把她笼罩其中，像一个淡青色的秘密。跟踪而至的顾小白吓了一大跳，以为江蓝要轻生，连忙从暗处闪身出来，要她想开些，说塞翁失马焉知非福，今年她没考上医学院，明年肯定能考上北大清华。江蓝苦涩一笑，从身上掏出一叠冥币，说今天是孟老师的头七，她是来烧纸的。

坦率地说，江蓝没考上大学让顾小白暗自庆幸，不是幸灾乐祸，而是心想可以多看见她一段时间了。她成绩那么好，肯定会复读的。那时候顾小白还没有料到，十八岁那年夏天，孟老师的死，会改变他和江蓝的命运。

不，是许多人的命运。

4

孟老师被杀是江蓝报的警，她跑到厂里的传达室，拿起电话，结结巴巴地把自己的发现告诉了110接警员，这个时候是下午三点半。门卫肖师傅在旁边听到后，马上通知了保卫科科长丁保国。很快，警察和保卫人员都赶到了防空洞。命案现场有孟老师的遗体、江蓝丢弃的锌皮桶，以及从桶内掉落出来的私人物品。另外还有一支哮天犬牌五连发猎枪，一枚弹壳，若干弹丸。孟老师遇害地点并不在防空洞的主干道上，而是在比较偏僻的一个岔洞内，那里平时很少有人去。江蓝说，她从主干道经过时，无意中瞥了一眼岔洞，发现一个白色的东西。她以为有人故意躲在那里装鬼吓唬女生——这种恶作剧平常那些小青年没少干，她就没理会，径直往前走。但走了一段路后，发现岔洞内并没有任何动静，她就有些好奇，于是折返回来想看个明白，走到跟前，才发现是身穿白衬衣的孟海老师倒在血泊中。当时她怀疑自己产生了幻觉，就跑出去把同学顾小白叫进来确认。

在如此隐蔽的地方杀人，凶手肯定非常熟悉防空洞的地形，造纸厂内部人员作案的可能性非常大。但由于现场已经被看热闹的人破坏，基本失去了刑事勘查的价值，警方只得让熟悉厂内情况的保卫科列出一个嫌疑人名单，挨个排查。顾小白就在这个名单上，而且排在首位，是头号嫌疑人！原因有三：第一，案发时，他距离现场不远，跑过去也就十来分钟，而且他是最早到达现场的人之一；第二，他腿上有伤，有可能是跟孟老师搏斗造成的；第三，他是社会闲散人员，经常跟踪别人，口碑不好。

顾小白既然是头号嫌疑人，肯定会被重点调查。当时还是县刑侦队副队长的梁斌负责此案，他询问报案人江蓝，为什么中午去厂里洗澡？江蓝红着脸说自己来了例假，弄脏了衣服。在厂里的澡堂子用水不要钱，她想在那里把衣服洗了。如果去晚了，洗澡的人多，就不方便洗衣服了。梁斌又问她，那个叫顾小白的是否有作案的可能？江蓝说，从她来厂里洗澡时，就发现顾小白趴在水塔上看书。洗澡期间，她担心自己被偷窥，就不断透过澡堂气窗查看顾小白的一举一动，发现他并没有离开水塔一步。不知是真的不知情，还是故意替顾小白开脱，江蓝隐瞒了自己在防空洞里被顾小白尾随的细节。与此同时，尸检表明孟海老师生前并没有跟凶手发生过

218

搏斗，这就否定了顾小白腿上的伤跟孟老师有关。

因此，顾小白这个头号嫌疑人，第一个被排除了谋杀嫌疑。

但梁斌并没有就此放过这个不良小青年，凶案发生五天后，他找到了正坐在废弃驳船上钓鱼的顾小白，很严肃地问他，为什么老跟踪别人？是不是有不可告人的目的？顾小白抽着偷了父亲的白沙烟，一副吊儿郎当的样子，他说自己好奇心特重，想知道别人背地里都在干些什么，这种行为并没造成任何不良后果，不算违法吧？梁斌听了心中一动，孟海被害案目前毫无头绪，凶手很可能就潜伏在湘江造纸厂。警方和保卫科的调查容易打草惊蛇，但顾小白是厂里的子弟，一个社会闲散人员，他去摸排线索不引人注意，也许会取得意想不到的效果。梁斌故意说，他不相信顾小白的解释。为了自证清白，顾小白情急之下，就把他最近窥探到的几个秘密和盘托出，都是偷鸡摸狗男盗女娼之类的。梁斌不动声色，继续问，平时你都是怎么跟踪别人的？顾小白侃侃而谈，说了他跟踪的一些套路。梁斌听了大喜，没想到一个少年居然无师自通，掌握了很多只有民警才知道的跟踪技巧。让他当这个线人，真是再合适不过了！

听了梁斌的请求，顾小白暗暗兴奋。美剧他没少看，那些卧底英雄都是神一样的存在。尽管线人没有正式编制，只是个打酱油的，但多少跟卧底沾了点边，足够让他自豪了。再说了，孟海是他的老师，以前对他还算不错，他也想找出凶手。为了提高顾小白的积极性，梁斌许诺，如果警方根据他提供的线索破了案，会给他发奖金，还会给厂保卫科的丁科长说说，让

他进保卫科工作。顾小白压抑住内心的狂喜，一口答应，白干他都愿意。梁斌当即写了一份嫌疑人名单，叮嘱顾小白守口如瓶。顾小白看完名单，一声不响地用打火机烧毁。风一吹，纸灰全飘到了江里。多年后，梁斌笑着对顾小白说，他这个烧名单的动作特帅，像大片里的镜头。

顾小白就这样开始了他短暂而刺激的线人生涯。

梁斌给顾小白透露了案件的一些基本信息——杀害孟海的那支哮天犬牌猎枪被很多围观群众接触过，上面无法提取到有效指纹；子弹是霰弹，杀伤面积大，但现场只发现了一个弹壳，凶手应该只开了一枪；部分弹丸击中孟海，另外一部分弹丸在地面形成密集的弹坑；弹壳被围观群众踩踏，上面同样无法提取到有效指纹；孟海身上的手机和钱包不翼而飞；孟海是枪伤引起的失血性休克死亡，除了枪伤，他全身没有其他外伤；死亡时间在下午两点半左右；孟海为什么会出现在防空洞，暂时还是一个谜。警方初步判定，凶手是劫财杀人，而且凶手应该跟孟海认识，很可能是他把孟海骗进防空洞的。

许国巍、彭大年和胡浩都在嫌疑人名单上，这并不奇怪，上面囊括了湘江造纸厂所有男性社会闲散人员。警方当时的思路是，女性不太可能持枪杀人，至少在侦破的第一阶段没必要排查，以免浪费有限的警力。顾小白在暗处查，梁斌在明处查，然后两人秘密碰头，看看嫌疑人的说法是否一致。顾小白跟梁斌是单线接头，为了方便沟通，梁斌把自己淘汰的一部旧诺基亚手机送给了顾小白，还给他充了两百块钱话费。船上、江边、乌龙宝塔内、芦苇丛里、防空洞中、废弃的厂房、坍塌的砖

窑,这些接头地点都是由顾小白指定的,非常隐蔽,这让梁斌对他高看了几分。

顾小白的线人身份隐藏得很好,自始至终都没有露出任何破绽。当然,梁斌也没有对任何人透露这个秘密,连纸厂保卫科的科长丁保国都没告诉。直到案件告破时,湘江造纸厂的所有人,包括顾小白的父母和萤火虫乐队的成员,才知道顾小白在暗中替警方做事。

梁斌交代顾小白,排查嫌疑人时,主要盯住两点:一,是否有不在场证明;二,是否私藏猎枪。名单上的嫌疑人顾小白都认识,有一些关系还不错。他套取到的信息,跟警方从嫌疑人口里盘问出的信息出入较大。比如,一个叫李凯的,案发时在尚书路的一个发廊嫖娼,他跟警方说是在家里看英超。还有一个叫邓龙华的,案发时在乌龙咀的芦苇荡里聚众吸毒,他骗警察,说案发时自己在江边游泳。县城有湘江、资江和汨罗江三条大河,还有洞庭湖、洋杉湖和鹤龙湖等几十个大小湖泊,湿地众多,是禽鸟的重要栖息地。在湿地没有保护前,很多人私购猎枪打鸟。湿地划为自然保护区后,警方搞过一次缉枪行动,收缴了许多枪支。一个叫韩家兴的说,自己的猎枪早就上缴了。但据顾小白了解,案发半个月前,他还在青山岛用猎枪打过白琵鹭。顾小白的秘密调查卓有成效,虽然没有马上揪出杀害孟海的凶手,但帮助警方顺藤摸瓜,抓获了不少吸毒、赌博、嫖娼和盗猎等违法犯罪分子。

嫌疑人名单上,只有三个人顾小白没有认真调查,那就是许国巍、彭大年和胡浩。三人在保卫科说的话,跟在顾小白面前说的话完全一样——案发时,他们在彭大年家听枪炮与玫瑰乐队的CD,听到江蓝的尖叫声才跑出来看热闹。而且,三人跟孟老师的关系都不错,萤火虫乐队就是孟老师一手扶持起来的,他们没有行凶动机。高考放榜了,顾小白等人毫无悬念地名落孙山,江蓝落榜却让顾小白感觉不可思议。那段时间,顾小白每天早出晚归,既要暗查嫌疑人,又要跟踪江蓝,以防她出意外。

父母看见儿子整天神神秘秘的,又发现他突然有了一部旧手机,怀疑他在外面干什么不正经的事,就琢磨着给他找一份工作。母亲还动了给儿子介绍对象的念头,说有个熟人的女儿,在好又多超市当收银员,长得乖,嘴巴也甜。母亲怂恿顾小白去那家超市买了包盐,让他一睹芳容。顾小白对那个女孩具体长什么样已经没有印象了,他只记得,买盐回来后,发现她找零时给了自己一张假钞。

如果没有那段做线人的经历,顾小白可能到现在还在干着父母给他找的工作,娶了一个喜欢占小便宜的女人,整天为柴米油盐算计。顾小白很有自知之明,他没有商业头脑,也没有雄心壮志,再怎么奋斗,都成不了许国巍、彭大年和胡浩那样的土豪。父母对他的期望值也不高,只要不走邪路就烧高香了。他那个喜欢跟踪别人的臭毛病一直让父母提心吊胆,总害怕他一个不留神滑入犯罪的泥潭。至于能不能找到工作都在其次,大不了到皮鞋店当帮工。

谁曾想,当初父母眼中的不良少年日后会成为罪犯克星,堂堂的刑侦队长!母亲不止一次地感叹,幸亏儿子没有跟那个熟人的女儿好上,听说她后来做传销骗了亲朋好友许多钱。父母全然忘了曾经是怎样贬低儿子的,说他整天流里流气,名字迟早要上人民法院的布告。母亲甚至有过给顾小白外婆改坟的心思，按照老家的风俗，改坟能给后辈改命。顾小白上警校后，母亲却大言不惭地跟街坊邻居说，是她家的祖坟冒青烟了。

十八岁那年夏天，顾小白身上的轻狂和青涩正悄悄地褪去，好像就是从他做线人开始的，只是他自己都没有意识到。

接连几天黄昏，顾小白都抱着吉他坐在驳船甲板上，低声吟唱，很像个失恋的流浪歌手。名单上一共有三十七个嫌疑人，他用了半个月，全部查了个遍，却没有找到跟孟老师被害案有关的丁点儿线索。警方那边也没有突破，梁斌压力很大，他把嫌疑人的笔录看了又看，琢磨着问题出在哪里。顾小白却怀疑凶手并不在嫌疑人名单上，调查方向一开始就发生了根本性的错误。

乌龙宝塔倒映在江面上，像一个虚妄的寓言。梁斌扔给顾小白一根芙蓉王，问他怀疑的依据是什么。他已经有了打算，这次见面后就让顾小白停止调查，他不好意思让这个孩子继续做无用功，耽误了前程。

顾小白说，凶手有时间搜刮孟老师身上的钱物，却没时间带走作案工具，这不符合正常逻辑，劫财应该是假象，行凶另有原因，必须扩大排查范围。梁斌吐着烟圈说，这一点他也想到了。但他认为，凶手有可能故意反其道而行，让警方误判其并非杀人劫财。而且，凶手作案时很可能戴了手套，没有在猎枪上留下指纹，根本不担心警方以枪找人。在前期的侦查中，梁斌发现孟海从没与人结仇，没有经济和情感纠纷，连女朋友都没有。除了劫财，梁斌想不出凶手杀害孟海还有什么别的动机。

顾小白对梁斌的看法不以为然，他觉得动机是个很奇妙很复杂的东西。有时候他用吉他弹奏一首悲伤的歌曲，不是因为心情不好，只是因为风恰好把歌谱吹到了那一页。风再大一点或者小一点，换成另外一页，歌曲的风格可能就迥然不同。躺在白色水塔上，看着澄蓝的天空，偶尔他会流泪，但为什么流泪，他自己也不知道。他唯一确信无误的是，那个夏天，黑暗中有许多不可思议的秘密，像一头头小兽，伸长了好奇的脑袋，打量着这个光怪陆离的世界。

流浪歌手的情人

1

杜耀文的电话打断了顾小白的回忆，他说消防部门的初步勘查结果出来了，洋杉湖火灾现场发现了助燃剂，是汽油。而且，尸体的东南西北方向各有一个起火点。也就是说，火是从周云鹏的身体四面烧起来的，把他围困在中央，封锁了他逃生的通道。杜耀文还说，他带人去案发现场补充侦查，在距离尸体现场一百多米的湖水里，打捞出了一只疑似凶手装过汽油的可乐瓶，二点五升的那种。瓶子上沾满淤泥，丧失了提取指纹的条件。顾小白说声知道了就挂了电话，这些情况在他的意料之中。坐在旁边的黎乐乐听到了电话内容，一脸惊疑地问，顾队，难道是有人蓄意纵火？顾小白点点头，说周云鹏的案子可以正式定性为谋杀。黎乐乐说这可是重大新闻，她要赶紧回报社写稿子。顾小白要开车送她，被婉拒了。她莞尔一笑说，就几步路，街角拐个弯就到，你还是去看看老同学吧。

黎乐乐下车后，顾小白拿出电动剃须刀，把下巴刮得寸草不生，尽量让自己显得年轻一些。又对着抬头镜反复整理仪容，来之前他还特意换了身便服。深呼吸了几下，他锁上车门朝萤火虫咖啡屋走去。还没到门口，他就闻到一股淡淡的咖啡香，同时听到一段熟悉的旋律，是电子琴弹奏的《后来》，那是江蓝最喜欢的歌。顾小白停下脚步，静静地听了一会儿，有种很不真实的感觉。昨天晚上吃火锅时，胡浩警告过他，最好不要去找江蓝。有些记忆，冷藏起来会更好。就像伤口，冰敷会减轻疼痛。但顾小白还是来了，为了查案。原本他可以派别的刑警来的，犹豫再三，他还是决定亲自来。江蓝已经伤痕累累，他担心别人问话时，会有意无意伤害到她，那是他不希望看到的。

顾小白推开门的瞬间，琴声戛然而止。果然是江蓝在弹，咖啡屋里除了她，没有别人。两人四目相对，顾小白惊讶地发现，跟十三年前相比，无论外表还是气质，江蓝都没有什么变化。对她来说，似乎这段时间并没有流逝，而是凝固了，她好像还生活在那个阳光破碎的夏天里。顾小白突然感觉喉咙被棉花塞住了，说不出话来。迟疑了几秒钟，江蓝先开口，欢迎光临。顾小白轻咳了一下，气管通畅了一些，他问江蓝，你还好吧？她说，下午生意一般，晚上好点。顾小白说，我问的是你。江蓝淡淡一笑，还过得去，想喝点什么？她看他的眼神就像看一名普通顾客，没有一句多余的话。他有点尴尬地说，来杯卡布奇诺。

顾小白在一个临窗的卡座上呆坐了几分钟，江蓝端着一杯咖啡过来了，说请慢用，然后转身就要走。顾小白叫住她，等等，周云鹏的案子，我想问你点情况，听说他昨天上午来过你这里。江蓝撩了一下刘海儿，在他对面坐下来，平静地问，你想知道什么？顾小白例行公事地问了几个问题，周云鹏和那个叫黄辉的客户谈了些什么？两人举止有没有什么异常？除了黄辉，周云鹏在这里还有没有见过别人？江蓝说自己当时在收银台看书，村上春树的《1973年的弹子球》，没注意两人的谈话。但她可以肯定，周云鹏从进店到离开，只见过一个人，也就是顾小白说的黄辉。

征得江蓝同意后，顾小白起身到收银台调取了监控。从画面来看，周云鹏和黄辉谈笑风生，没有任何冲突。喝完咖啡，是黄辉先行离开。周云鹏买单时跟江蓝说了几句，不超过三分钟。顾小白问江蓝，周云鹏跟你说了什么？江蓝说，就是家常，生意如何，家人怎么样之类的话。都是从湘江造纸厂走出去的，两人自然认识，聊聊家常在情理当中。整个监控视频看完，顾小白没有发现任何问题。他注视着江蓝，我们也能聊聊家常吗？江蓝犹豫片刻，点点头。顾小白重新回到窗前坐下，江蓝端来一壶水果茶和一碟爆米花，说是免费送的。顾小白掏出一根芙蓉王，正要点着，但看了看这个清雅的环境，又把烟放了回去。江蓝给他斟了一杯茶，说，抽吧，这个点没顾客。

顾小白没有客气，他把窗户打开一条缝，点着了芙蓉王。他觉得隔着一层烟雾，跟江蓝说话坦然一些。他问，小军呢？江蓝没有看他，而是望着窗外，一片法国梧桐树叶在风中旋转着飘落，她说，平时他都不来店里。顾小白说的小军，全名叫马小军，是马小燕的亲哥，当年兄妹俩一个班。马小军两岁时得过脑膜炎，脑子不好使，但生活基本能自理。他之所以能进子弟学校，一直读到高中，完全是因为那个老爸厂长。毕业会考，他各门功课加起来不到一百分。不过马小军从不闹事，他很安静，上课时总是傻傻地坐着，盯着黑板，比任何人都聚精会神，谁也不知道他在想什么。如果不上课，大部分时间，马小军都在厂区游荡，跟只猫一样，无声无息。他在厂里没有任何朋友，连马小燕都很少跟他说话。因为他是马厂长的儿子，也没人敢欺负他。很多次，顾小白看见马小军盘腿坐在江边一个脸盆大的树墩上，目光深邃地看着大浪淘沙，像个哲人。

在纸厂所有人的印象中，马小军是个傻子，但人畜无害。他也是个大胖子，两个胡浩捆一起都没他重。在教室里，马小军的座位必须靠墙，或者坐在最后排，否则他的背影会把后面同学的视线全部遮挡。据马小燕说，她哥一顿能吃十个大肉包。在顾小白的印象中，马小军还有一重身份，他是萤火虫乐队的铁杆粉丝。他似乎把乐队成员视为了自己的偶像，经常把家里好吃的东西偷出来跟顾小白等人分享。有一次，顾小白发现书包里多了一本带颜色的线装书。他一愣，然后看见坐在旁边的马小军冲他傻笑，他立即明白是这个傻子送的。顾小白在厂里偷书的时候，被马小军撞见过好几次，估计这点小爱好被他记住了。萤火虫乐队每次演出，无论多远，无论是什么场合，哪怕是在乡间葬礼上，只要马小军知道，他都会跑过去围观。而且音乐一响，他就会跟着节拍手舞足蹈。死忠粉居然是一个傻子，这让萤火虫乐队的成员都有点尴尬。看到马小军在人群中傻乎乎地又跳又叫，胡浩觉得他不是来给乐队捧场的，而是来捣乱的，一度想把他悄悄骗到防空洞胖揍一顿，威胁他不得出现在乐队演出现场。但这个计划还没实施就流产了，是被顾小白阻止的。顾小白要胡浩换个角度看问题——连傻子都喜欢，说明萤火虫乐队的演出有治愈性，不粉岂不是连傻子都不如？胡浩认真想了想，觉得顾小白言之有理，从此放任马小军捧乐队的臭脚。许国巍更是鸡贼，经常让马小军帮乐队搬麦克风、抬音响。马小军对此毫无怨言，每次做义工他都是乐呵呵的。马小燕虽然对许国巍使唤自己的哥哥不满，但为了讨好彭大年，她只能睁一只眼闭一只眼。

很多傻子都邋里邋遢，马小军却不一样，他每天穿戴整齐干干净净。最开始，顾小白以为是马小燕或者她父母帮着收拾的，后来听马小燕说，她哥每天都要在镜子前站半个小时，头发梳得一丝不苟，皮鞋擦得一尘不染。他洗脸必须用洗面奶，无论寒暑，一天一个澡，比班上任何男生都要讲卫生。高中开始，马小军还会往自己的身上喷香水，跟孟老师身上的香水一个味儿。胡浩说，马小军在模仿孟老师。顾小白留意观察了一下，确实如此，除了香水的味道相同之外，从发型到着装风格，马小军都跟孟老师相差无几。偶尔从马小军嘴里冒出来的一句英格丽希，也带着孟老师的口音。他甚至有一条跟孟老师完全一样的花格子手帕，经常拿出来揩鼻子，其实他从不流鼻涕。每次在路上遇见孟老师，他会恭敬地让到一边，给孟老师举手敬礼，不过是少先队员的那种敬礼。

顾小白很纳闷，马小军为什么如此喜爱萤火虫乐队？

顾小白听马小军跟着乐队唱过几句，五音不全，毫无音乐天分。难道他是奔着江蓝去的？但并不像，他看演出时，目光在每个乐队成员身上停留的时间是差不多的。平常他对江蓝也没有表现出特别的关注，漂亮女生似乎不会刺激他的多巴胺分泌。城南中学也有一支乐队，叫知更鸟。一个很偶然的机会，在知更鸟演出现场，顾小白发现了马小军，他拿着一根荧光棒欢呼雀跃，跟看萤火虫乐队演出一样疯魔。顾小白这才明白，马小军应该是喜欢演出这种气氛，而非音乐本身。

有一次，顾小白和胡浩坐在水塔上吹牛皮，犯了烟瘾。正好马小军从下面经过，胡浩叫住他，小军，把你爸的好烟弄包出来抽抽。马小军嘿嘿傻笑说，我爸的烟都锁柜子里了。胡浩怂恿说，那就把锁撬开。马小军歪着头问，那你们可以带我看演出吗？胡浩说，当然可以。马小军闻言大喜，当即跑回家撬开了他爸的烟酒柜，偷了一条软中华，分给了胡浩和顾小白。当晚，胡浩以排练为名，召集萤火虫乐队成员去江边，背地里却通知马小军，说是专门为他演出。马小军丝毫不以为诈，兴奋得给每个乐队成员买了支巧克力冰激凌。胡浩和顾小白一度担心马厂长会因为丢烟的事报案，但几天过去后风平浪静。可能给马厂长送礼的人太多了，他不敢声张，也不在乎丢一条中华烟。

有了这次经历，胡浩和顾小白就时不时以带马小军看演出为名，唆使他偷厂长老爸的烟酒出来，次次如愿以偿。顾小白原本还有些犯罪感，但胡浩义正词严地说，这本来就是不义之财，来之于民用之于民，没什么不好意思的。有了这种理论支撑，顾小白享用马厂长的好烟好酒就心安理得了。不久，许国巍和彭大年知道了这个秘密，也热血沸腾，强烈要求加入打土豪的统一战线。马小燕发现，每次家里的烟酒失窃，马小军就会跑去看萤火虫乐队的演出，她怀疑烟酒是被她哥偷去孝敬乐队成员了，顾小白等人当然抵死不承认。但自始至终，大家都没有拉江蓝下水，甚至羞于向她透露这个秘密。在她面前，四个桀骜不驯的少年都成了腼腆小男生，尽力维护着自己的美好形象。

顾小白后来研究犯罪心理学时发现，一个罪犯的诞生，通常跟身边的偶像破灭有关。没有人愿意在偶像的眼中扮演恶徒，做出不堪的事情。然而，一旦偶像消失，这种顾虑也就不存在了，很多暗黑的本性就会不加掩饰地暴露出来。顾小白很怀念那种带着柠檬味的青涩，但十八岁那年夏天过后，他脸上的腼腆就彻底不见了。许国巍、彭大年和胡浩也是如此，他们的脸上的油腻越来越厚，从每个角度看都闪闪发光，跟任何女人打情骂俏都面色如常。

顾小白等人没有把江蓝吸收进统一战线，还有一个原因，她平时对马小军很友善。班上女生几乎都不搭理马小军，江蓝是个例外。她会给他读英格丽希的诗歌，会给他讲解几何题，尽管他从没听懂过。顾小白甚至觉得，江蓝看马小军的眼神比看其他男生更温柔。每次萤火虫乐队演出，江蓝目光落在马小军身上的时间，比马小军看她的时间还长。班上有女生窃窃私语，说江蓝是绿茶婊，她如此关照马小军，是因为他爸是厂长，但顾小白从没相信过。

萤火虫乐队解散后，打土豪的统一战线随之土崩瓦解。让顾小白意想不到的是，彭大年跟马小燕竟然好上了。据胡浩爆料，彭大年和马小燕在巴厘岛度蜜月时，主动坦白了当年利用大舅子做卧底，劫富济贫的秘密，气得马小燕大骂他交友不慎。有很长一段时间，马小燕看见顾小白、胡浩和许国巍三人就翻白眼，跟来了大姨妈似的。胡浩不止一次咒骂彭大年，真没想到啊，你这个衣冠楚楚浓眉大眼的家伙也会当叛徒！

2

窗户半开半关，顾小白坐在开窗的这一头，橘黄色的阳光从窗外投射进来，斜斜地落在他身上，而江蓝坐在没开窗的那一边，两人的明暗对比非常强烈，有种印象派油画的效果。水果茶在酒精炉的加热下散发着一股好闻的味道，寂静的角落里燃烧着一炉藏香。这样的下午，这样的地方，挺适合怀旧。顾小白注意到，几件用来烘托气氛的老式家具似乎刚刷过油漆，色彩亮丽。地板上还有一些早已干涸的油漆，应该是装修时不小心掉落的，呈水滴状，如浪花飞溅，别有一番风味。顾小白问江蓝，小军在哪里上班？她苦笑一声，整天闲在家里，承蒙周总关照，在他的公司挂了个名，吃空饷。顾小白知道，她说的周总是指周云鹏。

高中毕业后，马小军没有成为社会闲散人员，他直接进了厂保卫科工作。儿子傻，老子马金龙却是绝顶聪明。马小军整天在厂里东游西荡，跟巡逻的保卫人员没多大区别，谁敢说他是吃空饷？每个国企都有安置残疾人就业的硬性指标，马小军智力残疾，优先安置他上岗合情合理，这正好体现了企业对职工的人文关怀。明眼人都知道，马金龙是在以权谋私，但谁都没有说破，也没有谁愤愤不平，换了自己当领导，肯定也会这样做。在这种子弟众多的大型国有企业，子女靠父母的关系就业司空见惯，是大家都能接受的潜规则。

孟海被杀后，作为非社会闲散人员的马小军，自然不会进入嫌疑人名单。而且他是傻子，平日里老实巴交，怎么可能行凶杀人？杀自己的老师就更不符合逻辑了——两人不仅无冤无仇，相反，孟老师还是马小军极力模仿的偶像。命案发生后，厂里最忙的要算保卫科了。建厂以来，从没有出现过如此恶性的刑事案件。保卫科以前处理的违法犯罪行为大都是偷盗和斗殴，偶尔也有吸毒和赌博。最严重的是一起抢劫案，那还是严打时期的事，被害人是一名女质检员，下夜班时被人拖到食堂后面，抢走了身上的二十多块钱。案子很快破了，抢劫犯是厂里烧锅炉的临时工，判了无期，越狱时被击毙。为了配合警方破案，保卫科的人内查外调，忙得焦头烂额。唯独马小军优哉游哉，跟只吃撑了的麻雀似的，闲得抽风。

十三年前的那个夏天，孟海跟父母住在县电机厂的家属楼，他在湘江造纸厂子弟学校并无宿舍。案发前已经放假，他没有理由出现在纸厂的防空洞里，除非是跟人有约，此人很可能就是凶手。查了孟海的手机通话记录，案发当天上午，他接过两个电话，对方用的都是座机。一个是汽车站旁边的 IC 卡公用电话，十点四十五分打过来的，通话时长两分零六秒。另一个是十点四十九分，从新华书店旁边的奶茶店打过来的，通话时长三分零九秒，也是公用电话。两部座机恰好都处在监控盲区，找不到打电话的人。因为公用电话使用的人多，奶茶店生意又忙，老板已经记不住当时是谁打了那个电话。从汽车站到新华书店，走路要二十来分钟。使用交通工具，最快也要三到五分钟，同一个人打电话的可能性几乎为零。也就是说，这两个打电话的人当中，很可能有一个是诱骗孟海去防空洞的犯罪嫌疑人。因为连日高温，县里一些耗电量大的企业被限电，案发日正好轮到湘江造纸厂限电停产，全厂职工放假。据门卫肖师傅说，孟老师是中午十二点五十左右进厂的，跟往常一样骑着辆永久牌自行车。之后孟海就消失在厂区的监控中，这个点也是午休时间，没有任何人反映见过他。

正因为如此，侦破工作一度走入死胡同。然而，随着警方补充侦查，案件有了突破性的进展。湘江造纸厂的防空洞面积很大，一些地方被改造成了仓库，在距离孟海尸体七八米远的地方就有一个。这个仓库原本是空的，案发前几天刚刚存放了几十箱红酒——岳阳某酒厂从湘江造纸厂订购了一批纸品印刷商标，后来酒厂严重亏损，就用这批红酒来抵扣货款，价值八万余元。在仓库的门锁上，发现了撬压和打击的痕迹。很显然，是有人想打开仓库盗窃里面的红酒。在警方的调查走访中，有群众反映，孟海尸体旁边本来还有一根撬棍和一把榔头，但被一个叫周雄的小青年拿走了。警方传讯了周雄，发现他并无作案时间，只是出于贪小便宜的心理，顺手牵羊带走了撬棍和榔头。经过技术比对，仓库门锁上的痕迹就是那根撬棍和那把榔头形成的，但没有在上面提取到犯罪嫌疑人的指纹。警方还发现了一个奇怪的现象——枪支击发时，从枪口喷射出的火药颗粒和金属粉末，会附着在射击者和目标身上，叫硝烟反应。孟海是被枪杀的，尸体上有硝烟反应很正常，但他的双手比身体其他部位的硝烟反应更大，这就不正常了。因为他中枪的主要部位在胸腹，理应这里的硝烟反应更大才对，除非他是射击者。

除此之外，还有两条线索也引起了警方的高度重视——孟海的父母是电机厂的普通职工，身体不太好，都是药罐子，孟海的工资几乎都贴补了家用。孟海已经考上了湖师大外语学院2005年的研究生，他曾向朋友透露，准备办个暑期英语补习班，挣点学费。案发前一天的下午，孟海去过江东路一家烟酒批发部，询问过几种红酒的价格，但并没有买。防空洞的仓库里有红酒，整个湘江造纸厂只有不到十人知道。这批红酒是在子弟学校放假那天才封存进去的，由丁保国亲自带领保卫人员搬运，这期间不小心摔碎了一瓶。当天丁保国在厂区巡逻时，偶遇准备回家的孟海，两人闲聊了几句。孟海问他身上怎么有一股酒味，丁保国就说了红酒的事。

警方据此有了新的破案思路——在得知纸厂的防空洞里藏有红酒后，正在发愁学费的孟海动了心思，想要盗窃红酒变卖。案发当天，他携带作案工具潜入防空洞，企图打开仓库大门，但未果。就在这时，一只躲在洞里的野生动物突然窜出，本来就高度紧张的他受到惊吓，猎枪掉在地上，意外走火打中了自己。在现场那把哮天犬牌猎枪的枪托和枪管上，警方确实找到了磕碰的新鲜痕迹。模拟试验也表明，在特定条件下，猎枪掉在地上有可能伤到人。因为霰弹的弹道跟普通子弹的不同，射击面分散，现场又遭到严重破坏，所以很难判定猎枪当时处在一个什么样的射击角度。

猎枪来源没查清楚，证据链还不够完善，但梁斌认为孟海盗窃的嫌疑非常大。得知儿子一夜之间，从被害人变成了私藏枪支、自食其果的盗窃嫌疑人，孟海的父母非常愤怒，他们无法接受，但又百口莫辩。很快，孟海涉嫌盗窃的事不仅湘江造纸厂人尽皆知，也传得满城风雨。

一个残阳如血的黄昏，梁斌找到了正在江边弹吉他的顾小白，提出了终止合作。他很抱歉，没有兑现对这个少年的承诺。因为顾小白没有对案件的侦破起到重要作用，警方给不了奖金，梁斌也解决不了他的就业问题。顾小白很失落，才当了不到一个月的线人，他又成了狗都嫌的社会闲散人员。其实他帮警方干活，并不是眼馋奖金和工作，而是喜欢那种隐秘生活带来的快感。卧底，是一个巨大的秘密，破案就是揭开谜底。这对于渴望解密的顾小白来说，太他妈刺激了！但顾小白根本不相信警方的推理，一个说着纯正英格丽希、喜欢香水的绅士，怎么可能做贼呢？太扯淡了！顾小白向梁斌提出了三点质疑：第一，孟老师被害时穿着白衬衣，身上有香水味，如果他是贼，在昏暗狭窄的防空洞里，白衬衣和香水会极大地增加他被人发现的风险，他怎么可能犯这种愚蠢的错误；第二，孟老师是怎么把猎枪带进防空洞的，要想掩人耳目，必须有藏枪的袋子，把红酒从仓库带走也需要袋子，但案发现场并没有发现任何袋子；第三，孟老师是近视，平时戴眼镜，如果他进防空洞盗窃，肯定会拿手电筒照明，但案发现场没发现手电筒。

梁斌听了一愣，顾小白的后两个质疑他之前都想到了，他怀疑袋子和手电筒是被围观群众捡去了。第一个质疑他确实没想到，他很欣赏顾小白敏锐的洞察力。但梁斌认为孟海是初犯，缺乏经验，作案时穿白衬衣喷香水也说得过去。针对梁斌的解释，顾小白再次提出了质疑：一个有胆量私藏枪支的人，会缺乏犯罪经验吗？梁斌却告诉顾小白，犯罪心理非常复杂，在侦破实践中，高智商罪犯出现低级错误屡见不鲜。

坐在越来越浓稠的暮色中，望着梁斌远去的背影，顾小白的心里升腾起一个念头，他要继续查下去。以前他当线人，是为了刺激，没有任何崇高的动机。但现在，他是为了证明孟老师的清白，这种使命感让他全身的血液都在燃烧。他一遍遍地弹奏着喑哑的吉他，直到月亮爬上了乌龙宝塔，撞了一下趴在塔尖睡觉的一只猫头鹰的腰。回家的路上，顾小白有一种特别奇诡的感觉，这个夏天似乎是由各种秘密串联而成的，他从一个秘密跌进另外一个秘密。就像掉入了一个神秘的黑洞中，他的身体被撕碎成无数粒子，然后不断地重新排列组合，这让他有些晕头转向，甚至感觉魔幻。

顾小白觉得接下来的调查不是自己一个人能完成的事。当晚，他在一个废砖窑里找到了许国巍、彭大年和胡浩，他们仨正扯着嗓子排练一首新歌，跟鬼哭狼嚎一般。顾小白发了一圈烟，把自己给梁斌当线人的事说了一遍，然后问三人，愿不愿意跟自己一起查清孟老师被害的真相。胡浩往顾小白脸上吐了口烟圈，说难怪你小子最近性情大变，不跟哥几个一块玩了，原来是当卧底去了，牛啊。许国巍说，他们仨准备过几天去长沙解放路的一家小酒吧应聘驻唱歌手,正忙着排练,哪有空管闲事。彭大年劝顾小白跟他们一起去长沙发展,说那里星探多,运气好的话有可能一夜成名。

顾小白很生气。孟老师以前对大家不薄,现在他的尸体上被泼了一盆脏水,这三个家伙竟然不闻不问,太寒心了。顾小白掐灭烟头,默默离开了砖窑。他在白色水塔上躺到半夜,渐渐释然了。让许国巍等人放弃梦想去为一个死人正名,确实有些苛责。何况连警方都认为孟老师是盗窃嫌疑犯,他发起的所谓调查,到最后可能是一场闹剧,谁都不愿意蹚这潭浑水也能理解。那天凌晨,狮子座爆发了一场流星雨。凝望着那些长长短短的发光尾巴,顾小白的脑回路慢慢清晰,他决定天亮后去找江蓝,她跟孟老师的关系最密切,一定愿意跟他合作。

第二天清晨,顾小白没吃早餐就直奔江蓝家。快到南杂店时,他看见江蓝骑着那辆凤凰牌自行车出了门。顾小白骑车尾随在后,想在路上找个僻静处跟江蓝说事。然而,她直接进入了县公安局大院。顾小白很诧异,但他没有跟进去,他想江蓝一定是为孟老师讨说法,他就在外面等她。没多久,梁斌骑着一辆边三轮飞驰而来。在大门口看见顾小白,他有点惊讶,你来这里干什么,不是跟你说停止合作了吗?顾小白找了个借口,说自己想了整整一夜,还是不相信孟老师会偷东西,他要梁斌宽限几天,别急着结案,他想再找找线索。梁斌说,别找了,我刚接到电话,江蓝今天过来自首,声称孟老师是她杀的。顾小白大吃一惊,正要追问,梁斌已经进了公安局大院。他想跟上去,但被门卫拦住了。

顾小白打梁斌的手机,没有接听,他干脆把自行车停在行道树下,抽着烟,等梁斌出来。

昨晚好不容易疏通的脑回路又被堵塞了,他想不明白江蓝怎么会跟孟老师的死扯到一起?他像牛顿琢磨万有引力一样,久久蹲在树下,全然忘记了饥饿和酷热。一个上午,他抽了整整一盒烟。直到中午十二点,梁斌才从公安局大院里出来,看见顾小白还守在门口,连忙把他带到旁边的小餐馆,要了间包厢,请他吃饭。梁斌说,江蓝声称她和孟海是恋爱关系。那支哮天犬牌猎枪是她父亲留下的,以前用来打鸟。在一次闲聊中,孟老师得知她家有枪,就说高考后带她去江边的芦苇丛里打野兔。案发当天,两人约好中午在防空洞碰头,里面有个出口,一直通到江边。出门时,江蓝对外婆谎称去厂里洗澡洗衣服,顺便找同学玩一会儿。她偷偷把猎枪用衣服包好,藏在锌皮桶里。进入防空洞后,她发现自己被顾小白跟踪,就只好真的去洗了个澡,还洗了衣服。从澡堂出来后,她在防空洞里见到了孟老师,但孟老师有些近视,并没有第一时间发现她。她突然萌生了一个整蛊的念头,于是拿着那支哮天犬牌猎枪,悄悄靠近孟老师,把枪口顶在了他的后背上。孟老师果然吓了一大跳,他转身抓住枪管,提醒她小心走火。她还是小时候看父亲用过枪,对枪支并不熟悉,当时她误以为保险装置处于关闭状态,就故意扣动了扳机,没想到枪响了,孟老师中弹倒在了血泊中。情急之下,她跑出防空洞去找顾小白,编了一套貌似合情合理的说辞。至于孟老师的手机和钱包,江蓝说可能被围观群众拿走了。她还说,孟老师当天进防空洞并没带手电筒因为担心被人发现他和女学生幽会，影响不好。

顾小白问，孟老师的死亡时间不是下午两点半左右吗？江蓝洗澡出来后进入防空洞，是三点左右，时间根本不对！梁斌说，实际死亡时间和法医推算的死亡时间是有误差的，半小时误差在正常范围内。顾小白又问，孟老师案发前去烟酒批发部询问红酒的价格，这事怎么解释？梁斌说，我们后来了解到，孟海的父亲这个月底五十大寿。孟海可能是想买瓶红酒给父亲庆生，这事应该跟案子没关系。顾小白继续问，在防空洞里找到的撬棍和榔头又怎么解释？梁斌说，可能确实有人企图盗窃仓库里的红酒，因为某种原因未能得逞，就将作案工具遗弃在防空洞内。梁斌还说，根据江蓝的交代，他上午派人去漕溪港，在她家床底下找到了藏枪的箱子，里面有一盒猎枪子弹。听完梁斌的讲述，顾小白的第一反应是，江蓝在撒谎，目的是帮孟老师脱罪。纸厂保卫科缺乏保密意识，早就将警方怀疑孟海盗窃的原因透露出去，江蓝根据警方补充侦查的细节编造假口供，是完全有可能的。梁斌摇头说，江蓝是个很聪明的女孩，她不会傻到以断送自己的前途为代价，替一个死人脱罪。顾小白问，如果犯罪事实成立，江蓝会判几年？梁斌说，过失致人死亡罪，加上非法持有枪支弹药罪，数罪并罚，十年跑不掉。

顾小白悲哀地想，坐这么久的牢，江蓝就再也没有机会念大学了。梁斌夹了一块糖醋排骨到顾小白碗里，说师生恋本来就不被允许，如果孟海对江蓝有过不当行为，哪怕她是自愿的，孟海也有违师德。这属于被害人有错在先，将来在给江蓝量刑时会酌情从轻。但讯问时，江蓝否认她和孟海在校期间有过不当行为。

顾小白囔地站起来说，不，她在撒谎！

梁斌吃惊地看着顾小白，问他怎么知道江蓝在撒谎？顾小白找梁斌要了根芙蓉王，坐下来深吸了两口，他说高一上学期，冬至那天下午，他无意中在江蓝的书包里发现了一本病历，上面写的名字叫李静，年龄十八岁，做的是流产手术，在县中医院做的。梁斌问，这本病历跟江蓝有什么关系？顾小白说，班上没有叫李静的女生，也没有谁会把别人的病历放在自己书包里，李静应该是江蓝的化名。他还记得那天上午没有孟老师的课，江蓝也恰好上午请假没来，他怀疑两人一起去了医院。顾小白特意强调，病历上李静两个字是孟老师的笔迹。梁斌一脸狐疑地看着顾小白，问他怎么把这件事记得如此清楚，快三年了，居然连日期还记得。顾小白没有回答这个问题，只是腼腆地说，反正我没撒谎。梁斌就明白了这个少年的心思，他当即打了个电话，要手下再去一趟江蓝家，找找有没有顾小白说的这本病历。饭刚吃完，梁斌的手机就响了，话筒那头说，梁队，病历找到了，名字确实叫李静！

江蓝的这个秘密顾小白隐瞒了三年，谁都没有透露。江蓝和任何男生好他都会吃醋，唯独和孟老师好他不会嫉妒。他跟马小军一样，把孟老师当成了偶像。江蓝流过产，对顾小白来说这不算污点，他只暗恋她，没想过拥有她。江蓝迟早要嫁人的，嫁给孟老师这种会说英格丽希、喜欢香水的男神，是她最好的归宿。江蓝自首这天，顾小白整个下午都骑着车在阳光下游荡。他之所以向梁斌透露江蓝的这段隐私，是为了证明孟老师"有错在先"，她量刑可以从轻。

229

顾小白在东湖边吹了会儿风，途中他摔了一跤，因为他感觉整个世界都是倾斜的，包括湖面、马路和阳光。梁斌打来电话，说拿着"李静"的病历去了中医院，负责做流产手术的妇产科大夫叫蒋明珍，她在一堆女孩的照片中准确地认出了江蓝。蒋大夫也在一堆照片中认出了孟海，当时就是他陪"李静"来的，"李静"的清纯漂亮和孟海身上的香水味，都让蒋大夫印象深刻。

梁斌再次讯问江蓝时，她依然一口咬定跟孟海没有不当关系，直到梁斌把那本病历摆在面前，她才承认李静就是自己用的化名，导致她怀孕流产的就是孟老师。交代完这些，江蓝放声大哭，整个公安局大院里都是她的哭声。后来梁斌跟顾小白说，他从没见一个人这么伤心过，像是要把五脏六腑和一生的悲苦，都从喉咙眼里哭出来。

顾小白那时就意识到，江蓝宁愿重判，也不愿公开她曾堕胎的隐私。因为同学三年，他从没见江蓝当众哭过，哪怕是在孟老师的追悼会上，哪怕是在高考落榜后。多年后，顾小白在办案期间发现，越是平时沉默寡言波澜不惊的当事人，被戳中泪点时哭得越凶。反而是那些动不动就哭鼻子的人，比较容易控制情绪。只有当心中某些顽固的东西被摧毁后，一个坚强的人才会泪流满面。

那本病历，也许就是江蓝少女时代一扇不忍开启的门。

正是从这个阳光倾斜的下午开始，顾小白那些跟江蓝有关的梦中，不再弥漫着香椿树的气息，而是充斥着尖叫、哭泣和枪声，他一次次被这种声音惊醒。

3

十三年前的那个夏天，江蓝自首的事以及她的隐私，到第二天早晨就传遍了县城的大街小巷，成了人们茶余饭后津津乐道的话题。省、市、县各级媒体纷纷报道，师生恋、堕胎、持枪杀人，这些吸引眼球的元素聚集在一起，使此案迅速发酵，在社会上引起了巨大反响。县公安局和县教育局成立了联合调查组，调查湘江造纸厂子弟学校是否有更多的女生受害。一周后，调查组做出结论：孟海和江蓝确系恋爱关系，并无其他女生受害。江蓝自称是转学后才认识孟海的，那时她已经十五岁，孟海和她发生不当关系不算强奸。

这个案子也引起了省公安厅的重视，下来一位姓沈的副厅长督办。梁斌胸怀坦荡，自我批评说，如果不是一个线人提供线索，如果不是江蓝主动自首，差点办成了冤假错案。梁斌还把顾小白当线人的情况详细报告了一遍，他的目的是想兑现承诺，给顾小白在厂保卫科争取一个工作机会。梁斌讲述的三个细节让那位沈副厅长产生了浓厚兴趣：第一，顾小白在秘密调查时，协助警方抓获了不少违法犯罪分子；第二，仅凭孟海案发当天穿着白衬衣和身上有香水味，还有没携带装红酒的袋子，顾小白就判断他不可能在防空洞里盗窃；第三，根据病历上的笔迹，以及孟海和江蓝当天上午没来上课，顾小白就准确地猜到是孟海带江蓝去医院做流产手术。沈副厅长惊叹，顾小白有当侦查员的天赋，这样的人才埋没了实在可惜！沈副厅长当即调阅了顾小白的高考成绩，发现他离警校录取线还差了二十几分，但他协助警方破案有功，完全可以特事特办。

在沈副厅长的大力举荐下，经过层层审批和体检，顾小白被省警校破例录取，县公安局还给他发了五千块奖金。这一消息轰动了湘江造纸厂，乃至整座县城。顾小白当线人的事也随之传开来，而且版本不断升级。传到顾小白父母的耳朵里，他已经成了少年狄仁杰那样的神探，看一眼现场就能知道犯罪嫌疑人是男是女，甚至长什么模样。那段时间，连邻居家养的鸡丢了都来找顾小白断案，让他哭笑不得。更离谱的是，他还没进警校，提亲的人就纷至沓来，包括那个给他找了一张假钞的女孩的父母。马小燕考上大学，她老爸请厂里的花鼓戏剧团唱了三天大戏。顾小白拿到警校录取通知后，他父亲也请人唱了三天戏，但请的不是厂里的业余戏班子，而是县里的花鼓戏剧团，风头盖过了马厂长。如果是以往，顾小白的父母肯定不敢如此高调，那会得罪马厂长。但现在他们的儿子要当警察了，还怕谁啊？只有人家怕他们的份！

顾小白有自知之明，他很清楚，他不过是走了个狗屎运。他没把自己当人物，在去上警校前，他每天照样躺在白色水塔上看闲书，举着单筒望远镜发呆，或者坐在江边的驳船上抽烟、钓鱼、弹吉他。他还经常去防空洞，案发后一个多月，他似乎还能在里面闻到血腥味、火药味和香水味。对了，还有江蓝身上那种淡淡的猫尿味。有很多次，顾小白在闲逛的时候遇见熟人，对方问他是不是又在帮警方办案，在跟踪犯罪嫌疑人？他不置可否地唔了一声，其实他谁都没有跟踪，但好像又在跟踪谁。也许，他跟踪的是自己，是另外一个他。还有好几次，顾小白遇见了马小军。

自从孟海和江蓝出事后，本来就安静的马小军更寡言少语了，一整天都说不了几句话。大部分时间，他都在防空洞里游荡，跟个幽灵似的，常常把前来偷情的男女吓得魂飞魄散。他不再注重仪表了，头发蓬乱，衣领油腻，身上不仅没有了香水味，还散发着一股难闻的气味。顾小白知道，那是防空洞里特有的气味，黑暗的味道。马小军看人的眼光也变得不善，特别是看顾小白，眼睛像狼一样闪烁着幽幽绿光，似乎随时会扑过来咬他一口。

江蓝最终判了六年，算是比较轻了。服刑地点在白泥湖监狱，距离湘江造纸厂不到三十里路。顾小白在警校读书期间，给江蓝写过好几封信，但她一封都没有回。他渐渐明白，他自以为是的救赎，对江蓝来说，其实是一种深深的伤害。

那时候，许国巍、彭大年和胡浩已经在长沙的酒吧里驻唱，但混得很不如意，被客人喝倒彩、扔果皮是家常便饭，老板也屡屡找借口克扣他们的薪水。那家酒吧顾小白去过几次，是由一座民国花园洋房改建而成，叫橙子时光，很文艺的一个名字，但看上去比较破败，有点颓靡的气息。许国巍他们仨和一个光头组成了乐队，声嘶力竭地唱着摇滚。四个人的胳膊上都文着爬虫，张牙舞爪。顾小白感觉他们更像古惑仔，而不是歌手。当年在萤火虫乐队时，顾小白的情绪很容易就被音乐感染，整个人都是饱满的，像是吸足了水分的种子，洒点阳光就能发芽。而现在，许国巍等人的演唱完全不能引起顾小白的共鸣，他从身体到心灵都是干瘪的。他甚至觉得这简直是噪音，难以忍受。如果不是为了给老同学捧场，他肯定掉头就走。顾小白一度很疑惑，来到了大城市，三位老同学的演唱水平怎么反而降低了？难道是因为自己的眼界高了，审美水平提升了？很久以后顾小白才慢慢领悟，他们都没变，世界也没变，变的是不再纯真的时光。

酒吧驻唱的那些日子，许国巍他们过得很窘迫，三人合租一室一厅，不到四十平米。许国巍和彭大年睡上下铺，胡浩睡沙发。生活也黑白颠倒，经常拿方便面当消夜，一脸菜色。顾小白笑话他们仨，眼睑浮肿，皮肤松弛，往路边一站，还以为是牛郎。尽管手头拮据，每隔几个月，三人就会凑钱买些零食和生活用品，以及一些高考复习资料，带到白泥湖监狱捎给江蓝。顾小白上警校后的第二年春天，三位流浪歌手实在混不下去了，决定一起回老家另谋生路。走之前，他们仨把身上的钱都掏了出来，约了顾小白在太平街的一个大排档吃消夜。顾小白忘了当时是怎么把话题转移到江蓝身上的。许国巍说，每次探监，江蓝看到他们都一声不吭，像尊蜡像；彭大年叫顾小白不要再自作多情了，狱警告诉他们，有个警校生经常写信给江蓝，但她每次看都不看就把信扔了；胡浩更是情绪激动，揪住顾小白的衣领，骂他卑鄙无耻，为了披上一身虎皮，不惜踩着江蓝的伤疤往上蹦跶。不管顾小白怎么解释，喝高了的三人都不信，还趁着酒劲对他动起了手。顾小白没有还手，他被啤酒瓶砸破了脑袋，还被打掉一颗牙。巡警赶过来，要不是顾小白掏出警校学生证，说打人的是他朋友，喝醉了发酒疯，主观上并无恶意，那次许国巍、彭大年和胡浩都得蹲拘留所。

警校曾经组织学生去参观白泥湖监狱，顾小白装病没去。他托室友严翔给江蓝捎了一本《且听风吟》，村上春树，他知道她喜欢这个日本作家的书。但参观结束后，严翔把书带回来了，说江蓝没要。严翔还笑嘻嘻地问顾小白，江蓝长那么漂亮，是不是因为做小姐进去的？顾小白当即勃然大怒，一个鞭腿过去，差点把严翔的下巴踢脱臼，为此挨了一个警告处分。

顾小白经常想两个问题，十八岁那年夏天，如果他没有给梁斌当线人，他会不会也跟许国巍他们仨一样去长沙当流浪歌手，然后带着破灭的梦想回到老家？江蓝会不会仍旧把他当朋友？顾小白很怀念组建萤火虫乐队的那段岁月，歌声飞扬，活力四射。那时候的阳光充斥着荷尔蒙的气息，梅雨里全是思念的眼泪，连秘密都是潮湿的，弥漫着某种不可描述的体味。上警校后，顾小白再没有这么神经质过，父母把家搬到长沙，将他以前的那把吉他也带过来了，但他一次都没有弹过，以至于上面全是浮尘。他甚至歌都很少唱，室友集体去KTV狂欢，他次次找借口缺席。警校的同学都以为他没有音乐细胞，天生五音不全。直到毕业晚会上，老师要求每人必须表演一个节目，无奈之下，顾小白才抱着吉他唱了首《我终于失去了你》。他的男中音极富磁性，还带着性感的烟嗓，吉他弹奏如行云流水，全场同学都兴奋得尖叫。大家都不明白，顾小白明明可以靠歌声俘获许多迷妹，为什么偏偏要走高冷路线？连体重远远超标的严翔都跟卫校的一个女生好上了，顾小白却一个女朋友都没有。

警校三年，顾小白有一种生人勿近的孤傲，以前身上那种吊儿郎当的气息荡然无存。他独来独往，目光冷峻，各门功课都是全优。他跟踪的嗜好也没丢，但跟踪的不再是漂亮女人，而是扒手。三年下来，他抓获了一百多名扒手,受害者送的锦旗挂满了宿舍。他平时上网喜欢浏览追逃信息,如果在通缉令上发现有流窜长沙的逃犯,他就会熟记其体貌特征,然后利用周末上街转悠,寻找目标。还真让他逮住两个,其中一个身上有把仿五四手枪,子弹已经上膛。在警校,顾小白唯一的好友就是严翔,虽然因为江蓝的事两人打过架,但很快和好,那个带枪的逃犯就是两人合力抓获的。警校毕业后,顾小白和严翔都分到缉毒大队,更是成了生死兄弟。两人搭档,抓获了不少毒贩。在一次抓捕毒枭的行动中,严翔执意把防弹背心让给顾小白,说自己脂肪厚,扛子弹。但结果并没有防住子弹,毒枭狗急跳墙,手持AK47疯狂扫射,严翔身中三弹。在送往医院抢救的车上,严翔躺在顾小白的怀里咽下了最后一口气。临终前,这个曾经睡在顾小白下铺的兄弟奄奄一息地说,告诉小惠,我卧底去了,三五年都不能联系,叫她别等我。

顾小白当即泪如泉涌。

小惠是严翔的女朋友,在湘雅医院当护士。严翔留在人世的最后一句话,是给自己恋人的。顾小白无数次想,如果自己也有这一天,会将遗言留给谁呢?父母吗?不行,他们一个有高血压,一个有心脏病,听了遗言肯定要发病。留给好基友胡浩?也不行,这厮神经大条,第二天肯定就会忘得一干二净。那还能留给谁? 江蓝?是的,就留给江蓝!他要告诉她,当初泄露她的隐私,不是为了他自己,而是为了让她少坐几年牢——她刚进入高中,就被班主任盯上,百般引诱,强行跟她发生了不当关系,导致她怀孕,被迫流产。不管她和孟老师是不是真心相爱,至少从道德层面上来说,她是妥妥的受害者,在量刑时肯定会从轻。

江蓝听到顾小白的遗言时,嘴角抽动,浑身发抖,然后哇地哭出声来,眼泪像春天的汨罗江,汹涌澎湃摧枯拉朽。顾小白觉得,如果自己在天有灵,看到这一幕也会安息了。但这只是顾小白的想象,江蓝真会原谅他吗?顾小白不敢肯定,也许会,也许不会。不过有一点毋庸置疑,如果江蓝的反应是后者,顾小白一定会死不瞑目。

严翔牺牲后,顾小白将他的遗言带给了小惠。这个长着一双大眼睛的护士凝视着顾小白,发现他不像是在开玩笑。她说,不就三五年吗,我等他回来。顾小白说,可能更久,你等不起。小惠执拗地说,一辈子我都等!顾小白用手指狠狠地掐灭燃烧的烟头,吼道,别等了,他不会回来了!说完他转身就走,头也不回,泪水从他脸上流到了高高竖起的衣领里面。他听到小惠在后面哭,哭声像是从深邃的地缝里飘出来,带着一股被挤压的颤音。

顾小白没有邀请小惠参加严翔的葬礼,现场有许多缉毒警,身份需要保密。这之后顾小白就调到了刑侦大队,不是害怕缉毒的危险,而是他落下了心理阴影。每次抓捕毒贩,就会想起严翔的死,就恨不得对毒贩下死手。为了避免犯错误,他只好申请调离岗位。多年后的一个情人节,顾小白在五一广场的肯德基餐厅邂逅小惠,但她没看见他。小惠要了两份草莓味的冰淇淋,一份自己吃,一份摆在空无一人的对面。顾小白知道,草莓冰淇淋是严翔的最爱。顾小白的眼泪汹涌而出,幸好戴着墨镜无人发现。小惠还在等待,等待一个明知不可能回来的人。顾小白的心疼得都快滴出血来，他踉跄着离开餐厅，像个醉鬼。

人到中年了，顾小白还没有谈恋爱，经常有人问他是不是在等谁？他不知怎么回答，好像是，又好像不是。有一次顾小白坐在天心阁上，眺望着湘江对岸的岳麓山，想了很久。最后他想明白了，这些年，他的确在等，等待一场解密。

十八岁那年夏天，江蓝向公安机关自首，说是她误杀了孟老师。警方经过调查，认可了她的口供。但顾小白总觉得，这不是真相。他不相信案发当天，孟老师是和江蓝相约去打野兔。理由有三：第一，江蓝那天穿着高跟鞋，根本不适合在芦苇丛那种松软的地面上行走；第二，江蓝害怕巨响，每次在红白喜事上演出，只要别人放鞭炮，哪怕她正在弹电子琴，也会停下来捂住耳朵，枪声比鞭炮声大多了，她绝对没有胆量开枪打猎；第三，有一次，胡浩和许国巍在教学楼走廊上踢足球，胡浩的头不小心撞在玻璃上，流了很多血，孟老师闻讯赶来，看到血，他差点吐了，说自己晕血。一个有晕血毛病的人怎么可能去打兔子？

顾小白曾经把这些疑惑告诉了梁斌，但梁斌说，江蓝对此的解释是，她和孟老师只是借打猎之名出去约会，在芦苇丛里说些悄悄话，并不是一定要打到猎物。所以两人出门时没考虑太多，从穿戴到心理上都没做任何准备。梁斌认为，恋爱中的男女，有很多行为方式是异于平常的，具体情况要具体分析，不能教条主义。

顾小白认为，这个案子还有一个非常关键的证据缺失，那就是一直没找到孟老师的钱包和手机。特别是手机，如果被人顺手牵羊从现场带走，要么自己使用，要么会卖掉，但这部手机再没有露过面，也没开过机。梁斌说，不排除拿走手机的人事后出于惧怕心理，把手机扔进湘江的可能。当时正值汛期，这么小的物品肯定被冲到了下游，根本无法打捞。但不管梁斌怎样解释，顾小白还是不相信江蓝的口供，他更相信她是在给孟老师脱罪。既然为情杀人屡见不鲜，为了爱情去坐牢又有什么好奇怪的？

如果顾小白的猜测是对的，那问题又来了，案发那天，孟老师为什么要去防空洞呢？如果他不是被江蓝误杀，那他到底是被谁枪杀的？江蓝自愿顶包，她就不怕让真凶逍遥法外吗？这些谜团缠绕着顾小白，如影随形，甚至成了他的梦魇。虽然案子早已尘埃落定，他还是渴望解开这个秘密。就像他少年时代经常窥探别人的秘密，其实那些秘密对他的生活毫无意义，有意义的是真相本身。特别是想到真凶可能还没落网，顾小白就无法释怀。为了给孟老师脱罪，江蓝付出了昂贵的代价，这笔账必须找凶手算！

顾小白也曾跟许国巍、彭大年和胡浩讨论过孟老师的死因，他们都说不出个所以然。相比较而言，他们更相信孟老师是被江蓝误杀，而不是盗窃红酒时枪支走火打死了自己。胡浩还突发奇想，说防空洞里有鬼，孟老师和江蓝是不是在那里撞鬼了，发生了什么灵异事件？纸厂的防空洞里每隔几年都会死人，大都是自杀，死因五花八门，因为家庭矛盾寻短见的居多，也有疾病缠身想解脱的，还有吸毒暴毙的。据说这些人的怨气极重，鬼魂在防空洞里徘徊不散，无法进入轮回。顾小白的少年时代，有相当一部分时间是在防空洞里度过的，他从没见过鬼。他在那个黑暗世界里见到的，都是鬼鬼祟祟的人。把孟老师的死归咎于灵异事件，完全是扯淡。

上警校后，顾小白利用自己学到的侦查知识重新审视过这个案子，他觉得留在案发现场的那支哮天犬牌猎枪是破案的关键，必须确定猎枪的主人。但江蓝声称枪是她父亲留下来的，她父亲坟头早已长草，死无对证。顾小白听梁斌说，他找江蓝外婆询问过枪支的来源，老人说女婿以前确实有支猎枪，是江蓝的爷爷留下的，什么牌子她不清楚。但她记得警方在纸厂开展大规模缉枪行动时，女婿出于害怕，把枪偷偷扔到了湘江里。至于是不是真的扔了，她也不知道。

顾小白认为，江蓝外婆的证词没有太大的说服力，只能证明江蓝父亲有过猎枪，这在很多年前是合法的，商店可以随意买到。仅凭江蓝的口供，以及她家床下发现的一盒子弹，就认定杀死孟老师的枪，跟她父亲藏的枪是同一支，太牵强了。要知道，就算是不同牌子的枪，子弹也有可能通用。至于孟老师手部的硝烟反应为什么比身体其他部位更大，顾小白认为这并不难解释。当时孟老师很有可能双手抓住了凶手的枪管，想夺枪反击，但没成功。凶手开枪时，射击残留物大量喷射在孟老师的手上。

顾小白还原了案发当天的场景——孟老师因为某种未知原因来到防空洞，他无意中发现有人在存放红酒的仓库前鬼鬼祟祟，于是上前盘问。有可能他和盗贼发生了口角，盗贼恼羞成怒对他下了杀手。也有可能他认出了盗贼，为了杀人灭口，盗贼就枪杀了他。事后，盗贼拿走了孟老师的钱包和手机，扔掉猎枪和作案工具，迅速逃离了现场。

保卫科科长丁保国曾说，知道那个仓库藏有红酒的人不超过十个。顾小白认为，枪杀孟老师的凶手，要么就在这十人之中，要么就是那个把孟老师骗进防空洞里来的人。顾小白不相信案发那天孟老师是去赴一场浪漫的约会，他一定是带着某个秘密才去那个地下世界的，而且是重大的秘密。

4

2018年这个阳光凶猛的午后，顾小白在萤火虫咖啡屋没有找到任何线索，周云鹏案发前来这里只是喝咖啡谈生意，并无异常。但顾小白还是觉得不虚此行，时隔十三年，他终于见到了江蓝。牢狱生涯没有在她身上留下明显的痕迹，这足以让他欣慰。更让他欣慰的是，江蓝尽管对他比较冷淡，但并没有表现出太多的排斥，这大大出乎他的意料。回去的路上顾小白心情大好，还打开车载播放器听起了音乐。梁斌车里的CD都是十几年前的老歌，看来他也是个喜欢怀旧的人。孟海被害案同样改变了梁斌的命运，他职务前那个挂了好几年的"副"字去掉了，成了刑侦队长。可惜他积劳成疾，得了肝癌，不然上级可能还会给他加加担子。顾小白觉得生活就像一台花鼓戏，兜兜转转又回到了原地。听着熟悉的老歌，他甚至有些迷惑，自己似乎从来没有离开过这个地方。

回到队里，顾小白主持召开了案情分析会，他问杜耀文，洋杉湖周边的监控覆盖情况如何？杜耀文说，机动车进入洋杉湖湿地，必须经过一条机耕道，出入口都有探头。但如果是徒步，有很多小路可以选择，几乎都在监控盲区。平时防止盗猎，主要靠保护区的工作人员巡逻，漏洞很大。

段宏有点沮丧地说，机耕道路口的监控已经查过了，案发前二十四小时内，没有发现可疑车辆和可疑人员。

顾小白说，这么看来，通过监控获得突破的可能性比较小，犯罪嫌疑人大概率是徒步进入案发地。周云鹏的案子要从两个方面寻找突破口。第一，找到用来纵火的汽油的来源。现在私家车普及率很高，如果是有车一族，很可能从自己的车里抽取汽油，灌注到可乐瓶内。这种方式很隐蔽，不太好查。如果是无车一族，购买散装汽油必须登记个人信息，这就好查多了。汽油易燃易爆，味道也大，散装状态下不会保存太久，就查三个月内的购买信息。但犯罪嫌疑人为了逃避警方追查，很可能通过非法销售点购买散装汽油。第二，普通人狩猎，是为了满足口腹之欲，或者为了贩卖盈利。但周云鹏是富豪，想吃什么野物都可以买到，他狩猎应该仅仅是出于爱好。有这种爱好的人在富豪圈子里有不少。周云鹏去狩猎很可能约了同伴，这个消失的同伴作案嫌疑很大。要了解周云鹏的狩猎圈子，找到跟他有相同爱好的人，逐一排查。

下达命令时，顾小白突然想起当年江蓝的口供，她自称和孟老师名义上是去打野兔，其实是躲在芦苇丛里幽会。于是他补充道，查查跟周云鹏关系密切的异性，特别是有过感情纠纷的。三个前妻的可能性不大，不用查了，他跟前妻接触没必要遮遮掩掩。如果他确实约了女人去芦苇丛，两人的关系一定很暧昧，见不得光。顾小白吩咐段宏去网络平台发布一则悬赏通告，向广大群众征集破案线索。段宏问他奖金多少，顾小白想了想说，两万元吧，回头他向谭局打报告申请拨款。顾小白又让一位叫刘凤娟的警花联系《岳州晨报》，务必在明天头版显要位置登载悬赏通告。但旋即他又叫住了刘凤娟，说还是自己去趟报社，跟当地媒体熟悉一下，方便以后开展舆论宣传。

顾小白拿出黎乐乐留给他的名片，拨打了上面的手机号码。电话接通了，他问，黎记者，我现在去报社坐坐，你现在有空吗？黎乐乐立即听出了顾小白的声音，一股笑意从话筒里流淌出来，顾队大驾光临，小女子没空也得抽空，随时恭候。顾小白驱车过去，发现报社果然离萤火虫咖啡屋很近。喝着黎乐乐泡的姜盐豆子茶，他把来意说了一遍。黎乐乐说，这个没问题，我们肯定大力支持警方的工作。正事说完，顾小白开始说闲事，这也是他亲自来报社的真实目的。他问黎乐乐，我和江蓝的那些事你是怎么知道的？黎乐乐笑道，咖啡屋去的次数多了，就跟江蓝熟了，听她说的。顾小白很难想象江蓝会把这么隐私的事告诉别人，而且是一个很八卦的女记者，这不符合她的性格。

黎乐乐似乎看出了顾小白的疑惑，说，江蓝已经放下了，不要再用以前的眼光看她了。她很享受现在这种庸常的生活，就跟咖啡一样，如果味道淡了，就往里面加一块糖，学着自己调剂。要我说啊，她是因祸得福，如果没有当年那件事，她肯定还在职场上厮杀，老得快。你看看她现在多年轻，比我大五岁，还有人以为她比我小呢，气死宝宝了。我挺羡慕她的，心态好，生活也没有压力，提前过上了幸福的晚年，妥妥的人生赢家啊。

顾小白苦笑道，你确定这是江蓝的真实想法吗？如果她没有坐牢，复读一年肯定会考上大学，生活比现在精彩多了。黎

236

乐乐往太阳穴上抹了一点风油精,说,当然确定!江蓝有什么理由骗我?你们警察是不是有职业病,总把人往坏处想?这叫有罪推定,会妨碍司法公正的。生活怎么样才算精彩,并没有标准答案。你认为的精彩,对于别人来说,也许是一种烦恼。

一杯茶喝完,顾小白就清楚了一点,论嘴皮子功夫,他和黎乐乐不是一个重量级。他适时换了话题,问她,江蓝有没有为当初的自首后悔?黎乐乐说,这个问题我也问过她,还不止一次,她每次的回答都一样——无怨无悔。看得出来,她和孟老师是真爱。这样的爱情现在都快绝迹了,如果孟老师九泉下有知,肯定会感动得不要不要的。一生中能这么疯狂地爱过一次,也是一种幸运。真的,我都有点羡慕嫉妒恨。

这次调任县刑侦队队长,顾小白原本是有理由推脱的,他正在负责一个打黑案,他是专案组副组长。他之所以答应走马上任,是因为想解开孟老师被害的谜团。十三年来,他无时无刻都想知道真相。但没有管辖权,他无法插手调查。赴任前,顾小白去探望了在湘雅住院的梁斌,他瘦得很厉害,成了皮包骨头,顾小白这次空降老家,就是他向那位沈副厅长举荐的。梁斌紧握着顾小白的手,说,孟海的案子,可能真的有幺蛾子。你去查查,查不清楚,老子死不瞑目。顾小白大惊,急忙问,梁队,你看出什么问题了?梁斌的声音很虚弱,你小子还记得吗?江蓝是2002年冬至去中医院做的流产手术,那天是12月22日。但江蓝声称,自己是转学后跟孟海好上的,那本病历上写得很清楚,"李静"已怀孕十五周。也就是说,江蓝在九月中旬就怀孕了,这不科学啊。

顾小白记得很清楚,江蓝是国庆节后才从乌龙中学转到纸厂子弟学校来的,那一天是2002年10月8日,微雨。看到顾小白还有些蒙圈,梁斌就给他科普了一下生理知识:即使江蓝和孟海认识第一天就发生性关系并怀孕,到12月22日也不可能怀孕十五周。十三年前,顾小白还不谙男女之事,没意识到这个问题,对病历上写的怀孕时间他也没有留意。梁斌说,当年参与查案的人都是男同志,对怀孕时间的推算都是门外汉,忽略了这个重要细节。他在侦办另外一起案件时才了解这些知识——有位公司老板报警,声称自己被女秘书敲诈。警方介入后,女秘书说自己中秋节晚上被老板约出去应酬,送她回家时,老板趁她酒醉不醒在车上实施了强奸,她现在已怀孕九周。为了查清事实,梁斌走访了妇产科专家,这才知道女秘书在撒谎。因为从时间倒推,女秘书不可能是中秋节那天晚上怀孕,至少还要提前半个月。经过审讯,女秘书交代孩子是男友的。为了筹钱买婚房,她和男友炮制了这出闹剧。不过,那位老板也确实在车上猥亵了女秘书。

梁斌发现孟海的案子有问题时,江蓝已经在白泥湖监狱服刑两年。梁斌坦言,重启调查会牵扯到很多人,非常棘手。最关键的一点还在于,如果江蓝一口咬定流产的孩子就是她和孟海的爱情结晶,警方也无可奈何。因为江蓝可以说是医院的检查结果有误,也可以说自己记错了和孟海认识的日子。顾小白是江蓝的同学,梁斌希望他利用回老家担任刑侦队长的机会,把这个案子查个水落石出。对警察来说,最大的耻辱莫过于冤假错案。梁斌渴望在自己去见马克思之前了解孟海被害案的真

237

相，他不想带着遗憾离开。顾小白答应了，梁斌的话让他更加相信，孟老师的案子没那么简单，里面一定隐藏着不为人知的秘密。而江蓝挺身而出，以断送自己的前途为代价替孟老师脱罪，一定也有秘密。他要回到十八岁那年夏天，回到纸厂那条幽暗神秘的防空洞里，解开这些秘密。

顾小白曾经以为，江蓝自首是出于一时冲动，真要坐牢了，肯定会悔不当初。但现在听黎乐乐这么一说，江蓝根本就没有为当年的行为后悔，难道他和梁斌都想多了，江蓝的疯狂真的是因为爱情？

一个对爱情如此执着的女孩，为什么会选择一桩没有爱情的婚姻？顾小白忍不住问黎乐乐，江蓝和马小军的关系怎么样？黎乐乐说，还不错，她老公是傻了点，但不讨嫌，对她也不错。爱情这个东西是顶级奢侈品，很多四肢健全智商高的人，包括亿万富翁，都没有爱情，还不是照样过日子，照样生儿育女。心态比什么都重要，放低了要求，什么都能将就，狗屎中都能闻出芬芳来。不过，江蓝姐还没有孩子，这是美中不足。女人做了母亲后，一生才圆满。我问过江蓝姐，为什么还不要孩子？她说不急。我想这应该不是真话，女人可以容忍老公身体残疾，但不能容忍下一代基因缺陷。

从报社出来，顾小白开车经过时代国际影城，雪狼乐队已经离开本县，演出海报被撕掉，在墙上留下了一些没被剔除干净的碎纸，花花绿绿的，像早已逝去的残酷青春。顾小白再次想起了那个一见到演出就兴奋得手舞足蹈的傻子同学。荒诞和正经并没有明确的界限，从某种意义上来说，精神病患者只是换了一个角度来审视世界。也许在马小军看来，那些所谓的聪明人才是真正的傻子。

5

白泥湖监狱每年都会举办迎新春联欢会，有文艺特长的江蓝每次都参加了表演。她还给监狱系统办的《新生报》投稿，发表了一些诗歌、散文。因为这些表现，她被减刑半年。在江蓝服刑的第二年春天，她外婆就脑溢血去世了。尽管许国巍等人探监时给江蓝捎了不少高考复习资料，但她并没有复习。出狱后，她守着外婆留下的南杂店度日。那段时间，再没有人听见她弹过电子琴，也再没有人看见她穿过那条蓝色马蹄莲裙子。是的，琴声和马蹄莲已经从她生活中消失了。

在平头百姓的眼里，江蓝杀过人，尽管是误杀。而且她高中就跟男人上床，还是自己的老师，这跟破鞋没有两样。背负着这样的恶名，南杂店的生意自然好不了。幸好门面是江蓝自家的，省了房租，一个月的盈利勉强够她生活开销。刑满释放人员多少会受到一些歧视，尤其是像江蓝这种手上有人命、作风不好的。以前的一些亲戚朋友，包括同学，几乎都跟江蓝断绝了来往。不离不弃的只有许国巍、彭大年和胡浩三人，对了，还有马小军和马小燕兄妹俩。不过，马小燕是在她哥结婚以后才跟江蓝走近的。

江蓝出狱时还未满二十四，胡浩曾经问她，怎么不复读参加高考？胡浩有个堂兄，复读了六年，二十四岁才考上大学，还只是一个三本。胡浩觉得，以江蓝的智商，复读一年，说不准能考上北大清华，至少能上湘雅医科大学。江蓝说，这里有孟老师的气息，她不想走，要寸步不离地陪着他。胡浩以为这是江蓝找的借口，她不考大学是因为担心交不起学费和生活费，于是他叫来许国巍和彭大年，当着江蓝的面一起表态，学费和生活费由他们仨负担，叫她不要有任何顾虑。江蓝却摇摇头，说不是钱的问题，是她要留在这里给孟老师赎罪。

劝了几次都没效果后，胡浩等人就不再勉强了。那时候，三人都已经回到老家发展，刚刚开始创业，手头也没什么钱，他们只能通过照顾江蓝的生意来帮衬她。每个月消费的烟酒，乃至卫生纸和饮料，三人都是从江蓝的南杂店里买的。他们仨还轮流帮江蓝进货，把重活、脏活和累活都包了。这引来了很多闲言碎语，特别是胡浩等人的父母，以为自己的儿子看上了那个女杀人犯，尤其是许国巍的母亲，威胁儿子远离江蓝，不然她就吊死在门前的香樟树上。直到三人都给父母写下保证书，只是尽同学之谊照顾江蓝，并无别的想法，父母才不再干涉他们的行为。有一次胡浩请顾小白吃火锅，说从小到大，他这个学渣写过无数保证书，都是敷衍了事，谎话连篇。只有这份保证书是真心话，把他父母都看哭了，以后家里买油买盐，都会绕一大圈去江蓝的店里。

江蓝外婆去世的那年秋天，连年亏损、资不抵债的湘江造纸厂被收购，成了豪森纸业集团，董事长是周云鹏。马小军被安排在公司保卫科，但其实是吃空饷，他并未上过一天班。厂里原职工都说，这是周云鹏为了报答老厂长的知遇之恩。马小军经常去江蓝的南杂店，帮她干一些体力活。没活干的时候，他就坐在门口的小板凳上看书，或者默默地打量过往行人，眼睛里似乎有一片沉静的海。在江蓝出事的那段时间，马小军一度不修边幅，变得邋里邋遢，身上还有很重的臭气和戾气。江蓝出狱后，马小军又变回去了，每天把自己拾掇干净，还往身上洒香水，目光清澈，笑容温和。有人在路上遇到马小军，经常打趣道，小军，穿这么精神，去相亲呢？马小军总是不置可否地傻笑几声。

马小军被他妈领着去相过几次亲，对方不是哑巴，就是聋子。据说小军妈对女方的要求是，可以没工作，可以有残疾，但必须智力正常。造纸厂被周云鹏收购后，马金龙在豪森担任副董事长，收入比当厂长时翻了几倍。马小军的母亲是县财政局的一名科长，也是个有油水的单位。而且，马小军看着一表人才，生活也能基本自理，所以相亲时，女方都能中意他，甚至还有如花似玉、身体健康的打工妹倒追的。但马小军一个都没瞧上，见了女方一次面就死活不去见第二次，他妈也问不出原因。顾小白倒是很好理解，马小军虽然脑子有病，但自己并不知道。在他的世界里，他是像孟老师那样的绅士——讲卫生，用手帕，洒香水，还会说英格丽希。别说残疾人，就是一个有正式工作、四肢健全的漂亮女人也很难入他的法眼。有人怀疑马小军除了智障，生理也有缺陷，所以对女人没兴趣。但顾小白认为这纯属扯淡，因为他多次从马小军身上闻到梦的气息，有时是香椿味，有时是枣树味，有时又是桑葚味。

没有人知道江蓝和马小军是怎么好上的，当江蓝宣布要嫁给马小军时，所有人都大吃一惊，包括马小军的父母，也包括马小燕，那时候她已经是彭大年的女朋友。一开始，大家都怀疑江蓝坐牢把脑子坐出了毛病，但转念一想又都明白了，江蓝是有前科的，而且作风不好。这种杀过人的女人，睡在枕边都不踏实，搞不好还给自己弄顶绿帽子戴，哪个男人愿意娶啊？她不嫁给傻子嫁给谁？也只有马小军那样的二百五才会娶她。许国巍劝江蓝，小军的情况你是清楚的，千万别往火坑里跳！找机会我帮你介绍一个，这事急不得。江蓝摇头说，这个世界上，只有小军不会嫌我。胡浩也说，我在长沙坡子街开了家分店，要不你去那家店当店长，谁都不知道你过去那些事，什么样的好男人找不着。江蓝的表情异常坚决，她说，我不会离开这里，不会离开孟老师！

当年的五人组合中，顾小白最后一个知道江蓝和马小军的事。那时两人已经拿了结婚证，婚礼定在七夕，地点在县城最豪华的饭店——楚天食府。胡浩问顾小白，你来不来参加婚礼？那是2013年夏天的一个早晨，顾小白刚起床，接到胡浩的电话，他整个人都愣住了。脑袋像是被格式化了，一片空白。回过神来后，他听到胡浩又问了一句，你小子是哑巴了，还是耳朵塞猪毛了，到底来不来参加婚礼？他默默地挂了电话，没有洗漱，径直出了门。正值梅雨季节，天地阴沉，一如顾小白的心情。他在雨中走了整整一个上午，从小吴门走到白沙井，从橘子洲头走到岳麓书院，淋成了落汤鸡。像烟火一样，他脑海里无数次升腾起一个念头，回去阻止江蓝和马小军结婚，但无数次他又把这股烟火扑灭。他有什么理由阻止呢？江蓝既非他的亲人，也非他的恋人，她做什么都是她的自由。

对顾小白来说，胡浩早晨打的这个电话，不是来通知他参加婚礼的，倒像是来报丧的。他感觉有某种东西被埋葬了，埋到很深的地下，再也不见天日。但到底是什么东西，他又说不清楚。悲伤像梅雨一样席卷而来，严严实实地包裹住了他。从身体到灵魂，他都觉得寒意逼人。他在岳麓书院门前坐了很久，钟声隐隐响起，像是旷古的回声。他似乎变成了色盲，看什么都是灰色的，树是，草是，红绿灯是，回忆中的那个夏天更是，灰蒙蒙的，一丝阳光都投射不进来。有一瞬间，他陷入了一种世界末日般的恐慌，仿佛一切努力都没有了任何意义，他成了行尸走肉。雨中回来，顾小白发起了高烧，烧到四十一摄氏度，那是他十八岁之后第一次生病。打了两天点滴才退烧，有些不可察的东西也从他身体里面慢慢退去。

顾小白找了个理由没去参加婚礼，他托胡浩送了个红包，但江蓝没收。据说婚礼现场很热闹，原纸厂的人大都出席了，当然，是冲着老厂长的面子。婚礼是由彭大年的公司策划的，没收一分钱。许国巍和胡浩负责婚车，清一色奔驰、宝马、奥迪A8。那时候，三人已经掘到了人生第一桶金，不差钱。胡浩给顾小白发了婚礼现场的完整视频，顾小白一直没有勇气点开，也没有删除，他选择了忽略。后来他跟胡浩、许国巍和彭大年聚会，三人从不提起那场婚礼。顾小白很清楚，江蓝在大家心中是天使一样的存在。他们可以容忍自己油腻，但不能接受天使折翼。大家避而不谈也是因为心虚，既然自己无法做到抛开世俗羁绊娶江蓝为妻，那江蓝跟马小军结婚他们又有什么资格说三道四？

顾小白的父母在长沙开皮鞋店，经常会碰见老乡，他们带来了关于老家的各种消息。江蓝和马小军刚刚公开恋爱关系时，马小军的父母极力反对，甚至把儿子关在家里，用铁链拴着。在马小军父母的眼里，江蓝似乎连残疾人都不如。马金龙跟厂里的几个老伙计说，江蓝打过胎，马家怎么能找一个破鞋当媳妇？马母则说，杀人犯都有心理缺陷，这比身体残疾更可怕。她还到西林禅寺烧香，祈求菩萨来干预。她不知道有句老话：宁拆一座庙，不毁一桩婚。菩萨怎么可能答应她这种无理要求呢？据说，马金龙拿出五万块钱放在江蓝面前，要她离开马小军，被江蓝拒绝。马小燕也被母亲派去做说客，在江蓝面前大谈她哥如何如何不好，说他有时六亲不认会打人，有时会把大小便拉在裤子里。马小燕还说，马家没有外人想象的那样条件好，她爸妈过几年都要退休了。这些年，为了给马小军治病，以及供她读书，积蓄都花光了。江蓝听了不为所动，说马小军的情况她学生时代就知道，早有心理准备，不会后悔。她还表示，自己开的南杂店足够她和马小军开销，不需要马家接济。还有人说，马家曾经打算雇佣混混去恐吓江蓝。但没有混混敢接这个活，江蓝杀过人，谁都害怕惹她。对手里有过命案的，混混有种本能的敬畏。

拿江蓝没辙，马小军的父母只好劝自己的傻儿子。他们把江蓝说得一无是处，简直就是狐狸精转世，潘金莲重生。但马小军根本听不进去，他在家里摔东西，把自己的衣服撕成碎片，大小便拉得到处都是，疯病明显加重。折腾了半个多月，马小军的父母觉得自己都快成精神病了，只好妥协。恢复自由后，马小军的疯病顿时好了许多，他把自己洗得干干净净，换了一身新衣服，喷了香水，吹了头发，然后去了江蓝的店里。马小军的父母被迫在外面重塑江蓝的人设，说她当初是因为年幼无知才被孟海诱骗，说她没有杀人，只是枪走火。马母还逢人就夸江蓝懂事、孝顺、有礼貌，性格也好，文文静静的，有书香气质。

马家的条件自然没有马小燕说的那么不堪，有人说湘江造纸厂被收购时，周云鹏给了马金龙许多好处。至于到底多少，没有人知道，也没有证据。尽管江蓝说不需要马家接济，但马金龙还是给儿子置办了婚房，包括全套家具和电器。房子在县城最高档的小区——水岸东湖，面积有一百四十平米，楼层和朝向都极佳。马母担心江蓝照顾不好马小军，还自掏腰包给小两口雇了个保姆。

江蓝开咖啡屋马家也帮了不少忙，装修基本上是马金龙出资，房租是江蓝自己出的——她把南杂店租给了别人，收的房租用来租咖啡屋的门面，当然，还得贴一点，这里地段比漕溪港好。马金龙和妻子的人脉都很广，他们经常推荐熟人到江蓝的咖啡屋里来消费。但萤火虫咖啡屋名声在外不完全是沾马家的光，江蓝功劳更大。装修是她自己设计的，咖啡豆是她亲手磨的，咖啡的口味也需要她调配勾兑。黎乐乐在《岳州晨报》的副刊上写过一篇文章，盛赞江蓝调制的咖啡，有撒哈拉沙漠风味、亚马孙热带雨林风味、美国西部牛仔风味、欧洲贵族风味……咖啡屋的布局很梦幻，适合恋爱、怀旧和读书。因此，萤火虫咖啡屋成了县城文青的网红打卡地。油腻的中年男人和寂寞的少妇也爱来这里，喝着咖啡，听着老歌，怀念他们年轻的时光。

儿子刚结婚时，马母对儿媳妇是不放心的，怕儿子戴绿帽子。她跟踪了很多次，发现江蓝每天两点一线，不是在家，就是在店里。她又找保姆打听，马小军有没有被江蓝欺负？保姆说，小两口恩爱得很，江蓝一个苹果也要切成两半，亲手喂给马小军吃。马母这才消停，相信江蓝是真心对自己的傻儿子好。马小燕也接受了这个嫂子，不过嫂子两字她叫不出口，江蓝比她还小两个月呢。马小燕上的是省里的财经大学，毕业后在县里的一家银行工作。江蓝和马小军结婚的第二年，马小燕跟彭大年也成了一家人，此时她已经是银行信贷科科长。马小燕手握贷款大权，她经常把客户给她的一些高级化妆品和时装转手送给江蓝，但江蓝用不惯，还是化淡妆，穿平价衣服。这反而让马家人放心不少，觉得江蓝不会背着马小军出去勾引野男人。

唯一让马家对江蓝不悦的是，她的肚子一直是瘪的。有一次马金龙多喝了几杯，在家里发牢骚，说江蓝当年跟姓孟的乱搞，一下子就怀上了，怎么进了马家几年都没怀上？这话被彭大年听到了，透露给了许国巍和胡浩。胡浩拉长了脸说，扯淡，这种事怎么能怪江蓝，只能怪你那个大舅子种不好！彭大年那次也是喝多了，醉醺醺地说，实在不行，我不介意奉献一点爱心。但话刚出口，他就被许国巍泼了一脸茅台，狗日的，你敢动江蓝一根头发，老子剁了你的祸根喂藏獒。许国巍养了几只藏獒，经常牵着在砂石场耀武扬威，吓唬那些觊觎他地盘的竞争对手。胡浩也破口大骂，你他妈要是欺负江蓝，哥俩就跟你绝交！彭大年酒一醒，连连赔罪，为了表示诚意，他提出半年之内，三个人的聚餐费由他承包。

马小军的父母不好打听小两口的夫妻生活，只能委托女儿去刺探。马小燕说，江蓝，你跟我哥都不小了，怎么还不要孩子？江蓝说，你和大年不也没要吗？马小燕说，我们情况不一样，医生说我孕酮低，不易怀孕，我正在吃药调理身体。江蓝说，我也想要，但这事急不来。马小燕干脆挑明，是不是我哥身体有毛病？江蓝的脸唰地红了，隐晦地说，你哥只是脑子不好使。马小燕就明白了，她哥那方面没问题。

马母怀疑江蓝当年打胎伤了身子，她要马小燕找了个借口，谎称银行有个免费检查妇科的指标，把江蓝带到医院。一番检查下来，江蓝什么毛病都没有。看来问题还是出在马小军身上，马母不知从哪里找来几个偏方，抓了药，叮嘱保姆煎好喂给马小军喝。马小燕要彭大年找来几部岛国生活片，做贼一样，悄悄放在江蓝和马小军的床头，至于两口子看没看，谁也不知道。一番骚操作下来，江蓝还是没有怀孕。马母只好再去西林禅寺，请求大师指点迷津。大师说，命里有时终会有，命里无时莫强求，阿弥陀佛。听了大师的禅语，马母长叹一声，只得随缘。

许国巍、彭大年和胡浩一度担心江蓝婚后掉进火坑，但事实证明他们是杞人忧天。江蓝嫁给马小军后，生活得到了很大改善，整个人的气色也好了很多，曾经消失的琴声和蓝色马蹄莲裙子又回来了。她每天喝喝咖啡，弹弹琴，看看书，有时还会挽着马小军的胳膊在湖边散散步，日子过得非常闲散。胡浩感叹道，老子忙死忙活，就是为了过上这种生活，江蓝轻飘飘地就实现了。许国巍也笑，我靠，她这是妥妥的人生逆袭啊。彭大年则说，这叫大难不死必有后福，我看过她的面相了，以后她会多子多孙五世同堂。这三个曾经的流浪歌手没有丝毫羡慕嫉妒恨，江蓝是他们仨的公共"情人"，她过得越安逸，他们越欣慰。当年萤火虫乐队结下的友谊，还有那个神秘的夏天，把他们的命运紧紧地捆绑在一起。

总之，江蓝的幸福，就是他们的幸福。

与春天有关的秘密

1

周云鹏被害五天后，顾小白再次召开了案情分析会。段宏汇报了调查汽油来源的情况：走访了全县所有的散装汽油售卖点，把三个月内购买人的信息查了一个遍，每个人都能说清楚汽油的用途；初步调查显示，这些散装汽油的购买人都没有作案时间，也无作案动机，但是否有所隐瞒，不在场证明是否伪造，还需要时间核实；这次调查有个意外收获，端掉了六个非法售卖散装汽油的黑窝点，抓获犯罪嫌疑人十五人，找他们购买汽油的人没有登记任何信息，完全无从查起。顾小白默默地喝着茶，他没有责怪段宏侦查不力，调查前，他就预想到是这个结果。之所以还是把任务布置下去，是希望能出现奇迹。再狡猾的凶手也可能百密一疏，留下痕迹。能不能找到这微不可察的痕迹，要靠敏锐的洞察力，也要看运气。

杜耀文也汇报了他的调查情况：周云鹏有十套房，本地五套，长沙三套，岳阳两套。有四套房连他现在的老婆邓雯都不知道，我们在其中的一套内找到了三支不同牌子的猎枪、若干发子弹、一些珍稀鸟类的标本——有白鹳、黑鹳、白琵鹭、小天鹅、中华秋沙鸭，还有的我叫不出名字。就凭这些，周云鹏不死也够坐十年大牢的。制作标本的人叫孔立勇，在长沙韭菜园开了家宠物商店，大学念的是生物系。2011年，他偷猎时被处罚过，留下了案底。我们把标本上提取到的指纹输入数据库，一比对，就找到了这家伙。据他交代，一些有打猎嗜好的有钱人喜欢将猎物制作成标本，以留作纪念。他有专业技术，就做起了这个非法生意，赚的钱比开宠物店还多。周云鹏就是他的老客户，后来周云鹏又推荐了好几个客户给他。我们找到了其中一个叫戴志平的，是长沙一家广告公司的老总。戴志平交代，他和周云鹏，以及另外三个人是猎友，组成了一个小圈子，经常一起去狩猎，交流经验。哦，另外三个人也都是做生意的，钱多了烧的。

顾小白问，戴志平知道周云鹏死了吗？杜耀文说，知道，他看了新闻。这次周云鹏独自去洋杉湖打鸟，他觉得有点反常。平时他们五个人去打猎，都是结伴，至少也是两个人一起，不会单独行动。因为需要一个人望风，毕竟是非法狩猎，怕逮着。戴志平供出的另外三人也找到了，其中有个叫甘庆忠的交代，在案发头一天，他和周云鹏还联系过，提出去洋杉湖打鸟，但周云鹏说这几天都没空。听说周云鹏是在洋杉湖打鸟时遇害，甘庆忠非常吃惊，不明白周云鹏为什么要拒绝他的邀请，一个人去那里打鸟。

甘庆忠交代的这个情况让顾小白精神一振，这说明案发当天，周云鹏去打鸟很可能是个幌子，他其实是约了人在洋杉湖见面。杜耀文继续汇报，经常跟周云鹏一块儿狩猎的几个人都查过了，没有作案时间。他们说，周云鹏行事很谨慎，平时去狩猎都不会带圈子外的人，司机也不会带，都是他自己开车。

顾小白心想，周云鹏约在洋杉湖见面的那个人，一定是他非常信任的人。谁是周云鹏最信任的人？亲朋好友、公司高管、司机、发小、同学、相好……这些人都有可能。顾小白放下茶杯说，下一步集中警力，查一查跟周云鹏关系密切的人。至于汽油的来源，暂时不用查了。正说着，刘凤娟的手机响了，她没有马上接听，而是先看了一眼顾小白。刑侦队的外宣，包括警情通报和悬赏通告，留的都是刘凤娟的电话。顾小白示意她可以接听，趁这个空当，他点了一根烟，把胸腔里的一口浊气连同烟圈吐了出来。周云鹏是优秀企业家、政协委员，他的被害引起了有关部门的高度重视，刑侦队的破案压力很大。现在总算查出一点眉目了，在黑暗中看见了一丝光，尽管这束光线还是那么遥远而微弱。

听到刘凤娟的声音越来越高亢，顾小白就知道有情况。果然，通话结束后，她一脸兴奋，顾队，汽油来源找到了！顾小白被一口烟呛到了肺，他剧烈地咳嗽了几声，然后迫不及待地问，快说说，怎么回事？刘凤娟说，有个姓胡的加油站老板看了悬赏通告，说两个星期前，周云鹏来加油时，从车上拿出一个大号可乐瓶，要他把瓶子灌满汽油。因为是老客户，这瓶汽油胡老板就没收钱。顾小白急忙问，周云鹏跟胡老板说了这瓶汽油的用途了吗？刘凤娟摇头说，没有。我已经叫胡老板把监控视频发我，比对一下，看看是不是从洋杉湖里捞起来的那只可乐瓶。大家都觉得，应该就是那只瓶子。但都很纳闷，凶手用来纵火的汽油瓶怎么会是周云鹏本人提供的？难道他是自杀？

几分钟后，胡老板就发来了从加油站提取的监控视频。刘凤娟把这段视频传输到电脑上，将周云鹏手里拿的可乐瓶放大，无论品牌、容积、式样，都跟案发现场找到的那只可乐瓶一致。顾小白说，周云鹏肯定不是自杀！从报警人的描述来看，他被大火围困时，一直试图夺路逃生，求生欲非常强。另外，现场发现了几只被打死的野鸭，一个有轻生念头的人不可能携带猎枪，先猎杀野禽，再猎杀自己，除非是神经病。那瓶汽油应该是凶手找周云鹏索要的，而且是找了个堂而皇之的借口，让周云鹏不好拒绝。作为一个身价上亿的大老板，周云鹏居然心甘情愿帮别人灌装汽油，两人的关系绝对不简单！还有，凶手一定没有机动车。有车的话，凶手要周云鹏灌装汽油就说不过去。顾小白扫视了一眼众人，说，现在可以把排查范围缩小一点了，重点查跟周云鹏关系密切，但又没有机动车的人。

快散会时，段宏嘟囔了一句，湘江造纸厂是不是风水不好，这两年死了好几个人，都是横死。杜耀文接腔，是有点邪乎，十三年前，湘江造纸厂也死了一个，是个老师，被一个女生用枪打死在防空洞里，还是梁队破的案。顾小白拿茶杯的手似乎被蚂蚁咬了，抖了一下，杯盖掉在桌上。段宏满脸惊疑，顾队，您怎么啦？顾小白低头吹着茶沫，其实茶水早就凉了，他问，你刚才说纸厂有几个横死的，都是谁啊？段宏一愣，顾队，您对那个纸厂很熟啊？顾小白说，我就是从那里出来的，我爸是纸厂的老职工。大家面面相觑，他们只知道顾小白是本地人，但不清楚他以前是湘江造纸厂的子弟，幸好刚才没说太难听的话。

段宏的父母本来是菜农，城区加速扩充，他家的菜地被征收，一夜之间成了暴发户。整个刑侦队，就数他抽的烟最好。他递给顾小白一根和天下，说，顾队，抽这个。帮顾小白点着烟后，他说，去年中秋节晚上，湘江造纸厂的原厂长马金龙在家吃团圆饭，喝多了，再也没醒来。去年中秋顾小白在湘西一个鸟不拉屎的小镇上抓逃犯，回来听父母说马金龙死了，是心梗，享年六十二。顾小白当时也没在意，江蓝和马小军结婚后，他对马家的事都是有意忽略。顾小白问，马金龙年纪大了，身体又不好，生老病死不是很正常吗？段宏说，马家对外面说马金龙是心梗，其实不是。顾小白有些吃惊，这个情况他并不了解。

段宏说，中秋节那天晚上十二点四十分，马金龙的妻子王妍起来上厕所，发现马金龙全身冰凉，没了呼吸，就赶紧打了120。医生赶到后，发现马金龙已经死亡。王妍觉得蹊跷，就报了案。当时是我跟梁队和姚法医一块去的马家，在水岸东湖小区。现场没发现问题，就把人拉回来做尸检。尸检结果表明，马金龙是死于胰岛素注射过量引起的低血糖，死亡时间是晚上十一点半左右。马金龙有糖尿病，每天睡前都要注射胰岛素，可能中秋节晚上喝多了，脑子迷糊，把量搞错了，家属也认可了这个结论。顾小白皱了皱眉问，排除他杀嫌疑了吗？段宏点点头，那晚吃团圆饭的都是马家的人，马金龙和妻子，儿子儿媳，女儿女婿。吃完后，女儿女婿回自己家了，也在水岸东湖小区。儿子儿媳就住马金龙夫妇对面，没有马上走。勘查现场时，发现门窗完好无损，胰岛素注射笔和药瓶上只有马金龙自己的指纹。最关键的证据是，王妍证实，当晚她和马金龙睡一张床，什么动静都没听到，不可能有外人进来。顾小白有点疑惑，那她为什么要报警？段宏说，马家吃团圆饭时喝的是茅台，其他人都喝得很少，就马金龙喝得最多，王妍怀疑是假酒中毒。死于胰岛素注射过量，是自己把自己弄死，说出去不好听，所以家属就对外说马金龙是心梗。

杜耀文在旁边补充道，马金龙的儿媳，就是十三年前误杀老师的那个女生。

顾小白的脸笼罩在烟雾中，他说，我知道，她叫江蓝，是我同学。

大家对视了一眼，觉得有些巧，但没吭声。顾小白问，纸厂还有谁非正常死亡？杜耀文说，丁保国，原湘江造纸厂保卫科科长。顾小白一愣，这事他还不知道。丁保国进保卫科之前，在省里的摔跤队当运动员，在比赛中拿过几块银牌。听说纸厂被收购后，他进了周云鹏的公司，还是干老本行，职务也没变。他平时壮得像头牛，年纪也不算老，应该不到五十五，怎么也死了？杜耀文说，今年四月十八，死在鹤龙湖边的躲风亭，案子是我经手的。

顾小白随着杜耀文的回忆穿越到了鹤龙湖，小时候，他经常去那里钓螃蟹、摘莲蓬。夏天荷花一开，宛如美人出浴，妖娆香艳。杜耀文说，接到报警时，我赶到现场，看到丁保国倒在自己的越野车旁，已经死了，浑身肿胀，皮肤里有很多针芒状的东西，惨不忍睹。因为丁保国一直干保卫工作，得罪的人多，所以最初怀疑是他杀。但现场勘查时，在地上发现了一部尼康单反和一把车钥匙，车钥匙是丁保国的。亭子下面有个破碎的马蜂窝，地上还有一些马蜂的尸体。在躲风亭的飞檐上，有马蜂筑巢的痕迹，我马上就想到丁保国不是他杀，是被蜇死的。马蜂窝不知怎么掉下来了，他逃跑时可能过于慌乱，把车钥匙掉在了地上，没法到车里躲避。那些针芒状的东西就是马蜂留在他体内的毒刺，老姚尸检后也证实了这一点，死亡时间大概是上午十一点左右。

顾小白问，谁报的警？杜耀文说，一个钓鱼的，刚好骑自行车路过，十二点零五分报的警。顾小白问，丁保国去鹤龙湖干什么？杜耀文回答，也是去钓鱼，在湖边发现了渔具，上面提取到了丁保国的指纹。顾小白又问，去钓鱼怎么还带着单反？杜耀文说，丁保国是摄影爱好者，作品获过奖。那部单反里有他拍的照片，时间显示就是他死前拍的，他大概十点半左右到了躲风亭。

顾小白陷入了沉思，他凝视着窗外，那里有一座巍峨的状元牌坊，明代县里出过一个状元，后来当了尚书，正史上有记载。顾小白没宣布散会，谁也不好意思走，尽管现在的讨论已经跟周云鹏的案子无关。男同志闲得无聊，都在吃槟榔，湖南人好这口。女同志则在刷手机，彼此聊些八卦。顾小白突然扭过头来说，把马金龙和丁保国的全部卷宗给我！杜耀文诧异地问，顾队，都结案了，您要这个干吗？段宏说，两个人都是意外死亡，错不了的。顾小白的目光望着虚空中的一点，反问，周云鹏、马金龙、丁保国，都是豪森纸业集团的高管，你们不觉得奇怪吗？大家全都一个激灵，原湘江造纸厂有数千人，被收购后各谋生路，干什么的都有，非正常死亡几个人并不稀奇。但这两年死的三个人，不仅是原湘江造纸厂的同事，又是豪森纸业集团的同事，实在是太巧了。

马金龙是2013年退休的，因为身体不好，提前了两年。丁保国也是提前退休，2017年底办的手续，是他自己不想干了，整天跑出去摄影、钓鱼。正因为两人死的时候都已退休，大家没把周云鹏被害跟他们联系在一起。现在被顾小白提醒，全都觉得有些邪门。杜耀文递过去一块槟榔，顾小白摆摆手，没接——这是他在缉毒队养成的习惯，经常要用舌头鉴定毒品，平时不能吃太刺激的东西，会破坏味蕾。杜耀文试探着问，顾队，你怀疑马金龙和丁保国的死有问题？

顾小白吐着烟圈，慢条斯理地说，周云鹏的死，一开始不也是认为没问题吗？姚伟明的脸涨红了，不服气地说，主观判断可能会出错，但尸检不会，这是科学。顾小白换了个舒服点的坐姿，说，尸检结果只能查出死因，并不能准确无误地还原死亡过程。打个比方，发现一具腐败的尸体，尸检表明是中毒死亡。但到底是服毒自杀，还是被人毒杀，尸检就很难做出判断。

姚伟明无话可说，作为法医，他知道顾小白说的没错。但他还是很不甘心，毕竟马金龙和丁保国都是他做的尸检，意外死亡的结论跟尸检结果有直接关系。不过，他没再反驳，懂得见好就收。顾小白质疑两个已完结的案子，就是质疑整个刑侦队的能力，是犯众怒，用不着他当这只出头鸟。

果然，大家的脸色都很不好看。尤其是杜耀文，脸色阴沉得像是要滴下水来。周云鹏的案子最初出现误判，被顾小白纠正过来。大家虽然有些难堪，但还能接受，毕竟当时还处在勘查阶段。但马金龙是去年秋天死的，丁保国是今年春天死的，两个人坟头的草都有三尺深了。顾小白突然说案子有问题，那不是暗指他们办案无能吗？死者的家属要是知道了，还不得到队里来闹事？要是在网上发个帖什么的，刑侦队就名誉扫地了，以后谁还好意思穿着这身警服出门？大家越想越难受，要不是就在顾小白的眼皮底下，肯定有人要跟梁队打电话告状。

顾小白看出了大家的心思，他慢悠悠地喝了几口茶，然后直接拨通了梁斌的手机，并且按下了免提。听到那个熟悉而虚弱的声音时，大家全都竖起了耳朵，连刚才一直在窗外嘶鸣的蝉也瞬间哑巴了。

顾小白把周云鹏的案子，以及他对马金龙和丁保国之死的质疑，简明扼要地告诉了梁斌。他还说自己正在开会，跟大家讨论这三个案子。话筒那边沉默了一会儿，一股福尔马林的气味似乎顺着无线信号传输过来，呛得让人难受。大家纷纷交换着眼神，都很担心梁队被气出个三长两短。梁斌终于开腔了，令所有人惊讶的是，他并没有说那三个案子，而是说起了十三年前那个夏天发生的事情，说起了孟海的案子。他说，当时所有的证据都表明孟海是盗窃嫌疑犯，是自己开枪走火把自己打死。但顾小白提出了不同意见，最后证明，他的意见是对的，孟海的死另有原因。

梁斌没有在电话里说孟海是被江蓝误杀的，他现在已经不确定了。服下护士送来的药片，梁斌继续说，一个案子，即使结案了，也可能存在错误。不能因为怕丢面子，怕担责任，就对疑点视而不见。做人要有担当，特别是做一名警察。所谓结案，对于刑警来说，只是在现有的证据条件下终止侦查。一旦有新的线索出现，就要毫不犹豫地重启调查，良好的纠错机制才能避免冤假错案的发生。

梁斌挂了电话后，办公区里一片寂静，似乎都能听见蝴蝶从窗外飞过的声音。大家没想到顾小白和梁斌有这样一层特殊关系，更没想到他有一段如此传奇的经历。顾小白也没想到梁斌会把这段往事说出来，他原本只是想借助梁斌的威望来说服大家，支持自己的工作。顾小白的眼睛有些湿润，他仿佛又回到了十八岁那年夏天，那时梁斌意气风发，那时他年少轻狂。

如果时间定格在孟老师遇害之前多好！顾小白心想，哪怕他只是一个社会闲散人员，他也觉得世界充满了诗意。至少，能时时闻到梦的气息。但上警校后，他再也没有闻到过这种气息。他做的那些梦，再也跟春天无关，而且无色无味，连形状都没有。

杜耀文站起来，沉声问，顾队，要并案侦查吗？

顾小白调整了一下情绪，摇摇头说，暂时不需要，我看了卷宗再说。提出疑问并不意味着一定有问题，猜想可以天马行空，但给案件定性时必须谨慎，要用证据来说话。对了，这件事要保密，以免引起不必要的麻烦。

大家齐声答应，顾小白宣布散会。

十几分钟后，刘凤娟拿来了卷宗，很薄，两个卷宗加起来不到十页，里面夹杂着一些现场照片。顾小白看得很慢，两位死者都是以前的熟人。字里行间似乎有股湘江造纸厂的味道，透过纸张扑面而来。顾小白已经有十几年没有见到这两个人了，对他们的记忆，还停留在那个阳光如血的夏天。

顾小白有一种恍如隔世的感觉，现在的他，回首十八岁那年，就像在看一部玛丽苏电影。他有时候会怀疑，宇宙中是不是真的有平行时空？一个人可以分裂成两个不同的自己，彼此独立，没有交集，他们在各自的空间做着不同的事情。有时候他又想，时间是不是还停留在十八岁那年夏天，自己还在做梦？孟老师被杀和江蓝坐牢，都是梦境中的情节，并非真实存在。为此，他特意去看过心理医生。医生非常肯定地告诉他，他没有做梦，还说他是因为工作压力太大，有轻微的焦虑症，产生了妄想。

拿着医生开的抗焦虑药物，顾小白如释重负，相信自己真的不是在做梦。但走出医院，被阳光一照射，他又动摇了，会不会刚才看医生也是梦里的情节？治疗焦虑症的药他没有吃，扔了。他叹了口气，如果这真的是梦，那这个梦也太长了，长得没有尽头，没有出口。

两份卷宗里都有江蓝的笔录。

看到这个散发着香椿味道的名字，顾小白有些恍惚。

他感觉自己就像坐在飞速旋转的木马上，整个世界都让他眼冒金星。

2

年少时，总喜欢做些刺激的事情来消耗体内过剩的荷尔蒙。顾小白和胡浩多次在清明时节横渡过湘江，从乌龙咀下水，游到对岸的斗米咀，只为了去那里看一眼望不到边的油菜花田。其实乌龙咀就有码头，坐渡船过去不到十分钟，泅渡却要半小时以上。有一阵子，顾小白不知道哪根脑神经短路了，迷上了考古。江边树林里有一片乱葬岗，他经常冒着被蛇咬的风险，拨开坟头前齐人深的荒草，查看墓碑的年代。墓葬以民国时期居多，他见到的最久远的墓碑是北宋崇宁年间的，碑刻是瘦金体。他觉得每块墓碑都是一个沉默而悲伤的密码，浓缩着逝者一生的秘密。

2004年夏天，萤火虫乐队的全体成员去防空洞探险。是彭大年提议的，他家的金毛走丢了，有人看见跟着一条野狗进了防空洞。金毛叫巴顿，很拉风的一个名字，却是母的，彭大年每晚都抱着睡觉。就跟女生来例假一样，每个月总有几天，男生身上都会散发出梦留下的气息，只有彭大年没有，他身上永远一股狗骚味。结婚后，彭大年还想养金毛，但被马小燕明令禁止——老婆和狗，二选一！据胡浩说，婚庆公司初创时很艰难，彭大年每天累成狗也挣不到什么钱，跟马小燕好上才转运。彭大年爱狗，但不想过狗一样的生活。

巴顿失踪了两天两夜还没回来，彭大年急得魂不守舍。他想去防空洞里找，一个人又不敢，就怂恿大家一块去，还找了个扯淡的理由——说防空洞里有水猴子，从湘江里爬上来的。这是一个人类尚未知的新物种，如果抓到了，会轰动世界，国家还会重奖。到时每个人都能分好几万，说不定还会以大家的名字命名这种神秘生物。水猴子就是当地传说的水鬼，人脸猴身，遍体黑毛，嘴里有獠牙，动作异常敏捷。人被淹死，都是因为被水猴子抱住了腿往河底拖。彭大年把找金毛上升到了新物种发现的高度，大家要是不去就显得很没科学觉悟。江蓝犹豫地说，我有点怕。顾小白豪情万丈地拍着胸脯说，别担心，我有刺刀！

刺刀是顾小白在江边捡到的，抗战时期，日军多次沿湘江进犯长沙。经常有挖沙船把当年的战争遗物带上岸，顾小白见怪不怪。刺刀从泥沙里挖出来时锈迹斑斑，顾小白花了一个下午打磨得寒光逼人。萤火虫乐队的五个人一大早就进了防空洞，除了刺刀，还带了两个手电筒，一个帆布包——里面装满了零食和矿泉水，是大家凑钱在江蓝外婆的南杂店里买的。顾小白和彭大年在最前面开路，江蓝走中间，胡浩和许国巍殿后。虽然大家以前都来过防空洞，但都是在纸厂下面的区域活动。实际上，防空洞深不可测，有人说几十公里，还有人说上百公里，可以一直通到长沙。到底有多长，谁都说不清楚，也没有人完整地走过一遍。

越往里走，光线越暗，温度越低。地面长了许多青苔，滑溜溜的，稍不留神就会摔倒。顾小白很小就知道，秘密和黑暗都是有气味的，就是防空洞里的味道，但很难形容像什么。五个人一开始还有些兴奋，不断讲鬼故事，但走了不到一个小时，就都不怎么说话了。无边的黑暗把大家彻底吞没，防空洞就像一口巨大的棺材，让置身其中的人感觉孤独、恐慌和压抑。

尽管顾小白有些紧张，却很享受这种感觉。江蓝离他咫尺之遥，能闻到她身上散发出的猫尿味。因为路滑，江蓝时不时还会拉一下他后背的衣服。肌肤接触的瞬间，他浑身的毛孔都会收缩，就像通了电，畅快无比。他甚至感觉一股岩浆就要从体内喷薄而出，把自己烧成一团火球。胡浩说，小白，我跟你换个位置吧，走后面太瘆人了，我怕水猴子把我抓走了你们都不晓得。顾小白心里跟明镜似的，知道这厮是找借口，想体验被江蓝拽后背的感觉。他当即拒绝，不行，我要拿刀在前面开路。胡浩贼心不死，说我来当这个前锋，谁他妈敢挡路，死啦死啦的。顾小白义正词严，你拿着刺刀走前面，跟汉奸带路似的，我

们全都成了皇军，太丢人了，是中国人都不能答应！胡浩长得很瘦，还喜欢斜着眼睛看人，就像抗日神剧里那种抽多了鸦片的翻译官。胡浩的阴谋没有得逞，嘟囔着骂了声"八嘎牙路"。

那时候手机还是奢侈品，很多大人都舍不得买，学生更是没有。五个人中，只有顾小白带了块父亲淘汰的旧手表。快到中午十二点了，大家找了个相对干燥的地方坐下来吃东西，有巧克力、萨其马、火腿肠和蛋糕。找了一上午，一根狗毛都没找到，彭大年的嗓子也喊哑了。传说中的水猴子更是毫无踪影。许国巍说，一路上后面好像有什么东西在跟着，回头一看什么都没有。江蓝也说，总感觉黑暗中有双眼睛在盯着自己。彭大年说得更玄乎，说好几次感觉有人在摸他，有时摸头，有时摸肩，有时还摸屁股，而且像是女人的手，有股香水味。

胡浩跟只袋鼠似的跳起来，尖声说，我不想走了，也走不动了。江蓝说，听我外婆讲，挖防空洞的时候挖出了好多死人骨头，好像就在这一带，再往前走，我们就钻坟包里面去了。许国巍和彭大年听得头皮发麻，都表示同意回去。顾小白其实还想再走一段路，但看见大家都打起了退堂鼓，也就不再坚持。

五人开始往回走，但走着走着就发现了不对劲。前面出现了一条非常狭窄的过道，只能容纳一个人侧身通过，而来之前根本就没有。负责带路的顾小白知道走错了，只好掉头。没走多久，看到一条很长的阶梯，螺旋向上，这在之前也没见过。肯定又走错了，顾小白再次转身往回走。但不管怎么走，都感觉跟来时的路不一样。在一个十字路口，大家停下了脚步，都不

知道该往哪个方向走。进洞时，顾小白考虑过迷路的问题，特意带了一盒粉笔，各种颜色都有。沿途他不断用粉笔在墙壁上做记号，但返回时，那些记号却渐渐消失了，像是被人抹掉的。顾小白懊恼地说，糟了，好像迷路了。许国巍问，不会是遇到鬼打墙了吧？彭大年一拍脑袋，恍然大悟地说，想起来了，今天是鬼节，我们肯定是撞邪了！他话音未落，就被胡浩在屁股上踹了一脚，马后炮，你他妈怎么不早说，想害死我们呢！让人意想不到的是，江蓝这个时候表现得比谁都镇定，她说，都别慌，孟老师说了，all roads lead to Rome，一直往前走，肯定能走出去！

"条条道路通罗马"这句话江蓝是用英格丽希说的，很纯正的发音，也很性感。顾小白身上熄灭的火焰好像又被点燃了，他握紧了手中的刺刀，大步朝前走去，大家按照原队形跟在后面。江蓝一改之前的寡言少语，变得活跃起来，甚至开起了玩笑。她说，让浩子走前面吧，走后面的不一定都是皇军，也可以是游击队，我们就当是押着汉奸去偷袭鬼子炮楼。大家都笑了起来，顾小白似乎听到了两只鸽子扇动翅膀的声音，是从江蓝胸前发出来的。胡浩也笑了，如果是别人这么挤兑他，这家伙肯定要骂骂咧咧。但被江蓝取笑，他没一丁点儿脾气。

在防空洞里走久了，被黑暗和寂静紧紧压迫着，会有一种穿越时空隧道的感觉。顾小白至今记得很清楚，那天江蓝问大家，如果能穿越到从前，你们最想干什么？胡浩第一个回答，我想让爸妈把我生得帅一点，以后就会有大把的女生给我写情书。许国巍说，我想好好念书，现在功课拉下太多了，想赶都赶不上，考大学是没指望

了。彭大年说，我想说服我妈，让我进花鼓戏剧团。

顾小白记得上小学四年级时，县花鼓戏剧团到子弟学校来招小演员。有一半的学生都报了名，最后只录取了两个，彭大年就是其中之一，因为他长得好看，招生的人说他长大了可以演小刘海。但彭大年的母亲舍不得儿子这么小就去剧团吃苦，硬是不准他去，名额让给了一个叫曹阳的男生。彭大年上高中时，曹阳已经是县花鼓戏剧团的当红小生了，经常到省里演出，压轴戏就是《刘海砍樵》。彭大年在街上碰见过曹阳几次，对方骑着一辆拉风的雅马哈摩托，鼻孔朝天，都没拿正眼瞧他。

江蓝拽了拽顾小白的衣服后摆，问道，你呢，穿越回去最想干什么？

顾小白对当时自己的回答记忆犹新，他说，我想去漕溪港读小学、读初中。江蓝问，为什么呀？上纸厂的子弟学校不是更方便吗？顾小白说，我想跟你做同桌。此话一出，胡浩、许国巍和彭大年哄笑起来，说江蓝你还没听出来吗，小白暗恋你呢！顾小白不知道江蓝的脸红了没有，应该红了，但黑暗中看不见。江蓝说，别开玩笑了，你们这些小男生，还没长胡子呢，懂什么叫爱情。

如果在平时，顾小白断然不好意思说出这种话。但黑暗很好地掩饰了他的腼腆，让他有了直抒胸臆的勇气。他知道自己没跟江蓝开玩笑，是认真的。从小到大，他回答任何老师的问题时都没这么认真过。他也没觉得自己不懂爱情，人到中年后他更是觉得，男人一生中最懂爱情的年纪，就是在少年时代。

那天，防空洞里阴风阵阵，像女人的呻吟，又像是有人在唱花鼓戏。顾小白点

了一根白沙烟，对江蓝说，你还没说自己呢。

江蓝的脚步明显放慢，沉默了一会儿，她说，我想回到厂里发生氯气泄漏事故的那一天，把我爸妈救出来。防空洞里迅速陷入寂静，风声似乎也停止了，只听见走路的脚步声。走了几分钟，顾小白说，那我们都跟你一块去救人。胡浩、许国巍和彭大年纷纷附和，说这才是他们穿越回去最想做的事情。江蓝笑了，说，谢谢你们！江蓝的笑顾小白并没有看见，是感应到的。她笑的时候，就像一朵悄然绽放的夜来香。过了十八岁那个夏天，顾小白就发现自己丧失这种在黑暗中神奇的感应力了。

走到下午四点多钟，还是没有发现出口。手电筒的电池早就耗光能量了，零食和矿泉水也一扫而空。五个人又停下来，彭大年说，听说鬼节的时候鬼门关会打开，我们会不会不小心闯进来了？许国巍故意拉长声调：有可能我们正走在黄泉路上，前面就是奈何桥，再往前是阎罗殿。顾小白说，还有一种可能，我们已经变成僵尸了，只是自己不知道。胡浩呛道，我和江蓝没可能，你们仨倒是很有可能，尽说鬼话不说人话。江蓝却不介意，她说真要是去了阴曹地府，她就学孙悟空大闹阎罗殿，逼着阎王爷把她爸妈放出来。

多年后，回首这段往事，顾小白发现江蓝在黑暗中胆子很大，话也比较多，但在光明的地方温婉含蓄。这种强烈的反差让顾小白有些迷惑，到底哪一个她更接近真实的江蓝？在顾小白的记忆中，同学三年，江蓝只有一次惊慌失措，那就是孟老师遇害的那次。除此之外，她总是安静从容。就像她在广播里用英格丽希朗诵莎士比亚的十四行诗，语调轻柔，节奏很慢，却有一种浸润人心的力量。

那天下午，五个人商量了一会儿后，决定继续往前走。又走了两个多小时，顾小白点烟时，在火光中看见了一条螺旋上升的阶梯。他叫了起来，中午我们不是走过这里吗，怎么又绕回来了？江蓝也认出来了，说，没错，这就是我们第二次掉头的地方！胡浩心惊胆战地说，不会真的遇到灵异事件了吧？

顾小白自告奋勇地说，你们在这等我，我上去看看。江蓝说，不能让你一个人去冒险，要去一起去。大家踩着湿滑的青苔，小心谨慎地走上台阶，却失望地发现尽头不是出口，而是又出现了一个洞口，黑黝黝的，什么都看不清。大家不敢进去，只好原地返回。这时，五个人又累又饿，全身发冷，再也没有心思讲鬼故事、开玩笑了。许国巍和胡浩开始埋怨彭大年，说他为了一只狗，把五个人都搭进来了。彭大年争辩道，他不是单纯为了自家的狗，还为了发现一个新物种，科学探索本来就充满风险，都是踩着前人的尸体艰难跋涉。顾小白有些烦躁地说，别讲废话了，还是想想怎么出去吧。江蓝说，再走下去也是兜圈子，干脆不走了。这么晚没回家，肯定会有人来找我们。大家都觉得江蓝的话有道理，与其像只无头苍蝇一样瞎转悠，不如节省体力等待救援。

五个人瘫坐在地，围成一圈。大家仿佛置身于地心深处，外部世界的任何动静都听不见。偶尔有一滴水从洞顶掉下来，落在水洼里，如同时间破碎，发出一种古怪的声音。为了消除这种幽闭带来的心慌，顾小白问江蓝，你们女生平时都聊什么？江蓝说，聊看过的电视和崇拜的明星，聊漂亮衣服，对了，还聊男生。胡浩来了精神,问道,女生都喜欢什么样的男生?江蓝咯咯笑着,这可是女生的秘密,我不能当告密者。许国巍说,你不说别人,就说你自己呗。胡浩赌咒发誓,谁泄密谁乌龟王八!顾小白和彭大年也一起附和,说保证守口如瓶。

江蓝一开口就差点让胡浩激动得尿了裤子。我喜欢浩子这种没有心机、不做作的男生。这太出乎人意料了,顾小白以为是幻听,但江蓝的下一句话就把胡浩的尿憋了回去。我还喜欢巍子的声音,有磁性,唱歌很好听。在大家还没反应过来时,她继续说,我喜欢大年这种帅帅的样子,小白的歌词写得非常棒,我也很欣赏。四个男生终于明白了,江蓝这是拿他们打趣呢。她谁都不得罪,每个人都夸了一通,真是冰雪聪明!黑暗中,顾小白分明看见江蓝的脸上带着狡黠的笑,她问道,你们呢,喜欢什么样的女生?

顾小白、胡浩、许国巍和彭大年几乎是异口同声地喊起来,就是你这样的!

江蓝笑得花枝乱颤,说你们这些小男生报复心可真重,逗你们一下,就一起来笑话我。不好玩,我给你们唱段花鼓戏吧,解解闷。顾小白心里很清楚,他没有笑话江蓝,他相信胡浩、许国巍和彭大年也是这样想的,他们喜欢的女生就是她这个样子的——耐看,成绩好,总是考第一名;身上有猫尿味,眼里一会儿有海,一会儿有雾,有时忧郁有时明媚;大部分时间安静得像棵树,偶尔像只调皮的小松鼠——比如现在;声音如黄莺啼谷,能说一口性感的英格丽希;会弹电子琴,会唱花鼓戏;皮肤白得像芦花,怀里有两只不安分的鸽子……如果不是黑暗给了四个男生勇气,也许他们一辈子都不会说出那句话。

江蓝唱的是《刘海砍樵》,她以前在班会上唱过。湘江边的孩子,很少有不会唱花鼓戏的,多少能哼上几句。但像江蓝这样,一个人能分饰两角,既唱花旦又唱小生的,应该没几个,至少顾小白没见过。想来想去,顾小白还是觉得用"性感"这个词形容江蓝的唱腔最合适。整个少年时代,"性感"是他使用最频繁的一个形容词。凡是美好的事物,比如:吃的喝的,好书好风景,还有那些与春天的梦,都能带给他生理上的愉悦,唤醒他潜藏在身体内的一种本能,这就是性感。

江蓝唱完花鼓戏后,又唱起了歌。四个男生也加入进来,变成了大合唱。他们一首接一首地唱着,有好多歌是萤火虫乐队演出时唱过的。没有灯光,没有麦克风,没有乐器伴奏,没有观众,他们却比任何时候唱得更投入更真诚。在漫无边际的黑暗中唱歌是一种很特别的感觉,没有视觉的干扰,心无杂念,歌声异常干净,能直抵灵魂深处。当灵魂温暖起来,身体也就不冷了,疲惫和饥饿感也少了许多。但唱着唱着,歌声不再像最初那样浑然一体,而是像被什么尖锐的东西撕开了一条缝——一个干涩的声音掺杂进来,而且总是慢半拍,听着很是违和。大家都觉得有些诧异,谁在这个时候搞怪?五个人不约而同地停止了唱歌,却惊骇地发现那个声音还在继续,不是来自五人当中,而是来自附近!

妈呀,有鬼!胡浩吓得大叫一声,五人的屁股底下像是装了弹簧,全都跳起来。顾小白紧握刺刀,跟胡浩、许国巍和彭大年一起把江蓝护在中间。顾小白觉得,这是自己有生以来最绅士的一次,也最英雄主义的一次,比后来当警察解救人质还拉风。大家的身体紧挨着，不知谁在发抖，也许都在发抖。顾小白听见一阵牙关碰撞的声音，像是胡浩发出的，又像是许国巍和彭大年发出的。那一瞬间，课堂上学过的唯物主义和无神论都被抛在脑后，以前看过的各种恐怖片情节全都浮现在眼前，那些厉鬼个个披头散发、青面獠牙、吃人不吐骨头。江蓝却显得很镇定，她说，大家别怕，不是鬼，是小军。

四个男生仔细一听，的确是马小军在唱，顾小白还闻到一股淡淡的香水味。萤火虫乐队演出时，马小军是最活跃的粉丝，堪称骨灰级。他经常和乐队互动，跟着一起唱，大家对他的声音并不陌生。刚才过于紧张，一时没想起来。顾小白点着打火机，微弱的光亮中，大家看到马小军站在几米远的地方，边打拍子边唱《海阔天空》。胡浩气不打一处来，吼了一嗓子，你个脑膜炎，在这里鬼叫什么？马小军停下来，迷茫地问大家，你们怎么不唱了？江蓝走上前去，细声细气地问，小军，你什么时候来的？马小军说，我早上进来的，一直等着看你们演出呢。大家全明白了，马小军以为大家是去防空洞里演出，就悄悄尾随在后面。江蓝感觉黑暗中有双眼睛看着她，许国巍感觉身后有人，应该就是马小军。他真是个幽灵一样的存在，无迹可寻又无处不在。后来顾小白看《剧院魅影》，觉得马小军就像剧中那个深爱女高音克里斯汀的神秘魅影。

马小军的意外出现，让大家觉得获救更有希望了。因为他是马厂长的儿子，他一天没回家，马厂长肯定会发动大批人来找的。马小军突然问，我饿了，你们有吃的吗？江蓝这才想起他一天没吃东西了，她歉意地说，对不起，小军，我们也没吃的了。她刚说完，每个人的腹中就响起咕咕的叫声，像荷塘里此起彼伏的蛙鸣。马小军说，那我们回家吧，我家里有好多好吃的。顾小白懊恼地说，我们迷路了，出不去了。马小军说，我知道怎么出去。大家眼睛一亮，全都喜出望外。马小军经常在防空洞里转悠，熟悉环境，他很可能知道出口在哪里。江蓝说，小军，那我们跟着你走。马小军点点头，朝螺旋阶梯走去。五个人面面相觑，这条阶梯他们之前走过，并没有发现出口。看到马小军走得很坚决，大家犹豫了一下，还是跟在了后面。

从阶梯尽头进入一个岔洞，约莫走了四十分钟，前面出现了斑驳的亮光，还隐约听见汽笛声。洞口掩埋在一处茂密的灌木丛里，顾小白一马当先，用刺刀挑开灌木，劈出一条路，大家终于走了出来，发现这里是江边，月色如霜，渔火点点，乌龙宝塔就在十几米远的地方。以前大家没少来这边玩，却从来没注意到灌木丛下面有防空洞。

回纸厂的路上遇到了马金龙和丁保国，他们带着保卫科的人正到处找马小军。儿子平安归来，马金龙一句责备的话都没说，高兴地把他搂在怀里，说，臭小子，你妈做了你最爱吃的粉蒸肉，回去叫小燕热给你吃。丁保国问大家去哪了。顾小白把刺刀藏在身后，撒了个谎，说，排练新歌去了。这个借口其实很幼稚，因为大家都没带乐器，身上还满是防空洞里的那种奇特味道。但丁保国并没怀疑，也有可能是看见马小军跟大家在一起，他不好说什么。那一天萤火虫乐队玩了一把心跳，结局却跟设想的不一样。大家原以为消失一整天后会有很多人来找，实际上只有马小军的父亲带人来了，而且找的只是他自己的儿子。四个男生都有些郁闷，发现自己竟然连一个傻子的待遇都不如。

那天晚上回到家，顾小白的父母正在看抗日神剧，问都没问儿子去哪了。从那以后，顾小白就知道，人并没有自己想象的那么重要，缺了谁地球自转的角度都不会偏差一分。

黑暗像个大熔炉，把五个人融为了一体。有了这段经历，萤火虫乐队捆绑得更紧密了，集体活动的次数明显增多，有时候是演出，有时候是郊游。四个少年对江蓝也有了全新的认识，在漫无边际的绝望中，她就像一只萤火虫，虽然发出的光亮非常微弱，却足以照亮黑暗，温暖灵魂。很多年后，这次钻防空洞的情景依然在顾小白的脑海里无比鲜活，它不是漆黑灰暗的，而是色彩斑斓的。他还记得那些在地穴里飞舞的歌声，特别干净，特别有力量。他后来再也没有听过这么震撼人心的歌声了，真的，再也没有！

3

马金龙和丁保国的卷宗，顾小白翻来覆去地看了一整天。次日一上班，他就带着段宏驱车直奔鹤龙湖边的躲风亭。一路上段宏喋喋不休，说的不是案子，而是不知道从哪里打听到的顾小白过去的事，当然，都是被美化过的。段宏着重提起了萤火虫乐队，说小时候就听说过，非常牛逼，不过那时自己还在上小学，没有看过乐队演出。很多少年都有一个流浪歌手的梦，段宏说自己也有，曾经梦想抱着一把吉他，踟蹰在心上人的窗外，弹情歌给她听。但可惜吉他没学会，暗恋的姑娘也嫁给了别人。段宏问，顾队，当年您那么酷，一定有很多女孩子给您写情书吧？顾小白没有回答，也不知道该怎么回答。组建萤火虫乐队的那段时间里，他的心思都在江蓝身上，有没有别的女生向他表示过爱慕，他不记得，也完全忽略了。

看到顾小白沉默不语，段宏也不好多问，他吹着口哨，目光迷离，似乎在怀念曾经暗恋的女生。以前从县城到鹤龙湖要坐渡船，现在湘江上修了大桥，驱车半小时就能到。一路上风景不错，特别是进入湖区后，放眼望去，烟波浩渺，万鸟竞飞，蔚为壮观。湖面上荷花盛开，宛如一个个在碧波上舞蹈的小精灵。鹤龙湖原本是洞庭湖的一部分，后来围湖造田才分割开。据县志记载，乾隆下江南时，在洞庭湖突遇狂风大浪，只得将龙船停靠湖边。之后，当地乡绅就在此修建了一座凉亭以纪念这事，名曰躲风亭。

顾小白走的是丁保国遇害那天的行车路线，当时正值春暖花开，丁保国沿途拍了不少照片，看起来心情很不错。沿着一条比较偏僻的湖滨小路开了十几分钟，猎豹在躲风亭前面停下来，这也是丁保国当初的停车位置。车还没停稳，顾小白的目光就聚焦在亭子左边，那里有几棵桃树，临水而立。他熄了火，从卷宗里抽出一沓照片——都是丁保国遇害那天用尼康数码相机拍摄的。顾小白看着照片，眉头紧锁。段宏发现顾小白神色不对，好奇地问，顾队，您怎么了？顾小白问，案发那天，丁保国拍的照片都洗印出来了吗？段宏点头，肯定地说，是我洗印的，一张不少！顾小白问，那天是三月三，对吧？段宏不明就里地回答，对，三月三，摘荠菜，煮鸡蛋，顾队，老家的风俗您还记得呀？

顾小白说，别扯淡！如果我没猜错

丁保国的相机被人动过手脚，在洗印前，有些照片就被删除了。段宏惊讶地问，不可能啊，我们到现场时，单反就在尸体旁边，后来一直是我保管的，在洗印前单反没人动过。顾小白说，在你们来之前，相机就被人动过手脚了。段宏更加惊疑了，顾队，您为什么会这样认为？顾小白放下照片，反问，这个地方，你认为最佳摄影点在哪里？段宏看着车窗外凝思着，然后说，应该是那几棵桃树。三月三，桃花缤纷，倒映在湖面上，绝对是一景。顾小白没说话，他把手里的一沓照片甩给段宏。这些照片段宏以前看过多次，不仅他看过，刑侦队的人都看过，没发现有什么问题。不就是些风景照吗，能有什么问题？

在顾小白的注视下，段宏再次审视起了照片，想从中找到一些蛛丝马迹，但翻来覆去地看了几遍，他还是一无所获。顾小白苦笑一声，他说，问题不在于照片本身，而是作为一个摄影发烧友，丁保国一路拍了不少平淡无奇的照片，却没把最美的风景收入镜头，你不觉得反常吗？经顾小白提醒，段宏一拍脑袋，恍然大悟地说，丁保国来这里后，最应该拍的就是湖边那几棵开花的桃树，但相机里没有，很显然，这极不正常。顾小白问，丁保国的那部单反呢？段宏说，已经还给他家属了。顾小白说，尽快拿回来，恢复内存卡上可能删除的照片。段宏有些为难地说，丁保国的老婆去世很多年了，他儿子丁俊在深圳工作，常年不回老家。丁俊是顾小白在湘江造纸厂子弟学校的同班同学，沉默内向，比较木讷，但成绩不错。当年纸厂子弟学校，只有他和马小燕金榜题名，他考上的是武汉理工学院。顾小白上警校后就再没见过他，也没有任何联系。有一次在长沙坡子街的金蔷薇吃火锅，顾小白听胡浩提起过丁俊，说他大学毕业后在深圳一家证券公司上班，儿子都能打酱油了。

顾小白说，马上跟丁俊联系，如果单反的内存卡在他那里，叫他尽快寄到刑侦队。如果单反在老家，我们就自己去取，你就说是我说的，他认识我。段宏问，以什么理由？顾小白说，他这个人很闷，不会多问的。段宏答应一声，掏出手机联系丁俊。顾小白下了车，朝躲风亭走去。飞檐上曾经有一个巨大的蜂巢，就是那些马蜂要了丁保国的命。如今筑巢的痕迹依然存在，几只黑翅凤蝶上下翻飞。亭子下绿草如茵，许多开碗碗花点缀其中，煞是好看。周边湖光潋滟，微风轻拂，送来一阵阵荷香。一切是如此祥和，春天的那个惨剧似乎从未在这里发生。

段宏打完电话跟过来，递给顾小白一瓶矿泉水，说跟丁俊联系了，单反在他爸以前住的房间里，好像是书柜上。哦，我提了您的名字，他同意我们自己去拿，说他爸走后房间一直空着，没人愿意租，嫌他爸是横死，住进来不吉利。对了，他还真的没问我们要内存卡干吗，您对这个老同学也太知根知底了。顾小白喝了口水，说，回头去丁保国家看看。段宏见顾小白不断抬头打量着马蜂筑巢的痕迹，他说，蜂巢足足有半辆小汽车大，这些马蜂真他妈变态，做这么大一个窝，简直就是豪宅。唉，毁人家园，夺人妻女，那是血海深仇啊，难怪丁保国会被马蜂活活蜇死。顾小白没理会段宏的调侃，他觉得这对死者不尊重。他发现飞檐离地面大概有三米多高，上面都是琉璃瓦，还有石雕的兽头，蜂巢修筑在这里很稳固，就算是极端天气，恐怕也难以摧毁。

顾小白问，蜂巢怎么掉下来的？段宏说，不知道，我们来的时候蜂巢就已经在地上了。顾小白又问，当时没查原因吗？段宏摇摇头，没有。那时候梁队身体已经很差，三天两头地住院，队里的工作主要由杜副队来抓。这个案子他负责，现场勘查没发现什么幺蛾子，很快就结案了。顾小白有点恼怒，心想，人死无小事，不管怎么死的，这现场勘查工作也太马虎了。他掏出一根芙蓉王，段宏连忙递给他一根和天下，说，顾队，抽我的。顾小白接过和天下，嚓的一声，段宏用ZIPPO给他点上火。顾小白吐了口烟圈问，卷宗上说，当时勘查现场时发现了一道车胎印，疑似电瓶车的，后来追查过了吗？段宏又摇了摇头，说，没有。当时杜副队的意见是，人是被马蜂蜇死的，那些痕迹就不重要了，可能是路过的人留下的。顾小白无语，跟市里比起来，县里的刑侦经验欠缺很多，以后自己要在这方面加强队伍建设。

距离躲风亭二十来米远的地方有一片竹林，面积不大，三十多平米，竹子也只有拇指粗细。顾小白的视线落在一个竹茬上，他蹲下来查看。茬口很整齐，显然是被锯断的。他把这片竹林仔细检查了一遍，只发现一个竹茬。这里远离公路主干道，平时人迹罕至，距离最近的村子也有两公里，谁会跑到这种地方来砍竹子？而且只砍了一根，还是那种做不了什么大用途的细竹竿。顾小白问段宏，案发那天什么天气？段宏回忆了一下，说，晴天。他似乎想到了什么，问道，顾队，您怀疑有人在这里砍了一根竹竿，捅下了马蜂窝？顾小白点头说，不排除这种可能。如果当时现场勘查仔细一点，也许能发现那根竹竿，它不太可能被犯罪嫌疑人带走，应该就丢弃在现场附近，最有可能是湖里。段宏说，当时都以为蜂巢是自己从飞檐上掉下来的。那个蜂巢太大了，在重力的长期作用下，自行掉落是有可能的。

顾小白返回车内，从丁保国的卷宗中抽出一张照片，看了一会儿，递给段宏说，马蜂窝不是自行掉落的，是被人为捅下来的。段宏盯着那张照片仔细端详，上面是一个破碎的马蜂窝，他突然茅塞顿开，我明白了！如果马蜂窝是自行掉落的，应该就掉在飞檐下面。但从这张照片来看，摔碎的马蜂窝距离亭子有四五米远，只有借助某种外力才能掉到这个位置。可是，谁没事去捅马蜂窝呢，那不是找死吗？难道是丁保国一时心血来潮，自己捅的？顾小白说，马蜂窝肯定不是丁保国自己捅的，他身体硬朗，年龄也不算很大，还不至于得老年痴呆。应该是别人背着他捅的，否则，他就算制止不了，也会迅速逃到车上去。马蜂蜇人，虽然很疼，但不会马上置人于死地。而且车子就停在现场，丁保国是摔跤队出来的，以他的身手，不可能逃不到车上去。

段宏说，当时丁保国的车钥匙掉地上了，可能太紧张，没找着。顾小白说，还有一种可能，当时丁保国的车钥匙在别人手上。两人认识，约好了在这里见面。这个人先是以某种理由从丁保国手里骗取了车钥匙，然后趁丁保国不注意捅了马蜂窝。马蜂飞过来时，车门被这个人故意锁死，丁保国根本打不开，只能任凭马蜂追杀。在他死后，那个人把车钥匙扔在地上，伪造了现场。段宏问，现场发现的车胎印会不会就是凶手留下的？顾小白从卷宗里抽出车胎印的照片，说，可能性很大。你注意到没有，前后轮胎在地面形成的压痕深浅不一，车子前轻后重，后座可能载了重物，或者还坐了一个人。段宏说，不一定吧，车辆前面是驱动轮，后面是载重型轮胎，前轻后重很正常。顾小白摇摇头，但这个后轮也太重了一些。说完，他启动猎豹，掉头离开了躲风亭。

猎豹奔跑在湖滨小路上，不断惊起一群群水鸟。段宏问，凶手自己为什么没被马蜂追杀？顾小白把车拐到主干道上，往城区方向开，他说，很好解释，凶手戴了头盔，裸露在衣服外面的部位可能也做了防护。段宏完全被震惊到了，他喃喃地说，如果真的是这样，那就是一场完美谋杀！顾小白说，下结论还为时过早，现在说的这些都是推理。等拿到那部单反的内存卡，恢复数据后再说。段宏由衷地说，顾队，您简直是火眼金睛啊，到现场走一圈就发现一堆幺蛾子。这么铁的案子，在您眼里就跟纸糊似的，完全经不住推敲。怪不得您当年能协助梁队破获那起误杀案，这绝对不是偶然。顾小白的心没来由地悸动了一下，像是被马蜂的尾刺蛰了个正着。段宏问，顾队，马金龙的那个案子您是不是也看出问题了？车从湘江大桥上经过，顾小白没有正面回答段宏的问题，他说，先查丁保国的死，马金龙的案子以后再说。段宏问，那我们现在去哪？顾小白说，去丁保国家。段宏掏出手机说，他家在水岸东湖小区，我现在就联系开锁的师傅。顾小白淡淡一笑，不必了，你带路就行。

水岸东湖是整个县城最高档的小区之一，能在这里买房的都是有钱人。丁保国三十八岁那年，老婆去世了，用熨斗熨衣服时不小心触电。他没有再婚，那时候儿子也大了，不需要操心。丁保国平时喜欢喝点小酒，爱好摄影、钓鱼，没有女人的生活同样过得有滋有味。他老婆以前是开童装店的，有一个旺铺，一年能挣十几万。老婆去世后，他把旺铺出租，一年能有五六万租金，他不差钱。

段宏对顾小白说，丁俊好像跟他爸不亲，当初回来奔丧时，没见他掉一滴眼泪。也没给他爸买墓地，骨灰就放在家里，而且没等父亲过头七就回了深圳。许多人都觉得不可思议，但这是别人的家事，也不好多说什么。段宏感叹道，看来一个家里没有女人还是不行，母爱是润滑剂，能调和父子关系。在顾小白的记忆中，丁俊并不是从小就沉默寡言。上小学时，丁俊也爱打打闹闹，经常跟顾小白和胡浩他们到处撒野。他还特别喜欢摔跤，跟他爸学的，厂里没有哪个孩子是他对手。母亲去世后，丁俊变得越来越孤僻，也越来越古怪，纸厂的一帮子弟就不愿意跟他一起玩了。不过丁俊脑瓜子聪明，从小学到高中，每次考试成绩都能进班上前三。

猎豹驶进了水岸东湖小区，停在丁保国住的单元楼前。旁边的法国梧桐树下停着一辆白色哈弗，车身积满尘土、鸟粪和落叶，脏兮兮的，看样子很久没挪动过了。段宏说，这就是丁保国的车，还是我从现场开回来停在这的。顾小白没有理会段宏的话，他走到一个垃圾桶前，戴上手套，在里面随意翻找了一下，找到了一根细铁丝。段宏惊讶地看着，不知道顾小白要做什么，他想问，话到嘴边还是吞了下去。丁保国的家在五楼，段宏领着顾小白走过来。门上贴满小广告，跟牛皮癣似的。段宏以为顾小白是想暴力开锁，于是说，顾队，您站远点儿，我来。说着，他抬脚就要踹门，但顾小白拉住了他，说，别这么粗鲁。顾小白拿着从垃圾箱里捡到的细铁丝，在锁眼里鼓捣了一会儿，门就开了，看得段宏目瞪口呆。从警三年有余，他在新人面前经常以老司机自居。但在这个新来的刑侦队长面前，他觉得自己就是一只菜鸟，傻不楞登的。

进到屋里，顾小白发现一片狼藉，地板上到处扔着衣服、照片和各种颜色的证件，两个床头柜的抽屉拉开了没关上。显然有窃贼光顾过，顾小白心里一咯噔，糟了，单反肯定被偷了！段宏突然想起什么，他说，哎呀，差点忘了，丁保国头七刚过，家里来过贼，是对门邻居家的保姆报的案。东湖派出所出的警，没抓到人，跑了。办案民警跟丁俊联系，丁俊说家里没什么贵重物品，偷了就偷了。顾小白急忙找到书柜，谢天谢地，他发现那部尼康单反还在那，内存卡也没丢失。段宏松了一口气，说，贼被发现后，可能只顾着逃跑，来不及把相机顺走。顾小白说，你去把报案的保姆叫来，我问点事。段宏说，顾队，您那个叫江蓝的老同学就住对门，办马金龙的案子时我找过她。她老公马小军应该也是您同学，脑子有点不好使。顾队您要不要亲自过去一趟，打声招呼？顾小白有点惊讶，他还没开口问，段宏就解释道，这套房子原本是马金龙的，跟儿子家面对面，方便照顾。马金龙去世后，他妻子王妍害怕一个人住，就搬到女儿家去了。这房子便宜卖给了丁保国，当时丁保国还住在纸厂的老宿舍，手里有点闲钱，正想买房。

顾小白心想，马金龙能在水岸东湖买两套房，家底的确殷实。听说他在纸厂改制中捞了不少好处，还有职工举报，上面查了一阵子，但没有真凭实据，这事就不了了之。顾小白想了想，这个点江蓝应该在咖啡屋，他和马小军也没什么话说，而且看着两口子的爱巢，总觉得有点怪怪的，于是说，在查案呢，我就不过去了，还是你去吧。段宏爽快地说，也行。

段宏出门后，顾小白开窗透风，把密封了几个月的浊气全放出去，又简单地收拾了一下屋子。丁保国也算是顾小白的长辈，作为纸厂曾经的子弟，顾小白只能用这种方式来表达对他的尊重。过了两分钟，段宏领着一个穿着朴素的年轻女人进来，介绍说，她叫唐甜，就是她报的警。顾小白让段宏把房间扫一扫，自己和唐甜到阳台上聊天。顾小白说，麻烦你把当时的情况讲一遍。唐甜点点头，有些拘谨地说，案发那天早晨，她出门买早点，看见丁保国家的门虚掩着，就有点警惕。因为两家经常串门，她对丁保国的情况有所了解，知道丁保国去世后，儿子丁俊回了深圳，家里没别人。她推门进屋，发现沙发上睡着一个陌生男人，戴着手套和鞋套。她就问了一声，你谁呀，怎么睡在这？那个男人被惊醒了，说我是这家的亲戚，借宿的。她故意说，这是我家，我怎么不认识你？那个男人闻言，起身夺门而逃，她不敢拦，就回去告诉了江蓝，是江蓝让她报的警。

顾小白琢磨着唐甜的话，觉得里面有事，问道，你发现他的时候，他在沙发上睡觉？唐甜说，没错，是我把他叫醒的。当时茶几上还有一瓶橙汁和一个打翻的纸杯，杯子里的橙汁泼了一地。估计是看家里没人，贼胆包天，偷完东西还在这里吃喝拉撒睡。顾小白回头看了一下客厅，唐甜说的橙汁和纸杯还在茶几上。顾小白问，你看清楚他长相了吗？唐甜说，当时看清楚了，但过了两月了，不太记得了。紧接着又问,不是没丢什么东西吗,你们怎么又查这个案子了?顾小白没回答,他摁灭烟蒂说,好了,不打扰你了。

送走唐甜,顾小白拿起茶几上的橙汁,容量是七百五十毫升,还剩大半瓶。茶几和地板上还有橙汁泼洒后留下的污渍,已经干涸。顾小白寻思着,窃贼泼洒橙汁有三种可能:第一,不小心;第二,故意搞破坏;第三,强烈的困意或醉意袭来,秒睡,手里装满橙汁的纸杯掉在地上。顾小白觉得第三种可能性最大,因为窃贼进门时,房门虚掩,说明他想速战速决,没打算久留。如果有过夜的打算,他应该把门关上才对。顾小白见过不少酒醉后杀人、抢劫、斗殴和强奸的案子,但从没见过酒醉后入室盗窃。因为喝醉了去偷东西,几乎等同于自投罗网。如果排除醉酒,那窃贼突然睡着还有一种可能,是药物造成的,意识不受控制,否则,不可能连房门都忘了关。窃贼作案时,不可能自己服用催眠类的药物,应该是误服。看到那只打翻的纸杯,顾小白心中渐渐有了一个答案,催眠类药物很可能溶解在那瓶橙汁中。现在,问题又来了,橙汁中的催眠药是谁放的?目的又是什么?

客厅墙上挂着很多照片,都是丁保国的摄影作品,也有他的几张自拍照,身材英武挺拔,一点都不显老。被玻璃窗过滤后的阳光投射在自拍照上,像镀了一层金色的膜。顾小白看到丁保国的嘴角抽动了一下,似乎有话想跟他说,但终究什么都没说出来。

4

少年时代,顾小白挥霍荷尔蒙的最好方式,就是看那些带颜色的线装书,或者做一些与春天有关的梦。对他来说,女人就是一个秘密,他渴望知道其中的内容,但他不会为了窥探秘密而不择手段。秘密也是有尊严的,必须遵循一定的解密法则。每次看到街头张贴的法院布告,上面那些侵犯女人的案例都让顾小白义愤填膺,他觉得强奸犯都是规则的破坏者,令人不齿。

1997年7月12日,县城发生了一起强奸案——百家乐KTV的一位女服务员下夜班回家,路过东湖边时被一男子用匕首挟持,带到树林里侵犯。在侵犯过程中,男子还用照相机给女服务员拍了照,威胁她不许报警。但事后,女服务员还是报了案,她向警察描述了犯罪嫌疑人的体貌特征:三十多岁,戴近视眼镜,头发偏长,中等个,身体健壮,戴黑色口罩,说四川话,身上和口腔中还有很浓重的烟味。根据犯罪嫌疑人说四川话的这个特征,警方一度把目标锁定为流窜犯,但调查了一个多月,毫无收获。这时,又发生了第二起强奸案,受害者是个女护士,过几天就要举行婚礼了。凌晨下班后骑自行车回家,途经江东路时,一个男子突然跳到她的车后座坐下,左手持刀,威胁她不许出声。那个女护士惊恐至极,她按照男子的要求将车骑到郊区偏僻处,结果遭到侵犯。女护士事后报警,她对犯罪嫌疑人的描述跟那个服务员完全一样。此后又接连发生了好几起类似案件,县城里的妇女人人自危,夜晚不敢独自出门,下夜班也必须有人接送。因为犯罪嫌疑人每次作案都戴黑色口罩,被坊间称为口罩色魔,警方则称之为7·12系列强奸案。

犯罪嫌疑人胆大妄为,作案过程沉着冷静,手法老到,警方认为应该是惯犯,有犯罪前科。但大规模排查后，毫无线索。口罩色魔却并没有消停，每年都要犯下两三起强奸案，这还不包括没有报案的。奇怪的是，2004年8月之后，就再也没有口罩色魔作案的消息了。这家伙好像是一滴露水，被那个夏天的阳光蒸发得干干净净，半点痕迹都没有留下。7·12系列强奸案自此成为悬案，成为压在所有办案人员心上的一块大石头，也成了当地警方的一个奇耻大辱。

顾小白曾经跟口罩色魔狭路相逢，差点将他逮住。那是一个与江蓝有关的秘密，除了萤火虫乐队的成员，没有任何人知道。

那年暑假，县变压器厂的一位退休老职工去世，请了萤火虫乐队去演出。这活儿是彭大年表哥介绍的，他认识死者的家属。那次演出江蓝没有参加，她外婆腰椎间盘突出，住进了医院。她既要当南杂店的小掌柜，又要做饭给外婆送去。演出时大家很卖力，唱了许多首老人生前爱听的红歌，吸引了不少人围观。家属一高兴，就多给了两百块，加上原定的报酬五百块，乐队一共拿到了七百块。大家也很高兴，一致决定拿这多得的两百块买些营养品，去看望江蓝的外婆。因为不知道老人家住在哪个医院，胡浩提议先去江蓝家，看看她在不在。

从变压器厂出来，大家踩着一辆借来的三轮车。许国巍负责蹬车，顾小白、胡浩和彭大年坐在车厢里，旁边放着音箱、乐器和麦克风。对了，当时马小军也在，他是来看演出的。车厢里已经没地儿坐了，他撅着屁股在后面吭哧吭哧地推车，跟头老黄牛似的。如果回忆更认真一点的话，顾小白发现，乐队每次演出几乎都有马小军，只是经常被他不知不觉地忽略了。仿佛这个人是生活在另外一个世界中，跟他平行但不交集。

一行五人唱着歌直奔漕溪港，唱的还是刚才在丧事上唱过的红歌，一个个热血澎湃斗志昂扬，似乎刚刚解放了宝岛台湾。回想起来，顾小白觉得少年时代的快乐是如此简单，有时只是因为挣了几百块钱，有时只是因为一场演出发挥出色，而有时仅仅是因为被暗恋的女生多看了一眼。人到中年后，快乐却越来越难以获取了，经常不苟言笑，即使有开心的事情，也会控制好情绪，不会肆无忌惮地表现出来。这到底是成熟还是虚伪，顾小白说不清楚。他很清楚的一点是，年少时那种单纯的快乐是发自内心的，能在灵魂深处开出花来。

顾小白还记得那天晚上星光灿烂，长街寂寞，风从岳州窑的方向吹来，带着一股高岭土的气息。萤火虫在路边的树丛里翩翩飞舞，它们都是黑暗世界中的光明使者。流浪狗像诗人一样在十字路口徘徊，寻找迷失的家园。五个少年都没有想到，这个看似平淡无奇的仲夏之夜，竟会悄悄改变自己和江蓝的命运。

在丧事上的那场演出，从某种意义上来说，是生命中另外一场演出的开始，带着一种先天的悲剧意味，而所有人都浑然不觉。

三轮车经过印刷厂门口时，胡浩内急，想找个地方解决。顾小白也有这个意思，说一块去。两人跳下三轮，朝印刷厂后面走去，那里有一片菜园，再穿过一片小树林就到了江蓝家。但这是小路，三轮车不好走。顾小白和胡浩一到菜园就迫不及待地横扫千军，酣畅淋漓。就在两人准备撤退时，顾小白隐约看到前面不远处有什么东西在闪光。他好奇地走过去一看，地上倒着一辆凤凰牌自行车。他一眼就认出来，这是江蓝的车！胡浩也认出来了，他惊讶地问，江蓝的车怎么会扔在这？顾小白意识到情况不对，说，江蓝可能出事了！你赶紧回去，让小军看着三轮车，叫巍子和大年过来，快！胡浩掉头就跑，顾小白扶起自行车，朝四周大声喊江蓝的名字，但没有回应。不到一分钟，胡浩就领着许国巍和彭大年跑过来。大家边喊边沿着小路寻找，很快在草丛里发现了一只白色网球鞋，是江蓝的！草丛里还有拖拽的痕迹，四个人顺着这条痕迹一直找到小树林，听到了嘴巴被捂住发出的呜呜声。

树林里黑灯瞎火，什么都看不见，顾小白叫道，江蓝，是你吗？他的话音刚落，一个黑影就从树林深处冲出来，往另一头跑去。与此同时，传来江蓝急促的声音，是我，有坏人！顾小白说，浩子，你去保护江蓝，巍子和大年，跟我去堵人！大家答应一声，迅速分工行动。顾小白在后面紧追不舍，许国巍和彭大年从两边迂回包抄，没多久就把那个黑影堵在了印刷厂后面的一道围墙边。黑影无路可逃，转过身来，带着一股风，顾小白在这股风中闻到了浓烈的烟草味。借着月光，看得很清楚，黑影是个男的，中等个，很结实，长发，戴眼镜和黑色口罩。大家立即想到了传说中的口罩色魔，心里都一哆嗦，但转念想到他欺负的是江蓝，又都怒火中烧忘记了害怕，纷纷就地寻找各种武器。许国巍捡起了半块板砖，顾小白从腰上抽出了自己的牛皮带，彭大年在墙根下找到了一个破罐子——后来发现惹了一身骚，估计是个夜壶。

三个少年一起扑上去，但那个男人身手矫健，灵活地避开了攻击。板砖和破罐子都没砸中目标，许国巍和彭大年手中没了武器，被迅速放倒在地。当那个男人朝顾小白冲过来时，顾小白情急之下使了个诈，手持皮带迎头猛抽，右脚却突然狠狠踢向对方的裆部。一声惨叫，那个男人捂住裆部疼得弯下了腰。但没等三个少年合力扑上去，他就挣扎着翻过围墙，消失在夜幕中。

三人正要去追，胡浩推着那辆凤凰牌自行车过来，手里还拿着江蓝掉的一只网球鞋。他说江蓝回去换衣服了，要大家去家里找她，还反复叮嘱不要报案，说她没事。四个人回到印刷厂门口，马小军还在路边守着三轮车，大家怕他乱说，就没告诉他刚才发生的事，把他打发回了纸厂。四个少年蹬着三轮来到漕溪港，见到了江蓝。她惊魂甫定地说，晚上她去给外婆送饭，在医院待了两个多钟头，出来时发现自行车的两个轮胎都破了。因为推车吃力，她就从印刷厂后面抄近路回家。突然一个戴黑色口罩的男子从草丛里蹿出来，捂住她的嘴，把她往树林里拖。幸好大家及时赶到，她没有受到伤害，只是裙子破了。她不想让外婆担心，也不想这件事成为别人茶余饭后的谈资，所以不想报警。

口罩色魔在传闻中是个来无影去无踪的采花大盗，能飞檐走壁，刀枪不入，大家谁也没想到自己会碰上，这经历足以吹牛一辈子。但江蓝坚持不报警，还要大家保守秘密。看到她脸上的泪痕，四位少年都不忍心拒绝，于是纷纷发誓把这件事烂在肚子里。江蓝感激地给每人煮了一碗甜酒冲蛋当消夜，胡浩吃了一碗不解馋，又厚着脸皮要了一碗。顾小白、许国巍和彭大年还沉浸在围堵色魔的兴奋中，边吃边兴致勃勃地议论刚才的搏斗场面，听得胡浩羡慕不已，遗憾自己没有加入这场伟大的战斗。顾小白说，他那一脚肯定废了狗日的，以后只能当太监。与大家热烈的情绪相反，江蓝的目光时不时落在窗外的夜色中，显得很伤感。大家渐渐意识到江蓝不想再提起这件事，都知趣地闭了嘴。

那天晚上，四个少年约好，在江蓝外婆出院前，他们就躲在那片小树林里当护花使者。顾小白叮嘱江蓝这几天都开着灯睡觉，一旦发现有危险，就将卧室的灯拉灭，再拉亮。看到这个信号，大家就会跑过来保护她。江蓝没有拒绝四个少年的好意，她表示每晚由自己提供消夜。在那之后的一个星期内，顾小白晚上都没在家睡觉。他谎称要参加文化馆办的一个音乐培训班，回来太晚，怕影响父母休息，就睡在胡浩家。许国巍和彭大年也是这样跟父母撒谎的。那一个星期，胡浩的父母都上夜班，借宿的理由很充分。

晚上九点，等胡浩的父母上班后，四个少年就来到小树林，点着马灯，抽烟打牌摆龙门阵，时不时抬头观察远处的江蓝家，看看灯灭了没有。每晚江蓝都会过来送消夜，是她亲手做的，不是甜酒冲蛋，就是蒸水饺，要么就是糖油粑粑。尽管在树林里饱受蚊虫叮咬，大家都觉得很快乐，有一种潜伏在敌后的刺激。四个少年甚至希望那个口罩色魔再次出现，好让他们重演一次英雄救美的壮举。

可惜的是，一个星期后，江蓝的外婆出院了，四个少年没有了继续当护花使者的理由。顾小白上警校后，几乎每天早晨都吃甜酒冲蛋，但总感觉没有江蓝做的好吃。顾小白一度以为这是自己的错觉，但有一次在火宫殿跟胡浩他们仨吃饭，点了一份糖油粑粑。胡浩吃了半个就放下了筷子，摇头说，味道比江蓝做的差远了。顾小白这才发现，四个小伙伴中，也有其他人跟他有类似的看法。当然，也有可能是一种集体记忆产生的错觉，因为2004年夏天，他们有了一个共同的秘密。

那个不同寻常的暑假，他们并没有轻易放过口罩色魔。虽然他们恪守对江蓝的承诺，没有报警，却在私下里四处寻找那个变态，想将这家伙抓住，替江蓝出一口恶气。有很多个晚上，四人怀里分别揣着刺刀、自行车锁链、大号扳手、电工刀，睁着一双充满血丝的眼睛，像狼一样在夜色中游荡。

他们还脑洞大开，让身材单瘦的胡浩穿上他姐的花裙子和高跟鞋，喷上香水，乔装成女人，在偏僻的地方色诱变态。但直到暑假结束，变态色魔也没有现身，下夜班的女同志倒是被他们吓着了不少。这期间，还招来了几个不三不四的男人，把胡浩当成了站街女，上来就动手动脚。顾小白、许国巍和彭大年见状，亮出家伙一拥而上，对方以为是仙人跳，吓得落荒而逃。

也就是从那个时候起，口罩色魔彻底销声匿迹，顾小白曾经怀疑这家伙是被自己那恶毒的一脚给踹死了。警校毕业的第二年，在橘子洲头，顾小白请来长沙办案的梁斌吃饭，席间谈到当年发生在老家的7·12系列强奸案。梁斌说，犯罪嫌疑人很狡猾，每次作案都没有留下任何生物信息，无法提取到他的指纹和精斑。也就没有办法精准地锁定身份，只能大海捞针似的排查，效率太低了。他叹了口气，狗日的后来再也没有出来作案，老子这辈子只怕逮不着他了，心有不甘啊。

那天顾小白喝了点酒，热血上涌，他想起2004年暑假，胡浩曾经男扮女装色诱那个变态。他突然有了一些新的思路，问梁斌，会不会一开始侦破方向就错了？梁斌迷惘地看着他，问道，你什么意思？顾小白说，那家伙反侦查意识很强，可能并不是长头发，他戴的是假发；他可能不是近视眼，却故意戴了一副眼镜；他不抽烟，但故意在作案前把自己弄出一身烟草味；他老家不是四川人，四川话是从电视里学的。梁斌连连说，还真他妈有这个可能，如果你的推理是对的，那犯罪嫌疑人的体貌特征就需要重新设定了。

上警校后，顾小白就开始懊悔当年没有报警，他对自己那一脚的力度很有信心，那家伙不残也会受重伤。如果当时循着这条线索追查，那家伙可能已经落网。但这也不能说是五个少男少女的错，青春正是因为冲动，因为缺乏理性而美丽。跟梁斌聊案子时，顾小白还是没有说出那个夏天的秘密。已经过去了这么多年，再说毫无意义。不过，他拐弯抹角地透露了一点口风，说那家伙后来没有出来作案，可能是因为身体原因，查查2004年全县男性患者的病历，特别是男科或生殖科的。梁斌很兴奋也很惭愧，作为一个经验丰富的老刑警，他居然需要一个刚从警校毕业的毛头小伙子来提醒。但他很快就释然了，他知道顾小白有刑侦天赋，假以时日，好好淬炼，以后必定是刑侦界的一把尖刀，在这小子面前丢脸，不算冤。

梁斌回去当天，就调整思路重新排查7·12系列强奸案的犯罪嫌疑人。两个月后，他给顾小白打电话，沮丧地说，还是一无所获，狗日的可能已经死了。口罩色魔祸害了许多良家妇女，罪恶滔天，抓到了也会判死刑，但顾小白并不希望他就这么死了。自然死亡和枪决是截然不同的两码事，前者是生命的终结，后者是灵魂被钉在十字架上遭受烈火焚烧，痛苦不会轻易终结。顾小白很想看到那个变态的灵魂上十字架，否则，就太便宜他了。

2018年夏天上任前，顾小白去湘雅医院探望梁斌。在讲述自己的遗憾时，梁斌并没有提起变态色魔的案子。也许，他知道这个案子毫无侦破的希望，不想给顾小白增加压力。直到此时，顾小白仍然不知道，这个青春期的秘密，在黑夜里闪闪发光的秘密，其实是一个悲伤而残酷的错误。

5

周云鹏年轻时是半个文学青年，在县报上发过豆腐块，比一般商人多了些儒雅气，三教九流都有朋友，人脉极广，社会关系复杂。按照顾小白的要求，排查重点是跟周云鹏关系密切，而且没有机动车的人。但这个尺度很难把握，因为关系密切不好定义。很多时候，经常来往的人并不一定关系铁，只是出于各种需要，比如生意伙伴。一年都难得联系几次的人却有可能是至交，比如省作协有位知名诗人，姓柳。周云鹏每年都会约柳诗人爬岳麓山赏红叶，在爱晚亭里把酒吟哦，发在朋友圈里的诗句能酸一个秋天。还有一种隐秘关系，为了避人耳目，看上去平淡如水，实际上交情匪浅，比如：周云鹏现在的老婆邓雯，结婚前两人保持了三年多的地下情，一直无人察觉。所以，要在周云鹏的生活圈子中锁定犯罪嫌疑人，难度相当大。杜耀文把刑侦队的大部分人马都派上，调查了一个多星期，还是没有找到一条有价值的线索。

好在丁保国的案子有了突破，给了顾

小白些许安慰。那天在丁保国家，顾小白问段宏，现场提取了窃贼的指纹吗？段宏说，他记得技术中队派人去勘查过现场，他核实一下。跟中队长刘刚打了电话后，段宏说没有提取到犯罪嫌疑人指纹。这在顾小白的意料当中，因为唐甜说窃贼当时戴着手套。顾小白又问，那有没有从窃贼喝过橙汁的纸杯上提取DNA？段宏摇头说，这种入室盗窃案，没造成财产损失，也没造成人员伤亡，按惯例都不会提取DNA，费时费力又费钱，整个刑侦队一年就那点经费，消耗不起啊。

顾小白吩咐段宏把纸杯和剩下的橙汁带回去检测，三天后，结果出来了——橙汁里发现了大量安眠药的成分；从纸杯上成功提取到了犯罪嫌疑人的DNA，并且在数据库中找到了匹配对象，是个叫蔡奇的男子，二十九岁；橙汁瓶上还提取到了四枚不同的指纹，正在一一排查。

让顾小白意外的是，蔡奇就是他上任那天在环城公交上抓获的花衬衣，一个惯偷，正羁押在看守所。提审蔡奇前，顾小白找段宏要了丁俊的号码，给他打了个电话。丁俊的声音很平静，就像细雨落在旧屋的瓦片上。顾小白感觉他还是当初那个内向的少年，时间改变了许多人和事，却没有改变他。沉默似乎是一个木箱子，把他密封在里面。顾小白没有把橙汁中有安眠药的事告诉丁俊，只是问他，那瓶橙汁是不是他买的？丁俊说，那套房子里没有一样东西是他买的。顾小白注意到丁俊用的词是"那套房子"，而不是家，他继续问，你回来奔丧时，见过那瓶橙汁吗？丁俊沉默了一会儿说，好像有点印象，用一个购物袋装着，里面还有水果，走的时候忘了扔。

通话持续了七分钟，自始至终，丁俊都没有问为什么要查那瓶橙汁，似乎顾小白在问一件跟他父亲无关的事。他也没有跟顾小白叙旧，似乎两人根本就不认识。

提审蔡奇时，这家伙倒是交代得挺痛快，他并没有从丁保国家偷走任何东西，坦白比抗拒更有利。他说四月下旬，具体哪天不记得了，他去水岸东湖踩点，发现有户人家办丧事，一打听，是个独居的老年男子，叫丁保国，儿子在深圳工作。他很有经验，知道像这种家庭，老人去世后，子女急着回单位上班，家里会有一些贵重物品来不及处理。丁保国刚过头七，他就过来了，是凌晨来的。确定家里无人后，他用技术开锁，在房间内翻了个遍。但这次他失算了，除了一部单反，他没找到什么值钱的东西。他有些口渴，正好看见鞋柜上有个购物袋，里面装了一瓶橙汁和一些樱桃，还有苹果，也有可能是菠萝，不太记得了。水果应该放了有一段时间，都烂了。他找了个一次性的纸杯，倒了点橙汁喝。喝第二杯的时候，不知为什么，他觉得特别困，还没喝完就倒在沙发上睡着了，直到第二天早晨被对门邻居叫醒。顾小白问，你倒橙汁的时候，瓶子是开封了还是没开封？蔡奇说没注意这个细节，应该是一拧就开了。

顾小白来到走廊上抽烟，段宏拿来了在丁保国家勘查现场时拍的照片，刘刚提供的。鞋柜上果然有个购物袋，黑色的，鼓鼓囊囊，装的什么水果看不清，但能看见一瓶橙汁。段宏说，购物袋里的水果是刘队扔掉的，好像是菠萝和樱桃，烂透了，一股怪味，勘查现场时受不了。瓶子上的指纹全都比对上了，有两枚是技术中队自家兄弟的，一枚是东湖派出所龚副所长的，

264

勘查现场时他们都接触过瓶子。还有一枚是个女记者的，顾队您见过，叫黎乐乐，《岳州晨报》的。顾小白听了一愣，问道，她的指纹怎么在上面？段宏说，这个不清楚。又补充道，两年前，黎乐乐写的一篇批评稿得罪了人，遭到报复。她正当防卫，持刀捅伤了行凶者，做笔录时采集了指纹，没想到这次比对上了。

2018年这个蝴蝶兰盛开的下午，梅雨席卷了整座县城。空气里弥漫着一股梅子的清香，用舌头一舔，似乎还有味道，甜甜酸酸的。顾小白推开了萤火虫咖啡屋的门，跟上次一样，没穿警服。江蓝正在看村上春树的书，不是上次那本《1973年的弹子球》，而是《天黑以后》。她似乎知道顾小白要来，朝一个角落努了努嘴。那里有个彩绘的屏风，能遮挡视线，私密效果较好。店里还有几个客人，有的在低声交谈，有的在刷手机。有一个体态丰腴的少妇什么都没做，神思恍惚，好像就是来听歌的。楼梯下放着一部三洋牌老式双卡录音机，应该是从旧货市场上淘来的。磁带悠悠旋转，放的是上世纪九十年代张学友的情歌。顾小白公务在身，没跟江蓝闲聊，他径直朝那个角落走去。

黎乐乐坐在屏风后面，面前摆着一部红色笔记本电脑，双手在键盘上灵巧地跳跃，像是在弹琴。看见顾小白过来，她抬头招呼，顾队，坐吧，今天我请。顾小白在她对面坐下来，说，那可不行，是我约你来的，得我做东。江蓝端了两杯咖啡过来，说，都别争了，这次我请，下次你们随意。顾小白和黎乐乐相视一笑，说了声谢谢，都不再客气。江蓝转身离开后，顾小白习惯性地去摸烟，但看见紧闭的窗户，他忍住了。黎乐乐往杯子里放了一块方糖，问道，顾队，您找我有什么事，不会是周云鹏的案子有大料要爆吧？顾小白喝了口咖啡，慢吞吞地说，跟周云鹏没关系，是想跟你谈谈丁保国。黎乐乐诧异地问，丁保国不是早就死了吗？顾小白说，发现了一点新情况，找你了解一下，你认识他吗？黎乐乐点头说，认识，我在报社是跑法制口的，很多单位的保卫部门都有我们的特约通讯员，丁保国就是其中比较活跃的一个，每年能在报上发表十几条通讯。顾小白问，你去过他家吗？黎乐乐回答得很干脆，去过一次，就在他出事前的头天晚上。顾小白追问，去干什么？黎乐乐说，我有个表弟，刚退伍回来，在家待业。我跟丁保国打过几次交道，觉得他这人比较热心肠，就想找他帮帮忙，能不能在豪森集团保卫科给我表弟安排个工作。顾小白质疑道，他那时候已经退休了，有这个能耐吗？李乐乐说，保卫科都是他的老同事，而且他跟周总私交不错，能说得上话。

录音机不知道什么时候停了，咖啡屋里响起电子琴弹奏的老歌《恋曲1990》。不用看，顾小白也知道是江蓝在弹。他摸出一根芙蓉王，放到鼻子前嗅了嗅，但没抽，他对黎乐乐说，你把去丁保国家的情况讲一遍。黎乐乐回忆了一下，说，那天晚饭前我给他打了电话，他问我什么事？我说找他帮个忙，晚上去他家里谈。其实这事电话也能说清楚，但我觉得还是亲自登门比较好，有诚意。我准备了个红包，你懂的，求人办事总不能空着手，他收不收是他的事，我不能不讲规矩。我是晚上七点多去的，进屋时，他在看《新闻联播》。说了没几句，他的手机响了，是他以前的同事打来的，说公司财务科的防盗门被撬了，请他过去看看现场。挂了电话，丁保国很抱歉地对我说，他虽然退休了，但豪森公司保卫科碰到什么棘手的事，还是经常请他出面解决，他要马上回公司一趟。我只好告辞，在电梯间，我简单地说了表弟的事，他说豪森集团这半年来盗窃案频发，保卫科还真有招人的计划。我把红包塞给他，他坚持不收。我也就没有勉强，心想等事成之后再来感谢。没想到第二天，就听说他在鹤风亭钓鱼时被马蜂蜇死了。我去了现场，简直惨不忍睹。头天晚上还谈笑风生的一个人，转眼就没了，真是世事无常啊。

在黎乐乐说话时，顾小白悄悄在手机上开启了语音聊天模式，办公区里的段宏可以同步听到声音，然后让刘凤娟即时核实谈话内容。在黎乐乐回忆结束，发表感慨时，核实的情况已经反馈到顾小白的手机上——丁保国出事前的头一天，十七时三十五分，黎乐乐给他打过电话，通话时长两分零八秒；十九时二十四分，丁保国接到豪森纸业集团值班保安的电话，保安说的内容跟黎乐乐反映的情况一致；十九时五十三分，丁保国驾车到了公司，勘查了现场，拍摄了一些照片，因为盗窃未遂，公司没有报案；当晚，丁保国没有回家，就睡在保卫科休息室；第二天上午十点，他驾车离开公司，直奔鹤龙湖躲风亭，这期间没有去任何其他地方……

江蓝过来给两人续了咖啡，又送了一碟坚果，她走后，顾小白问黎乐乐，第一次去丁保国家，除了红包，你没带点礼物吗？黎乐乐一愣，但表情旋即恢复正常，她模棱两可地回答，两个月前的事情了，记不太清楚了。顾小白敏锐地捕捉到了她表情细微的变化，于是拿出一张现场勘查时拍摄的照片，问道，那个黑色购物袋里的东西是你买的吗？黎乐乐端详着照片，似乎在回忆。

顾小白不动声色，紧盯着她看，发现她之前红润的脸色有些发白，而且眼神闪烁，焦点似乎没有集中在照片上。顾小白擅长心理分析，一个人登门求人办事，肯定会在着装、礼品、措辞上做好准备，也就是说，穿什么买什么说什么，都会仔细考虑，不可能轻易忘记。黎乐乐能记得进门时丁保国在看《新闻联播》，却不记得自己是否买过礼品，这显然不符合逻辑。她的回答之所以模棱两可，应该是不确定警方掌握了多少证据。如果证据不足，她可以否认。如果证据确凿，她可以假装刚刚想起来。黎乐乐的这种反应让顾小白断定，购物袋里的东西就是她买的，而且她在掩饰什么。顾小白没有催促，不急，让子弹飞一会儿。一个谎言往往需要好几个谎言来掩盖，在谎言叠加时再戳穿，比一开始就揭穿更有杀伤力。

黎乐乐缓缓抬起头，看着顾小白，但他的脸上没有任何表情，这让她的心里很没底。她说，我真的不记得了。然后试探着问，顾队，这个重要吗？顾小白点点头，很重要。黎乐乐继续试探，为什么？

顾小白指着照片说，看见那瓶橙汁了吗，我们在里面发现了大剂量的安眠药。

黎乐乐的脸更白了，鼻梁上沁出了汗珠。她惊讶地问，这怎么可能？顾小白不想绕弯子了，直接说，在橙汁瓶上发现了你的指纹。黎乐乐被一口咖啡呛住了，差点喷出来，她接过顾小白递的纸巾，擦了擦嘴说，我想起来了，当时丁保国要倒橙汁给我喝，我说不用，我的手可能不小心碰到了瓶子。顾小白说，如果橙汁是丁保国买的，上面应该有他的指纹，但没有。

黎乐乐说，橙汁和水果有可能是别人送给丁保国的，他还没有来得及从袋子里拿出来。顾小白静静地注视着黎乐乐，没有立即反驳。黎乐乐脸上的肌肉微微抽搐了一下，似乎是被顾小白刀锋一样的眼神刮疼了，她调侃道，顾队，你老盯着我干吗，审讯犯人呢？

顾小白没有回答，这是一种心理的较量，沉默有时候比语言更有力量。他很响地剥开一颗坚果，扔进嘴里细嚼慢咽，似乎在专心地听江蓝弹奏电子琴。他用眼角的余光瞥见，黎乐乐不断地变换坐姿，显得心神不宁。

黎乐乐终于沉不住气了，她合上电脑说，顾队，要是没别的事了，我就先走了，下午还有个采访。顾小白收回照片，意味深长地说，黎小姐到底是记者，洞察力很强，眼睛居然能透视。黎乐乐有点发懵，看见顾小白的目光停留在那张照片上，她猛然醒悟，购物袋是黑色的，只能看见露出袋口的橙汁瓶，根本看不见里面还有什么，但她刚才竟然说袋子内有水果，她顿时慌乱起来。

顾小白问，现在想起来了吗，袋子里的东西是不是你买的？黎乐乐迟疑了一下，点点头。顾小白继续问，那刚才怎么不承认？黎乐乐说，你不是说橙汁里有安眠药吗，我担心承认了说不清楚。顾小白审视着她，你的意思是说，安眠药不是你放在橙汁里的？黎乐乐肯定地说，当然不是。接着反问，我为什么要这样做？顾小白把那根揉皱了的芙蓉王塞回烟盒，说，我也想知道这个答案。黎乐乐渐渐平静下来，说，顾队好像认定就是我下的药，难道安眠药上也有我的指纹吗？顾小白说，从去年元月开始，一直到今年四月初，你在县人民医院购买了不少安定片，能告诉我这是为什么吗？黎乐乐轻轻一笑，记者都是夜猫子，我睡眠不好，每天都要吃安眠药。对记者来说，这再正常不过了。对了，药都是医生开的，有处方，购买不违规。顾小白也笑了，丁保国出事后，你就再也没上医院开过安眠药，这也很正常吗？黎乐乐说，以前开的没吃完，当然不需要再开药。顾小白问，那我跟黎小姐走一趟，能不能让我看一下你没吃完的安眠药？黎乐乐乱了方寸，支吾着，我，我忘了药放在哪了，得找找。顾小白咄咄逼人，你不是失眠吗，每天都要吃的安眠药怎么会不知道放在哪？

黎乐乐哑口无言，静默了一会儿，她说，我去上个洗手间。

顾小白没有阻止，他起身环视了一下咖啡屋，发现其他客人都离开了。江蓝走过来，问他，还需要点什么？顾小白掏出烟问，可以吗？江蓝点头说，少抽点，对身体好。顾小白心里滚过一阵暖流，说，职业病，戒不掉。江蓝拿来了烟灰缸，问道，刚才看乐的脸色很差，怎么了？顾小白说，跟她聊个案子，丁保国的。江蓝一脸惊诧，正要问什么，发现黎乐乐从洗手间出来，就把话吞了下去。顾小白说，把录音机开着吧。江蓝问，想听什么？顾小白迟疑了几秒说，《我终于失去了你》。江蓝浑身一颤，没说话，转身走了。

黎乐乐重新坐到顾小白对面，很明显，她刚才用水洗过脸，额前的刘海儿还是湿的，眼睛也有点红，不知是被生水刺激了，还是哭过。她默默地喝着杯子里残存的咖啡，录音机里放着赵传的《我终于失去了你》。听到这熟悉的旋律，顾小白有些分神，他狠吸了几口烟，极力让自己的注意力集中到对面这个女人身上。杯子里的咖啡见底后，黎乐乐说，没错，那个购物袋里的东西都是我买的，橙汁里的安眠药也是我放的。顾小白问，你下药目的是什么？黎乐乐目光森冷地说，我想让他快速睡过去，然后绑住他。顾小白在烟雾中迷惑地看着她，像在看一道深奥的几何题。黎乐乐说，找他帮我表弟安排工作只是个借口，那天晚上我去他家，就是为了找他求证一件事。可惜，我还没来得及下手，他就临时有事离开了，破坏了我的计划。更可惜的是，第二天他就死了。虽然死无对证，但我相信自己的判断。要不，老天也不会让他死得这么痛苦，这就是因果报应！

黎乐乐越说越激动，胸脯急剧起伏着，幸好顾小白早有准备，让江蓝放了磁带，掩盖了她的声音。顾小白问，你要找丁保国求证什么事？黎乐乐从包里摸出一盒薄荷烟，熟练地点了一根，说，不好意思，我冷静一下。顾小白点点头，他看得出黎乐乐内心波澜起伏，需要时间来平复。抽第二根烟时，黎乐乐优雅地吐了个烟圈说，是一件折磨了我十四年的事。顾小白在心里推算着，十四年前，那就是2004年夏天，他夹烟的手指一抖，似乎被那个夏天的阳光突然灼伤到了。黎乐乐没有马上说出那件事，而是反问，顾队，您还记得口罩色魔吗？顾小白说，当然，这是警察的耻辱。黎乐乐一字一句地说，丁保国就是！顾小白再也抑制不住惊诧，嚯地站起来，沉声问，你说丁保国是口罩色魔？

顾小白看见江蓝朝他这边张望，脸上表情疑惑，他感觉自己有点失态，抱歉地冲她一笑，重新坐下来，对黎乐乐说，你慢慢说，不着急。黎乐乐抽着烟，像是一朵散发着芬芳的薄荷，她满脸幽怨地说，我是受害者。顾小白内心翻江倒海，但努力让自己的声音平静，什么时候的事？最好具体到哪一天。黎乐乐不假思索地说，八月的最后一天。顾小白的声音高亢了几分，这不可能，你没有说实话！

顾小白清晰地记得江蓝受辱是那年的七月中旬，口罩色魔很可能被他那一脚踢废了，自那以后，这家伙再也没有出来作过案。黎乐乐有些生气，反问，我为什么要往自己身上泼脏水？你知道对一个女人来说，贞洁意味着什么吗？顾小白再次调整了一下情绪，说，对不起，我不是责备你撒谎，而是怀疑你记错了日期。黎乐乐摇摇头，坚定地说，这一天是我人生的拐点，我不可能记错！顾小白说，好吧，我告诉你一个秘密，但不是秘密的全部，我需要保护当事人的隐私，你必须答应我，不能透露给别人。黎乐乐颔首说，这个您放心，我采访时，经常会接触到当事人的隐私，但不该曝光的绝对不会曝光，这是记者的职业操守。顾小白就把在2004年七月中旬的那天晚上，萤火虫乐队成员围堵口罩色魔的事叙述了一遍，但他没有透露受害者是谁。他强调说，口罩色魔很可能下身受伤，无法再作案。黎乐乐悲愤地说，那更加没错了，绝对是这个混蛋！

江蓝找了个空当，又送来一壶咖啡和两杯柠檬水，黎乐乐感激地朝她笑了笑。等江蓝去换磁带，顾小白给黎乐乐倒了一杯咖啡，问，你为什么那么肯定？似乎是为了冲淡内心的愤懑，黎乐乐一口气喝了半杯没加糖的咖啡，然后开始痛苦地回忆道，那一年我才十二岁，刚刚小学毕业；平常晚上，如果不是跟爸妈一起，我从不会独自出门，但那天晚上是个例外，因为第二天就要开学上初中了，我觉得自己是个小大人了。吃完晚饭，我和几个小学同学去滑冰，就是县花鼓戏剧团旁边的那个溜冰场，你应该去过。顾小白点点头，他确实去过。每次溜冰的时候，他都能听见墙那边有人唱花鼓戏，去得多了，他能踩着唱腔的节奏溜冰。

黎乐乐继续回忆道，我是九点钟从溜冰场出来的，我家在变压器厂，没有小伙伴跟我同路，我只能一个人走回去。走到新华书店门口，一个穿白大褂、戴口罩的中年男人拦住我，他推着一辆自行车，问我是不是叫黎乐乐？我很纳闷，问他怎么认识我？他说我爸妈告诉他的，还说我爸妈煤气中毒，正在县人民医院抢救，要我赶紧过去一趟，说不定是最后一面。我吓蒙了，哭都不会哭，更没有去想他话里的种种破绽——大晚上的，又没有做饭，我爸妈怎么会煤气中毒？还有，既然我爸妈在抢救，又怎么会叫他来找我？

顾小白的心紧缩起来，似乎看到一幕悲剧即将上演。他忍不住插了一句嘴，那个男人怎么知道你的名字？黎乐乐说，事后回想起来，我在溜冰时，看见一个白大褂站在场外，应该就是他。我有个女同学不会溜冰，老摔跤，不断叫我帮她，可能就在那个时候，白大褂听到了我的名字。在孩子的眼里，医生都是白衣天使，我丝毫没有怀疑他。坐上他的车到了人民医院后，他把我带到一座平房前，我稀里糊涂地跟着他进去了。里面阴冷阴冷的，有股很重的消毒水味，但一个人都没有，只有十几张带轮子的铁床。我也是后来才知道，这里是太平间。他把门反锁，说我爸妈在无菌病房，担心我去探视会把细菌带进房间。他叫我躺在床上，把衣服脱光，他要给我的全身消毒。我真蠢，竟然信了。

顾小白默默地喝着冰镇柠檬水，试图浇灭在胸腔中燃烧的怒火。黎乐乐说，当他脱下自己的裤子时，我才反应过来，他是坏人。我想跑，他拿出一把匕首威胁我，跑就杀了我，还要杀我爸妈。接着他又拿出一部照相机，给我拍了很多照片，没穿衣服的那种。他说，如果我敢报警，他就把这些照片贴到我的学校去，让所有的同学和老师都看见。我吓坏了，再也不敢反抗了。那时候我还没学生理卫生，对男女之间的那种事完全不懂。长大成人后我才明白，其实他并没有真的跟我发生性关系，他好像丧失了性功能。

顾小白把冰镇柠檬水喝得一滴不剩，冷静了许多，心想，这就对了，自己那一脚果然踢爆了口罩色魔的祸根。黎乐乐伸手去拿自己的薄荷烟，发现烟盒空了，她找顾小白要了根芙蓉王，点燃后，接着说，也许正是因为有生理缺陷，那个人心理极度扭曲。当时他的手使劲地在我身上蹂躏，还用牙齿咬，我被他用一种很变态的方式夺去了贞操。我疼得实在受不了，猛地坐起来，一口咬住了他右手的小手指。他抓住我的头发，疯狂地打我，要我松口。我没有松，而是用力咬掉了他的一截指头。他痛得发出一声惨叫，松开了我。我趁机穿上衣服，打开门，跑出去了。

顾小白问，你看清楚他的长相了吗？

黎乐乐大口喘息着，似乎回到了十四年前那个恐怖的夜晚，回到了逃亡途中。她说，没有，整个过程他一直戴着口罩，说的是普通话，还戴了一副眼镜，显得文质彬彬。顾小白暗骂，难怪一直逮不着这狗日的，太他妈狡诈了，居然改变了作案风格——不戴黑口罩，戴白口罩；不说四川话，说普通话。但他敢肯定，这两个王八蛋是同一个人。

黎乐乐继续回忆着，我一口气跑回了家，一进门就瘫倒在地。爸妈发现我身上有血，都急了，问我是不是溜冰时摔伤了？我这个时候才知道哭，哭了足足半个小时，我才把晚上的遭遇告诉了他们。我爸当即要报警，但被我妈阻止了，原因你懂的，碰到这种事，女人想的比男人更复杂。我爸最终打消了报警的念头，但他跟疯了似的，每天晚上腰间别了把杀猪刀，到处在外面找那个变态，说要剁了他。但找了几个月，一根头发丝都没找着。

顾小白心中直叹气，多好的一个抓住变态色魔的机会啊，又被浪费了。黎乐乐咬断那混蛋的手指头，身上有他的血，一验DNA就能锁定身份。但他也能理解黎乐乐母亲的顾虑，对家长来说，有时候保护孩子隐私比伸张正义更重要。

黎乐乐说，从那个晚上开始，我的生活就改变了。从活泼开朗变得沉默寡言，我不敢跟男生打交道，他们碰一下我都会尖叫。在学校我成了怪胎，被所有人孤立。我经常自残，有一次失血太多，差点死掉。爸妈把我送到医院，不敢对医生说实话，谎称我是早恋，被他们责备了才自残。在医生眼里，我成了问题少女，那种鄙视的眼神我到现在还记得。说到这里，黎乐乐撩开左边的袖子，露出手腕，上面有一道道的刀疤，看得顾小白心惊肉跳。

似乎是在恢复体力，黎乐乐停顿了好一会儿才接着说，每次去医院我都很抗拒，因为只要一看见白大褂我就会想起那个变态，就会全身发抖，想吐，抽搐。后来，我为了不去医院，就再也不自残了。这种状况一直持续到高中毕业，可以说，我的整个中学时代都是在恐惧和噩梦中度过，我一个朋友都没有。对了，我这样说可能不够准确，这期间我遇到过一个人，给了我很多关心，我的精神状态好了不少。但他后来去了别的地方，我的自闭症又复发了。顾小白问，这个人是谁？黎乐乐说，这是我的秘密。顾小白没有追问，每个少男少女都有一个不愿示人的秘密，大都与春天有关，他尊重秘密。

黎乐乐说，到长沙上大学后，我的专业是新闻学，但我辅修了心理学。经过自我诊断，我发现我有抑郁症，如果任凭病情发展下去，我的一生就毁了。我不甘心那个恶魔毁了我的童贞又毁了我的人生，我开始自救——锻炼、唱歌、鼓起勇气跟异性交往，上台演讲，甚至吃药。读完四年大学后，我终于走出了那个噩梦。

顾小白问，你怎么确定丁保国就是口罩色魔？

黎乐乐看着窗外，眼神有些涣散，她说，有一次报社举行特约通讯员培训班，丁保国参加了。我注意到他右手缺失了一截小指头。一开始我以为是巧合。但发现他在悄悄服用雄性激素，我就觉得有问题了，他应该是生殖功能出现了障碍才吃这种药。还有，他喜欢摄影，照相机总是随身携带，这些特征都很符合那个色魔。顾小白说，这三个理由都很牵强，只能说他有犯罪嫌疑，还不能构成有效证据。黎乐乐说，顾队，您听我说完。那个晚上，我穿的裙子上有那个混蛋的血，我爸一直没扔，因为他从来就没有放弃过报案的想法，但一直很纠结。我找了个机会，在丁保国车子的驾驶位上，收集了他的几根头发，然后把裙子上的血样和头发一起送到亲子鉴定机构。结果显示，是同一个人的DNA。我知道有这些证据还不够，他可以反诬我陷害他，毕竟时间过去了那么久。

所以，我花了几个月时间收集安眠药，溶解在那瓶橙汁里，想骗他喝下。等他昏睡过去后就用绳子绑住他，逼他交代罪行。

说完这些，黎乐乐似乎耗尽了全身的力气，她疲惫地靠在卡座上，像一株被烈日榨干了水分的向日葵。听这样的故事也是需要体力的，顾小白同样虚弱不堪。十四年前，那个仲夏之夜发生的一切，像露天电影一样在他脑海里重新放映。他原以为那是恶魔最后的疯狂，没想到还有续集，而且更惊悚。他更没想到，剧中的那个变态曾经就生活在他身边，每天抬头不见低头见。在他半是明媚半是忧伤的青春岁月中，还有多少隐藏在黑暗中的秘密是他没有窥破的？

黎乐乐突然说，顾队，我看过萤火虫乐队的演出。

顾小白诧异地问，什么时候？

黎乐乐凝视着虚空，说，2004年夏天的一个夜晚，在变压器厂，我外公的丧事上，他生前喜欢唱红歌。

青春密码

1

有时早晨醒来，顾小白觉得太阳落在墙上的光影就像一个符咒。有一次他路过长沙开福寺，觉得盘旋在寺庙上空的香火如同一道偈语，充满了玄机。太平街那些长长短短的青石板，也像极了神秘的阴阳八卦。这让他经常产生一种莫名的臆想，组成世界的基本元素就是秘密。任何生物体的遗传基因都是有密码的，每个人都是秘密的结合体，包括生和死，爱与恨，都是如此隐秘而诡异，闪烁着奇幻的光泽。

跟黎乐乐的对话接近尾声时，顾小白给刘凤娟发了条消息，叫她过来陪黎乐乐回家提取物证——把沾有丁保国血迹的裙子带回去做鉴定。刘凤娟问，顾队，黎乐乐下药这件事怎么定性？顾小白想了想，回复说，黎乐乐下药没有造成任何危险性后果，训诫一下就可以了。如果丁保国确实是传说中的口罩色魔，那她的检举就是立了大功。但一定要注意保护她的隐私，谁泄密我处分谁！

二十几分钟后，身穿便衣的刘凤娟过来领着黎乐乐离开了咖啡屋。看着窗外丝丝缕缕的梅雨，一种复杂的情绪像水流一样在顾小白心头漫卷。隐匿了十几年的口罩色魔终于浮出海面，他却没有任何欣快感。他仔细回忆着少年时期的种种过往，他跟踪过纸厂的许多人，但似乎从来没有跟踪过丁保国。在他的印象中，丁保国刻板、严肃，不好接近。平常也不爱跟女性打情骂俏，没有任何绯闻。但偏偏就是这样一个人，在暗黑的世界里化身变态色魔，犯下了滔天罪行。真相实在是过于荒诞和残酷，顾小白有些难以接受。

黄昏时分，江蓝委婉地表示要回家吃饭。顾小白起身说，那我开车送你吧。江蓝连忙说，不用了，就十几分钟的路，走走有益身体健康。顾小白说，反正我要去趟丁保国家，顺路。在顾小白的坚持下，江蓝没再拒绝，出门上了他的车，坐在后排。一路上两人默默无言，好几次顾小白想说点什么，但话到嘴边又吞了回去。他在后视镜里看见，江蓝一直凝视着窗外，完全没有跟他交流的意思。挡风玻璃在雨刮下忽而模糊忽而清晰，就像渐行渐远的少年时光。

顾小白把车开到小区单元楼门口，让江蓝先下车，他去找车位。等他停好车回来时，江蓝已经走了。尽管他并不意外，但还是有些失落。一种深深的挫败感油然而生，这些年积攒的那些骄傲瞬间土崩瓦解。他努力转移注意力，朝天空大张着嘴，深吸了几口湿润的空气，似乎要把整场梅雨都吞进胸腔里。当感觉浑身的每个细胞都变得冰冰凉凉时，他进入电梯间，跟上次一样如法炮制，打开了丁保国家的门。上次他是来寻找那部单反，这次他是来捕捉丁保国可能留下的犯罪信息。目的不同，观察的视角也就不同。在衣柜一个上锁的抽屉里，他找到了几盒激素和两部岛国生活片。在卫生间的一个壁柜里，他发现了丁保国的骨灰盒，跟半瓶厕洁净和两把马桶刷子放在一起。

在父亲的丧事上，丁俊表现得比较冷漠，顾小白还能够理解，毕竟每个人表达感情的方式不一样。但把父亲的骨灰放置在堆放厕所用品的地方就不可理喻了，这完全是违反人伦，是大逆不道，难道这父子俩之间有什么深仇大恨？凝视着骨灰盒上丁保国的照片，顾小白突然想到了什么。他掏出手机，拨打了丁俊的号码，那边过了很久才接听，一个瓮声瓮气的声音问，什么事？顾小白说，是我，你能回来一趟吗？丁俊反问，有这个必要吗？顾小白说，关于你爸的案子，我想跟你当面谈谈。丁俊不耐烦地说，人都死了，有什么好谈的？顾小白再次把目光投向丁保国的照片，说，那些受害女性都还活着，我要给她们一个交代。

丁俊沉默了一会儿，声音变得越发浑浊，像是从泥潭里发出来的，他说，今晚八点有趟航班飞长沙，我应该能赶上。

从深圳飞长沙要一小时，从黄花机场到这座小县城驱车要四十多分钟。顾小白在餐厅里找到了一包泡面，又烧了点开水，然后慢条斯理地吃喝起来。这种简朴的生活对他来说是常态，有一次为了抓捕杀人碎尸案的主犯，他在臭气熏天的公厕里蹲守了三天三夜，脚下全是他用皮鞋踩死的蛆。

吃泡面时，顾小白给段宏打了个电话，叮嘱他去机场接丁俊，然后问单反内存卡的数据恢复了没有？段宏说还没有，负责数据恢复的技术员小宋出差了还没回来，不过应该快了。顾小白有些无语，县里的技侦力量也太弱了，有些专业性比较强的事离了负责人就玩不转，连个备用的人才都没有。吃完泡面，顾小白本来想到江蓝家喝杯茶，但想了想又打消了这个念头。他关掉灯，坐在客厅的沙发上冥想。一些不可名状的物质从黑暗中渗透出来，渐渐弥漫到了整个房间。他很熟悉这种物质，在每一个犯罪现场都能感觉到。它们有时是液体，有时是固体，有时是气体。有时是三角形，有时是圆锥形，有时是菱形。第一次来丁保国家时他就感觉到了，但那时他以为是窃贼留下的，现在才知道误判了，应该是丁保国留下的。尽管现代刑侦学还不能从理论上证明犯罪气场的存在，但他坚持认为，这种气场是存在的。不仅存在于犯罪现场，也存在于嫌疑人经常活动的场所。案件越重大，气场也就越强大，游离在空气中的那些不安和危险的暗物质也就越多。

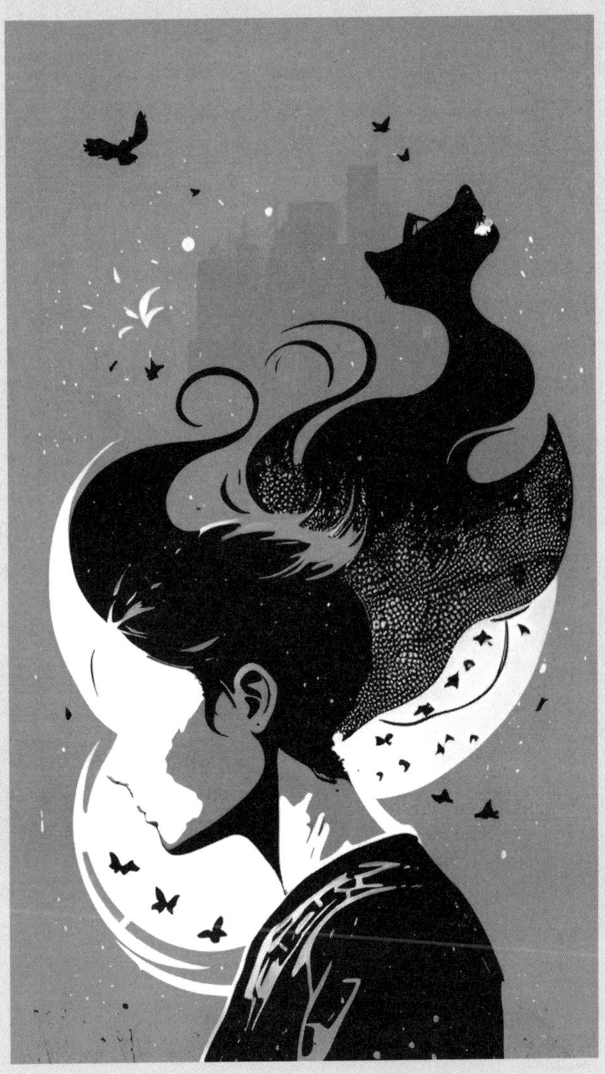

晚上十点五十分，段宏把丁俊从机场接回了水岸东湖小区。顾小白发现丁俊跟他记忆中的形象相差不大，身材壮硕，头发蓬乱，表情无悲无喜，只是鼻梁上多了一副黑框眼镜。就跟下午和黎乐乐交谈一样，顾小白悄悄开启了语音聊天模式，要段宏留在车上记录他和丁俊的对话。

客厅里只开着一盏落地台灯，丁俊坐在橙黄色的暗影里，半张脸模糊不清，他自顾自地点了一根玉溪。顾小白说，我记得你不抽烟。丁俊说，不，我一直都抽。顾小白有些诧异，在他印象中丁俊是个五好学生，没有任何不良嗜好，连脏话都没说过一句。难道他的大脑皮层跟电脑一样被输入了某种错误的指令，产生了乱码？丁俊说，记忆是靠不住的。顾小白点点头，也许吧，哦，这个不重要，说说你爸的事。

丁俊问，你们掌握了多少情况？顾小白圆滑地回答，该掌握的都掌握了。丁俊说，有一个情况你们肯定没掌握。顾小白问，什么情况？丁俊把目光转向窗外的夜色，缓缓地说，我妈是被他谋杀的。顾小白猛然一惊，这个太出乎他的意料了。因为湘江造纸厂的所有人都知道，丁保国的妻子是死于熨斗漏电，那时候丁俊刚刚上初中。丁俊说，导致我妈触电的那只熨斗不是我家的，是他从外面带回来的，外观跟家里的熨斗一模一样，但电线的绝缘层早已破损。他偷偷地把熨斗调了包，我妈高度近视没有发现，所以被他得逞了。顾小白竭力掩饰住震惊，问道，你怎么知道的？丁俊说，我亲眼看见他调的包，但当时不知道他要干什么，我妈死了我才明白过来。

顾小白问，你爸为什么要谋杀你妈？

香烟在丁俊的嘴上一明一灭，就像坟地里的鬼火，他说，因为我妈知道了他的那些丑事。顾小白追问，你妈是怎么发现的？丁俊往地上弹了弹烟灰，丝毫不顾及会弄脏地板，他说，我妈看到了那些女人的照片。顾小白陡然醒悟，口罩色魔每次作案时，都会拍摄受害者的裸体，以此为要挟，警告受害者不要报案。当然，也不排除口罩色魔有收藏裸照的变态嗜好。丁俊说，当时家里有个保险箱，他把那些照片藏在里面。有一天可能是忘了锁，被我妈发现了。我妈要去报警，他跪在地上发毒誓，说以后绝对不会再干这种伤天害理的事了，要我妈原谅他。我妈心软，就答应了。但他其实用的是缓兵之计，没多久就将我妈灭口。

顾小白不敢置信地问，他们会当着你的面为这种事吵架吗？丁俊的目光始终望着窗外，似乎在跟夜色对话，他说，不，是我偷听到的。

同学多年，顾小白发现自己从来没有真正了解过丁俊，一直以来，他就像个另类，特立独行，沉默而孤傲。现在，顾小白终于明白丁俊上初中后为什么突然性情大变了——自己敬重的父亲一夜之间沦为可耻的强奸犯，而且用卑劣的手段谋杀了他的母亲，他悲伤、愤怒、怨恨、不解、无助，他幼小的心灵如何能背负这沉重如铁的十字架？

在这个清凉的梅雨之夜，这座湘江边的小城陷入一种奇怪的寂静。丁俊继续说，他并不知道我发现了他的秘密，以为我性格变得孤僻是因为母亲去世。或许是出于补偿心理，他对我比以前更好了。但他对我越好我越厌恶，如果没有必要，我可以整天不跟他说一句话，完全是零交流。顾小白插了一句嘴，你为什么不举报？丁俊用手拢了拢凌乱的头发说,想过举报,而且不止一次,但最后都放弃了。顾小白问,你怕成为孤儿?丁俊说,不是!对你们来说,也许孤儿是悲惨的可怜的,但对我来说,孤儿是幸福的。因为我无时无刻都想摆脱他的控制,把他屏蔽在我的世界之外。我没有举报他,是担心举报后别人会耻笑我,骂我是强奸犯和杀人犯的儿子。母亲被害后,我更加发奋读书,就因为我知道,只有考上大学才能离开这个罪恶的家庭,摆脱他对我生活的影响。高考前夕,他对我说,如果我落榜了,他会安排我进厂保卫科工作。我听了不仅没有半点欣喜,反而一阵心惊肉跳,因为这意味着我往后余生都要面对这个恶魔,那太可怕了,我会疯的!所以我拼命复习,从某种意义上来说,我考上大学有他一份功劳。

顾小白把几盒激素放在丁俊面前,问道,你爸什么时候开始服这种药的?丁俊瞥了一眼药,不假思索地说,2004年夏天,他作恶时被人踢伤了命根子。为了避人耳目,药是他专程跑到两百多公里外的武汉开的,好像是协和医院,我见过病历,医生建议他终生服药,这也算是一种报应。我还见过他的日记,每次作案后他都会详细记录过程。他命根子受伤后,再也不能做那种事了,却更变态了,他会用一种更残忍的方式侵犯受害者。对了,那个暑假的最后一天也是他最后一次作案。那个受害者的名字我到现在还记得,叫黎乐乐。

顾小白感觉夜的深处似乎发生了某种碎裂,有更多的暗物质从裂口流淌出来。丁俊看出了他的疑惑,解释说,那天晚上我去溜冰场玩,里面有个小女生溜得特别好,跟只小燕子似的。看见我接连摔了几次,她还主动过来教我溜冰。我听到跟她一起来的女生叫她黎乐乐,好像是小学刚毕业。就在我准备壮着胆子问她是哪个学校的时,我发现他来了!虽然他穿着白大褂、戴着口罩和眼镜,推着一辆我从没见过的自行车,但我一眼就认出了他。看见他直勾勾地盯着黎乐乐,我当时就意识到了不妙。果然,散场后,黎乐乐被他骗上了车。我在后面拼命追,但没追上。那晚他回家后,身上都是血,右手还少了一截小指头,应该是被那个小女生咬掉的。我多年来压抑的愤怒像火山一样爆发了,我抄起一把菜刀说要为母亲报仇,要为民除害,然后自己再抹脖子。他吓坏了,夺下我的菜刀,哀求我千万不要伤害自己,他保证不会再干这种禽兽不如的事了。看到他跪在地上痛哭流涕,不断地抽自己耳光,我心肠一软,就答应了。就在那天晚上,他烧掉了作案用的假发、口罩、眼镜,还有照片和日记。顾小白问,你爸跟谁学的四川话?丁俊说,跟电视里学的,他喜欢看四川方言的影视剧。他反侦查意识很强,为了迷惑警方,从不抽烟的他作案前会故意抽几根香烟,弄出一身烟草味,还故意戴一副眼镜,让被害人误以为他是近视眼,其实是平光的。丁俊把目光从夜色中收回,说,小白,我真的很感激你。

顾小白有些愕然,问,你感激我什么?丁俊说,我后来分析他停止作恶的原因,一是害怕我真的自杀,断了丁家的香火;二是你那一脚废了他的命根子,让他有色心却发泄不了兽欲,这对他来说是一种痛苦的折磨。顾小白更惊讶了,因为2004年夏天那个关于江蓝的秘密,只有他和胡浩、许国巍、彭大年几个人知道,他们发过誓要一辈子保守秘密。他问丁俊,你怎么知道那一脚是我踢的?丁俊隐藏在镜片后面的眼睛闪烁着幽光,他说,是马小燕透露的。紧接着又补充道,就在孟海老师遇害前几天。

在讲述中,丁俊还原了十三年前那个夜晚发生的一幕——马金龙在县人民医院做了胆囊切除手术,周云鹏约了丁保国一起去探望。正好马小燕来送饭,马金龙叮嘱她回家注意安全,不要走光线不好的巷子,当心碰见那个口罩色魔。马小燕满不在乎地说,那个变态已经成太监了,不会再出来作案了。马金龙问她怎么知道的?马小燕就道出了2004年夏天江蓝差点被侵犯的秘密,说是彭大年告诉她的。马金龙认为这个情况很重要,就让丁保国第二天去公安机关报案。

那些暗物质从顾小白的身体内密集地穿过,他扔了一根芙蓉王给丁俊,问道,你爸是怎么把这件事搪塞过去的?

丁俊默默地抽了半根烟,才接着说,他被你踢伤后,不敢马上去医院看病,而是在乡下找了一个治跌打损伤的老郎中。因为怕碰到熟人,就要我每个礼拜去郎中那里取药。有一次,我在取药时碰见了周云鹏,他来看风湿。当时他问我来看什么病,我假装没听见,骑着单车一溜烟跑了。后来他肯定从老郎中那里得知了我来取药的原因,但这属于隐私,他当时应该没在意。2005年的那个夏天,周云鹏去医院看望马金龙时,听到马小燕说起口罩色魔变成太监的事,他肯定反应过来了。

顾小白心想,以周云鹏的精明,肯定能猜出丁保国就是口罩色魔,因为丁俊去取药的时间,跟口罩色魔受伤的时间太吻合了。丁俊说,当晚他回家后六神无主,说自己可能暴露了,抓到后肯定会判死刑。他开始交代后事,告诉我家里有多少存款,存折密码是多少,还说谁谁谁借了他多少钱,没打借条。整个晚上他都像一条癞皮狗瘫坐在地上,一会儿哭,一会儿絮絮叨叨,说对不起我和我妈。如果有下辈子,他一定好好照顾我们母子俩。我一点都不同情他,我也不希望下辈子碰见他,哪怕他是亿万富翁,我也不稀罕做他儿子。折腾到第二天早晨,他说要去自首,争取宽大处理。但还没出门,周云鹏就来了,提着一个蓝色挎包。

顾小白问,周云鹏这么早来你家干什么?丁俊说,一开始他以为周云鹏是领着警察来抓他的,脸都吓白了。但周云鹏是一个人来的,说找他谈谈摄影方面的事,豪森公司要拍一些照片用来做宣传。两个人关上门,在卧室谈了一个多钟头。周云鹏走后,他跟我说,不用自首了,周云鹏跟他达成了一个交易。顾小白问,什么交易?丁俊说,周云鹏有个亲侄子吸毒被抓,要他帮忙捞人,因为他这个保卫科长在公安机关有很多熟人。作为交换,周云鹏答应把他的秘密烂在肚子里。至于马金龙那边,周云鹏可以帮他打掩护,就说他已经报案,但公安机关没有受理,认为这是几个少年胡编乱造的恶作剧,不足采信。

顾小白努力想象着改变丁保国命运的那个早晨,他给儿子丁俊讲述的是真相吗?顾小白有印象,豪森公司有个女员工是口罩色魔的受害者,据说她还跟周云鹏传出过绯闻。周云鹏怎么会为了侄子的自由让口罩色魔逍遥法外?而且,吸毒最多也就劳教几年,周云鹏犯不着冒包庇罪的风险去帮丁保国脱罪,这个代价太大了。周云鹏是个人精,不太可能做这种得不偿失的交易。

但如果这不是真相,真相又是什么呢?

丁俊去了趟卫生间，回来后鼻翼上有细碎的水珠，显然洗了把脸。他的睫毛很女性化，又长又翘，像开屏的孔雀。他很神秘地问顾小白，你知道那个蓝色挎包里是什么吗？顾小白突然意识到自己忽略了这个细节，他还没有来得及回答，丁俊就说，是一支猎枪，五连发！这句话像黑夜里的一把锥子，陡然刺痛了顾小白记忆深处的某根神经，他不可思议地问，真的是枪？丁俊点点头说，过了几天枪就不见了，那个蓝色挎包也不见了。顾小白追问，周云鹏为什么要送枪给你爸？丁俊擦了擦眼镜片说，不知道，我也没问，他的事情我一般不打听，除非他主动告诉我。顾小白迫不及待地问，枪是什么时候不见的？丁俊说，孟老师被害那一天。顾小白还没从惊愕中回过神来，丁俊又说，我还记得那支枪是哮天犬牌，编号中有四个阿拉伯数字——8763，跟我的生日一样，我就是87年6月3日出生的。

丁俊的话像一道球状闪电瞬间击中了顾小白，他的脑袋有一种缺血的晕眩。杀害孟老师的那支猎枪的编号，最后四位数字正是8763！也就是说，杀人凶器根本不是江蓝父亲私藏的，而是来自周云鹏，而且经过了丁保国的手。但至于是不是丁保国用这支枪杀害了孟海老师，顾小白暂时不敢断定，还需要证据，但他觉得丁保国的杀人嫌疑很大。不过有一点现在毋庸置疑，江蓝是背锅的！

丁俊得知蓝色挎包里的那支枪就是杀害孟老师的枪时，也相当震惊，他说，保卫科经常会协助警方收缴一些管制刀具和枪械，平时也有人会把这些东西交到他手里，再由他转交公安机关。所以我当时并没有在意，更没有把周云鹏拿来的枪跟遗留在案发现场的枪联系在一起。如果我知道他是凶手，肯定会举报，因为我很尊敬孟老师。而且，我，我也很喜欢江蓝，我不愿意看到她背这个黑锅。丁俊说完沉吟不语，似乎某段隐藏在黑暗中的往事被照亮了，眼睛在镜片后面熠熠闪光。

顾小白问，你爸跟孟老师有没有什么矛盾？丁俊摇头说，没有，至少我没发现。顾小白相信丁俊说的是实话，保卫科和子弟学校几乎没有交集，丁保国不可能跟孟海发生什么矛盾，更不可能有血海深仇。图财也不像，丁保国家的条件在纸厂算是比较好的。既然杀人凶器来源于周云鹏，丁保国很可能只是一个枪手，是受雇杀人。但周云鹏跟孟海的生活更无交集，两人也许连一句话都没说过，甚至互相不认识，周云鹏为什么要指使丁保国枪杀孟海？难道周云鹏并非雇主，真正的雇主另有其人？顾小白认为，谋杀才是那个早晨周云鹏和丁保国在卧室里密谈的内容，而非什么捞人。案发那天中午，孟海之所以蹊跷地出现在防空洞里，很可能是被丁保国用电话骗过来的。周云鹏则是利用丁保国不可告人的犯罪秘密，把他当枪使，完成了一桩蓄谋已久的杀戮。事后，丁保国又利用自己保卫科长的身份，炮制伪证，误导警方破案。

让顾小白郁闷的是，丁保国和周云鹏都已相继死亡，线索断失，目前除了丁俊的口供，没有任何证据表明孟老师的被害跟这两人有关，也就没有办法给江蓝翻案。短信提示音突然响起，就像秋夜旷野里的蛐蛐声，顾小白掏出手机一看，是技术员小宋问，顾队，您休息了没有？顾小白回复说，还没有，有什么事？小宋说，我出差回来了，刚刚恢复了丁保国那部单反的内存卡数据，果然有张删除的照片。顾小白急忙问，照片上有人吗？小宋说，没有，是一辆电瓶车，能看见车牌。顾小白抑制住激动的心情，说，你把照片传给我，辛苦了。很快，小宋发来了一张照片，在几棵开花的桃树下，停着一辆很旧的电瓶车，车上一个全封闭式的头盔，车牌号清晰可辨。从这张照片来看，丁保国在摄影方面的确有较深的造诣，他很会捕捉拍摄角度——繁花和旧车叠映在一起，有一种颓靡的美。

丁俊起身倒了两杯水，他看到了顾小白手机上的照片，随口说，在送枪的那个早晨之前，周云鹏从来没有到我家来过。顾小白说，这是你爸出事那天拍的照片，被人删除了。丁俊平静地问，周云鹏跟他的死有关吗？顾小白说，暂时不能下结论，但这是一个重大发现。看着暗影里的那张脸，顾小白突然注意到，整个夜晚，丁俊提起丁保国时，都没有称呼爸爸或者父亲，而是用他代称。显然丁俊只是把丁保国当成血缘意义上的父亲，在感情意义上他早已是陌生人。

已经凌晨一点半，丁俊打着哈欠说，这次他回来会多住些日子，把老家的房子卖了再走。如果这几天警方有需要，可以随时找他了解情况，以后他可能不会再回来了。顾小白知趣地起身告辞，说谢谢他的配合。顾小白非常理解丁俊的心情，老家对他来说就是一道隐疾，离得越远后遗症越轻。送顾小白出门时，丁俊下意识地看了一眼对面的江蓝家，嘴唇翕动了几下，欲言又止。顾小白问，你还有什么话要说吗？丁俊没有回答，他站在走廊昏暗的灯光中，神情恍惚，像个梦游患者。突然，他转身进入卫生间，顾小白跟了过去，发

现他从壁柜里拿出父亲的骨灰盒，将满满一盒骨灰全都倒进了马桶中。在顾小白还没来得及阻止时，丁俊已经摁下了冲水键。呼啦一声，丁保国留在这个世界上的最后一点生物学痕迹荡然无存。顾小白吃惊地问，你为什么要这样做？在他看来，丁保国虽然罪大恶极，但作为死者，应该得到尊重。丁俊把骨灰盒往墙角随意一扔，说，我看过他拍的那些照片，里面，有江蓝。

这一次，顾小白感觉击中自己的不再是闪电，而是天外陨石，他的整个身体，不，整个灵魂都快被气化了。虚脱了几分钟后，顾小白猛地揪住丁俊的衣领，吼道，你他妈撒谎！你爸欺负江蓝那次，根本没有得逞，哪来的照片？丁俊面无表情地说，不是2004年那次，是2003年夏天的事。照片上有时间，我记得是八月中旬。

顾小白的手松开了，如果丁俊所言非虚，十三年前的冬至，江蓝怀孕十五周就没有任何问题。换句话说，导致江蓝怀孕的并非孟海，而是丁保国。江蓝和孟老师根本就没有发生过性关系，两人是非常纯洁的师生情。丁俊整理了一下衬衣领口，继续说，我还看了他写的日记，侵害地点在江蓝家里，是晚上。当时江蓝在弹电子琴，她外婆不在家，可能去串门了。那是他第一次在实施犯罪时没戴套，忘了，因为江蓝实在是太漂亮了。后来他一直对江蓝念念不忘，所以又有了2004年夏天那次，幸好这次没得逞。

顾小白颓然地蹲在地上，薅着自己的头发，喃喃道，别说了！

照片和日记都已在丁保国点的一把火中灰飞烟灭，对于警方来说，这是证据的灭失，是极其遗憾的事。但对于顾小白个人来说，是一种庆幸，他不用再直面江蓝

那段惨痛的经历。否则，那些影像那些文字会如同刀锋一样切割他的心。

丁俊递给顾小白一根烟，真诚地说，对不起，我知道你很喜欢江蓝。我本来不想透露这个秘密，但江蓝怀孕那件事一直让我很疑惑，我怀疑是他干的，而不是孟老师。我也不相信江蓝会误杀孟老师，这其中肯定有隐情。我希望我提供的线索能帮你解开谜团，还孟老师和江蓝一个清白。如果线索对破案没用，小白，请你务必保密，不要再让第三个人知道这件事。

顾小白忘了自己是怎么走出单元楼的，直到段宏下车跟他打招呼，他才回过神来。两人坐到车上，四周安静得出奇。顾小白把小宋在内存卡上的发现告诉了段宏，要他根据牌照追查那辆电瓶车的来历，并且查一查2005年夏天，周云鹏是否有个侄子因为吸毒被抓。段宏已经从语音中得知顾小白和丁俊的谈话内容，他兴奋地说，7·12系列强奸案、孟海枪杀案，还有丁保国和周云鹏的案子，全都串联起来了。这可是连环奇案啊，要是都破了，肯定能上央视的《今日说法》！

顾小白放低座椅靠背，打开天窗，一滴夜露无声无息地落在脸上，他说，也许马金龙的案子也是其中一环。段宏颇感诧异，他说，顾队，马金龙是死在家里，如果他的死有问题，那他的家人就有问题，这不合情理啊。马金龙的糖尿病并不影响他的正常生活，他不需要任何人照顾，家人没有任何理由谋杀他。反而是他死了以后，少了一份优厚的退休金，对家里人来说是一种损失。顾小白没有解答段宏的质疑，他现在思绪纷乱，还没有梳理好。这几天出现的新情况太多了，如同暗夜里的火花频频闪烁，让他有种微盲的感觉，他需要时间去适应这种突如其来的光线变化。手机就在这个时候响了，顾小白看了一眼来电显示，是胡浩打来的。他皱了皱眉，记忆中，胡浩从来没有这么晚给他打过电话。

刚一接通，顾小白就听见胡浩惊慌失措的声音：

小白，我不管你在哪，在干吗，赶紧过来，大年出事了！

2

彭大年出事的地方在樟树港镇鲶鱼村，附近有一座拥有皇家血脉的西林禅寺——相传安史之乱时，唐朝一些皇室成员南逃至此，感慨世事无常，心灰意冷，削发出家。千百年来，寺庙香火不绝。顾小白来这里春游过，是和胡浩几个骑着自行车来的，那还是初二。庙里有几株老梨树，每到春天枝头就雪白一片，在古寺红墙绿瓦的衬映下，很有唐诗宋词的意境。但让顾小白印象最深的还是墙边的一口古井，深邃幽冷，宛如一只看破红尘的慧眼。

顾小白和丁俊交谈的这天晚上，胡浩、许国巍和彭大年去了长沙解放路的橙子时光酒吧。新闻里说，过几天这家酒吧就要拆除了，一起被拆的还有周边的十几栋民国老房子，这里要建一个大型商业中心。橙子时光留下了胡浩、许国巍和彭大年的青春记忆，那里是他们的造梦工厂，也是梦想折翼的地方。没有那段橙子一样酸甜青涩的时光，就没有他们现在的蜜糖生活。因此，三人相约在酒吧拆除之前去狂欢一次，纪念他们逝去的青春。

三人是晚上八点多钟到酒吧的，开着胡浩的那辆路虎。整个晚上三人都很亢奋，许国巍和彭大年喝了几瓶马爹利，胡浩叫了三个美女斗地主——赢了他可以在美女身上随便揩油，输了就要给小费，他自然是输多赢少。后来三人又上台客串了一会儿歌手，光着膀子，露出身上早已不再生猛的爬行动物，唱的全是那些老掉牙的情歌。

午夜十二点，三人从酒吧出来，由没有喝酒的胡浩驾车返回县城。途经西林禅寺时，彭大年要下车方便。公路旁就是湘江，正值汛期，水流湍急。胡浩提醒彭大年不要太靠近江边。但这厮可能是喝多了，没意识到危险，也可能是想体验一下那种指点江山的豪迈，他不仅没理会胡浩的提醒，还站到了一个鹅卵石堆上。他方便前给马小燕打了个电话，说晚上不回家睡了，以免影响她休息，他就在酒店开间房将就一晚。话还没说完，他脚下一滑，啊的一声，人就掉到了江里。马小燕感觉不对，连忙给胡浩打电话。胡浩当时正在车内打瞌睡，没注意到彭大年落水。接到马小燕的电话，他连忙叫醒在后排酣睡的许国巍，两人一起去找彭大年，但只在鹅卵石堆上找到了彭大年的手机……

顾小白在路上就通知了杜耀文，一共去了九辆警车，排场很大。水上派出所也带着搜救队赶过去了，驾着汽艇开着探照灯，在江面上来回搜索。顾小白让胡浩和许国巍当场做了酒精测试，一个没喝酒，一个醉酒。顾小白看见路边有个高约两米的鹅卵石堆，上面有滑坠的痕迹，还有一只皮鞋。按照胡浩的描述，当时彭大年就是从这里落水的，手机掉在鹅卵石上，被他捡回来了。胡浩的头发和衣服还是湿的，他说彭大年落水后，他立马跳进江里搜救，找了有半个多小时，一个影子都没看到。

他精疲力竭两腿抽筋，只好叫巍子把他拉上岸。

顾小白问胡浩，路虎上有没有行车记录仪？胡浩说，本来有，半个月前坏了，不能录像，就拆掉了。这时，许国巍调来了自己名下的几条挖沙船，红着眼睛说，就算把湘江截流，河床挖个底朝天，老子也要把大年找到，不然三十年的兄弟就白做了。

江边一棵樟树下停着马小燕的红色甲壳虫，却没看见她的人，胡浩说她去西林禅寺了。交谈中，顾小白得知，胡浩他仨都为西林禅寺的修葺捐了不少钱。大施主出了事，西林禅寺破例凌晨开门做法事，为彭大年祈福。当年的梨树还在，斗拱飞檐依旧，大雄宝殿内的诵经声和木鱼声不绝于耳，在树下发呆的马小燕如同禅坐，身体一动不动。顾小白走过去，问起彭大年出事前的情况，跟胡浩和许国巍的说法没什么出入。马小燕说，她在电话里清晰地听见彭大年发出的一声惊叫，还有鹅卵石滚落的声音。她连忙问大年怎么了？但大年没有回答。她隐约听见他在叫救命，可能是因为手机掉在地上的缘故，呼救声不是很清楚。她赶紧打电话给浩子，叫他过去查看情况……

顾小白问马小燕，以前大年半夜未归会不会给她打电话？马小燕满脸泪痕地说，一般不会，我平常睡得早，很讨厌被人在睡梦中叫醒。这次大年可能是喝多了，忘了我的生活习惯。我当时还骂了大年一句，半夜鬼叫鬼叫的，真讨嫌，爱死哪睡就死哪睡！没想到一语成谶，她后悔得肠子都青了。在顾小白的记忆中，马小燕小学就暗恋彭大年，追了二十几年才修成正果。同学谈起他俩时，都啧啧称羡，说两人简直就是传说中的天仙配——一个是婚庆公司的老总，玉树临风才情出众；一个是银行信贷科的科长，有钱有权漂亮能干。谁知天妒良缘，一夜之间这对璧人就阴阳两隔。

早晨六点多钟，彭大年的遗体被打捞上岸，正在西林禅寺祈祷的马小燕闻讯当即晕倒，被胡浩开车送往县人民医院急救。顾小白要许国巍也随车回去，通知江蓝以及马家和彭家的其他人，帮忙张罗后事。技侦人员正在勘查现场，其实也就是走个程序。因为有两位目击证人，有马小燕的证词，还有鹅卵石堆上新鲜的滑坠痕迹，都可以明确无误地表明彭大年的死就是一起意外事故。昨天下了雨，泥土松软。从胡浩凌晨停车的地方到鹅卵石堆，有几个清晰的鞋印。杜耀文说，他对比过了，鞋印是现场遗落的那只皮鞋留下的。顾小白没有吭声，他蹲下来凝视着鞋印，足足过了十分钟才起身，然后对杜耀文说，把那只皮鞋拿回去做个DNA检测。杜耀文提醒说，顾队，马小燕已经辨认过了，这就是彭大年的鞋子。顾小白没有理会杜耀文的解释，不容置疑地说，鞋子尽快做检测，还有，周云鹏的案子先放一放。

彭大年的遗体还没拉走，躺在鹅卵石堆下面，法医姚伟明正在做尸检。遗体一只脚有鞋子，一只脚没有。衣裤背面，包括鞋后跟，都有比较明显的磨损，应该是滑坠造成的。姚伟明说，彭大年的尸体上没有发现致命伤和搏斗伤，符合溺水死亡的特征。顾队，还需不需要做进一步的尸检？顾小白看了看彭大年裸露的双臂，又端详着左手腕戴的一块劳力士，点头说，尸体带回去仔细勘验，该检查的一项都不能少！接着，顾小白又叮嘱技侦人员，把滑坠现场的每一块鹅卵石都给我检查一遍，重点查血迹和指纹。

在场的刑警都从顾小白的语气中听出了不对劲，但谁都没有多嘴。他们已经知道顾小白和彭大年是同学，搞不清他是看出了什么端倪，还是故作姿态，向外界表明他对老同学之死的重视。交代完工作，顾小白朝西林禅寺走去，想独自安静一会儿。刚跨过山门，就意外地看见了江蓝，她正在地藏殿前烧纸。顾小白上前跟她一块烧。江蓝说，她是接到巍子的电话后赶来的。顾小白问，马小燕醒了没有？江蓝说醒了，正在打点滴。纸蝶飞舞，烟雾弥漫，夏日柔和的晨光斜斜地落在江蓝脸上，她白得像尊随时会碎裂的瓷像。想起昨晚丁俊说的话，顾小白心头一阵绞痛。本来他打算今天跟江蓝好好谈谈，但彭大年出了事，他只好暂时放弃这个念头。烧完纸，江蓝说，你以后少喝点酒，别学大年。顾小白脱口而出，大年出事跟喝酒没关系。江蓝怔怔地看着他，问，那跟什么有关系？顾小白答非所问，我送你回去吧。江蓝说，不用了，我叫了出租车，在外面等着呢。

江蓝走后，顾小白在古井边坐了很久，脑袋里都是彭大年弹贝斯的样子，长发飘飘，帅气逼人。据胡浩说，在橙子时光驻唱时，有个开美容院的富婆要包养彭大年，一个月给一万块，还送一辆二手桑塔纳。彭大年没答应，说自己可以为艺术献身，但不能为了金钱出卖人格。当时胡浩和许国巍听了大为感动，说音乐人就应该有一颗高贵的灵魂，宁愿累得像条狗也不能给富婆当鸭子。他们仨都要像萤火虫一样，为了追寻梦想，不惜把自己化作一道光。

望着幽深的井水，顾小白突然想起丁

俊昨夜说的话，是彭大年向马小燕透露了丁保国变成太监的秘密。顾小白心想，如果没有彭大年的那次泄密，周云鹏就不会知道丁保国是口罩色魔，就不会抓住这个把柄，指使他去枪杀孟海老师。江蓝也就不会主动背黑锅，而他，也可能当不成警察。一个看似不起眼的举动，竟然让许多人的命运发生了重大改变，人生真是太过奇幻。

大雄宝殿的琉璃瓦在太阳的照射下色彩斑斓，菩萨的法相威严而慈悲，让人心中安详。顾小白在西林禅寺一直坐到中午才回去，阳光落在他肩头像是披了一层金色的袈裟。这期间他给段宏打了个电话，还没开口段宏就兴致勃勃地说，顾队，您从丁俊家出来交代的事我已经查清楚了，2005年夏天，周云鹏并没有侄子吸毒被抓，两个侄子都在上初中，品学兼优。停在丁保国被害现场的那辆电瓶车查到车主了，是豪森纸业集团的门卫肖师傅的车。对了，肖师傅也是以前湘江造纸厂的门卫。据他说，那辆电瓶车在丁保国出事的前两天就被盗了，因为车快报废，不值几个钱，他也就没报案。顾小白静静地听着，然后说，周云鹏和丁保国的案子都先搁置，你去查查彭大年的财务状况。段宏忍不住问，顾队，是不是彭大年的死有什么问题？顾小白看着地藏殿屋顶上栖息的几只乌鸦，圆滑地说，查了才能知道有没有问题。

下午顾小白去了趟纸厂，那里已经面目全非——老厂房和宿舍区早被推平，代之而起的是豪森纸业集团十几栋气派的大楼，以及一个带音乐喷泉的公园。顾小白还是喜欢当年的纸厂，颓败是颓败了点，但旮旮旯旯角角都是故事，旧砖旧瓦上全是烟火气，就像一台地道的湖南花鼓戏，尽管土味十足，演技粗糙，唱的都是生活，都是人间最真实的悲欢。

顾小白在豪森公司门口给胡浩打了个电话，问他在干吗？胡浩说，心情不好，和魏子在萤火虫喝咖啡。顾小白说，你俩来老纸厂吧，哥几个去防空洞里走走，十三年没去了。胡浩问，要不要叫上江蓝？顾小白犹豫了一下说，看她自己的意愿。等待期间，顾小白到门卫室里坐了坐，肖师傅一眼就认出了他，又是敬烟又是泡茶，说好多年没见到你小子了，听说当上刑警队长了，从湘纸厂出去的子弟，就你小子最出息。肖师傅喋喋不休地说起当年老纸厂的人和事，顾小白有的记得有的不记得，但无一例外地回应说，嗯。

肖师傅问顾小白，报上说周总是被谋杀的，真的还是假的？顾小白来了句新闻辞令，说还在调查中。肖师傅愤慨地说，周总人么好，怎么会有人暗算他？一定是仇富！现在的社会风气比不得当年，那时候你们这帮浑小子，也就是偷个鸡摸个狗，最多打个架偷窥个澡堂子，哪有动不动就杀人的。顾小白问肖师傅记不记得彭大年？肖师傅说，当然记得，老彭家的那个小子，头发留得老长，男不男女不女的。现在也出息了，是个什么婚庆公司的老总。对了，他还是马厂长的女婿。马厂长的闺女马小燕你应该认识，子弟学校出去的，在银行当科长。可惜了，马厂长不在了，去年中秋走的。

顾小白喝着肖师傅泡的茉莉花茶，说，彭大年也不在了。肖师傅一双浑浊的眼睛在老花镜后面眯成一条缝，不敢置信地说，上个礼拜，在周总的追悼会上我还看见了他，跟马厂长的闺女一起来的。顾小白说，今天凌晨出的事，人掉江里了。肖师傅关掉收音机里正在唱的花鼓戏，惊讶地问，大半夜的，怎么掉江里了？顾小白还是那句新闻辞令：正在调查。肖师傅唏嘘道，老彭家就这个独子，绝后了，唉。给桌上的仙人掌浇了半茶缸子水后，肖师傅问顾小白，这次是来找人还是办事？顾小白说，约了几个老同学，想去钻一下以前的防空洞。肖师傅捋了捋花白的头发说，自从你们学校的孟老师在里面出事后，防空洞就很少有人进去了，都说阴气太重。还有人说看见过孟老师的鬼魂，穿着白衬衣，一身都是血，在洞内到处游荡，嘴里说着英格丽希。周总几次想把防空洞填埋掉，但人防办不让，说这是国家战略设施，不能随便处置。

跟肖师傅摆了半小时龙门阵，胡浩开着路虎到了，从车上下来的还有许国巍和江蓝。以前厂区有好多个防空洞的入口，现在都找不着了。在肖师傅的指点下，顾小白一行人在地下停车场找到了一个隐蔽的入口，外面有张锈迹斑斑的铁门。胡浩和许国巍有些奇怪，顾小白为什么突然提出钻防空洞？但两人都没有问。也许顾小白是想起了跟彭大年在洞里玩耍的日子，也许他是在缅怀那段迷幻的青春。胡浩在来纸厂的路上买了两支强光手电筒，他和许国巍走在前面，顾小白和江蓝走后面。胡浩说，他十三年没来过这里了，许国巍也发出了同样的感慨。十三年前那个阳光如血的夏天，是命运的转折点，他们从此被生活的暗流裹挟，朝不同的方向奔突。

江蓝突然拽了拽顾小白的胳膊，说，等我一下。几乎是同时，顾小白、胡浩和许国巍发现他们来到了孟老师出事的地方。当年存放红酒的仓库就在眼前，大门早已坍塌，仓库地面长满了荒草。江蓝对着虚空双掌合十，默默无语，谁也不知道她此刻在想些什么，也看不清楚她脸上的表情。十三年前那起枪击案中，她是最大的受害者。这里留下了她的惊惶和尖叫，留下了她破碎的梦想和悲伤的爱情，还有扑朔迷离的真相。有些东西可以被尘封，但不能忘记，更需要祭奠。或许，这才是她今天愿意跟着顾小白等人重返防空洞的理由。顾小白朝着江蓝凝眸的方向深深鞠了一躬，胡浩和许国巍也鞠了一躬。不知道是不是错觉，一如当年，顾小白竟然嗅到了一股混合着香水味、火药味和血腥味的奇特气息。

又往深处走了两个多小时，也许更久，在黑暗中，时间的流动往往会发生扭曲，显得很不真实。四人来到一个有螺旋楼梯的地方，顾小白马上想起来了，高二那年，在彭大年的怂恿下，萤火虫乐队打着探险的名义，来防空洞里找狗，就是在这里遭遇了所谓的鬼打墙，最后是神秘出现的马小军把大家带出了迷宫。正是那次遇险，增强了乐队的凝聚力，也拉近了江蓝和大家的距离。顾小白提议合唱几首歌，就像当年一样。这个提议得到了胡浩和许国巍的附和，江蓝没有表态，但沉默也是一种态度，说明她并不反对。四个人唱了《花祭》《我的未来不是梦》《海阔天空》，远去的青春似乎又回来了，在这个地下世界中熊熊燃烧，洞内的阴冷和潮湿一扫而空。唱到《明天你是否依然爱我》时，顾小白听到了一个久违的声音，胡浩和许国巍也听到了，三人同时停下来。

只有江蓝还在唱，四重唱变成了二重唱。

是马小军，他正站在几米开外的黑暗中，双手打着节拍唱着歌。

谁也不知道他是怎么进来的，比十几年前的那次尾随更鬼魅，更不可思议。渐渐地，二重唱再次变成了五重唱，歌声浑然一体，仿佛马小军一直是属于他们这个小集体的，是不可分割的一部分。

这是 2005 年夏天之后，顾小白第一次看到马小军。他依然那么胖，穿着白衬衣，身上有股熟悉的香水味，一如当年。在唱那句英文歌词（Will you still love me tomorrow?）时，他的英格丽希还带着孟海老师的口音。恍惚中，顾小白像回到了少年时代，回到了高二的那次探险之旅。似乎这些年的经历都是幻象，他们其实一直在防空洞里唱歌，还没有走出黑暗的迷途。直到歌声停止，江蓝跟大家解释时，顾小白才回过神来。

江蓝说，小军大部分时间都待在家里，但有时也会到豪森公司来转悠——他不是来上班，而是喜欢钻防空洞，没有人知道他在里面干什么，转够了他就会出来，自己慢慢走回家。顾小白心想，湘江造纸厂在地面上的痕迹几乎荡然无存，但防空洞还保持了原样。也许，马小军是在这个地下世界里寻找熟悉的气息。这里藏着他的童年，他的青春，他的梦。于他而言，防空洞或许是一个比地面更魔幻的空间。顾小白突然想起防空洞里闹鬼的传闻，那个所谓的孟老师的幽灵，说不定就是马小军。他在里面东游西荡，行踪飘忽，被人误当成灵异事件一点都不奇怪。

胡浩和许国巍也有很长时间没有见到马小军了。江蓝介绍大家时，马小军的反应跟刚才唱歌时的深情完全不同。他很平静，连手都没有跟大家握，就好像他和老同学不是久别重逢，而是从未分离。跟当年一样，唱完歌，他默默地在前面带路。

但不是去江边的那个隐蔽出口，而是沿着大家来时的路往回走。江蓝挽着马小军的胳膊，两人并排走在一起，显得亲密无间。看着两人的背影，顾小白的心情很复杂。江蓝的婚姻似乎并非他想象的那样不堪，但他对江蓝的愧疚丝毫没有减少，反而加深了许多。当曾经的女神跟一个傻子相敬如宾时，这意味着前者要么智力出了问题，要么对生活作出了重大妥协。不管哪种情况，他都负有不可推卸的责任。

这次重返防空洞，自始至终，都没有人提起彭大年，似乎这个人根本就不存在，也没有人觉得身边少了点什么。顾小白有些悲哀，生命是如此微不足道，不管谁离开这颗星球，明天太阳照常升起，月球的轨道不会有丝毫偏移。

回到停车场时，顾小白终究没能忍住，还是问了胡浩和许国巍一句，大年到底是怎么死的？他的声音很轻，轻得就像一根羽毛在风中飘落，却掷地有声。防空洞里的一群蝙蝠似乎受到了惊吓，哗啦一声全飞了出来。胡浩和许国巍面面相觑，一脸莫名其妙，然后看着顾小白，齐声问，你什么意思？

顾小白没有回答，他径直朝自己的车走去。启动引擎时，他朝后视镜里看了一眼，发现江蓝和马小军不知什么时候已经消失不见，好像就是跟着那群蝙蝠一起消失的。胡浩和许国巍还站在原地，他俩瑟缩着脖子，眼神闪烁不定，像是从地心世界爬出来的蜥蜴人。

3

2005 年夏天，对胡浩、许国巍和彭大年来说，是一场惊心动魄的逃亡。而且，逃亡的情景在梦中折磨了他们许多年。

相对于他们仨，顾小白的家庭条件更好，这主要是因为父母开了家皮鞋店。店面在顾小白的外公手上就有了，在县城算是老字号，位置也不错，所以生意兴隆。胡浩和许国巍的父母都是纸厂的双职工，每个月拿的那点死工资，除去日常开销，几乎存不下钱。当时纸厂效益已经在走下坡路，物价又在不断上涨，很多双职工家庭的日子过得紧巴巴的，一些子弟已经不愿继承父母的衣钵到厂里上班。彭大年的父亲是纸厂的钳工，母亲以前在厂门口摆了个水果摊，后来城管不让摆了，就当起了家庭主妇，每个月数着钱过日子。

高考后，江蓝每天要帮外婆开南杂店，顾小白本来是因为江蓝才加入萤火虫乐队的，看到她退出了，自己也就没有兴趣再去弹那把破吉他，萤火虫乐队名存实亡。胡浩、许国巍和彭大年倒是执着，经常聚在一起玩音乐，憋着劲想混出个人样，但他们毫无人脉和根基，只能白日做梦。十三年前的那个夏天，是他们人生中最孤独最迷惘的一段时光，去意彷徨。

机会突然来了。

许国巍到舅舅家走亲戚，听表弟说他在长沙解放路的橙子时光酒吧当服务员。许国巍随口问了一句，酒吧要不要驻唱歌手？表弟说，当然要，没有歌手助兴酒吧就少了很多气氛，客人都不愿意来。但橙子时光开业不久，名气不大，歌手都是过来走场子，还没有驻唱的，老板正盘算着弄个乐队吸引人气。许国巍大喜过望，连忙把这个好消息告诉了胡浩和彭大年，三人一合计，决定去那家酒吧毛遂自荐。为了确保成功，他们打算在这个夏天好好排练，多做点原创，提升演唱技巧。有一天

黄昏，三人在江边那条废弃的船上排练。胡浩突然觉得他们仨的台风怎么看都不对，琢磨了好久才明白，是穿戴太没品位。没有时尚的衣服，没有亮眼的首饰，没有另类的文身，往台上一站，就是三个乡巴佬。要知道橙子时光酒吧可是在省城，在长沙娱乐业最繁华的解放路，客人的眼光刁钻着呢。如果土得掉渣，谁还会有兴趣看他们演唱，怎么会引起星探的注意？

想明白这点后，胡浩觉得要先包装自己。但包装需要钱，那时候三人把兜里的钱凑一块儿，也不到两百块，连文身都不够。

防空洞的仓库里有红酒，是彭大年透露的。他在厂里的公厕解大手时，亲耳听见隔间蹲坑的丁保国打电话，叮嘱保卫科人员加强巡逻，确保存储在地下仓库的红酒不会被盗。因为每个蹲坑前都有挡板，丁保国并没发现彭大年当时也在厕所里。如果不是为了包装费用发愁，彭大年可能会忘了这件事。

那天黄昏，夕阳倒映在江面上，像一幅红色的湘绣。许国巍自我解嘲说，要不去抢银行吧，一夜暴富，我们仨马上就可以去红馆开演唱会了。胡浩把烟蒂弹到江里，说，抓到了那就是死刑，老子还没活够呢，连女人都没睡过，太他妈亏了！彭大年就说起了在厕所里偷听到的秘密，说抢银行不如把防空洞里的红酒偷出来卖，基本上是零风险。

彭大年本来是开玩笑，但胡浩和许国巍听了两眼一亮，来了精神。胡浩说，一瓶红酒至少能卖二十几块，我们弄几箱出去，就能卖个两三千块，够包装费了。许国巍拨弄着吉他弦，沉思着，像是个算卦的神汉，然后说，电线杆上有好多回收烟

酒的小广告，打个电话就能找到买主。彭大年知道两人动了心思，他犹豫着说，真干啊？这可是盗窃国有资产，被发现了我们的前途就毁了。胡浩说，发现个屁！在防空洞里干这事，神不知鬼不觉。再说了，我们要是弄不到钱包装自己，前途也他妈毁了。许国巍说，就算被抓了也没事，那个谁不是耍流氓坐过牢吗，唱囚歌照样火得一塌糊涂，唱片出了一张又一张。胡浩捡起一块古陶片，打了个水漂，说，资本的原始积累都是肮脏的。等我们成了名，就多做点慈善，把这笔钱加倍还回去。这不叫偷，叫借，还给利息，多有良心啊。

彭大年最终被胡浩和许国巍说服，三人先去踩了两次点，确定了地下仓库的位置，还发现保卫人员每天在防空洞里巡逻三次，分别是上午九点半、中午十二点四十、下午四点一刻。三人准备了背包、榔头、手电筒、头套和手套，胡浩还拿了根从锅炉房里偷的撬棍。行动前，彭大年问要不要叫上小白？胡浩嚼着口香糖说，算了，小白不差钱，肯定不会入伙。许国巍也说，按照物理学原理，三角形最稳定，人多了容易走漏风声。

顾小白后来仔细想了想，那个夏天，如果他们怂恿自己入伙，自己会不会答应？想了一夜，他觉得不会。就像胡浩说的，他家条件不错，犯不着为那几个钱去冒险。最关键的是，他要钱没用，他没有兴趣去酒吧驻唱，当歌手不是他的梦想。但他也绝对不会去举报，更不会泄密，毕竟作案的三人都是他的好朋友。那时候他还不是警察，没有法不容情的概念，哥们义气比法更重要。说不准他还会给三人出谋划策，当回狗头军师。在他十八岁的思维意识中，这种行为不算盗窃，只能算作一个恶作剧。

不就是几箱红酒嘛，喝下去全都变成了马尿拉出来，不如被胡浩他们拿去变现，为梦想铺路。顾小白甚至觉得，自己有可能给三人望风。如果当时他在场，悲剧就不会发生。不过，他的人生轨迹也会因此而改变。

有段时间，顾小白经常思考一个问题，如果没当警察，他会从事什么职业？是跟大多数子弟那样，在厂里当一名工人，还是去父母的皮鞋店当帮工？他觉得后者的可能性更大。因为那时候已经盛传纸厂要改制，被私企收购，厂内人心惶惶，想跳槽的人比想进去的人多。如果在皮鞋店上班，他肯定结婚了，孩子也会打酱油了。小县城等级观念森严，特别讲究门当户对，有铁饭碗的女人不会嫁给一个体制外的男人，除非对方是土豪。所以他的妻子只可能是个打工妹，姿色平平，文化水平跟他差不多，高中毕业，甚至更低。

对现在的顾小白来说，这种生活他根本无法忍受。每天为了柴米油盐忙碌，没有激情没有梦想，平淡如水，一地鸡毛，最重要的是，缺乏神秘感。他喜欢的世界，是充满悬疑色彩的，由一个个谜团串联而成。每解开一个谜团，就会有很多精彩的发现。他很享受发现的快感，就像一个寻找宝藏的冒险家。他沉浸在解谜中，生活有许多不确定性。这种不确定性让他好奇、兴奋，有强烈的探索欲。

那天午饭后，胡浩、许国巍和彭大年开始了行动，他们戴上头套，只露出眼睛和嘴巴，像是动漫里的忍者。三人是从江边那个隐蔽的出口进入防空洞的，在黑暗中走了一段路，彭大年一度想打退堂鼓，说要不算了，我们再想想其他办法筹钱。胡浩说，要想成大事就要胆子大，我们就当是练胆。酒吧鱼龙混杂，以后在那种地方驻唱，胆不肥就容易被人欺负，那还混个屁啊。许国巍也说，大年，你要是实在害怕，就负责望风，我和浩子动手。弄出来的酒也由我们来卖，你只用点钞。话说到这个份上，彭大年再退缩就太不够哥们义气了，他只好硬着头皮答应。为了不被人发现，行走中三人没有打手电筒，像蝙蝠一样无声无息。中途他们停下来抽了根烟。彭大年刚想扯着嗓子唱几句给自己壮胆，立即被胡浩喝止了，他说当心被人听到。乌漆麻黑的，谁也不知道防空洞里是否藏着其他人。万一有吸毒的、赌博的或者偷情的，潜伏在里面做不可描述的事情，听到了他们的声音就容易暴露。

十三年前那个燥热异常的夏天，胡浩、许国巍和彭大年之所以奋不顾身地去防空洞里冒险，还有一个重要原因——他们认为江蓝肯定能考上大学，前途繁花似锦。而他们仨如果原地踏步，未来绝对黯淡无光。江蓝是三人心中的缪斯，是荷尔蒙和多巴胺的催化剂，是音乐创作的灵感。从小耳濡目染，三人对社会阶层的认识是非常清晰的。父母是公务员或事业单位的孩子，会自成一个圈子，很少跟工人和农民子弟一起玩。连玩的内容都不一样：出身高贵的孩子，不会钻防空洞，不会打架，不会在午夜的街头游荡，甚至不会开粗野的玩笑；他们经常泡新华书店，喜欢在假期去旅游；他们不弹吉他，不打架子鼓，爱弹钢琴和拉小提琴；他们说话斯斯文文，少年老成。胡浩、许国巍和彭大年的心里都跟明镜似的，一旦江蓝成了天之骄子，就会看不起他们仨的卑微和平庸，双方就有一道无法逾越的鸿沟，江蓝在那边，他们在这边，相望却不能相遇。说相望似乎还太乐观了，有了这道鸿沟，江蓝可能不会再多看他们一眼，背影会渐行渐远，最终在他们的视线中彻底消失。

喜爱艺术的少年都是极其敏感的，好强的，他们不能容忍女神的轻视，更不能接受女神的消失。要想填平那道即将出现的鸿沟，就只有提升身份，让自己也变成世俗目光中的佼佼者。这样就能再次跟江蓝站在同一条起跑线上，双方就能平等对话。对三个高考落榜生来说，提升身份的途径只有一条，那就是逆袭，在音乐圈里混出名堂。至少在那个热得窒息的夏天，他们是这样觉得的。

顾小白当上警察后发现，很多男人的犯罪动因都跟女人有关。有的为了给女朋友送一份像样的生日礼物，不惜以身试法抢劫杀人；有的不堪妻子唠叨自己窝囊，坑蒙拐骗敲诈勒索；还有的是因为老婆给自己戴了绿帽子，恼羞成怒血刃情敌。寻衅滋事也大都是因为女人而起，女人，特别是美女，能引起男人肾上腺素飙升。在动物世界中，雄性为了争夺与雌性的交配权不断厮杀，完全是出于一种本能。人类虽然进化了，有了高级情感，但依然没有摆脱原始的动物属性。研究性心理跟犯罪行为的关系，是刑侦学上的一个前沿课题。在成功学中，那些所谓的人生赢家背后都站着一个女人。他们征服世界的一个重要目的，就是为了征服自己心仪的女人。女人的崇拜比任何勋章的含金量更高。正如顾小白，这些年出生入死，每破获一个大案，他都希望江蓝能在新闻里看到。

那个午后，三位少年走到一条充满腐臭气息的狭窄通道里，突然听到了一声沉闷的枪响。同时无数蝙蝠从他们头顶飞过，扇起一股阴风。在湿地长大的孩子，从小见多了偷猎野生禽类的行为，对枪声非常熟悉，一听就是五连发。三人马上停下了脚步，根据枪声来判断，开枪地点距离他们大概有八百米，而且在正前方。防空洞里有黄鼠狼、狐狸和兔子，偶尔会有人进来打猎。彭大年担忧地说，糟了，里面有人，我们要不要换个时间再来？胡浩和许国巍在黑暗中交换了一个眼神，同时陷入了沉思。抽了半根烟后，胡浩掐灭烟头说，不能撤，今天不干气就泄了。先摸到仓库附近躲起来，见机行事。许国巍说，只打了一枪，打枪的人应该走了，我们别自己吓自己。再说了，洞里有其他人，事发后水会越搅越浑，保卫科不容易怀疑到我们头上。

三人又摸黑走了一段路，前面传来奔跑声和喘息声，而且越来越近，似乎一列不堪重负的火车呼哧呼哧地冒着蒸汽，就要穿过隧道迎面撞来。彭大年过于紧张，条件反射地惊叫了一声，谁？胡浩想捂住他的嘴巴，却已经来不及了。彭大年话音刚落，对面的那个声音就消失了。三位少年也屏住呼吸，身体贴在墙壁上一动不动。狭路相逢，双方都在揣度着彼此的身份，比拼着耐心。胡浩握紧了手中的撬棍，做好了发生冲突的准备。十几秒钟后，那个声音再次响起来，但跟刚才相反，奔跑的方向是背离三位少年。跑着跑着，扑通一声，那人似乎摔了一跤。胡浩等人的胆子大了起来，对方可能在防空洞里做了见不得人的事，很害怕他们。胡浩将计就计，朝许国巍和彭大年打了个手势，三人假装追过去。那人跑得更快了，迅速消失在黑暗中。走到那人摔跤的地方时，许国巍的脚碰到了什么东西，他拧开手电筒一看，是一支五连发，哮天犬牌，在灯光中闪烁着森森寒芒。三人迅即明白了，那人刚才可能是在追捕野生动物，碰见他们后，担心自己非法持枪和盗猎的行为被发现，于是掉头就跑。但慌乱中踩到了湿滑的青苔摔倒在地，枪支脱手。四周黑咕隆咚，那人顾不上找枪，仓皇逃离了现场。当然，这只是三位少年在当时作出的最合情合理的解释，真相其实远超他们的想象。

吓跑了盗猎分子，白捡到了一支枪，这个意外收获让三人开心不已。因为猎枪在黑市上可以卖到上千块钱一支，赚大发了！有了枪，三人作案的底气也更足了。胡浩得意地说，如果碰到保卫人员巡查，就朝地上开一枪，保准能把对方当场吓尿。许国巍说，他跟着舅舅在鹤龙湖打过大雁，会使枪，这玩意儿由他来保管。三位少年都没有意识到，这支枪是一个可怕的魔咒，根本不会带来任何好运，反而会成为他们一生的梦魇。为了摆脱这个梦魇，他们后来付出了惨重的代价。

他们关掉手电筒，拿着枪继续朝前走时，竟然看见了江蓝。她打着手电筒，提着一只锌皮桶，应该是去厂里洗澡。三人还看见江蓝后面有人尾随，虽然看不清五官，但从身形能辨认出是顾小白。胡浩笑骂，难怪小白一放假就不怎么跟我们玩了，这狗日的心思全在江蓝身上。许国巍说，这小子重色轻友，不可深交。彭大年问，他不会去偷看江蓝洗澡吧？胡浩撇撇嘴，屁！他有色心没色胆，江蓝在他面前脱光了他都不敢睁眼睛。三人如同蛰伏的蝙蝠，眼睁睁地看着江蓝和顾小白从附近走过。双方距离是如此之近，他们甚至闻到了江蓝身上散发出来的气息，就像顾小白说的，是一股猫尿味。这种气息有一种神秘的魔力，从他们的每一个毛细孔钻入，让通体无比舒畅，连灵魂都是愉悦的。

江蓝和顾小白离开后，三人摸到了仓库前，拧开手电筒。门上有一把老式的挂锁，巴掌大。胡浩先是用榔头和撬棍去撬锁，但没有撬开。就在这时，负责望风的彭大年哆嗦着说，不好，有人来了！胡浩和许国巍闻声望去，一个穿着白衬衣的身影出现在不到十米远的地方。毫无疑问，那人已经把他们的所作所为尽收眼底。许国巍端着猎枪咋呼道，别过来，老子有枪！他想吓唬对方，就枪口朝下扣动了扳机。随着火舌喷射而出，白衬衣当即倒地。

三人顿时吓傻了，胡浩踹了许国巍一脚，你他妈脑袋被门板夹了，怎么朝人开枪？许国巍哭丧着脸说，我是冲地上开的枪，不知怎么打到人了。彭大年气急败坏地问，你不是说自己会使枪吗？许国巍悻悻地说，那还是小学六年级的事，是舅舅托着我的手开的枪，而且就一枪。回过神来后，三人朝地上的白衬衣跑去，打着手电筒查看情况。但看清对方的长相后，三人惊得魂飞魄散，白衬衣竟然是孟海老师！他双眼紧闭，身上全是血。胸腹部位被打成了筛子，像无数条蚂蟥钻进了体内，触目惊心。胡浩大惊失色，怎么会是孟老师？许国巍绝望地说，完了，我杀人了，会判死刑的！彭大年感觉裤裆里热烘烘的，一股液体不受控制地流了出来，他说，那我们去自首吧，争取宽大处理。许国巍说，我爸要是知道我杀了人，我还没自首就会先把我揍死。只有胡浩没有惊慌失措，他甚至点了一根烟，直到抽完才说，把枪扔了。

许国巍和彭大年都吃惊地看着胡浩，不明白他的意思。胡浩说，这里就我们三个活人，只要我们不吭声，鬼都不知道孟老师是谁杀的。彭大年忐忑地问，要是被警察查到了怎么办？胡浩把熄灭的烟蒂放进口袋，反问，我们戴了手套，没留下指纹，警察怎么查？许国巍也慢慢冷静下来，说，别把警察想得那么神，还记得口罩色魔吧，这么多年了也没抓到。彭大年不放心地说，被警察抓到了可是罪加一等。胡浩说，小偷小摸被抓了，关不了几天，但杀人就不一样了，自首也会把牢底坐穿，出来人就废了，还玩个狗屁音乐。而且我们要是坐了牢，全家人都会跟着遭殃，我爸妈不被气死也会被气疯。许国巍望着黑暗深处，幽幽地说，成了劳改犯，江蓝这辈子都不会理我们了。彭大年的内心受到强烈触动，他能忍受自己坐几年大牢，但不能忍受音乐梦破碎，更不能忍受女神弃他而去。

三人商量了一会儿后，扔掉五连发，放弃了盗窃红酒的计划，迅速逃离现场。途中，他们还扔掉了榔头和撬棍。三人没有从江边的那个出口离开，因为太远了，不能及时知道案发现场的情况，所以他们选择从厂区一个比较隐蔽的出口上来。刚进胡浩家，他们就听见了江蓝的尖叫声，杀人了，孟老师在防空洞里被人打死了！三人对视一眼就往现场跑，假装去看热闹……

那天傍晚，三人在乌龙宝塔里焚香起誓，对防空洞里发生的那起杀人事件守口如瓶，如果泄露半点风声，天诛地灭挫骨扬灰。保卫科排查时，他们互相作证，说有不在场证明。在孟海老师的追悼会上，三人卖力地演唱，甚至把自己唱哭了。虽然有演戏的成分，但感情并不虚假。孟老师平素对他们不薄，这是一场误杀，一个意外。后来听说警方怀疑孟老师盗窃红酒，枪支走火把自己打死，三人庆幸自己逃过了警方的追查，但看到孟老师死了还被泼脏水，又深感愧疚。再后来，听说顾小白帮助警方查出了案子的真相——是江蓝误杀了孟老师，三人的心情异常复杂。他们万万没有想到，自己不仅害死了孟老师，还把江蓝送进了深牢大狱。然而，他们都没有勇气站出来为江蓝辩护。事情已经完全失控，他们错了一步，就只能继续错下去。

那年八月底，他们硬着头皮，一身寒酸地去橙子时光酒吧应聘。他们唱了两首歌，一首是《把悲伤留给自己》，另一首是摇滚版的《浏阳河》。因为紧张，不仅唱破了音，还走了调，台风也很呆板。三人本来没抱什么希望，老板却被他们身上那种遮掩不住的青涩打动了，仿佛看到了自己的少年时代，于是当场同意让他们试唱一个月。试用期包吃包住，每人月薪四千，还不包括客人给的小费。

当天晚上，三人像坟地里爬出来的孤魂野鬼，脸色惨白，形容憔悴，光着膀子坐在坡子街的大排档吃消夜。他们点了一桌烧烤，要了两箱廉价啤酒，谈起防空洞里的那个血色秘密，三人都后悔不迭。要是早知如此，当初何必去干那一票，让两个无辜的人一死一坐牢。胡浩打着酒嗝说，老子当时真是精虫上脑，要不是总想着在江蓝面前表现自己，也不至于去做贼。许国巍叹气道，狗日的，要是能穿越回去，阻止那一枪，老子宁愿少十年阳寿。彭大年更是痛心疾首，我们把孟老师和江蓝的人生都毁了，我们都是罪人，罪大恶极，以后得下地狱！最后三个人喝得泪流满面，吐得一塌糊涂，被摊主赶走了。

在橙子酒吧驻唱时，胡浩他们仨合住在下河街的出租屋里，每天吃喝拉撒睡都在一起。诡异至极的是，他们经常会做同一个梦，梦见在纸厂的防空洞里开枪杀人后，拼命地逃亡。在后面追赶的不仅有保卫人员、警察，还有孟海老师。有好几次，他们甚至梦见江蓝和顾小白也加入了追赶队伍。他们跑得大汗淋漓气喘吁吁，突然一声凄厉的枪响，无数弹丸钻进了身体，一阵撕心裂肺的痛苦把他们惊醒。有时噩梦是胡浩做，有时是许国巍和彭大年一起做，大部分时候是三个人同时做，然后在尖叫中同时醒来，在黑暗中捂着胸口，盯着彼此，恍若鬼魅。

这些年，胡浩他们仨去长沙的开福寺祈过福，去南岳大庙烧过头炷香——在那里每人还求了一块玉观音当护身符，据说大师开过光。老家的西林禅寺重修时，他们捐了不少钱，又请高僧做了一场超度亡魂的法事，但噩梦依旧缠绕着他们，怎么也摆脱不掉。菩萨不管用，他们又去了岳麓山顶的云麓宫，跪拜了道家的三位天尊。甚至去北正街的教堂，捧着《圣经》做了半年的礼拜。然而，他们的努力都是无用功，梦魇依然说来就来。最后，三人妥协了，任由这个噩梦成为他们生活的一部分。

为了减少做噩梦的频率，他们沉浸在夜生活中，尽量让自己少睡觉。这期间三人也想过去投案，彻底解脱自己，但随着财富的积累，勇气越来越小。当他们逆袭成功，成了传统意义上的人生赢家时，就彻底失去了自首的勇气。因为他们害怕失去现在拥有的一切，就像当年害怕失去江蓝，不惜铤而走险。虽然他们侥幸逃脱了法律的制裁，实际上依然在坐牢，是心牢，而且是终身监禁。

江蓝出狱后，胡浩他们仨竭尽所能地

给予关照，以弥补对她的亏欠，但并没动过娶她的心思，不是嫌弃，而是惭愧。以老同学的身份照顾江蓝，他们很坦然。以丈夫的身份跟一个被自己伤害的女人生活在一起，他们没有这样的勇气。得知女神决定嫁给马小军那个傻子，三人抓狂了，觉得这是江蓝对他们男性尊严的羞辱。但他们无法阻止江蓝这场奋不顾身的婚事，除了祝福，别无选择。直到看见马家人对江蓝的善意，看见马小军对江蓝的细心呵护，百依百顺，他们才渐渐释然。

在长沙下河街那间破旧的出租屋内，胡浩、许国巍和彭大年无数次琢磨过那几个问题。首先，那个阳光犀利的夏日午后，孟海老师怎么会出现在防空洞里？他们根本不相信江蓝对警方的解释——是和孟海老师在防空洞里约会，然后一起去打猎。这太扯了，因为那支五连发根本不是江蓝的，而是别人的。而且，三人也不相信江蓝跟孟老师发生过性关系，女神的一举一动他们太熟悉了，从来没有见她和孟老师有任何暧昧行为。但如果两人只是纯洁的师生关系，那又是谁让江蓝怀孕？对了，第三个问题是，那天是谁潜入防空洞开的那一枪？如果不是那家伙把枪掉在地上，误杀就不会发生。最后一个问题是，在生命的最后一刻，孟老师听出了他们仨的声音了吗？然而，他们想破脑袋也没有找到答案，这些谜团像梦魇一样纠缠不休，让他们心神难宁。三人相信江蓝知道他们不知道的一些秘密，至少是秘密的一部分。他们一度想找她打探，但最终还是缺乏胆量。随着江蓝的生活越来越平静，三人也不再那么纠结了，有些事就锁进箱子里让岁月尘封吧，然后把钥匙扔进深海，就当从来没有发生过。

只是，他们都想得太天真了。

4

召开案情分析会的这天上午，又是梅雨霏霏，天地间阴沉晦暗，像块半透明的磨砂玻璃，显得有些压抑。雨水似乎渗透到了顾小白的胸腔内，这几天他的心脏一直隐隐作疼，跟患了风湿一样。一般来说，对于这种看似意外的死亡事件，如果家属或医生不提出质疑，现场又没有发现明显的疑点，公安机关接警后，尸检和勘查都不会太细致。尤其是在这种小县城，警力有限，不可能耗费大量人力物力去调查每一起死亡事件。彭大年的死就是这样，有他的妻子以及两个好朋友作证，现场的种种迹象也表明他的确是落水溺亡，所以一开始警方并没有仔细勘查和尸检，在顾小白督促后才重视起来。

杜耀文喝了口自己带来的可乐，说，经过仔细检测，鹅卵石堆下面的足迹有几个特征：第一，后跟重压靠后，大拇趾重压前边缘，距离鞋印的前边缘在两厘米左右；第二，鞋印的掌内外两侧虚压明显；第三，第一跖区重压部位反映在鞋印的掌内侧下端，重压面的内弧距鞋印的内侧边缘在一厘米左右……顾小白打断道，直接说鉴定结论吧。杜耀文点点头，说，鞋子比光脚足迹大零点八到一点五厘米，穿鞋的人为男性，年龄三十左右，身高在一米七四到一米七八之间，体重五十三到五十五公斤，偏瘦。而死者的身高有一米八，体重七十五公斤，这不符合足迹特征。顾小白说，这是典型的小脚穿大鞋。杜耀文用可乐润了一下喉咙，继续说，在鹅卵石堆上发现了微量血迹，检测后发现是 AB

型血，而死者是 B 型血。在死者的鞋子里提取了足部皮屑，DNA 鉴定显示，并非死者所留。另外，鹅卵石堆上发现了三枚指纹，根据鉴定，也非死者所留。

姚伟明紧接着汇报，死者每百毫升血液酒精含量超过两百毫克，属于严重醉酒，基本上会处于人事不省的状态。当然，也不能绝对，醉酒状态因人而异。死者的衣裤背面和皮鞋足后跟都有刮擦痕迹，显然摔倒后是背部着地，但死者身体上并无跟鹅卵石滑坠现场对应的伤痕，也没有其他致命伤。我们推断，犯罪嫌疑人很可能是穿上死者的衣服和皮鞋，伪造了滑坠现场后，再把衣服和皮鞋穿回到醉酒昏迷的死者身上，然后将其扔进江中，导致死者溺亡。

会议室内，再没有人怀疑顾小白在现场说的那些话是故作姿态，刘凤娟钦佩地问，顾队，您在现场是怎么看出猫腻的？顾小白说，彭大年的胳膊不仅没有擦伤，那只劳力士的表带上也没有刮擦的痕迹，这不符合滑坠特征。足迹的着力点也有问题，不是正常形态。还有，彭大年是内八字，足迹却偏外八字。杜耀文说，这个细节勘查时倒是忽略了，还是顾队老辣。

作为发小，顾小白非常熟悉彭大年的走路姿态，知道他是内八字，也知道胡浩是外八字。如果这个案子别人来处理，可能就蒙混过去了，胡浩在现场给他打电话是弄巧成拙。前几天探访防空洞，顾小白就是想给胡浩和许国巍一个机会，在故地重游时回忆起萤火虫乐队的美好时光，唤起两人对昔日好友的愧疚，主动投案自首，但两人执迷不悟。当时顾小白就悲哀地意识到，青春岁月里的那只萤火虫不是消失了，而是彻底死了，被埋葬在暗黑的时

光里。

毫无疑问，胡浩和许国巍有杀害彭大年的重大嫌疑。刘凤娟提出了疑问，案发时，如果有人冒充彭大年给马小燕打电话，作为妻子，马小燕怎么会听不出丈夫的声音？小宋说，通过技术侦查，在彭大年手机上发现了一个已经被删除的语音包，类似于车载导航，能模拟任何人的声音。小宋推断，犯罪嫌疑人先是在彭大年的手机上秘密下载了这个语音包，录下他的声音。作案时，再用彭大年的手机拨通马小燕的电话，让她误以为是丈夫来电，接着在通话中制造彭大年醉酒落水的假象。事后，犯罪嫌疑人再把这个语音包删除。顾小白问，语音包是什么时候下载的？小宋说，凌晨一点十二分，一刻钟后，马小燕就接到了用这部手机打来的电话。

段宏也汇报了彭大年的财务调查情况，说花好月圆婚庆公司从 2012 年起一直亏损，截至现在，负债七十多万。奇怪的是，在彭大年办公室的抽屉里发现了一张储蓄卡，建行的，开户人却不是他，是一个叫程福海的人。顾小白插了一句话，程福海是谁？段宏说，婚庆公司秘书佟婕的表舅，本县石塘村村民，六十三岁，是个盲人，吃低保，没出过村。佟婕说，这张银行卡是彭大年要她帮表舅办的，然后交给他保管，说是公司有笔款子要打在上面，可以避税。彭大年许诺，每年会给她表舅两千块钱，还叮嘱她千万不要声张。卡办了有五年了，密码多少，余额多少，她都不知道。我专程去了趟石塘村，问过程福海，佟婕说的都属实，这五年，佟婕每年都会给他两千块。顾小白问，卡里有多少钱？段宏说，汇入款合计七百三十万，是多人多次汇入，但现在只剩五万。顾小白把喝

剩的半瓶矿泉水浇在绿萝上，说，汇款人应该是胡浩和许国巍。段宏说，除了他俩，还有一个汇款人，是彭大年的妻子马小燕，她一个人就汇了两百八十万。顾小白很吃惊，发现胡浩和许国巍涉嫌谋杀后，他怀疑两人跟彭大年有经济纠纷，比如说：彭大年找两人借了钱，赖账不还；或者，是两人找彭大年借了钱，不想还。但马小燕为什么也给彭大年汇了这么多钱？

会议室里议论纷纷，杜耀文说，个人借贷不属于应税行为，彭大年避税的理由说不通。刘凤娟说，借用别人的银行卡，借款人和出借人的风险都极大，容易产生民事纠纷。胡浩和许国巍都是精明的生意人，马小燕更是银行高管，他们怎么愿意冒这个风险？顾小白从段宏手里拿过那张建行卡的流水单，发现马小燕汇第一笔钱的时候是 2013 年 10 月 13 日——那时候她和彭大年还没有结婚，两人结婚是在 2014 年五一节。顾小白抬头看着窗外浓稠的雨雾，凝思了一会儿说，汇款人可能并不知道钱是汇给了彭大年，那张建行卡是彭大年用来隐藏自己身份的。段宏问，彭大年为什么要这样做，汇款人为什么心甘情愿地打款？顾小白吐了个烟圈，仿佛一只水母刚从海底深处浮上来，他说，马小燕汇入的第一笔钱是十万，而胡浩和许国巍汇的是十五万，后来汇款的金额逐次递增。第一次作案，收款人没有把握，所以胃口不大。尝到甜头后，他的胆子越来越肥，金额也就随之加大，这是典型的敲诈手法。也许，彭大年掌握了汇款人的某个秘密。

顾小白的这句话一出，在座的人都震惊了。因为经济纠纷杀人屡见不鲜，但谁也没有想到胡浩和许国巍杀人是因为一个秘密，更没想到被害人的妻子也卷入到了这个秘密中。如果顾小白的推理成立，这个秘密肯定对三位汇款人极其不利，是绝对不能见光的。

段宏给顾小白发了根和天下，问道，会不会马小燕也参与了杀人？顾小白摇头说，可能性不大，如果马小燕参与，犯罪嫌疑人就不会冒充彭大年给她打电话。而且，马小燕小学就暗恋彭大年，是真爱，不太可能谋杀亲夫。杜耀文说，看来三位汇款人有一个共同的把柄被彭大年捏住，但马小燕对胡浩和许国巍要杀害自己的丈夫并不知情。顾小白说，三人是不是有同一个秘密还不好下结论。

大家都很好奇三人到底有什么把柄被彭大年抓住，五年之内，居然被他敲诈了七百多万。刘凤娟好奇地问，会不会是两位犯罪嫌疑人都跟马小燕有不正当关系，被彭大年录下了证据？段宏笑着说，马小燕再水性杨花，也不可能同时跟隔壁老王和对门老张有染。杜耀文被可乐中的二氧化碳呛了个喷嚏，说，要真是这样，这关系也太乱了。姚伟明说，一切皆有可能，有钱人的世界咱们不懂。小宋啧啧称奇，多好的题材啊，拍成悬疑电影，票房一定过亿。段宏眉飞色舞地说，我跟导演毛遂自荐，出演里面的神探，没准儿一炮走红成了大明星。刘凤娟说，神探还是留给顾队吧，就你这形象，演凶手都不用化装。大家都笑了，只有顾小白没笑，他严肃地说，朋友妻不可欺，胡浩和许国巍很讲义气，不会干这种荒唐事。而且，以我对彭大年的了解，他不会拿自己被绿这件事敲诈勒索。

会议快结束时，顾小白摁灭烟头说，去把那三个人请过来。他说的是请，但大家都知道什么意思，也都理解他措辞中的

293

含义——三人都是他的老同学，大家行动时要掌握好分寸。会后，顾小白开车去了萤火虫咖啡屋，邓丽君在唱《小城故事》，江蓝和黎乐乐正边喝咖啡边闲聊，桌上搁着一部红色笔记本电脑。彭大年出事的那天上午，黎乐乐接到线报后赶到现场，本来想采访顾小白，发现他在西林禅寺静坐，就没进去打扰。彭大年也算是县里的名人，报社主编要她追踪报道这件事，细节越翔实越好，头条给她留着。

看见顾小白进来，黎乐乐起身说，顾队，我正要给您打电话核实情况呢。听说导致彭大年滑坠溺亡的那堆鹅卵石，是飞龙砂石厂的，属于在路边违规堆放，这个消息属实吗？江蓝也说，昨天小燕去公安局开大年的死亡证明，没给开，说还在走程序，这到底是怎么回事？顾小白在两人之间坐下来，说大年的死有问题。江蓝问，什么问题？顾小白说，他不是失足落水，是被谋杀。江蓝一脸惊疑，这怎么可能？黎乐乐急切地问，凶手是谁？

顾小白起身换了盒王杰的磁带，尽量控制住说话的节奏，他说，胡浩和许国巍有重大嫌疑。江蓝和黎乐乐像是被同时捏住了脖子的鹅鹈，一点声音都发不出来，脸上全是不可思议的表情。顾小白说，丁保国也是被谋杀的。两个女人对视着，依旧处于失语状态。

丁保国的案子还在侦查阶段，保密工作做得相当好，外界尚不知道具体案情，更不知道丁保国就是一直逍遥法外的口罩色魔。顾小白把丁俊透露的一些信息告诉了江蓝和黎乐乐，但他省略了某些重要内容——跟江蓝和黎乐乐有关的部分。猎枪的事他也没提，他觉得还不到时机。当年的两个受害者静静地听着，似乎在听别人的故事，看不出内心的涟漪。

顾小白说，我刚才说的这些都属于案件机密，你们不能透露出去。黎乐乐的语言功能终于恢复正常，她问，既然是机密，你为什么要告诉我们？顾小白没有回答，他抬头看着旋转的吊扇叶片，脑袋里风声呼啸，王杰在声嘶力竭地唱《一场游戏一场梦》。江蓝也缓过神来，问顾小白，浩子和巍子为什么要杀大年？顾小白同样没有回答，在两个女人诧异和不解的目光中，他起身离开了咖啡屋。

一直到上车，顾小白都觉得脑袋里的风声没有停止，一会儿吹过来防空洞里的气息，一会儿吹过来花鼓戏的唱腔，一会儿吹过来孟老师身上的香水味。他不知道自己今天为什么要来这里，似乎是无意识，又似乎是下意识。他透露的那些案情，好像是在泄密，又好像是另外一个秘密的开始。马金龙死了，丁保国死了，周云鹏死了，彭大年死了。现在胡浩、许国巍和马小燕又被卷入到彭大年的谋杀案中。这些人全都是当年湘江造纸厂的，跟糖葫芦一样串在一起。

眼下，他迫切需要找到的，就是那根串联用的线索。

中午，顾小白靠在椅子上休息了一会儿，绿萝散发出来的那种草本气息很催眠。他一觉睡到下午两点，刚睁开眼，段宏就走过来说，老大，人都请回来了，杜副队正分头找他们了解情况。段宏很委婉，把审讯说成了解情况。顾小白低头嗅了嗅绿萝的清香，问，交代了吗？段宏泡了杯碧螺春给顾小白，郁闷地摇头，三个人都在闹情绪，都嚷嚷要见您。顾小白盯着茶杯口沿上凝结的水汽，发了一会儿呆，然后说，我先去跟马小燕谈谈。

顾小白端着茶杯走进询问室，刘凤娟正在跟马小燕做思想工作。他说，你出去吧，我来。刘凤娟刚走，马小燕就激动地问，小白，我正在办大年的丧事，你们把我带到这里来是什么意思？顾小白说，大年不是意外，是被害。马小燕神色大惊，盯着顾小白使劲看，感觉他不像是在开玩笑，她的情绪更激动了，问，凶手是谁？顾小白喝了口碧螺春，答非所问，大年有一张建行的储蓄卡，你知道吗？马小燕摇头说，他的所有储蓄卡，个人的和公司的，都是在我上班的工行办的。顾小白说，这张建行卡的开户人叫程福海。说完，他的目光锁定马小燕的那张脸，观察她的每一个细微表情。

听到程福海这个名字，马小燕嘴角的肌肉抽搐了一下，眨眼的频率明显提高。顾小白暗忖，果然有状况，他说，我们查过了，程福海是花好月圆婚庆公司某位女员工的亲戚，一个老农民，还是盲人。这几天，马小燕忙着操办丈夫丧事，整个人非常憔悴，听到顾小白的话，她脸色更难看了，身形微微摇晃，如同风中的芦苇。顾小白看了有点不忍心，服丧期间的寡妇，应该是天底下最可怜的人了，但办案需要，有些话他不得不说，有些事他不得不问。

在顾小白的审视下，马小燕如梦初醒，我想起来了，大年是有这么一张卡，我还往上面打过几笔钱。不好意思，大年刚走，我几天都没睡好觉，脑子有点短路，一时忘记了。看见马小燕眼神闪烁，顾小白知道她的回答水分很大。他点了根烟，没有发表任何评论，而是透过烟雾看着对面那张苍白哀伤的脸。马小燕有点坐不住了，主动说，那些钱是我汇给大年当公司周转资金的。顾小白轻飘飘地问了一句，为什么要把钱打在那张卡上？马小燕沉默了一小会儿，然后说，大年欠了债，怕这些钱打到自己账户上会被冻结。顾小白追问，他亲口说的？马小燕迟疑了几秒钟，点点头。相对于避税的说法，马小燕的这个解释似乎更合理。

顾小白质疑道，你分五次，给卡上汇了两百八十万，这么多钱，是从哪来的？马小燕说，找周云鹏借的。顾小白又问，打借条了吗？马小燕说，我要打借条，周云鹏不让，他说打借条就见外了。你知道的，他和我爸关系很铁。顾小白心想，马小燕到底是搞金融的，回答滴水不漏，没有借条，出借人又不在这个世界上了，死无对证。他抽着烟，微微一笑说，询问结束后是需要你签字按指纹的，而且有录音录像，这些都能当证据。如果周云鹏的妻子知道你找她老公借了这么多钱，是可以要求你偿还的。马小燕的脸色顿时由白转青，如同被霜打过的菜叶。

在这座经济不算发达的县城，身为银行信贷科科长的马小燕算是高收入了，月薪也不到六千块。当然，还有一些灰色收入，但年薪不会超过十五万。如果她汇到那张建行卡上的巨款是借款，不吃不喝不看病不养孩子，得十多年才能还清，这显然是她无法承受的。顾小白看出了马小燕内心的挣扎，他说，你是个聪明人，为了这笔钱，把自己的青春都搭进去不划算，还是讲实话吧。

马小燕低着头，不断吞咽口水，胸脯急剧地起伏着，像连绵不绝的山峦。其实她也是个美人胚子，当年在纸厂子弟学校，她和江蓝一样，是许多男生暗恋的对象。马小燕抬头问，小白，你能替我保密吗？顾小白说，那得看具体情况，如果跟大年的案子有关,那就得走司法程序,会有很多人知道。如果无关,我会尽我所能,把知情范围控制到最小。马小燕点头说,好吧,我不为难你,你尽力就行。那些钱不是我找周云鹏借的,是他主动给我的。顾小白一愣,问道,他为什么要给你钱?马小燕搓着手,抿了抿嘴,然后说,刚进银行时,我为了提高业绩,找周云鹏帮忙。他不仅给我介绍了很多资金雄厚的客户,还把豪森公司的开户行从建行换到了我所在的工行。不过,我也为此付出了代价,成了他的地下情人。

顾小白不动声色地问,那是什么时候?马小燕不假思索地回答,2010年。顾小白心中默算了一下,那是马小燕大学毕业后的第二年,朝气蓬勃,对事业和爱情怀抱美好的憧憬,她居然为了业绩委身一个老男人,但顾小白没有表露出吃惊,他琢磨着马小燕话里的每一个标点符号,想知道是正常的排列组合,还是刻意搭配。马小燕说,五年前,我和大年还在热恋。我们第一次发生关系时,大年发现我不是处女,就追问原因。我被迫说出和周云鹏的暧昧关系,他非常愤怒,扬言要报复周云鹏,还要跟我分手。我很害怕,不想失去大年,就跪在地上求他原谅,说自己以后一定跟周云鹏断绝关系。大年说不能便宜了那个老色鬼,必须让他付出代价。周云鹏当时刚和电视台的那个女主持结婚,他跟我爸的关系又不错,顾及影响,他不想闹得太难堪,愿意用钱来摆平这件事。那二百八十万,就是周云鹏分五次给大年的。大年担心周云鹏事后告他敲诈,所以借用了程福海的建行卡,以我的名义,把钱打到那张卡上。都是我财迷心窍,被那个老色鬼骗了,我对不起大年。小白,求求你,一定不要把这件事告诉我妈,也不要告诉江蓝和小军。说到这里,她泪流满面,后悔不迭。

顾小白问,周云鹏的死跟你和大年有没有关系?马小燕急忙否认,绝对没有!周云鹏出事那天,我在银行上班,大年在主持湘江豪庭楼盘的开盘典礼,很多人都可以作证。顾小白内心也不相信马小燕跟周云鹏的死有关,她和大年都是有车一族,没有理由找周云鹏要一可乐瓶的汽油。顾小白好奇地问,大年掌握了你和周云鹏的什么证据?马小燕满脸羞愧地说,我和周云鹏开车出去偷情,被他跟踪了,偷拍了视频。顾小白继续问,视频呢?马小燕说,在大年手上,可能删了,也可能没删,藏在什么地方我就不知道了。他出事后,我检查过他的手机和电脑,都没发现那些视频。顾小白问:你和周云鹏平时是怎么联系的?一般在哪里发生不正当关系,宾馆还是家里?

马小燕开始沉默。

顾小白没有催促,他很有耐心地等待着。询问有时就跟蜘蛛张网捕猎一样,不能急,蛛网越是平静,那些小昆虫越容易麻痹大意。马小燕终于开腔了,她说,我想把那个噩梦忘掉,可是你,小白,却不断让我回忆。顾小白说,抱歉,老同学,这是我的职责。马小燕点头表示理解,她说,周云鹏非常谨慎,担心手机留下偷情的证据,所以很少用手机跟我联系。他每次找我,都是直奔主题,要么在我和他的车上,要么去他家。他有好几套房,平时都没人住。

顾小白慢条斯理地咀嚼着茶叶,心想,没有频繁的通话记录,没有暧昧的信息,没有开房记录——偷情不是在车上,就是在家里，偷拍的视频不知所踪，当事人又死了，根本就无据可查。在刑侦学上，越是完美的证词，越是要打一个问号。反而是那些存在纰漏的证词，往往比较可信。这就跟人一样，高大全的形象充满了虚假性，有些缺点的人设更接地气也更真实。顾小白从马小燕的讲述中挑不出任何毛病，偷情并不犯法，涉嫌敲诈的彭大年又死了，他没有理由继续留置马小燕。他说，你反映的情况我们会核实的，你的隐私我也会尽量保护，现在，你可以走了。马小燕没有动，她问，小白，你还没有告诉我，是谁杀了大年？顾小白欲言又止，他不想在这个刚刚丧夫的女人伤口上再撒一把盐。马小燕嚯地站起来，直视着顾小白，问，不会是浩子和巍子吧？顾小白避开她的目光说，案子还在调查，嫌疑人不一定就是真凶。马小燕突然捂着脸孔，哭着跑出了询问室。

顾小白来到走廊上，窗外的雨已经停了，湖面上蒸腾的水汽渐渐消散，云朵里隐隐透出金光。但他感觉自己还在防空洞里摸索，四周暗黑无光，他一直找不到出口。十三年来，他似乎同时生活在两个世界里，一个在地面，一个在地下。地面的那个是由无数荣誉构成的，阳光灿烂，花团锦簇；地下的那个则由许多秘密串联而成，阴冷潮湿，不见天日。不解开这些秘密，他的身体就会有一种被分裂成两半的痛苦。也许，是时候治愈这种痛苦了。

回到办公区，顾小白叫来段宏和刘凤娟，要两人分别去查马小燕的财务状况和生活作风问题。此前，他以为马小燕、胡浩和许国巍有一个共同的秘密被彭大年掌握。现在，他有一种直觉，秘密不是一个，而是两个。

5

湘江造纸厂口有棵百年桂花树，一到秋天，香透半个城区。顾小白记得在废纸堆里偷过席慕蓉的一本诗集，叫《七里香》。每次读里面那些灵动隽永的文字，他就会想起江蓝，而且是控制不住地想，仿佛诗歌里吟诵的就是江蓝，字里行间全都是她的味道。子弟学校对课堂纪律抓得并不严，每天都有学生迟到早退，甚至旷课。2003年的一个星期五，萤火虫乐队全体成员翘了半天课，去一个新娘子的葬礼上演出。

新娘子是农药厂的职工，洞房之夜跟新郎吵架，冲动之下喝了百草枯，没抢救过来。在顾小白的记忆中，乐队接的活白事比喜事多。大部分演出都是在葬礼上，是生者唱给逝者听，演出费用也更高。五人从最初的紧张害怕到习以为常，去的次数多了，就体会到了生命的脆弱。有时生与死相隔并不遥远，只是一首歌的距离。假如邀请方要求乐队唱《好人一生平安》，那肯定是白事；如果必须唱《今天是个好日子》，那绝对是喜事。只要有演出邀请，萤火虫乐队都会接单。与其说他们是去挣钱，不如说是寻找一个证明自己的演出平台。在这个平台上，他们让全身的音乐细胞活跃起来，在激情中释放多余的荷尔蒙。这个时候，他们眼里没有生死，只有音乐。

顾小白读警校时，有一次老师组织学生到法医解剖室观摩。看到那些泡在福尔马林药水里的人体器官，很多同学都吐了，没吐的也脸色惨白。全班只有顾小白泰然自若，老师问他为什么不害怕？他说死人见得多了，有什么好怕的？他从小在江边长大，每年总会见到几具赤裸的浮尸，通常都是男俯女仰。高中时代，萤火虫乐队经常在灵堂演出，有时还是在凌晨。遗体近在咫尺，偶尔能闻到尸臭。夜半歌声宛如鬼哭，四周阴风阵阵。那种恐怖，比解剖室有过之而无不及。

喝百草枯的那个新娘子是横死，按当地风俗必须晚上出殡，所以萤火虫乐队的演出安排在下午。农药厂的污染很严重，隔着两里路，都能闻到那种杀虫剂的气味。整个演出过程中，五人就像田间的昆虫，被各种农药轮番喷洒。回来的路上，顾小白蹬着三轮大口呼吸新鲜空气，马小军在后面愉快地推车。江蓝坐在车厢里一声不吭，似乎是有些累了。胡浩、许国巍和彭大年晃晃悠悠地坐在车厢里，热烈讨论着从葬礼上听来的八卦——新娘子是农药厂的厂花，追求者众多，最后厂长儿子抱得美人归。热恋期间，她以种种理由拒绝厂长儿子的亲热。厂长儿子以为她守身如玉，对她越发珍爱。新婚之夜两人同房，厂长儿子发现她不是处女，她这才坦白说，十七岁那年春天，有天晚上她去看电影，回来时遇到口罩色魔，被胁迫到油菜花田里侵犯。因为担心名声受损，事后她并没有声张，连父母都不知道。没有报案也就没有证据，想到她身边的众多追求者，厂长儿子怀疑她婚前早已不贞，被色魔侵犯不过是一个借口。两人因此发生争吵，继而发生了悲剧。顾小白对那个新娘子还有点印象，她安详地躺在棺材里，就像童话里的睡美人。

许国巍当时说，新娘子太傻了，结婚前应该去做个处女膜修补手术，要不了多少钱。看到江蓝昏昏欲睡，胡浩说话就无所顾忌起来，都什么年代了，还在乎一层膜，只要不影响使用就行了。彭大年却说，我在乎，这就是原创和口水歌的区别，感觉完全不同。胡浩说，别瞎鸡巴扯，做爱跟做音乐没有半毛钱关系！彭大年没有争辩，他说自己以后的妻子必须是处女，他不在乎天长地久，但在乎第一次拥有。许国巍问顾小白的看法，顾小白回答说，灵魂的干净比身体的圣洁更重要。那是顾小白第一次使用灵魂这个词来造句，他至今不清楚，这句充满哲理的话是来源于自己看过的诗集，还是他的原创。现在想起来，那时候江蓝已非处女，如果她当时没有睡着，一定对三人的讨论很在意。

很奇怪，尽管江蓝被玷污过，还堕过胎，但顾小白从来没觉得她失贞了。在他心目中，江蓝一直是完美无瑕的。在刑侦实践中，顾小白见过出卖肉体，但经常捐助贫困学生的站街女，也见过夫妻恩爱却疯狂敛财的女官员，你说到底谁的灵魂更高尚？两年前，胡浩在长沙芙蓉路新开了家火锅店，他请几个发小去吃喝。那次顾小白喝得有点晕，他忘了当时怎么谈到了处女这个话题。胡浩说他亲自实践过，第一次和第十次并没有多大区别，他搞不懂为什么有人要因为这个杀人或者自杀。许国巍笑着说，还是有区别的，他和老婆的第十次就比第一次感觉更好。但彭大年持反对意见，说他和马小燕都把第一次看得无比神圣，甚至把床单上的落红当成圣杯收藏了起来。胡浩大笑，你应该把床单送去佳士得拍卖，吸睛率保证超过唐伯虎的春宫图，能卖个天价。

2018年的这个夏天，刚刚询问完马小燕的顾小白看着绿萝出神，他想起了彭大年说过的那些话，一个有浓厚处女情结的男人，怎么会娶婚前就已失贞的马小燕呢？

难道是为了把周云鹏当提款机？从财务报表来看，花好月圆婚庆公司是亏损的，彭大年这个老板徒有虚名，根本就没什么钱。他迫切需要注入资金来运营公司，发展业务，敲诈周云鹏的动机是存在的。不过，马小燕撒谎的可能性也是存在的。江湖传闻，周云鹏这个人虽然好色，但仗义，发迹后帮助过不少人。他尤其懂得知恩图报，所以经常能得到贵人相助，马金龙就是其贵人之一。周云鹏诱奸马小燕似乎不符合他做人的风格，当然，也不是完全没有可能。跟一名有妇之夫进行财色交易，对任何女人来说都是莫大的羞耻。如果马小燕在撒谎，到底是什么样的秘密，让她不惜把脏水往自己身上泼？还有，她汇到那张建行卡上的巨款，如果不是周云鹏给的，又是从何而来？也许，讯问胡浩和许国巍后会解开这些谜团。但顾小白没有急着进讯问室，他的拖延就是一种态度。他想让两人猜测他为什么迟迟不出现，猜测他到底掌握了多少情况。

犯罪嫌疑人处在不断的猜疑当中，就会不明虚实，拿不定主意，乱了方寸，这对警方的讯问是很有利的。但此刻顾小白的心中悲凉如寒冰，他没有以往跟犯罪嫌疑人斗智斗勇的那种兴奋。他从来没有想过，有朝一日会讯问自己的发小，而且发小还涉嫌一起谋杀案，甚至被害人也是自己的发小。这也是他没有马上进讯问室的原因之一，他还没有做好角色转换的准备。

记忆的匣子一旦打开，许多往事就像见缝就钻的瓢虫，争先恐后地往外爬。有阵子，纸厂子弟学校流行玩杀人游戏。一到课间休息，就八九个人一组，玩得不亦乐乎。通常情况下，萤火虫乐队的成员会一起玩，再叫上另外几个同学，比如：马小燕、马小军和丁俊。课间休息时间太短，玩得不过瘾，顾小白喜欢在放学后去防空洞玩，那里幽暗阴森，玩这种游戏更有气氛。有时候他们也会在乌龙宝塔内，在废弃的驳船上，或者在岳州窑的古窑址上玩。从警后，顾小白侦破了很多杀人案，他发现不同凶手选择的作案地点惊人地相似，大都是在老宅、荒山、密林、河滩、枯井、破庙……甚至天气和时间的选择也很相似，主要集中在黄昏、雨夜、凌晨、正午。凶手的这种选择，不完全是为了隐藏罪行，可能还有一种连凶手都没意识到的原因——荒僻的环境、极端的天气和寂静的时间段，能诱发人的原始本能，激起犯罪欲。

深夜的西林禅寺如同一口沉寂的古钟，四周更是空旷无人。2018年夏天的那个凌晨，胡浩和许国巍之所以把杀人地点选择在这里，不一定是事先踩好了点，有可能是特殊的环境和时间段诱发了犯罪念头。当然，这种念头一定早就在两人的脑海里存在，只是一直没有勇气付诸行动。

当年玩杀人游戏时，顾小白和彭大年做警察的次数最多，但彭大年不够冷静机智，屡屡殉职。有时候马小燕违反游戏规则，偷偷眨眼暗示彭大年谁是杀手，他还是不解其意，慷慨赴死。马小燕、马小军和丁俊老做平民，他们仨同样心理素质欠佳，经常被迅速淘汰出局。胡浩和许国巍则爱做杀手，觉得酷毙了。《这个杀手不太冷》两人看了不下十遍，台词背得滚瓜烂熟。但他俩也不是完美杀手，不管如何隐藏身份，总被顾小白指认出来，彭大年因此老笑话两人是笨贼。有一次两人偷偷做了警察，但被做杀手的顾小白迅速干掉。气得胡浩破口大骂，小白你个狗日的，真是我和巍子的克星！倒是江蓝，一直扮演法官的角色，辨正邪，断生死，干净利落，很符合她的气质。

只有一次例外。

2003年春天，也许是夏天，具体时间顾小白记不太清楚了。是一个残阳如血的黄昏，在岳州窑的古窑址上，除了经常在一起玩的八人，还有另外五名同学，两男三女。这次当法官的是丁俊，他说天黑请闭眼。所有人都闭上眼睛，顾小白屏息静气，感受着身边的动静。当法官说杀手请睁眼时，一个不专业的杀手，身体会在下意识中做出反应，发出细微的声响。丁俊又说，天亮请睁眼。所有人都睁开了眼睛，顾小白发现第一个被杀的是胡浩。从他留下的遗言来看，他似乎是被冤杀的。第二个出局的是许国巍，接着是彭大年，然后是以神探自居的顾小白。江蓝和马小军的生命力很顽强，坚持活到了游戏的最后一轮。就在顾小白以为两人即将被杀时，反转出现了，两人竟然是杀手！这让之前被淘汰出局的人全都吃了一惊，大家没想到江蓝和马小军隐藏得如此之深，而且配合得天衣无缝。

那是顾小白第一次惊叹江蓝的心理素质和表演天赋，整个游戏过程中，她没有露出丝毫破绽。为了掩盖杀手的身份，她甚至故意制造假象迷惑别人，把她误当成警察或者平民。马小军也发挥得很出色，但他平时行为举止就很古怪，说话颠三倒四，别人误判他的角色很正常。这么说吧，在杀人游戏中，马小军其实是用来凑数的。平常他总是第一个被淘汰出局。只有那次跟江蓝合伙扮演杀手，他才笑到了最后。顾小白有几次想跟江蓝一起扮演杀手或警察，并自认为是强强联手，双剑合璧。但尴尬的是，他的遭遇正好跟马小军相反，每次都没有善终，死在了江蓝前面。胡浩、许国巍和彭大年也想跟江蓝合作，但同样死得很惨。后来所有人都发现了，江蓝和马小军才是一对黄金组合，无论当警还是当匪，都所向披靡。

还是那一次，顾小白也扮演了几回法官和平民。他发现只要自己不做警察，扮演杀手的胡浩和许国巍就会成为漏网之鱼。其实以前玩杀人游戏时，两人并不笨，隐藏也并非不深，之所以很快暴露身份，是因为顾小白太了解他们了，一捉一个准。毫不夸张地说，如果在两人身边闻到一股臭屁味，顾小白都知道是谁放的，两人平时爱吃些什么他门儿清。

那天从岳州窑回来，顾小白内心感叹，老祖宗说，天地万物相生相克，真是一点没错。这个世界上，总有一个人是自己的毒药，但对别人来说，或许就是鸡汤。后来的事实证明，不光是在玩杀人游戏时，在游戏之外，江蓝也成了顾小白的毒药。但在马小军面前，她是一碗包治百病的鸡汤。顾小白因此充满了挫败感，自己居然连一个智障都不如。他甚至有过一个念头，往自己脑袋拍一板砖，变成傻子，江蓝是不是就可以成为他的鸡汤了？

这个念头过于荒诞，顾小白并没有实施。他是个爱做梦的人，少年时代尤其爱做那些与春天有关的梦，但他从没把梦中的行为变成现实。后来为了求得心理平衡，顾小白灵活运用起了阿Q精神胜利法——江蓝是上帝派来拯救智障的天使，他不在救助名单上，说明他足够聪明。

可能是杀人游戏玩多了，顾小白曾经做过一个梦，梦里有江蓝，但与那些春天的内容无关。他和江蓝穿越到了抗日年代，两人都是我党派遣到敌占区的地下工作者，但彼此并不知道对方身份。有一次，顾小白去茶馆跟江蓝接头，不幸被叛徒出卖，而叛徒竟然是彭大年，抓捕他的特务则是胡浩和许国巍。胡浩一伙百般拷打顾小白，逼问他接头的人是谁？顾小白说不知道，他确实不知道。许国巍把茶馆老板娘带过来，问是不是她？顾小白一看，居然是江蓝，而且从她身上嗅到了那种同志才有的独特气息。原本即将崩溃的他顿时精神抖擞起来，浑身充满了无穷的勇气。他趁胡浩一伙不备，抢了一支枪奋力反抗，并叫江蓝快跑，他掩护！最后他身中数弹昏迷不醒，江蓝扶起浑身是血的他，深情地呼唤着，小白，快醒醒！他慢慢睁开眼，发现是母亲站在床前，拧着他的耳朵，满脸怒容地数落道，上学要迟到了还不起床，跟你爸一样，猪投胎，一辈子都睡不醒！

顾小白最后一次玩杀人游戏是在2005年夏天。孟老师被害后，为了帮警方找到凶手，他召集了二十六个同学到乌龙宝塔内玩杀人游戏，绝大部分是男生。萤火虫乐队的全体成员都参与了，包括江蓝。他们聚集在塔内的最高一层，也就是第七层。壁龛上供奉着一些叫不出名字的菩萨，飞檐下的风铃不停地发出叮当声，如同在替孟老师招魂。这次的游戏规则跟以前不同，是顾小白自己定的。那时候，大家虽然对顾小白的线人身份一无所知，但都知道他的用意，没有一个人表示反对。此时反对也是不明智的，越配合越能洗脱自己的嫌疑。

游戏中没有警察，只有法官、杀手和平民。算上顾小白，塔内一共有二十七个人。顾小白当第一任法官，他拿出一个日记本和一支红铅笔，把所有人的名字写在上面，然后说，天黑请闭眼。大家都闭上了眼睛，他把日记本和笔随机塞到一个人手里，示意对方睁开眼，在嫌疑人的名字下打叉。打完后，对方再次闭上眼睛，他再次把日记本和笔随机塞到另外一个人手里……如此循环，直到每一个人都完成这个步骤。接着，他说，天亮请睁眼。大家睁开眼的第一反应都是把目光投向日记本，看看谁的叉最多。结果发现是丁俊，有二十多个叉。

按照游戏规则，丁俊出局前，要发表一段辩护词来证明自己不是凶手。他说孟老师被害时，他正在家里午休。顾小白问，谁能证明你在午休，你爸吗？丁俊说，当时我爸不在家，在厂内巡逻呢。马小燕撇嘴道，自己证明自己，你这个辩护词太没有说服力了。胡浩一本正经地对马小燕说，你冤枉丁俊同学了，梦里那个长发飘飘的女人也可以替他作证。许国巍说，看看他的裤衩脏没脏就知道有没有撒谎了。彭大年说，巍子你傻啊，都过了好几天，丁俊的裤衩肯定洗好几遍了。在场的男生全都怪笑，女生都涨红了脸。

丁俊急了，梗着脖子说，隔壁高科长两口子可以证明我没有作案时间。那时丁俊还住在纸厂宿舍，他家隔壁是质检科科长高宝生，老婆秦娟是厂幼儿园的老师。顾小白问，他们怎么给你证明？丁俊吞吞吐吐地说，我午休时，他们一直在做……那种事，声音很大。你们去问高科长，就知道我是不是在撒谎了。塔内先是一阵沉默，接着胡浩说了一句，什么狗屁午休，原来你在听房呢。大家都哄笑起来，估计那会儿丁俊跳下宝塔的心都有了。只有江蓝没笑，她说，你们无聊不无聊啊。顾小白也觉得场面有些失控，只好憋住笑，说游戏继续。

马小军名字上的叉仅次于丁俊,他被淘汰前也要为自己辩护。因为他是智障,由妹妹马小燕代为辩护。她说案发时,她和她哥正在家里看电视,湖南文艺频道,是黎明的演唱会。大家都了解马小军的嗜好,只要有演唱会,地震了都不会离开。在场的一个男生说,那个演唱会他也看了,确实是湖南文艺台在案发时段播放的。大家都没有反驳马小燕的辩护,之所以给马小军打叉,并非真的怀疑他是杀害孟老师的凶手,而是因为他智障,适合背黑锅。至于给丁俊打叉,那是因为这家伙性格孤僻,惹人生厌。按照游戏规则,名字上叉最多的前两名被判处了死刑。

第二任法官是马小燕,她喊了声,天黑请闭眼。第二轮投票随即开始——大家可以擦掉之前打的叉,重新考虑谁是凶手。顾小白记得,他和江蓝是最后出局的。江蓝是报案人,顾小白是她叫到案发现场的,两人都没有作案时间。胡浩说,案发时,许国巍和彭大年在他家斗地主。三人的辩护词互相印证,说服力很强,所以他们仨也死得很晚,是在倒数几轮公投时才出局的。游戏的第一阶段是分析作案时间,结束后进入第二阶段,所有被判死刑的人自动复活,这一阶段是分析作案动机,因为不在场证明是可以伪造的。

丁俊人缘太差,他再次成了头号嫌疑人。照惯例,出局前他要留下遗言。他说孟老师平时对他很关照,高考前还给他开小灶补习外语。有一次他爸给了他五十块钱买复习资料,结果钱掉了,被隔壁班的一个男生捡到,耍赖不还,是孟老师替他追讨回来的。他说他脑子又没坏,怎么可能恩将仇报去杀孟老师?

毫无悬念,在游戏的这一阶段,马小军又成了第二号嫌疑人。马小燕替哥哥辩护,孟老师在她哥心中的地位,不亚于篮球迷眼中的乔丹。一个铁杆粉丝怎么可能去杀害自己的偶像呢?马小军突然用英格丽希吟诵起了裴多菲那首著名的《自由颂》,口音是如此纯正,像极了孟老师。吟诵时,他凝视着檐角摇摆的风铃,表情神圣,目光圣洁。他甚至还掏出那条跟孟老师花色完全一样的手帕,擦了擦鼻子。就在那一瞬间,在场所有人都闻到了一股熟悉的香水味。一个身上还带着孟老师气味的人去杀孟老师,这太不合逻辑了!

在后来的投票环节中,马小燕、胡浩、许国巍和彭大年相继出局。马小燕为自己辩护说,当初孟老师大学毕业时,因为没有任何背景,被分配到了乡下的一所中学,那里交通闭塞,条件非常艰苦,待遇也差。她爸跟教育局的黄局长关系不错,爱才心切,把孟老师调到了纸厂的子弟学校。为了表示感激,逢年过节,孟老师都会拎着礼物上门拜访她爸。她评为全县优秀学生干部是孟老师推荐的,高考志愿也是孟老师帮忙填写的,她杀孟老师毫无理由。

胡浩说,他更没理由杀人。那次全县教育系统文艺汇演,萤火虫乐队一首《我的未来不是梦》征服全场,夺得头名,就得益于孟老师的关照。如果他是凶手,母猪就能上树,公鸡就能下蛋,还是咸鸭蛋。许国巍和彭大年的辩护词跟胡浩差不多,总之,孟海老师是他们仨音乐道路上的提灯人,他们比谁都恨那个凶手。

游戏的这一阶段,顾小白和江蓝依然是最后出局。虽然顾小白也是萤火虫乐队的成员,但辩护时,他没有说胡浩他们陈述过的那个理由。他说,孟老师的一个亲戚是东莞某皮鞋厂的厂长，我爸不知从哪里打听到了这个消息，专门请孟老师吃了顿饭，想做那家皮鞋厂在本县的销售代理。在孟老师的促成下，我爸如愿以偿。有了这个代理，我家皮鞋店每年要多挣上万块钱。就冲这，我也不会去杀孟老师，除非提前几十年得了老年痴呆。

江蓝说，她是英语课代表，全班学生中，就数她从孟老师那里得到的照顾最多。高考前夕，她上夜自习，孟老师怕她回去不安全，每次都会送她回家，一路上还会给她讲解题思路和考试要点。江蓝说的这些大家有目共睹，而且她是女生，柔柔弱弱的，平时从没见她跟谁发生过争吵，跟傻子马小军都能相处融洽，怎么看都不像杀人犯，倒像是含冤待雪的窦娥。若干天后，江蓝向警方自首，说她误杀了孟老师。得知这个消息，那天在乌龙宝塔内玩杀人游戏的人都惊呆了。有人说，江蓝心机太深了，忽悠了所有人，难怪她能在杀人游戏中生存到最后。甚至有人说她的表演天赋来自遗传，她母亲刘素梅就是厂里的文艺活跃分子，会弹会唱，把很多男人迷得神魂颠倒。

在那次的杀人游戏中，第三阶段是分析杀人凶器来自何人之手。

丁俊说，他爸是保卫科长，他从小就知道无证持枪是犯罪，给他一百个胆子也不敢私藏枪支，被他爸发现，会打个半死。马小燕说，她和她哥从小就不爱看枪战片，觉得太血腥太暴力了，家里连玩具枪都没买过，他们兄妹俩怎么敢拿真枪？胡浩说，他二叔就是小时候玩猎枪走火，打瞎了一只眼睛，从此整个家族把枪当瘟神，避之唯恐不及。许国巍苦笑着说，他舅舅非法持枪猎杀野禽，被判了八年，到现在还没出来呢，舅妈也跟着别人私奔了，前车之鉴，教训惨痛，他哪还敢碰枪，而且是杀人。彭大年更是把自己撇得一干二净，说他是近视眼，还有点斜视，拿着枪也打不准。

顾小白的辩护理由也比较充分，说初三那年夏天，他到江边捡碎陶片打水漂，在挖沙船挖上来的沙子里发现了一支步枪，锈迹斑斑，他立即报告了厂保卫科。县武装部派人来到现场，经检验，是日本鬼子的三八大盖，侵华战争的遗留物。一个见到枪就主动报告的人，怎么可能私藏枪支？江蓝的辩护词最简单，她说自己有先天性心脏病，鞭炮都不敢放。枪一响，估计她会当场心梗。

杀人游戏没有任何结果，参与者纷纷离开。只有顾小白没走，他掏出那部旧手机，拨通了梁斌的电话，详细叙述了整个游戏过程。那天顾小白在宝塔内一直坐到深夜，他把那本打满红叉的日记本点燃，从宝塔上扔了下去。被风一吹，日记本迅速化成一群火蝴蝶，四散开来，惊慌地飞向漆黑的江面。那时候青春无邪，顾小白以为每个游戏的参与者都说了实话。后来才知道，其实大家多多少少都隐瞒了一些秘密，包括他自己，就省略了把那支三八大盖的刺刀据为己有的细节。还有一点他也没想到，当年好几个参与游戏的同学，确实跟孟老师被害案有关。

更出乎顾小白意料的是，十三年后，酷爱在游戏中扮演杀手的胡浩和许国巍，竟然真的涉嫌谋杀。有一年冬至，他在田汉大剧院看省花鼓戏剧团的演出《刘海戏金蟾》。演出期间，掌声、口哨声、喝彩声此起彼伏。他突然有种错觉，台上的那个故事是真实发生的，而台下的观众才是演员。这种错觉在散场后纠缠了他很久,他一个人走在深夜十点的芙蓉路上,感觉身边的霓虹、站牌和车辆全是戏曲中的道具,而他连跑龙套的角色都算不上,只是一个没有台词的路人甲。如果人间真是一台有着宏大叙事的戏,那导演是谁?是造物主吗?

难道所有的悲欢离合都是预先安排好了的,人类是因为入戏太深而不自知?

想到这里,顾小白就不寒而栗。

绝 响

1

顾小白直到下班时才进入讯问室,胡浩刚吃过杜耀文泡的方便面,正坐在那里发呆,神情显得很疲惫。看见顾小白,胡浩的眼里顿时迸射出亮光,但很快就熄灭了,因为他发现这位老同学的脸冰冷得像块生铁。顾小白挥手示意所有人离开,然后在胡浩对面坐下。两个人就这样静静地对视着,谁也没有说话,但目光里似乎全是语言。这种沉默的相视对两人来说并不陌生,少年时代,在水塔上,在废窑里,在江边,他们经常玩这样的游戏,谁憋不住先开口就算谁输,要给赢的人一根香烟。十有八次都是顾小白赢,他凝视对方时可以神游天外,脑海里全是各种奇异的画面。对方在他眼中似乎只是一棵树,一条船,甚至只是空气,丝毫不影响他游历那个臆想出来的奇幻世界。胡浩则不能,他的思想是跟着视线一起走的。上课时他只要一打野,眼珠就会滴溜溜乱转,所以经常被老师抓现行,罚抄课文或算术公式。他看顾小白时总忍不住发笑,输出去的香烟应该有两三条了。这次却是例外,顾小白担心对视太久,会回忆起很多不该回忆的东西,迷失自己的警察身份,他率先开口,说出了彭大年的尸检结果和现场勘查情况,还有那张神秘的建行卡,他要胡浩给他一个解释。

胡浩继续沉默,顾小白没有催促,他掏出一盒芙蓉王,给胡浩点了一根,自己也吞云吐雾起来。他没有说大道理,没用。他只是淡淡地说了一句,你和巍子的DNA样本已经送去检验了,案发时,是谁穿了彭大年的皮鞋,是谁在鹅卵石上留下了血迹,比对一下就知道了。抽完那根香烟,胡浩又找顾小白要了第二根,第三根。每次递烟时,顾小白似乎听到胡浩胸腔内传出轻微的咔哒声,仿佛有把锁被打开了。他的心也为之震颤了一下,他渴望看见门里面的秘密,但又害怕看见。每次破案时,抵达真相的过程,都是快乐并且痛苦的。

胡浩抽完第五根烟时,顾小白听到了铁锁坠地的声音,比之前任何一次声音都沉闷。他知道,那扇紧锁的门彻底打开了。让顾小白意外的是,胡浩没有直接谈案子,而是回忆起了十三年前的那个夏天,说出了一个惊心动魄的秘密。顾小白被这个秘密惊骇到了,就好像目睹了一次彗星撞地球。

这些年来,孟老师被害的场景无数次出现在他梦里。场景各异,凶手面目各异——有时是瘾君子,有时是输红了眼的赌徒,有时是流窜犯……但胡浩、许国巍和彭大年从来没有出现在相关的梦中,一次都没有!当黎乐乐说,丁保国就是口罩色魔时,顾小白惊得脑袋里升起了一大团雾。然而,从胡浩嘴里冒出来的这个秘密,不仅让他脑雾弥漫,他的呼吸都快停止了。为了筹钱出道,胡浩他们仨居然冒险盗窃,结果惊慌中误杀了孟老师。如果事实成立,胡浩他们在防空洞里捡到的那支枪就应该是丁保国扔下的。但问题又来了,如果丁保国没有枪杀孟老师,那他持枪去防空洞里干什么?胡浩他们听到的那声枪响又是怎么回事?难道丁保国真的是去防空洞里打黄鼠狼?

这不可能!

顾小白又设想了另外一种可能——那批红酒锁进地下仓库后,丁保国萌生了监守自盗的念头。案发那天中午,他背着五连发悄悄进入防空洞。孟老师不知什么原因恰好出现在仓库附近,丁保国担心自己的盗窃行为暴露,撒腿就跑,孟老师在后面穷追不舍。为了脱身,丁保国开了一枪,虽然没打中孟老师,但把他吓住了。在逃离现场时,丁保国遇到了胡浩他们,这才有了丢枪的一幕……

但顾小白很快否定了这个推理,就算丁保国在盗窃红酒时被孟老师撞见,他也不至于惊慌失措。身为保卫科长,他完全可以声称自己是在巡逻。而且,周云鹏神秘兮兮地把枪交给丁保国,绝不是要他拿着壮胆偷酒的。顾小白再次想到了一种可能——丁保国谋杀孟老师时,第一枪并没有打中。等他准备开第二枪时,孟老师已经躲了起来。防空洞里漆黑一片,丁保国四处寻找,不料跟胡浩他们撞个正着,被迫放弃追杀。丁保国逃离后,孟老师以为危险消除,从藏身处走了出来,很不幸,他不偏不倚地撞到了许国巍的枪口上……

对,应该就是这样!

此刻,胡浩蔫头耷脑地坐着。那个秘密就像聚集在他体内的水分,在吐露出来的瞬间蒸发殆尽,他变成了一株脱水的植物,毫无生气。顾小白已经大致明白彭大年为什么被杀了,他问,大年的公司经营不善,他缺钱,就不断匿名敲诈你和巍子,对吗?胡浩点头说,第一个敲诈电话是2013年清明节打过来的,是个陌生号码。我后来找人查过,是黑卡,没有实名认证。电话里的声音明显做了变音处理,要我当天记得去给孟老师烧香,然后说出了防空洞里的那个秘密,限我三天内往一张建行卡上打十五万,当封口费。巍子同一天接到了敲诈电话,内容差不多。最开始,我和巍子都不知道敲诈的人是大年。当时,大年也说自己接到了敲诈电话。我们怀疑误杀孟老师时,有人躲在暗处看到了这一幕。为了隐瞒这个秘密,我和巍子被迫往那张建行卡上打钱。大年也说自己打了钱,还拿出了汇款证明,我和巍子信以为真。

彭大年应该是看到两位老同学事业有成,而自己的公司却举步维艰,他心理极度不平衡,于是萌生了敲诈的念头。也不排除一种可能——当年,胡浩和许国巍极力反对报案,导致彭大年长期饱受噩梦折磨,他心存怨恨,因而敲诈报复。顾小白问胡浩,你和巍子是什么时候发现大年就是敲诈者?胡浩说,第五次,也就是今年春天那次。我和巍子雇佣私家侦探,查到了收款人程福海的底细,还查出大年的汇款证明是伪造的。

顾小白冷冷地看着胡浩,问,所以你们就决定杀人灭口?

胡浩摇摇头,他又找顾小白要了一根

烟，脸上带着怨恨的表情说，刚发现时，我和巍子虽然愤怒，但没想过要杀大年。只要他不再干这种蠢事，我俩就当一切没发生，那些钱就当是资助他的。顾小白问，那为什么最后又下了杀手？胡浩狠命地抽着烟，似乎要把那些痛苦的回忆都吞进肚子里。他说，完全是临时起意！那天晚上，我们仨去橙子时光酒吧嗨皮。许国巍喝高了，开玩笑地问大年，是不是你小子在敲诈我们？如果是，就把这杯酒喝了，以后咱们仨还是朋友。手紧了，就跟哥俩说一声，不要玩阴的。但大年死活不承认，也没喝巍子倒的那杯酒。他说，自己也是受害者，他整天提心吊胆，害怕敲诈者再给他打电话。他甚至说，他有种直觉，下一个敲诈电话很快就会来——正是这句话，彻底激怒了我和巍子，我们觉得大年为了钱，完全罔顾兄弟情义，他太贪婪了，敲诈肯定会无休无止。但那时候，我和巍子还没下决心杀他。

顾小白想起了凌晨的西林禅寺，想起了寂黑的江面，果然跟自己之前的猜想一样，特殊的环境和时间段成了谋杀的诱因。胡浩继续说，返回县城的路上，大年醉得不省人事，倒在后排呼呼大睡。巍子睡不着，一直坐在副驾驶抽烟。路过西林禅寺时，我停车下去小便，巍子悄无声息地跟了过来，把我吓了一跳。我说幸好是你龟儿子，要是打劫的，把老子推下江鬼都不晓得。这本来是一句玩笑话，巍子听了却动了心思，他说，既然大年无情，我们也可以无义。我当时没说话，但我知道巍子是什么意思。那地方鬼都见不到一个，也没有监控，太他妈适合杀人了。抽了大概两根烟，我和巍子就动了杀心。留着大年是个祸害，不仅会被他一直当提款机，十三年前的那个秘密迟早也会泄露。我和巍子虽然谈不上是富豪，但也算是土豪，至少在这个小县城，要什么有什么。如果大年泄了密，我们现在拥有的一切就会化为乌有，包括自由。小白，换了你，你会甘心吗？

顾小白没有回答，平心而论，换了自己，同样不会甘心，但这跟犯罪是两码事。胡浩眼神空洞，目光似乎在漆黑的江面上游离，声音也像是从水面下发出来的，带着一股鱼腥味。他说，只有做掉大年，我和巍子才能安生，这都是他逼我们的，是他自己作死！顾小白走过去，拍了拍胡浩的肩膀，又给他点了根烟，说，别激动，慢慢讲。胡浩的情绪渐渐平复下来，说，我和巍子商量了一下，回到车上。我拿到大年的手机，下载了一个语音包，然后把他推醒，录下了他的几句话。顾小白问，什么话？胡浩说，具体内容不太记得了，好像是问我到了哪里，车怎么不走了？那时候我和巍子还在想，如果大年不再睡了，就算他命大，我们就不杀他了，至少那天晚上不会杀。但他发了几句牢骚后又睡着了，我们就铁了心。他醉成一摊泥，我把他的衣服鞋袜脱下来，他一点感觉都没有。然后我拿着他的手机，走到那个鹅卵石堆上，给马小燕打电话，制造了大年落水的假象。其实是我故意滑进水里的，你知道的，我水性好，但大年不行，他是半个旱鸭子。我从另外一个地方上了岸，把大年的衣服鞋袜穿回他自己身上，然后和巍子一起，抬着他扔进了江里。接着我又删除了大年手机上的语音包，抹掉作案的所有痕迹后，我就给你打了那个电话。

胡浩长叹一声，我和巍子都以为，这是一起完美谋杀，福尔摩斯来了也查不出来。没想到还是被你发现了破绽，小白，你个狗日的,这么多年了,玩杀人游戏,我和巍子还是算计不过你。栽在你手里,老子认了!杀人我不后悔,大年这家伙太不是人了,他该死!我后悔的是十三年前做的那件蠢事,不该去偷红酒,害了江蓝,也害了孟老师,也害了我和巍子。

当顾小白把黎乐乐和丁俊透露的秘密告诉胡浩时,他惊讶得头发都快竖了起来。顾小白又把自己的推理告诉了他,说十三年前的那个午后,丁保国持枪进入防空洞,很可能是在追杀孟老师,而不是打猎。胡浩问,丁保国为什么要杀孟老师?顾小白说,迄今为止,这还是一个秘密,应该跟周云鹏有关。他问胡浩,马小燕是不是跟周云鹏关系暧昧?胡浩坚决地摇头,这不可能!县城就这点大,能排得上号的土豪不到五十个,大家经常聚在一起吃喝玩乐,谈得最多的是女人。周云鹏和马小燕大家都认识,如果两人有什么风流韵事,在圈子里早传开了。顾小白就把下午询问马小燕的情况说了一遍,然后问,如果马小燕跟周云鹏的关系是清白的,那她为什么要往自己头上扣屎盆子?她为什么也往那张建行卡上打钱?胡浩回答不出来,只是反复说,马小燕绝对没有卷入十三年前的那次误杀事件,去防空洞里盗窃红酒的只有他们三个。

讯问完胡浩,顾小白又进入了另外一间讯问室,坐在了许国巍的对面。有了胡浩的供词,击垮许国巍的心理防线就容易多了。抽了两根烟,许国巍说,小白,借一下你的手机,我给晓茹打个电话,安排一下家里和砂石厂的事。许国巍说的晓茹就是他的妻子,县花鼓戏剧团的当家花旦辛晓茹。顾小白把自己的手机递过去,许国巍和妻子的通话持续了半小时,辛晓茹一直在电话那头哭。

挂了手机,许国巍就坦白了。无论是谋杀彭大年的过程,还是十三年前误杀孟老师的细节,他的交代都跟胡浩说的一样。乃至马小燕和周云鹏的关系,许国巍和胡浩的说法也毫无二致——马小燕不可能是周云鹏的情人。许国巍说,晓茹和马小燕是闺蜜,两人无话不谈。马小燕曾经向晓茹透露了自己的一个隐疾——先天性处女膜闭锁,也就是民间俗称的石女。这个病,是马小燕新婚之夜跟大年同房时才发现的。后来她去省人民医院做了手术,调养了半年才好。

顾小白很清楚,石女是不能过性生活的,马小燕说她2010年就成了周云鹏的情人,这明显不可能,因为她2014年结婚后才去做手术。顾小白问许国巍,晓茹有没有听马小燕说过她被敲诈的事?许国巍说,没有,如果有,晓茹肯定会告诉我。但马小燕跟她哭诉过,帮别人做担保时被骗了,欠了一大笔钱。顾小白没有问许国巍,马小燕是给谁做的担保,她显然在撒谎,答案没有意义。如果她真的欠了钱,就不会接连不断地把巨款汇入那张建行卡。顾小白问,马小燕是什么时候跟晓茹哭诉那件事的?许国巍回忆了一下说,2014年五一节前,马小燕和大年正在筹办婚礼,她找晓茹借钱,说是被人追债,一开口就借二十万。晓茹没借,她也没有这个能力,一个月工资才三千多块,算上演出补贴,也不到五千,哪来的二十万?晓茹没找我开口,她是个聪明的女人,知道朋友之间最好不要涉及借贷。不然,友谊的小船说翻就翻。

二十万对周云鹏来说是九牛一毛,如果马小燕是他的情人,又是因为他被敲诈,马小燕根本用不着去找辛晓茹借钱，周云鹏分分钟就能搞定。顾小白更加认定，在之前的询问中，马小燕撒了谎。

讯问结束，顾小白随便吃了点东西当晚餐，然后开车在街头游荡，他脑袋里的浓雾还没散去，有些恍惚。当车子进入一条两旁都是香樟树的水泥路时，他听到了阵阵蛙鸣。打开车窗，在灯光的照射下，他看见了远处的稻田和水塘，这才发现车是往龙泉殡仪馆方向开。彭大年的遗体就冷藏在那里，还没有开追悼会。

殡仪馆灯火通明，不断传来阵阵哭声和奏乐声。这种声音顾小白再熟悉不过了，萤火虫乐队成立的那几年，他经常抱着一把破吉他出现在灵堂里或者葬礼上。曲目也没什么变化，还是那些能安抚灵魂的老歌。说实话，在那种场合，顾小白一滴眼泪都没掉过，甚至偷笑过，笑生者的矫情。只有一次例外，那就是在孟老师的追悼会上，他唱着唱着就哭了，乐队成员也都哭了。现在，顾小白以另外一种身份前来，来到这个给亡者摆渡的地方。当年那个帅帅的贝斯手如今躺在冷藏柜里，成了被摆渡的对象。

一群人簇拥在追悼大厅里，悼念一个老太太，那些悲伤是真是假无从知道。从警后，顾小白发现这个世界远不是表面看上去的那样，许多人都戴着面具。生活是被美颜过了的，真相往往比表象更狰狞。

在冷藏室，顾小白见到了两个人，一个死人，一个活人。死人是彭大年，活人是马小燕，她也来看自己的丈夫，哭成个泪人。在这个生死渡口，顾小白把胡浩和许国巍的杀人动机以及行凶过程和盘托出，马小燕惊得五官错位，两眼瞪得形如夜叉。走出冷藏室，顾小白以为马小燕会上她的红色甲壳虫，但她说自己是打车来的……她害怕悲伤过度，不能安全驾驶。

顾小白说，正好，我送你回去。在车上，马小燕怨恨地说，十三年前，如果不是胡浩和许国巍阻止大年报警，大年就不会落得现在这个下场。顾小白很想问她，当年如果大年报警了，蹲了监狱，她还会和大年结婚吗？但他终究没有问，因为他知道不会有答案，即使有，也不一定真实。马小燕还说江蓝的悲剧命运也是胡浩和许国巍一手造成的，两人都应该判死刑！回去的路上，顾小白注意到一辆黑色宝马一直尾随在自己的车后，开车的是个男子。

跟江蓝一样，马小燕也住在水岸东湖小区，但两家隔着好几栋楼。父亲去世后，马小燕把母亲接到自己家里住。顾小白本来想探望马母，但听小燕说，她母亲因为大年的死受到刺激，住进了康复医院，他就打消了上门的念头。马小燕邀请道，上我家喝杯茶吧，你还没去过呢。顾小白说，下回吧，等伯母康复后我再来。两人正在车里告别，丁俊背着一个包走过来，他在马小燕家单元楼前驻足，从包里掏出一张A4纸，抹了点胶水，贴在墙上，然后去了另外一个单元楼。

他一直没发现坐在猎豹车里的两人。

马小燕说，丁俊回来了，这几天在小区里到处贴卖房告示。顾小白说，我知道。马小燕诧异地问，你们见过面了？顾小白点点头，说他爸就是口罩老魔。马小燕说，小白，别开这种玩笑，太损了。顾小白没有解释，只是对着反光镜笑了笑。马小燕也没再说什么，她下了车，默默地走进楼道，孤单的背影被夜色团团包裹，像一个身穿黑袍的修女。

经过小区的停车位时，顾小白发现了

308

那辆尾随自己的宝马——还没来得及熄火，正在倒车。他现在看得更清楚了，是宝马X5，驾驶员三十岁左右，穿着很体面，戴副眼镜，气质比较儒雅。顾小白记住了车牌，给杜耀文发了条信息，要他去查查宝马车主的信息和今晚的行车轨迹，说最迟明天上午要知道结果。

彭大年的案子基本告破，但顾小白认为谈结案还为时过早。因为对马小燕的秘密调查尚未结束，也许还会有新的情况出现。另外，周云鹏指使丁保国谋杀孟老师的动机依旧不明，马金龙的死也存在问题，把这几个案子串联起来的那根糖葫芦棒还没找到。尽管有许多谜团亟待解开，但让顾小白欣慰的是，现在终于可以确认江蓝没有误杀孟老师，她是背锅的。但她这种行为在法律上如何界定，确实是个难题——她为了纠正错误的侦查结果，不惜做假证，制造了另外一个错案。她既是受害者，又涉嫌犯罪。

从顾小白的刑侦经验来判断，江蓝因为已经坐了几年牢，再被判刑的可能性不大，应该是免于刑责，受到批评教育。因为她当年是自愿顶包，获得国家赔偿的可能性微乎其微。但不管如何，她可以彻底摘掉杀人犯的帽子了。在世俗的眼里，她已经是一个无罪之人。

然而，顾小白很快想到了江蓝的那次堕胎。

胡浩和许国巍的供词，只能证明江蓝没有杀人，并不能完全改变世俗对她的成见——念高中时她就怀孕堕胎，生活作风肯定有问题，尤其怀的还是班主任的孩子，那就更不正经了。除非警方替她澄清，说她是口罩色魔的受害者，当年她怀的是强奸犯的孩子，跟孟老师无关。但警方的声明，看似还了这对师生的清白，却会重新撕裂江蓝的伤口，对她造成二次伤害。在世俗的道德标准里，女人被强奸是可耻的，甚至比生活作风不正派更可耻。

当年，江蓝误杀孟海案引起了轩然大波，成了社会热点事件。迫于巨大的舆论压力，全县教育系统进行了一次师德作风大整改，纸厂子弟学校的孙校长被撤职——他第二年就退休了，退休不到一年，就死了，脑溢血。尽管警方说孟海是被误杀，但坊间有不同的猜测，流传最广的一个版本是——孟海生活腐化，师德败坏，江蓝一入校就被他盯上了。在下晚自习时，孟海把江蓝骗到防空洞里，强奸了她。在他的花言巧语下，江蓝打消了报警的念头，当了他的地下女朋友。高中三年，两人一直保持着不正当的关系，江蓝因而多次怀孕堕胎。江蓝本来成绩优异，考上大学是板上钉钉的事。但在这种不伦恋的影响下，高考发挥失常。上大学无望后，江蓝想跟孟海结婚，但被他拒绝，因为他已经玩腻了江蓝，又有了新欢。江蓝不甘三年白白受辱，因爱生恨，决定报复。案发当天，她以发生性关系为由，把孟海骗到自己当年失贞的防空洞，用猎枪射杀了这只披着人皮的色狼。为了减轻刑责，智商颇高的江蓝向警方编出了一个误杀的故事。这个版本说得有鼻子有眼，逻辑也通顺，似乎孟海强奸江蓝，以及江蓝射杀孟海，都有人亲眼看见。

想起江蓝，顾小白心里就五味杂陈。他把车开出一段距离，停到小区的一棵玉兰树下，点了根烟，闷声抽着。他猜测，高一时，江蓝从乌龙中学转到纸厂子弟学校，很可能跟她被丁保国强奸有关。孟老师应该是知道真相的，所以才会陪她去做堕胎手术。正是因为孟老师的关照，江蓝对他产生了一种特殊的感情。听说孟老师是因为盗窃厂里的红酒，枪支走火误杀了自己，她很愤怒，觉得这是往自己的偶像身上泼脏水。她相信孟老师的人品和师德，他绝不可能去做贼，也不会非法持有枪支弹药。但她没有证据来证明孟老师的无辜，只好采取一种极端的方式，自背黑锅，谎称是她误杀了孟老师。她编造出一段根本不存在的师生恋，是为了强化证词的可信度。在她少女的梦幻世界里，师生恋一定是美好而浪漫的。但她太天真了，那不过是爱情小说里的情节。在世俗观念中，师生恋是不道德的，受到谴责的。

江蓝最初的想法肯定非常单纯，只是想证明孟老师的清白。但事情在她自首的那一刻失控了，尤其是那份病历的出现，使她和孟老师成了桃色新闻的主角，确切地说，是色情文学的主角。两人被舆论口诛笔伐，特别是孟老师，名誉尽毁。相对于盗窃，作风问题更能唤起老百姓的关注，让他们津津乐道，并且以口头加工的方式，制造出一个又一个耸人听闻的版本。

在舆论风暴中，儿子成了教师队伍中的害群之马，孟海的父母感到脸上无光，提前从电机厂办理了退休手续，到乡下租了个小院子，每天种菜养鸡，据说日子过得很凄凉。两人六十岁不到，头发就全白了。这种结果肯定是江蓝自首前没有料到的，如果早就想到，她也许不会干如此疯狂的事。然而，世界上哪有那么多的如果。在讯问时，顾小白经常听到"如果"这个词从犯罪嫌疑人嘴里冒出来——如果她不劈腿，我就不会杀她；如果父母不离婚，我就不会沉迷游戏，就不会去抢劫……顾小白认为，在汉语词典中，"如果"这个词是最没意义的。

按照办案程序，警方是需要为孟海老师恢复名誉的，他没有和女学生发生性关系这件事，肯定要通知他的家属。就算警方为了保护江蓝的隐私，不公开她被丁保国强奸的秘密，也难保孟老师的家属不说出真相。各自的立场不同，选择就不同。对孟老师的父母来说，证明儿子的清白是天大的事。幸好现在还没到结案的时候，为孟老师恢复名誉的事不用提上日程，否则，怎么处理这件事会让顾小白伤透脑筋。

夜深了，顾小白掐灭烟头，把车开出了水岸东湖小区。他没有回自己住的湘江宾馆，而是直接去了萤火虫咖啡屋。从龙泉殡仪馆回来，驾车路过东湖时，他看见咖啡屋还没有打烊。一天之中，顾小白两次过来，江蓝有些惊讶。顾小白问她，都十点多了，怎么还在营业？她说，大年走了，婆婆住进了医院，小军这几天都跟唐甜在医院陪母亲。我回去早了也没什么事，就和乐乐在这里闲聊。

顾小白看见临窗的一张桌子上摆着一部红色笔记本电脑，还有两杯喝了一半的咖啡。他刚把视线收回，黎乐乐就从洗手间出来，笑盈盈地说，顾队，晚上好，又来看老同学了？顾小白不置可否地说，刚忙完手头的事，过来喝杯咖啡。

江蓝去泡咖啡，顺手放了盒磁带，张雨生的。顾小白径直坐到那部红色电脑前，咖啡屋里没有其他客人，他也就不再顾忌，点了一根芙蓉王。黎乐乐问，顾队是不是又有猛料要爆？顾小白弹着烟灰说，现在可以确认，胡浩和许国巍就是谋杀彭大年的凶手。江蓝正端着咖啡走过来，听到这句话，脚步停顿了一下，但并没有表露出太多的惊讶。上午顾小白来过，透露了一点案件信息,她已经有了心理准备。顾小白喝着咖啡,把胡浩和许国巍的作案过程简单说了一遍。黎乐乐问,作案动机是什么?顾小白说,暂时不能透露。黎乐乐不解地问,为什么?

夜晚就像咖啡,溶解在顾小白的杯子里,他晃了晃那些黑色的液体,说,这起谋杀牵扯其他案件,案情复杂,还需要保密。黎乐乐追问,那这个案子现在可以报道了吗?顾小白点头说,可以,但要注意措辞,只能写胡浩和许国巍涉嫌谋杀,目前已被抓捕归案,两人对犯罪事实供认不讳,案件还在进一步侦办中。黎乐乐答应了,她说,凶手和被害者都是本县知名人士,而且跟负责侦破此案的刑侦队长是发小。作案手法又是如此诡异,就凭现有的这些料,足够吸引公众眼球了。我得赶紧回报社写稿,让编辑留出版面。这个案子明天不上头条,我请你和江蓝姐吃大餐。走到咖啡屋门口时,黎乐乐突然想起什么,回头问顾小白,对了,丁保国的案子呢,解密了吗?顾小白说,还没有,他的死因彻底查清楚了才能报道。黎乐乐说,那我再等等。

咖啡屋里只剩下顾小白和江蓝,两人面对面坐着。咖啡重新续过了,磁带换成了迪克牛仔的。顾小白觉得,黎乐乐是故意离开,把私人空间留给他和江蓝。否则,在哪儿不能写稿,非要回报社?她背着电脑来咖啡屋,不就是来写稿吗?没有古灵精怪的黎乐乐在中间当润滑剂,顾小白和江蓝的相处有些尴尬。

沉默地喝光一杯咖啡后,江蓝说,顾队,不早了,我也该回去了。顾小白说,再等等,你不想知道浩子和巍子的杀人动机吗?江蓝反问,你刚才不是对乐乐说无可奉告吗?顾小白凝视着对面这张夜色一样沉静的脸,说,对她保密,对你不需要。江蓝笑了笑,你还是恪守职责吧,不要因为我们是老同学就徇私。顾小白说,不是徇私,是案情跟你有关。江蓝微微诧异,问道,跟我有什么关系?

顾小白掏出一根芙蓉王,烟嘴向下,在桌面上夯实了才点燃,他说,大年的案子,跟孟老师被害案有关。江蓝浑身一怔,问了句,你刚才说什么?顾小白就把胡浩和许国巍的口供说了一遍,他注意到,在自己的叙述过程中,江蓝一直在发抖。她身体震动的频率从椅子传到了桌面,又传到了地板上。杯盘碗碟似乎都在摇晃,吊扇也在摇晃,甚至整栋咖啡屋和整个夜晚都在摇晃,随时可能支离破碎。顾小白有些晕眩,感觉失去了平衡感。就跟一个哮喘病患者吸氧一样,他贪婪地吸了几口烟,努力让自己的心跳和血压平复下来。

晕眩渐渐消失后,顾小白把丁保国从周云鹏那里获取枪支的事告诉了江蓝。他还说,我知道你当年怀孕跟孟老师无关,是丁保国造的孽。江蓝用双手捂住耳朵,拼命地摇头说,不要再讲了。顾小白没有理会,继续说,孟老师的案子会重新侦查,你不要再作伪证了,要配合警方,彻底还原真相。江蓝带着哭腔说,小白,求求你,不要再提这件事了。顾小白说,案子错了,就必须纠正,我是警察,不能渎职。江蓝突然起身朝门口冲去,顾小白反应迅速,一把拉住了她,你要干什么?江蓝尖叫着,放开我!顾小白没有放手,他盯着江蓝说,不要再逃避了,该面对的终究要面对。无论是你,还是警方,不能一错再错,我们都要有纠错的勇气。

江蓝悲愤地问,纠错有什么用?孟老

师会起死回生吗？顾小白沉吟了一下说，纠错让生者安慰，死者安息。像是太阳照在刀锋上，江蓝的瞳仁里闪烁出一缕锐利的光，她说，让死者安息的最好方式，是让作恶者得到报应。顾小白似乎被这道目光割疼了，身体微颤，他说，巍子当时是朝地面开枪，可能角度没掌握好，霰弹的杀伤半径又大，所以误杀了孟老师。

江蓝重新坐回桌前，端起咖啡杯一仰脖子。其实里面的咖啡早已喝光，只是一个空杯子，她却像是真的喝了什么，也许是寂寞，或者别的。放下杯子后，她说，枪杀孟老师的不是巍子，是丁保国！顾小白说，巍子亲口承认，是他开的枪，浩子也说是。江蓝没有纠结这个问题，她说，送我回家吧。

顾小白一直把江蓝送到她家门口，才转身离去。他特意去看了一眼那辆黑色宝马停车的地方，车还在，马小燕家的窗户还亮着灯，不是客厅，而是卧室。顾小白靠边停车，给马小燕发了条信息：明天可以过来办理大年的死亡证明。

半分钟后，马小燕回复：知道了，谢谢你。

顾小白问，还没休息吗？千万要节哀，别伤了身体。马小燕说，早就睡了，手机忘了调成静音。顾小白抬头看了一眼马小燕家的灯光，是橙黄色的，很柔和，只照亮了局部房间，应该是台灯或者床头灯。他发了个抱歉的表情：对不起，吵醒你了，晚安。

马小燕回复：晚安，老同学。

2

早晨七点四十，顾小白从湘江宾馆的长包房里醒来，他在床上刷手机，发现黎乐乐没有吹牛，彭大年谋杀案的确上了《岳州日报》的头条，要她请客吃饭是不可能了。这条新闻也被各大网站转载，迅速上了热搜。刷机没多久，一个电话打进来，是梁斌的，他连忙接听。

梁斌说，在早间新闻里看到了彭大年谋杀案的报道，想问问他是怎么回事。梁斌女儿的婚礼，就是花好月圆婚庆公司一手策划，梁斌因此跟彭大年打过一些交道。顾小白就讲了他怎样从芦苇荡的那场神秘大火中察觉端倪，发现周云鹏和丁保国都是被谋杀的。他顺藤摸瓜，锁定丁保国就是当年的口罩色魔。他说现在可以确证江蓝是故意背锅，误杀孟海的其实是许国巍。经营不善的彭大年为了获取周转资金，不断利用这个秘密敲诈胡浩和许国巍，结果引来杀身之祸。他还说，现在还有一些谜团没有解开，比如：十三年前，周云鹏为什么要指使丁保国枪杀孟海；十三年后，又是谁杀了周云鹏和丁保国；马小燕到底有什么把柄抓在彭大年手里，被他不断敲诈；另外，马金龙的死也有蹊跷。

梁斌听了大骂，臭小子，这么多新情况到现在才告诉老子，太不厚道了！当年真不该推荐你这个白眼狼上警校，一点感恩心都没有。顾小白笑嘻嘻地说，梁老前辈，我可是比小白菜还冤啊。您不是在养病吗，情绪不能激动，心态要平和。这些案情实在太劲爆了，我怕您听了三高两梗。万一您出了什么意外，那可是警界的一大损失。我是个有觉悟的人，绝不能对不起伯母，对不起组织，所以就没有立即跟您汇报案情。我想等彻底结案以后，再慢慢跟您说。这也是为了谨慎起见，案情太复杂了，还没有完全捋清楚，说不定还有反复。

梁斌又骂，你小子回老家后是不是应酬太多了，猪油蒙了脑子，变傻了？老子的玩笑话都听不出来！说着说着，他语调哽咽，真没想到，丁保国那个狗日的竟然是口罩色魔，老天有眼啊，让我在临死前还能看到破案。对了，江蓝的案子你小子也给我查明白了，结案后，要是我还活着，我亲自给她赔礼道歉。顾小白听出梁斌的情绪越来越激动，他连忙答应下来，说您老放心，不查个水落石出，您亲手扒了我的警服。

驾车去上班时，顾小白特意绕了一段路，从萤火虫咖啡屋门前经过。江蓝来得很早，她穿着一身紫罗兰色的旗袍，正在开窗透气，录音机里放着《一生何求》，陈百强唱的，很忧郁。少年时代唱这首歌，顾小白很有感觉。那时候他对这个世界的要求很少很少——只要跟自己喜欢的人在一起，一生还有何求？年轻时他才发现自己很贪婪——拥有心爱之人，就是拥有了全世界。但人到中年后，他对爱情又有了新的感悟——没有谁是谁的全世界，每个人只是生活的一部分，而且是很小的一部分。

顾小白没有跟江蓝打招呼，他径直开车去了局里。刚进办公区，段宏和刘凤娟就同时迎上前来汇报调查结果。段宏说，顾队，我查过了，没有发现马小燕挪用银行公款的情况。从2013年10月，她往那张建行卡汇入第一笔钱开始，她的个人账户上就再也没有存款。也就是说，第一笔汇款掏空了她的积蓄，此后她应该一直处于借款、汇款、还债的窘迫状态。顾小白在办公椅上坐下来，问道，她有借款记录吗？段宏掏出一包和天下说，没查到，可能她借的是现金。不过，这五年内，她的父母一直在给她打款，有十几笔，金额不等，但总数不小，加起来有六十多万，性质暂时不好确定，可能是借，也可能是赠与，其中金额最大的一笔是二十万——2014年4月23日，从她父亲的存折上转账过来的，那时她父亲还在。

抽着段宏给的烟，顾小白想起许国巍说过，2014年五一节前，马小燕曾找辛晓茹借二十万，但被婉拒。后来马小燕应该是找父亲求援，才解了燃眉之急。段宏继续说，马小燕的甲壳虫是2012年买的，购车款是从她母亲的存折上转过来的。工行的一个女同事说，以前马小燕生活很讲究品位，穿戴都是名牌。但结婚后，她就简朴了很多，连车子脏了都自己洗，化妆品也是大路货。那个女同事说，可能是马小燕有了爱情，就不太在意物质了吧。段宏冷哼一声，要我说啊，这纯粹是扯淡！这几年马小燕成了彭大年的取款机，钞票只吐不进，哪还有钱高消费？

刘凤娟在旁边一直没闲着——泡茶、清理烟灰缸、给绿萝剪枝浇水，轮到她汇报时，她面露欣赏之色，说，马小燕是借贷科科长，找她贷款的生意人很多，大部分是男的。但她平时很注意跟男客户保持距离，几乎不参加任何应酬。特别是婚后，她很少跟男性有工作之外的接触，闲暇时间，要么是跟几个闺蜜在一起搓麻将，要么就是陪家人。除了家人，胡浩和许国巍应该是她日常生活中接触最多的男性，但仅止于同学关系。她的手机通话记录也查过了，没有联系频繁的异性，连同学群她都没有加入过。据银行同事反映，她性格开朗，但并不轻浮，从不说荤段子。无论婚前婚后，她都没有跟谁闹出过绯闻。她还多次跟别人说,她和老公是彼此的初恋。段宏说,哟,这可是银河系硕果仅存的好女人,可惜啊,年纪轻轻就当了寡妇,天妒红颜啊。刘凤娟瞥了段宏一眼说,马小燕有个隐私我需要汇报顾队,你能回避一下吗?段宏不满地说,刘凤娟同志,您不过是比我大半岁,就把我当未成年人呢?我告诉您,在情场上我可是老司机,什么状况没遇到过,见识多了!刘凤娟反唇相讥,这么说,你这个老司机出过不少交通事故,没有肇事逃逸吧?如果有,赶紧投案自首,争取宽大处理。段宏正要回怼,顾小白轻咳一声,问,小刘,你说的是马小燕的隐疾吧?刘凤娟惊讶地问,顾队,您已经知道了?顾小白点头说,这事就不用说了,我心里有数。

这时,杜耀文走过来说,顾队,查到那辆宝马车主的信息了——戴飞。三十二岁,本县人,未婚。2009年大学毕业后,在我县农行先锋路营业网点当柜员,两年后辞职,创办了燕归来粮油有限公司,注册资金十万。戴飞很有经商头脑,他开发的燕归来植物油是行内知名品牌,产品远销东南亚。我家炒菜用的就是这个油,挺香,还不粘锅。

顾小白的眼前浮现出一大片油菜花田,那是老家春天最美的风景,里面藏着他许多美好的回忆。杜耀文继续汇报:短短几年,这家公司的规模急剧扩大,现在有近百名员工,公司市值数千万,是县里的明星企业;戴飞个人的荣誉也不少,什么优秀青年企业家、劳模、青年创业标兵等等。刘凤娟脱口问道,这不是钻石王老五吗,怎么还没结婚?杜耀文说,这就不知道了。段宏调侃道,凤娟姐,赶紧上,你还有机会。刘凤娟翻了他一个大白眼,去你的!

顾小白的身体往椅背上靠了靠,示意杜耀文接着说。杜耀文看了一眼手上打印出来的资料,说,昨晚七点后,戴飞开车来到水岸东湖小区,接上马小燕,去了龙泉殡仪馆。然后一直尾随在您的车后面,再次进入水岸东湖小区。凌晨五点半他才离开,回到了自己在丽景花园的家。

昨晚被宝马车尾随时,顾小白就猜到,马小燕不是打车去殡仪馆的,而是坐后面那辆宝马去的。戴飞今天凌晨五点半就驾车离开水岸东湖小区,显然是为了避人耳目。段宏冷笑道,这女人可真是个绿茶婊,丈夫尸骨未寒就留宿异性,保不准平日也经常在一起鬼混。刘凤娟疑惑地问,那为什么一点风声都没有传出来?戴飞这个名字我有印象,在马小燕的手机通讯录里。我排查过,两人有联系,但并不密切。杜耀文说,可能两人还有别的联系方式。马小燕是银行高管,行事应该比较谨慎,这是职业习惯,不奇怪。

顾小白没有发表意见,他脑海里亮着一盏灯,昨晚马小燕卧室里的那盏灯,他有点为彭大年难过。段宏揶揄道,凤娟姐,你看走眼了,姓戴的不是真钻,是假钻。刘凤娟说,真钻假钻本姑娘都不稀罕。段宏问,那你稀罕什么?刘凤娟甩了甩刘海儿,抢白了一句,反正不是你。

顾小白和杜耀文听了相视一笑,这对年轻人经常抬杠,倒是活跃了队里的气氛,估摸着彼此有点意思。杜耀文问,彭大年会不会是抓住了戴飞和马小燕偷情的把柄,然后敲诈勒索?段宏质疑道,往那张建行卡上汇款的不是戴飞,是马小燕。妻子的钱也是彭大年自己的钱,不过是从一个口袋放到另外一个口袋,他敲诈马小燕,有意义吗?刘凤娟说,当然有意义!彭大年知道妻子拿不出这笔钱，肯定会找戴飞想办法。实际上，冤大头还是戴飞。杜耀文点头说，没错，这就是彭大年的聪明之处，借妻生财。段宏笑了，能把一顶绿帽子卖出高价，也算是商界奇才。

顾小白把脑袋里的那盏灯关掉了，说，请戴飞过来，不要惊动马小燕。

早晨本来还有几缕阳光，此刻全都消失在云层里。天阴阴沉沉的，像一个遭遇了丈夫背叛的绝望主妇，随时会泪流满面。顾小白翻看着杜耀文留下的几页资料——戴飞是自来水厂的子弟，高中跟顾小白同届，读的城南中学。资料上面有他的照片，比较书卷气，不像商人，更像一个教师。有个细节让顾小白微微惊讶，戴飞跟马小燕上的是同一所大学，而且是同专业同班。顾小白琢磨着，这两个人到底是旧情复燃呢，还是逢场作戏？

顾小白接连抽了几根芙蓉王，烟雾把他的身体包围了，像是被回忆吞没。马小燕当年考上的是长沙一所财经大学，顾小白读警校时跟她见过几面，都是在大排档上，胡浩、许国巍和彭大年全在。那时候没看出来马小燕在大学有男朋友，每次吃饭都跟彭大年眉来眼去，让同桌的另外三人像吃了一大把花椒，全身发麻。

一个小时后，段宏向顾小白报告，戴飞来了。

在询问室，顾小白见到了照片上的那个男人——昨晚他应该没睡好，眼圈有点发黑。他对自己被带到这里来有点莫名其妙，问，顾队，我犯什么事了？顾小白问，你认识我？戴飞说，中学时代，我看过萤火虫乐队的演出，很喜欢。顾小白说，不谈过去的事了，谈现在吧，彭大年的案子你知道吗？戴飞擦了下眼镜片说，早晨看了新闻，很意外，人心险恶啊。顾小白的眼睛眯成针芒状，盯着他说，不是早晨才看到的吧，昨晚你应该就知道了。戴飞愣了一下说，对，昨晚小燕就告诉我了，我还以为她是悲伤过度，出现了臆想。今早看了新闻，才知道是真的。顾小白问，你们什么关系？戴飞说，大学同学。哦，我跟彭大年也是朋友，公司有几个大型庆典都是他策划的。顾小白冷冷一笑，朋友妻不可欺，你不知道吗？戴飞皱了皱眉，反问，你这话什么意思？顾小白说，大年还没过头七呢，你就急着鸠占鹊巢，你就不怕他半夜来找你吗？

戴飞跟顾小白对视了一会儿，然后说，这几天小燕很伤心，昨晚我送她去殡仪馆看大年，回来时上了你的车。我知道你把她送回家后就会离开，我不想她一个人在房间里胡思乱想，就跟着你的车过去了，想陪陪她。顾小白话中带刺，看来是我把你的好心当成色心了。戴飞辩白道，我和小燕的关系，真不是你想象的那样。顾小白问，那是哪样？戴飞再次反问，这属于隐私，我有必要跟你们警察解释吗？顾小白说，必须的！彭大年的案子还在侦查，发现可疑情况警方都需要搞清楚。戴飞有点无奈地说，那好吧，我尽量配合。我和小燕是大学同学，我对她一见钟情，但她始终对我不冷不热，因为她心里有大年。我这个人不会死缠烂打，但比较理想主义，如果得不到自己的心爱之人，我宁愿把心中的那个位置空出来，而不是随便找一个女人替代。心里有了空白，就会有遐想的空间，也是很美的。

顾小白的心被触动了，这些年来，他又何尝不是在心里留了一个空白，为一个不属于自己的女人。戴飞说，我以前在农行工作,只干了两年就辞职了。因为我不想平庸,我想做一番大事业,证明自己的优秀。说实话,最初我是想跟大年竞争,他那时候也在创业,干得风生水起,至少表面上是这样。我年轻气盛,不愿服输,想超越他,让小燕知道,她的选择是错误的。我的公司名字叫燕归来,你知道什么意思吗?就是希望有一天,我心中的小燕子不再迷失方向,能飞回来,无论是身体还是灵魂,永远都不会离开我。

戴飞的话很有感染力,顾小白的眼前浮现出一个诗意的画面,一只小燕子飞翔在辽阔的油菜花田里。远方有个孤独的稻草人,朝天空伸展手臂,向小燕子指引回家的路。顾小白把想象的翅膀收回来,继续听戴飞讲道,可以说,是小燕成全了我。如果不是为了追求她,我现在还是一名普通的银行职员,但不管我表现得多么出色,小燕子依然没有飞到我身边来。她始终和我保持着同学关系,连请她喝一杯咖啡的机会都不给我。直到2014年秋天,这个状况才有所改变。

顾小白问,发生了什么?

戴飞说,我记得是一个黄昏,小燕打电话给我,那是她第一次主动给我打电话,很焦虑的样子,问我能不能借给她一笔钱。我说借多少,她说三十万。我约了她在茶楼见面谈,问她为什么要借这么多钱。她说她挪用客户的存款炒股,亏了。现在客户要提取这笔款子,她得把这笔钱补回去,不然得坐牢。我又问她,大年知不知道这个事?她说不知道,她不敢跟大年说。不怕你笑话,我当时有种受宠若惊的感觉,在她心目中,我居然比她的丈夫更值得信任。我二话没说,就借给了她三十万。

顾小白想起了那张建行卡的流水单,

2014年10月,马小燕的确汇过一笔钱,那是她一年之内第二次往上面汇款,正好是三十万,应该就是借戴飞的钱。顾小白问,是转账吗?戴飞摇头说,是现金。顾小白又问,她为什么要现金?戴飞解释,我公司的开户行就是她上班的那家银行,她说直接把钱转到她的个人账户上,容易被同事发现,影响不好。

围绕那张建行卡的钱,马小燕有四个不同的说法——丈夫欠债,她找周云鹏借钱解困;丈夫抓住她偷情的把柄,敲诈周云鹏;她帮别人做担保被骗,借钱还债;她炒股亏空客户存款,要还钱平账。

显而易见,她一直在编造谎言。

刚当警察时,顾小白被派去扫黄打非。他发现不少失足妇女,在跟嫖客鬼混时,都是丈夫或者男友在外面望风。当时他很不理解,现在理解了。为了钱,人性可以扭曲到一个不可思议的程度,彭大年拿妻子当摇钱树就是一个很好的例子。戴飞继续说,在那以后,我又借给小燕几笔钱,合计有二百五十万,都是现金。顾小白问,借条在哪?戴飞说,小燕要给我打借条,我没让。我觉得我现在的成功都是她赐予的,我的就是她的,还要什么借条?

顾小白对戴飞的印象有所改观,在内心深处,他们都有一片隐秘而圣洁的油菜花田。他接着问,后来马小燕找你借钱的理由是什么?戴飞说,她想还我的钱,又开始挪用客户的钱炒股,但总是亏。我告诉她,我的钱不用还,叫她不要再炒股了。她听不进去,说不想欠我的人情,我只好一次次给她补窟窿。

顾小白递过去一根烟,戴飞没接,说不会。他要了杯水,慢吞吞地喝着,只是一杯白开水,他却像在喝咖啡。这是一个

316

能把平淡生活过得有滋有味的男人，马小燕能把他长期关在心扉之外，也算是用情很专了。遗憾的是，大年并没有珍惜。戴飞说，马小燕有几次哭着找大年借钱补漏，都遭到了拒绝，大年叫她自己想办法。她觉得自己的感情被辜负了，灵魂如浮萍，没有了寄托。顾小白问，她就是这个时候跟你好上的？戴飞点头说，没错，我成了她唯一的依靠，也可以叫救命稻草。但那个时候，她只是精神出轨，跟我并没有发生实质性的关系。我们都很克制，不常联系，见面的次数也不多。一个月也就幽会一两次，都是去野外，在车里，拥抱、接吻、聊天，仅此而已。可能你不会相信，但事实真的如此。顾小白指间夹着一根芙蓉王，烟雾缭绕上升，像是点燃了一炉香，有些空灵的意味。他沉默了几秒钟，然后点点头，我信。

戴飞说，谢谢。

跟戴飞对话的过程中，顾小白心底最柔软的一部分不断被触动。他不得不承认，对面这个男人身上有他的影子。如果没有彭大年这个案子，两人也许会成为朋友。但现在不可能了——在法理上，彭大年涉嫌敲诈，顾小白不会徇私，但在情感上，对夺发小之妻的人，他不会有好感。顾小白问，昨晚是你们第一次在一起过夜吗？戴飞迟疑片刻说，是，但没有发生关系。她一直哭，我一直在安慰她。对了，你怎么知道的？顾小白说，我看见你的车了，还有她卧室里的那盏灯。

戴飞扶了扶眼镜框，两道不满的目光从镜片后面射出来，他的鼻翼翕动着，但欲言又止。他很有风度，善于控制情绪。至少在中年这个阶段，很多方面，他确实比彭大年优秀。顾小白说，不要藏着掖着，有话就讲吧。戴飞喝掉了杯子里的最后一滴水，压抑着愤懑说，你问了这么多，就是想知道我和马小燕有没有滚床单？顾小白说，不，我只是想知道她为什么找你借钱。戴飞问，这跟彭大年的案子有什么关系？顾小白答非所问，她没有说实话。戴飞有点惊讶，但旋即微笑道，你是说她借钱的理由吗？讲实话，我也怀疑过，但并不在意。她肯定是遇到了困难，走投无路时才找我开口，我能帮她解决麻烦就行了。每个人都有自己的秘密，既然她觉得还不到跟我分享秘密的时候，我也就没必要去问。

顾小白心中感叹，马小燕以后要是能跟戴飞在一起，那是最好的归宿。他说，你可以走了。戴飞似乎猜到了顾小白的心思，他起身说，我等了十二年，燕子终于归来了。顾队，如果你不介意，能给我当伴郎吗？

马小燕是2005年考入大学的，戴飞自称对她一见钟情，应该暗恋了十三年才对，怎么是十二年？连初相遇的时间都能记错，那算什么真爱？顾小白陡然对戴飞说的所有话都产生了怀疑。

戴飞说，顾队，这事不勉强，听小燕说，你和大年是发小，我能理解。顾小白揶揄道，你和马小燕认识了十三年，你却只等了她十二年，有一年是不是追别的女生去了？戴飞说，不，我和她只认识了十二年。看到顾小白一脸纳闷，戴飞解释说，小燕是大二转学来的。顾小白更加纳闷了，当年马小燕考上大学后，马家请人唱了几天花鼓戏，他还跟着爸妈去吃了升学宴。整个纸厂的人都知道马家闺女考上的是长沙一所财经大学，顾小白从没听说马小燕转过学。他问戴飞，马小燕是不是从分校转过来的？戴飞说，我们学校没有分校，就一个，靠近桐梓坡。顾小白问，她从哪个学校转过来的？戴飞摇头说，不知道。她刚转学过来时，很多同学也问过她，但她不愿说，只说那个学校不好，专业也不对口。

顾小白再次在记忆中搜索了一下，没错，马小燕当年考上的就是那所财经大学。他清晰地记得，2005年平安夜，他和马小燕在橙子酒吧狂欢，看胡浩、许国巍和彭大年的演出。凌晨飘起了小雪，一行人坐末班车去了河西桐梓坡，在马小燕上学的校门口吃消夜，她请的客。

当时胡浩酒壮色人胆，说财大好多美女，都是大长腿，要马小燕给她介绍一个。马小燕笑着说，等他成了歌星再开这个口，不然，以他现在的这个德行，会祸害良家妇女。那个凌晨天气有点诡异，消夜吃到一半，小雪停了，半个月亮爬到校门口的一棵槐树上。许国巍问邻桌的一个女生，美女，能告诉我你的手机号码吗？那女生问，凭什么？许国巍指着夜空说，月亮作证，我一眼就看上了你。那女生笑道，是不是想说月亮代表我的心？太老土了！许国巍一本正经地说，错，月亮都代表不了我的心！那女生被纠缠不过，说了自己的手机号码。次日酒醒后，许国巍给这个号码发了好多条肉麻的短信。对方打电话过来，破口大骂，你神经病啊，老子是男的！许国巍这才知道，自己被那个女生忽悠了。

往事历历在目，但按照戴飞的说法，马小燕是2006年秋天才转学到财大来的。难道2005年平安夜发生的一切，只是顾小白的一个梦境，或者幻觉，抑或是灵异事件？

送走戴飞，顾小白驱车去了看守所，提审了羁押在那里的胡浩和许国巍，问两人是否知道马小燕转过学？两人都说不知道，也从没听大年提起过。他俩的记忆跟顾小白完全一样，2005年平安夜，长沙下第一场雪的时候，他们几个在财大门口吃了消夜。许国巍比胡浩和顾小白的记忆更清晰，说吃完消夜，是他和大年把马小燕送回女生宿舍楼的。

从看守所出来，顾小白给段宏打了电话，要他查查马小燕上财大的档案。段宏咕哝了一句，顾队，彭大年的案子，凶手都抓到了，您怎么老揪着马小燕不放？她往那张建行卡打钱虽然莫名其妙，但不违法啊。顾小白说，叫你查就查，哪那么多废话。段宏连忙说，我现在就查，您等着，顶多小半天。

放下手机，顾小白有点走神，在一个红绿灯路口跟前车追了尾。前车司机开的是辆奔驰，光头，脖子上吊根大金链子，他气势汹汹地冲过来，一开口就索赔两万。顾小白说，走程序吧。光头男骂骂咧咧，抡起胳膊就要打人。交警过来，认出了身穿便服的顾小白，但并没声张，而是瞪光头男说，碰掉了一点漆就敢要两万，你再胡搅蛮缠，就是敲诈！光头男被交警唬住了，不敢再嚣张跋扈。

协助交警处理完事故，顾小白驾车沿东湖兜了一圈。他不知道自己为什么心神不宁，也许是焦虑症又犯了。这期间他靠边停车，抽了一根烟。隔着数百米宽的湖面，他似乎闻到了从江蓝店里飘来的咖啡香，还听到了她用电子琴弹奏的《无言的结局》。跟挡风玻璃上凝结的水汽一样，他的心突然变得潮湿，有种落泪的冲动，但他忍住了。当上警察后，他只掉过两次眼泪，一次是在战友严翔的追悼会上，一次是在肯德基餐厅里遇到严翔的女朋友小惠。

下午四点，顾小白正在看案卷，段宏快步走过来，卷起一阵风。他说，顾队，马小燕在财大的学籍档案查到了，她2005年秋季入学，会计专业。大学四年，品学兼优，拿过两次奖学金，还是学生会的干部。顾小白心里一沉，难道是戴飞的记忆出了问题？段宏继续说，我联系上了她当年的班主任唐颖。唐老师已经退休，但对马小燕还有印象，说她是大二转学过来的。但蹊跷的是，学籍档案里并没有这个记录。顾小白急忙问，唐老师怎么解释？段宏说，她也不知情，可能是遗漏了。那时候电子档案还不普及，有些资料需要手工抄写，干扰因素比较多，个别信息遗漏是有可能的。顾小白问，唐老师还记得马小燕是从哪里转学过来的吗？段宏说，记得，是湘雅医科大学，好像是临床医学专业。当时唐老师还觉得奇怪，学医的怎么转到财大，这也太跳跃了。对了，唐老师说，当时学校有领导给她打过招呼，叫她保密，不要跟任何人说马小燕是从哪里转学过来的。

顾小白感觉心脏在突突突地狂跳，他抚摸了一下胸口问，为什么？段宏惊讶地看着顾小白，顾队，您紧张什么？顾小白提高了声音分贝，回答我的问题！所有人都被顾小白的声音吸引过来，那声音里透着一股悲凉和绝望，像是一个临刑之人走向断头台时的呐喊。段宏被吓住了，赶紧回答，校领导对唐老师说，马小燕的转学程序不太规范，要低调处理。当时唐老师也没多想，就把这事瞒了下来。

顾小白没再说一句话，他像个中了风的患者，脚步不稳地走出了办公区。所有人都在背后看着他，目光惊讶。刘凤娟想跟上前去询问，被杜耀文拉住了。出了公安局大门，顾小白在马路牙子上坐下，就像十三年前，他等梁斌从局里面出来一样。他掏出烟，刚点上，一辆洒水车开过来，奏响《有多少爱可以重来》，把他的烟浇灭了。他抹了一把溅在脸上的水，对一个背着吉他从身边走过的中学生说，同学，能借一下你的吉他吗？那个中学生犹豫了一下，把吉他递了过去。

顾小白抱着吉他，边弹边唱——常常责怪自己，当初不应该……

歌声中，顾小白感觉脸上又湿了，他抬头看了一下，酝酿了一天的雨，并没有落下来。把他淹没的，是眼泪，像海像血又像荷尔蒙。

3

彭大年头七那天中午，顾小白在龙泉山陵园见到了马小燕。她胸口别着一朵小白菊，脸上有种美丽的哀愁。一袭黑色套裙把她的身材衬托得很有型，宛如一把弧线优美的大提琴。顾小白没有带花来，他带的是一把贝斯，在彭大年父母家找到的，扔在床底下，全是灰垢，他擦了小半天。彭大年端坐在墓碑上，还是那么帅气逼人。他眺望着湘江边的老纸厂，那下面的防空洞里埋藏着许多秘密，而他，就死于其中一个秘密。

马小燕感激地说，小白，谢谢你来看大年。顾小白说，我想跟你谈谈。马小燕问，弹《吻别》吧，大年很喜欢这首，我也喜欢。顾小白望了望辽远的天空，说，我不弹贝斯，是以警察的身份，跟你谈话。马小燕摘下墨镜，看着顾小白。两人的视线接触，像是两条河流交汇，形成了一个巨大的漩涡，马小燕感觉体内有某些东西被撕碎了，但她努力保持平静，开口道，你说吧。

顾小白问，2005年平安夜，你还不是财大的学生，对吗？马小燕的脸瞬间变得比胸前的雏菊还白，迟疑片刻她才点头，对。顾小白又问，那天凌晨，你请我们去财大门口吃消夜，是故意的，对吗？马小燕仍然只回答了一个字，对。

顾小白掏出一盒芙蓉王，先在墓碑前点了一根，然后自己才点着，长长地吐了口烟后，他问，这些年，你的良心痛过吗？马小燕的身体痉挛了一下说，痛，经常痛，但我也是受害者。顾小白有点讶异，你的意思是，这并非你的本意？马小燕点点头，财大录取通知书是寄给我的，上面写了我的名字，我后来才知道，是我爸找人伪造的。顾小白问，你什么时候知道内情的？马小燕说，去长沙上大学的头天晚上，我正在卧室收拾行李。我爸进来把门关上。我还以为他是叮嘱我上大学后的注意事项，没想到，他跟我说，我上的不是财大，是湘雅医大。我听糊涂了，问他到底是怎么回事？他就把真相告诉我了。

顾小白说，你先别说，我来推理一下，你看对不对。马小燕不置可否，她重新戴上墨镜，把自己的半张脸都掩盖在镜片后面。顾小白说，纸厂改制的消息传出后，周云鹏想出资收购，但有好几个竞争对手，他并不占优势。为了收购成功，他找到你爸。但事关重大，你爸一开始并没有承诺他。那年高考，你临场发挥不佳，知道自己大学梦破灭，非常伤心。周云鹏察觉后，为了讨好你爸，就出了个移花接木的馊主意——让你冒名顶替别人上大学，这就是悲剧的起源。周云鹏跟你爸打包票，他人脉广，手眼通天，可以搞定这件事。你爸爱女心切，就同意了。两人仔细考量后，发现江蓝是个很好的顶替对象：第一，她父母都不在了，她跟外婆相依为命，势单力薄好欺负；第二，她成绩优异，上大学十拿九稳。但这件事牵扯到方方面面，你爸和周云鹏能耐再大，也不能两个人说了算，需要一些相关人员配合，比如：子弟学校的孙校长、班主任孟海老师。说到这里，顾小白望着墓地西南方向，那里是孟老师的安葬地，回老家上任后，他去吊唁过一次。

马小燕看向墓碑上彭大年的照片，这个男人曾是她整个少女时代最甜蜜的秘密，如今却成了她最不堪的回忆。她说，我插一句嘴，我爸答应周云鹏，不光是心疼我，也是为了让我远离彭大年。顾小白哦了一声，他有点惊讶，但并不太意外。马小燕说，我爸偷看过我的日记，知道我暗恋大年。他嫌彭家穷，大年又考不上大学，我嫁过去没前途。如果我高考落榜，就会整天跟大年在一起，这是他不希望看到的。顾小白说，你爸的这种心情我能理解，我不理解的是，他为了自己女儿的锦绣前程，不惜断送别人的前途。马小燕咬着嘴唇说，如果我早知道，肯定会阻止的，但我知道的时候，木已成舟，我只能逆水行船。

顾小白说，好了，我继续推理——孙校长马上就要退休了，不怕出事，他同意配合你爸，周云鹏应该也给了他不少好处。但孟老师不愿意配合，这让你爸很无奈。孟老师当时之所以没有揭穿这个阴谋，应该是没想到事态会这么严重，以为这只是你爸开的一个玩笑。或者，他认为只要自己不配合，顶包的阴谋就不会得逞。那个时候，他已经考上了湖大的研究生，正在办离职手续，不想得罪你爸，所以他没有声张。对了，不想破坏你和江蓝的友谊，可能也是孟老师考虑的一个重要因素。马小燕说，也许吧。我爸告诉我，他请孟老师在福临门酒家吃饭时说这件事的。如果孟老师拒绝，他就借口喝多了。当时周云鹏也在场，故意借着酒劲说，事成之后，可以给孟老师五万块钱，但孟老师一口拒绝了，还显得很生气。

顾小白继续推理——顶包这个链条，少了任何一环都玩不转。孟老师不配合，这事就黄了。你爸很着急，周云鹏更着急，为了得到你爸的帮助，在收购纸厂时竞标成功，他决定铤而走险，除掉孟老师。可杀手并不那么好找，这时，机会来了。大年向你透露了口罩色魔的线索，被周云鹏得知，他猜到色魔就是丁保国。马小燕说，我爸告诉我真相的晚上，也说了这件事，叫我以后离丁保国远一点。对不起，小白，那天晚上我装傻，骗了你。

顾小白似乎没有听见她说的话，兀自保持着自己的推理节奏，说，周云鹏抓住把柄，跟丁保国做了一个罪恶的交易——他提供猎枪，指使丁保国把孟老师骗到防空洞里，秘密杀害。不料行动时出现了意外，孟老师躲过了丁保国的枪击，躲了起来。在追杀时，丁保国遇到了浩子、巍子和大年，他仓皇中丢了枪，逃跑了。之后防空洞里发生的事你都知道了，我就不啰嗦了。案发后，丁保国利用保卫科长的身份破坏现场，做假证，扰乱警方侦破视线，致使警方错误地把孟老师当成盗窃红酒的嫌疑人。这场悲剧彻底失控了，已经不按你爸和周云鹏编写的剧本上演了，但对他们来说，这反而是最好的结局。很多同学都知道，江蓝一心想考医大，她高考的第一志愿填写的就是湘雅医科大学，而你想上财大。为了把戏演真，你爸指使孙校长截留了江蓝的医大录取通知书，又伪造了你的财大录取通知书，并故意大摆升学宴，请戏班子唱戏，制造你被财大录取的假象。你上医大用的是江蓝的名字，一年后，你改了名。其实算不上改，是恢复了你的本名。周云鹏再采用非法手段，通过暗箱操作，把你从医大转学到了财大，并要求相关人员替你保密，你的冒牌身份就这样洗白了。转学之前，为了让身边的熟人确信你考上的是财大，2005年平安夜，你故意把我和浩子他们叫到财大门口吃消夜，还让巍子和大年送你回宿舍。江蓝出狱后，你和你爸极力阻止你哥跟她好，因为你们害怕江蓝介入你家太深，发现顶包的秘密。直到你哥受到刺激，疯病越来越严重后才妥协。为了保护那个秘密，你们一家可谓用心良苦啊。

马小燕愧疚地说，在整个顶包事件中，我只是个木偶，任人摆布。如果孟老师没被杀，我肯定会拒绝这样的荒唐安排，但后来出了人命，江蓝顶了罪，坐了牢，事态发展到不可收拾，我就身不由己了。顾小白狠狠踩灭了烟头，说，这场阴谋，不仅害了孟老师、江蓝和你，还害了浩子、巍子和大年，包括他们的家人。周云鹏、丁保国和你爸也自食恶果，把自己的性命弄丢了。马小燕说，也许吧，是老天在惩罚他们。顾小白把目光从远处移回来，看向马小燕说，不是老天，是有人杀了周云鹏，还有你爸和丁保国。

啪嗒一声，墨镜掉在地上，马小燕的眼里全是惊骇。前阵子，听说周云鹏是被害时，她很吃惊，也暗暗高兴，因为知道她顶包上大学的人越来越少了。但她没想到自己的父亲和丁保国也是死于谋杀，这颠覆了她的认知。她问，我爸不是胰岛素注射过量猝死的吗？还有丁保国，警方已经结案了，说他是马蜂蜇死的，怎么又成谋杀了？顾小白说，这两个问题我以后再回答你。我现在只能告诉你，因果报应也许没有，也许有——除了孙校长是病死，策划了这场阴谋的人都死于非命。凶手可能在玩一场杀人游戏，游戏还没结束。

马小燕的脸上呈现出恐惧之色，今天没下雨，是晴天，她暴露在太阳下的身体却在微微发抖。顾小白问，告诉我，还有谁卷入了这场阴谋？马小燕摇头说，我不知道，都是周云鹏和我爸他们操作的，背着我，也不让我问。顾小白问，你妈参与了吗？马小燕的头摇得更剧烈了，急忙说，我妈绝对不知情！她有道德洁癖，我爸有时为了应酬，去洗脚城放松一下，她都会愤怒。顾小白颔首道，我也相信伯母的人品。他又在墓碑前点了根烟，问道，当着大年的面，说吧，你到底做没做周云鹏的情人？马小燕斩钉截铁地说，没有！他毁了我的人生，我恨他还来不及。再说了，在结婚前，我有妇科病，先天的那种，不能过性生活，周云鹏是个老色鬼，怎么可能包养我这种女人。上次我跟你说的那些话，都是瞎编的。

顾小白问，在我告诉你真相之前，你知道是大年在敲诈你吗？马小燕摸了摸那张冰冷的照片，幽怨地说，不知道，做梦都想不到。顾小白问，大年是怎么知道你的秘密的？马小燕想了想说，2012年11月份，我陪大年去湘雅医院看病，他有肾结石。大年去查尿的时候，我在走廊上等他。我以前在医大念书的一个男同学突然走过来，认出了我，他是泌尿科一个教授带的博士生。他叫我江蓝，问我来这里干什么？当时我紧张得要死，谎称他认错了人。我的激烈反应把他吓走了，我在医大只待了一年，同学印象不深，可能他真的以为自己认错了。这几天，我估摸着就是那个时候被大年发现了顶包的秘密，但他没有声张。你们是发小，应该了解他，嘴巴不设防，其实很腹黑。他应该是顺着这条线索，暗地里查了我在医大的底细。

彭大年的确有心机，当年他以跳楼为要挟，成功捍卫了一头长发。事后顾小白问他，如果威胁失效，会不会真的跳楼？他得意地说，我才没那么傻呢。学生自杀会追究校领导责任，我算准了孙校长为了头上的乌纱帽，会同意我留长发。

彭大年第一次敲诈马小燕是2013年10月，距离他去湘雅医院看病将近一年。由此可见，他最初并没有把马小燕当成敲诈对象，只是出于好奇才去调查在医院里发现的秘密。而他敲诈胡浩和许国巍是在2013年清明节，也就是说，他在花光勒索来的钱，公司经营再次陷入困境之际，才拿马小燕当钱包。确切地说，彭大年是拿马小燕的父母当钱包，因为他知道马小燕个人并没有什么积蓄，而且两人很快就要结婚了，马小燕的钱也就是他的钱。2014年4月，彭大年在筹办婚礼，手头紧张，于是再次匿名给马小燕打了电话，勒索二十万。与此同时，他也给胡浩和许国巍打了电话，张口要钱。也许钱来得太容易了，他的胆子和胃口也越来越大，一旦资金紧张，就把手伸向了那三个人肉提款机，最终赔了自己性命。

退出音乐圈，胡浩和许国巍华丽转身，成了身家千万的企业家。彭大年的创业却很不顺利，他心理失衡，于是把自己包装了一番，假装成功人士。他的这种人设迷惑了很多人，包括胡浩和许国巍，还有马小燕。马金龙夫妇俩也受到蒙骗，同意女儿嫁给彭大年。马小燕说，大年太要强了，也可以说是太要面子。如果他早点告诉我，公司经营困难，需要资金周转，我一定会想办法筹钱帮他渡过难关，他没必要采取敲诈这种极端方式，但他在我面前，总是报喜不报忧，打肿脸充胖子。婚房是他一个人出资买的，没让我出一分钱，装修也没让我操心。

顾小白问，他公司的开户行就在你上班的银行，你就没发现他的户头上没钱吗？马小燕苦涩地说，发现了，他的解释是，为了避税，做了假账，这是行内潜规则，我就没怀疑。顾小白把贝斯放在彭大年的墓碑前，问道，如果你早知道他的人设是假的，还会嫁给他吗？马小燕毫不犹豫地说，会！我爱的是他这个人，而不是他的身份。顾小白拨弄了一下琴弦，一个声音仿佛从遥远的少年时代传来，很清澈很温暖。他问，你跟戴飞到底是什么关系？马小燕愣了一会儿，然后说，算是情人吧，只是精神上的依恋，没有发生肉体关系。顾小白点点头，她跟戴飞的说法一致，应该没撒谎。

马小燕悲愤地说，敲诈电话不断地打来，掏空了我和我爸妈的积蓄，也掏空了我对大年的感情。我借口炒股亏空了客户的存款，找他借钱周转。但他见死不救，说我认识那么多有钱人，可以找他们借。我心灰意冷，这才投向了戴飞的怀抱。要不是戴飞一次次帮我，我可能早就跳楼了。我精神出轨，都是大年逼的。他心里根本就没有我，从来没有。顾小白说，不至于吧，他不爱你，怎么会跟你结婚？马小燕凄惨一笑，他爱的是江蓝，得不到她才娶我。因为我家境好，工作好，他可以把我当摇钱树。你知道吗，很多个晚上，大年做梦叫的都是江蓝的名字。顾小白叹了口气，你既然早就知道，为什么还要嫁给他？马小燕沉吟半晌才说，爱是没有理由的，也没有理智的。

顾小白心里有点堵，像是血管突然出现了大面积栓塞，他换了个问题，问，是周云鹏一手导演了这个悲剧，出了事，你为什么不找他这个大金主借钱？马小燕说，我想过，但害怕。敲诈者没有找周云鹏，说明他并不知道周云鹏跟这件事有关。如果周云鹏发现我被敲诈者盯上了，为了自己不受牵连，他很可能杀我和我爸灭口。我不想引火烧身，就没找他借钱，他也不知道我被敲诈了。

顾小白比较认可马小燕的这个解释，周云鹏黑白通吃，心机很深，为了收购纸厂，讨好马金龙，他不惜雇凶杀人。现在，马家对他来说没有任何利用价值了，只有隐患。一旦他发现马小燕有可能危及自己，将她和她爸灭口是完全可能的。顾小白再次把目光投向西南边，白银色的阳光落在那座坟茔上，像是孟老师经常穿的白衬衣。他问，周云鹏收购纸厂成功后，给了你爸多少好处？马小燕摇头说，具体金额我不清楚，我只知道，我爸在水岸东湖买了两套房子，都是周云鹏给的钱。其中一套就是丁俊现在要卖的那套，我爸去世后，我妈睹物思人特别难过，就卖给了丁保国。顾小白问，你确定大年一直到被害，都不知道周云鹏是顶包事件的幕后策划者，对吧？马小燕说，我确定。她急切地问，小白，看在老同学的面子上，你给我交个底，我顶包上大学这件事，性质很严重吗？我

323

说的是我，不是我爸。顾小白犹豫再三，还是选择了一个模棱两可的回答，说，严重不严重不是我说了算，是法律说了算。马小燕嘤嘤地哭了起来，说，我真希望回到十三年前的那个夏天，让一切重来，包括爱。

顾小白转身离开时，马小燕擦了擦眼泪，在后面提醒道，大年的贝斯你忘了拿。顾小白头也不回地说，我特意带给他的，就留在他身边吧，让他在那个世界里当一名真正的歌手。马小燕没再说话，她跟着顾小白走到孟老师的墓前，说，我每年清明都来，给他送瓶香水。顾小白看见墓碑前果然有好几个香水瓶子，已经沾满了灰尘。他蹲下来，用手把香水瓶子擦得透明清亮，然后说，孟老师，我是您当年的学生顾小白，萤火虫乐队那个蹩脚的吉他手，半个学渣，您还记得吗？现在，我是个警察，负责重新调查您当年的案子。对不起，这十三年来，让您蒙受不白之冤了。我知道您是一个好老师，好男人，真正的绅士。我向您保证，等结案后，一定召开新闻发布会，恢复您的名誉。说完，他深深地三鞠躬。马小燕也跟着他鞠躬，并把胸前的白菊花摘下来，敬献在墓碑顶端。

回到陵园停车场，马小燕准备去开自己的红色甲壳虫，顾小白却朝她摊开手掌。马小燕以为顾小白没开车来，想开她的车回去，就把车钥匙交给了他。但顾小白却把车钥匙递给了身后的一个女人——从一辆黑色桑塔纳上下来的刘凤娟。马小燕还看见桑塔纳后排坐着两个男人，一个是杜耀文，另一个是段宏，都穿着警服。顾小白说，你坐他们的车回去，协助调查。马小燕点点头，一声未吭地坐进桑塔纳。等桑塔纳和甲壳虫都开走后，顾小白才上了猎豹。引擎发动的瞬间，他听到贝斯弹奏的《把悲伤留给自己》，好像是被风从山坡上吹过来的，拐了几道弯，隐隐约约。他关掉引擎，想听得更真切一点，却什么都听不见了。

从龙泉山陵园出来，顾小白去了县里的几家医院，忙活了一个多小时，然后才回到局里。进了电梯，顾小白忘了掐掉手里的烟。有个女同事跟他打招呼，他也没理会，他整个人好像魔怔了一般。不仅如此，他还摁错了楼层，下到了位于底层的法医室。直到浓烈的福尔马林气味扑面而来，他才清醒。姚伟明从一堆器官标本上抬起头，惊讶地问，顾队，您找我有事？顾小白连忙说，哦，没事，走错了。他正要离开，姚伟明在后面说，谭局找您有事。顾小白一看手机，有好几个未接电话，都是谭局的。手机没有静音，他却没听见，真是咄咄怪事。

进了八楼局长办公室，谭局放下手里的案卷，不满地看着顾小白，怎么不接电话，谈女朋友了，在约会呢？顾小白撒了半个谎，说，查线索去了，手机扔车上，没听见。谭局的脸色缓和了一些，说，外面已经有了传闻，说丁保国就是那个口罩色魔。不少市民打电话到局里询问消息是否属实，特别是当年那些受害者和她们的家属，情绪比较激动。接线员已经招架不住了，不知道该怎么解释。再拖下去，群众要过来拆局里的招牌了。顾小白说，再等等吧，就说还在调查。谭局沉声问，等什么？顾小白说，等丁保国的死完全弄清楚。

谭局拍了拍桌上的案卷，说，丁保国很有可能是周云鹏谋杀的，现在两个人都死了，你找阎王爷调查去？顾小白说，如

324

果周云鹏想杀丁保国灭口,不会等到十三年后。就算是他杀的,他应该还有同伙。谭局一愣,你怎么知道他有同伙?顾小白上前打开案卷,指着夹在里面的一张照片说,这是丁保国被害现场发现的车胎印,电瓶车留下的。我到现场模拟了一下,以周云鹏一个人的体重,后胎印不至于这么深,车上应该有两个人。谭局戴上眼镜,打量着照片,良久才说,有道理。顾小白说,我准备把彭大年的案子,还有之前马金龙、丁保国和周云鹏的死,以及十三年前孟海老师的被害,并串起来查。谭局问,相关案情我知道一些,但还不全面,并案侦查你有把握吗?顾小白点点头。谭局追问,几分把握?顾小白很干脆地回答,十分。

在谭局那里立了军令状,顾小白带着案卷走了,他没坐电梯,而是走进消防通道。刚到刑侦队所在的三楼时,就接到谭局发的信息:老梁快不行了,案子抓紧点!顾小白的两条腿一下子就麻木了,再也迈不动。他正要给梁斌打电话,号码调出来后却没勇气按下去,仿佛那个绿色的通话键是引爆器。他想,还是结案后再打吧,有些事他现在说不清楚,梁斌也听不明白。谭局和梁斌是警校同学,互相为对方挡过刀子,有着过命的交情。十三年前,谭局还是刑侦队队长,孟海老师被害案告破后,他被提拔为局长,梁斌则由副转正,接替了他的位置。

顾小白给谭局回了信息,只有两个字:明白。

梁斌送的那部旧诺基亚,顾小白一直珍藏着,里面封存了一段奇妙而心痛的往事。很多个寂静的夜晚,他拿起这部诺基亚,似乎能听到十三年前那个夏天的声音从里面传出来。他经常对着这个神秘的魔盒自言自语,仿佛在跟过去的时光对话。此时此刻,2018年下午的阳光透过走廊的玻璃窗照进来,落在顾小白身上,他突然热泪盈眶。从那天坐在马路牙子上弹吉他起,他就发现自己变脆弱了,眼里和梦里经常汹涌着一片海,咸涩的海。

4

顾小白有些虚脱地靠在办公椅上,连抽了三根烟,才把眼里的那片海慢慢蒸发干净。杜耀文走过来问,顾队,现在大家都腾出空来了,周云鹏的生活圈子要不要再查查,找到那个托他买散装汽油的人?顾小白摇摇头,不用查了。杜耀文有些不解,为什么?顾小白说,我知道凶手是谁。但顾小白没有说出名字,他弹着烟灰,瞳仁里像是裸露着一片干涸的海床,寂寥而空旷。其实烟蒂已经熄灭了,根本没有灰可弹。杜耀文掏出自己的芙蓉王递过去,试探着问,凶手是不是马小燕?周云鹏一死,她顶包的秘密就没几个人知道了,她是有杀人动机的。顾小白再次摇头,不是。杜耀文有点蒙圈,他问,顾队,那要不要把凶手控制起来?顾小白还是那副花岗岩一样僵硬的表情,说,暂时不需要。杜耀文明白了,顾小白不急着动手,肯定是证据链还没有闭环,存在变数。他就不再多嘴了。

顾小白去馆子里吃了一碗炸酱面当晚餐,面馆老板一眼就认出了他,伸出油腻的双手,有些激动地说,这不是老顾家的儿子小白吗,听说你当刑警队长了,给我们老纸厂的人争了大脸啊。握着那双手,顾小白想起来了,是以前湘江造纸厂人事科的科长,姓曹,名字忘了。顾小白说,曹叔好,您身体还是这么硬朗。后半句话是顾小白违心说的,对方一头花白的头发,脸上全是沟壑般的皱纹。老曹说,硬朗个屁,就剩一把老骨头了,都是马金龙那老混蛋害的,把厂子贱卖了,狗日的吃得满嘴流油,我们连潲水都捞不着。

顾小白是在老曹的牢骚中吃完面的。买单时,老曹死活不收钱,跟打架似的,他只好妥协。在湘江宾馆的长包房,顾小白翻看带回来的案卷。他看得很仔细,一个标点符号都不放过。不到三十页的内容,他看到深夜十一点多,抽了两包烟,手指都熏黄了。合上案卷,顾小白心里憋闷,迫切想出门找人说说话。他翻开电话簿,老家最铁的三个朋友都叫不出来了,其他同学在他上警校后都没了联系。他看见黎乐乐还在发朋友圈,发的是她今天在湿地采访时拍的照片,候鸟遮天蔽日,蔚为壮观。他就在照片下留了言:大美女,要不要去吃个消夜?我请。黎乐乐几乎是秒回:好呀,不吃白不吃,我在报社,顾队在哪?

去接黎乐乐的路上,顾小白发现老曹的店子还开着,但摊位摆到了门口,正在烤串。在报社门口接上黎乐乐后,顾小白把车开到老曹的店附近,闪了两下大灯。老曹一看又是他,热情地迎上前来说,小白,又来照顾你叔生意了,坐那边,那棵樟树下,蚊子少。又问,这是你对象吧,跟画里的人似的,你小子真有眼光。顾小白连忙解释,不是对象,是我一个朋友。老曹笑呵呵地说,哟,还不好意思。行,叔不当电灯泡了,吃点什么?

顾小白看向黎乐乐,她倒是挺大方,一点都不窘迫,接过老曹递过来的单子,熟练地勾画了十几笔说,就咱俩,差不多了。两人在樟树下的一张矮桌前坐下,黎乐乐用纸巾擦了擦桌面,说,顾队,听说彭大年的妻子马小燕进去了。顾小白说,你消息还挺灵通,队里有你线人吧?黎乐乐笑道,必须的,否则怎么吃这碗饭?马小燕会坐牢吗?这时,老曹把烤串端上来,还免费送了一扎啤酒。谢了老曹后,顾小白才回答,仅凭包庇杀人那件事,她就得蹲班房。几年就不好说了,案件还在侦查当中。银行的工作肯定是没了,赔偿也少不了,反正下场挺惨。黎乐乐边撸串边说,自找的,不值得同情,江蓝姐的一生都被她毁了,太气人了!顾小白倒了两杯啤酒说,你知道的还挺多,规矩你懂,没到时候,不该写的不能写。

黎乐乐嘬了一口酒花子说,我懂。

长沙的夜像一个性感妖娆的少妇,而老家的夜不一样,更像一个不施粉黛的少女,看一眼都很清凉。从内心深处来说,顾小白是愿意在这种小城生活的。每次听到邓丽君的《小城故事》,他都特别有亲切感。歌里的每一句词,都像是在写他身边的人和事,很接地气。而大城市里的一切,都是虚浮的,没有根。

一个长头发的小青年抱着吉他卖唱,一首歌五块钱。顾小白叫他过来,弹了两首,《恰似你的温柔》和《酒干倘卖无》。黎乐乐啃着鸡爪,吃相像一个邻家小妹,她说,这小哥哥弹得不咋的啊,顾队,听说您前几天坐在马路牙子上弹吉他,一首歌的工夫,局里的警花全都成了您的迷妹,怎么样,也给本小姐露一手呗?顾小白笑笑说,我那三脚猫的水平,就不拿出来丢丑了,听了你今晚会做噩梦。黎乐乐不依,说,您什么水平我还不知道,中学时代就见识过了。她口无遮拦,打着哈哈,噩梦没做过,春天的梦倒是做了不少。

顾小白推辞不掉,只好找小青年借了吉他,弹唱了首《梦醒时分》。

歌声响起的瞬间,周围的食客都把目光落在顾小白身上。小青年满脸羞愧,没想到自己是班门弄斧。周围一片叫好声,黎乐乐更是兴奋得连连举杯说,顾队,我敬你,也敬青春。其实顾小白的弹唱技巧并不比小青年娴熟,只是多了份人到中年的练达和沧桑。把吉他还回去后,那小青年执意不收刚才卖唱的钱,但顾小白还是硬把钞票塞给了他。黎乐乐由衷地说,顾队,你要是走音乐这条路,没准儿就是现在的赵雷。这个歌手顾小白听说过,因为一首《成都》一夜爆红。顾小白说,自嗨可以,上不了台面。黎乐乐继续道,您太谦虚了,孟老师都说,萤火虫乐队的水平能开演唱会了。

顾小白的目光立即变得强烈起来,他盯着黎乐乐问,你认识孟老师?黎乐乐擦了擦嘴说,认识呀。顾小白问,什么时候认识的?黎乐乐不假思索地回答,2004年冬天。顾小白心算了一下——黎乐乐是2004年8月的最后一天出事的,也就是说,出事没多久她就认识了孟老师。但她并非纸厂子弟,两人怎么认识的?

顾小白突然觉得对面坐的不是一个女人,而是一个秘密。黎乐乐掏出一根薄荷烟点着,她脸上的光顿时黯淡下来。没等顾小白追问,她就解释道,我出那事后,我爸每晚拎把杀猪刀在街头转悠,找丁保国那个王八蛋。对了,这个好像跟你说过。顾小白点头,别说你爸,说你和孟老师。黎乐乐说,别急,孟老师是先认识我爸,才认识我的。顾小白哦了一声,发现自己有点急躁,他喝了口啤酒压了压。黎乐乐继续说,有天凌晨,在日杂公司后面的巷子里,我爸看见一个男青年,推着辆自行车,鬼鬼祟祟的。双方狭路相逢,二话不说,都亮出了腰里的家伙,对方是菜刀。要不是我爸机灵,突然想起报上说口罩色魔是烟枪,而对方身上一点烟味儿都没有,两人当场就见血了。我爸问他,你是谁,大晚上的在这里干什么?对方说,我还想问你呢!我爸就说自己是变压器厂的职工,刚下夜班。对方也掏出了自己的工作证,说他是纸厂子弟学校的老师,叫孟海。试探了几句,两人这才互相交底,原来都是来找那个变态的。

顾小白觉得奇怪,他问,孟老师为什么要找口罩色魔?黎乐乐朝夜色中吐了口烟圈,回忆道,孟老师跟我爸说,他班上有个女生,不久前也被欺负了,他想亲手抓住那个畜生。那天晚上,我爸和孟老师跟我们现在一样,一起吃消夜,都喝高了。

顾小白猜测,孟老师得知江蓝在小树林里差点受辱后,气愤难平,就跟当年他们四个男生一样,深夜上街找口罩色魔寻仇。受辱这件事是江蓝的绝对隐私,羞于启齿,她叮嘱四个男生不要外传,孟老师却知道,很可能是江蓝主动透露给他的。两人的关系虽然并非师生恋,但也应该很密切。

黎乐乐说,我爸那晚在孟老师面前哭了,跟个孩子似的。我那时候的情况很糟糕——孤僻、自闭、恐惧异性,我爸说那个变态把我毁了。我要是有个三长两短,他也不活了。孟老师安慰我爸,说他的那个女生被侵犯后,也曾经跟我一样想不开,差点自杀,通过他的心理疏导才好起来。我爸一听,像是抓住了救命稻草,连忙请孟老师有空去我家坐坐,开导开导我。他们就这样认识了，第二天放学后，孟老师就去了我家。

记忆是一部卡式录音机，顾小白把带子倒回到2004年夏天。他记得那晚丁保国的侵犯并没有得逞，他们几个男生及时赶到，救下了江蓝。他正要质疑黎乐乐的话，但很快想到了那份病历，江蓝第一次遇到丁保国时，确实被侵犯过，她自杀应该跟这件事有关。至于孟老师是怎么得知江蓝被侵犯的，目前还是一个谜。但可以肯定的是，是孟老师修复了江蓝破碎的心灵，给了她第二次生命。顾小白现在有些理解江蓝对孟老师的感情了，不是少女情窦初开的那种爱，也不是纯粹的师生情，而是感恩，是敬仰。

月色撩人，香樟味、烧烤味和啤酒味混合在一起，闻起来有点古怪。黎乐乐去了趟厕所，回来继续说，一开始我很排斥孟老师，还抓伤过他。但他很有耐心，不气不恼，只要有空就过来给我做心理疏导，还给我补课。慢慢地，我就接受了他。那时候，除了我爸，孟老师是唯一可以接近我的男人。不是他，我可能已经死了，死在我最美好的年华里。

顾小白问，孟老师就是你之前跟我说的那个人吗，关心你，后来又离开了你的那个？黎乐乐点点头。顾小白倒了两杯酒，说，这杯我们一起敬孟老师。两人一饮而尽，眼睛里都闪烁着星光。每个人的青春中都有一些暗黑的角落，对黎乐乐，对萤火虫乐队，对整个纸厂子弟学校的学生来说，孟老师就像一道闪电，照亮了这些隐秘的角落。

顾小白谨慎地问，孟老师说的那个女生是谁？黎乐乐狡黠一笑，顾队，你是明知故问。顾小白说，这是隐私，我不能随便猜疑。黎乐乐拿起顾小白放在桌面上的烟盒，抖出一根芙蓉王，说，这烟劲大，适合深夜讲故事时抽。顾小白说，你继续。黎乐乐在舌尖上玩了朵烟花，说，是江蓝。顾小白问，孟老师告诉你的？黎乐乐把烟花吐出来，说，不是。

顾小白有些意外，如果不是孟老师透露的，黎乐乐怎么会知道江蓝被侵犯？黎乐乐解开了他心中的疑惑，说，孟老师给我做心理疏导时，提到江蓝的一些情况，但没有点名。孟老师被杀，江蓝自首后，我就知道她肯定是孟老师说的那个女生。我不相信他俩有不正当关系，以我对孟老师的了解，他不是那种人。顾小白问，你刚才说我明知故问，你怎么知道我猜的是江蓝？黎乐乐说，警方通报上写了，口罩色魔作案后，会强拍被害人的裸照。丁保国的狼皮被扒下后，您肯定搜查过他的房间，找到了那本相册，认出了江蓝是其中的一名被害人。顾小白说，你的推理并不完全对，江蓝是丁俊认出来的，相册已经被烧了。黎乐乐说，就算丁俊没有指认，我相信您也能猜到，江蓝堕胎是丁保国作的孽，跟孟老师无关。顾小白点头说，是。

黎乐乐凝视着越来越空旷的街道，说，江蓝没有杀孟老师。顾小白问，是线人告诉你的，还是江蓝自己告诉你的？黎乐乐说，都不是。顾小白问，又是你推理出来的？黎乐乐从街道收回目光，看向顾小白说，也不是。顾小白打趣道，你会看相？他摊开手掌递过去，帮我看看，什么时候中五百万，我好去买彩票。黎乐乐没有碰他的手，而是用一种带着回音的腔调说，我亲眼看见的。

顾小白想笑，这个女记者也太不胜酒力了，才喝了几杯，脑子就不清醒了，居然开这种玩笑。但笑容只在顾小白脸上逗留了不到一秒，黎乐乐的神情根本不像是喝高了的样子。她再次从他的烟盒里抽出一根芙蓉王，手不抖，眼不眨，倒是他开始心律不齐。他缩回手掌问，你刚才什么意思？黎乐乐说，就是我话面上的意思。顾小白问，你在构思穿越小说吗？黎乐乐用打火机点烟，脸在火焰的映照下的确显得有些诡异，她说，顾队，信不信由你。

一片树叶旋转着飘下来，正好落在顾小白头顶，他像是被什么坚硬的东西撞击了一下，有点懵。黎乐乐吞吐着烟圈说，每年高考后，都是纸厂子弟学校最死气沉沉的时候，能上大学的没几个，绝大部分学生都成了社会闲散人员，没有朝气，没有梦想，看不到前途，眼前一片迷惘。哦，这是孟老师跟我说的。

顾小白绝对相信这是孟老师的话，而不是黎乐乐瞎编的。他是纸厂的子弟，每年夏天，厂里的闲散人员会突然增多，各种治安案件也随之增多——今天变压器被盗，明天废弃仓库里有人聚赌，后天厂门口打群架……高考后，一股悲伤、沮丧和彷徨的情绪从子弟学校的围墙内弥漫开来，穿过家属区，穿过烟囱和水塔，穿过食堂和篮球场，渐渐扩散到全厂，甚至渗透到地下防空洞。这种不良情绪比蚊虫还凶猛，它无处不在，无孔不入，让人提心吊胆，烦躁不安。对纸厂人来说，夏天是一个人心惶惶的季节，危险的季节，原本有条不紊的生活节奏，会在这个时候突然失控。十三年前的那个夏天，顾小白就是处于这样一种状态，胡浩、许国巍和彭大年也是如此。他们突然告别了校园生活，来到社会上，成了无业游民，身份的巨变让他们

很不适应。自卑、失意、烦恼、迷茫，像一床浸透了汽油的棉被，他们被严严实实地包裹在里面，呼吸困难，两眼发黑。一个小小的火星，有可能将他们的身体点燃，或者将他们身边的世界烧成灰烬。

已经是凌晨一点，吃消夜的人都走光了，卖唱的小青年背着吉他渐行渐远，背影消失在街道尽头。只剩下顾小白和黎乐乐还坐在樟树下聊天，烤串吃完了，啤酒喝光了，烟盒抽空了。老曹倒是没说什么，自己开了一瓶啤酒，就着一碟花生米，坐下来优哉游哉地吃喝。顾小白却不好意思了，他起身结账，和黎乐乐摇摇晃晃地上了停在东湖边的车。他喝了酒，没有移动车子，而是敞开所有窗户，让蛙鸣、荷香、晚风和夜色一起涌进来。

两人的对话改在车里进行——顾小白坐在驾驶座，黎乐乐坐副驾驶，车载播放器里放着轻音乐，莫扎特的。

顾小白问，那天你到底看见了什么？

黎乐乐没有急着回答，她从包里掏出化妆盒，往脸上涂脂抹粉，似乎是想冲淡那个夏日正午的血腥味。化完夜妆，她才慢悠悠地说，那天上午我逛新华书店时，看见了一本瑞士作家写的小说，叫《阿尔卑斯山的少女》。孟老师以前推荐我看一本书，也是这个作家写的，但书名叫《海蒂》。两本书写的都是发生在阿尔卑斯山上的故事，我就出门给孟老师打了个电话，问他是不是同一本书。顾小白问，你什么时候打的电话，在哪里打的，用的什么电话？

黎乐乐说，新华书店出门左拐有家奶茶店，那里有部公用电话，时间大概在十点五十左右——我记得那天是周日，我爸用自行车送我去书店的。周日他一般睡到

十点才起床,吃完早餐就十点二十了。顾小白血液里的酒精顿时被蒸发殆尽,头脑变得无比清醒。孟老师案子里的每一个细节他都记得很清楚,案发当天上午,孟老师的确接到了一个电话,是从新华书店旁的奶茶店打过去的,时间是上午十点四十九分。

这个细节并没有向外公布,只有看过案卷的人才知道。

因此,黎乐乐叙述的可信度非常高!

黎乐乐的目光像陶片一样在湖面上打着水漂,她说,孟老师在电话里告诉我,那两本书内容是一样的,只是书名不同。他还在电话里跟我说了一件事,他想要在纸厂的防空洞里搞一个大型活动,需要事先向厂里的保卫科报备。就在接我的电话之前,他接到了保卫科长的电话,同意了他的活动安排。哦,保卫科长就是姓丁的那个混蛋。

孟老师的案卷如同《圣经》,顾小白研读了无数遍。他记得很清楚,孟老师接奶茶店打来的那个电话之前,还接过一个电话,是从汽车站旁边打来的,用的IC卡电话,时间是十点四十五分。黎乐乐说,孟老师告诉她,当天中午,他要和丁保国去防空洞里实地查看,确定活动场所。

听到这里,顾小白浑身的肌肉紧绷起来,案发当天,孟海为什么现身防空洞,是一个始终困扰警方的谜。黎乐乐说,孟老师问我要不要一起去看场地,我答应了。我们约了中午一点半,在纸厂水塔下面的防空洞里碰头——那里有口古井,井口是莲花形,很多人都知道,比较好找。纸厂和变压器厂的防空洞是连通的,小时候,我也经常去里面玩,对地形还算熟悉。

顾小白听见自己的声音有些变调,孟海老师去防空洞搞什么活动?黎乐乐转过头来看着顾小白,眼神比凌晨还沉静,她轻轻地说,演唱会。

顾小白没听清楚,追问了一遍,你说什么?

黎乐乐再次回答,演唱会。

顾小白有点没反应过来,他极力让自己的肌肉松弛,把演唱会这三个字在脑袋里放大。黎乐乐在旁边解释,孟老师跟我说,萤火虫乐队快散伙了,除了一个叫江蓝的女键盘手,乐队其他成员都萎靡不振,完全没有了少年热血。他想把乐队重新组织起来,在防空洞里开一个地下演唱会。吸引那些刚刚走出校园,意志消沉的待业青年都来看演出,一起互动。演唱会的主题是,把眼泪洒在黑暗里,用歌声来迎接明天,让青春重新燃起来!

顾小白的眼泪掉了下来,掉在这深邃的黑暗里。

他万万没有想到,萤火虫乐队的所有成员都没有想到,他们人生中的第一次演唱会,就这样夭折了。

顾小白透过天窗,仰望着浩瀚星空,脑袋里全是歌声、琴声、掌声、欢呼声,无数烛光、灯光、荧光棒在眼前晃动。所有人尽情地释放着荷尔蒙,他们呐喊、哭泣、歌唱、摇摆。黑暗被他们燃烧的激情照亮,他们的迷惘一扫而空。

顾小白脑补着各种场面,似乎那场演唱会已经如期举行,而且一直在他的灵魂深处巡回演出,十三年来,从没有停止过。

那是青春最美丽的绝响啊。

那也是人世间最激荡人心的一场演唱会,没有之一!

第十三双眼睛

1

演唱会终于在顾小白的脑袋里落幕了,他口干舌燥精疲力竭,靠在驾驶椅上直喘粗气。他拿起一瓶矿泉水,咕咚几口喝了一大半,体力这才恢复了一些。黎乐乐也显得有些疲惫,她眼神慵懒表情倦怠,仿佛刚从一个与春天有关的梦中苏醒,原本绾着的发髻披散开来,像一道充满黑色诱惑的冰川。在顾小白灵魂出演的那台演唱会上,他清晰地看见了少女时代的黎乐乐,她发育还不成熟,穿着一条有些松垮的牛仔裤,但她是叫得最响唱得最欢的那一个。

顾小白问,后来呢?

这三个字吐出来时,顾小白发现自己的喉咙有些嘶哑,似乎刚才真的声嘶力竭地演唱过。2018年的这个夏日凌晨,夜色浓得就像调色板上的颜料,湖泊和树林,房屋和路灯,行人和狗,不,是整个世界,都被强力粘贴在一张巨大而魔幻的画布上,每个人的命运都逃不过那双看不见的上帝之手。黎乐乐没有直接回答顾小白的问题,她下车去街边的自动售货机上买了两包香烟,上车后,一包扔给顾小白,一包自己抽。

顾小白没见过抽烟这么凶的女人,平素也没闻到她身上有烟草味。这一夜,她像是要借助某种道具,把许多东西掏肝掏肺地说出来——那天从新华书店回去后,我十二点四十就到了跟孟老师约定的地点,那口古井边。我是从变压器厂下面的防空洞里走过去的,一路上没碰见一个人。这台演唱会是孟老师一手策划的,他对保卫科能否批准心里没底,所以事先没有声张。但我知道这个秘密,因为我爸是电工,孟老师说,如果保卫科批准了,他就请我爸负责演唱会现场的灯光。顾小白心想,孟老师向保卫科报备活动时,应该是直接找了丁保国,其他人没有经手,因此案发后没有人知道这个事。黎乐乐说,孟老师之所以邀请我去看场地,是因为我从小对舞台设计很感兴趣。他策划演唱会时,我提出了一些很有创意的点子。顾小白打断了一下,问她,那你大学怎么没学设计?黎乐乐笑容酸楚地说,孟海老师被害后,我就改变了志向,想当一名警察。高考填志愿,我有轻微的色盲,通不过公安院校的体检,就改填了新闻院校。从某种意义上来说,记者和警察有相同的职业属性,都是寻求真相。

顾小白内心感慨,这又是一个被那个夏天改变了命运的人。黎乐乐继续说,那天我去得有点早,百无聊赖的时候,突然冒出一个念头,想捉弄一下孟老师。我关掉手电筒,躲在离那口莲花井五百多米远的一个岔洞里,那是孟老师的必经路段。我想等他过来时,就从暗处冲出来,装神弄鬼吓他一大跳。黎乐乐深深叹了一口气,说,那是我最后悔的一个决定,也是我年少无知时犯的最大的一个错误。大概一点钟的时候,我看见孟老师走了过来,打着手电筒。就算他没打手电筒我也能认出,他的白衬衣在防空洞里很显眼,还有他身上的香水味,我老远就能闻到。顾小白看见，黎乐乐在回忆起这些细节时，眼睛里突然点亮了一盏小灯笼，慵懒的表情生动起来，脸上有一种怀春少女的娇羞，连呼吸都是潮热的。

毫无疑问，孟老师曾经无数次进入过她那些粉红色的梦中。

黎乐乐换了张CD，是花鼓戏，凌晨听起来有些怪异。少年时代，顾小白很喜欢看这种戏，厂里只要有演出，他每场必到。他并不是个戏迷，他迷的是里面唱花旦的胡大姐，杏眼桃腮丰乳肥臀。黎乐乐说，孟老师离我还有三百米远时，我看见一个男人从他身后钻出来，他没打手电筒，看不清样子。孟老师应该是听到了脚步声，他停下来，转身看后面，喊了声，丁科长。那个人就是丁保国。孟老师的手电筒照在他身上，我看得很清楚，他肩上背着一把枪！

顾小白心里一紧，似乎黑暗中有个人拿着枪口走向自己。

黎乐乐说，孟老师当时还笑丁保国，又不是去抓坏人，你带枪干什么？顾小白急切地问，丁保国怎么说？黎乐乐说，丁保国回答，最近躲在防空洞里吸毒和聚赌的比较多，他在巡逻。说到这里，黎乐乐的身体条件反射地哆嗦了一下。顾小白问，你怎么了，是不是有点凉，要不我把窗户关了？黎乐乐摇头说，不是，我不冷，是丁保国一开口就把我吓到了。顾小白反应过来，问道，你听出他的声音了，是口罩色魔？黎乐乐点点头，说，这个声音我太熟悉了，经常在我耳边响起。我吓得趴在墙上不敢动，眼睁睁地看着他们往另外一个方向走去。顾小白问，往哪个方向？黎乐乐说，娘娘庙方向。

顾小白曾经听老辈人讲，距离乌龙宝塔不远有座娘娘庙，明朝修建的，抗战时被小日本的炮弹炸塌了。纸厂的防空洞，有一段路就是从娘娘庙原址下经过。那段路铺的地砖都雕了花，是以前建庙用的。出于对神仙娘娘的敬畏，钻防空洞的人，很少会去那个方向。也正因为如此，那里苔藓深厚，积水成潭，非常荒僻，据说藏着一只成了精的黄鼠狼。

顾小白问，他们去那边干什么？黎乐乐说，是丁保国叫孟老师去的，说刚才他来的时候，发现有几个小青年在那里聚赌，都是子弟学校的学生，他要孟老师跟他一块去抓赌，抓完后再去看演出场地。孟老师看了下手机，可能觉得时间还早，不会耽误跟我碰头，就跟着丁保国去了。我犹豫了一下，也跟在了后面。顾小白看了黎乐乐一眼，问她，你不是害怕吗？黎乐乐说，我是很害怕，但我也怕声音听错，就想看看丁保国的右手，是不是少了半截小指头。顾小白问，看清楚了吗？黎乐乐摇头说，路上没看清楚，我一直跟着他们走到了娘娘庙附近。丁保国停了下来。孟老师问他，聚赌的学生呢？丁保国说，孟老师，这里没有聚赌的学生，我骗你的。孟老师问，丁科长，你什么意思？丁保国说，想跟你谈件事。顾小白插了一嘴，你当时离他们多远？黎乐乐想了想说，一百多米吧。我躲在一个拐角的地方，听得很清楚，一个字都没漏。顾小白点点头，说，你接着讲。黎乐乐说，孟老师问丁保国，什么事搞得这么神秘兮兮？丁保国干笑了几声，说就是马厂长的闺女那件事，她这次高考没考好，想顶替江蓝上大学。你能不能行个方便，帮马厂长这个忙？孟老师当时笑了一下，说，丁科长，原来你是来当说客的。丁保国说，听马厂长讲，你下半年就要去读研究生了，脑瓜子肯定聪明，应该知道与人方便就是给自己方便。前几天在福临门酒家，周云鹏打了包票，说这事要是成了，给你五万好处费。周云鹏要我转告你，他可以再加三万。

顾小白现在确信黎乐乐不是在编故事，因为马金龙请孟老师在福临门酒家吃饭这件事，案卷上都没记载，他也是昨天才知道的，马小燕在龙泉山陵园告诉他的。也就是说，如果不是亲耳听到，黎乐乐不可能知道这个细节。

顾小白问，孟老师什么反应？黎乐乐望着车窗外，陷入了回忆中，似乎是想把当时的场景更真实地还原出来。沉默了好一会儿，她才开口，他说我是老师，不能干这种下作的事。他还说，丁科长，你是搞保卫工作的，比我更懂法，应该知道这样做是犯罪。顾小白的血液在加速流动，肾上腺素飙升，这是他每次遇到危险时的本能反应。此刻，似乎危险不是在靠近孟老师，而是自己。黎乐乐说，孟老师准备离开，我看见丁保国把枪从肩头摘下来。顾小白紧张地问，他在背后开枪了？黎乐乐说，没有，他叫住了孟老师，说你挡别人前途就是不给自己留活路。孟老师看着他手里的枪，用一种很不可思议的声音问，丁科长，你敢杀人？丁保国说，是你逼我的。顾小白问，孟老师是不是掉头跑掉了？黎乐乐的声音显得有些痛苦，他没跑。

顾小白深感意外，问道，他没跑？不可能啊，这么近的距离，丁保国怎么可能没打中？黎乐乐说，孟老师抓住了对准他的枪口，估计是想夺枪，但还没抢过来枪就响了，他倒在了地上。顾小白的五脏六腑一阵痉挛，喉咙里咸咸的，有股血腥味，仿佛被枪打中的是他自己。顾小白揉了揉腹部，疼痛有所缓解后，他问，你确定丁保国是在娘娘庙那一段开的枪吗？黎乐乐点头说，我确定！十三年了，孟海老师被害现场的每一块砖头是什么样，我都记得清清楚楚。顾小白问，然后呢？黎乐乐说，丁保国背着枪，左手拿手电筒，右手放在孟老师的鼻孔前，试探他还有没有呼吸。

黎乐乐的叙述不断把顾小白代入到那个至暗时刻，仿佛他就躺在地上，丁保国的手指就快触碰到他的鼻子了，他屏住呼吸装死。黎乐乐咬牙切齿地说，就是在那个时候，我发现这王八蛋右手缺了半截小指头，就是那个变态！

顾小白关掉了车载播放器，他想屏蔽掉任何干扰音，专心听黎乐乐讲述，他生怕漏掉任何一个细节。黎乐乐说，丁保国杀人后似乎很害怕，他并没有在现场逗留，慌慌张张地跑掉了，跟鬼赶了似的。顾小白问，你呢？黎乐乐说，直到听不见那个畜生的脚步声，我才敢从暗处出来。我冲到孟老师面前，发现他身上都是血。我哭着喊他。过了一会儿，他睁开了眼睛，认出了我，叫我快跑，说这里危险。我没有走，我扶着他站了起来，说我送你去医院。顾小白急不可耐地问，他还能走路吗？黎乐乐点头说，能，但很虚弱，走得特别慢。我扶着他往来时的路上走，他摔了好几次，手电筒也摔坏了，扔了。顾小白心想，难怪案发现场没有找到孟老师的手电筒。

黎乐乐说，我也摔了几跤，但那时候我一点都不觉得疼。顾小白有种很无力的感觉，似乎他就在旁边看着，却没有办法去扶孟老师一把。黎乐乐说，往外走的时候，孟老师跟我说，他要是死了，我就去报案，凶手是丁保国，纸厂保卫科的科长。我说我都看见了，也听见了，知道是怎回事，叫他别说话，因为他一说话伤口就流血。也不知道走了多久，我听见远处有脚步声，因为担心丁保国回来，我和孟老师都不敢吭声，我还关掉了自己的手电筒。等脚步声消失后，我们慢慢走到莲花井的位置，孟老师走不动了，我就扶他坐下来，休息了一会儿。

顾小白推测，黎乐乐这次听到的脚步声，不是丁保国的，而是胡浩他们仨的。如果当时她呼救，胡浩他们很可能会终止作案，去抢救孟老师，整个事件的走向就完全不同了，许多人的命运也会因此发生改变。但极度的恐惧充斥在黎乐乐和孟老师的心中，沉默是他们最合情合理的选择。顾小白问，孟老师当时的身体状况如何？黎乐乐说，一路走一路流血，意识有点模糊，完全是求生的本能在支撑着他。

当年的案卷上详细记载了现场勘查情况，防空洞的许多地方都发现了血迹和鞋印。血迹经鉴定，是孟海的。但大量鞋印纵横交错叠加在一起，已经无法辨别鞋主人的身份。警方推断，因为现场没有保护好，很多群众听说防空洞里发生凶杀案后，从各个出入口涌进来看热闹，把现场的血迹带到洞中各处……从黎乐乐的叙述来看，顾小白发现当初警方的推断是不准确的。

黎乐乐说，我们坐下没多久，就听到前面传来砸门声，还有几个人的说话声。我很害怕，准备扶着孟老师离开。但他说，那几个人的声音有点熟悉，像是他以前的学生，他过去看看，但要我留在原地。我答应了，因为当时我已扶不动他了，要是碰见熟人，就可以早点送他去医院。但他走后，我又有点不放心，就偷偷跟在后面。走了没多远，就发现了三个人，一看就不是好人。顾小白问，为什么？黎乐乐说，他们都戴着头套和手套，背着大包，一个拿着手电筒，一个拿着撬棍和榔头，还有一个拿着枪，跟丁保国拿的那支枪一模一样！

黎乐乐的话印证了胡浩和许国巍的口供，他们拿的枪是丁保国仓皇逃跑时丢弃的。湖面传来扑通一声，似乎有鱼高高跃起，搅碎了这夜的宁静。黎乐乐夹烟的手指在微微发抖，她好像还是当年那个躲在黑暗中的小女孩，神色惊恐不安，她说，我当时心想，糟了，又碰见坏蛋了。我正要叫孟老师离开，就听见那个拿枪的人叫道，别过来，我有枪！他话音刚落，孟老师就朝后面倒去，枪也在这个时候响了。顾小白感觉枪声就在耳边炸响，他的声带都在战栗，你说什么，枪响之前，孟老师的身体就在往后倒？黎乐乐说，没错，应该是体力透支了。我正要冲上前去搀扶，就听见枪响了，间隔可能也就一两秒。

顾小白两眼紧盯着黎乐乐，问道，枪是朝孟老师开的吗？

黎乐乐摇摇头，说，不是，我看见枪口的火光了，是朝地上开的。

枪声再次响起，是在顾小白的脑海里。曾经盘旋不散的一团脑雾像是被枪口吐出的火舌撕开了一条裂缝，顾小白现在明白了，地下仓库并非孟老师的被害现场，许国巍根本就没有打中他。被丁保国开枪打中后，孟老师经过长时间的行走，流血过多，神经高度紧张，在再次面对枪口威胁时，他的身体终于支撑不住，倒了下去。也就是说，许国巍不存在误杀，是丁保国枪杀了孟老师！

三位少年的逃亡其实是一场自我放逐的游戏，纠缠他们的梦魇不过是心魔在作祟。这之后，彭大年对胡浩和许国巍的敲诈，以及后者对前者的谋杀，本来都可以避免的。但他们入戏太深，自己把自己杀死在角色中。

枪声回荡了十几分钟，渐渐在顾小白的脑海里沉寂，他听见黎乐乐说，我从那三个人的交谈中，知道他们都是孟老师的学生。他们逃走后，我才敢上前叫孟老师，但他已经叫不醒了，死了。黎乐乐泪流满面，她化的夜妆被泪水冲洗得斑斑驳驳，像是一张没画好的脸谱。她哽咽着说，我吓坏了，不知该怎么办，就跑回了家。我爸正好下班回来，看见我身上有血，就问我怎么回事？我把事情经过告诉了他，要他赶紧报警。但他没有报警，也不准我报警。顾小白问，为什么？黎乐乐说，我记得那天我爸比我还紧张，他说要是丁保国那个王八蛋被抓了，肯定会拔出萝卜带出泥，供出自己是口罩色魔。丁保国知道我的名字，警方就会找到我询问。这么一来，所有人都会知道我的那些事，以后我就没法做人了，一家人的脸都会丢光。我妈也不准我报案，说丁保国可能已经跑了，他如果知道是我报的案，肯定会报复。我被我爸妈的话吓住了，就打消了报案的念头。我想孟老师反正已经死了，也救不回来了，他的仇，等我长大以后再给他报。

顾小白没有责怪黎乐乐，她当年还是一个未成年的小姑娘，毫无社会经验和阅历，要她在极度惊吓中做出理智的选择，是很不现实的。他也能理解黎乐乐父母当时的态度，虽然有点自私和愚昧，但并非不可理喻。在孟老师的关爱下，黎乐乐那时候的精神状态刚刚稳定，不能再遭受刺激了。对父母来说，女儿的身心健康比什么都重要。黎乐乐看着顾小白，愧疚地说，顾队，对不起，我没跟你说实话，十三年前，我就知道丁保国是那个变态色魔。对了，那年冬天，我爸找了个机会，把丁保国堵在黑巷子里，从后面打了他一闷棍，算是为我出了口恶气。顾小白想起来了，在丁保国的案卷中，的确有这样一个案子——2005年12月的某天晚上，十点多钟，丁保国参加同事母亲的葬礼回来，经过粮食局后面的一条巷子时，遭到不明身份人员的偷袭，被打成严重脑震荡，住了一个月院。凶手一直没找到，警方怀疑是被丁保国处理过的违法犯罪分子，行凶动机是报复。顾小白心中哑然失笑，没想到是黎乐乐她爸干的。黎乐乐补充说，我爸前年去世了，食道癌。顾小白知道她的意思，行凶者和受害者都已经去世，这个案子就翻篇了。黎乐乐说，孟老师被害后，我的精神又垮了下去，越来越神经质。这些年我心里一直没安生过，经常从梦里哭醒。我对不起孟老师，对不起江蓝。我那时就知道江蓝顶包的动机，她是想替孟老师脱罪，我打心眼里钦佩她，说真的，我做不到。

顾小白感觉有点饿，这次是他下车，去自动售货机那里买了一堆零食。一条流浪狗和一个拾荒老汉从十字街头走过，很有些动漫的意味。一股暗香从夜的最深处弥漫过来，一些人还在沉睡，一些人已经在梦醒的路上。黎乐乐塞了一块巧克力到嘴里，继续说，我当上记者后，江蓝已经是咖啡屋的老板娘。出于内疚，我故意接近她，和她成为好朋友，想为她做点什么。也就是在那时，我通过她认识了胡总、许总和彭总，并且猜出他们三个，就是孟老师在生命的最后时刻，见到的那三个学生。

他们对江蓝很殷勤，甚至有些讨好。我知道，这三个男人跟我一样，都是怀着一颗戴罪之心，想弥补对江蓝的亏欠，救赎自己的灵魂。但最后我发现，我既没有救赎自己，也帮不了江蓝。她骨子里有一种非常坚韧的东西，个性很独立，从来不会主动求人。我唯一能做的，就是在那里多喝几杯咖啡。

顾小白嚼着饼干说，你在送给丁保国的橙汁里下安眠药，应该不是为了取证吧？黎乐乐重新把头发绾成一个好看的髻，说，不是。十三年前，我一无所有，都不敢站出来指证丁保国，我现在拥有了这么多，更是缺乏勇气。我拿到证据，交给警方，对我个人没有任何好处。顾小白的眼神阴郁起来，那你下药到底想干什么？黎乐乐突然笑了，笑得很肆意，顾队，你忘了吗，我十三年前就发过誓，长大后，要替孟老师报仇。顾小白心中一惊，你想趁丁保国昏迷后杀了他？黎乐乐狡黠地说，你这是诱供，我可没这样说。他昏迷后我有多种选择：第一，把他痛打一顿；第二，把他绑起来，等他苏醒后，逼他写下认罪书，签字画押，攥在我手里，这样他一辈子都会提心吊胆，惶惶不可终日；第三，暂时没想好，要看临场发挥了。

顾小白没有深究，这种含糊的态度是他从警以来第一次。十三年前的那个夏天，许多原本并不搭界的事，因为各种偶然纠缠到了一起，打成了死结。一场由蝴蝶效应掀起的剧烈风暴最终横扫了这个世界，无数人成了受害者，生活满目疮痍。顾小白希望这场风暴彻底停歇，不要再波及任何一个人。但他很清楚，这不过是自己美好的幻想，那些被卷入风暴眼中的人，注定身不由己，在劫难逃。

2

天边露出了第一缕微曦，就好像在防空洞里走了一整夜，终于看见了出口的亮光，顾小白和黎乐乐又累又困，靠在座椅上睡着了。醒来已是七点整，黎乐乐下了车，她坚持不要顾小白送，说自己喜欢走在早晨的人行道上，沐着光，吹着风，有一种朦胧的诗意。顾小白不懂这种文艺的调调，他问黎乐乐，为什么要把隐藏了十三年的秘密告诉他？黎乐乐没有正面回答，丢下一句语，让一切结束在黑暗中吧，今天太阳照常升起。

顾不上洗漱，顾小白驾车去了看守所，提审了胡浩和许国巍。说是提审，其实是闲聊。他把马小燕和黎乐乐袒露的秘密都告诉了两人，胡浩听后粗野地大笑，笑出了眼泪。顾小白问，你笑什么？胡浩抹了一把眼泪说，我他妈也不知道，真的。许国巍的反应跟胡浩截然相反，他长久地沉默，直到顾小白不耐烦了，问他，你想什么呢？许国巍愤恨地说，我想我真是瞎了眼，拿你这个狗日的当哥们，你为什么要告诉我这些？

顾小白愕然，他没料到许国巍会这样想。撇开警察和罪犯的身份，他一直把这两人当朋友。他们有共同的成长记忆，有一起爱过的人，这些都是橡皮擦擦不掉的。许国巍说，你把老子打回了原形，原来这十三年就是一个梦，老子意淫出来的梦。人生过成这样，太他妈失败了。顾小白沉默了，生活就是一个造梦大师，不断地制造各种幻象，让人类沉醉其中。当我们清醒后，发现在这个现实世界里，自己一直在错误的时间里做错误的事情，爱错了人，搭错了车，走错了路，然后用一个错误来修补另外一个错误。

当顾小白离开时，胡浩和许国巍提出了同样一个请求——小白，看在发小的情分上，到此为止吧。顾小白不置可否，他没有问这两人到此为止是什么意思，但他知道他俩想表达什么，也知道自己该做什么。

在路边摊买了几个糖包子，顾小白驱车去了凌晨停车的地方。透过车窗，他看见江蓝正在萤火虫咖啡屋里浇花。一只野猫蹲在门口，像是一个孤独的守护神。顾小白吃完包子，下车走了过去。江蓝放下花洒迎上前来，招呼说，这么早。顾小白说，早起的鸟儿有虫吃。江蓝笑着问，想喝点什么？顾小白说，随意，有点事想跟你谈谈，关于案子的。我预先申明一下，今天不做文字记录，也不录音，纯粹闲聊。江蓝的脸上依旧荡漾着笑意，我是有前科的，懂规矩，肯定配合警察同志。她示意顾小白坐在靠窗的那个位置，然后去泡咖啡。

趁着这个空隙，顾小白往录音机里放了一盒磁带，齐秦的，第一首歌是《花祭》，萤火虫乐队演出时唱过。齐秦把这首歌唱到四分之三时，江蓝端来了咖啡，上面浮着一层奶昔，味道比较独特。顾小白喝着咖啡，目光有点飘。这栋阁楼很像江蓝外婆开的那家南杂店，外观、面积和内部格局都差不多，只是卖的东西不一样，江蓝一定是带着对外婆的怀念来选门面的。换句话说，阁楼像个年迈的太婆，老朽不堪，却和蔼慈祥，而且有一肚子的故事。在地板上每走一步都会发出吱吱呀呀的声音，像极了老人的絮絮叨叨，有点烦，但更多的是亲切。

顾小白打量着四周，突然有种很奇怪的感觉，咖啡屋里似乎少了点什么，他仔细看了一下，摆设还是那些摆设，装修风格也没变。齐秦唱《大约在冬季》时他突然明白了，是因为浩子和巍子进去了。虽然顾小白从没有在这里遇见过两人，一次也没有，但他们其实一直以某种形式生活在里面。这间咖啡屋其实是萤火虫乐队的精神纽带，维系了一种不可名状的感情。现在这根纽带解开了，有些东西就不复存在了。

江蓝似乎知道顾小白今天要谈的内容非同寻常，她在门口挂了块"暂不营业"的牌子，然后给自己泡了杯咖啡，坐在顾小白对面，问道，谈谁的案子，马小燕的？听说她昨天进去了，我婆婆要我找你问问怎么回事，警方一直没给个说法。对了，昨天我给你打了好多个电话，你都没接。顾小白有些诧异，他掏出手机看了看，并没有未接的手机号。江蓝解释说，是座机，店里的。顾小白这才想起，昨天是有个座机号给他打了几次，他以为是广告推销，就没接。这年头也就江蓝还在用座机，胡浩说她一直没买手机，是不想要，她生活圈子里没几个人。她的很多习惯还停留在十三年前，那个夏天似乎太热了，时间像松脂一样被融化了，把她凝固在里面，成了美丽而悲伤的琥珀。她的色调是半明半暗的，有时似乎看得很真切，有时又似乎什么都看不清楚。

顾小白找了个借口说，抱歉，昨天一直忙，没听到手机响。马小燕是协助调查，今天她会出来，需要取保候审，随传随到。江蓝惊讶地问，她犯了什么事？顾小白反问，你不知道吗？这几天，他有一种越来越强烈的直觉，江蓝对那个夏天的秘密早就了然于胸。他还记得那天告诉江蓝，巍子是误杀孟老师。江蓝却坚定地说，不是巍子，是丁保国杀了孟老师。事实证明，的确是丁保国开了致命的一枪。江蓝打断了顾小白的神游，她很聪明地把问题抛了回去，小燕是经济方面的问题吗？顾小白再次反问，你为什么会这样想？江蓝说，大年冒险敲诈浩子和巍子，说明他公司的经营已到了山穷水尽的地步。作为妻子，小燕不可能不知道自己的老公资金短缺。为了帮大年翻身，在银行工作的她，有可能利用职务之便做些不该做的事。顾小白摇摇头，道出了马小燕顶包上大学的秘密，他说彭大年就是抓住这个把柄敲诈马小燕，并且迫使她出轨倒向戴飞的怀抱。他还把黎乐乐透露的那段隐秘往事告诉了江蓝，说现在可以确定，胡浩、许国巍和彭大年跟孟老师的死没有直接关系。

江蓝静静地喝着咖啡，心底没有任何波澜。顾小白更加确定自己的直觉没有错，这些事对江蓝来说早已不是秘密。她上次的激烈反应，不是因为惊讶，而是伤疤被揭开后的下意识抽搐，一种本能的疼痛。现在，她已经用自己的方式止痛了，她可以镇静地面对伤口。这种镇静顾小白还做不到，当他从马小燕和黎乐乐口里获悉整个事件的真相时，他的内心在翻江倒海，只是因为职业的缘故，他强迫自己淡定。案子还没有结，他还没有时间释放积压在灵魂深处的地震波。他的不动声色是装的，而江蓝不是，她是一种很自然的反应，或许也有掩饰的成分，但并不多。顾小白问，你很早就知道真相了，对吗？江蓝迟疑了一会儿，点点头，说，算是吧。顾小白问，你为什么要瞒着？江蓝反问，我为什么要说出去？

顾小白被这句反问噎住了，的确，把真相说出来对江蓝好像没有什么好处。这场阴谋的主要策划者是她的公公，她丈夫在另一个主谋的公司里吃空饷，冒名顶替她上大学的则是小姑子。如果阴谋揭穿，她的家庭将发生巨变——公公不判死刑，也会把牢底坐穿；小姑子会开除公职，移送司法机关处理；有智障的丈夫将不再享受吃空饷的特殊待遇，家庭失去一笔可观的收入；她在马家会众叛亲离，等待她的是离婚，咖啡屋门面被马家收回，生活限于困顿；被丁保国强奸怀孕的事传出去，她会遭受新一轮的荡妇羞辱……孟老师已经死了，牢她坐过了，大学梦早就破灭了，她追求真相不仅无利可图，反而会让自己的生活变得更糟糕。特别是现在，阴谋的策划者和杀人凶手都死了，得到了报应，孟老师可以安息了，她心里的怨气已经宣泄了，完全没有必要为了所谓的真相，葬送掉如今拥有的一切。隐瞒真相，向命运妥协，反而是一种明智的选择。

顾小白处理过一些打拐案，那些可怜的妇女在被拐多年后，其实都有逃脱的机会。但很多妇女放弃了逃跑，因为她们知道，即使逃回去也不能拥有以前的生活了。从身体到心理，她们都变了。即使原生家庭还能够接受她们，那也是出于血缘关系的一种包容。尤其是有了孩子之后，她们更加认命。所以顾小白特别痛恨人贩子，他们比撒旦还邪恶，把一个具有丰富情感的高等生命，变成了没有自由意志的驯服工具。难道江蓝也是这样，她认命了？不，顾小白不相信，以他对江蓝的了解，她不是一个轻易屈服的人。在十八岁以前，顾小白也经常向生活妥协，但十八岁以后，他就学会坚强了。警校的老师在课堂上谆谆教导，刑警以破案为天职。破案就是一个不断追寻真相的过程，只有真相大白于天下，才能把隐藏在暗处的罪犯绳之以法，才能维护社会的公平和正义。但老师也说，揭露真相不一定会带来美好的结果，有时恰恰相反，会造成受害人更大的痛苦。但即使如此，也必须追寻真相，因为真相本身比结果更重要。

顾小白往咖啡里加了一块糖，边搅拌边看着这个恬静的女人。高二那年，萤火虫乐队在防空洞里探险时迷路，四个桀骜不驯的少年都慌了，江蓝却比他们都淡定。她领着大伙唱歌，她就是黑暗中的萤火虫，最终照亮了大家的迷途。这十三年来，顾小白坚信江蓝一直在探寻孟老师被害真相。就像那次乐队被困防空洞一样，自始至终，她都没有哭泣，也没有放弃，她一直在执着地寻找光明的出口。为了那些现实的利益，向生活妥协，与黑暗和解，那不是她的风格。隐瞒真相更是对不起惨死的孟海老师，对不起她曾经被侮辱的青春。生活可以欺骗她，但她不能欺骗自己的良心，确切地说，是灵魂。

顾小白没有回答江蓝，他又问了一个问题，你是怎么知道这些秘密的？这次江蓝回答得很干脆，大年告诉我的，一年前。顾小白克制住惊诧，问道，他告诉你的，是秘密的哪一部分？江蓝说，剔除掉乐乐说的那些，所有。顾小白忘了给烟点火，目光锐利地追问江蓝，他怎么会知道这么多？江蓝拿起桌上的打火机，咔哒一声，打着了火，递到顾小白面前。顾小白意识到自己有些急躁，他的目光柔和了一些，说，谢谢。江蓝解释说，我和小军结婚后，大年很懊悔，好几次他喝多了跟我说，他恨自己当初怯懦，没有勇气娶我。他还说，他既然跟我做不了爱人，就要跟我做亲人，所以他和马小燕结了婚。

顾小白突然觉得舌尖上有点醋意，酸酸的，他问，你被感动了？江蓝说，没有，大年是陷入了自己的独角戏，不能自拔。去年三月下旬的一个晚上，我这里正要打烊，他突然醉醺醺地进来，要我给他泡杯浓茶醒酒。就是那晚，他在半醉半醒中，把他跟浩子和巍子误杀孟老师的事，还有马小燕冒名顶替我上大学的秘密，包括马金龙、周云鹏和丁保国的阴谋，全都告诉了我。顾小白还是没能按捺住震惊，一口烟呛到了气管里，火辣辣地疼，江蓝起身倒了杯柠檬水给他，说，我知道你想什么——大年是怎么知道那些事的，对吗？顾小白点点头，他喝了几口柠檬水才慢慢缓过劲来。江蓝说，是马小燕亲口告诉他的。

顾小白一愣，马小燕给他讲述这个秘密时，从没有提及曾把秘密透露给了彭大年。顾小白望向窗外，东湖的水面波平如镜，阳光闪耀。他突然有一种奇异的感觉，昨天看见的马小燕，并非本体，而是镜中人。江蓝继续说，可能是酒后吐真言吧，大年很坦诚，把他匿名敲诈的那些事，全说了出来。他说他恨浩子和巍子，当年误杀孟老师后，要不是两人极力阻止他报警，我就不会坐牢。他也恨马小燕，要不是她冒名顶替我上大学，孟老师就不会死，我的人生也不会改写。大年说他敲诈他们三个，就是要他们赎罪。他还说，等他的公司发展壮大了，挣了钱，就离婚娶我。

顾小白把目光从湖面转向江蓝，她的眸子清澈如湖水，里面似乎还有幽蓝的水草在摇曳，他问，马小燕为什么会把这个秘密告诉大年？江蓝说，马小燕猜得没错，大年就是在那次去湘雅医院看病时，无意中发现了她冒名顶替我上大学的秘密。不过，马小燕最初确实不知道是大年在敲诈她，被连续敲诈了几次后，她再也拿不出钱了，走投无路之际，就哭着把这个秘密告诉了大年，希望大年能帮帮她。顾小白问，这是什么时候发生的事？江蓝托着腮帮想了想说，好像是2014年秋天。当时大年假装原谅了马小燕，但他说自己也没钱，要马小燕去找这个悲剧的总导演周云鹏借。马小燕别无选择，只好同意。

顾小白眉头轻蹙，他记得很清楚，昨天马小燕说，她一直不敢找周云鹏借钱，是因为害怕周云鹏知道这件事后，将她灭口。但在江蓝的讲述中，却是另外一个版本。江蓝换了一盒童安格的磁带，接着说，周云鹏不仅心狠手辣，也很狡诈。听马小燕讲完被敲诈的整个过程后，他马上猜到彭大年就是那个敲诈者，于是起了杀心。为了不留下和马小燕有经济来往的证据，周云鹏指使马小燕去找一直暗恋她的戴飞借钱。在大年用那张建行卡取款时，被丁保国偷拍了照片。哦，丁保国也是受周云鹏指使。马小燕本来还不相信大年会敲诈她，看了照片彻底信了。为了自保，她决定杀夫灭口，并且找了她老爸马金龙做帮手，这父女俩本来就是一条船上的。从2014年秋天，一直到去年春天，马小燕伙同马金龙、周云鹏和丁保国，采取车祸、高空抛物、下毒、触电等各种方式，试图谋杀彭大年，但都被大年躲过了。

跟十三年前的那个夏天一样，又是一场充满血腥味的谋杀行动。此刻，顾小白浑身感到一阵寒意，他说，大年次次都能死里逃生，应该不是走了狗屎运，而是事先就得知有人要杀他，对吗？江蓝颔首道，

没错，他在马小燕的手机里装了木马软件，周云鹏一伙的行动计划他了如指掌。顾小白没有问江蓝，大年为什么不报警——这是一个弱智的问题，如果大年报警，他自己敲诈勒索的事也会曝光，等于是同归于尽，他不会这么傻。

江蓝沏了一壶龙井，继续说，大年知道自己势单力孤，他没有反击。他也发现了马小燕出轨戴飞的秘密，但他并没有戳穿。因为他从手机里窃听到，周云鹏向马小燕承诺，她找戴飞借的所有钱，以后都会由他来偿还。所以，大年很清楚，自己敲诈马小燕，其实就是在敲诈周云鹏。钝刀子杀人更痛苦，大年故意把这个敲诈过程拉得很长，足足延续了五年。他亲眼看到马小燕的精神一点点崩溃，亲眼看到马金龙、周云鹏和丁保国一伙急得团团转，那种想干掉他又拿他没办法的样子，让他充满快感。

顾小白叹气，马小燕本来也是受害者，如果不是大年步步紧逼，应该也不至于铤而走险。江蓝冷笑一声，她是受害者？当初提出冒名顶替我上大学的，不是周云鹏，也不是马金龙，而是马小燕自己！顾小白瞠目结舌，在这一点上，江蓝的说法再次跟马小燕迥异。按照马小燕的讲述，在这场悲剧中，她一直是身不由己的，脚本都是周云鹏和马金龙替她写好，她只是被动地演绎顶包的角色。

顾小白起身把吊扇的风挡调大，加速旋转的气流让他冷静了一些。江蓝抿了一口茶说，当年马小燕知道自己考不上大学，就在家里闹自杀，逼着她爸找关系，让她顶包上大学。而且，她特意选择我来当这个牺牲品。顾小白说，因为你是学霸。江蓝说，还有一个更重要的原因——她一直

恨我。顾小白挺纳闷，她为什么恨你？江蓝说，因为我比她优秀，而且，她暗恋的男神彭大年又在暗恋我。如果我上了大学，她落榜了，大年就更不会喜欢她了。只有把我踩到脚底下，大年才会属于她。

顾小白顿时脊背生凉，江蓝说，她在家里以死要挟，马金龙只好去找周云鹏商量这件事，这才有了后面的悲剧。她偷走了我的人生，也断送了孟老师的性命，你还觉得她是受害者吗？顾小白没有回答，而是问，这些细节，你是怎么知道的？江蓝说，马小燕第一次去找周云鹏借钱时，两人曾发生争吵，互相推卸责任，大年在手机里窃听到了他们的谈话内容。

读犯罪心理学时，顾小白记得有一种病叫雷普利症候群——即一个人对成就有强烈的欲望，但实现欲望的能力不足，因而受到自卑和焦虑的折磨，为了获取身份地位、名望财富，就不断编造谎言，以至于最后自己都分不清真假。顾小白感觉马小燕和彭大年都是典型的雷普利症候群患者，为了满足欲望，他们都迷失在自己用谎言搭建的幻想世界里。

蹲在咖啡屋门口的那只野猫溜进来，跃上窗台，懒洋洋地打着哈欠。江蓝说，可能是老天爷都看不下去了，把马金龙和丁保国收走了，但周云鹏和马小燕还是不死心。今年立夏那天，大年还跟我透露了一个秘密，他月底要陪马小燕去鹅形山露营。这是马小燕和周云鹏密谋好的计划，准备趁他不注意时，将他推下悬崖，然后谎称他失足坠亡。而大年也打算利用这个机会，以其人之道还治其人之身，反杀马小燕。真是人算不如天算，周云鹏突然死了，大年也死了。

顾小白的汗毛全都像钢针一样竖了起来，小时候，他觉得防空洞比夜晚黑。上了物理课后，他才知道黑洞是宇宙中最暗的地方。但现在，他发现人性的阴暗远甚于黑洞，它不仅能吞噬一切光，还能吞噬灵魂。

顾小白问江蓝，听大年说了这些秘密后，你作何感想？江蓝把野猫抱到怀里，她的声音跟她撸猫的动作一样温柔，她说，去年春天的那个晚上，大年喝了我煮的茶，酒醒了。我喝干了一整瓶二锅头，醉了。但今年立夏这次，我滴酒未沾，只是弹了一首曲子。顾小白好奇地问，什么曲子？江蓝说，《第十三双眼睛》。

顾小白下意识地看向江蓝，却和那只野猫的视线碰了个正着，他不由打了个寒噤。据说第十三双眼睛是充满诅咒的眼睛，凡是与之对视的人都会投入死神的怀抱，无一幸免。也正因为如此，很多音乐家都对这首诡异的曲子避之唯恐不及，甚至连乐谱都不敢多看一眼。

顾小白使劲吸了一口烟，问江蓝，你就是那第十三双眼睛，对吗？

3

江蓝从小就是学霸，在纸厂子弟学校那种低端的教学环境中，她能考上医科大学，有孟老师的功劳，但主要还是因为她智商足够高，学习这种事是要天赋的。2018年夏天的那个上午，窗外阳光摇晃，街上车来车往，童安格坐在阁楼里唱歌，空气中漂浮着一股淡淡的猫尿味。当顾小白提出那个看似无厘头的问题时，江蓝立即就明白了他的意思。她边撸猫边问，你怀疑是我杀了周云鹏？顾小白说，还有马金龙和丁保国。江蓝一点都没慌，她说，他们仨合伙欺负过我，我的确有复仇的动机。可我一个弱女子，有能力有胆量对一个大男人下死手吗？说实话，坐了几年牢，我学会了放弃，有些坚守是没有意义的，只会碰得头破血流。放弃自尊，放弃梦想，放弃仇恨，甚至，放弃爱，活着才没有那么多痛苦。顾小白摇摇头，那不是你！江蓝问，那你觉得我是什么样子的？顾小白的眼神在烟圈中变得迷离，他缓缓地说，跟十三年前一样。

江蓝笑了，顾小白同学，我倒觉得你还跟从前一样。

在某种程度上，人到中年的顾小白确实还带着一份少年意气，跟同龄人相比，他城府没那么深。这是孟老师被害案带给他的后遗症，在那个夏天的血色密码没有完全被破译前，他的意识有一部分还停留在十三年前，还游荡在漆黑的防空洞里。

录音机就在这个时候卡带了，两人都没有起身去换带。顾小白说，我推理一下作案过程，如果你不认可，就当是玩杀人游戏。江蓝点头说，好吧，很久没玩这种游戏了，我看看你的水平下降了没有。顾小白说，先从马金龙的案子说起——2017年中秋节，马家人在一起吃晚饭，你家的保姆唐甜也在。席间，你不断给马金龙敬酒，或许，大年也配合了你。在你俩的轮番敬酒下，马金龙喝醉了，提前进卧室睡觉。马金龙有严重的糖尿病，平时睡觉前都会自己注射胰岛素。那天晚上，他处在不清醒的状态，可能注射了，也可能没有。饭后，大年和马小燕回自己家了，你和小军因为就住在对门，没有马上回去。趁无人注意，你悄悄溜进卧室，戴上手套，给不省人事的马金龙注射了大剂量的胰岛素。之后你把注射笔塞进马金龙的右手，留下了他的指纹，然后把注射笔放回原处。半夜时分，小军他妈发现丈夫情况不对，赶紧打了120，但为时已晚。你就这样制造了马金龙酒后意识模糊，注射过量胰岛素猝死的假象。但百密一疏，你忘了马金龙是左撇子，如果最后一次是他本人注射胰岛素，笔式注射器上留下的应该是他左手的指纹，而非右手。

那只野猫从江蓝的怀里跳离了，她说，马金龙猝死后，你们警方来调查过。当晚一起吃饭的人都可以证实，我自始至终没有进过马金龙的卧室。不信的话，你可以去看笔录。顾小白说，笔录我看过了，大年和马小燕回家后，你和小军，还有小军他妈，坐在客厅看电视，这期间小军他妈去上了趟厕所。你很可能是利用这个空当潜入卧室作案，在小军他妈从厕所出来之前返回客厅。当时唐甜在厨房洗碗，只有小军知道你有没有离开过客厅。但他是智障，又是你丈夫，你完全可以左右他的心智。所以，他的证词可信度极低。江蓝笑着说，既然小军的证词不可靠，他就算说亲眼看见我进了他爸的卧室，你们警方也不能采信，对吧？顾小白凝视着江蓝嘴角那抹意味深长的笑，直到抽完了整根烟，他才回答，原则上是这样。

江蓝起身去洗了下撸猫的手，然后端了一盘水果沙拉过来。顾小白看见那只野猫又蹲在了咖啡屋门口，忠实履行着守护神的职责。一只翠鸟从湖面疾速掠过，街道上各色人等行色匆匆，穿梭不停的汽车反射着虚浮的光，偶尔有树叶以逆时针方向打着旋往下落。目光触及之处，跟往日并没有什么不同。但顾小白知道，这一天，在他的生命中是承前启后的一天，有些东西将会彻底结束，有些东西则会就此开始。

顾小白摩挲着手中的青花瓷茶杯，对江蓝说，现在说丁保国的案子吧。江蓝用叉子挑了一颗樱桃扔进嘴里，你说吧。顾小白说，在丁保国遇害的头一天傍晚，在水岸东湖小区，你制造了一次跟丁保国的偶遇，这个被监控拍到了。江蓝说，警方根据监控找过我，做了笔录。当时我下楼扔垃圾，丁保国从外面钓鱼回来。我们聊了几句家常，具体内容我现在不记得了，笔录里应该有。他就住我家对面，我想见他太容易了，没必要刻意制造碰面的机会。顾小白说，笔录里的内容应该是你编出来的，你其实是约他第二天上午去躲风亭钓鱼，准确地说，应该是要他教你钓鱼。你还叮嘱他，不要把这事告诉任何人，以免引来闲言碎语。丁保国可能认为，你长期跟一个傻子同床共枕，耐不住寂寞了，来主动勾搭他。虽然他生理残疾，但色心未泯，于是一口应允。在这之前，你偷了纸厂的老门卫肖师傅的电瓶车，藏在某个隐蔽的地方。对了，你应该还有个同伙。案发当天，你们戴上封闭式的头盔，穿着冲锋衣，把自己包裹得严严实实，然后骑车绕过监控，直奔躲风亭。到那里后，你们来到亭子旁的竹林里，锯断了一根竹竿。丁保国爱好摄影，跟你会合时，他看见满树桃花，情不自禁地按下了快门，你停在桃树下的电瓶车被他摄入镜头。你找了个借口，要过单反，趁他不备，删除了那张照片。

正说着，顾小白的手机响了，是段宏打来的。他按下接听键，嗯啊了几句就挂了，然后对江蓝说，马小燕已经回家了。江蓝说，多谢老同学关照，我跟小军他妈有个交代了。顾小白把手机放在桌面上，去了趟洗手间，回来后继续说，你把单反

还给丁保国后，又用某种借口从他手里要走车钥匙。趁他拿着渔具寻找钓点时，你的同伙从藏身的竹林里钻出来，举起竹竿捅下了亭子上的马蜂窝，然后你俩迅速进入丁保国的车内躲避马蜂的攻击。丁保国被马蜂追杀，跑过来向你呼救，你无动于衷，锁死门窗，眼睁睁地看着他中毒昏迷。这时你和同伙才下车，因为事先做好了防护措施，马蜂无法伤害到你俩。丁保国的身上还背着单反，如果被你拿走，警方勘查时就会知道还有人到过现场，这起完美谋杀就会露出破绽。你猜测警方大概率不会注意单反里有多少照片，就算恢复了那张被删除的照片，也不能证明谋杀跟你有关，所以你很放心地把单反留在了现场。你还把车钥匙扔在地上，制造丁保国没来得及上车逃生的假象。之后，你和同伙骑着电瓶车，带上那根竹竿，离开了躲风亭。在路上某个不引人注意的地方，你扔掉了竹竿。丁保国被人发现时，因为中毒太深太久，不治身亡。

江蓝的嘴上又露出了那抹神秘的笑，她说，顾大神探，你改行去写推理小说，一定会很火的。不过，我要提醒老同学，你的推理中有一个很大的漏洞。顾小白问，什么漏洞？江蓝说，我和同伙在现场逗留了那么久，难道没留下鞋印？要知道，那是户外，不是室内，不是靠一个拖把一桶水就可以把鞋印清理干净的。顾小白说，对你这种高智商的天才来说，做到这一点并不难。你和同伙应该在现场穿上了泡沫底的鞋套，所以没有留下任何鞋印。江蓝说，你也把我想得太专业了，如果我真有这个本事，高考时，我就不会报考医科大学，而是公安大学了。对了，你还没说我那个同伙是谁，男的女的？顾小白说，这

个我现在还不敢确定,有可能是周云鹏,也有可能是彭大年。

江蓝终于笑出了声,死无对证,你怎么查实?顾小白没有回答,他说,再来谈谈周云鹏的死。江蓝叉起一颗草莓递到顾小白面前,说,大神探,你成功唤起了我的好奇心,我都迫不及待了。嚼着草莓,顾小白瞬间神迷,从认识那天起,江蓝就没有对他这么亲昵过。当然,她对其他男性也如此,总是保持一定距离。有时候他觉得江蓝只属于梦,与春天有关的那种梦,没有形状没有质量,只有回忆。江蓝问,怎么了,推理不下去了,要不要我帮你?顾小白意识到自己失态了,他吸了口烟,发现火已经熄灭,只好重新点燃。他努力把大脑沟回中刚刚冒出的那些杂草清除掉,然后说,周云鹏经常来你这里喝咖啡,我想不仅仅是跟客户谈业务,也是对你有所觊觎。或许,他还用言行挑逗过你。虽然你很厌恶他,但为了顺利实施复仇计划,你一直没有发作,可能还有所逢迎。周云鹏被害前,你要他帮你买一瓶散装汽油……

江蓝打断顾小白的推理,等等,汽油可是易燃的危险品,我以什么样的名义找他要这种东西?顾小白朝地板上斑驳的油漆努了努嘴,大概两个月前,咖啡屋做过一次装修。你跟周云鹏说,装修工人不小心把地板弄脏了,你想用汽油来清洗油漆。如果你自己去买散装汽油,是需要实名登记的,案发后很容易被警方查到。所以,你所谓的装修,应该是故意为之,以便有借口从周云鹏那里弄到汽油。江蓝点头说,这个解释虽然我不认可,但确实合情合理。

顾小白吃了一瓣橙子,以冲淡满嘴的烟味,他说,对了,我本来想查查你有没有治过蜇伤,却意外发现你在县人民医院看过皮肤病。江蓝问,我有点皮肤过敏,身上起了一些疹子,这跟周云鹏的死有关系吗?顾小白说,你做了过敏原检测,发现是苯过敏,汽油中就含有苯。江蓝说,油漆里面也有苯。顾小白说,为了治疗皮肤过敏,你近期去过两次医院。一次是咖啡屋装修后,过敏原就是那次检测的,一次是周云鹏被害前一天。这说明油漆引起的皮肤过敏本来已经好了,因为你又接触了汽油,所以再次出现过敏反应。江蓝说,你的结论太武断了,很多疾病都不能根治,会反复发作,比如鼻炎。

顾小白没有跟她争辩,继续说,案发那天上午,周云鹏又来你这里喝咖啡,跟客户黄先生一起来的。你趁黄先生没注意,约周云鹏午饭后去洋杉湖打猎。美女主动相邀,色迷心窍的他肯定是满口答应。江蓝再次打断顾小白的推理,说,那天客人比较多,我一直在咖啡屋内,晚上才回家,有监控为证。顾小白说,我查过监控了,案发当天你的确没有作案时间,但你那个同伙有。为了方便叙述,我姑且把他当成彭大年吧,也许是他,也许不是。江蓝有些无奈地说,随便,反正大年不会从骨灰盒里跳起来骂你。顾小白说,那天周云鹏驱车来到洋杉湖,等你期间,他用猎枪射杀了几只野鸭。事先躲在芦苇丛里的大年突然钻出来,用石灰迷瞎了周云鹏的眼睛。然后,大年拿着装满汽油的可乐瓶,把汽油泼洒在周云鹏四周,封死了他的逃生路。火燃起来后,失明的周云鹏成了无头苍蝇,最终葬身火海。江蓝一脸认真地说,顾小白同学,你玩杀人游戏的水平还是那么高超,不过,游戏终究是游戏,不是事实。顾小白说,有时候人生如戏,甚至剧情更玛丽苏。

江蓝脸上认真的表情消失了,她凝视着窗棂上雕刻的花鸟虫鱼,在阳光照射下显得活灵活现。顾小白突然一把抓住江蓝放在桌面上的胳膊,恳求道,江蓝,自首吧,别再一条路走到黑了。十三年了,你该走出那条防空洞了!江蓝挣脱他的手,面无表情地说,顾队,我该营业了。

顾小白缓缓起身,走出了萤火虫咖啡屋。这栋爬满青藤的阁楼就像一个秘密,被掩埋在古老的时光中。上车后,他又听见了童安格的歌声,《明天你是否依然爱我》,熟悉的旋律让他恍若隔世。他想起了玩杀人游戏的日子,青春期的诡计并不比成人世界少,但他总能找到那个隐藏身份的匿名者,而江蓝似乎从来没有在游戏中输过。恍惚了很久,顾小白才发动车子,一路上他脑袋还有些迷糊。往事如茧,他经常不由自主地被困在里面,难以挣脱。

回到湘江宾馆长包房,顾小白补了个觉,下午两点才去队里。他主持召开了案情分析会,把从黎乐乐和江蓝那里了解到的情况讲述了一遍,还说了自己的推理,听得大家目瞪口呆又唏嘘不已。杜耀文问,要不要把江蓝控制起来?段宏说,搞什么取保候审,干脆把马小燕羁押起来慢慢审。顾小白摇头说,新出现的这些情况只是黎乐乐和江蓝的个人说法,并没有证据。我的推理也仅供参考,说得不好听,是有罪推定,只能当作破案的一个思路,不能据此抓人。

会议室里就沉默了,谁都知道顾小白跟江蓝和马小燕的特殊关系,说他完全没有私心是假的,说他徇私也是假的,现在要的是真凭实据。十三年前的孟海被害案,证据算是够充分了,说反转就反转,现在每个人都变得很谨慎。

刘凤娟打破僵局,她说,顾队,我觉得彭大年不是江蓝的同伙。顾小白问,理由呢?刘凤娟说,我有个闺蜜,6月7日在天香园举行婚礼。男方家长是外地的,因为堵车,到得有点晚,中午两点才开席。这个婚礼就是彭大年的公司策划的,他亲自当司仪。我看过婚礼视频,彭大年一直在现场主持。周云鹏被害正是在同一天,根据报案人描述,芦苇丛里的火是中午两点左右烧起来的,彭大年根本没有作案时间。段宏也说,我刚刚登录了花好月圆婚庆公司的网站,4月18日,就是丁保国被害那天上午九点半,彭大年在主持潇湘豪庭的开盘仪式,网站有视频,他没有作案时间。

顾小白心里咯噔一下,如果这个同伙不是彭大年,那又会是谁呢?杜耀文问段宏,开盘仪式进行到几点?丁保国是上午十一点左右死亡的,从潇湘豪庭楼盘到躲风亭,需要半小时车程。段宏说,仪式进行到十点五十,十分钟内彭大年不可能赶到躲风亭。而且,他接下来去了时代国际影城,在筹备一个活动——半导体乐队当天下午在那里举行演唱会。

仿佛某段休眠的记忆被唤醒,顾小白梦呓般地自言自语,半导体乐队?刘凤娟在旁边解释,这是本地的一个摇滚乐队,小有名气,上过省里的春晚。顾小白对段宏说,马上给我查,马金龙猝死那天,县里有没有大型演出!顾小白平常嗓门不高,但这句话声音很大,而且有一种金属的质感,窗玻璃似乎都被震得嗡嗡作响。众人都有些讶异,但谁都没有多问。段宏正要去查,杜耀文说,不用查了,2017年中秋节,马金龙猝死那天下午,省里的新星艺术团来我县湖区慰问,演出地点在青山岛。

我老婆去看了演出，还跟几个明星合了影，美得她一晚上都没睡着，这事我印象很深刻。

顾小白突然觉得身体无比虚弱，他靠着椅背，像是陷入了一个密不透风的茧中，四周都是黏稠的丝状物。他口腔溃疡，支气管似乎出现了炎症，肺部隐隐作疼，呼吸都变得有些困难。他挣扎着起身，打开会议室的每一扇窗户，让空气流通，这才觉得好受了一点。

所有人都惊讶地看着顾小白的怪异行为，刘凤娟忍不住问，顾队，您没事吧？顾小白重新落座，深深吸了几口烟，说，我没事。段宏问，您刚才为什么要我查去年中秋节本县有没有演出？顾小白说，周云鹏被害那天，晚上有雪狼乐队的演唱会，在时代国际影城。杜耀文问，顾队的意思是，这三个人死亡当天，我县都有大型演出活动？顾小白点点头，说，这不是巧合，是凶手刻意选择的日子。段宏说，不会吧，凶手这么变态，杀人前后还要看演出庆祝？顾小白说，不是庆祝，是雇凶。杜耀文一头雾水，雇凶？什么意思？顾小白说，只要能看到演出，有人愿意做任何事，也许，包括杀人。刘凤娟满脸不可思议，居然还有这种人，这不是疯子吗？顾小白说，他智力本来就有问题。杜耀文急忙问，他是谁？顾小白侧了侧耳朵，似乎听到了一口纯正的英格丽希，从十三年前那个夏天飘过来，他缓缓地说，马小军。

所有人都震惊了，谁都知道，马小军是本县著名的傻子，还是江蓝的丈夫。

黎乐乐突然给顾小白发来信息，顾队，下午本来想请您去萤火虫喝咖啡，但江蓝姐没营业，换个地方请您喝茶如何？

顾小白似乎被蝎子蜇了一下，浑身一震，他来不及回复，猛然起身冲所有人吼道，定位马小燕的手机，她有危险！找到江蓝和马小军，要快！

不到十分钟，已经发动猎豹的顾小白收到了反馈——马小燕的手机可能处于信号盲区，联系不上，也无法定位。其母王妍在康复医院休养，说不知道女儿在哪。马家的保姆唐甜说，江蓝早晨去咖啡屋后就再没回来，半小时前，马小军也出门了，背着一个包，不知道要去哪。段宏问，顾队，要不查查监控再行动？杜耀文急了，说，那得查到什么时候？等找到人，黄花菜都凉了！

顾小白大声说，都别他妈废话了，跟我的车走！

一队警车跟在猎豹后面直奔豪森纸业有限公司，在路上，顾小白终于知道马金龙猝死时，胰岛素注射笔为什么会留下其右手指纹了——那一针不是江蓝，而是马小军打的。注射前，江蓝应该叮嘱过马小军，注射后一定要把注射笔塞到他父亲的左手上。当时父子俩面对面，因为有智障，马小军错把父亲的右手当成了左手。正是这个纰漏，暴露了马金龙的真正死因。

车队到了豪森公司大门口，顾小白问肖师傅，有没有看见江蓝和马家兄妹过来？肖师傅说没有。这其实在顾小白的意料当中，防空洞四通八达，江蓝如果要作案，肯定会选择一个隐蔽的口子进入。看着呼啸而来的警车，肖师傅惊疑地问顾小白，出了什么事？顾小白没有回答，径直带领车队驶入地下停车场，然后领着众人，从上次发现的那个入口钻进了防空洞。

一行人都没来得及带手电筒，只能拿着手机照明。顾小白对这种黑暗的适应能力超乎常人，他在前面小跑，脚下水花四溅，黑色在他眼里仿佛是一种透明的液体。跟在后面的人可就苦不堪言，不断有人因为踩到湿滑的青苔摔倒。还有人在洞壁上碰得鼻青脸肿，甚至头破血流，但谁也不敢掉队。

顾小白并不知道该往哪个方向跑，他完全是凭着一种直觉，一种本能。他生命中似乎有某些东西遗忘在防空洞内，跟这个失落的地下世界融为了一体，里面的任何动静都能让他产生一种心灵感应。他脚步不停，耳旁生风，似乎是在跑向十三年前，跑向那个阳光破碎的夏天。跑着跑着，前面拐弯处突然传来一声尖叫，同时出现了一束光。顾小白气喘吁吁地停下来，他发现马小燕和一个男子正站在莲花井旁边。马小燕拿着手电筒，男子拿着枪。虽然黑暗中看不清男子的脸，但熟悉的白衬衣和香水味，让顾小白一下就认出了是马小军——他手里的枪管闪烁着幽光，是一支五连发，枪口正对准马小燕。

顾小白回头打了个手势，后面的人都安静下来。在手电光中，顾小白看见马小燕穿着一条低胸吊带裙，酥胸半露。在这个阴暗的地穴里，她就像一朵妖魅而性感的黑玫瑰。马小燕一脸惊魂甫定，她问，哥，吓死我了，你怎么也在这里？马小军一脸少年的纯真，他说，蓝蓝要我和你玩一个游戏。马小燕说，别胡闹了，蓝蓝在咖啡屋里呢，玩什么游戏！对了，你哪来的枪？马小军说，蓝蓝给我的。马小燕说，你又胡说，蓝蓝怎么会有枪？马小军说，这是秘密。马小燕说，哥，赶紧回去吧，记得吃药，我还有事，不陪你玩了。说着，马小燕就准备离开，但马小军大喝一声，别动！马小燕惊疑地问，哥，你要干什么？马小军说，游戏还没玩呢，蓝蓝会生气的。

马小燕说，哥，快把枪放下，当心走火。马小军说，蓝蓝说了，这是道具枪，子弹打在身上不疼。你在游戏中扮演的是坏人，等枪一响，你就赶紧躺地上装死。马小燕似乎意识到了什么，她紧张地说，哥，蓝蓝在骗你，枪里面是真子弹，开枪会死人的！马小军笑嘻嘻地说，你说的台词，跟蓝蓝念给我听的一模一样，蓝蓝真聪明。马小燕越发慌了，说，哥，别听蓝蓝的，我是你妹，是你最亲的人，你千万不能朝我开枪。马小军憨憨地说，小燕，你别怕，这只是个游戏。玩好了，蓝蓝今晚会带我去看演唱会。马小燕歇斯底里地叫起来，哥，你被骗了，这不是游戏，蓝蓝是在借枪杀人！

马小军沉浸在游戏的快感中，对妹妹的话置若罔闻，他正要扣动扳机，顾小白在黑暗中大喝一声，别开枪！马小军回头张望，马小燕趁机躲到深邃的黑暗中。马小军认出了慢慢朝他靠近的顾小白，惊讶地问，你怎么来了？顾小白说，我是来陪你玩游戏的。马小军枪口一摆，站住！顾小白停下脚步，身后跟着的警察纷纷朝马小军举起手枪，如临大敌。顾小白说，都别开枪，他脑子有问题，是无辜的。马小军问，你后面都是什么人，怎么都穿着警服，还有枪？顾小白说，他们也是来玩游戏的，是蓝蓝邀请来扮演警察的。马小军半信半疑，真的？那我们对一下暗号。顾小白哭笑不得，居然还有暗号，不会是天王盖地虎，宝塔镇河妖吧？他灵机一动，说，小军，你过来，我悄悄告诉你，不能被别人偷听到了。

马小军傻乎乎地点头，就在他凑到跟前时，顾小白一个漂亮的擒拿，将他摔在地上。他的脑袋撞到了坚硬的地砖，当即昏了过去，五连发脱手而出。就在这时，一个人影像狸猫一样快速跑过来，捡起地上的猎枪，对准了藏身在黑暗中的马小燕，叫道，别乱动！顾小白听出来了，是江蓝的声音。

在场的警察全都把手机电筒照向江蓝，她穿着一条蓝色马蹄莲的裙子，头上别着蝴蝶结，看上去完全不像成熟的少妇，倒像是一个情窦初开的少女。顾小白清楚地记得，江蓝转学到纸厂子弟学校的第一天，就是这副打扮。从此他那些与春天有关的梦不再模糊，而是有了具体的形象。马小燕在枪口的威逼下故作镇静，她问，江蓝，你怎么在这里？江蓝说，是我用小白的手机约你到这来的，说你只要跟我好，就保你平安无事，你果然上当，乖乖地过来了。顾小白这才想起，上午在萤火虫咖啡屋时，他曾经去过一趟洗手间，当时手机放在桌上，没有随身携带。江蓝应该就是利用这个机会，用他的手机给马小燕发了信息，事后又删除了已发的信息。马小燕眼睛里流露出怨毒，问道，你想干什么？江蓝说，当着小白的面，把你知道的都说出来。马小燕说，我不懂你的意思。旋即又冷笑道，哦，我懂了，是大年死了，你受了刺激，得妄想症了。别以为你偷我的男人我不知道，你这个贱货！江蓝厉声说，你再血口喷人，我马上让你和你爸团圆。

段宏等人连忙大喊，把枪放下！顾小白说，江蓝，别冲动，杀人游戏该结束了。江蓝说，不，还差最后一步。马小燕说，江蓝，我该说的都跟小白说了，顶包的事，是我对不起你。但那不是我的本意，是周云鹏和我爸一手安排的。江蓝说，你没有告诉小白全部真相。马小燕说，那就是真相！江蓝的脸上浮现出一股杀气，她说，

马小燕，你要是再狡辩，我现在就开枪，让孟老师来问问你，到底有没有撒谎。段宏等人比马小燕还紧张，都把枪口瞄准了江蓝。顾小白说，都给老子沉住气，枪口压低两寸，当心走火！段宏等人面面相觑，然后压低了枪口。马小燕似乎感受到了江蓝身上的杀气，她不再淡定了，哭着说，江蓝，你可是我嫂子，看在我哥的份上，千万别杀我。江蓝冷冷地说，我已经等得太久了，不要让我再等了！马小燕彻底崩溃了，我说，我全都告诉你。

四周影影绰绰，孟老师、孙校长、马金龙、丁保国、周云鹏、彭大年似乎从一个神秘的空间走出来，和在场的所有人一起倾听马小燕的讲述。他们似乎从未离开过这里，而是溶解在黑暗中，可以随时分解聚合。其实马小燕交代的内容并无新意，跟江蓝上午在咖啡屋里叙述的版本如出一辙。说完后马小燕瘫坐在地，就像一朵迅速枯掉的玫瑰。她号啕大哭说，她冒名顶替江蓝上大学，都是为了爱情。她伙同父亲、周云鹏和丁保国谋杀彭大年，也是因为爱情破灭。直到此刻，她还不忘用爱情包装自己。就在所有人都以为危机解除时，众目睽睽之下，江蓝突然朝马小燕做了一个开枪的动作，用一种从地狱里传出来的声音说，去死吧！顾小白大惊，紧接着枪响了，但不是江蓝的枪，而是段宏等人的枪。

江蓝摇晃着身子朝后倒，但被顾小白冲过去扶住了。平时目测江蓝的体重也就一百斤左右，但此刻对顾小白而言，她倒下来就像一棵大树，不，像一座山，是他生命中不可承受之重，压得他的骨骼嘎嘎作响。他从灵魂深处爆发出一股洪荒之力，背着这座山就往外跑，边跑边撕心裂肺地

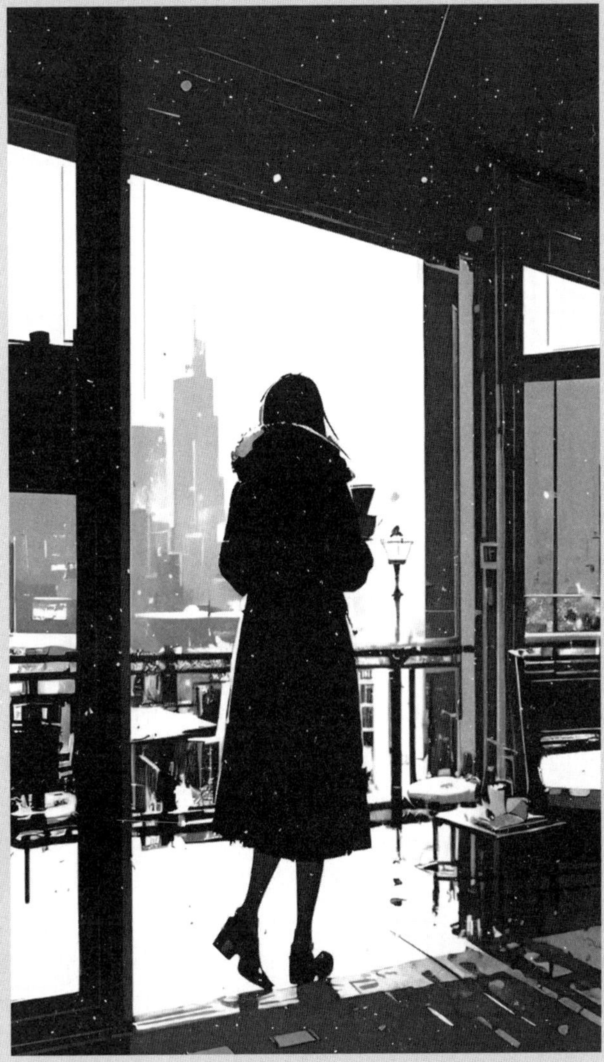

喊,都他妈让开!滚!

无数蝙蝠狞笑着从顾小白头顶飞过,漫无边际的黑暗中,他听见杜耀文说,我靠,猎枪里压根儿就没子弹。刘凤娟问,她不会是自杀吧?十几分钟后,顾小白抱着江蓝坐在了段宏开的猎豹上,江蓝奄奄一息地说,小白,那条防空洞好长,好黑,我再也不要回去了。顾小白含泪说,我也不回去了,一辈子都不回去了。江蓝说,告诉你一个秘密,我根本,就没想杀马小燕,我只想让她体验一下,孟老师当年被杀的恐惧。顾小白吃惊地看着江蓝,她一张口就是满嘴的血沫,身上也都是血。江蓝说,枪是我以前找周云鹏要的,今天,真的只是个杀人游戏,这次我输了,你赢了。顾小白泣不成声,我没赢,我也输了。江蓝说,小白,还有一个秘密,是我最深的秘密。顾小白问,什么秘密?江蓝的声音越来越微弱,你去找乐乐,她会告诉你。顾小白说,坚持住,马上到医院了,我要你亲口把秘密告诉我。江蓝凝视着车窗外的天空,突然笑了,小白,你信不信,我看见萤火虫了,真的。顾小白说,我信,我信!

就在这一瞬间,江蓝的笑容凝固了。一起凝固的,还有她的声音,她的梦,她身上的猫尿味和咖啡香,以及她这十三年所有的爱恨情仇。有好几个钟头,顾小白感觉自己好像置身旷古的荒野,化作了一棵苍老的松树。在阳光猛烈的炙烤下,他痛得无法呼吸,眼泪大滴大滴地掉下来,掉在江蓝身上,把她完全淹没,然后迅速凝固。江蓝比以往任何时候更像一块琥珀,美得令人心碎。

同一天晚上,梁斌走了,是顾小白给他打完电话后才走的,当时谭局守在他身边。后来谭局告诉顾小白,梁斌临终前已经说不出话,不断示意护士拿来纸笔。然而,当护士把纸笔递到他手上时,他犹豫了很久,最后却把笔折断,扔到了地上,走了。没人知道他生命的最后一刻想说什么,谭局问顾小白知不知道。顾小白点点头,又摇摇头。

三天后,马小燕在接受审讯时突然又哭又笑,说话语无伦次,她被诊断为精神分裂,和马小军一起被送到长沙的一所精神病医院治疗。

一个月后,顾小白走进了萤火虫咖啡屋。江蓝那天去防空洞之前,在收银台留下了一份遗嘱,这间咖啡屋交给黎乐乐打理。那只野猫失踪不见了,同时从咖啡屋里失踪的,还有那些只有顾小白才能体察出来的细微的味道。老式录音机里唱着伤感的歌,唱着曾经迷失的青春和幻灭的梦想。还是那张临窗的卡座,顾小白和黎乐乐面对面坐着,桌上放着两杯热气腾腾的咖啡。黎乐乐手里拿着村上春树的一本书,《1973年的弹子球》,她说,丁俊把房子卖了。顾小白说,嗯,我知道。黎乐乐说,房款存在一张银行卡上,他要给我。顾小白抽着烟,沉默得像凌晨四点的夜空。黎乐乐说,我没要。顾小白说,我不是来听这个的。黎乐乐摩挲着书的封面,说,嗯,我知道。顾小白看着不断旋转的吊扇叶片,说,告诉我吧,江蓝那个最深的秘密。

黎乐乐喝了口咖啡,放下书,慢悠悠地说,江蓝爱了你很多年。顾小白手一抖,裤腿上全是烟灰。黎乐乐说,十几年前她不敢说出口,怕初恋时不懂爱情,彼此辜负了光阴。十几年后她还是不敢说出口,她怕,怕耽误你。顾小白问,耽误我什么?黎乐乐说,你是警察,她是犯罪嫌疑人。

350

顾小白问，她为什么要自杀？黎乐乐说，既然不能开始，那就选择告别，她说的，这是她唯一一次向命运妥协。顾小白听见自己胸腔里轰隆作响，像是有一场海啸席卷而来，他问，江蓝还说了什么？这时，楼下的那部老式录音机卡带了，发出怪异的尖叫，黎乐乐眼里闪烁着盈盈泪光，她说，江蓝姐一直记得你写的那句歌词——这个夏天，我想全世界轻而易举，我想你无能为力。

窗外没有下雨，顾小白却像是被浸泡在梅雨里，从头到脚，从里到外，乃至浑身每个细胞，全都是湿漉漉的。黎乐乐起身从楼上拿下来一把崭新的吉他，说，江蓝送给你的。她曾经告诉我，你是她见过的最棒的歌手，因为你是用灵魂在唱歌。她还告诉我，这辈子她最遗憾的事，就是没能跟你一起开演唱会。

顾小白抱起吉他，试了试音准，正好。他弹唱了赵传的一首歌，送别孟老师的时候，萤火虫乐队唱过，叫《我终于失去了你》。

他从上午一直弹唱到下午，手指磨出了血，声带也充满了血。

这不是他一个人的演唱会，江蓝、胡浩、许国巍和彭大年都在，孟老师、黎乐乐、马小军和马小燕兄妹俩也在。他们以各种形式出现在这个空间，有的穿花裙子，有的穿白衬衣，有的穿牛仔裤，有的留长发，有的洒香水，有的说英格丽希。为了这场迟来的演唱会，所有人全身心地投入。他们跨越空间和时间，跨越生与死。他们在歌声中分享自己的悲喜，分享彼此的秘密。世界透明而纯净，空气里都是春天的味道，爱情的味道。

夜幕降临时，顾小白突然惊喜地对黎乐乐说，我看见了萤火虫，成群结队的，在江边，在蓝蓝的月亮下面，提着小灯笼，到处飞呀飞，真美啊！

黎乐乐哭了。

她知道，那消失了十三年的萤火虫，又回来了。

[特约编辑：余静如]

遗迹、罗生门与荒废之歌
赵小赵《谋杀夏天》阅读札记 ■ 贺嘉钰

　　1979年，耶胡达·阿米亥写下组诗《时间》。八十首短诗如八十朵幽魅而天真的花，永恒地微微摇荡在夏夜荒园。我喜欢这组漫长的抒情，记住了其中一些句子，比如："在最后一晚我看见隔街/对面阳台的地板上/一个小而清晰的四方形光斑/为无限的伟大情感/作着见证""而关于我曾经爱过的一位少女的记忆/今夜在山谷里急驰，像公共汽车——/许多灯火通明的窗户掠过，许多她的脸庞"。有时只是句子，有时是秘密的起点，有时它们是忽然大雨落下。

　　这个夏天读到一部小说时，诗中片段如雨滴掉落，在文本情节、人物面容与故事气息上，洇出某种奇异的审美上的对位。在我，却还有一层情感上的真切。多巧，童年我正好在与小说构造一样的具体空间里长大，那是如今荡然无存的"造纸厂"。当"制浆车间""水塔""子弟学校"这些词语在小说里渐次出现，不仅展开一帧帧拟造场景，还唤起情感记忆。仿佛看见时间对岸一个小孩透过锁孔向未知探看，她好奇且不安，目睹暴戾、离奇、伤心与温柔在明暗之间交错。

　　是赵小赵的长篇悬疑推理小说《谋杀夏天》。复述推理小说的故事脉络是一件费力、无力又伤害作品的事，我会避开，就谈一点故事之外、叙事之内我所体会与理解的。

　　对悬疑小说本来有些偏见：当高密度的意外与巧合榫卯相接，海浪般层层荡来试图左右你、摇摆你,那过于精细的设计似乎在淹没文学本身应遵循的某种生活美德。许多事原本是无序、无端、无理而难以被因果链条从两端规定的,但悬疑小说偏要用自洽的推演使一切严丝合缝,天底下哪有这样的事呢?因而,读这类小说时常忍不住与作者较劲,带着挑剔,寻找破绽。这样的时刻大约是忘了:小说即便遵从生活的"真实意志",它与真实本身从来就是两套逻辑。

而读《谋杀夏天》,我一开始就忘记了与作者角力,首先是语言的气息与蛊惑,它让我想起读《动物凶猛》《英格力士》《在细雨中呼喊》时那种隐约浮游的情绪,人在少年,生活的真相既被放大又未曾展开,一切蓬勃,充满未知与意外。是的,语言、葳蕤的细节以及流转其间的少年滋味让这部作品散发"成长小说"的气息。而"成长"并不独属青春少年,人要从旧我中娩出一个新自己,是持续操练,一生功课。这个主题,也将成为小说后来从善恶两边开掘的进路。

《谋杀夏天》大于类型文学的框定。在细密推理之间,赵小赵写下一群闲散少年如何在一夜之间长大并苍老,一片城市空间如何渐成瓦砾与遗迹,一段往事所包含的善恶如何在漫长时间里堆叠沉积,又在一瞬间对峙角力。

> 旷野里燃烧的一堆篝火
> 由于痛苦而盲目地
> 重复着太阳在日间的工作。
>
> 童年遥远。
> 战争临近。阿门。
> ——耶胡达·阿米亥《时间·5》(1979)

写《谋杀夏天》时,作者大概不仅关心如何将彼此叠套的故事安排得周密完满,他着意完成的,还有小说的气息与质地。

在审美上,要回到"少年的夏天",即便叙事之时主人公们早已人到中年满身倦息,但小说本身应如少年的夏天般混杂着汗与梦的气味,明亮悠长略带哀伤。在现实观照上,要回到千禧年前后那段洋溢希望又无序混乱的时光中,人们具体的生活里,这关乎叙事观念与文学理想——以故事为起点,"未竟的往昔"是否有可能被复活和抵达?被"恶"更改的命运是否有可能被"善"重新修改?

少年的夏天总是悠长,直到枪响。那一刻宿命的旁白这样默念:"童年遥远。战争临近。阿门。"自盛夏防空洞射出的子弹带走了一尘不染的孟海老师,终结了少年们无所事事的游荡与不羁,而这颗子弹将在暗处飞行,许多年都不落下,它要在正邪善恶之间寻找并完成自己的轨迹。

赵小赵选择"防空洞"作为叙事的起点。白日之下的平行世界有黑暗作掩护,在光无法照耀的地方,善恶较量并不遵循正义的逻辑。十三年后,枪声的回音再次落在防空洞黑暗的墙壁上,物是人非,当事人们重新回到这里,匆促又漫长的生命好像不过是为了穿过其中的暗长甬道。所有人都在摸索着前行,不断碰触生活的暗壁,遭遇或躲过袭击。"防空洞"作为悬疑小说的场景并不稀奇,但在《谋杀夏天》里,它还是一个隐喻。

防空洞曾是少年的伊甸园,他们在此歌唱、漫游、交换秘密,黑暗与潮湿送来抒情的战栗,而今废弃,只有遗迹。"防空洞"深谙真相,一言不发,它瞬间失去了或从未真正实现过自己的功能、价值与意义,像那些在时代与社会高速发展中被甩出轨道的人与物,像那些在系统中失去了位置与作用的边缘者。在个体的加速度失控与社会的加速度运转之间,被抛出的弱者要如何站起来、活下去?

赵小赵从造纸厂的防空洞这一小小"遗迹"开始写,写因改制而飞黄腾达者和失魂落魄者,写一种社会结构的断裂与集体的消逝,写资本与权力的逻辑对弱者施暴,写机会如何被剥夺、命运如何被篡改,写一个人的生命被合谋而取消。而被剥夺生命,是最大的事。在整部小说的起点,作者几乎不动声色甚至略带戏谑地将这件最大的事推到我们面前,直至小说结尾我们才补全,那一个生命的消逝之中,包含着对以上所有"恶"的克服。

因而,《谋杀夏天》并非一个散发猎奇气味、仅仅提供推理愉悦的悬疑小说,它不意图制造惊悚与骇人,而是在现实的可能区间之内,拨动善恶之间的隐线。难能可贵的,还在作者的问题意识与理想主义,在他看见弱者凝视偏僻,在他要不断回到枪响之前,为子弹重新找到正义的轨迹。

> 我们犯的唯一错误
> 和做的唯一正确的事情
> 都给一个人的心境带来和平。
> 善与恶的平衡账簿
> 正被打开,缓缓地倾入
> 宁静的世界。
> ——耶胡达·阿米亥《时间·79》(1979)

回到少年们的夏天，他们无所事事地晃荡、组乐队、喜欢同一个女孩儿、初恋般心神不宁，向明亮盛大的未来抒情许愿。孟海老师的死作为突袭，收回并更改了这一切。

真相是一次性的，"真实"发生之后，只存在对真实讲述的版本。

整部小说里，防空洞中孟海老师死之经过作为叙事核，在马小燕、黎乐乐、萤火虫乐队、乌龙宝塔中的杀人游戏者们乃至总是沉默的江蓝的讲述中，各有版本。它几乎不存在第一视角的目睹，因而在整个推理过程中，亦不存掌握至高真相的上帝。唯一接近上帝视角的，正是刑侦队长顾小白。十三年过去了，他回到旧地与遗迹，在不同版本间甄别与补全，在关于真相的讲述中不断跑动折返，直到接近上帝所能看到的一切。

于是，小说叙事是在对同一细节不同版本的叙述中层层放大展开的，小说即便在最接近"真相"的时刻，也是经由当事者的"讲述"才抵达，叙事从始至终不曾让"真相"降落，而只是提供一种真实发生的视角与可能。"事实"被一遍遍摊开折叠，新的"真相"在新的排列组合中修改逝去的时间。推理小说似乎可以向着一切细节无限延展弥漫，但更考验作者的，是瞬间收束的能力。这是推理小说的题中应有之意。《谋杀夏天》完成了。

顾小白对罗生门般讲述的不断揣度与推演，从案件内部展开了作者的叙事之心。破案需要想象力，顾小白在真实与谎言的碎片间超人般跃跳闪躲，他是灵活而有智谋的，这样一个人却在生活里疲沓蹉跎。十八岁盛夏是他人生一道分界，当一个人被取消爱的权利，他将永远留在原处，无心展开生活。顾小白自少年就深谙"偷窥"与"跟踪"的技艺，是孟海老师的死将这门隐蔽技艺兑现为正义的智慧，而他并非全知全能，甚至只是因为对江蓝的爱而不得、愧疚和疼惜，放大着洞察与思辨的能力。顾小白梳理案情就是重临过往，他几乎用一种苦行僧的方式，承受少年之爱的沉重。

因而，顾小白的存在既为案件推进的每一个具体连结点，他也像一枚琥珀，含住"未竟的往昔"永远不变的那个部分。当故事里其他人都天然是小说人物时，顾小白不全然如此，他是案件的局外人，是我们与故事之间的摆渡者，是作者安排的叙事之心。

因果无法解释生活的全部，遭遇的背面总有宿命的底色。草蛇灰线虽是推理小说最为深谙的，但一部作品要越过类型的藩篱接近辽阔与幽微，或许不能仅仅被悬案与正义驱动，也应当臣服于不可解的命运。

善恶终得清算，但这个故事里，几乎没有一个幸存者。孟海老师以及那些与善良正义站在一边的人，要多少幸运的加持，污名才会在时过境迁后得以清洗；江蓝、黎乐乐与沉默的受害者们，要多么顽强有力，才能独自穿过暗夜；胡浩、许国巍、彭大年们，从萤火虫乐队全身而退，在世俗中被重新定义为胜者，但少年时无意的罪将梦魇般成为后半生的罚。但所有的美梦、希望、爱都流逝消散了，迟到的正义像萤火虫的微光，一切已然荒废。

推理小说高度提纯和复杂化了日常遭遇，可遭遇背后的逻辑分享着生活中的真实：半生努力，不过唱完一首荒废之歌。

这才是生活的真相，真相令人心碎。

而只有"歌"是小说里明亮的部分。萤火虫乐队曾拥有"夏天"，那时远方遥遥，未来未来，青春的草率、匆促、鲁莽、忧伤被排练和演出，一遍遍转译为旋律。幸好还有音乐，让他们的人生曾有微光。那时并不知道，收藏在音乐中的情绪和少年体会的情感浓度，将为一生提供支点和爱的能量。顾小白难以对江蓝开口，江蓝也不曾对顾小白表露什么。但幸好还有音乐，那些没有讲出的，仍在咖啡屋 CD 的循环中。

作者给了小说一个酷烈而温柔的结尾，是江蓝在临死前隐约讲出了爱。我并不十分满意这样的结局，因为爱的回应竟某种程度上收窄着我对江蓝的想象。这个被上帝亲吻着降生，被命运收走一切的女孩从"天使"长成了"女侠"，她一定不甘愿做那个"引领我们上升"的永恒女性，她当然是美的，但从不是纯白色的。

在少年们的夏天敞开之前，江蓝已数次遭遇人生的大火，不幸中的幸运是，外婆、萤火虫乐队、孟海老师的善良都曾是她头顶不偏不倚的过云雨。周身散射圣洁之光的江蓝从来只是少年与男性的想象，江蓝的美，在她的力，她的静力、定力与爆发之力，当命运的大火从四面八方烧过来，她会跃入火海，成为一束燃烧的蓝色荆棘。这样的女性，她的世界有比爱情更辽阔的所寄。

> 我曾见过事物开始有如涌泉，
> 结束却如急速撤退
> 消失在白色的沙丘里。
> 我如今远离那一切，好像一个人
> 在一座桥中央
> 忘记了两头，
> 只是伫立在那儿
> 俯身在桥栏上

向下凝视着流水：
这也是一面旗帜。

——耶胡达·阿米亥《时间·19》(1979)

江蓝的孤绝再次将顾小白抛向生活的崖边。顾小白破译了一切又失去了所有。我再次想起阿米亥的诗，是的，他就是那个站在桥中央忘记了两头的人。夏天无止无休，像一个迷宫，有人落在里面，被淋湿，永远不能走出来。

[**特约编辑：余静如**]

半玉抄

周婉京

半玉美人之図

第一章

花の色はうつりにけりないたづらに，

わが身世にふるながめせしまに。

——小野小町①

我出生那年，初子已经八十一岁了。

初子住在我家后院的木房子里。走过石径，穿过矮矮的竹片编造的栅门，推开，门前悬着的风铃一阵叮叮响，她就坐在廊缘的榻榻米上，一动也不动。房间里没有一块砖，也一概铺的是榻榻米。榻榻米虽然很旧，却非常干净。她睡觉时就拿出一块白色的苎麻来盖肚子。

我四岁前，早饭一过，时常溜去后院看她。记得有一次，我绕着木屋走了一圈，外屋挂得好好的白蚊帐竟空空如也。蚊帐还在，可这人去哪了？找了半天，最后还是在床底下找到了她。她蜷成一个团，在榻榻米上睡得正酣。我偷偷摸摸地看她。细细推敲起来，这睡相有时像老妪，有时又像少女。我要是问她，哪个更可悲呢？等初子醒来，她准说：去请教你曾祖父。

没过半年，曾祖父去世了。我再问她，她就一直揉眼睛。我拉拉她的衣襟，她就让我去请教我爷爷李抗日。一夜间，她瘦了很多。眼眶凹陷，目光灰黯。岂止瘦，人也愈发变得苍白。她常常穿着离开日本时的那条绉纱白裙，倚在走廊上望着院中那棵衰老的樱花树。不知从何时起，树已经不抽芽，也不开花了。是啊，曾祖父当初娶了初子，他到底满不满意呢？

在儿时的我眼里，初子不论做了什么，她都是对的。她是我们家最温柔的一个。虽说她是我的曾祖母，可她有时候更像是我的姐姐。我会随她去捉蚯蚓、挖野菜、斗蛐蛐，也会听她清唱儿歌、谣曲：

花の色はうつりにけりないたづらに，わが身世にふるながめせしまに。

而初子，一边唱着歌一边在缝制我的衣服——小瓜皮帽子、背心、裙子、手绢、坐垫……一针一针地改着她从前的和服，改成我能穿的样式，脸上不时露出微笑——一种只属于她的，神秘的微笑。

我故意趁着她在忙，解下蚊帐的吊绳，跳上床去。我跳在她缝好的新衣服上，每一步都是急不可待的模样。不知道过了多久，我困了，倒在她的床上睡着了。醒来的时候，她正握着我的小脚丫，帮我剪脚指甲。一件新裙子盖在我身上。初子见我醒来，便学着男人的口气，吓唬我说，娶个艺伎当老婆还是不行，娶回家怎么举止就变粗俗了？我迷迷糊糊地咧嘴笑，抬眼一看，我的脚掌下方，垫了一个金边银线的化妆匣。那匣子精美极了，四面用墨笔勾了好些个脸儿小小、眼睛细细的人儿。她掸掉了指甲屑，然后慢慢翻开盖，盒盖下面藏着一幅岚山春景。

出于好奇，我用手从匣子里摸出一只织锦的袋子。初子笑了，她说那是天满宫

---

① 这句和歌后来由我的曾祖母李百花翻译成了中文——"花色终移易，衰颜代盛颜。此身徒涉世，光景指弹间。"

的护身符。求什么的？保佑人智慧。她从我手里拿过锦囊，掀开护身符，掏出里面藏着的一张方块大小的黑白旧照。三个女人，不，是一个女人和两个女孩。照片中间的女人穿着系红绳子的麻草屐，衣服是宽松一点的振袖，腰带里夹着束衣袖的红带子，猫儿似的小圆脸。两边的女孩一高一矮，一胖一瘦。初子指着右边那个系着半宽腰带、长发、圆圆脸，像是乡下丫头的那一个，说，猜猜这个可爱的女孩是谁啊？她搂着我，见我半天不做声，又接着说，是我啊。

咦，曾祖母？我仔细端详起照片。中间那个呢？我又把手挪了挪。祖母说，她就是百合子。如果她没记错，这张照片是在百合子正式出道、做了艺伎之后拍的。百合子涂着一层厚厚水粉的脸颊，在阳光下闪着月白色珐琅的光泽。她可真美。是啊，她是我见过最美的女人。我翻过照片，有人在背面的底端用炭笔写了一行字：

明治三十三年，岚山春。

岚山在京都城的西郊外。这里的冬天一向杳无人烟，不见鹤鹳，连飞鸟也少有啼鸣。有的房子就搭在山腰上，疏疏十数间，看上去就在不远处，却怎么也望不到头。冬天，很长很冷。可是到了春天，京都所有的太太小姐、祇园的艺伎舞伎，就会肩挨肩地拾级而上，人挤人地乘兴而来。

一年一次的赏樱大会，明里暗里都是京都女人的比武场。女人要有迷男人的功夫，但还得有迷女人的本事。最上流的女子，总也不老。她们身上的和服，怎么穿也不过时。和服的料子颇有些讲究的，从颜色上看，一定不能是大红大紫、花里胡哨的艳俗颜色。配饰也不宜繁琐，一片片花簪插上去，不能有立兵库、横兵库那样的金银玉钿。最后才轮到女子的媚态和风姿，这一轮的比拼，走山路也要微扬着头，摇曳着腰，在外人看来，一径是不慌不忙的，好像是在跳舞。

那时初子不过六七岁，刚进三浦屋做学徒。

初子每天的一点儿乐子，就是端着扫帚躲在楼梯拐角。到了晚上，听着一阵杂沓的木屐声，然后瞥见遣手妈妈领队，身后跟着十来个着茶褐色、青色、鼠灰色和服的舞伎，绰绰约约地走进了招待客人的茶席。这群人中，总有那么一个从来没失过分寸，永远从容、轻盈，像到了花期的白普贤樱——初开是粉红，全开是粉白，花梗颤巍巍地垂下来——风一吹，她也飘着走，脚下没有根似的。

百合子姐姐。初子唤她。那女子望她一眼，只抿嘴笑笑，也不回话。百合子下楼梯时，会把衣服下摆一圈圈卷到脚踝。她的肌肤，一寸寸的乳白色，若隐若现。当百合子从她面前款款而过，初子总会揪一下这女子的衣带。这时，百合子贴身的白绫内衣就会露出来一角。神秘，但不轻薄。

到了赏樱的日子，总有百合子这样打扮入时的艺伎舞伎，梳着青山髻和裂桃髻，穿着十寸厚的木屐，踏着刚习得的金鱼步，踩着踏石，一个滑步一个滑步地往前挪。百合子走得很慢，几乎不说一句话，只是含笑倾听往女子在役石前的对话。遇到了祇园的熟人，她也不提自己正准备出道的事，巧妙地把话题岔开，三两下就拉扯到赏樱的法门上。

然而，初子却跟在百合子的身后，在

她沉默之时，暗暗窥视着百合子的一举一动，以一种不教人察觉的窃喜之情。百合子那张无比静谧的脸，仿佛一直在忍耐着什么，那副悲中带喜的神情，为了强装冷淡和倔强，宛如朗月映照在大堰川的水上，明晃晃地弥涨出奇绝之色。到底是什么人，可以在如此倔强的外表下隐藏一番京都女子独有的柔情？年幼的初子心想，眼前的这个人大概生来注定要做艺伎吧。百合子的背影和侧影，混合了传说中小野小町和三女神的形象。连她足踏落樱的响声，都悄悄牵动着初子的心。

初子抬头仰望，山顶的凉亭依稀明亮起来。再向前走几步，更是荒凉而无路可行。夜露瀼瀼，她们的手一前一后掠过胡枝子，不顾湿露沾裳。不知不觉间，初子走到了前头，而百合子竟落到了后头。

你是小初子吧。

开口说话时，百合子把一对纤手搭到初子肩上。夜光下，树林的阴影和胡枝子花丛的树影，散发着芳香。遥看远处亭子外的胡枝子，它们仿若赏花人儿的前额，幽幽地攒动。

太夫同我认识吗？

今天出门时，我看到你跟在后面。

被百合子这么一说，初子脑里就像打着漩涡，迅速转动了一圈，她立即又懊恼又腼腆地笑了笑。初子瞬息变化的表情，被百合子看在眼里。

太夫，天快黑了……

一时感到狼狈的初子不由回了一句很愚笨的话，而且言不由衷。她原想着要夸赞百合子的美貌，可是话到嘴边却变了味。但是好在，百合子似乎没有什么特殊的感觉。

百合子继续说，你跟了我一路，是不是也想去"雪隐"？

她一边说，独自一个人笑了。初子也只得随着她一起笑。

作为刚进艺馆不到两年的学徒，初子并不知道"雪隐成佛"的典故。"雪隐"是佛家对茅厕的雅称。初子从自己姨母和遣手妈妈处听到的解释，两个版本稍有不同。按照姨母的说法，明觉禅僧曾经西渡中国，去过杭州的灵隐寺求法。等他回来，自然就带回了中国僧人对厕所的叫法，名曰"雪隐"。可三浦屋的遣手妈妈不这么说。

语气不太友善。遣手妈妈想说的其实是，明觉师父最先管岚山的茅厕叫"雪隐"。但是明觉可不是在杭州灵隐寺里修行，一个年轻的日本僧人，论资历、论德行、论悟性都够不上"天下绝胜之觉场"的大师开座。后世鼓吹他潜行自悟、弘法利生，说的都是他扫厕所之后的成就。

初子听得一知半解，她一个连汉字都认不全的小孩，怎么能明白得道高僧的中国法门？尽管她是京都本地人，古京都与古中国的那一半文化，汉字、和歌、俳句、能乐，她小时候都是能避则避的。即便生活中偶然碰见，她也是稀里糊涂地一跳而过。这样一想，"雪隐"就显得招人厌了。它横在她面前，房梁是北山入节杉，天井是蒲天井，窗户用的是落地窗，踏板用的是如轮木，这样比肩中国的讲究，又不能不让她产生新的疑惑——它还是一间茅厕吗？就连便前遮挡的挂帘也不简单，用的是名贵的萨摩杉。杉木前面放着一块汉字书法写成的木牌，木牌薄厚适中，不易被风吹翻。

她跟在百合子身后，凑近一看，一个跟初子年纪差不多的小女孩正抱着这块牌子。她穿一身木色，所以远看非常不显眼。那人见她们上前，既没有起身，也没有张口，而是低头瞥瞥手中的木牌。初子她们也就跟着这人的目光往下移，随之看到八个清丽的汉字——"雪隐租借，一次八文"。

百合子说，这话倒是颇有些禅意呢。小初子步入雪隐，神情依旧恍恍惚惚。她被这莫名的"禅意"击中，简直有些受不住，犹如明朗的夏日清晨，一股遭人袭击之后猛醒的激情。在这堂皇富丽的"雪隐"里，拉开衣袖、提起和服、蹲下，简单的动作都被笼罩上一层浮薄的光亮。她想起遣手妈妈跟她说起过百合子的身世，百合子来自南部。初子听说了之后，立即找来日本地图，忖思着究竟哪个城市才是百合子的家乡。宫崎还是熊本，鹿儿岛还是冲绳？光明耀眼的广阔街衢，雨后湿漉漉地掩映着天空；高耸的棕榈树缀满了会吃人的原始花朵，密密层层满布于街巷和市井。如此繁华的地方，没有一个走动的人影。淋过春雨的夏草，开始疯长。

热气熏蒸，一簇簇，一丛丛。浆浆的水声在她脑子里激出一幅画面：乍一看，雪隐外面的窗户都结了胡枝子，像是凸现的人脸正往里窥视；然而定睛细看，她才意识到，窗户外什么都没有……

她被美冲昏了头。零零散散的落樱，让她从迷幻后的兴奋回到现实之中。她还惦记着百合子的那张脸。念及一次，那女子缥缈的身姿就变一个样。所以当初子失足坠入粪坑，她根本顾不得脏不脏、臭不臭和恶不恶心，这些东西对她来说，一概都不重要了。虽然她只跟百合子搭过三两句话，但如今，百合子这一神祇的造像已经结成。还有，她们彼此并不熟悉，神祇姐姐却愿意为她垫付如厕的八文钱，足顶她三个月的工钱，对于渺小而无关紧要的她来说，这是福还是祸呢？

初子在百合子的房间躺了很长时间。她睁开眼的时候，纳闷这是个什么地方。刚好那时候那位客人送了许多丝质薄纱的和服过来，全是给百合子的。那些衣服围绕着她，围成"コ"字形。初子便睡在那堆衣服的中间，身体还没动，眼睛却忍不住扫来扫去。她越看越着迷。有的和服是鹅黄色，近似玉子色的，上面绣着樱树枝还带着可爱的橘色和绿色的树叶；有的颜色比较重，灰色和雾蓝色的底子上织满了金线。她能想象得出百合子穿上这些和服的模样。伴随着她的每一步，和服上的花片打转、浮沉、升降、盘旋，每一处细节都足够让人浑然忘我。

她迷迷糊糊地寐了一阵，隔音很差的土壁不时传来隔墙的异声。睡梦中，她听到遣手妈妈正在用嘶哑的嗓音跟什么人说话。初子探了一下头，没有看到。她躺回原处的时候，拽出了一条腰带。腰带跟和服的配色恰好反过来了，这里是金色为底，墨兰和灰色做了绣线。后来遣手妈妈不说话了，她下楼去了。

终于，那个跟遣手妈妈说话的人出来了。转过头，盯着那渐近的身影。哈，原来是那个在"雪隐"门前碰到过的小姑娘。她捧着一个木桶，肩上还搭着一条毛巾。她身体很瘦，半幅腰带的结子皱皱巴巴地系在身上，很小气。她不笑，表情依旧是岚山初见时的那副模样。这样晦气的小姑娘，是没有客人会喜欢的。

初子见她靠近，出于本能地背过身去。可这人却随着她，绕到了另一边。她的脚，粗糙的一双大赤脚跟她的身材很不协调，却在初子的眼前一个劲地扩大，压迫着她。眼看着她蹲了下去，将毛巾投入水里，使劲拧拧，准备给初子擦拭身体。

别碰我！初子弓起身子，稍微后退了一步说。

于是，那女孩停下了手上的动作。她也后退了一步，朝着初子的方向微微行了一个注目礼。这下可好，初子倒是缩手缩脚起来，不由得避开女孩的正脸，朝左朝右都不对，她"哎"了一声之后翻了个身，索性背朝上躺着了。初子同她才是第二回见，说不上什么缘由，就已经开始讨厌她了。

康复以后，初子绝口不提自己掉进"雪隐"的事。她依旧做着一个学徒应该做的，重复着每天要干的大多数杂务。早晨她要把三浦屋十六间房中的床垫一一收拾起来，然后洒扫门庭内院，修剪后院的两棵樱花树。有时，她也会被打发去八坂女红场给百合子送便当，或者去四条大街帮遣手妈妈买她最爱吃的八桥糕点。幸运的是，那个"雪隐女孩"来了之后，像清理茶席和扫厕所这类的苦活，就都交给她来负责。

初子三岁时，父母在一次地震中双双去世。姨母接她回家的时候，她才刚学会说"我回来了"。① 姨母来找她的时候，用家里仅有的一点钱，买了线香。一家人在客堂里顶诵《大悲咒》，烧的香烟氤氲不散。

在姨母家住的那两年，初子常会偷偷跑回原来的家。她家大门紧闭着，敲了几下，没人答应。

我回来了！她喊了一声，屋里还是寂静如初。

趔出去三尺远，她转过头又大声嚷了一句：我回来了！

还是没人应。爸爸妈妈都不在了。

初子记得五岁被送进三浦屋时，遣手妈妈曾经答应过姨母，如果初子努力干活、表现勤快，最快一年就能正式接受舞培训。那意味着，她可以每天跟在百合子后面，跟她一起去祇园甲部另一头的八坂女红场上学，噔噔噔噔地跑前跑后，忙上忙下，头也不回地去操办、去执行。这半年来，初子表现得像小动物那样顺从，对遣手妈妈说一不二，为的就是能被她早日送去学校。

我不会看错，祇园现在不同以往了。你们做艺伎，可别指望像明治以前那样被人供起来，当成清水寺的观世音菩萨，日日烧香拜你！

妈妈的这话不假。明治维新以后，艺伎虽然还保留着，但祇园的从艺者数量已经从江户时代的十几万人骤减到不足一万。最明显的变化就是祇园外的小吃街，过去是四町五街通宵达旦地卖着各式吃食，现在只寥落着剩下两条主街，入了夜，街上就没人了，一些店家索性就只做白天的生意。又例如三浦屋的生计，过去恨不得是富贵人家的女儿学艺，现在却只能从外省、乡下地方收养穷人家的女孩。艺伎这个古老的行业，想不到也会有被时代改变的一天。就连女红场里教的内容，也剔除

---

① 日语"ただいま"是一句日常使用率很高的问候语，主要用于家庭成员下班、放学从室外敲门进入屋内时。

364

了晦涩难懂的那部分，不教唐诗宋词、俳句和歌，禅宗也是略讲一二。

过去重要的东西，如今却都被一带而过。传统不但不再是按迹循踪，甚至大有一刀切除的嫌疑。过去的艺能，仅仅保留了舞艺、茶道、花道和三味线。听说过些日子还要开设一门英语，找个外国人来教。虽然这个传言没有吓倒学艺的姑娘，倒是吓坏了不少妈妈桑。所以当三浦屋的妈妈决定留下这位"雪隐女孩"时，她的理由也很充分——这个小姑娘小小年纪，就能读汉字，背得出"寥落花山下，呦呦闻鹿鸣"的和歌，还答得出这句和歌是出自中国的《诗经》。在遣手妈妈看来，这可不是什么神童显灵，这不过是过去京都艺伎入门时的平均水平。遣手妈妈说，这女孩让她想起了曾经的自己。她们都是那种传统的人。

成为舞伎，是成为艺伎的前奏。

这是遣手妈妈的一句名言。她之前对初子说过，现如今又交代给了新来的女孩。白天没有客人的时候，妈妈还看着这女孩在客席里踱步，步子走大了走小了，妈妈都会亲自调整。遣手妈妈手里握着一根藤条，只要这女孩一有松懈，没走出合心意的碎步，妈妈的藤条就会抽到她的腰上。双腿夹紧！那女孩下意识地往后一跳，撞到了茶桌。初子隔着屏风都能听见"咣当"一声，她心想：哼，一定很疼吧。

到了晚饭的时候，妈妈出来，这女孩也跟了出来。她抱着一个比她胳膊还长的烟斗，跟跟跄跄地走过来。初子盯着她的背影，又气又恼。初子不明白这个身穿旧单衣的女孩究竟有什么好。

约莫一个星期后，有人往三浦屋寄了一封信。按照三浦屋的规矩，不管是谁寄的信，统一都要让妈妈先看。这次也不例外。不过遣手妈妈读完之后，脸色变得很难看。

初子啊，现在你听我说，有件事交给你，你去帮我做。

妈妈——

阿玉的家里人死了，有人来信要她回家参加吊唁。妈妈说，我担心她一去不回。她要是去，你就跟着她。你替我看着她。

初子一点儿也不能理解妈妈在说什么。但她还是留意到一个细节，那就是她讨厌的女孩名叫"阿玉"。

她家到底是谁死了？初子问。

你就是特别爱问"到底"啊"究竟"啊，这跟你有关吗？妈妈叹了口气，你好歹学学人家百合子，她现在天天招待客人，可曾问过客人一句私事？

姐姐是神祇，我怎么能跟她比呢？

别废话了。总之，参见吊唁的人除了阿玉，谁是丧主，谁是家属，我弄不清楚。再说了，我要是心里有数，干吗还派你去？

初子顿时默然不语。虽说是面对面，因为一直低着头，她没能瞥见遣手妈妈的表情。她们的交谈前后不超过一分钟。妈妈的房间就在百合子隔壁，她总是坐在自己的房里，一边用手拨弄算盘上的象牙珠子，一边慢条斯理地对着账本。她的手上总拿着一把长烟斗。初子知道，每次妈妈"嗒"的一声把烟斗扣在桌上时，准是她不高兴了。妈妈随手在她的肩头敲掉烟斗里的灰。未燃尽的，一缕白烟冲出来遮住她的脸。她被呛着了，鼻涕眼泪横流。

还愣着干吗？妈妈说完从衬衣口袋掏出金丝铁盒，用指尖拈了一小撮烟丝塞进烟斗。

初子非常认真地点了点头。她灰头土脸地走出去，谁承想，一推门就撞见了几个年轻的艺伎。她们前簇后拥着拥上楼来，看到初子猛地停住了，纷纷往后闪躲。初子抬起袖子一闻，她身上已经不发臭了啊。可那些艺伎还是前闪后躲的，很快就逃进百合子的房间了。她们走后，百合子才慢悠悠地走上楼梯。拐过楼梯角，迎上前，百合子丝毫没有退却的意思。她不怕初子，相反，她正温柔地朝她招招手。

在艺馆二楼的走廊里，一只飞蛾绕着吊灯微弱的光亮飞来飞去，发出微弱的振翅声。

哦，小初子啊。百合子说，你的身体好些了吗？

初子听了这话，一时呆立不动。她耸起了肩膀，马上又红着脸弯下腰。从她搬出百合子的房间，她就没再见过百合子。她连一句"谢谢"都没来得及说。每次她路过二楼最里面朝南的大房间，想着要进去向百合子道谢，却一次都没有成行。她甚至不知道该怎么郑重地跟人寒暄。所以她除了逃走，没有其他办法。她冒冒失失地绕开百合子，一路狂奔着往楼下去了。

姐姐，百合子姐姐。初子站在后院的中央，小声咕哝着。

这个词，初子几乎是脱口而出的。她同百合子姐姐，这是第二次近距离接触。然而她非但没有好好表现，反而白白浪费了这次机会。她边想边走到院里的樱花树下，眼见着一棵山樱的枝头绽开了六朵小花……她偷偷地折了一枝下来。

初子拿着樱花，手搭凉棚，仰头看向二楼百合子的房间。粉红的伞形花瓣外，鳞片的一端长有细细的簇毛。这和一旁八重樱结下的花瓣很不一样。初子用指尖不停地转动着手里的樱花，一停止转动，几片花瓣就落了下来。

美，无有他奇，只是恰好。

她盯着地上的落樱看了一会儿，又折回到楼上。

初子记得，阿玉的祖父就是在英照皇太后过世的前一年初夏死的。明治二十九年。那年初子刚满七岁，阿玉也不过九岁。她们到达东京郊外的时候，祖父已经下葬了。丧礼当天，许多人前来吊唁。来的人大多相互认识，絮语些近年景况，闲谈些乡下情形。看见主人家经过，才躬身道一句："请您节哀顺变。"

家中乱成一团。阿玉的一个远房表姐把她拉到一边，抹着眼泪跟她嘟哝了一番话。初子后来也听那位表姐说起，老祖父弥留之际，气噎喉堵，痛苦万状。那人大概也抱怨了阿玉两句，说她听了这话，非但没有落泪，反而一个人躲到房间去了。阿玉是她祖父唯一的亲人，这样做未免也太薄情了。初子默然不响。她觉得有人这么看阿玉是理所当然的。阿玉在少女时代，就是这么一个孑然一身的人。她不为自己进行辩解，也不在意别人说她什么。

初子听来往的亲戚们说，阿玉的祖父是日本的"雪隐"之父，京都现行的高级"雪隐"都与他们家有关。从江户中期就开始经营，到阿玉父亲那一代已经是相当富有了。所以这也就解释了，为什么一个小姑娘会出现在岚山"雪隐"前——阿玉是那家"雪隐"的继承人。然后，亲戚们也聊起阿玉生父之死，在慨叹了两句"英年早逝""天妒英才"之后，就讥讽起他的遭遇。按照这些人的说法，阿玉的父亲是死有应得，他为了跟另一家"雪隐"竞争，竟然独自一个人跑去霸占了人家的茅坑。中途有人过来敲门，他就佯装艺伎咳嗽几声。"他在八兵卫的雪隐中蹲得太久，发生疝气死了呀！"这件事，在整个京都都传开了。初子多少也听人提起过，只是不知道"雪隐成佛"的那个傻瓜竟然是阿玉的父亲。

第二天清晨，初子陪着阿玉和几个亲戚上山拾骨。山上的火葬场是露天的。阿玉用手将骨灰翻了过来，剩下满地的火。在火的熏烤下，她又拾了一会儿骨灰。初子察觉到阿玉有点儿不对劲。这时，阿玉突然扔下夹骨头用的竹筷，好像说了一两句什么，就解开腰带，手攥着带尖一溜烟跑上山。初子不知道发生了什么，鬼使神差地追随着她，直到山巅，紧追不舍。初子后来回忆说，她不是怕阿玉逃走，自己没法向遣手妈妈交代。那时，她只是觉得自己应该跟着。

到了山上，初子发现阿玉正仰躺在一棵柳杉下。她的丧服、半条衣带和她的手上，一块白，一块红，血迹斑斑。血滴滴答答地落在草叶上。阿玉静静地躺着，从她身下可以看到山麓的亭子，还有一间"雪隐"。阿玉说，那里也是他祖父生前的产业。山麓的位置有一条小溪，那里也许有个峡谷。初子在阿玉的身边躺下，她转头能看见阿玉脸上有水光跳跃的影子。

远处有雷声，天空时不时乍亮。大概是要下雨了。

过了一会儿，她们听见有人从远处齐声呼喊阿玉。初子拍拍土，站了起来。她看到阿玉的腰带也脏了。按压之下，带口有血渗出。阿玉使劲把它往衣服里面掖，但还是能被人看出血迹。初子还是说不清为什么，她就把自己的腰带取下来交到阿玉手上。阿玉低着头发出轻轻的一句"谢谢"。然后，她们折回了火葬场。亲戚们见阿玉回来，统统用目光责备她。那个看起来大不了她们几岁的表姐，对阿玉说：

等你拾骨？恐怕你祖父早就投好胎啰！

火光从阿玉的脸上掠过，映出几道火舌，却始终没有将她照亮。初子说，阿玉的脸是透明的。而后那条湿了又干变得发硬的腰带一直系在初子身上。到她们回到京都时，谁也不知道就过去了。可初子好像从那时候起，不怎么讨厌阿玉了。她把这条再也洗不出来的素色腰带晾在屋顶，上面红殷殷沁着的，星星点点的血斑像是在告诉她，那是因为祖父亡故，阿玉的心受了伤。

回程路上，初子她们路过热海，刚好碰到了一家温泉旅馆。

走过一座桥，通向山野溪林中的小岛。岛上兴建了水榭，构成那家旅馆的庭院。远远地，她们看到二楼的晒台上闪过两个穿浴衣的女子。旅馆建在溪流边的斜坡上，同澡堂的正门齐平。因为这个别扭的设计，使得后边的晒台格外地矮，矮到随便什么人都可以轻松跳上去。走近了之后，初子的眼光被这两个女人吸引。她看到她们摇晃着身了，从岩石上跳下来，身后还跟来了几个汉子。

初子推门而入时，老板娘正手持一个澡盆，好不尴尬地与刚刚那两个女人争论。

让我们洗个澡吧。你看，澡堂里明明空得很嘛！

你先等等。老板娘转头看向初子这边，问道，就你们两个小姑娘吗？

初子点点头，阿玉没搭话。

老板娘拿着澡盆和刷子站在她们面前，

显得有些拘谨。过了一会儿，她从墙上取下两串钥匙，先给了初子她们一串，把剩下的那串交到另外两个女人手上。她让男士们在庭院里等一下，交代清楚后便领着初子她们往地下去了。

老板娘走后，女浴池里就只剩她们四个。初子和阿玉面面相觑，不知道该从何做起。她们要跟这两个陌生女人一起泡澡吗？向来很有主见的初子，忽然没了主意。

把窗关上吗？阿玉说着朝窗那边走去。

不，用不着。

初子看到，澡堂里的亮光洒在室外的柳杉叶上。柳杉粗大挺拔，亮光见缝插针，照射不到繁枝茂叶的深处。初子仿佛听到溪流透过山林，透过幽暗的树叶传过来窸窸窣窣的声音，像女子的呢喃，但是音不成调。

这时，两个成年女人已经脱光了衣服，在温泉里一边把浓重的脂粉洗掉，一边小声谈论起阿玉的身体。她甚至感觉到，是这两个女人正在扒掉她们的衣裳。那两个女人丝毫没有察觉到初子的变化，两个人半坐半蹲，手掌在彼此的胸脯上上下下摩挲。一个女人见阿玉下了水，忙说：

哎，小姑娘，你们要不要过来帮姐姐搓背啊？

初子还在发呆，她听见这话仿佛咽下了一块硬东西。然后，她看到阿玉把赤裸的身子沉入水中，温暖的泉水哗哗地溢了出来。阿玉水灵灵的肌肤，浑身上下没有一丁点污垢。她那张透明的脸，从耳根到脖颈都染上了潮红。安静了十数秒，咬着唇，微微地发着抖。初子越是看她，阿玉的红就越是明显，脸也变成半透明的了。那红色一点点顺着她的胸部、腹部、腰间蔓延开来。

你快下水吧，别……别看我了。阿玉说。

初子听了这话，只说了声"好"就一声不响地走到澡堂的另一边了。她在温泉边的水泥地上交抱着双臂。

澡堂里只有那两个女人在说话。她们赤裸裸地爬上爬下，丰盈圆润甚至有些肿胀的裸体，在昏暗的腾腾热气中，用膝盖在水底爬行。唯有胸部丰满的乳峰抽搐着，一派夜晚时情难自禁的风情。她们还在为彼此擦背，边擦边打趣对方，昨夜的几个客人得逞了、撒欢了、过瘾了，偏要一路跟到这里。

没想到，你竟然比我还好色！

昨晚你们做了几次啊，说说看嘛，三次？

说罢，两个女人放声大笑，丝毫不顾初子和阿玉的感受。

后来，她们听到两个男人的脚步声从隔壁的澡堂传来。接着一个男子打开澡堂之间相隔的隔扇——这人明知隔扇这边还有两个陌生女孩，他却仍旧把手搭在隔扇上，不以为意地四下看看。男人走后没一会儿，初子对面的两个女人就站了起来。她们裹了一条浴巾，马上就拉开隔扇去找男人了。

那阵欢笑过去之后，隔壁澡堂安静了一阵。再后来，初子她们起身离开前，她们听到那两个女人正在咒骂阿玉，甩出口的话不堪入耳。凹间的门，被那劈头盖脸的毒言恶语震得鼓鼓作响。也难怪，刚刚那男子夸赞了阿玉几句。初子穿好衣服后看看阿玉。她听见她的呼吸，她的体温。而她的脸，再一次，变回了透明。

初子回忆说，她们在热海只住了一晚。她不敢多待，耽误了就要挨遣手妈妈骂。

她在半夜醒过来时，发现阿玉睡到了自己的棉被里。她看到阿玉把脸埋在两只手掌心里。初子费了点劲才把阿玉的手掰开。抽出来一看，有血。起初她以为阿玉又把腰带弄脏了，但她凑近了才发现，是阿玉的拇指。齿形的伤口正在淌血。她把阿玉的拇指放进自己嘴里，默默含着。然后她很自然地闭上眼睛，面朝阿玉的方向睡着了。

明治三十三年三月三日，这一天是初子的大日子。

黎明时分初子就醒了，然后在被窝里焦急地等待天明。阿玉就躺在初子脚跟前的那个卧铺上。阿玉做了学徒之后，和初子同睡一处。阿玉脸上还残留着昨夜偷抹上去的水白粉，嘴唇和眼角透出了些许微红。初子想：真是副有趣的睡相啊。兴许是人生即将发生改变的缘故，初子昨晚送百合子回来之后怎么也睡不着了。她翻了个身，仰面躺着。

初子用手肘轻轻推了推阿玉。

阿玉睁开了半只眼，眯着眼问道，几点了？我们现在就要出发吗？

她的话很轻，像是在半梦半醒间发出的。

现在还不行，阿玉。今天可是我们第一天拜师学艺，我要提前做好准备。日子过得好快。还没睡够的阿玉从床铺上支起半截身子，你说，怎么就到三月三了呢？

这时，遣手妈妈的声音从走廊里传了过来。初子闻声立即把阿玉从榻榻米上拖了出来，两个人披上衣服，一前一后往后院去了。

她们先是走到壁龛前，开始晨祷。初子用绳子系起阿玉长长的袖子，方便她们俩同时劳动，还不忘把鸡毛掸子粘在彼此的腰带上。然后，她们从二楼的厕所开始清理，跪在地板上一格格地擦。

三浦屋有三个厕所，初子说，这在当时算是非常奢侈的。楼上的这间最小，也最简陋，是供常住的仆役使用的。她在没做舞伎之前，只能用这个。楼下的两个，杉木做成的是给客人用的，竹节做的那间是百合子专用的。三个厕所里有一条相连的水槽，而初子在三浦屋做学徒的这几年里，她的责任就是保证它们干净清洁。后来阿玉来了，楼下客人的那间就分归她来洒扫。

打扫到一半，初子向楼梯口走去。二楼的门窗全敞开着。她路过百合子的房间，无意之间走了上去，空寥寥的榻榻米上没有人。初子怅然若失，呆呆地站在楼道里。这时，只听"嘎嘎"几声，是阿玉登上二楼来了。初子和她对视了一眼，阿玉抿嘴一笑，她便知道百合子姐姐已经在楼下等她们了。

和往常一样，初子她们做完了自己分内的事，依次跪坐在一楼的走廊上，郑重地施了礼。遣手妈妈或百合子，要是没人搭理她们，她们就只能这样一路跪着。

百合子正在和妈妈下五子棋。出乎所有人意料，她平时从不显山露水，竟是个棋手。她们坐在廊牙子上，百合子穿了一身蓝白相间的振袖和服。大概是因为这天要带初子她们去上舞蹈课，她特意早早起身。在她的手边，放着两套新和服，白底上蓝染的形状若隐若现，搭配着靛色腰带和一个青色的丝包。

百合子的发饰更是极其精细。初子抬头一瞥，百合子梳在脑后的发髻一边戴了一个丝绸洋李花的头簪。而她转过身，蹭到阿玉的位置上再看，百合子前面的发髻那才是惊人，仍然是一面一个，一对亮晶晶的银鼓，鼓的斜侧插着一朵垂枝樱的花簪，鼓的另一边还有一根顶部有红珊瑚和翡翠的长发簪，稳稳地从底部水平穿过。这一身的行头，按理说应该很重，可到了百合子落子的时候，她的指尖却是轻轻一点。

起初，百合子离棋盘很远，要伸长手才能下子。渐渐地，她占了上风，也就忘却了自己，一心扑在棋盘上。再下了不过三两招，遣手妈妈很快败下阵来。

对不起，看来我要挨妈妈您骂啰。

百合子说着扔下棋子，转过头看向初子这边。

这局不作数，再来，再来！遣手妈妈嘘一口气道，随之发起横来将桌上的棋局拨散。看样子她是急了。

初子和阿玉依然跪在廊阶上。

那时初子就知道，这个三浦屋迟早有一日要交到百合子手上。她说，祇园甲部的等级制度一时半会儿也说不清楚，但是每间艺馆至少有两个核心人物，她们组成了一对权力的承继关系——艺馆的家元与承桃嗣女。①对应到她们三浦屋，不容分说，那便是遣手妈妈和百合子。

世界上没有任何一个地方像祇园这样，把一份家业代代交由女性传承。初子想：哪一天遣手妈妈过了身，那么百合子姐姐就会顶上吧。妈妈的地位在三浦屋就像女皇，最有希望继承她衣钵的百合子地位也是不言而喻的。摆在她们中间的那盘棋，黑子用锆石、白子用汉玉做成，这样的稀罕物件怎么也轮不到初子把玩。说到底，像初子这样未出道的舞伎学徒，就好比是皇族身边的侍臣宫女，在三浦屋要完全听命于妈妈。

女孩们遵命，凡事只说得一声"好"。所以当百合子示意她们换上新和服时，初子猛答一句"好"，就连跑带爬地凑过去了。阿玉比她慢一步，但也是发着呆，连句"谢谢"都卡在嗓子眼里说不出来。

这时，遣手妈妈已经上楼去了。初子就近与百合子相对而坐。她发现，她甚至不怎么需要反应，很快就习惯了百合子的教导。不仅照着她的说法脱掉了衣服，还穿上了蓝白相衬的学徒新装。她看着百合子俯下身，帮她和阿玉整理衣褶。百合子紧闭双唇，稍稍吊起眼梢，一本正经地盯着初子的腰带。百合子的发丝打在她的下巴颏上，初子轻轻地眨巴着眼睛。

那一年初子十一岁，阿玉十三岁。

六月的京都，三浦屋里，荡漾着一股濡湿的花香。

她们像植物般呼吸着。

临出门前，百合子接过妈妈手里的两个丝包，递到初子她俩手中。大家都着装完毕，妈妈伏在二楼的阳台上叮嘱说：这个小包可别丢了，小心你们的午餐。接着，她们便出发了。

百合子带路，后面跟着初子和阿玉。阿玉在最后，手里紧紧攥着她的小包裹。她们一路从西向东，横穿了整个祇园，她们途经大小不一的十来家艺馆，不断有跟她们穿一样衣服的女孩加入到队伍中来。

---

① "家元"指艺伎馆的一家之主，"承桃嗣女"指家元的年轻继承人，而艺伎馆的姓氏、产业、香火都是经由后者代代相传。

370

于是，这个队伍越来越大，后来竟变得浩浩荡荡起来。头戴高等学校制帽的少年们，与她们擦肩而过。

初子看到，那些男孩的目光滴溜溜地围着她们转，像是骤雨过后从山麓向她们迅猛扫射过来的白亮亮的日光。过了河原町，就是四条大街。晴朗的日子里，河水在阳光下宛如麦芽糖般晶莹闪烁，风平浪静。每年三月初到四月底，河岸怒放着淡粉色的垂枝樱花，小沙洲和堤岸上盛开着金黄的油菜花，就连新绿的杨树叶子也在河畔特有的强风中摇摆，沙沙作响。过了桥再走十分钟，走下河对面那一侧的岸滩，过了高台寺，她们就到了八坂女红场。

这是她们学艺开始的那天。上午的京都舞课非常辛苦。初子还记得，没到中午，她就把小丝包里的煎蛋卷吃光了。那个小包被她翻了个底儿掉。最后，她泄了气，在上三味线课之前把阿玉拉到一边。

阿玉一声没吭，从身后递过来她的小丝包。

初子接过阿玉的丝包，一瞧，果然跟她的装备一模一样。丝包的轮廓精致极了，似乎经过高明的设计，却又似乎天成。吃的撤去不算，这里面只剩下一把扇子、一条跳舞用的头巾和一双包在筛绢里的二趾袜。她嘘叹了口气后，把脸埋在阿玉的臂窝。

初子的故事，她每次讲到这里都要稍作休息。她说自己老了，过去的事情只能这样断断续续地讲，一段一段，跳着说。记忆与记忆之间，真正起连接作用的可能是某个人，像是已经出场了的百合子、遣手妈妈和阿玉，也可能是一个不起眼的物件，像是一双穿旧了的袜子。

京都舞，会跳的人很多。但在初子眼里，真正的舞者只有百合子一个。

百合子出道前的几年，眼看着技艺越发精进。那段时间，初子常常跑到后台去帮百合子整理衣物，光是镜子下面的抽屉里，每次演出结束，就会收获满满一屉的名片。那时的名片很薄很脆，有的还写在竹片和草纸上，看上去轻飘飘的。从这些名片上写的地址来看，名流如世家子弟，平常如乡野村夫，追求者中各行各业的都有。百合子得了名片就把它关进抽屉，过些天，满溢出来了，再统统拿去扔掉。百合子随手扔了谁，她的心也是轻飘飘的。

这些人当中有一位姓柳的，百合子唯独将他的名片留了下来。那男子是个鞋匠。出于好奇，初子趁着帮百合子收拾屋子的机会，还特意拿出来看过。那张名片很薄，男子在名片的背后写了一句话：请给我一双袜子，我想为你做一双芭蕾舞鞋。

初子说，这位姓柳的男子大概很聪明，不然就是很有女人缘。总之，从他当时的行为看，他可不是什么雏儿。因为几天之后，这人趁着百合子赴宴的机会，一只手攀上伎乐坊的后台，招呼也没打一个，直接拎走了一只百合子的旧袜。

百合子跟小柳的绯闻也是从这里传开的。

有个三味线的乐师刚巧看到这一幕，他说百合子当时也在场，百合子明明看见男子将自己的袜子装进口袋，她也不言语。

悠悠众口啊。

大伙说了，这就是百合子的默许。不是默许，也是鼓励！后来有好心的乐师登门拜访。那人茶喝了一下午，临走前才憋出一句像样的话：叫你家的女孩子们多当心，可别被色情狂给骗了。遣手妈妈听了这话，很不以为然地答道：追百合子的人这么多，哪里轮得到他？他是谁？他就是个臭鞋匠嘛！

听了这话，初子和阿玉都笑了。

百合子倒是没说什么。

结果到了秋天，三浦屋门口出现了一个包裹。从包裹的外形看得出，里面包的并非鞋子。遣手妈妈当着百合子的面替她打开，却发现包裹里只有一双袜子。那是百合子的旧袜，小腿以下破得稀烂。同一天下午，柳姓男子的信寄到了。他在信中反复向百合子道歉：之前跟你要的袜子，很抱歉被狗咬成这副模样。虽然花了好些功夫，但脚的形状还是看不出来。对不起，请再送一双。

按照初子的说法，这位小柳先生长了一双俏眼，漂亮，也神气，完全看不出是鞋店的伙计。他倒是个美少年呢。不过除了俊美之外，其他的特征她也不记得了。

后来还真的来了一只狗。那一天碰巧是水曜日，也就是星期三。三浦屋一般把一周最重要的宴请安排在这天。大阪来的贵客提早几周就约好要看百合子的表演，所以初子她们那天很早就来到伎乐坊。

初子被安排在离百合子一臂远的地方，恰好是百合子的背后，她能从梳妆台的小镜子里看到初子的脸。

百合子就跪在一张垫子上，垫子外头套着凉快的蓝色亚麻布，说明那件事确实是发生在春夏之交。因为到了冬天，伎乐坊的垫子统统换成了暖和的黑色丝绒。

初子还看见，百合子的肩膀露在外面，手里拿着三四把形状各异的粉刷。初子说，百合子从镜子中发现了自己，正要转过身，将一把宽如扇叶的刷子拿给她看。就在这时，小柳养的狗来了。那条狗跑得太快，一下子蹿到百合子身边，还没来得及嗅嗅闻闻，叼起百合子的袜子撒腿就跑！

遣手妈妈扭着她的腰身闻讯赶来，身上的赘肉像是受了惊，上下乱颤。当她看到脚上少了一只袜子的百合子，还以为姐姐遭了姓柳的欺负，直接在后台晕死过去。

接下来的一周，妈妈闭门谢客。除了大夫来看诊，任谁上门拜访，她都一概不见。她甚至不跟百合子说话了，吃早饭的时候连斜睨她一眼都不愿。看来这次妈妈真是气坏了。她大概知道初子是百合子的同道，于是最后只找了阿玉去她屋里。她交给她一张纸，让她隔天早饭时当着大家朗诵出来。

阿玉照做了。结果读得磕磕巴巴，声音很小，蔫蔫唧唧的听不清楚。

现在世道变了……很多外头的新鲜玩意儿都入侵了京都，像什么咖啡、相片和电影，还有什么芭蕾舞鞋。这些卖洋货的，明治以前就在京阪地区盘踞着，天天游混在街头巷尾。洋鞋也能大喇喇地流行开来，这不是世风日下又是啥？

百合子抿嘴一笑。

遣手妈妈朝着笑声发出的方向，重重咳嗽一声。

大声一点！

阿玉接着读。

那个姓柳的说不定让他的狗偷过许多女人的袜子，训练狗咬，还以此为乐呢。这种人如今渐渐多了起来。所以，从今天起，三浦屋要牢牢守住门户，里里外外要反躬自省。下个月百合子就要正式出道做艺伎了。那么（只怪妈妈把"でも"的"も"写错了，害得阿玉来回咂摸了几遍），三浦屋这个月内不接待任何宴请，不准有人外出。

372

那我们的课怎么办？初子举手请示。

妈妈在阿玉的搀扶下站起身，层层的赘肉，虎背熊腰，河马臀，都跟着她一道站了起来。

好好准备出道，其他的想都别想！妈妈的余光明显游移到了百合子那边。接着，她的目光又扫向了初子她们，谁也别想！

可是没过几天，妈妈外出时就撞见了正在打扫庭院的初子。她立马局促了起来，清了清嗓子说道，谁要敢把那个姓柳的放进来，我就把她送去岚山扫厕所。说罢，妈妈推开了门。

门外放着一个新包裹。

没人敢拆，最后还得由百合子亲自动手。她拆开来一看，笑了。原来是一双金色的芭蕾舞鞋。

当然啰，那是小柳送给姐姐的礼物。初子说。

第 二 章

我出生在1970年。初子谈到这一年的事，总要绕回到1912年，也就是明治四十五年。加加减减一番，直到得出我生于明治一百〇二年的结果，她才肯作罢。屡屡如此。她记得跟我同岁的可视电话、磁悬浮列车、月亮石和漫画书，这些大阪世博会的新潮玩意儿，让我有了一个与世博有关的小名。于是她在我小的时候也唤我作"世博娘"，一想起这些玩意儿就想到我。

按照我父亲的说法，自从初子在昭和元年跟着曾祖父来到中国，她就变成了一个中国人。这一年是1926年，距离"皇姑屯事件"还有两年，距离"卢沟桥事变"还有十一年。初子是一路看着自己的母国如何走上了一条对外扩张的路。没人知道她是故意的，还是自然而然的，到了最后，她竟然完全忘掉了日本的纪年。

初子去世前二三十年，陆陆续续有她的旧识故人来家里拜访。这些人多数是会说一点儿日语的中国人。有些人秃了顶，有些两鬓染了霜；有些顺道来拜访也是为了家里的小孩，向她讨教赴日留学的内情，但也有少数伴侣是日本人的，在二十世纪八十年代初特意来跟她道别，说是准备离开北京了。

不管人事怎么变迁，初子永远是初子，在她的榻榻米上一坐，给客人烧一壶应季的玉露茶。她仍旧穿着她那一身比头发丝还细的白麻绉纱衣服，还是那样浅浅地笑着，连眼角也不肯皱一下。

过了明治，大正、昭和、平成，不论谁来提醒，她都一概言称不记得。她那位在燕京大学里教人说日语的中国老公，也就是我的曾祖父，倒是很认同初子这一点。于是，他半带褒扬半带揶揄地戏弄她说：李太太啊，你瞧瞧你，现在都已经是无产阶级小同志的妈妈了，怎么还舍不得你们小日本的这些糟粕啊？

我家的李太太总说，她会的这些玩意儿不尽是糟粕。

她给我看她的手，掌心上全是茧子。她说她当年的三味线弹得可好了。

我摸摸她的手问，三味线是什么？能吃吗？好吃吗？

初子一边笑，一边叹气。失去的时光无法赎回，曾经青春年少，但半生过去后，生命中再也没有什么重要的事。家中的三味线落着灰,怎么也擦不净。京都舞早就搁下了,深吸一口气,然后在身体有反应之前将它呼出,她的气息中不再有故都的河川香气。所有重要的事,重要的季节,都过去了。

我看见初子变成李太太,历史翻过了一页。

七十多年,一个人可以从零岁成长到古来稀。我听到初子反复诉说着过去。过去,重要的都在过去。然后,幸或不幸,我遇上了她,也替她成为了一个活着的说故事者。但我无法模仿她的全貌,她的故事有鸭川的汩汩声,北山杉的萧萧声,寒绯樱的瑟瑟声,琵琶湖的浪音,尾鸲在湖面上拍打羽翅的扑扑响。她说了许多遍,仔细描述,那个死里逃生的故事:

……使出全力,先把三味线抛过去。舢板上挤满了人。不断有人在船尾呼喊,让我上去!因为人太多,一家人被拆散,愈分愈远,老的少的都尖叫着哭喊:求求你,让我上去!卡在甲板外的人,像猴,像螳螂,跃过球鼻艏,几百尺的深水,奋力一跃,跳过去了就能活。漆黑中什么都看不见,只听到有人在抽泣,到底是猴子还是螳螂在哭?低头一看,原来是自己的孩子。那夜很冷,起着大雾。孩子在我怀里哭了很久,久到披着风衣的军人把猴子、螳螂和蟋蟀,一只只蓐、橹、拽了下来,船还是没有开。

下面是海,黑黢黢的冰冷的海。人跌下去,哪怕没撞上石头,游不出十米身子也僵了,动弹不得,只能眼睁睁的,看着自己一寸寸沉入海底。运气好的费尽千辛万苦攀上船沿,没走几步,就在众人的惊慌逃窜中头朝下倒地。中弹了!开枪了!杀人了!对面的岸上,果然有卫兵端着机枪一阵盲扫。他们扫射到最后像是也忘了此行的目的,面面相觑。他们拦下这条船,原是要揪出一个长白山会的叛徒。①

那是他们强加给他的罪名。
不可能是他!

对初子来说,他不过是九鬼老师而已,教她们用英文说"你好"和"谢谢",教她们识得美国周刊《国家》上面的每一个字。她听阿玉说,九鬼来到京都那年就和朋友一起创办了《国民之友》,这是一本自由主义色彩浓厚的新刊物。九鬼在创刊号上用"军备"和"生产"、"贵族"和"平民"、"破坏的"和"建设的"、"东洋的"和"西洋的"、"故老"和"青年"、"旧日本"和"新日本"这种鲜明的二分法,描绘了一番日本的未来。明治维新的前面应该还有路可走,供明治青年快速地穿越。九鬼的主张一经推出,立即收获了青年一代的狂热支持。当然,反对的声音也不少,有人专挑了九鬼在京都的做派来说事,讲他整日出入花街柳巷,和艺伎们厮混在一起。

初子说,难得有人活得像她这么久,有这么一趟漫长的旅程让她好好地睡个觉。过了六十岁以后,她也反复在昏睡与清醒

---

① "长白山会"是日俄战争后在中国东三省兴起的组织,与日本陆军参谋部组织的黑龙江会、南满株式会社等团体性质相似。其成员专在延吉长白山周边从事伪造档案、制造假材料的工作。

之间，觉得脖子几乎撑不住她沉重得失控的头了。记忆好重。白色的蚊帐如常地轻柔地罩着，初子紧贴着里墙，但左边的手常常还是会碰到我的脚。我的脚变大了。被蚊帐切去一角的阳光照出她脖子上的疤痕，一道曾经的撕裂，细细长长的。

宪兵队的人从海里捞出一具尸体。

潮水已退到远方，深色的礁石裸露，像一片天然的废墟。

船终于开动了。初子说，她听到岸上有人念着九鬼的名字。但她明明看见他的身影消失在路的那一头，其后更出现在码头的尽头。他没有上船，没有中弹，没有落水。她甚至不知道，他何时已然转身离去。

清醒好像只有一瞬间。那一瞬，九鬼老师走到走廊上，冲着初子招招手。年轻的舞伎们在庭院里耳语了几句，就绕到大门口去。初子领着三个舞伎从九鬼老师身后挨个儿向走廊这边说了声"晚上好"，垂下手施了个礼，看上去一副艺伎的风情。九鬼朝着初子的方向微微颔首，紧了紧他的藏青碎白花纹上衣，和身边的姑娘有一搭没一搭地聊起来。他看上去比初子大个七八岁，跟百合同岁。所以他只身一人前往欧洲时，也就是第一次见初子时初子那么大。

西方人常问他的姓氏是什么意思，他就说，这代表着"九个魔鬼"。听者无不好奇，他们没见过魔鬼。一个东瀛的魔鬼。他总穿一身藏青碎白花纹布衣，还是一个东瀛的蓝魔鬼。

蓝魔鬼很出名。一位天主教传教士头顶光了，耳畔残剩的发都已化成银丝，还要追到这魔鬼歇脚的暂住地，劝他将名字中的"鬼"改作"天使"。西方人忌讳他，因为"九鬼为一狱"，便说他的名字是渎神的，不许他参加任何人的葬礼。

他认识的人当中也有无神论者，不怕他八鬼九鬼的。他的老师，一些研究现象学的德国哲学家，给他的姓氏提供了一种折中的解释。其中资历最老的一位说，"九鬼"是一个武士家族的姓氏，所以它很可能来自这样一个事实，即在动荡的战争年代，这个家族的成员都在头盔上加了九个鬼头。然后他们占了一座山，还有小溪，溪中有鱼，有虾，有螃蟹。还有鬼。鬼来守候这家人，世世代代。

九鬼写信。他把老师的这些话告诉父亲。

他父亲回信说，你还是回来吧。故乡没有鬼。

他自幼受到严格的家教。无论是在旧藩的学馆，还是到东京上预科，再是进了弗莱堡大学，他"九鬼"的大名始终是一马当先，力拔头筹的。

学成回国，穿过海上的水雾，听见父亲葬礼的能剧演歌。回家的路是条遗弃的路，辗转颠簸。他穿着一身藏青色的西装，一路走，一路问九鬼家的葬礼在何方。他把自己的姓名拆成两个字慢慢地说，结果还是被人记成了"久喜"和"久贵"。长久的喜乐，长久的富贵。尤其是老一代的日本人，理解不了"九鬼"这样悲喜交加的复杂情感。过去的人就像白纸一样单纯，说纯正的日语，写漂亮的汉字，安静地坐在这榻榻米上听人讲故事，连眼睛都不眨一下，不会有满肚子的疑问。

明治三十七年，九鬼回到日本。他先回京都探望了母亲。

九鬼告诉初子，他的父亲过世后，母亲一下子就衰老了。但她好像有什么话要跟他说，可他们彼此都不知道该从何说起。九鬼的母亲在生下他之后就跟一个男人走了，这些年他们其实并不常见面。

他的旧友，他过去的同学，在他返乡之后都没见着面。他们听说他去了纪州的一个渔村，渔村名字就叫"九鬼"，藏在纪州北牟娄郡的海湾深处。它三面环山，远看像一个山洞。他沿着许多人走过的小径，反复上坡下坡，两旁是东京和京都不曾见过的植被，挺立在水中央的枯树交缠着，和灌木密密地长在一块。越往深处去，树愈来愈高，林子里就忽然暗了下来。浓荫蔽日。入村时，村民告诉他："九鬼村"是由这山洞得名的。

"岫"通"九鬼"，不知何年何月起，山洞变成了九个鬼。

九鬼睫眉深黛，那双垂下的眼睛，有百合子一般的清标绝俗。初子说，他买宴席，一次请上四五个艺伎，很舍得花钱。炸豆腐皮、炖小鱼、万愿寺唐辛子、贺茂茄子田乐烧，小吃点了许多，自己却不怎么吃，只是一味喝酒。但他的精神看来很好，细框的金边眼镜让他多了几分罕见的书生气。年纪不过二十来岁。他摘下眼镜，虽然近视让他乍看之下有几分心不在焉，仔细一看，眉目之间依然流露一股机灵，像一道瞬间掠过的光。听初子这么说，他笑了。他微微抬起头，眼睛从镜架上头瞧瞧她，随即放下酒杯。

他说他解释不了哲学家究竟是个什么玩意儿，就像他无法说清楚自己的姓氏那样。不知道是找不到词汇，还是难以启齿，或对"说话"本身感到厌烦。他闷头喝酒，又是一整晚。

村里的神社，叫九木，在密林中。九鬼向初子敬酒，说起他在九鬼村的一遭艳遇。有几天起雾，他被困在山上了。不知何故，他这次路过的每个村镇都有葬礼。送殡行列从镇中走过时，山脚下挤满了村里人。披麻戴孝白衣服，垂首赤足，为首的少女捧着灵位从他面前经过，几个身材比他壮一点儿的汉子抬着棺木。漫长的送葬行列堵满了最长的一条街。冥纸纷飞，村妇们哭出声来。他看到那个女孩的脸，还听到路人说：真可怜呢，真可怜啊！老人的葬礼。少女该是和他一样刚刚丧父的孩子。他翻过半个山头，那里的人又抄近路，比他先行绕到山腰的神社，发出同样凄厉的哭声。

沿着字迹剥落的路标，神社旁潮湿的小径，他爬上长满青苔的石阶，注意到一个只穿着遮羞布的裸男正躺在神社的大殿前。迎面而来的村人无一不和善地向这人鞠躬致意。九鬼也学着他们的样子鞠躬。看他这么恭敬，那裸男竟然也回了礼，还主动与他攀谈起来。问他是哪里人，九鬼随口一说，京都人。裸男笑了，他说自己就是这里的住持。檐旁的樱花树，垂下累累蜜粉色花朵，每一瓣都有蚂蚁蚕咬的小黑点。但那神社，或者说寺庙，已变得空荡荡的了，处处是白蚁，随处是垃圾，整叠的冥纸，成堆的香灰，又旧又脏的榻榻米。

先头撞见的少女上了山。九鬼看到她跟住持交谈了几句，就进了寺庙。住持还躺在原地，他说自己身体弱，所以不得不这样。在他的身后，可以看到斜光中扰动的浮尘，像淡淡的烟，上升。确乎有一股线香味，好似墙外的樱花树被人点着了，兀自燃烧。他告诉初子，他突然想不起自己是谁。用力拍一拍头,还是想不起。这时,住持倦倦地从地上站了起来,拍了拍九鬼的肩膀。他说,这个村子住着几家姓九鬼的。九鬼马之介家正在和九鬼左马之介家争夺本家的地位。马之介的家元前日夜里被人杀了。这不,他的独女来我这里拜祭。这一家没有男孩,听说改了名,搬去东京了。人人都说是左马之介下的手,可他家的家元早几年就去了库页岛行医,只留下没用的子女和亲戚在这村子。哦,对了,眼下的村长是左马之介的弟弟。住持告诉九鬼这些的时候,并不知道他也姓九鬼。

雨季很长,寺庙一角的陶钵里似乎永远盛着半钵水。钵口落满了樱花瓣,沿雨迹洇开一大片。

一个少女,甩着两条辫子,双手环抱一块灵牌。

她一步步走近,把灵牌递给他。他渐渐看清楚了,那牌子上——用楷体汉字鎏金刻着——他父亲的名字。仍旧是九鬼。翻过来,牌子的底部泛黑,无数小而密的水珠往泥地上坠落。碑底褐色拱起的基座,像是没有立碑的坟。有一个与其父身形无异的中年男人,打着赤膊坐在地上,叼着烟斗,望向天边。

啪嗒,砰——嗒、嗒、嗒。

初子清楚记得那声音,像是什么巨大的东西哗地掉落在地,几棵樱花树的距离外,有东西连枝带叶地坠下来了。

沉默。

眼前只不过是乐师们在调试琴弦。

阿玉解开了她的包袱,拿出了一个桐木造的三味线盒。

然后,九鬼若无其事地说了这样一句话:

那女孩……倒是跟阿玉有几分像呢。

三浦屋在新门前街南边的新桥街上,在花见小路以东隔三间房。九鬼老师住在花见小路的另一边,与初子她们隔了六间房。伎乐坊在新门前街的东南面。过了伎乐坊,往东依次经过圆德院、高台寺、双林寺,然后再走一条街,便到了八坂女红场。

在正式成为舞伎之后,初子的生活变得忙碌起来。她白天要穿梭在祇园各处,踩着高齿木屐,吧嗒吧嗒走个不停。大脚趾与二脚趾相连的地方,由于长时间夹着木屐,两边都磨出了硬茧。她们穿的袜子也总是不合脚,要故意比鞋子小一号,这样才能让脚在外人面前看起来更小。

步子越走越稳,路也越走越长。

自从百合子走后,初子渐渐代替了她的位置。阿玉的京都舞跳不过初子,便转投到井上艺馆一名顶级的净琉璃坊师门下,专心学起了古琴和三味线。在日本,古琴是一个很大的十三弦古乐器,要放在地上弹奏。而三味线是一种略小的三弦乐器,装到包袱里就能带走,到了花筵茶楼再换上新弦、调好音,配合着短歌一起演奏,音色十分清越。

那时候,一个艺伎每日至少要出席三四场不同的宴会。初子和阿玉总约在筵席上见。一个人百媚千娇地舞着,另一个丁零零丁零零地弹着。她们之间,早就有了一种天然的默契。只要初子稍微挪动跪坐着的右腿,半面脸微微向外,阿玉就会顺着她把琴放到腿肚子上,向左扭转腰身,两个人对望着,话也不说一句。阿玉的一双眼睛,鹊伶伶的水光。

九鬼来的那年，入了春，京都格外多雨。

那细细洒洒的仿佛是雨声，确实是，但不只如此，雨声里卷覆着涛声。而后，细碎而清脆的叮叮咚咚及更多难以形容的怪声——好像许多坚硬的东西在相互摩擦，互相较着劲。

外面的雨一刻也不停，宴会早早散了，初子撑伞回家。相熟的客人吵嚷着说要送初子一程，被她回绝了。很近的，几条街而已。

但稍一不留神，竟然绊到一块大石头，初子只觉头一晕，脚一空，滑落在新桥街下的水坑里。不想它是如此之深，下半身顿时陷入泥水里。天黑着，初子抖抖身上的和服，从下摆到腰间那一股漆线绣成的紫藤萝，现在倒好，蜷曲着全蔫在水里了。很多蛙在叫，好像大雨后的沼泽，它们在唱着歌欢迎新朋友的到来。

喂。初子冲着水潭喝了一声。

嗯，谁在喊我？听那语气有几分威吓的意味，像是那"大石"活了过来，开口说起人话。

一犹豫，雨帘哗地泻下。初子眼看着身上的新衣服全淋坏了，拔腿就往坑外走，却听到"石头"冲口而出说，拉我一把嘛？反正你那身衣服都没的救了。初子一惊，却也回头停下脚步。

这时，"石头"微微牵动嘴角笑了一下，从水沟里伸出五指，一一叉开，摸一摸头上乱草，提起地上的一个包裹，站了起来。空气里弥散着一股混合的怪味。雨遮不住，汗渍的、发霉的、馊掉的，印度人似的。初子甚至明显闻到他身上飘来的腋臭，心想：这怪物不会很久没泡澡了吧。味道太重，雨也洗不掉。人倒是清瘦，瘦得只剩下一副骨架，披着一身褴褛，外面不套任何羽织。或许很久没吃东西了，移动几乎没肉的脚骨时，可以明显感到他上半身不自然地左右摇摆——像划船似的，竹节虫一般的长手甩了甩，就搭到初子的肩上。

别碰我！初子四目紧闭，小心翼翼地退到大街上去。她想着，这么多间铺子，哪怕有一间开着，她就有救了。

喂，我说你。那人在她身后走，声音听着离她不远也不近。

初子心里七上八下的。如果有人看到她独自一人与这家伙在四条大街上踯躅流连，不知道传出去会是怎样的难听话。她想到百合子私奔之后，祇园传出的风言风语，坏了三浦屋的名声不说，还连累了她跟阿玉，不由得心底一酸。约莫半年前，也是这样一个雨天，小柳带着百合子走了。祇园祭，神舆渡御，山鉾巡行。花车彩车，伎人町众，流动的神邸。打头阵的是长刀鉾，十米长的车队，小柳把百合子藏在了车底。乱极一时，趁着人多，硬是骗过了遣手妈妈。不然妈妈说不定会夺了车队里泉亲衡的大长刀，再大的雨她都要把百合子拖回自己的艺馆，刀架在姐姐的脖子上，冒雨也得回。

初子不免担心起来，眼前这男人，没吃没喝一阵子了，会不会突然对她怎么样。想着，她赶忙拉拉衣襟，胸前鼓囊囊的，脸庞被雨浇得直发烫。看他那么瘦，要把他打翻在地也不是什么困难的事。如何起招，如何落手，如何立定脚跟——打人的招式都在她的脑袋里，跑马灯似的过了一遍。

在四条大街上，昏暗闷热的屋檐下，多的是烟尘——茶屋常宴请，炊食时烧的烟，经年累月地往上吹，灰尘都聚集在屋檐内侧，门口的梁柱上。他们走过，廊檐下面的世界，没有雨，但那儿什么都是灰扑扑的。一沾，手就黑了。于是初子叹气，男人笑着。

就在初子的眼睛适应黑暗后，她在这周遭看见一件意想不到的东西：一个玻璃鱼缸，像一个透明的七彩世界，横在梁柱下面。它也被这雨包覆了，鱼潜在水底动也不动。但手指略略一碰，它又立刻活了过来。初子好奇地摸着鱼缸，指尖顺着鱼游过的地方画出一圈眼睛的形状。然后她听见男人说话的声音。

要是下辈子投胎做金鱼，倒也不赖。男人的语气里带着一丝不屑，这些家伙啊，一天除了吃就是拉。

在岚山，能养得起金鱼的都是望族大户。

男人说，每年他家里人都会在七八个小古池里饲养金鱼。他五岁那年，东京受京都影响，流行过一阵"金鱼潮"，他父亲就是在那一年开始做"实验家"的。

实验家？

是啊，很可笑对吧？一个连国门都没出过的人，非要成立日本金鱼商会，还要向美国出口金鱼。

什么样的金鱼呢？初子问。

你面前的这只叫作"兰寿"。

男人还说，他父亲死之前，一直想要从"兰寿"头上取下雄浑大气的肉瘤，安在姿态雍容、尾鳍摇曳的"琉金"身上。

所以他成功了？

那男人不是没听见初子的问话，但他好像故意不回应似的，从屋檐下跳了出去。双脚重新踩在水里，刚站定，一转过身，右手食指竖在两唇之间，他瞪圆眼睛盯着初子看。

初子也不敢再问了，只是用力地点点头。

男人的手试图搭在初子肩上，却也止于"试图"。他们俩之间，始终保持着应分的距离。后来，他在她面前蹲下，扑哧扑哧地大口换气。他面上肌肉缓缓松开，好一会儿，终于恢复到原先的模样。

初子问他，怎么哭了？

那人很怪，明明喉咙都哽住了，可他还是坚持说，他没有。

这一年是明治三十七年。

初子听阿玉讲，她接连几天梦到雨。好大的雨。大雨下了很久，祇园到处都是水，她们住的地方都被淹了。水从桥下漫上来，樱花树都淹没了，初子和她变成了金鱼。百合子也变成了一尾"兰寿"，噼啪噼啪地在浅水里敲着鳍。

天已亮，但灰蒙蒙的，雾霭遮住了天际线。然而岚山上的白色炊火，时隐时现，像上次在阿玉故乡山上见到的地藏院灵骨塔。

阿玉从雾里回来了，初子看到她脸上有泪光。

去找过她了？她过得怎么样？

我敲门的时候，姐姐还以为是小柳回来了。

上次我送去的蜜瓜，姐姐吃了吗？

她哪里舍得？阿玉微微哽咽。百合子姐姐迎了我进门，便从壁龛深处我看不到的地方拿出一个甜瓜来，她说是你送的。她把瓜灵巧地放在盘子上，用小刀切开，然后露齿笑了笑说——"我啊，要是晚生十几年，就不必去祇园过那寄人篱下的生活。可惜我生错了，时间错，地点也错，结果不得不像这样一刀两断。"百合子说罢挥刀砍断了甜瓜。阿玉就在她身旁坐着,默默看她用刀尖把瓜瓤里的籽儿一个个挑了出来。

姐夫不知何时回来了,呆呆地站在门口,抬头看着她们。百合子正把一块剔好的蜜瓜递到阿玉手上。

喂,他可不是你姐夫。

他好像没认出我来,毕竟——

那天的雨太大了。

初子知道,阿玉心里想说的其实是,小柳那家伙又喝醉了。她上次去,贸然拜访,也发觉他脸色灰败,两眼通红。不过是一年的光景,他从前的斯文便打了折扣。样子倒是改变不大,仍旧高高的,有点儿佝背,一杆葱的鼻子,青白的脸。见人眼也不抬,口也不开,登门前在台阶上用力蹭一蹭鞋底的沙,这相当于是说了句"我回来了"。进了屋,坐下去便挑了最瘦的一块瓜,闷头吃。直到阿玉临走了,百合子要去送,他才欠身笑着说一句:小初子,走了啊。

瞧瞧他这人,我圆脸,你方脸;我丰腴,你干瘦,这怎么可能分不出嘛?

你知道的,他全副心思都放在姐姐身上了。

如果哪天他死了,我倒是一点儿也不意外。姐姐没跟你讲,上次他喝多了,拉着姐姐去殉情。两个人连夜走了五里路,说什么再也忍受不了这样的生活了。没人叫他忍受啊,是他非要拐走姐姐!他拉着姐姐一起投湖自杀,但你觉得他当时真是抱着一种想要去死的心态吗?

怎么不去投大堰川呢?琵琶湖和岚山又不在一个方向。阿玉若有所思地说。

姓柳的根本不敢!初子不禁抚掌大笑,

他呀,其实是喝多了。

他们破败的小屋在岚山上。檐下挂了一排咸鱼,一串风铃。梁上挂了一个木匾,题着隶书汉字"日和下駄"。室内摆了一张圆桌和一张窄床。圆桌早就被小柳独占了,桌上倒扣着一本辞书般厚的书,翻开着,是讲西洋芭蕾舞的。屋子的一角有一个壁龛,也就是床间龛,很小。全屋上下只有这个角落沾上了百合子的气息。

大概是为了避免积水,他们顺着小屋的墙临时挖了一条小沟,将浴池溢出的热水引到门外,在土坡上汇成一个浅浅的水潭。山里早晚凉,小柳养的那条狗才会从后院溜出来。脏兮兮的狗,好像长大了一点,怯生生地卧在门边,久久舔着热水。

他们就这样活在没有时间的时间里。

初子一直觉得什么事情不对劲,而且是不对劲到别扭的程度。百合子被祇园甲部除名,不再是三浦屋的承桃嗣女,不再能公开跳舞,不再是她的姐姐,这一切发生得太快。快到不知道哪里出了差错,好像在雾里迷了路,一个跟头栽进了下临深谷,像是小时候掉入"雪隐"的那回,迎面是长草矮树,背面是沼气熏臭。

时间隐隐波动,如琵琶湖黑糖色的湖畔,有浪,如深海的潮水。小时候,初子的父母指着湖面让她看:"这就是海。"对年幼的京都女孩来说,海就是琵琶湖。爱,父母之爱,情人之爱,各式各样的爱,爱总是在欺骗那些从未爱过的人。

欺他们没见过真正的海。

雨停了。树上有麻雀探看,松鼠过枝。三浦屋门前的小径清出来了,有点儿泥泞,但不算难走。初子微微跛着脚,托着衣摆疾行，走一阵停住，看看木屐还在不在脚上。上一回，也是在赴宴的路上，跑起来才发现鞋子没了。当时下着雨，路愈来愈小，以致几乎没有路，只剩下一双脚勉强挤出来的路迹。空荡荡的祇园，染过色的薝粉在空中飞舞。茶屋就在眼前了。为什么遣手妈妈要让她穿这么重的衣服呢？她心里嘀咕。二趾袜沾了泥，脏了。雨大得稠密得像堵墙，逼人的寒意渗了进来。

初子忙把和服往腰上披披，衣服上的金彩先是一皱，接着一缩，像人在雨中彳亍了两下。门大开，茶屋的二楼点着灯。是客人已经到了吗？还是店家为了等她，给她留了一扇门？如果是这样，她就太不好意思了。

晚上好。

门打开，门关上。初子在两个客人面前跪坐下来。她梳着裂桃式发髻，身着一袭京友禅的青黄色渐变绸布和服，远看像一株名贵的绯爪芙蓉。这套衣服是京友禅的家元送给初子的贺礼，贺她接下了三浦屋的承桃嗣女，当上了舞伎。既然是当家人送的上品，自然跟市面上一般的友禅染不同。就连腰间缠着的带扬也是特殊设计过的，薄而扁，为的就是把少女的纤腰凸显出来。素色的袖子，一青一黄，向左右两边铺开。袖子一甩，从交织的色彩中，一张白皙的脸庞抬了起来。这次的水白粉上得刚刚好。初子左手端正地放在膝头，小小的右手向前伸出，仿佛是要迎人去看她细细的掌纹。就在她挑起客人注意的瞬间，她一摆手，模仿起男客人的声音很自然地说道：

哎，来晚了，失敬失敬。

你要是再不来，阿玉就要替你跳舞了。

两个客人中有一个是年轻男子，约莫二十岁上下，他一直用手支着下巴，觑起一只眼睛，透过眼镜，用打量熟人的眼神看着初子进入房间之后的一举一动。这会儿，他这么说着笑了起来，肩膀也跟着一耸一耸的。

这样的客人，初子见多了。这些人的话，大多没头没尾的，既是说给他自己听，便不需要艺伎来回应。他们把艺伎当成一面镜子，埋怨她们故作姿态，那是在嫌自己矫揉造作。三两杯酒下肚，就要拉着年轻的艺伎，一晃一摇地讲自己的故事。事情讲得有气无力，人更是疲态尽显。这男人带了一个比他年长的女伴赴宴，兴许是为了在初子面前证明自己还是个有魅力的男人。

初子这样想着，向两位客人送上微笑，说道：

我来替您们斟酒。

男客人接口对初子说，你没来的时候，你的这位朋友已经为我们演奏了一曲《黑发》。

是吧。初子瞥了一眼跪坐在自己身后的阿玉。

乐声停了。阿玉低头看着自己的指关节，翻起了乐谱。

"黑——发——的——"男人稚气地唱了两句，然后，他转过头来问身旁的女人：靖子，你最初也是学唱《黑发》的吗？

从九岁到二十岁。有了老头子以后，已经十五年没唱了。

您也会弹吗？初子难免好奇。

也弹。当年是上野茶屋的阿文弹得最好，你们三浦屋也不算差。古琴、笛子、鼓，都会一点儿。但是三味线这个东西，最好的和最差的，一耳朵就能听出来。

趁着这几句话的工夫，初子一直盯着

女客人的衣服看。这是一种初子叫不出来名字的纹样,大概是她不熟悉的关东货吧:正面鼠色的鹿斑染中可以看见覆及全身的大箭羽,三两一组。这女人虽不是绝世的美女,但却有种别致的韵味。话说到一半,总会停下,稍作休息。

初子觉得这女人显得比实际年龄年轻些,便说:

完全看不出年纪呢。

我吗?女人稍稍愣住了。我怀着他的时候,也在唱这首歌啊。哦,这是我儿子,九鬼四郎。

被他母亲这样一提,九鬼四郎顿时语塞了。

如果夫人不说,真是猜不透呢。奇怪啊奇怪,我说怎么会那么像?还以为是姐弟俩呢。

侧门开了一道,有侍者从门缝递进来一份果盘。阿玉接过盘子,又递到了初子手上。

初子把果盘分成两份,分别摆在九鬼靖子和九鬼四郎面前。做完这一套动作,她说:

哦对了,给您牙签。

说着,她从青黄色的腰带衬垫里拿出了同样印有京友禅花纹的牙签盒。手一扳,再一别,盒子呈扇形打开。

靖子用食指和拇指捏起一根牙签,放到她儿子的面前。

吃吧。

九鬼四郎扭头对初子说,今天的客人很让你郁闷吧。

她有什么郁闷的?做了艺伎,不就是要取悦客人吗?

可惜我没有遗传你,我呢,直到父亲死也没能让他高兴。说着,四郎站起身,在榻榻米上溜达起来。

这时候,靖子突然挨近,摸索着寻找他的腋下,费力地把他从廊缘处拉了回来,眼泪忽然狂涌出来,她哽咽着说:

来了就给我好好坐着。老头子死了,家里也轮不着你做主。你这样唱啊跳啊的,早就忘了现在还在你父亲的忌中吧?

九鬼四郎停了下来。他在阿玉身旁坐下来,嘴巴一张一合,咿咿呜呜,半天迸不出一句话来。

初子瞄了阿玉一眼,阿玉已经把琴放下了。

你不配提他!他几乎是带着哭声喊了出来,然后比手画脚,愈讲愈急,嘴里含了一颗乌梅似的,说了一大堆不清不楚的话,似乎是在说,他父亲为了让他母亲和情人分开,才同意他母亲搬来京都住。他的童年,母亲的情人一直都在,在家里,在后院,草丛里,大树下。他不能把她当成一条骚母狗在土堆头跟别的公狗交配。他始终没有跟父亲提过这件事。他知道,说了就会被暴怒的父亲痛打一顿,打得鼻子嘴巴都是血。

出国以后,他一直盼着收到母亲的来信,即使是张卡片也好。

初子看到男人的脸彻底垮了,咬着发抖的唇,眼眶一红,泪就噼里啪啦流下来了。只是她那时还无法理解,他压抑成两行泪的,是每个人生命中都要经历一次的别离。

庭院里有两棵老树,一棵是山樱,一棵是八重樱。

遣手妈妈总说,三浦屋这两棵树,先于你们生长在这块土地上。

百尺的英姿,十围的树腰,比其他樱

树小得多的花片。西南角，安了个朝向神社的佛龛，没有神像的神位里摆了个神乐铃。

每天黄昏，初子都会爬上二楼，径自眺望门前的新桥街，一直到天擦黑了才下来。

三浦屋里一双晶亮晶亮的眼睛定定地瞅着。初子算好了阿玉每天经过的时间，她趿拉着木屐冲出门去，不用四目交对，她就能牵起阿玉的手。

说到这，初子仿佛又看到阿玉那张不安、苍白的脸。在她们住过的房间，透过九鬼送给初子的玻璃鱼缸，徐缓游动的"兰寿"和"琉金"就隔在两张脸中间。她们帮彼此洗头。轮到初子时，阿玉做的第一件事就是把她拉到厕所的水槽边，按着她的头，往她头上倒下一桶热水，开始用皂搓洗。阿玉的手指，细细的，一节节穿过她的发髻。初子偶尔抬头，看到阿玉脸上明显滋长的青春痘，脓头冒了尖，异常的红艳。换水的间隙，那张苍白的脸会掠过鱼缸，眼光随着"兰寿"巡游。

金鱼是九鬼四郎送的，不为什么。他的下人把鱼送来时，期期艾艾地说不出缘由，只能朝着初子眨眨眼。

疼！疼！疼！

初子没空理他。她让阿玉给她的头发均匀地上完蜡，再把前额的头发使劲拢在后脑勺，梳成一个针垫似的发髻。出道了的舞伎都梳着同样的发髻。在初子生活的那个年代，艺伎的发型异常繁复，梳一次既耗时又费钱，所以梳好了就要想法子保持一周。不能拆，不能洗，硬生生顶着后脑勺的"针垫"。初子的头发容易打旋儿，阿玉便用掌心搓热了山茶花油，抹上两滴在"针垫"下面。初子再扭动脖子，恢复

了正常，她也就不喊疼了。

你说，妈妈和你师父为什么管这个发髻叫"裂桃"呢？

听了初子这话，阿玉眼睛一亮，嘴角飞快地闪过一丝笑意。她转手拿来一面小铜镜，对着初子的后脑勺晃了两下。

咦？

你看多像一颗桃子啊。

还真有个裂缝呢！

那个针垫似的发髻，是把头发缠在一块红布上梳成的。也有人用梳子代替红布，但也需是红色的木梳。这样的头发，难梳不说，艺伎本人又看不到，除非端着镜子反复端详。镜中，发髻是裂开的，会露出黑发中的红布，或是红木梳。等初子当上艺伎，那这块布就可以被换下来，换上更华丽的发饰。不过红布，总是她这个年纪的舞伎会梳的。

拾掇好了，她们再出门去，日头都微微偏西了。

在祇园，时间有它不同的计量方式。

吃一条煎蛋卷，一花代。

喂金鱼，将它喂饱，需要一花代。

敬一杯茶，讲一个笑话，一花代。

舞一曲《黑发》，需要两花代。

从三浦屋走到八坂女红场，走得快些，也得要三花代。

把头发解下来，再重新梳好，那就不知道要多少花代了。

花代，艺伎舞伎独有的时间单位。艺伎每出席一场，宴请一方的茶屋主人就会点燃一炷香。十五分钟，三十分钟，一个钟头，花代有长有短。想要最当红的艺伎赏脸登门，花代更得做得短些。初子听人说过，百合子当年出道时，每五分钟就要

383

算一次花代。只要盈盈地鞠躬，转身，舞一曲，弯腰俯身敬酒，再鞠躬，再转身，花代已经换了数支。百合子一晚上能赚的花资，是初子的十倍还多。

每晚宴请结束，茶屋会清点所有艺伎的花代，再折合成花资。清点的过程可以很盛大，几十名学徒摆弄着花代——烧剩下的香屁股对着客人的名片，一截、两截、三截……第二天清早，艺伎见番会派人来挨家收集前一天晚上各个艺馆的大小点数，换算到每个艺伎头上，最后再把钱统一配送到艺馆主人的手上。对于三浦屋来说，收钱的便是遣手妈妈。

艺馆这边也会记账。算盘一敲，上二下五的珠子一拨，什么东西只要让遣手妈妈上了手，就非要搞个明明白白才作罢。妈妈拨起算盘，掌法快到让人目不暇接，总以为她是在赶路的亡命之徒。她的算盘是明治以后改良过的，为了快，上排只留了一颗珠子。

明治之前，艺伎们的花代是一年兑换一次；到了明治之后，生意不景气，索性换成一月一次。每月结完账，妈妈还要在这笔钱中抽出一部分，去打点初子她们的乐师、更衣师、发型师、化妆师。她对这些人殷勤如故，但有时也会出现入不敷出的状况。每每如此，吃亏的还得是她们自己。待遣手妈妈摇着头记下账簿上的收入，扣除所有花费，剩下的钱才能分到初子手上。

没有一个艺伎能拿到她的全部花资。刚做舞伎的那两年，初子只能领到自己花资的一半。太少了。那数目，与九鬼四郎为她点的花代相比，根本是九牛一毛。

成为舞伎，是成为艺伎的前奏。

这话不假，但这话也不完全真。说这话的人拿着初子多半的花资，哪里会向外人提起做舞伎的苦。舞伎和艺伎不同，先做三年学徒，再做两年见习艺伎，能不能接到客人、接到怎样的客人，全凭妈妈的眼色。

百合子刚做艺伎那会儿，因为跟着隔壁艺馆的舞伎在一场宴会多流连了一阵，也就两花代的时光，回来就被遣手妈妈责罚了。妈妈说，在她出道的那个年代，最多的时候，一晚上能造访二十个宴会。一花代，每个宴会上只待这么久。风头无两啊。她跟着她的姐姐，哪怕只是盈盈问声好，客人还是会争先恐后地掏钱。男人们想买的不是这一花代，而是下回还能见到她们的机会。

遣手妈妈的话来得太容易了。她能替初子安排茶席，却没办法替她醉。总有些难缠的客人，扶起她的头，灌着喝了许多。一壁伸出微凉的手摸一摸她的额头，她竟像沾了火似的弹开，惊唤一声：我，我——回——来了！

一个踉跄，一软，跌倒在廊缘上。迷迷糊糊中她只见到一团黑黑的脸和点点红幽幽的火，多醉一刻，便能多燃一炷香。持续有胭脂的香气。女人的脸贴近她，滚热的鼻息不歇地喷在她脸上。杂乱的脚步声沓沓而出。

百花回来了？

你们怎么才回来？

怎么弄成这副样子？

阿玉，去倒点玉露茶来，要热一点的。还有，打一盆热水送到百花房里。

好烫，看来是受风寒了。

"百花"是初子的艺名。

脚步声愈来愈近。一块温热的湿毛巾抹在她的脸上，在眼角鼻翼唇间徘徊一过，落到脖子上，颔下，颈根，稍稍受到她裂桃髻的阻碍，转到耳根后，略略深入发尾。抹过的地方顿时一轻，微凉。抹布投入热水盆，水珠连连坠落，沾着卸下来的水白粉。抽抽搭搭地拧一拧，旋即便如大珠小珠，错落满地。毛巾也跟着染白了。

湿热的布又沾上她的肩，贴身的肌襦袢被脱去，手被抬起，顺着肩膀、胳肢窝，向手臂、手肘、手指头溜溜地转了一圈，才把她的手臂放下。换另一只手。烫一点的水珠滴滴答答落在她的胸上，更细的水花溅到她脸上。淘洗声，迎着遣手妈妈的嘱咐声。抹完胸，厚厚滑腻的绸被褥子上，还是有凉意。相当于裤子的褛帮她褪下，最后是二趾袜……细细地抹一遍光净的小腿，再替她套上沾着樱花清香的衣裳。

初子想起来了，哈，对啰，那些衣裳是搭在两棵樱花树之间晾的。

滚荡的水珠打在她微睁的眼睑上，轻轻一抖，离开她身上。长发拂过她的脸。同样的香气，还是同一双手，用手背替她揩一揩眼泪，之后明显在调匀她的呼吸，清着喉咙和鼻腔。

阿玉，是你吗……

初子全身软绵绵的像是泡开了的水白粉。她知道是她，还知道她正盯着她看，专注地，怜爱与心疼交替出现。她的目光慎慎地几乎变成了细虫跨过一根根着了风的汗毛，冷倒是不冷，就是止不住的酥痒。

明治三十八年。

那一年的春天，阿玉在读一本关于樱花的和歌集——初子想那是变化的开始——突然听到雨声，一滴滴落在院子里的樱花树上，太轻，早春的新枝还没有抽嫩茎。记得吗？初子问她自己。那时阿玉卧在榻上读书，初子抢过她的书照着念道——山樱幽处见，彼此倍相亲。阿玉愣了愣，以为初子在考她，就笑着回答说——世上无知己，唯花解我心。

春色无眼赏，奈何花已残——阿玉笑吟吟地另起一句，依旧是与樱花有关。初子自然是分毫不让，报之一笑，捡起话头便说——忧思逢苦雨，人世叹徒然。吟罢久久无声。初子顿了一顿，拍拍脑袋。输了输了，小野小町的这首和歌她总是背错。和歌是她们在八坂女红场的必修课，听得初子满头雾水。她不歇地自言自语，练到舌头打架，脑袋瓜还是记不住"苦雨"要在"花残"之前。不过，没有苦雨，哪里来的花残？

按照今天的说法，阿玉就是一个十足的文艺女青年。初子说她耽于读诗，从汉乐府到古今和歌集，细细读来，无不知晓。她还剪下江户浮世绘上的垂首美人，贴在三浦屋的厕所里——那些嗜书如命的女子，用诗集遮掩的小圆脸，挂着不露齿的甜笑。

阿玉对吟咏樱花的和歌情有独钟。她常不由自主地说起小野小町的身世，对美的憧憬也许总和这人有关。那么，小野小町是何许人也？在初子的转述中，阿玉说她是日本古今第一美女，可与唐明皇的杨玉环、埃及艳后克利奥帕特拉媲美，何况京都坊间确实流传着一句诗——"町之一笑，竟似千年"。仿佛，所有寡言美丽的少女都被称作"小町"。东京有"东京小町"，静冈热海有"温泉小町"，近畿地区最多，像初子这样出落得亭亭玉立，跳起舞来翩若惊鸿的便非"京洛小町"莫属了。而让"小町"们终生受用的，却是小野小町的故事，同时也化为她们情窦初开的一部分。

相传小野小町是日本平安时代六歌仙

中唯一的女歌人，地位相当于中国的李清照，其貌又在薛涛、鱼玄机之上。不过她的生卒年月不详，已无可考。一种广为流传的说法是，小野小町出身于奈良时代的名门小野家，是遣隋使小野妹子的曾孙女。二十六岁左右，小町退出宫廷，隐居在山科这个地方。得知这个消息，慕名前来拜会她的男性络绎不绝，其中便有一位出身高贵的武士深草少将。小町前脚搬进去，他后脚就到村里求援。找人，他来找女歌人小町。他要娶她。小町见了他，只请他喝了一杯玉露茶。虽被眼前的这个愣头青打动，她却没有一口答应。小町想着，考考他，看看他的爱究竟有几两重。

小町向他提出了一个条件："如果你能连续一百个夜晚来相会，我就接受你的爱。"约莫是秋天许下的诺言，不过百日，深草少将死在最后一夜的路上。那夜大雪，一片白茫茫中，一男子踽踽独行。第二天清早，打更人发现他的尸体。半个身子没在雪里，双膝跪地。离小町的住所，只剩下不到一里。他一死，小町用来计数的红线也剪断了，九十九颗香椎子散落一地。

还有一种说法是，深草少将的原型是六歌仙中的僧正遍昭或在原业平，总之，他原本也是一个诗人。他写情诗，送给小町，却适逢其病。于是，小町对他说："如果你能每天在桂川上种一株芍药，种满一百株，我就接受你的爱。"可惜结局如旧，深草少将在种最后一株时失足跌入河中，淹死了。

这两个说法，初子和阿玉同样笃信。去年春天，她们还特意造访过深草少将在墨染欣净寺的旧址，也去了小野小町长眠的山科随心院。两个地方相距十里地，徒步要走两个半小时。若不是遇上意外，以深草少将的体力来说，通勤百夜，应该不是什么难事。

小町应该也爱着他，所以未曾想过要为难他。

垂首、缩颈、合掌、跪拜，她们开始明白一点爱的时候，便养成了春日来拜祭这对有情人的习惯。初子也不知道自己究竟要什么，甚至与爱无关，而只是耽溺于那种若即若离的感觉。

深草少将的墓前立着一尊木像。单看模样，那人颧骨很高，体魄精瘦，倒是很像一个外邦人。他笑着，露出一口早就被人拔光了的牙，那张嘴看来深不可测。深草嘛，深一点也很正常。初子见阿玉采了一枝樱花，折了半枝在深草少将墓前。她认得这山樱，重瓣二三十枚，花丝少而短，一眼便知是三浦屋的那株。可她还是没忍住，笨笨地问：

剩下半枝做什么，难不成你还要带走？
手中的山樱花初初绽放，淡淡幽香。
转眼间天已擦黑，这枝花出现在小町的墓前。

这一两年，她们没少来这里。每次穿过院门口的回廊，看到那几株垂枝樱，初子就惦念起今年的花事来，生怕自己来晚了，错过了花期。少女的心里，怀着几分不安与期待。不过当她们跨进神苑的瞬间，只见漫天的红云布满天空。天空无边无际，也被这红樱染得柔软极了。迎接向晚，变成了被水白粉浸过的一抹朱砂红。她们仰望着，不约而同地发出"啊"的赞叹声。这个瞬间才是京都春天的开始，而初子她们的欣喜却是自去年春天就种下的。

其实旁人一眼就能看出来，初子她们自打汲水节一结束，就早早盼着樱花盛开的日子。一天天的，计日以俟，时间还比花代长。而其他的时光，都像流水般从躺在榻榻米上的她们身上缓缓流过。两个少女不动声色地盘算着再来拜祭小町时穿什么样的和服外裙，系什么样的腰带，着什么样的衬衣。

木屐踏上苔草斑驳的踏石，小鹿般跃起，没入本堂宽大的土间，连通着玄关和回廊。

一阵风过。几片巴掌大的樱团被风拖曳着，时而聚，时而散，打了几个跟斗。那些没被掀翻的碎樱，纷纷飘落在初子和阿玉的衣袖上。

她们穿过随心院的长廊、中庭。一个小女孩自樱树下面跑了出来，追在她们后面蹿进正面的表书院，似乎叫唤着妈妈。初子一扭头，果然看见一个中年女子。一张丰腴的方脸，笑容里有种初为人母的喜悦。女人拉着孩子走出本堂，走到那棵红樱树下。樱花像小町的和歌，重重叠叠的花瓣，诗一般字字短促，捶打在这对母女的背上。她们蹲下了，看上去是在烧东西。

初子听阿玉讲过，在海的对面，大唐和大宋时的中国人会把杜甫的诗烧灰而食。

这对母女，不会是在烧小町的诗吧？

初子想向阿玉求证的时候，阿玉已经转入小町堂了。阿玉隔着一扇门探问：现在还有人住在这里？

随心院小町堂的骨架虽仍完好，但内部的门窗都破成大洞，屋瓦也有多处剥落。开春了，后院的屋顶竟长起了芒草。仅凭现存的骨架，那庭院，仍可遥想昔日的辉煌。小野小町的风姿，说不定也藏在某一扇屏风的背后，独活了九十二岁，熬死了深草少将、随从、女仆、园艺师、茶道师，留下的只有这个院子。江户之后，明治以前，据说随心院也曾住过人，但是即便门掩着，半开不开，也不准陌生人擅闯。那些人是谁，亦无可考。

回程路上，初子拉着阿玉走进一处行人较少的巷子，两侧的围墙比她们的个子还高。然后，初子停下了。她领着阿玉登上一块颓垣，朝着随心院的方向，连拍了两下手。她们一路闭着眼，双手合十，祈求小町保佑。

求她佑你什么呢？

初子咂了咂嘴，笑笑。

很多很多，那就说来话长哩。

睁开眼睛，初子依然可以听得到新桥街上车水马龙的声音。

回忆里有风，风中夹着细雨。不过一旦下过雨，樱花树再簌簌作响，那声音也就迥然不同了。

第 三 章

我们家，阖家上下只有我敢叫她"百花"。

初子从不让家里人喊她的艺名。在她房间的四角柜顶上，搁着她最宝贝的那个化妆匣。在我幼年的时候，初子时常独个儿坐在榻榻米上，一只手肘托在坐垫上，掌心握拳支着腮帮，垂下眼皮偷偷在看别人写给她的信。那些信连同一些旧照片，都藏在那个匣子里。她的另一只手遮住收信人的名字，那表情和动作，看似全然不认识"前田初子"，也不认识"百花"这个人。

"百花，过来帮我梳头。"

初子闻声，抬起头来说：好啊那你可别怕疼。说着打开柜子，从一摞厚厚的冬被下面摸出一个比化妆匣大一号的木盒，再将盒子从中打开，盒中便是完完整整的一个花枝簪，尾端绑着一条红丝线和一块红布。掀开那块红布，还有一个由珊瑚、翡翠做成的发叉绸带，两根素净的银簪也已经各就各位。"嗯，绑哪个最疼来着？"

然后，初子给我戴上头饰。我的假发髻上系上了那根红丝带，在发髻顶部盘出了两个鬏儿，一边插了一支簪。梳好了，她领着我去照镜子。她的手掌蒙住我的眼，解谜之时还不忘夸张地从我眼前徐徐划过，模仿神迹诞生的样子。我一看，立马号啕起来。镜子里，赫然是红的绿的，一点儿都不美！我说她骗人，这和匣子里的百花根本是两个人。她哄我，顶着满脸的老人斑以我熟悉的方言口音缓缓地说："本来也没有百花这个人嘛！"然后她自得其乐地哈哈大笑。

我拆了头上的家伙事儿，一股脑儿地往地上扔。我不干，我偏要梳一个百花那样的发髻不可。

每谈到裂桃髻，她就闪躲。

任人追着她问，她始终只敷衍一句："一言难尽。"

我小时候，曾在这个首饰盒的夹层里找到阿玉写给她的书信。读不懂，所以我原本是打算把它折成纸飞机玩的，后来瞥了一眼，竟然还辨识出信上最后的几个字——"九鬼老师"。"鬼"字我不认得，但还是决定予以保留。

当初，那封短信提到了一件与这发髻有关的事：

……新桥街外，那天下着雨。阿玉和初子两个人打着一把伞。年轻的时候，她们每天都要在祇园走几里的路上课，在黄昏赶赴宴会时最怕遇上这种天气。日头一被遮蔽，新桥街、花见小路、巽桥就都黑了下来。她们继续往前走，前方一片迷茫。雨水打在石板路上，她们像是走在流水里，越是寒冷，越是害怕。她们苍白着嘴唇，都不敢说话，默默地在一阵雷一阵风雨中疾行。阿玉紧跟着初子的脚步，她觉得自己手中的三味线愈来愈重了。那时候，不知道从哪里冒出来一双手。

……是个陌生男人。真正的外邦人。金发碧眼，但奔儿头很大，鼻梁高挺，印堂发黑。那人像是提前预约了这场雨，把他想要轻薄艺伎的念头全都绞入这场雨里。他行动了。先是假借摔倒，一把搀握住初子的脖颈。然后顺着初子脖子后面没有搽粉的三条竖道，手掌摩挲着往下走，轻轻拍，拍初子起伏不已的背。那一切发生得太快，把初子给吓坏了。男人的另一只手要去搂阿玉，结果却被阿玉用琴盒挡了回去。他叹了口气，说：都说你们是京都行走的艺术品，我看也不过如此。你们都还是小姑娘，都还没被开苞吧？啊，这也就难怪了。你们哪里会懂这个发型真正的挑逗意味？不信，你随我过来看。

……看到两个女孩的反应，那人更是大笑起来，一把拽了阿玉贴到初子脑后。那人又说：你看她，我走在她身后，怎么可能不失态？我满脑子想的都是跟她做爱,用各式各样的姿势做,压住她,使劲做……我会对她好的,哈哈哈,我会让她根本下不了床!至于她头上的那个东西,明明就是女人的那个嘛……一条红线在两坨屁股之间若隐若现……

……危厄之间,一个影子从巷角纵身跳起,在外国男子的话音落下之前,将那坏人扑入茅草丛中。他移动的速度在弹指一挥间,让人直觉那是高空坠落的物体。无限加速,太快了,快到她们差点没将他认出。他再站起来时,金贵的衣衫摔得稀烂。浑身上下,脸、手、脚上到处都是泥,他的右耳汩汩冒着血。看那样子,他八成是被那大块头的外邦人给咬了。

……九鬼老师?

……九鬼四郎身子一缩,赶忙从草丛里拎起他深色的和服外褂,给初子披上。他回去取衣服的时候,看到那外邦人揉着腰正准备坐起来,于是又照着他的脸补了一脚。

我掐指一算,1905年,错不了,确实是明治三十八年。

到如今,初子的化妆匣里还好好保留着从明治三十三年起,她们每一年踏春的照片。最初那几年,刚有"开麦拉"的时候,初子在写真中板着身子,身体在镜头面前无限缩小。她太紧张了,讷讷地拽着身边人的衣袖。她忧形于色,不是摇动双臂,就是伸长脖子,扭动上半身,教人隔着镜头都能感到她的古怪,听见她浑身骨节格格作响。

这么多年下来,照得最好的还是有百合子的那张。

其后数年,京都还没有专门生产相机的地方,更不用说买卖胶片和石板印刷机了。给她们拍照的人大多从东京来,只在京都待这一个花季,樱花落尽之后他们也就跟着消失了。初子知道这些人的相机来源不同,有新的,也有旧的,有最早的英国货,也有后来的法国货。她后来甚至还见过一部"战利品",一台从波罗的海战舰上掳夺的相机,有位军官赴宴时拿出来炫耀,说是来自当时的战败国——沙皇俄国。

初子她们向来不问国事,但也听说过日本和俄国在东北亚的纷争。就在初子两周岁那年,明治二十四年,还是俄国皇太子的尼古拉二世造访日本。再自然不过的,明治天皇命人以最高礼仪接待。整个近畿地区又惊又喜,惊大于喜,翘首盼着外邦太子到访。祇园坊间早有传闻,说这太子喜欢艺伎。不过后来初子听得多了,便知道尼古拉二世并没有在京都待太久,数日而已,他经神户抵达京都,搭上人力车就往滋贺县大津去了。

人力车专挑人口繁密的市镇走,所到之处,男男女女都摇着三色的俄罗斯帝国国旗,而且张着嘴,龇着牙,但是没有笑。王子倒是笑得很开心,他说他很喜欢日本,他会再来的。

初子说,这位斯拉夫王子应该做梦也没想到,他说完这话之后没多久,就在大津的琵琶湖南,被人用一把冷刀扎穿了后脑勺。刺客名叫津田三藏,一个典型的"明治青年"。他想用自己的死,换来青年一代与国家共进退。

这些明治青年名义上要的是日本振兴,实际上却要一个能吞占亚洲、比肩欧美的"日本主义"。这些"主义"的名字很多,而且永远在变。每隔一段日子,在京都人疲惫已极而沉沉入睡时，印着这些"主义"的传单都会悄悄造访，它们被塞在门缝下、窗户缝里。还有不怕事的报童把它们收集起来，像小疯子一样飞驰而过，把"主义"洒在落满樱花的鸭川上。初子伏在渡月桥上往下看，前前后后就看到过——"日本亚洲主义""大亚细亚主义""兴亚论"……她当时并不清楚这些"主义"是怎么一步步异变成当局手里的一把把冷刀，只觉得这一切都离她很远。形形色色的"主义"溯流而上，在涨潮的时候，也会发出流水的声音。

与初子相比，九鬼老师对这些"主义"就敏感得多了。《朝日新闻》《读卖新闻》《东京日日新闻》和《大阪日日新闻》，他每天不仅读，还做一些额外的翻译工作。日俄战争爆发前，九鬼老师刚好从欧洲留学归来。坐船数月，战事如火如荼，他说他近乎失神，在甲板上望着月圆睡不着，在月光下喃喃自语。途中时而停靠上岸，他便买当地的报纸来读。一份《圣彼得堡日报》，掀开来，他看不懂俄文，却瞅见一张由日本应庆大学学生所作的浮世绘——一个嫌恶的八爪鱼盘踞在亚洲大陆的正上方，它的一爪已经从中国的辽东半岛耷拉下来，悬垂在旅顺港外的黄海。

上兵交戈，为期不远。初子说，大时代之所以残酷，不是因为时代太大，恰恰相反，是因为人太小。小到撇不开这身血肉，小到逃不走，小到她们所经历的种种，一件件，一桩桩，全是真的。

初子的姐夫（虽然她始终并未接受小柳），那个会做芭蕾舞鞋的小柳，就被征军了。被抓住时，百合子刚好下山买鱼，她连小柳被抓去哪一支军队都不知道。因为他们住在山里，消息传出来不方便，又晚了两天。

初子一收到百合子的信，放下手上的活，鞋都没穿就往九鬼老师的住所跑。这一路，她近乎迷失。跑过了新桥街，后面有女声追着她说话，提醒她二趾袜在渗血。她转过头，看着阿玉把自己的木屐脱下来，递给她。

确实是在征兵，几乎每个十字路口都有士兵。她们一起跑着，没时间跟路上的士兵敬礼。街上没有人力车，也没什么行人。平时排不上队的点心铺，竟没开张。少数夹着丝包在走的，也同她们一样东藏西躲，皆是走失的"无头苍蝇"。为什么这么说呢？因为初子她们在九鬼家楼下撞见了上野茶屋的乐师，那人比她们年长，名叫阿豆。

"遇到当兵的要立正敬礼，不要慌，别忘了咱们祇园甲部的规矩。"阿豆有个鲜为人知的特长，她天生会说腹语，所以当她表面上说一句话时，她实际上在说另一句。阿玉跟她学过一阵琴，也熟悉她的腹语，一下子便听明白了她的意思。那人真正想说的是——"士兵在抓男人。快，你们快去找九鬼老师！"

赶到九鬼家里时，她们不禁大吃一惊。地上横躺着一些酒瓶子，有酒渍洒在榻榻米上。房间里没人，四壁都是书，日、英、德、法、中，各国文字的书垒成山，占据了不同的角落。阳台上也没人，空空的，供着一盆山茶花。她们半蹲着探出头去，远远看到花见小路两侧的所有茶屋，密密两列日本皇室的菊花旗。初子她们只能在这里等九鬼。这是她生平第一次担心一个人的安危到无可救药。

一个不小心，她踩在那张印着俄国大章鱼的浮世绘上，画上立马多出了几个殷

390

红的血点。

然后九鬼从一堆脏衣服里爬了出来。喝醉了。他看到瑟缩在床边的初子、阿玉，一脸的有话要说。

初子冲上前对着九鬼的脸就要落脚。长那么大，她都没发过那么大的火。她问他：死到哪里去了？你在家为什么不吱声？

你的脚流血了。

说罢便将她的脚收进怀里。

再放开时，血脚印踩在他的心上，脚趾脚掌清晰可见。

初子说，也许他也一样疯了。

初子记得，征兵队走后，九鬼老师带着一个朋友来赴宴。

这筵席照旧摆在茶屋二楼，平开三桌，占了十叠榻榻米。初子、阿玉带着乐器，推开障子门，从土间迤逦登堂。九鬼放下手中的纸牌，就和友人唧唧切切，对面长谈，有说有笑地迎了上去。

你个手下败将，今天怎么还带了个看客来？初子难免好奇。

今天不打"歌留多"了！九鬼说着伸出一根手指，指一指身边的男子；伸出另一根手指来说，你们别小看了他，等下咱们要打的这副牌就是他发明的！

顺着九鬼的话，初子意味深长地盯着新客人的脸瞧。然后她看到穿一身熨帖诘襟的男子，微笑时会捻须两下。

奇怪，她也说不上来，他究竟长得像谁。

你们认识他吧？九鬼突然转过头，看着阿玉问。

阿玉调好了弦，又朝着初子一眼望去。

初子摇摇头，十分客气地凑上前问：请问您是？

我都叫他……九鬼明显犹豫了一下，接着耸耸肩笑道，我们都叫他"复一"，我偷偷跟他开个玩笑，他的名字要是译回中文便是"日复一日"。

酒过三巡，食供两套，初子将歌牌翻下去，都是她不认识的中国唐诗，五花八门，应有尽有。仔细地，上上下下地检视过了，初子问，昨天的牌呢？九鬼答，我想过了，昨日你杀得太凶，搞得我连张小町的牌也没摸到，这不是待客之道嘛。

那让复一来决定吧。

初子托着腮，用力盯着牌看。

于是那位复一兴头很足，他把地上十几张纸牌翻过来。初子瞥见写在牌面上的字很小，字迹工整，而且一栏一栏的，似乎费了些功夫。

他讲到的都是些初子闻所未闻的东西，初子就记住了一首李白的诗，好像是写给他的日本朋友晁衡的：

哭晁卿衡
日本晁卿辞帝都，征帆一片绕蓬壶。
明月不归沉碧海，白云愁色满苍梧。

复一说到动情处，吟咏、兴叹，就好像他认识李白似的。

交互往返，信读了一遍又一遍。

隔了大半个世纪，没想到是由我将这首诗翻出来，再念给初子听。

都快读完了，我告诉她，李白写这首诗的时候误以为晁衡（阿倍仲麻吕）死了——不是在琉球遇风暴，就是漂流到安南驩州，遇上海盗了。天宝十二、十三载，李白作此诗。天宝十四载，晁衡辗转着回到长安。见友人尚在，李白大喜，不再提这首诗的事，一直到晁衡过世。

初子突然明白了复一的意思。

难怪九鬼会带他来。

其时化名"复一"的中国男子在日俄战争结束后来京都看九鬼，从故乡带了这首诗给他，托他转送给初子。

初子说，她和阿玉当时只知道有"复一"，不知道有"宋教仁"。十年后，即使是在宋教仁遇刺身亡之后的许多年里，她们这些勉强和历史沾上些关系的人也都习惯称他为"复一"。反之，一提到"宋教仁"或"宋先生"，事情尽管发生在眼前，也没办法全然取信于她。"复一"到了中国，也许真能被人轻易地从人群中辨认出来。开枪，射中，过程简单得像是在鸡群中认出鸭子。他就是中国的"宋先生"吧，不然，怎么解释得了他那一手高超的中国诗牌？他翻译了大量的文稿，还把《日本宪法》《俄国之革命》《英国制度要览》等等书的译本拿给她看。听九鬼说，"复一"离开日本以后，还邀他前往中国，一起办杂志。革命杂志、反兴亚会行动与后来的中国同盟会，这些对初子而言永远是遥不可及的。

很多从特务枪口下活过来的人，后来都陆续拜访过住在京都花见小路的九鬼四郎，像是于右任和黄克强，这些人都曾访日，也曾在死亡的边缘看着"宋先生"挣扎。之后的往来互动中，他们写信来，模模糊糊地拼凑了那晚事发的情景——"宋先生"倒地只用了一瞬间，他们托着他的胳膊，听见一簇非常微弱的声音——"我痛极了，恐将不起。有三件事奉托：第一，我寄存在南京、北京及东京的书籍，一概捐赠给南京图书馆；第二，我本生寒家，老母尚在，请克强和您几位老友照顾；第三，对国家的事，各位仍要积极努力进行，千万勿以我死为念。我为了调和南北的关系，费尽了心力，只希望能够有一个和平统一的中国。"

"宋先生"死了，嗣后却是"复一"的书被寄回南京。

于是我的童年记忆里便有了"复一"这个名字，一如我的父亲李向阳和我的祖父李抗日。成年之后在南京图书馆的典藏室里借阅出"宋先生"的遗稿，稿子里夹着一股浓烈的烟味，混着樟脑香。

回到家，我发现初子在前厅等我。是在阳光很亮的中午，她的白绉纱上衣格外耀眼。她问我，见到了吗？我也说不清，好多信都没有注明年代，收信人的名字被刮掉了，谁也不知道是他在日本时候写的，还是之后。如果是前者，应该多少提到了九鬼四郎，但是没有。初子听了这话，一个人留在那儿，失了魂似的。过了很久，她又问了我一遍，见到了吗？这次我改了口，我说，"复一先生"烟抽得实在厉害，远远的，我根本看不清楚他的脸。

真的？

你不信，自己打电话问南京那边。

他往哪里去？

北上公务。

嗯。

初子眯着眼，看着院子里的樱花树。

在中国的大半辈子，初子透过当初和九鬼四郎过从甚密的一些人，织出一个中国人眼中九鬼四郎失踪后的形象。她的叙述有时连贯流畅，有时停顿卡壳，她点点头或摇摇头，是她自己对过往回忆的怀疑，又或者掺入了想象与虚构。他们都说九鬼已经死了，连她的记忆也这么说，可她偏是不听，硬要与他们对峙，口气异常坚定。

这么多年过去，她始终相信故友没死，

还一直在等。

初子在世时，常在私下里教我打牌。

我被称为"神童"，最早也是在一次家庭牌会上。

那时我三四岁，唐诗刚背了几首，汉字还没认全，连一个平假名、片假名也不认识。不知初子怎么想的，她在牌局上正与李向阳对峙，冷不防抬起眼皮，望着我的脸问道："你也懂吗，小玉？你总是那样躲在你父亲身后偷看，看什么呢？"然后她一边抚弄我的发辫（我的头发一直是她帮我梳的），一边说："你也来玩吧。小玉，抽一张试试看。"

只见我爸李向阳坐在榻榻米上，背后垫着几个蒲团，面色如纸，眼睛似闭非闭，看他的样子明显是被初子的牌杀怕了。他见我要摸牌，立马把刚伸出的手缩了回去，直勾勾地盯着我一个人。

"曾祖母，这个？"我漫不经心地，当真漫不经心地拿起初子膝前的一张纸牌，用比纸牌还小的手按了按它，抬起眼皮，略瞟一瞟初子和李向阳。

"啊！"先是李向阳大吃一惊，接着家人们都围了上来。大家都不入座，立在牌桌前，拥作一堆。我妈只怔怔地看看我爸，再看看初子，拎着个茶壶盘旋踯躅，像没头苍蝇似的不知所为。祖父李抗日在旁看到这里，摇摇头，对我父母说："这孩子连假名都没学过，赢了母亲，纯属侥幸。"

初子听了，令祖父去她的房间取个东西。祖父蹙眉沉思，迟疑良久，最后还是带了初子的三味线回来。

豆蔻色的琴盒，四边镶着金缮。掀开盖，把灰扬尽，祖先的气味挥散不去，果然是一把老琴。

初子让李抗日唱牌。

李抗日一肚子疑问，但他也只能照做。他拨弄起琴弦，发出"铮铮铿铿"的声响。他扭头问我："小玉，你准备好了吗？"

为了我一人，我的祖父三番五次地慢慢抚琴，慢慢唱。

我又拿起一张牌，这次也猜中了。后来一连拿了好几张，统统猜中。可是，就算听了祖父的吟唱，和歌的意思我也是一点儿不懂。

最奇怪的是，换了唐诗的歌牌，再试，我还是全中。

家里人眼巴巴地盯着李向阳，他羞赧难当，赶忙解释道："别看我！真不是我教的，这孩子一首诗都没背过！"

"李向阳，你女儿了不得啊！"说完这话，初子突然大笑，笑得满脸潮红。笑完了，她缓慢、吃力地收起祖父手中的三味线，用同一双手拍拍我的小脑袋。从祖母的手心上，我感受到了她的喜悦。进屋前，她在玄关处斜眼望我，月牙般的嘴角露出一抹神秘的微笑。

那神情带着几分俏皮，几分得意。

我的家人，各有各的秘密。我的祖父李抗日有秘密，我的父亲李向阳也许也有。上世纪七十年代初祖父一直担心有人来找麻烦，如果同时来六七个——甚至是四五个——戴着袖标的年轻人，拆了曾祖父亲手订制的书箱，哪怕翻出来一本日语书，一个假名，全家被拉出去批斗也不稀奇。

一年六期，从1964年的创刊号开始，每一本《日本情况》都收得完完整整。"《日本情况》是研究日本的重要学术期刊，我手上现在还有他们新一期的稿子没有审读完……"曾祖父去世前，语重心长地嘱咐过，"我看还是要藏好。"书比人重要，他那一代的日语专家很多都做了那样的打算。

　　沉甸甸的十几摞，用报纸包了书皮，挖了个大坑，埋在后院那棵老死的樱花树下。土刨到一半，嫌根碍事，索性把根给砍了。再挖，一直往下，坑要大，够大了才能把所有带假名的东西埋进去。我妈嫁过来那年，意外获知了我家的秘密。每天打扫院子，她都会瞥一眼墙边的枯树，月光檐影里，好像有什么重要的事在暗处瞪着她。她害怕，全身上下不自禁地微微发着抖。后来怀上我以后，她便嚷着要搬出四九城，搬去西边。她劝我爸另外找一份工，或者做点儿跟新中国建设真正相关的工作，"很多人都去首钢上班了，怎么就你毛病多，嫌这嫌那的死活不去？"

　　但竟然被我爸一口回绝了，他对自己的未来另有打算。

　　我看到李向阳姿态僵硬地走向那棵树，也悄悄跟了上去。

　　他走到那棵树下，只见他掏出树洞里藏着的一把小铁铲，东一榔头西一棒子地连敲几下。破衣服、烂布条、空瓶子，还有股说不出的酸味，好像有东西放坏了，在泥里烂成了水。

　　我们绕着后院的木房子走，只见屋旁的胡枝子和屋顶的芒草都长起来了。仔细看，高处让芒草拱出了一个髻，好似是那房子本身的一部分。我念中学前，有一天我父亲心血来潮，特地绕到我们家老旧的院墙外，发现我家那棵樱花树怎么也养不活了，在它周边冒出一些孱弱的新芽。父亲喊了祖父出来，祖父唤了初子出来，初子看了也摇头。如果在京都，遇上好的园艺师傅，还有机会重生成一棵母树。但这里不比京都，眼看隆冬将至，气温降到零度以下，幼芽怎么耐得住？

　　养树的目的倒不是因为思乡。初子说，当初把它从故乡迁来，只是为了让家有个家的样子。

　　这棵树，从李抗日到李向阳都对我下过禁令，严禁我去爬。

　　一棵禁忌之树，不能摸，不能坐，有时连手指碰一下也不成。就是这样一棵树，其后数年，还是差点儿遭到园林处的"毒手"。陌生人进门后直奔后院，他们高举锄头，奋力锄开泥土，挖出樱树的根茎。

　　树枯死后，根茎变得很细。赤条条的，像少女夭殇的腰肢。

　　初子很少当面夸人。她去世前，提到我的父亲李向阳，竟一反常态地夸了他。这小子可以独当一面了。夸他那次抡起扫帚把园林处的人逐出家门，做得好。

　　园林处的造访确实引起一阵骚动。

　　李向阳当时不过是陪着来人绕树转了几圈，打头的那个说，依北京民间做法，这树要是打了钉、撒了盐，还是不开花、不结果，那就是树的问题——固执、娇气、独占着好风好水，白瞎了咱社会主义的好土。他们要把这棵树挪走。

　　挪到哪里去？

　　那你管不着。

　　我家的树，你们凭什么挪它？

　　啊，小同志，是这样的……有人举报说，你家养了一棵日本树。

　　故事讲到这里，谁也不知道后来发生了什么。我妈夜里哭着帮忙挖土，我爸一再警告全家，别再到树下玩了。那一箱子的书、报、刊、信、纸，被人挖出来，又埋了回去。第几回了，埋了再埋。不过，这次没忘了搬块石头压上。

石头还是初子亲手压的。

天亮之前，初子小心拉开被，避免吵醒我，下床后把被悄悄披回去。

我拨开蚊帐，见夜凉，也见到外头是月光朗朗，初子手里捧着什么东西在读。

很多年后，我站在不远不近的树下，初子曾经站过的位置，读那些信。

阿玉写给她的信。

那些信中最早的一封，落款处写着日期——"明治四十年"。那一年也是"清光绪三十三年"，公元1907年。事情过去了大半个世纪，初子大概料想不到，阿玉的笔记会在北京的四合院里给去浇花除杂草的一个小鬼发现。也许是初子故意留下来的。但我不敢多问。

刨开土，箱子取了出来。侧边钉了三两圆钉，每一个钉子大小薄厚都不一样，看来是分开几次敲上去的。我用父亲藏在洞里的铁铲起开钉子，摇摇晃晃的，把木箱里塞着七零八乱的书，一股脑儿倒了出来。其中的许多都蒙尘了，有一封信被白蚁吃得到处都是洞。残存的信纸依然华丽，是平安贵族会用的那种升色纸，从青灰到金黄，由晦至明。箱边，一片尺把宽的薄木板，夹着更多这样的升色纸。有的写了半页纸，有的只写了几行。

这份笔记，轻轻地落在和纸上。前文和头语都空着，主文和尾文没用敬语，后付倒是全的。信折了三折：

五月七日

初子，没想到被你猜中了。我记得在临行前，你就跟我说起过，院长大概率是军方的人，从他品评绘画的口气也能听得出。他派九鬼老师来留意复一先生，这件事的成败得失本来就是个未知数。

我几乎相信复一已经发现了九鬼的意图。复一这个人，比猫还要机警。他在昨天的酒宴上当着十来个客人质问九鬼，让他用中文读他们辽东同盟会的名义书，有一句是说——"统筹辽海东西、黑水南北之义军，共举大事。"当晚，席间的气氛就像没抹匀的水白粉一样重。然后，他把我支出去，使唤我去泡壶新茶。当晚，他和九鬼背对着我坐，于是我就免了鞠躬行礼，拎上茶壶直接走出茶席了。

等我再开门时，客人更多了。二十多个客人挤在左手房间，复一混在他们之中分派执事。这些男人高谈阔论，从嘴型，我可以判断出复一依旧说着同样的话。只不过，这回语气变了，他搂着九鬼老师，说他是"一人一枪、马约千匹"的绿林好汉，为他送来了日本帝国博物馆馆藏的地图。

最后还是置办下酒菜的延吉大婶提醒我：你们这趟来不就是为了给复一先生送资料的吗？

什么资料？我一下子百口难辩。

初子，你还记得吗？刚进三浦屋的时候，遣手妈妈就嘱咐过我们——她说茶屋不仅仅用于招待客人，也是男人们议政的不二之地。茶席为男客人提供了一个隐蔽安静的环境。杉木搭做的土间，看似脆弱，却是防止■■■■的坚固院墙。我们艺伎能做的，顶多是充耳不闻，甘心当这高墙的一部分。你是知道的，一旦有危险靠近，我们就会给茶道主递一个小暗号。

可是这次我的暗号没能派上用场，九鬼老师醉得一塌糊涂。在这里，他不再是帝国博物馆馆长的小儿子，没有爵位，没有人认识他。他的中文说得又不好，说出来的话也没有什么影响力。

这里的人都听复一的。

更夸张的是，还有人追着我们问复一在日本的行迹。他们要写一篇报道。九鬼老师每天把自己喝得烂醉，东藏西躲，就是为了避开这些人的耳目。这些天，你不在，他总是跟我说：复一这趟来延吉并不像■■想得那么简单。

他必须■■多待一段时间，寻找■■的真相。

敬具

明治四十年五月七日

阿玉

前田初子　様①

此后数页，字迹漫漶无以辨识。这一封虽有些地方被蠹虫啃食，但已经算是存相完整的一封了。那时候我正准备考大学，日语不过是幼时开过蒙、儿时家人指点过一二、大了勉强能凑数读读的水平。那些信，我一页页翻过，看不懂的地方就记下来，趁空找初子去填补其中的空白。

就在那时候，初子的身体出了一些状况。

她常常精神恍惚，自言自语或者激动地抓住我，对着我说："你，你究竟到哪里去了？先是你，然后是九鬼那家伙，你们都走了，我的生命也就这样凄惨地被结束了……好端端的你，笑吟吟的脸就变成了我不甘心的遗容，我当初让你留下，你为什么不听？"不歇地说梦话，初子还会在梦里惊醒。

李向阳劝她住院休养，她不理不睬，硬说自己没事。

可在我看来，初子怎么会没事呢？她门前的树都死了。

跨过门槛，四顾大惊，她的房间里竟搬得空落落的，一带橱箱都上了锁，榻榻米上横堆着两张板凳，蚊帐上方的玻璃灯打碎了一个，伶伶仃仃欲坠未坠，壁龛字画也脱落不全。阴暗的房间，满地乱走的纸屑。

见我来了，她张开嘴，紧靠到我身边，比了比地上的纸片，拼出了一块地图。然后她用手指一一追踪地图上的地名，从长白山顶一路指下来，天池之北是松花江，之东南是图们江。图们江以北，这里，她敲敲手指给我看，就是所谓"间岛"。

经龙井村、局子街、头道沟、百草沟，流过珲春山谷，浸入海兰河两岸，有水的地方就有人，还有小动物们，貂、狐、熊、鹿、猞猁、虎、豹……你去问问看，他们也统统知道，这一大片地方自古以来是中国的。图们江外的荒地啊，韩民管它叫"垦土"。我碰到过那些越垦的韩民，他们怨望、骄慢，听说了俄人入侵，当天晚上就渡江耕作，一夜间吞掉八千余垧的地！

初子说得好像她真去过这片土地似的。

可当我问及她何时去的，她与何人同行，在那地方待了多久，她却像木偶一样，几乎就不说话了。

她瘫倒在床上，只对着一地的纸屑默然闷坐。

---

① 因年代久远，信中出现的"■■"为被虫蚁蛀食字迹无法还原处。

396

第四章

初子是真糊涂了。

两只眼泪油油的，几乎泪下。她急切地想记起明治四十年以前的事情。大概是在明治三十九年，有一个男人来找九鬼老师，不说明自己的身份，也不说来意，只说自己是九鬼的旧相识。可他叫什么名字来着，这重要的一点，初子偏偏不记得了。她的急切同样令我不安。

按照初子的说法，那人来的时候，茶席里不会有其他客人。他好像有一个化名，叫什么"院长"之类的。哪怕是之前委托茶屋一早订下茶席的熟客，遇上这位"院长"，竟然也被要求调剂到其他日子。

茶屋上下都不敢怠慢，天刚擦黑就紧紧张张，忙着准备宴席，好像来访的这人是什么华族后裔。① 初子也跟着大家称他为"院长"，叫久了反而不记得他的真名。

第一次见这人，障子门倏然拉开，初子看见遣手妈妈正陪着他。

开始时一切都好，时值春夏之交，好天，有云。微凉的气温，适合煨一壶清酒。遣手妈妈不喝酒，她只是来打个前阵，说是暖场也不为过。以往初子她们到来后，妈妈总要再耗上一会儿，无非是想让客人多付些花代。可那晚她们一进去，妈妈就站了起来。话不多说，人转身，衣袖从腋下滚落。

初子领着阿玉踮脚入席。

新铺的榻榻米，蔺草的软腻让脚尖凝重。

九鬼正与人辩得面红耳赤，他频频叙述了一些案件，一长串名字，譬如：伊藤博文、井上馨、山县有朋、小村寿太郎、儿玉源太郎，他们中的哪一个对俄国让予的权利做了确认，哪一个对安奉铁道做了规划，哪一个引发了后来的种种问题……

新客人被他问得受不住，终于摆摆手打断他说：年轻人，你究竟想问什么？九鬼一愕，寻思半晌不语。事实上，他是回答不上来。客人一眼睐见他愣神，冷冷地再问：你出国留学这么多年，可还记得我们日语里有一句话是说，当众夸耀自己故乡的人是乡巴佬？那人从眼眶边缘透出冰冷的视线，看那眼神有几分强制的意味。他接着说，你要是想谈论你的母国，那就要冒着被人称为"乡巴佬"的风险。所以你小时候，我就跟你说过，对于国事，不要胡评妄议。

初子发现这老人穿着一身绞染的折匹田刺绣和服，文质彬彬，谈吐不凡。与其说他是华族，倒不如说他更像是一个读书人，虽然他的关东口音听起来有点别扭，夹杂着英语的连读弱读和汉语抑扬顿挫的腔调。

说这话时，"院长"一边把九鬼震慑住，一边自己取来酒壶，从初子阿玉处敬起，敬到九鬼处。

只怕是"弱国无外交"啊！九鬼在桌上忙着，顾了这样忘了那样，虚搭了一句。

---

① "华族"是日本于明治维新至二战结束之间曾短暂存在过的贵族阶层，分为公爵、侯爵、伯爵、子爵、男爵五个等级。

众人垂下头去。

油灯在夜风里轻轻晃动。

初子捻灭快要燃尽的线香。她捧起酒壶，沉甸甸的，温热的。将酒杯送上九鬼的唇边，看着他一口吸干，初子再敬一杯，说是成双，替抚琴的阿玉敬的，九鬼二话不说也干了。

这位"院长"吃得很慢，在灯下小口小口细细地咀嚼，一颗纳豆缓缓地没入他薄薄的唇间，像是在吃一缕光。吃好了，他只淡淡地问九鬼，知不知道他母亲的去向？他这次回国，短短数日却要绕到京都，一来是为了新书的最后一点校对工作，二来是为了找寻九鬼母亲的下落。

我听东京的朋友说，你在五浦海边盖了间别墅？

我一直在等靖子回来，没法相信她就这么一走了之。我又没有对不起她。我们认识了几十年，你没出生的时候就在一起了。你见过的，我从来没有骂过她。

她这人就是这样，除非她想见你，否则你不可能找到她。

兴许我们该用"星崎初子"的名字来试一试。

星崎初子？

九鬼一脸疑惑。

"院长"请他坐下，给他斟了半杯酒。他随手从身旁拎了个树皮色的旧箱子给九鬼，还嘱咐他说，等他不在了才能打开。

这是？

有你要的东西。

初子说，重要的话全是用汉语和英语说的。大概是为了提防她们，哪怕艺伎是出了名的噤口不言，不特别留神，只怕还是会走漏风声。

初子和阿玉对望了一眼，便慢步离去。

关起门来细想，他们的谈话里最让她觉得奇怪的是，好似有些话是故意说给她听的，用的是日语，像是这句——"兴许我们该用'星崎初子'的名字来试一试。"

九鬼的生母和她一样，本名都叫作"初子"。

那之后，她会时不时想起世间有另一个"初子"。接二连三地遇到"院长"，她发现这人看她的眼神里有一种奇异的光。她回望的目光也是，不自主地泛着脸红。

有一次在茶屋转角，送走客人之后，她看到"院长"的车，车门打开，一个花魁扮相的娼妓从后座下车。

初子知道的，腰带结打在前面，和服每晚要脱许多次的，那种女人。

她转念想，也许九鬼生母一直有外遇的传闻是真的。

征兵队走后，百合子也跟着失踪了，初子心里隐隐感到不妙。

不提防她在院中看得分明，且不点破。提起"百合子"的名字，遣手妈妈便急急地掠发整容，扔下烟斗，撒手就走。走到庭院，回过身来冲着楼上道：我出去一趟，听说今天四条通有热闹看哩。

初子没有追上去攀留。

妈妈的心思，一径满不在乎的态度，初子明白得很。她和遣手妈妈之间生了嫌隙，也不是一两天的事。

但初子仍不免有几分担心。先是百合子出走，再是阿玉转行做辅乐艺伎，妈妈变得更冷漠了。妈妈待姐姐像亲生女儿一样，看着她的身体一点点发育成熟，看着她成为了男人眼中的待解之谜。这就好比在养花，三浦屋是温室，姐姐是花，妈妈就是那养花人。妈妈倾其所有在暗地里摸

398

索，经由她的亲身见闻将经验传授给百合子，可是却难以排遣少女心中的不安与匮乏。百合子最后还是用她的方式去成为一个女人，没有让妈妈来安排她的"水扬"①。

初子毕竟年轻，入世不深，不晓得祇园的明规暗矩。

三浦屋出了百合子这样的"叛徒"，她们所有人都该跟着受罚。按照江户前的规矩，她们一屋子人都该撤回乡下。可笑今时不同往日，维新之后，幕府大败，武士走到了头，新上台的人把艺伎当成"战利品"保留下来。男人们说，艺伎不就是旧日本的"活化石"吗？所以，他们还需要三浦屋。就像吃饭找人撑台脚，凑一桌麻将三缺一，硬生生地把三浦屋给留下了。

可在遣手妈妈心里，百合子倒不如死了好。

新社会的客人，哪一个不是爱好赌两把，酒后爱乱讲话？嚼百合子的舌头，无非是在嚼她！他们说，上梁不正下梁歪啊；还说，干艺伎的这帮小娼妇啊。百合子造的孽，报应在她身上，她跟着不知道受了多少活罪。

也许就是在众人的冷眼里，妈妈张望、猜想，最后生出一颗报复的心。那过程，像是盼着百合子在幽暗中独自死于心碎。既然都选了自甘下贱，孩子也可以生一两个。妈妈笑姐姐傻，到底是不明白——男人都是一个样，碰上再好的女人，再喜欢，过几年也就忘了。

上一回阿玉带回姐姐的消息，初子记得是两年前的一个清晨。门敲了许久，还以为是点心铺的小孩恶作剧，不应不理；

须臾又再响起，初子实在忍不住，趿拉着木屐，眯瞪着眼睛下来开门。

嘤嘤嗯嗯，这次开门，果然还是阿玉，过来使劲摇她的手臂，像在摇神苑里的一尊泥塑观音，终于将她唤醒。

新门前街出事了……姐姐，是百合子姐姐。

姐姐？新门前街？初子勉强睁开眼睛。来到祇园这些年，初子一直都住在新桥街，往南往北不出五里，这地方碰巧又叫作京都的"樱花区"。可这名字与花开花落却毫不相干。"樱花区"啊，说的是女人。里面的艺伎来自四面八方，天南海北的都有。时间一晃，初子也到了做人家"姐姐"的年纪，而她以前相熟的"姐姐们"早不知游荡到哪里去了。

初子要阿玉别胡说。她没听到什么怪声——只好像有一点儿人声，车马声，远远的。

出了新桥街，初子和阿玉立即被人流推着走。常常是这样的，一小撮人往街上走，有妇人携幼童，有报童卖号外，还有人噔噔下楼、拔步飞奔，钻出人群，凑到最前头。从花见小路绕至四条大街路口，抬眼望去，前方视线被"骑大马"的孩子遮得严严实实的，各个爬在父亲们的脖梗上，用手做出瞭望的动作，细细探看。

凑热闹的人群缓慢南行，沿着石板路、黄土小径，穿过西楼门、绘马堂、疫神社、纳礼所，一个个神祇，一座座小塔，不知不觉转个弯，转入百花深处，顺路趑过祇园巽桥。桥下往西南一直是清水寺的正路，

---

① "水扬"是指在明治维新之后至二战以前，艺伎学徒"初夜拍卖权"中出价最高的男子可以获得与艺伎共度春宵的权利。

另有一条小路，向北岔去，都是层层叠叠的苔石，还有枯了的山水。

初子无心走小路，越走越觉得心慌。偶尔有零星的擦碰，和服被孩童蹭脏，她才想起来今天这身是新衣服。再过个把月，她就要"初登"了。眼下的这套和服是黑色绉纱的，前襟边沿绣着仙鹤抱团的图案，腰带是灰红色的底子，下摆漂染着一团赤褐、鹅黄相间的海边滩涂，转身时，犹如仙鹤栖落在芦苇荡。

姐姐——

整条小路塞得寸步难移，男男女女，多半是小孩和年轻人，大家嘻嘻哈哈的。

正要转身退回，初子忽见前面一个人，身穿簇新友禅染，蹲踞在街口的高台上，像一只鹤。阿玉失声问，姐姐？那人听见了，略怔一怔，但没有反顾。初子拽着阿玉近前逼视，竟是百合子姐姐，弯着腰，在男仆的帮衬下换上又高又重的松糕鞋。初子问道，姐姐，你在这里做什么？百合子摇摇手，只管旁视侧听，一步步沿着台阶挨近大道。初子急了，小小的身体从人群里钻出来。姐姐！姐姐！她呼喊。

人群围了过来。

四条通里里外外都是人。

处处是悠游的青年，被迷倒了，呆在原地不动。有时是在桥上，为了争一个好位置大打出手，失利的一方被"砰"地踹进河里。掉下去的自然是不服气，淌着水也要往下游去，跟上这女人。

所有看见她的人，目光都改变了。

甚至在大路上方，鳞次栉比的茶屋和商铺背靠巽桥连成一堵墙。花魁，是花魁啊！家家户户都有人循迹而来，大喊一声，然后将芦苇帘拉起。隔着板壁，也可以听到楼上的人在窃窃私语——听隔壁的说，当年这花魁也是个良人呢！哎，何止良人，她曾经是三浦屋的骄傲哩！你说的可是新桥街的那一家？不然呢，还会是哪家？最惨的是，当初关照过她的客人……

耳语不断，议论纷纷。好事者不论男女，在口头的关切和惊讶、惋惜之外，总带着一股难以解释的情绪——深陷其中的百合子，自从踏入祇园之后就一直默默承受着京都女人的嫉妒，一如她的客人们也同样背负过京都男人的羡慕。

快到路口，初子的思绪错乱已极。

路的尽头有一辆人力车。两张熟悉的面孔。一条野狗冲着车子狂吠了数声，快步跑着，追在百合子身边呜呜地叫着，不知如何是好。

车停稳。初子远远地看到妈妈耸身一振，时不时挥挥手，赶走身边停留的野狗。狗就在她和百合子之间乱窜着，最后停在她们中间。野狗躬身侧立，只等它的主人经过。

可百合子却不理它，故意退站一边。

这便是那次见百合子的全部情形了。

接着，遣手妈妈破例没有发火，在团团涌动的人群中拉走了初子。时间短暂停顿。蓦然，花魁的脸由苍白而趋橘黄，透明了，像纸灯笼。夜幕如墨，顺着她的鼻骨晕开，灯笼持续膨胀，撑出一个皮下的世界，鲜活的赤红，满布金线的血丝，绽放着末日般的颓丽。

——好美。

暮色中有许多这样的赞叹。

接着，在诸多目光的仰望中，那灯笼"啪"一声裂开了。顺着百合子消失的方向，一片片分崩离析，像落樱纷纷——后来有人拾起其中的一片，那人绕过遣手妈

400

半玉美人

妈,缓缓而至,他朝着初子举手一扬,笑道:

啊,好巧。这不是百花小姐吗?

茶烟未散。

杯中有少许残叶。初子顺手捞起一看,叶子不属于寻常的乔木灌木,倒像是松针。放了一整夜,而茶水竟然还温着。她掬水往脸上泼,拍一拍胸,抚一抚肩,拭一拭脸。侧耳听,虫声唧唧,蛙声嘈嘈,远远的还有巡夜更夫敲动梆子。

初子摸开窗。原来不是更夫。那时,一列僧侣正慢悠悠地经过,每一个手中都捧着云鱼鼓。击鸣一下,便以丹田之气吐出一个"呵"来。那个"呵"有时也像"呜",声震林木,响遏行云。即使门窗紧闭,那声音照样会钻进町屋。狗可能被吓着了,跟着吠了起来,唱和似的号叫着。初子双手合十,如同在随心院里对着小町像那样祈福。她心想,吠叫的,或许还是昨天那一条,被小柳和姐姐遗弃的狗。

修行僧托钵发出一阵"云水",笃笃笃,初子感觉那是这古都自身的呼吸,顿时有一身而为多人之感。感觉声音突然变了,细细地,一缕缕飘了出去。门被打开了。像砂,像石,像枯山水,那云水声一把一把地被风的手抛下。门外,一个不过七八岁的女孩独倚门旁。

太夫,请吃早饭。

啊,是小清叶啊,进来坐吧。

初子说着将投向门廊的目光收回,摊掌示意。她拍了拍身前的那块榻榻米,说:清叶,我的话你都不听了吗?

始龀年纪的女孩应了一声,嗫嚅不敢。

初子现在的居处就是百合子的故居,人也像是百合子留下的遗迹。

小清叶进了屋,一直踅至初子的面前,扑翻身便磕了一个头。初子错愕问她这是做什么,清叶不大答得上腔来,一味含糊地应着。倒是初子接过女孩抵在脑门上的大漆木盘,把一碟子鲑鱼饭团和蒸蔬菜放在膝上,一会儿替这女孩拈菜,一会儿给她斟茶,直哄着她跟自己聊天。

这是初子第一次听人讲起花魁的事。

小清叶说她出生在京都岛原太夫町,一个叫"养花楼"的妓院里。和许多自小长在这儿的人一样,清叶没有父亲。小时候,她还四处打听,后来被母亲用长烟斗烙伤了就不问了。血流干了,疤结在额头上,她偷着擦了些红药水。药水循着疤一个劲儿地往下流,流到榻榻米上。她母亲叫她过来,她低着头蹭到脚边。"豁朗"一声,一口热烟灰倒扣在她的疤上。恨她把榻榻米弄脏了,烧得她吱哇乱叫。母亲扼住她的脖子,捂住她的嘴,咕噜着问她——下次还敢不敢了?

清叶的母亲曾经是一个花魁。

那人脾气很坏,不耐烦起来就揪着清叶不放。清叶说,有一次她母亲喝得一身醉,好好地哼着歌,硬要拥她入怀。清叶蜷着后背,正想要站起来,却被她母亲猛然抓住和服衽边,连人带裙子一整个儿掀到大腿根。紧接着,她母亲抓住她的两条腿,拎起她在房间里到处转悠,那动作简直就像一头熊拖着它的瞪羚,或者一匹狼撕扯它的长耳兔。收罢手,她母亲还要剥开她的腿,抄起烟斗往她的阴蒂上烫去。一瞬间,粉白的阴唇被烫出一排焦火泡子。清叶哭嚷着疼。她疼得越是厉害,她母亲就越是兴奋,一张苍白的三角脸扭曲着,下狠劲啐道——小婊子,你躲我?我烫死你个天生的贱种!

清叶说，这不怪她。有些人一出生，便失去了生的权利。

就算不是生在岛原，生在一个无父无母的穷人家，她的情况只会更糟。寄人篱下的人生，连草草终席的机会都没有。等远方表亲再把她卖给游街走巷的"女街"①，一路转手倒卖到养花楼，倒不如自己一早告辞别去。青春美丽的时光太短。她母亲的身世便是如此，不忍心带累落难的亲戚，兀自一人从和歌山走到京都。许多年后，她母亲如愿当上花魁，于是逢人必讲做娼妓的好处，且笑且叹，将这半生的周折化作一口烟。

夜里把灯笼逐一点亮，两三岁的清叶半爬半坐看母亲吸烟。狎客太多，流水似的陌生男人，扭扭捏捏地为她母亲捧水烟。母亲推开不吸，紧着先问赎身之事。

伤在哪里？初子靠近清叶坐了下来。

这里……她抬起头来，摇动着一头幼发说，要是母亲没死活到现在——她大概也疯了吧。

也是明治三十七年，初子记得那一年的雨很大很大。她在雨中撞上了初来乍到的九鬼老师，她的"石头君"。这人淋着雨有一种说不出的悲戚，眼眶深陷。雨一大，天就跟着暗下来了。傍晚竟像入夜，筵席散尽，天色悲戚。初子当时微微地不安，时间好像快速倒流回去了。但她哪里知道，在祇园的西南，六条坊门的正西，地势低的岛原花街，这场大雨带走了多少人命。

养花楼的屋顶如遭重击，持续灌注的雨丝毫没有要停的迹象。透过墙的缝隙，清叶说她看到外头的雨，好像有一条河悬在墙外。起初只觉得好玩，墙边时而有水滴弹跳进来，弹到清叶的脸上，冰冰凉凉。后来清叶看到水的反光，掀开蚊帐，蚊帐也沉甸甸的，下摆已沾湿了。

果然，房间地板上一片粼粼水光。清叶被母亲抱起，她张开双臂紧紧地搂住母亲，两个人的鞋子都被水冲到墙边了，眼看着水已及膝，冰凉的。她母亲脚步拖着水，摸索着走到床边，摸到窗沿，再费力拉开被水堵塞的窗户，水一揽子涌了进来。地板都是水，雨水过母亲的腰，窗向外兀自开着。一缕光晃过，照过她们窗前，密密实实的雨柱在灯光里白晃晃的，她和母亲同时听到有人在喊——有人吗？清叶在哭，活到四周岁，还未曾遇上这种事。母亲轻拍她的背。走吧，跟他们走吧……再后来，水真的漫上来了。母亲耗尽最后一丁点力气，将她高举出窗外。

一叶扁舟划过来，被水托得一荡一荡的。一个云游僧人提着油纸灯笼，先卸下桨，长长的重重的桨，搁在同渡人的身旁。

同渡的不是别人，正是三浦屋的遣手妈妈。外头的雨还是很大，水珠一直飞溅进来。遣手妈妈没了办法，她在雨中接过这个孩子。不得已时，三个人都披上蓑衣，她把船角的水桶塞到清叶手里，僧人划桨，她们两个拼命舀水。

但那个时刻很快就到了。清叶一直盯着养花楼看，水淹过了床，桌子漂了起来，化妆匣里的花簪子漂了起来，藏在母亲内衣里的赎金漂了出来，仓促之间凑来的一千大圆，母亲再不肯放手，却也在黑魆魆的冥河永远沉了下去。

太夫，这不是梦。清叶握着初子的手，乌溜溜的双眼露出一种初子从未见过的神

---

① "女街"专指在乡下物色娼妓的人贩子。

403

情。她说，我的生母可能是死了，但我还活着。自我被遣手妈妈救起，我这条命就是她的了。

茶汤滚了。
天亮后，新沏开一壶玉露。
初子说，从前她和阿玉许过一个心愿：老了以后攒够钱，买一栋茶屋住在一块儿，成一个家。她们还说去岛原赎一个女孩回来养，小清叶这般年纪的最好。

过去，初子和阿玉每晚都各自梦到一个女孩，搽脂抹粉打扮起来，个个看着都差不多。唯独初子喝醉那一回，她梦见了一个让她十分在意的——纸门倏然拉开，一脸清纯的少女。少女毫不带色欲地道了一声"我回来了"，接着轻轻解开衣带，贴身的襦袢顺溜滑下，雪白的胴体毫无保留地呈现在她眼前。

一次阿玉受不住盘问，露出口风，初子才发现原来两人梦到的是同一个女孩。只不过，阿玉梦见的是一个立在人群中，穿一件素黑缎子旗袍，披着件小白褂子，用汉语清唱和歌的酒女。一经比较，她竟然不是她们生活里出现过的任何女孩，细想之后，倒觉得也许是那些少女的综合体。盈盈造访的，仙子一样走过的。

你当时梦到的和歌是哪一首？
初子突然问起，声音有点儿发涩。
不记得了。阿玉心不在焉地回答。

油灯照着她们的脸，各占半边。稍顷，初子的眼睛渐渐眯起来，像猫一点点蹭着脸贴近。阿玉晃一晃头，握紧的手肘几欲从大腿上跌开。

一怔，略坐一刻，相视愕然。

到了祇园祭前后，某一天，回到三浦屋，初子便发现她的"兰寿"死了。红里透金的肚皮朝上，两只在它嘴下幸存的接吻鱼在"兰寿"的鳍上猛啄。手伸到水里，指尖揉着它的鳞、鳃、鳍，轻轻擦响着，褪尽颜色的圆形扇尾。一种介乎感伤和落寞之间的心绪油然生起。

隐隐然觉得在这世间无名的角落，有一丝微弱的声音在她踏入茶屋时就央求她停止。初子带着清叶，三人在茶屋遇上，初子曾止步，两拨人相让而行。初子盯着自己的双脚，小声念叨着什么。她尝试理一理思绪，却是徒然。再举步往前走就不免先看看那人是否已经离去，而步伐加快，去追一个不敢追的人，仿佛是更自然的事了。

姐姐刚刚说什么？
说话？说什么话？
不知今夕是何年。

小巷深弄，青石板路，初子和清叶结伴而行，一路叽叽咯咯木屐声音。清叶磨了很久，初子才稍稍松口。她说，艺伎这一行，有人迎出去，也有人鞠身等，然而往后的日子，有她在的地方就不会再有阿玉。紧跟着她的是一个怅怅的念头：恐怕阿玉也是这么想的。

鸭川桥上，从祇园祭回家的人鱼贯而出。狭小细长到要把人吸进去的先斗町窄巷，红灯笼一字相连。两边的食肆都客满了，挤不进店的人倒也毫不在意，依旧有说有笑，笑靥如花。日影渐斜，一架人力车也叫不到。好饿好倦，似乎已经徒步走了很久。

来到一家鱼铺面前，初子她们驻足瞧了瞧。店门口装着活虾的浅桶里的水，灰蒙蒙地沉淀着。小清叶用食指触了触龙虾的须子，大概还是活的，可它却纹丝不动。

木桶的上方摆有一排长桌,案板上摊放着用盐腌渍的甘鲷。赤、白、黄三色都有,随时可以沿街出售的卖相。

哟,这不是百花小姐吗?老板手提水铫子,赶忙蹭上前来。见了清叶,眼角一眯问道,你就是新来的女孩子吧?

清叶点点头。

一语未了,老板随即又道:您有所不知,这两天祇园祭,若狭小滨的鱼货根本进不了京都!就这个成色的甘鲷,还是我托了人偷偷带进来的。谁不知道你们妈妈爱吃?哎,我啊……不说了,还是照老规矩,来三条?

他睁大眼睛望着初子,仿佛在求证什么。

给阿玉小姐的呢?要是算上她,买四条才对。

初子不知道怎么回答他,迟疑了片刻。

嗯,还是三条吧,要大的。

好哩,给您收拾一下。

老板说着将两支竹筷插进甘鲷的两面,先穿过鱼鳃,再穿进鱼腹。筷子和着盐巴在鱼肚里来回转了三圈,大力转出嘎吱声。

筷子一横,最后再将内脏剜出来,在手水钵冲洗过后,麻利地切开了。这时候,两个姑娘站到了店铺前。

买点什么吗?老板边切鲷鱼边问。

有竹荚鱼吗?

要几条?

两条大点儿的吧。

是买给心上人吃的吧?

眼前是两条腹脊肥厚的竹荚鱼,鱼身上也铺着盐巴。老板逗趣似的旁敲侧击,打探姑娘家里的事,想要一点点凿开她们的世界。

京都岛原——女孩不说,老板也知道她们从哪里来。

老板用薄薄的油纸把竹荚鱼包好,递给面前的姑娘。

初子看到她身后的另一个姑娘,从后面捅了一下前边的姑娘,说:

不是说好不给他买东西的吗?

前边的姑娘瞪一眼后边的姑娘,把竹荚鱼接过来之后,又瞧着浅木桶里的龙虾。

老板……她说,这周末还会有龙虾卖吧?我家那位最喜欢吃这个。

初子拉着清叶站到门外,隔着木桌偷偷瞧了姑娘一眼。

她们是新近下海的娼妓。一副簇新行头,头戴玳瑁发簪,脚蹬带彩绘的芳町草履,身穿萱草色绸袍,唯独领子开得太低,把整个后背都露了出来。

鱼铺老板将切好的鱼肉扒进案板正中,把它分成三份,分别塞进三个油纸袋,朝着初子她们小声说:

自打岛原出了个新花魁,这种人也跟着多起来哩。听说花魁的那位相好最爱吃虾,我嘛,最近也就多进了一点。

不过啊,大叔,我听说洪水没退的地方还有很多。住在被水泡烂的房子里,她们还能先紧着客人,为客人着想,这不好吗?

清叶像是在为岛原的姑娘辩护。

据说几年前,那个新花魁还在祇园甲部的一家艺馆。鱼店老板以讲故事的口吻继续说,也就是刚开始打俄国那会儿,就有征兵队的人到我这儿买鱼了。

接下来,老板告诉初子她们的事情,不过是征兵队买鱼时说的闲话,听听无妨。买鱼的军人也是两个,半带吹嘘半带炫耀地告诉他,他们队里每一个,从队长到队员,都"享受"过这岛原的新花魁。他们说，扒光了，放进去，才知道那样的尤物本就不该窝在这山沟沟里。他们上山，先把跟她私奔的小丈夫捋走了。他们尾随她下山送信，一路蛮歌獠语的。三天后把小丈夫交回来，脑袋已经被人敲掉了。余下的尸首，当着她的面剁成肉泥。

有人顺着半山找上来，迅即叫来更多的兄弟——其他分队的单身汉们。此起彼伏。那女人先是嗷嗷着不从，耍起短刀来要与他们同归于尽，但身上压了四五个男人后，终于撒手了。所以说嘛，女子天性孟浪，越正经的女人越放浪。怜悯半天，倒不如抓起两个奶子来好好快活一番！军爷们，绝亏待不了她。轮上她，被他们玩弄，日后她指不定还会感激。不然怎么解释，她受得住他们十来个人，还是忍不住笑，笑声一颠一颠地顷刻灌满整个山头？

听兵爷们说，她很美，有一双红红的烫眼睛。

后来的没赶上的军人，沿着山麓站成一条直线。三四十个之后，那女人就经不住了，昏死过去。有后来的人愤愤不平，但他们队长还是执意不肯。打躬作揖，拜托一番，还是不肯。队长站在女人的屋前，啜了一口清茶，慢条斯理地说——喏，来晚了就没了。要女人，你们去岛原找罢！

百合子当下没死，被召来的脚夫送去嵯峨野的医馆，带着一身零碎的骨折与重创的下体，靠着各式汤药勉强续命。她死或不死，军人们再不关心。荒郊野岭出了这种事，京都人虽在街上也议论纷纷，但也没人苛问那个女子的身世，只是听说，她过去在祇园做过艺伎。

那一次的谈话就在无声中结束。

后来初子还见过那鱼商两次。每回，他来送鱼的时候都会把百合子的故事再讲一遍。

初子见他来，便把包了东西的油纸袋塞还给他。鱼铺老板打开袋子，发现里面裹着一只"兰寿"的尸体。蜷曲的干瘪的小鱼，像夜市里浮夸的药引子。老板不明白，仔细瞄了一遍鱼身之后，询问起她的用意。可她却突然插嘴问：

您会再来的吧？

老板脸色一变。来哪儿，三浦屋吗？

卖鱼的怎么能见死不救呢？你有本事卖鱼，就该有能让它起死回生的本事啊！初子笑着大力拍了一下老板的肩膀，一口气用了两个成语。

那之后，卖鱼的再没有来过。

明治三十九年夏，雨季又开始了。

接连几个雨天，衣服总是湿哒哒的，晾不干，勉勉强强地，搭在院里的两棵树之间，后来竟有母蛙爬到裤角产卵。

遣手妈妈一直喊倒霉，三浦屋向来不养闲人。她差清叶去晾衣服，晾了又晾。雨一直下着，衣裳被单总也干不了。妈妈便在二楼对着她喊，清叶啊，你不要站在树坑里太久，你看看你的草履，都陷到水里去啦。

清叶那时站在八重樱的树下，她低头一看，果然，她穿的草履被泥给吸住了——"人"字头的部分嵌在土里，她两脚都拔不出来。妈妈再叫，她只好弃了鞋，打赤脚。没想到湿湿的泥头踩起来，这么滑，像是在溜冰——哎哟哟，她怀抱衣裳一脚踩空，整个人滑溜溜地向前冲，她说：遣手妈妈院长九鬼老师快闪开，我快要撞到你们啦！妈妈赶忙起身去请客人进门，一身横肉挡在清叶面前便说，院长啊九鬼老师啊没办法呀你们看这世道只能买得起

406

乡下的女孩子哩。

小清叶这才撞到了遣手妈妈，妈妈抱她不住，一起往玄关的大门口冲去。"啪叽"一声，门廊上的牌匾摔了下来，砸在地上是歪歪扭扭的"三浦屋"三个朱字。大门是用杉木板钉的，钉在墙上少说也有两百年了，被清叶这一撞，连门带匾全都飞出屋外去。妈妈一看到清叶，一把揪住她的脖子，一行走，一行撇开两位客人，骂一句，啐两声：没用的东西，让你晾个衣服都不会！

受了委屈，女孩子也都一个样，上楼敲开姐姐的房门，对着她的靠山，淋淋漓漓地哭一通才完。姐姐？小清叶推开半敞着的门扉，直直瞥见床头没人，一盏灯孤零零地搁在榻榻米上。冷，窗子大开，砰砰地拍打着墙，雨水溅进来。枕头、蚊帐、化妆台都打湿了。清叶把窗扣上，一低头，看见地上水湿，叠敷上有一串脚印。

一排潮湿的脚印，在床前，在门廊，在楼梯口。

清叶踩着脚印再往前走，就一下撞到初子的怀里。初子看她时说，嗯，让我看看，是谁坏了我鼾鼾正睡的好困辰光？清叶用手做了个"嘘"的动作，踮脚站在二楼转角，向下观望。初子也跟着探出头，只见楼下三人聊得正欢，院长和九鬼老师并排坐着，桌前摆着一张横幅水墨画，正瞧得仔细呢。

初子见状在背后推了清叶一把，连拖鞋也来不及穿，披衣、散头，两个人一出溜就过茶室那边去了。

跨进客席，初子一眼便看到案几上的画。

百花，你可算醒了。遣手妈妈笑笑，有几分埋怨在齿颊间。九鬼老师得了一件宝贝，这不正拿给院长看，我们也跟着沾光哩。

你们几时来的？

初子，看你睡着，没敢吵醒你。

还是让百花小姐来定夺吧。院长笑笑，不语。

然后初子发现自己面对着一张绢本设色的美人图，着一身素缟的美女掩面而立，手遮着脸，不知道是笑还是哭。白衣白衫，也有可能是个神女白拍子。伏案再看，远景里别有洞天。杉树砍掉了一大片，秃秃的一块空地。画中人倚在独活的一棵樱花树下。树荫下都趴着肥胖的狗，黄皮的，黑皮的，纯种的，杂种的，瞪大了眼睛看那女子，一副小孩挨了打不服气的神情。

这时，九鬼老师拉初子挨近了看，他斩钉截铁地说，这一定是横山大观的真迹。

四郎，那我倒是有些好奇了，在你看来，何以为"真"呢？

您看画中人的额间，用的是平涂白描的"无线画法"，这不是出自大观之手，还能有谁呢？

初子见他们一递一句，插不下嘴去，只看着。

九鬼继续说道——院长，横山大观是您的门生，您代表的是日本美术院，实际上也就是院体画家的观点。你们认为是笔墨造就了文人审美，但汉语古书告诉我们：唐人用头发作画，宋人把泥巴掷到败墙上来画画。既然用各式方法都可以得到"真"的道理，凭什么非要对"真"设限，应该画什么都可以啊，怎么就不能画一个"真"的女子呢？

古书上也许这么说，可是没有任何这种画留传下来。

那么与您《理想之书》中刊印的葛饰

北斋、菊池容斋相比，这一张又如何呢？同样有弱点，但是从另一角度来看，画女子的人不够强大。日本的男画家不该只画美人。从笔墨观点来说，这张画也像是在耍花样，不能算是伟大的作品。

是吗？

中国人讲究"画如其人"，说的是艺术同政治意识一样，为达到更高境界而苦苦挣扎。我们学习中国，学了几个世纪也没学明白。学到的尽是些纸上功夫。这一个半世纪来，日本国民的新活力一直在寻找自我表达的机会。至于战争什么的，有些人热衷于此，也就很自然地成了这股新力量。

怎么被您这么一说，战争也有了些好处？拿战争来跟赏画相比，这有些不妥吧。

你年轻，我知道你不认同，可事实摆在眼前——不打仗怎么能显示出日本在东海上的优势？我看，日俄战争是进一步加强了这点。同时也加深了两国友谊，使得两国比以往任何时候都更亲密。

加深了友谊？接着，九鬼四郎鼻子里飞出一个"哼"字。

遣手妈妈托了一壶新茶过来，窸窸窣窣地端到二人面前。清叶来看，随手斟茶。九鬼这才呵呵一笑，以茶当酒，举杯让客。院长似笑不笑，道谢而饮。

玉露茶之后，方才是京番茶，颜色由浅变深，口味也由淡转浓了。

初子已经换了出局会客的和服过来，小清叶在门口报说——百花太夫，到。

雨已绵绵下了半日，所幸客人们的兴头都在画上，初子那天并没有唱曲，只有遣手妈妈坐在帘子外吹弹了一套《樱花》。合着调，众人看看庭院里的积水，雨点依然频频落在树坑里，画着涡流的花纹。

院长和九鬼走前，掸去了身上的脂粉味，遣人将画挂到了壁龛里。

什么是"真"？初子淡淡地问。山林之间仿佛有饮泣之声，从女子不说话的眉间竟然看到几分寂寥。她即向九鬼问这女子的姓名。

无姓无名。

九鬼说，这样的女子生前再怨，死了做鬼，也不会是个厉鬼。

转眼再望天空，白雨如缕缕烟丝，天色已经蒙蒙亮了。院外的蜂鸟啁啾，短脚鸭欢舞，货郎在街上叫卖。卸了门栓，楼上楼下一齐推开窗子。

太夫太夫，天晴了！

清叶一嚷，引得众人哄堂大笑。唯独遣手妈妈一听，直跳起来喝住她道：还等什么呢，等着去投胎转世啊！

初子回到楼上，那是在晌午之后。

更衣师送进一套新做的和服，浑身玄色，暗纹也是玄色的，幽微的绉纱料子。着上身，拉衣扯袖，前后左右，满房乱舞，单留下空空的玻璃鱼缸，其余一切方灯壁灯，衣橱的玻璃面，壁龛嵌的玻璃横额，一一甩袖而过，逐件打落地上。薄脆的玻璃星子，如撒豆一般，豁啷啷直飞过中央茶桌。后来，只好等初子平静下来了，更衣师才敢抓了衣服往外走，口口声声说是——要回去把新衣服再浆洗一下。

那时宿雨初晴，硬邦邦的车轮子滚过石板路，辘辘作响，仿佛又下了一场小雨。一日中的这种时光，光阴总变得特别黏稠，楼上楼下所有东西都慢慢踅至她面前。飞蛾、蟑螂和小鼠都酣睡在不可及之处，连鬼魂也懒得出来活动。初子在这片浓稠的寂静中，清楚听到窗外传来更衣师与熟人的闲谈声。

初子凝神又听了一阵,尽管那声音听得不大清楚,可不知怎的她心里笃定,觉得同更衣师攀谈的就是阿玉。这一刻,阿玉就站在三浦屋外的新桥街上,正拉开嗓子说话,为的就是让她听见,她来了。

这种笃定也不是没来由的。初子想起小时候多少回踱过厕所和杂物间,凭的都是这种直觉,只要推开那一道门,她便知道阿玉在或不在,少有猜不对的时候。阿玉刚来那会儿有点怕生,也有时候躲在厕所里哭,明知道初子来了却故意不作声,假装不在,但初子会倚在门缘坐下来,她说你不想说话那就别说吧,我在这儿陪陪你。阿玉甚是惊讶,问过许多次了:初子,你怎么知道我在呢?

——你能有什么我不知道的?

雷同一律的回答,以笃定的口吻。

接下来大半天,初子都一路跟着阿玉。初子心里再不能入定,本来波澜不惊的脑海总是被各种细碎的声音,小石子一样地从耳道投掷进去。这些干扰的声响倒也不一定来自街上——除了最初那十多分钟的刻意交谈,后来阿玉和更衣师都回到了独行的模式,也许还因为警觉了什么,发现了她也说不定。继续跟了一阵,从花见小路的歌舞练场右拐向西扎进一条小巷,径直走百余米跨过鸭川上的团栗桥,便再难听见阿玉的声音。

掉转头,初子倒是察觉出了木屋町、市之町、河原町楼上轻微的骚动,人们从各自的住家探头探脑,有的还拉开门站在二楼阳台上。邻居间有的目光相接,迎了阿玉和初子一前一后走,有的门里门外交头接耳,说着伸手指一指走走停停的初子。楼对面的那家马上心领神会,嗑着栗子,含笑点头。初子自西向东一路下来,和服店的更衣师,点心铺的老板娘,杂货铺的小学徒,甚至是卖鱼的店家,都对她的行径窃窃私语。

东富西贫。京都人都知道,祇园这一段的鸭川河水自北向南流,东边的人历来是毋宁往南,也不往西边去。这一带,初子思忖着,四五年前没发洪水的时候她跟着遣手妈妈来过一次,但也是匆匆而过,没有停留。之后她就再没来过了。德川幕府垮台之后,这里就变成了下等人的天堂。死了家主的武士,生意失败的町人,无家可归的游女……

没有一个地方的人是这样的,充满了鬼气。

心里千头万绪,脚下的步子却不敢稍慢。刚走到养花楼门前,她回头看了看,蓦然被树根绊了脚。她惊得差点儿叫出声来。不行,强捂住嘴,生怕被阿玉听见。这个跟跄摔得狠,胸部先着地,紧接着膝盖骨也重重地击向某个硬东西。一阵天旋地转,拽着衣摆的手松开。一股触体的寒凉,顺着她的内衣溜进。

天又下雨了。

雨丝从她头顶的落叶松上闪过一道朦胧的白光,而后消失了。落叶松,路两旁的街树绵延不绝。扶起身再往前走,尽头是一扇挂着绸丝灯笼的拱门。门帘上用金字假名印着一个——"ゆ"。原来是妓馆的澡堂。

初子进了院子,用手摸了摸受伤的小腿。发髻还没有乱。门口的澡堂女一阵风似的迎上来,把她领到浴室里。从里面关上门,澡堂女便脱去白罩衫,上身只剩得一对小红胸脯。这澡堂女正要帮初子宽衣,初子却侧身闪过一旁。女子瞅了一眼初子

409

的膝盖，娇嗲地说，喏，你受伤了。这人看不过，勾过初子的胳膊去取毛巾，却扳不动。初子气得怔怔的，半响说不出话。还是这澡堂女猛地推了初子一把，两人这才拆开了。初子被这一推，倒退了几步，靠住背后门板，没有吃跌。等她立定脚后，往后一仰，倒栽葱似的俯身逃走了。显然是走得极为匆忙，澡堂女在她身后咒天骂地地呜呜叫着，她也怕被人认得一场，只顾快步跑着，不知该如何是好。

沿着砖墙，初子溜进了香水浴池。后院的这间浴池不同于前院，贴的是瓷砖，灌的是带香味的温泉水。香水味并不怎么高级。但初子从祇园一路东躲西藏地走过来，对她来说，眼前的这种廉价香精嗅起来也如鲜花般芳香。她踮脚站在窗台底下，看到瓷砖的颜色倒映出一泓碧色的池水。

浴池边上，有两个女人。那个年长的女人提了一壶酒来，年轻的伸手要接，却被年长的又收回去，年轻的只好苦苦央求。年长的自酌了一杯，然后凑近来帮年轻的解衣服。她两手分别揪住浴衣的两端，用力一拽。带结是滑开了，颤动的双乳忽地暴露无遗。丰满的胸脯和曲线婉约的大腿，魔鬼的身体。姐姐抓着妹妹的手，放在了自己的胸前，缓缓揉出了两个硕大、均匀、柔软的陶碗。一阵子过后，妹妹的胆子也大了起来，反过来摆弄起姐姐来。

这一幕，初子曾想象过许多次。但当那双肉体生生在眼前呈现时，她还是显得不知所措。她在屋外强捂住嘴，感到——时间胶着了，阿玉胸前的两个山包就像岚山雨夜里浮动的两盏灯，浓郁到化不开。阿玉和百合子姐姐，相对无言，彼此想说的都用气息、嘴唇和双手表达过了……垂玉似的乳房在美人的抚摩下苏醒，在初子周身涌动的激情使她战栗。

初子头也不回地撞出门去。

她是路上唯一的行人。沉沉的吼声从岚山的方向凌越千流万树赶来，没有轮廓的黑云一个接一个流走。她还没来得及知道，雨即将来临，天陡然迸裂，在一声暴响之后，所有的雨脚都齐齐落到路面，石板路重重向上一弹，像是有人把她的心抖落在地。

雨声中夹着狂风雷暴。没两下，初子的身体就给泼湿了大半。

——你说你为什么跟着我？

她多想阿玉追出来，跳着脚当街对她乱嚷乱骂。她也怕阿玉回来的时候，她先兀自老去，让她们友谊的结实颗颗都变了样，化作老妓衰败的乳房。

一转头，京都城早已淹没在千丝万缕的雨中。

入了秋，青苔消残雨，绿树阴前逐晚凉。

树和人一样，也有套热胀冷缩的道理。老木头朽到钉不起，不堪用了。遗手妈妈摇着团扇，看不过眼，索性叫人将匾额抬到中庭里。豆饼、莲藕饼、荞麦饼和果子，四道小碗，四色点心，用骨瓷碟装在大漆盘子里，排列桌上，一律由清叶收拾伺候。妈妈好像在等待初子夜归——百花在筵席上没不饱吧？来来来，再吃一点儿。

那年秋天，遗手妈妈像是提前预知了自己的生死。

在她最后的时光里，常找初子谈话，从前人往事到生老病死，无所不至。骤然之间，她像是变了一个人，将故事娓娓道来，温厚，连语气也变慢了。她说，约莫四十年前，王政复古才发生不久，庆应四年,也就是后来的明治元年,她成为了三浦屋的家元。那时她的妈妈正在这院里种小樱树。哦,就是那棵山樱嘛。她指指树,已然亭亭如盖了。她当年在没生火的房子里足足等了两个小时,看她的妈妈,毫无愠色地慢慢植树。犹记得老妈妈说到她自己是如何当上这家的承祧嗣女,得意时大笑,露出嘴巴内侧闪亮的金牙。那是老妈妈盛年的后期了,一个人将这家艺馆从大阪迁入京都。但盛年毕竟是盛年,就像刚过了夏天的初秋,霜降不会马上到来。

老妈妈带到京都的一行人中,有两个女孩姿色尚可,这两个人说来也巧,初子都曾见过。其中之一自然是后来继承了三浦屋的遣手妈妈,还有一个便是九鬼老师的母亲了。遣手妈妈对于这位故旧滔滔不绝地谈了许多。

哦,她的原名也是初子,叫什么"星崎初子"。嫁给了九鬼男爵之后,才起了一个文绉绉的别名——"九鬼靖子"。

她们同在祇园甲部待过十二年。这位故人舞艺出众,脚底生花,谈起话来,满腹经纶,妙语连珠。要她说,那位的京都舞不输给初子,那位的美文绮语可与阿玉比肩。相反,她自己却迟钝、迂腐。后来两人纷纷学成,出道成为艺伎,每当盛宴华筵,故人依旧是一骑绝尘。清清冷冷的一个人,谁承想竟有压场的本事。拜倒在她和服裙下,像院长那样有权有势的人,掰起脚指头来也数不清哩!她家的花代赚得盆满钵满,自然也就得罪了别家。有过一阵子,人人都说那位是雨女转世,来到京都扰乱人间的。故事编得有板有眼,说她只要在雨天收了客人的伞,就会一直跟着他,害得人家妻离子散,家破人亡。那位也许是听了些闲言,后来抽身得早,不声不响便嫁了她们当年的客人九鬼隆一,去了东京。往后的日子,她们各走各的路,见面稀少,多少年互不通信。

然而到了日俄战争前一年,岁暮,她在新桥街外杂沓的人流中,发现了这位故人。看样子故人是到外地去,头戴男子的折檐帽儿,打着一把墨色的细骨伞,一身潇洒的男士西装。她追了故人几条街,才敢确定是她没错。她迈步追赶,把惊魂甫定的故人拉到一个街角,站在雨中说了两分钟的话。她问她,以普通人对华族夫人的语气问候,您,近些年过得怎么样?她答她,以普通女子星崎初子的身份回答,我的丈夫死了,何况我早不是什么勋爵夫人了。她们执起手来笑谈,不再说敬语了。遣手妈妈为两人的一直疏远而道歉,劝故友珍重,然后相拥告别。遣手妈妈告诉初子,这是她这辈子第一次亲近,也是最后一次见她。

差不多半夜,天更黑了,遣手妈妈却用手掐灭了灯芯。照她的说法,灯点了会招蚊子。她看这秋蚊子是横了心,一只只骨子里都透着不要命。

遣手妈妈忍不住地摇着头颇带感慨地嘘了一口气。她的脸密密麻麻,满是苍斑,笑起来时,一脸的皱纹水波似的一圈压着一圈转。

在风月场中打了四十年的滚,说从来没害过谁,那自然是假话。当年星崎初子走红的时候,一夜转三场台,赚回来的花代恐怕比她半年挣的还多。她看上的男人,年轻时候的院长就已经属意那位初子了。先是以讹传讹的雨女之说,之后是故人被破了身的小道消息,故人有口莫辩,老妈妈恨死了,可她们都不知道——这些事与遣手的嘴巴脱不了干系。以致多年以后看到自己当女儿养的百合子叛逃，一句招呼不打，她才顿觉这兴许就是佛家讲的因果报应。她不能怨孩子绝情，哪个年轻女孩甘愿——一辈子只守着这间屋，不婚，不嫁，不育，不养？

妈妈在百合子姐姐身上确实费了一番心思，做艺伎的十八般武艺都一一传授与她，而且还百般替她张罗客人。百合子在的时候，也算是有本事，会争气，只半年下来，就成了城中红人，连在鱼铺买鱼都会被人认出来。

同样是那个卖鱼的，当他私下里来敲门，问她还记不记得那个与人私奔的怀春少女？百合子啊，遣手妈妈记得的就是一个还没长大的小女孩，刚来的时候也是清叶这般大，粉嫩雪白的一身皮肉。她晃晃神回道，我记得啊，她……她是怎么了？

她被军人们轮奸了。

遣手妈妈听他把事情完完整整说了一遍。她想起从小听到老妈妈挂在嘴上的，许多女人被强奸的传闻，没想到有一天竟会发生在自己的孩子身上。妈妈说不出话，只是掩面痛哭。她知道她说什么都晚了，一切都完了。她再问起那个日和家的鞋童小柳，他对百合子至少是认真的。鱼铺老板一直笑着，没肯讲，他不是不知道小柳被兵爷们砍成了肉糜酱。

还好她没死，那是不幸中的大幸。妈妈哭得喉音尽哑，只打干噎。过了一阵，她自己冷静下来了，慢慢改口道，可怜她还没死，这下惨了，死了没人知道，死不了倒闹得人尽皆知。初子听了沉默。妈妈问她怎么不出声。初子才从黑暗里应声趋出，她说，妈妈你讲话像个华族首领，我觉得你能为姐姐做主。

这些话，妈妈听了很高兴。两人话聊到这里，背上吹的风有点儿冷了，妈妈起身走到门口卸下门灯，掩上大门。初子的视线掠过她佝偻的背，看见毛毛的黄月亮。后来，她们在楼梯边告别，妈妈没有跟她一起上楼。妈妈说她还要去清叶房里掖掖被角，这孩子忽睡忽起的没个着落。初子讷讷说好。

一直到埋藏了遣手妈妈之后，有一回夜里听见清叶的哭声，突然想起。初子当时都未曾敢想，遣手妈妈就死在三天后，立秋后第三个甲日。

遣手妈妈的事情发生后，茶屋的老板带着初子去看妈妈，老板指着妈妈的尸首说——这就是你们妈妈。那时初子已经习惯了，这些来来去去的人，数不清的生生死死，无可名状的悲伤。他指什么，你就看什么，他心里想的是什么，你不要多问。当众人指着遣手妈妈时，初子其实已经分辨不出她是谁了，因为，她的脸，一口双眼一鼻左右耳，都在流血。血把五官浸没了。初子想，这张脸很可能是另一个人。然而九鬼老师在人群中把她搀住，搭肩附耳平静地说，这就是你的遣手妈妈。在他的话语里，同样找不出"死"这样的字眼。

一个至亲之人逝世，最后竟认不出是谁。

十天之后，在她终于接受遣手妈妈死讯的那天晚上，九鬼四郎踩着新买的富士牌自行车追到她门前，伸出虚冒着汗的厚手捏一下把手，叫声"阿玉"，喊她下楼，去伎乐坊救人。但村长藤井先生、巡查二宫和警防团的人突然全部出现，远远地从新桥街口赶来。快！九鬼大吼一声，挥手拍拍鞍座。"阿玉"是他们约定好的暗号。初子听得一个"阿"字，心头小鹿儿便突突乱跳，抬身起坐，一个箭步就跨到自行车的后架上。侧耳而听，两人都听见一群人闹哄哄地带着警棍来到樱花树下，扑了个空。

街上荡起他们的嘈嘈笑语。九鬼说，初子，我叫你到楼上望风，说对了吧？这帮人能从阿玉的琴盒里搜出一块雄黄石，污蔑她是用雄黄杀人，就不定能从你这儿捞点什么呢。他骑着车，揣两只手在把前，时不时扭过头看看身后。后座上，初子目不转睛盯着前面的路，如果九鬼像是要撞上墙的样子，她就把手轻轻一掐他的背。下坡时，她双手环着九鬼的腰，胸部像落入网兜的小鱼，不停撞击着九鬼的脊背。重力加速度，他们飞在路上，一前一后，像两匹脱缰野马。好在到伎乐坊的路不很长，九鬼骑得浮浮沉沉，眨眼间也就到了。

初子记得自己站在伎乐坊的楼下，在后门踌躇着，好多忐忑，等不到楼上有所动静。初子说，如果把那夜发生的事画出来，画面上应有乌黑的天，画幅很长很长，卷起来，一路打开，全是天，悠悠不尽。而在那黑魆魆的天底下略有一点影影绰绰的城市或是墟落，也有似鬼的人，一辆乘载着三个人的脚踏车。阿玉不语，只微微别过脸去。初子戳了一下九鬼，九鬼便替她说，我知道你害怕，别担心，有我们在，百合子姐姐不会有事。

百合子姐姐的笑颜一闪而逝。

岛原，养花楼的二楼。她投下燃烧的烟蒂，涌起的烟，离散的火。她在点火之前给警防团的人递了一封信。这封信后来传扬开来，祇园各处皆知。百合子在信中连说带骂，将警察的废物无用数落一通。她说杀死遣手妈妈的真凶明明是她百合子，怎么就能赖到一个小女孩的头上？她毒死遣手，用的分明是雌黄，怎么到了他们那里就变了雄黄？一群凶巴巴的黑衣人，自命不凡的大老爷啊，顿足，呼喝，五米之内竟分不出来雌雄？她还在信中写道，她杀遣手是因为遣手该死。明治三十八年，遣手给征兵队引路，上山。是遣手在山脚下，用手指着半山腰，故意搭了一句。她说岚山美女多，她说山上也可以住人的。征兵队的听不清楚，但照其所指之处，且往山腰寻觅。

初子三人跑到着火的地方，用木桶把澡堂的水打出来救火。这时，火光里仓促传出百合子嘶哑的声音，初子啊，阿玉，你们不要白费力气了……初子没把这话听完，迅速跑出澡堂，跑到与庭院相连的养花楼侧廊那里，使劲地砸门，痴着脸，呜咽不止地喊道——姐姐，请快点下来，楼上着火，着大火啦！可百合子却像是瞌睡了不能动身，仍是寂然毫无声息。九鬼也扔掉木桶跑到门廊上，连忙抱紧差点儿跌倒的初子。

这次是阿玉发了疯。她的眼睛哭得又红又肿，脸上薄薄抹着的一层粉，早就变成了赭石色。她顾不得涤洗沾满烟灰的脸。众人从澡堂中打水递给阿玉，由她接过去泼到木房子上。一双惊惶不安的小黑眼瞪住过往行人，双手却擂在失火屋的门上。但因为火势亦疾亦大，她泼得再快也是慢，根本灭不了火。扔了水盆，拔腿飞奔，逢人便跪着央求：求求你们，行行好，救救姐姐……最后她连胳膊也抬不起。她的侧影，眼睛直勾勾的一点儿表情也没有，像泥砌的面具。

火光焚烧着木制的矮房，房中的影子在跳舞。

一群持枪把刀的男子围观。咬牙切齿

泼水救人的少年。两位穿戴整齐的妇人握着彼此的手凝视着百合子所在的二楼。戴帽的警官，烈火下帽子阴影里半张线条分明的脸，抿紧的嘴角，朝着来迟的村长一笑，似笑非笑。几个小鞋匠挤到街角，借着这大火的势烧起了自家的金银纸。

啪——啪——啪，不知道哪里响着的回声。

记忆的余烬随风卷起。

每当有人问初子喜欢什么颜色，她总是回答不出。

支支吾吾的。沉香屑是鼠灰色的，很好，可以用来装染自己的坟墓。冬杉色也好，葬礼的时候搭一件大氅，最合适不过。落叶松的嫩绿，使人想起十四五岁的少年。枇杷、香蕉的暖黄，柠檬、夜来香的冷黄。蓝宝石色，仿佛飞鱼闪着银灰的翅膀。绿玉色，叫人看见深秋在鸭川水面泛起的红叶，日影下沦，垂落无数金丝的山河盛景。蓊草的衰红，温温的像泪。

北风劲吹，搬去山科随心院的路，一片霜枯的荒野。近了近了，马车穿过茅草、野藤、寄生树与野树林，才看见一片麦田。一片金灿灿的画面展开。那颜色，有点儿像名伶身上的莺色服。麦田的尽头是各种各样的白，湖上的浪花，深秋天空的云朵，初冬山野的霜雪，大理石、白橡树……这些数不尽的京都颜色，哪怕后来她搬走了，她仍是喜欢。

明治三十九年的十二月十一日，一大早，初子把三浦屋交到村长藤井先生手上。那人从山科带回一封信笺，说是托宗亲的福，已经帮她们打点好了随心院旁的小屋。那房子，是他亲自上黄檗山去砍伐杉木当栋梁盖起来的。但那地方以前应该有人住过，正对着小野小町的住所，有废灶和一口荒井，一棵老樱树。

离开京都的那天，初子穿了一身浓碧色的和服。

城外一条长长的大道，被朝露瀼瀼的麦田遮蔽着。马车走在大道中，像是走进一个清疏稀黄的大伞。

一条掉光了牙的狗在大道边咀嚼马齿苋的根。狗看来饿了好几天，黏沫从狗的嘴角流延着。树根被嚼碎了，吐沫被风刮起，一丝丝粗重地浮游着，见到坐在车尾啃馒头的清叶，起起伏伏地跃了几下，狗在追马车。追不上，黏沫沮丧地挂满狗腿。

远处，一个小女孩跳下马车，慢慢地走进金黄色的麦田。

狗应该是知道些什么，一猛子扎进麦地，随即伸出舌头向女孩奔去。它隐约地吠着，风从它无牙的嘴里兜过，串成一条曲线穿入摇曳的麦浪中，消失了。初子知道，小清叶想叫——她分明认得它，这不就是百合子心爱的狗，还是姐姐生前亲自托付给她的——一时间竟叫不出它的名字。前些天，不是把它托给九鬼老师了，它怎么还跟着？小清叶哽咽了。

多曲折的羊肠小径，窄路，白色的自行车。路窄到似有若无，浓缩的乡间秋景隐现在没打完的麦田里。骑自行车的男子也是缓缓的，钻入麦地里。许多穗子被撞着，由他头顶坠了下来。麦穗们交结着响，有时也打在他的脸上。他绕过一个又一个的麦草堆，推着车上坡，快速下坡，来来回回走了一趟趟。湿漉漉的后背。黄色的穗，垂在身后。

麦穗在风中笑他。秋收节过后，麦子打尽，田地短暂地呈现锈黄，路被雨冲刷成白色。色彩褪去，狗扑进小清叶怀中。

414

初子瞧见九鬼老师，远远推着车，追着狗，一路焦躁着赶来。

搬就搬吧，怎么连道别也没一声……九鬼颤动喉头，轻轻地说。

声音熟悉至极。众人静了数秒，再齐声欢呼围了过来。同时那条狗也吠着，绕着九鬼的自行车前后蹦跶。

我们在祇园待不下去了。

再问她们要搬去哪里，众人迟疑了半晌，不好作答。

你别问了，也别再找来……你应该跟院长回东京去，你是九鬼家的四少爷，你还没结婚……而且，现在整个京都还有谁敢招惹我们，躲都躲不及……说罢头也不回地走了，她听到背后一句愤怒的话：

前田初子，你把我当什么人了！

听罢，初子的脸不由得抽动一下。

正错愕间，风突然停了。麦浪抖风而去，化作秋水。

许多脚步声自身后响起。长长的乡间土路，轻轻的脚步愈踩愈近。九鬼走来马车跟前，蹲下，煞白的年轻的脸上眼睛乌黑油亮地盯着初子，直到把小清叶抱起，他也跟着跳上马车。这家伙向身旁的小清叶低声说了什么，清叶哪里是他的对手，三两下就被他惹得哈哈笑。马车再次上了路。他坐在"三浦屋"的旧匾额上，一手拦腰抱着清叶，一手抚着老狗的头，反复吟唱着：

　　天の川七日を契る心あらば星あひばかりのかげを見よとや。①

很快地，马车到了新居。

具体的细节初子忘了。无非是搭鸡寮、种树、劈柴、围篱笆，喂了狗，哄睡了小清叶，只等安排好了一切，他们三个才悄悄拴上门，过街去看小野小町。旧奈良大街，九鬼老师的脚踏车仍以铁丝系在院外的石灯笼上。

进了随心院的本堂，初子在供奉给神明的绢帛上写下了一首和歌：

　　两星有心渡，银汉七夕相逢路，
　　怎堪寄朝暮。

初子闻到一股香屑味。

你怎么抄我的诗？九鬼四郎架起眼镜问道。

是又怎样？初子两眼一白，鼻孔一翘。

此后，年关前的一天，他们又去了另外一处地方，同样是拜神去了。

这次，献给神明的绢帛各备了两份，都是汉字写作的唐诗，在敬献给下社的帛笺上写道：

　　未洗染尘缨，归来芳草平。

紧跟着还有一句：

　　一条藤径绿，万点雪峰晴。

到了上社，初子在九鬼面前草草写毕，塞到阿玉手里。阿玉在神龛前取出一看，果然是李白的《冬日归旧山》：

---

① 此句和歌原出自《蜻蛉日记》，释义即后面出现的——"两星有心渡，银汉七夕相逢路，怎堪寄朝暮"，因此九鬼才问初子为何要抄他的诗。

415

嫩篁侵舍密，古树倒江横。

再看上文，少了一句，阿玉便顺手帮忙添上：

地冷叶先尽，谷寒云不行。

合掌连拍两次。

他们在神明听不到的地方，低声吟诵了李白的这首诗。

送走了妈妈和姐姐，他们三个轮流上香，烧纸钱，摆糕点，呼唤逝者魂兮归来朝食。月初月末，初冬的光景也过得很快。清醒时看到天空好远好远，随心院里的千鸟草花开得正好。

浓碧色从那花缝里陷溺下去，有的正在盛开，有的稍微衰谢，有的正在打苞儿，千枝万朵，迎送着往来不绝的香客。一个清早，初子心血来潮，独自溜进那园子。在姐姐妈妈的墓前，在无耳地藏菩萨的足下，她看到浥满朝露的碧草耀眼盛开，便再也忍不住了，用指尖轻轻一点。浓碧色像个脆弱的陷阱，一碰即成土。每一瓣碧色都腐烂得只剩下松软的表皮，她才恍然发觉，记忆已被蛀蚀得薄脆如纸。

这件事，初子只跟我一个人提过——因为始终不确定这是不是梦。

第 五 章

1966年的北京，成了我父亲李向阳那一代人的天下。街头巷尾，到处涌动着喷薄而出的青春荷尔蒙。一个月，李向阳能悄悄带回半打女朋友，来吃初子做的炸虾天妇罗。事后初子问起他，他总是摇摇头笑着说："没有的事儿，祖母，什么爱不爱的，只是玩玩！"

可是有一天，李向阳却跑过来告诉初子："这次我是认真的。"他爱上了一个首钢工人家庭的女孩，根正苗红，出身好。他得意到极处，说一次，笑一次，还要在院里倒着走。偏不巧被初子看见，她便拣了两个鸡蛋在李向阳耳边一敲，敲了他一脑门子糨糊。初子禁止我们在家里倒走，她说那是死人走路的方式。

在曾祖父死后，初子常走到大洋镜前照了又照，两手反撑过来摸摸头。李向阳说，她这是在模仿从前曾祖父的动作。"是啊，死人不会倒走，但他们会跟在我们身后。他们没有肺，不能大声呼喊，但会因为爱我们而转身。他们，他们中的许多人，都是爱的受害者。"

我的曾祖父在他家中排行老三，自幼聪颖，高大英俊，开蒙得早，读完了私塾就被送去日本念书。他能讲一口流利的关东话。当时他身边很多东京的时髦女郎追求他，清一色的漂亮能干。他没看上，偏被住在京都乡下的初子吸引。曾祖父认识曾祖母后，开始追求她。

曾祖母还没糊涂之前，有时候喝几杯清酒，话就多一点儿，变得特别可爱。我记得她有一次说："啊，你曾祖父从来没郑重其事地对我说过'我爱你'。"不光是中国男人，日本男人确实也不大会说"我爱你"这句话。即便有人说了，女人们也听不顺溜，总觉得心里像扭股糖一般，不上不下的。况且"我爱你"素来不是一句不打紧的闲话，一旦有人率先说出这句话，就让听的一方有了需要交换的必要。初子说不出口,她嫌这话太肉麻了。

从1926年起,我的曾祖父母就没有离开过北京。

曾祖父在生活上的准备总是未雨绸缪式的,当他还没进燕京大学教书时,就用倒卖古董挣来的钱买下了磁器库胡同里的两间小院。直到1966年,为了响应政府号召,我的曾祖父将大的院子交公了,只留下小的自住,三间北房和一间小木屋。

其实,曾祖母受曾祖父的影响很多。就连孩子结婚,他们办喜事也要按照北方的传统,请老少爷们吃席面,高朋满座,非得大操大办。但是,曾祖母最喜欢的孙儿结婚,她什么都没有做,连客都没请就自行消失了。她的和服就挂在木屋的衣桁上,十分嶙峋,十分傲岸,像她瘦削的身影。

后来我父亲告诉我,他和我妈结婚那天,怎么找曾祖母也找不到。从始至终,都是曾祖父孤独地立在筵席上。一直到那团肉球般的红月亮,从他身后恹恹下沉,他才打发了邻里,塞给我父亲五块钱说:"向阳,你去王府井买些冰淇淋给大家吃。"

听父亲讲,1966年他们结婚那天,有个日本女人来找曾祖母,他看见她们俩倚在后院的樱花树上,微微垂下了头,一大绺花白的头发各自跌挂下来。他听见那女人说:"姐姐……跟我回去吧……留在这,我敢保证你长不了。"

"祖母犹豫了。"

"她没有。"

"哪没有,我都听见她问那人了——孩子丈夫和这个家呢?"

"你骗人!"

我两脚一跺,身子一掀,俯仰号啕,放声大哭:"爸爸你胡说,曾祖母怎么可能抛下我?"

曾祖父在前院也听见这哭声,缓缓地一步步踅摸到我面前,十分吃力地抱起我,放在他的膝盖上。我那时候还小,尚未满四岁,不知道他已经生了骨癌,只是觉得他很巨大。他不仅高大,还有很多茸茸的胸毛。我哭一下就揪一下他的胸毛,露出许多痦子,红的,黄的,棕的。

我猜曾祖父并不怎么爱初子,因为他从不跟初子睡。

曾祖父睡在前院打头的第一间,朝北,没有窗的厢房。屋子里没铺榻榻米,只有一个厚厚的天鹅绒帘子,颜色绛紫,绒帘子满满当当遮住一整面墙。对年幼的我来说那里是个神秘的地方,一个禁区。我只能背着曾祖父,鬼祟地,探索着溜进去。前厅摆了一堂精巧的花梨木几椅,几案上搁了一套大明赤绘的五彩花鸟纹瓶。帘子外原来是一处斜角,正靠着睡房,恰好当作佛前供花的香台。对过儿,一只龙泉窑的观音尊里斜插了几枝小叶菩提。

一次李向阳进去,我也偷跟进去,满房间的古董架子……一股股臭香臭香的旧物件味(我记得这味道,后来在阿玉给初子的信中也闻到过)。小小的房间,巨大的库房,里头的每一件古董都很珍贵。曾祖父有时候在这儿一待就是一下午,等到我爷爷和我爸连番招呼"请您用晚饭",他都不肯出来。

至于曾祖父葫芦里卖的是什么药,我老早就打听得清清楚楚了,无非是:一套唐寅的春宫画,一套菱川师宣的春宫画,两套喜多川歌麿的大首美人图。我的"线人"自然是我的曾祖母初子。初子不由得"噗嗤"笑出了声来,她说:"保不齐这些破烂日后都会传给你。"她私自估了一下，一两万的家当总还是有的。本着对自己负责的原则，我也问过曾祖父："有假货吗?"他很自豪地拍拍胸脯说："古玉陶瓷，文玩杂项，咱可都交过学费，上过无数次当咯，最后才被训练成了专家，现在打不了眼儿!"他谈论老玩意儿时笑得总是很大声，我猜他爱古董多过爱初子。

初子呢，她说爱是一种沉重的负担。男人也差不多，只要参加过一次战争，就会一辈子陷在战争的回忆里。她理解，所以也就忘了自己过去曾被人称为祇园的"小町"。八十年前，也许是九十年前?不，还是来说说八十年前吧。她那时才十五岁，刚好是那个时候，她的"深草少将"来祇园拜访。

她终于说起"爱"。

假如他爱过她，他应见过她，在茶楼的窗口额头抵着冰花。

有天晚上，他开玩笑问她——我知道你不让我碰你，我们是朋友。可是你能不能伸个手指头出来，放在我膝盖上?我会卖力教书写作赚钱，等我有钱了，就买下你一个月的花代来回报你。

她小心翼翼地伸出食指指尖，像碰到什么秽物一样匆匆拂过他的左膝，东倒西歪地笑着，扭到弹琴的阿玉怀里。那份谨慎小心，像是在做游戏。

三个月后，他说——这次用三根手指，怎么样?

接下来——别那么小气嘛，三根和五根有什么区别?

两年之后，她们已经搬走了，他再来山科看她——给我你的手吧，全部交给我，可以吗?

那天，她在天台上晾新洗好的和服，三行五列一字排开，在午半时分朝北晾晒。日本人相信，只有这样才能召唤亡者的魂灵。赤红、绯红、桦红、樱红、深绯、胭脂、蔷薇、鸢尾、珊瑚、铅丹、苏芳、浅樱，晾的碰巧都是这些红中带点儿媚的颜色。他来的时候，她正在抻一条绣着肉色贝壳花纹的腰带。他的手指从衣裳下面伸来，碰到她。她绽出白牙的笑，刚露出一角，刹那间就接起他的吻。他拽了一下身后的晾衣竿，巨大的和服下摆如帷幕般降落，将她牢牢裹在他的怀里。她来不及反应，看千种红千种粉千种白涌入她的心，从未有过的一个念头闪过，那是——爱。

等我到了十七岁，也就是1987年，我们青春期对爱情的经验——没有小町和深草少将那番风花雪月，是我第一次像一个坏女人那样和一个坏男人在北京"刷夜"抽烟的事，是一些不是流氓的人被外界草草定性为流氓男女的事。

流氓——可这世上有谁不是流氓呢?

只要有生活欲望的人，都是流氓。区别是明与暗，上流和下流之分。

我骑在马路牙子上，突然对眼前的坏男人嘘寒问暖，于是蹦出这么一句话："你是流氓，还能有心事?"

"心事谁没有?越想心越烂。"他懒懒地回答。眼看着就走到我家门口，我们俩竟不转弯归家，一直漂上鼓楼东大街，遥望钟楼琉璃瓦映着月亮，也亮晶晶地射出万道寒光，笼着些迷蒙烟雾。

站在桥上，他冷不丁地问我："你亲过嘴儿吗?"

"想过，没干过。你呢?"

"没想过，干过。"

兴许是时代不同了。一个吻，隔了八

十年，也不再是初子形容的那般感受。坏男人，臭流氓，他吻了我倒好像受了我的欺负，呼哧带喘地一屁股蹲下，慌忙找烟，摸火儿，摸不着。他瞧我这边已经点上了，讪讪地蹭过来。我说："火可以有，嘴儿就不亲了吧。"

我盯着他，他瞪着我。他咬牙切齿，我假装心不在焉。抽完这根，我们的爱情也就结束了。无疾而终。所以我看到他毫不犹豫，点上，狠狠抽了一口，深深地吞，长长地吐。

如果爱是一个谜，那么它就该有谜面和谜底。

我无心追究，绕过那个夺走我初吻的男孩，趔趄着离去。到家时天已全亮，我父亲李向阳守在前院的大堂等我，他的脸色很难看——我小步踱了进去，他迎面便是一巴掌。原来他找我去了，满四九城地找，大概是走岔了，找不到我还以为我被坏人给"霍霍"了。那一年刚好有个叫"许广才"的杀人魔，连着奸杀了七名少女。为此我被禁足在后院，整整一个月，负责照顾老初子的起居。我也因此有了机会，再次寻访树下埋着的爱情。

我对爱的理解，三分之二来自初子的口述，三分之一来自阿玉的信。

有心的话，最后总会发现——她的话，恐怕有些失实。

她弥留之际，依旧是我陪在她身边，听她反复回忆在延吉生活的时光。虽然不知道她究竟为了什么缘故，却也总觉得咫尺之间，历历在目，不像是凭空捏造的。可有一事，我一直想不通——当初跟随九鬼老师去延吉的，不该是阿玉吗？

查阅一番，姓名、签署、日期，都对得上。字少留白多，侧边还有时隐时现的指纹，看来被女人的手捻过许多遍……那些信确有实打实的来路。先由"阿玉"寄出，后经"前田初子"拜启，先寄到大阪港，再转寄到京都和山科。这些信，难道不比人的记忆要可靠得多？

不管怎样，我还是按照时间顺序，把这些信逐封编号排列好。

在第一封信寄出之后，隔了一个月零五天，初子再次收到了阿玉的来信，这回一来就是两封：

六月十二日

初子，你不知道，一整天九鬼老师都把自己关在房里。

延吉这地方虽不比京都，但天气也一日日热起来了，送水送饭他都不要，这样下去怎么待得住？他在干什么呢？——整理新搜集来的间岛资料？继续帮院长监视复一的行动？他现在究竟是什么身份，是院长安插在复一身边的密探？还是复一的一个普通朋友？

我也想过，也许你■■■■，他就能振奋一点儿。

他上次带我出门，走访了一趟长白山会。

九鬼老师告诉我说，这次他们的联络人是片山潜先生，他虽然是社会党的成员，跟军方和院长他们的政见相悖，但他在延吉和整个东北颇有些威望。他建议我们乔装打扮，尤其是复一，他最好另取一个日本名字，以免节外生枝。于是一夜间，"复一"化名成了"贞村"。

临出发那天早晨，我起晚了。醒来赶紧到邻房一看：床上空荡荡的。

凭几上摆着一张纸条，用中文写作的，我不全认识，只好这样将就着抄给你："虽然，间岛者，介于中日俄三国势力圈之间，于东亚政局之关系，甚为深切重要。盱衡时局者，又不可不明形势也。"九鬼老师在"不可不明形势"的下面画了线。接着，后半页还有一句，像是在做补充——"涓涓不塞，将成江河，世有关心东亚国际政局者，安得不于此问题而再三加之意也。"我当时看到后门虚掩，还以为他去大解了。等再推开门，掠开树枝，才发现他一个人对着■■■抽闷烟，神情忧郁。我不相信，他的不安跟那张■■没有关系。

　　长白山会的人邀我们进山。

　　一路上，我们都被人用黑布蒙着眼。包裹里备好的饮水、干粮、地图，也无一幸免，全被他们没收了。他们的会址大概是在长白山的腹地，我们上山的时候特意跨过了柳条边。他们的人走在前面探路，为我们劈开松枝和长草，绕过七八个小土坡，在一棵绑着菊花旗的巨树下，我们被人摘下了眼罩。黄昏时候，赫然出现了一个山洞。我看见不远处有熟人围坐地上，身量比一般满族人、朝鲜人略矮小些，好似在商量什么事情。他们看见我们，便招呼我们过去，但比画的手势僵固，我猜他们多半是日本人。

　　对了，他们告诉我们，洞口的那棵松就是"长白松"。

敬具

　　明治四十年六月十二日

阿玉

前田初子　様

六月十六日

　　昨晚刚睡醒，有人敲门，门打开——果真是他，九鬼老师。他跟长白山会的人聊了一整晚图们江的命名，争论的焦点在于——他们究竟该称它是"图们""土门"，还是"豆满"？九鬼说，事情远比他想象的棘手，这"图们江"有同音而无专字，有音传而无书记，所以才让别人有机可乘，以"豆满""头满"■■。

　　九鬼说，根据长白山会的内幕消息，有河流过的地方就有金。沿着河谷，他们在长白山地脉之中果然挖到了线金，延吉以西的石建坪、二道沟、三道沟都有金水流出。还有沙金，他们下一步准备去河流下游，从沙金沟、旺清、黑顶子这些地方■■■挖。会里的人算过，那片地区最值钱的就是这些金矿。会长竟当众夸下海口，声称日本夺满洲必取"间岛"，夺"间岛"必取沙金沟。继续说，■■愈兴奋。后来，一张地图被按在桌上。会长指着地图上的一个河谷，当众问询贞村（"复一"在会内的化名）：咱们日本的一里，约合他们中国的几里？

　　七里。贞村先生没有犹豫，笑吟吟地接下。他抄起地图，就算出了沙金沟方圆五里的采金情况——沙金沟在珲春之东微北约五里，由西南延长于东北，长六里，幅三町余，采金者二十余人。

　　仅仅二十人？九鬼转述说，会长听后立刻沉下脸，别过头，朝着手下人呵斥道，马鹿野郎！长白山脉蟠踞之地，山谷溪流，随处产金。你们是瞎子吗？沙金沟、于沟子、二道沟、三道沟、四道沟、五道沟、六道沟，都给我■■■！大如椒子的金粒，一两就值银四十两，全是天皇的军饷，哪有有利源而不自开的道理？

话未完，九鬼就察觉有异，猛然回头，只见贞村满目哀怨，化成瞋目切齿的虚影狠狠向前。他急着伸手一够，碰掉了地图，胳膊抡到贞村身上。这是一个提醒，也是救命。贞村匆匆回过神来，■■■■，这才喊道：会长所言极是！

贞村先生晚饭后到我们屋来借阅了《商业界杂志》，我猜他是要看上面一篇关于"间岛"地区问题的文章。九鬼也说，复一已经开始写他的《间岛问题》了。

初子，我有些害怕。请告诉我，我该怎么办？

阿玉

时间错乱了，或者错乱的不只有时间。当初子缩在病榻上，听到有人且念且讲复一、贞村、宋教仁的故事，她悄悄地咒骂几句，说这是他们男人家的机密事务。不可说，不可说啊。我握着这几封信找到她，她只听我提了一句"贞村先生"便笑起来，仿佛听到有生以来最好笑的事——她还反过头问我，阿玉，好不好笑？——我说，初子，你当初为什么让，我，随他们去了延吉，你怎么不跟着，我，去呢？

我用略微沙哑的声音勾勒着那个"我"。

病中的初子发高烧，说谵语。虽生犹死，她冲着我，只管笑。

笑过之后，又是一阵精神恍惚，自言自语地抓住我，把我认作是她自己——初子，你那时多年轻啊，也就不到二十岁！我们好端端的，怎么就到了这个地步……她大概觉得惨然，透过四面透风的廊亭，看向看不见的远方，就好像那里藏着一个没有阴谋没有死亡的世界……她想撇下这个世界，死了倒好，一了百了！

倒逆着，倒逆着，倒逆着，回忆逆时针启动了。

初子告诉我，她看见宋先生和九鬼在矿洞，遍地黄金从洞口满溢出来，她的九鬼老师颓然走进洞内，胳肢窝夹着一卷山水画，画里夹着宋先生要的地图。九鬼在山路上遇到了会长的人，九鬼的怀里多了一把刀，九鬼的下巴垂下来了。月亮也从金子堆上降下来了。一些黑如炭的脸，一些龅牙子的嘴。整个长白山会的人都聚过来堵在洞外，他们虚虚的火把撩过洞口，以及，穷极无聊的时候，拉开嗓子唱"狂言"，他们一直想知道——如果最后是宋教仁先走出来，九鬼的女人会怎么做？难不成杀了他，为九鬼报仇？如果是九鬼先走出来，他们又该怎么面对他们的朋友——一个暗潜长白会的中国间谍？

她轻轻摩挲着，把那些信捂在脸上，痛哭不已。

时间过得真快。彼时致命的疑问没有得到答案，而她已经垂老将死，不会再问自己这种问题。她五岁被送进三浦屋，长到二十岁，受尽了苦，除了阿玉和九鬼也实在寻不出任何亲人了。所以她当时，一心想要救起这两个人，带他们回家，却无法向九鬼好好说明。

她拿最珍贵的东西去换，心甘情愿地交出自己的"水扬"。没想到，九鬼舍命去救的复一，到头来还是死了。复一，或是宋先生的遗体葬在上海闸北的共和新路。葬礼上，他的瞳孔放大了，人中收缩了，子弹斜穿到腰部，可谁也骗不了她，这是复一啊，这不是什么宋教仁。在棺材外，墓园里，刺杀过他的人正对着坟冢鞠躬敬礼，唱祷不迭。初子说，她看见有一个人绕过时空，发着愣，看着她。她看见，九鬼被引到宋教仁的墓前，打断了行将过半的法事，他恳请他们，不要就这样埋了他："宋先生，你们不该早早送他，去见我。"

……悲剧和苦难还是有分别的，苦难可以是外来的别人给的时代给的，它来了，至少还有的可赖可推脱可解释；而悲剧呢，全是人自己个儿选的……路是靠自己走出来的，走好走坏，怨不了别人……

初子去世之前讲了最后一个故事。她说她收买了长白山会的一个守卫，让那个日本兵带她走了后山，费了半月才寻觅到沙金沟的另一个洞口。军人把她架了进去，她知道，他一定会出卖自己。她撑着个火把走进去，已近黄昏，山风把溪谷的金沙刮了起来，落日映得洞口黄灿灿的。洞里有一条浅流，兀自冒着水。金沙浮泛在上面，像古都夏夜的萤火虫。

她猛回头，带她来的军人消失得无影无踪。

北方，图们江的源头，长白山，刀。故友焦灼的声音好像也来自洞的另一边。宋先生说，阿玉……啊不，初子，还愣着干吗？快，快来救人！自此她再也没有回来。和九鬼一样，她的尸体也一直没能找到。地上，树和草的种子飘零，金堆上缠满了野藤。沉稳于时代的狂飙之外，是一些过耳即忘的传闻。有一人手捂着胸口跌下，胸口插着刀。他眼光向下，看着什么。她顺他的目光望去，拨开芒草绕到屋后，只见高高坟起的墓龟，延吉满族人的丛葬，墓前有道门板大小的碑，碑上写着墓主的祖籍、姓名和生卒年：

不详无名氏光绪三十三年。

第 六 章

仅仅就历史的真相而言，这些危机确实是"小的"。

但对牵涉其中的人来说，每一个"最小的"危机都攸关生死。

——《间岛问题补遗》①

我记得渐渐老去的初子偶尔也说，想回故乡看看。

有好些年，京都还有她的晚辈寄信来，从其他人手上转过来，转了好几手，信封都皱得微微起毛了。可能是为了过海关容易，那些信都是用汉字写的。字写得整整齐齐，格子信纸，竖写，信里说了好些初子同代人过世的消息。我卧在初子膝上展开信，用半生不熟的日语念出，我看到她听信时神情凝重。不是不想回去，我猜她是自觉回不去了吧。

信中说数十年来清叶很想念年纪轻轻就随夫远嫁中国的姐姐，常常提起的是这位姐姐缺席的昭和时代。经历了短暂的大

---

① 此处为节选，《间岛问题补遗》系"我"在京都大学攻读研究生时的论文题目。

正时代，惨淡的民主运动，明治青年四面楚歌，军国主义已经尽得楚地。她嫁了一个梦碎的明治青年，听他感叹说"昭和"是日本最糟糕的时代，它辜负了"百姓昭明，协和万邦"的本意，《尚书》里的细细嘱托。可它又偏偏是日本年号中使用时间最长的一个。

1926年以后，不料两人一别，就隔了大半个"昭和"。清叶何尝不知道，寄信到中国来多半会石沉大海。中国人受关东军侵略，战乱、逃难，最初二十年寄过来的一批信都失落，可能也都烧掉了，没能留下地址。她不怪初子不给她回信，大概很困难吧。新中国成立后有很多年没办法和外国人联络，就那样过了几十年。那些年里，只要有北京的乡亲返乡，只要一有机会，她就会托人帮忙查探。信里说："只探知您一家落脚东城磁器库，院子里有一棵山樱树，其他的就不知道了。好不容易遇到有朋友返乡探亲，问到一点儿确切的讯息，但我们老一辈的熟人都过世了。"

初子没有瞒我，她说那就是小清叶，如今已变成老清叶啰。清叶来北京找她时，我这个小毛头还未出生呢。那人是真倔，瞄着树枝子，一棵一棵寻过来的。

不知走了多少条胡同。"清叶……"她只说得两字，便缩住了，却"哼"的一声，像是叹气。半晌，嘴唇不自禁地颤动，才接着说："她啊，想我跟她回去。可我已经这么老了，就算能够回到家乡，生活在那块土地上，家乡……家乡又能带给我什么呢？"

我看到她眼角有泪，湿意顺着皱纹洇开。

她坐在廊缘上，解开髻，抓了一把西瓜子在手心，一边嗑，一边掷向门前的老树。长而卷而稀疏的灰白头发下面，下颌骨仅剩的一颗牙摇撼着，像是尽力了。她说她眼睛不好，要我帮她回信，写几句话，报个平安，但不要提我祖父李抗日的事。我说我不会，我才刚满六岁，背了三首唐诗，五十音图还没认全。她说不怕，画画吧，用画的也成。好吧，我应承下来。具体的细节我忘了，但那页纸为了满足初子的要求，我画了四个人。我不会画死人。可赶巧了，那年死了很多人——先是年初周恩来总理去世，再是夏天朱德元帅去世，那年秋天毛泽东主席也去世了，他们一个又一个的人间圣贤，凡人般地前后脚地倒下去了。秋天，九月九日，我记得很清楚，几乎是同一天，那天晚上或凌晨我那凡人血肉的祖父李抗日也去世了。既是凡人，我们便说"他死了"。关于李抗日的故事，只有零碎的转述，所以我在信里写不了几个字。只能画画。

我故意把他的耳朵画得很大。

虽然全家上下就数他耳朵背，近乎于聋的程度。

赴前线，跨越三八线。初子说他这个儿子是在打云山那一仗时，受了炮伤。二十三岁。那时李抗日还年轻，耳鸣，耳蜗渗血，连续数月，硬是挺了两年才在意。负伤，不承认自己是伤病。折腾，不去医院，贻误了病情，聋了。后来上了年纪，这个病到底发着了，换季的时候，耳鸣得厉害，连带着脑袋总是僵痛。拍过片子，电疗过几次，中西药都服着，并不怎么见效。聋了以后话变得更少，开始学习弹琴。起初是用初子的那把老琴，后来得了一把新造的三味线。天天弹，弹不腻。

李抗日出事儿那天，正赶上园林处的

人又来拜访。不为别的，还是为了院内的那棵老樱树。也是赶巧，那天早上我妈跟我爸说："别人家都开始挂彩色的主席像，咱们家也换一张吧。"于是，我爸李向阳就把以前的照片框子拆了，骑车到南池子商店里选了半天，又要美观还要不贵，他最后选了一幅彩色绢织的主席像。回家交到我祖父李抗日手上，连说带比画地叮嘱一遍，他和我妈就去单位了。祖父因为耳朵不好，做什么事情都很认真。我看着他收好琴，绝对认真地装好毛主席像，平平整整地装进去。有不平的地方，他还用大拇哥沾上唾液，多按几下。然而园林处的人不请自来，推门就进，搞我们一个措手不及。他在情急中把主席像装反了，藏完琴又急着去后院，来不及检查，相框也就那样挂上去了。

再回来换，已经晚了。园林处的人叫来了红小兵，他们给我们家新添了一个罪名——倒挂主席像。而且是挂在前厅的正中央，他们全都看见了。"耳听为虚，眼见为实！"几百个人都戴着红色袖标、红色菱形塑料片，站在我家后院，红彤彤的一院子。寥寥几个没有光荣标志的人中，只有我、初子和李抗日。李抗日一脸颓丧，动作迟缓。他指指墙上的像，使劲拍着自己的头，说话有气无力的，好像一丝风就能把它吹熄的微芒灯火。"大点儿声！"他们哪里知道，他不是不想大声，他是聋了以后，口齿不清，大声不了。他看了看我，也看看拄拐前来的母亲初子，好像有什么话要对我们说，却也是欲言又止。

这时候，我们胡同的一个红小兵蹿了进来，一把揪住挑事的园林处那位的膀子，一行走，一行号啕痛哭，两只脚踩得旧屋青砖似擂鼓一般。管事的、从众的、起哄的、凑热闹的大都跟着他哭。没一会儿，人群开始松动。园林处的人跑到前厅卸下了倒挂的主席像，与两个红小兵左提右挈，抬身立定，慢慢地捧出了大门去。刚刚还闷头哭的红小兵，去灶房取来一个暖瓶，趁着千头攒动万声嘈杂，扬起手中开水直往我家的樱花树根上灌。看样子，那孩子大不了我几岁。他攒眉含泪道："让你们家养四旧，让你们家嘚瑟，都是你们……害死了我的毛主席！"

"你说毛主席怎么了？"我不由得喊了起来。

"闭上眼睛他歇了……"李抗日说话时，他已经没劲儿再活了，只能任凭念头闯出口。

不久我爸妈到家，李抗日濒死，捯气儿的响声好吓人，脸色灰黄，腿抽了两抽，眼珠子黄绿黄绿的快速倒腾了几下。两只手显得特别大，我把他的三味线塞进他怀里，他的胳膊恰好能把琴身裹起来。初子就坐在床头，我坐在她身后的一个小板凳上，我妈插队时当过几年卫生员，连她也说："不行了，不行了，咱爸不行了……"

爷爷走后，我把那封信拿出来撕了重画。我突然想起对方是曾祖母的晚辈，一定没见过年轻时就入朝作战的我的祖父。所以这一次，我只画了李抗日。给他画了一身戎装，清清秀秀，干干净净的，戴着一顶志愿军军帽。半年之后，我收到了回信，对方在信中夸赞我的画技，尤其是李抗日的那一双耳朵，被我描绘得活灵活现，犹如看苍山绵延，万壑松涌。

咦，耳朵有神？日思夜想，想不通，我明明重画了一遍他的耳朵啊。

没过几年，收信人也从"清叶"变成了她的女儿。

说到我们家，我想要做一点儿补充。

东华门大街南边，自东向西的是磁器库胡同，我们家在胡同把头的第一家。除了三两户文化馆的职工，我们没有别的邻居。于是，南巷外，故宫东墙边的筒子河，便成了我儿时独自探险的地方。

家里的樱树枯死之后，我掰下一截树杈留作纪念。一个人把着那根杈子，在拨弄中隐入元宝枫、木槿、刺梅的灌木丛，在高高低低的左庙右社之间肆意穿行。尤其是在曾祖父和祖父接连离世以后，我变成了一个野孩子，四处浪去，无拘又无束。我的浪迹，时而向南，时而向北，经过武英殿、熙和门、金水桥、协和门、文化殿，兜一个大圈再折回到东南角楼去。斜日西垂，残阳照水，似乎是登上角楼的那瞬间，我看着我的紫禁城，确定祖父不会再回来了。

那时的我不甚晓事，蒙着眼在角楼上转圈圈，转到北面，止步，挨近，使劲张看。瞄到北海，再北，瞄过恭王府的顶盖，瞄见荷花市场灯影点点，我就乐了，高兴得很，往冬天慌不择路地投去。

八岁那年，有一次，我在角楼下撞见邻居，张皇反顾。回家取冰鞋，不巧被李向阳一把捉住。

"喏。"他不知道从哪儿搞来一对进口冰鞋，拎在手上悠悠荡荡。他说他小学五年级时曾经得过全国速滑亚军，这是他当年的"战靴"。我说我不信，你"小李子"尽爱吹牛。他说，不信去问你曾祖母。我照做，奔去后院请教了初子。初子正在读信，见我进门，即笑说让我捎话给"小李子"。我照做，得了回话，即时回返前院，找准时机，夺了冰鞋，二话不说，拔腿就往后院跑，且跑且喊——"您是骡子是马，那得拉出来遛遛！"任凭他"小李子"性子再急，也追不上我。"哪有老子怕儿子的道理？去就去！"就这么着，我激将成功。

七十年代后期，在重新开放的什刹海滑冰场上，一连数年，每逢冬天，我上冰比吃饭还勤。练得辛苦，就是为了不成为第二个"小李"——大马趴、仰巴磕、大屁墩、老头钻被窝……在冰场上，我看着李向阳变着花样向群众献丑。几次三番的，别人滑冰他摔冰。一个单展翅紧跟一个屁墩儿，摔得结实，我看他倒是不心疼自己的屁股。

什刹海是北京仅有的冬季娱乐场。

尽管北海的五龙亭前、漪澜堂前、双虹榭前也都有得滑，但我们这片儿的小孩只认什刹海。茬冰的人挤满了湖面，有说的，有笑的，也有摔的，根本滑不开。约莫百十来号人攒聚中央，挤得紧紧的，没头苍蝇似的你撞我我撞你。能够挤出人群的，不是冰场老炮儿，就是夹着些点心水果的冰上倒爷，四下里窜来窜去，静悄悄地见缝插针。但闻成帮结伙的"国防绿"里有人喊报"糖葫芦""酱肉包"，那倒爷就贴缝溜边转回来，跟青年人里戴将校粗呢帽子的小伙作揖、交货、收钱。香烟也有，但不多。这便是所谓的"冰上小卖部"了。

我踮起脚，望了望，认得那戴一顶将校军帽的男孩，他爸过去就是园林处的。但他这顶帽子来路不正，我问李向阳，他也说那帽子肯定是抢的。

我喜欢滑冰时的感觉，它自由，它痛快。我不怕跌跤，跌倒了再一骨碌爬起来，照样还是条好汉。心要稳。掌握好了平衡，就可以速来速去了。起势,转,我飞!跑道上迎着刺骨的歪风,如果下小雪,还有冰碴凉凉地打在脸上,戴着棉帽也挡不住,可我心里却是美滋滋的,吹起口哨来,有股小流氓愈飞愈高的兴致!

隔天一早,出了门,我就把棉裤脱了藏在门外垒着的白菜堆里。谁承想,没到中午就被初子在冰场截下。她踩着风追上了我,将棉裤塞进我的怀里。我连忙往外圈滑,身后即时传来她的喊声。

一个耄耋老人自把冰鞋当飞履,好家伙!白发苍苍的她,轻盈盈地来回巡视。在人群中高声喝住我,阔步追上,不岔气地把话讲完——"李玉啊,女孩子家可别甩单儿。你不听,将来做下病根可别怪我!"

"李百花,我觉得人的精神大,能把冷给吓回去!"

初子弯腰拍手,停了半晌,才说道:"你随了谁啊,这么把自己当回事?瞧你还成老天爷了?"

"曾祖母,你不懂,只要不怕冷,冷就会怕你!"

"哎,你爸年轻时也一个样,非跟李抗日去北海滑冰,后来认识了你妈,滑着滑着就把肚子滑大了。"初子笑了。我当时没弄明白我父母一起滑冰与肚子有啥关系,也嘻着嘴笑了。初子又说:"不光是这个,现在你爸妈的关节炎也找上门了吧。年纪轻轻,身子骨还不如我呢!"

回家路上,我叫她转过脸来,仔细端详一番,说:"曾祖母,您刚才在冰场可是说反动话来着……"

"我说什么来着?"初子说着牵起我的手。

"曾祖母您忘了?只有毛主席他老人家一人能当'老天爷',我不能,您也甭想。"说罢我们俩呵呵笑成一团。不过转进胡同口,她突然捂上我的嘴。她说:"可不能让对门邻居听见。"

"好的,我向毛主席保证。"

平时,李向阳总会骑着他的自行车,到赵府街的国营副食店,去买一些肉和米、麻酱、香油。麻酱经常是"二八酱",二成芝麻酱配上八成花生酱,可以制成麻酱糖饼,吃上好几天。或者吃馒头时抹上一点儿,或者拌在面条、掺在干稀饭里,也能吃个够。备不住好运来了,遇上初子下厨做炸虾天妇罗,随叫拿一碟麻酱,吃一截虾,蘸一下酱,那日子可不要更好!① 灶台旁,我和李向阳两个抢着吃,饿死鬼似的。结果虾子下肚,麻酱倒吃一嘴,吃着又自己好笑,引得初子也跟着笑了。

小时候几年的共同生活,我就感觉初子的眼睛深处有秘密。我曾望到她深褐色的瞳仁深处,有一尾陌生的虾子。再仔细看,是条蜿蜒的小河。李向阳眼底也有秘密,不过简单许多,那是他藏在床底的三本手工画册。一本送到了中央美院,一本送去了工艺美院,还有一本正要投给北京电影学院。

那一年刚恢复高考,仅北京一地就有百十万待业青年。个个都是知青回城,心里有使不完的劲儿。"李向阳啊,考不考得上还真不好说。"何况我爸又没什么绘画基础,美院的门槛要是不通,将他随手丢下,

---

① 我家的蘸酱吃法已入乡随俗,有别于传统京都人喜欢蘸盐的吃法。酱料的口味也不同于关东人,没有采用狐鲣鱼汤出汁、味霖、酱油、糖和萝卜泥调制而成的天妇罗酱汁。

高考失败再回首钢，恐怕连他现在的锅炉工身份都保不住。

临考前一天，李向阳下班回家，手中摇晃着一封信。他乐坏了："喏，电影学院的准考证！"晚饭，李向阳亲自做虾给我们吃，炸得糊糊涂涂，屡次差误，热油点子溅了一地一墙。一沾，手就花了。他又自作主张地掏出准考证，抖落着，喊初子来看——"祖母，咱家马上就要有个大学生了，大大大艺术家呢！"

那晚的天妇罗，我妈一口没吃。等我爸收拾好回屋，见我妈依然高卧床上，张口便问："你平时不是最喜欢吃天妇罗的吗？"我妈冷冷地道："谁稀罕谁吃！你明天要是去考试，我后天就跟你离婚。"我爸顿时跳起身，两脚在地板上实实一踩，只憋出一个字："呸！"暴风雨来临前，字字急促如闪电。到现在我还觉得"呸"字极有力量，大概是看到他摔门而出，扔下一个不管不顾的背影，伴以长发轻扬。可他当时只知道揣走信，竟忘了取床下的画箱和画册。

第二天稍早，空气凝重，溽暑难耐。前厅才坐片刻，就热得像炽炭似的，舀水洗脸，很快又出一脸油汗，只好再洗。我爬在初子怀里去看，四合院上空，浓云翻滚，色如泼墨。不知从何处传来殷殷雷鸣，为即将袭来的暴风雨敲响了进攻的鼓点。初子放下我，站起来说："糟了，你爸忘带伞了。"

送伞，还是忘了捎上画箱。赴考场，像两个昏了头的知识青年。

河水声、雨声，摇撼千山万谷树木枝条的声音，在北京城外骚然而起，弥天漫地。那年电影学院的考场设在清河，我们赶到时已经是正午了。雨下得很大。我在潮湿的土里蹦跶着。斜坡路上，鱼贯而出的考生撑起伞，三三两两踩着水洼下坡，往车站去。

李向阳也在学生的行列中，淋着雨，像一条涸泽之鱼。

一见我们迎面走来，李向阳戴着沾满水的厚黑眼镜，狠巴巴地问道："为什么送了半天就送来一把我用不着的破伞？"

"爸！"我捶了他一拳说，"你怎么跟曾祖母讲话的？"雨声太大，听不清楚他的回答，虽然他也没再豉说下去。"那个……那个……没事……没关系的……"初子的声音也逐渐被季风雨掩盖。

我看到他背上湿了一大片，雨水汗水渗出一片。他脸红红的，白皙的脖子也微红，发着热气。有几道汗水，从眼角那儿淌下。

他最终还是凑近我们。长长的大手，一柱擎天似的举着伞。我们仨一起在路边，等公交车回北京，车子也许脱班了，也许坏在路上了。总之，那天原本一个钟头该来一班的公交车，我们等到傍晚，都不见踪影。

那天的结局是，我在李向阳背上睡着了。忽听得初子的咳嗽声，李向阳絮絮叨叨地说了一大串，我才打着哈欠醒来。睡意正浓，初子摸摸我的头，问道：

"饿了吧，小玉？"

我点点头。

十岁那年。

夏天即将结束的时候，我父母协议离婚了。他们的离婚，虽然没有征求我的同意，但我私底下是表示赞成的，心里自然也有惆怅，因为我在前院的小北屋，我那贴满画片儿、洒满弹珠的小家无法维持下去了。

不久我爸李向阳辞职了,他不想再跟我妈在一个厂子。偶遇母亲,他受不了的。后来,他在一个夏夜说服初子,说他准备下海去深圳发展。北方的夏夜没有凉风吹送,但院子里无处不凉,他偏着头,叼着烟,眯眼看星星。他说星光很奇妙,天那么高那么远,但只要人打开一条眼缝,星光就那么轻轻巧巧地透进来。他说起小时候,初子、李抗日带着他,常常在晚饭后绕着院子走,三人一起,一个接一个,直到近午夜。聋了的李抗日尽可能走得久一点,远一点。李抗日去世后,剩下他和初子继续——现在加进来一个我,成了新的"三人组"。我走着,听见初子走着,孤独地走着。

听见她说,雨季会再来的。

十二岁那年。

夏末的时候,我们一家人去到了长白山东麓的三道沟村。

村庄有点儿阴郁,坐落于低矮的山腹之中。房屋都是当地的松树砍伐制成的,家家户户之间种了好些果树,隐约见到一条蛇曲蜿蜒的泥路。送我们来的那辆车急急驶近,路上尘雾漫飞,留下一首朝鲜语的歌。

近处诸山,呈现出一派殷紫色的肌肤。山肌饱受风霜雨雪的剥蚀,形成道道壁沟。已经是七月末了,延吉这里却像是五月中旬。山表和山腹的壁沟里散乱着常青乔木和一望无垠的叫不出名字的孑遗植物,青叶如织。那些植被像饱涨的绿瀑,从山顶跌落下来,汇成绿色的流水,一齐奔注到村外的大壑之中。壑底立即腾起几座小丘,绿色的余波中翻滚着金色的浪。

李向阳探路回来,伸出手指定那些"金色的浪",兴奋地咬牙道:"那就是沙金沟啊,祖母!"

到达的第二天,我们祖孙三个从村口向沙金沟方向跋涉。山路荒得不像路。走向茅草丛时,九十三岁的初子带着三十四岁的李向阳和十二岁的我,指着一片水洼、灌木丛乱布的野地,抿了抿嘴,好像说:"听见鸟的啁啾了吗?有声音就说明那块儿有鸟。知道了还不够呢,还要细细听。听清楚它是什么种类的鸟,它在干什么,是在捕食、筑巢还是求偶?"依初子的说法,有些鸟儿跟人一样,生性多疑,一旦发觉有人觊觎巢穴,即使已经生蛋布雏,也一定设法迁巢。大概是不接受幼雏身上沾了生人味道。它们一生甚少洗澡,到死也就带着初生的血味。山林里,草木间,无意中闻到股股血腥味,多半是一窝雀仔孵化了。初子笑得很神秘,她说:"自然教给我们的知识可多了去了。"

进山登山,上到山腹已经费去半日工夫。初子的体力有些不支,话也变少了。去沙金沟的路只有一条,沿着腹地兜一个圆圈,才算走过半程。回望山脚,初子再一次指着那片野地,大声说:"你们猜猜看,洼地和灌木丛里发生了什么事?"于是我和李向阳双双调整呼吸,闭上眼睛。我说:"我听见远处斑鸠或秃鹫的叫声。"李向阳纠正了我:"这里又不是西北大漠,哪来的秃鹫?"我又努力听了一阵,睁开眼,对着初子摇摇头。初子带着李向阳迈前几步,边走边说:"灌木丛中有一只杜鹃在求偶,刚下过雨的洼地里,有十几只青蛙在交配。"

"曾祖母,你是怎么知道的?"

是啊,她是怎么知道的呢?趋近山洞

的地方，有一带平原。平原上遍布着大大小小的坟茔。那一带有的是平民的墓，占地小，前后左右紧挨着，人走在中间就像走在秋收的麦子地里。想看清楚墓碑上的名字，就得侧着身从狭小的土缘上蹭过。太荒芜，墓园甚至没有一个像样的入口。我看着初子一个人独自前行，不时用手掀开墓碑裂缝里横出的茅草。慢慢地，在大冢小坟之间，东一个西一个，数十座墓碑被她擦亮。远看像是已故之人苏醒过来，冲我们眨眨眼。树和草的种子随风飘落，清不干净的野藤又漫过来，遮住朝鲜语的、中文的墓志铭。"嘘，别打扰她……她在找人呢。"李向阳说。

他说以前初子也想过和清叶一起来这里，信里聊起过，但时间不等活人——活人怎么争得过死人？死人可有的是时间——清叶死后，她才决心走一趟延吉。

我和李向阳继续往山上走。久久，我们近乎迷路，漫无目的地走，一直到看见一棵长白松在茅草中矗立，才发现了转机。树下有一排白骨，分不清是人的还是动物的。李向阳说："阿玉的信里提到这块儿有个山洞。"他按迹寻踪，以一把短刀撇开茅草，在树前树后坡上坡下寻找那洞穴。那些茅草应有百年，密密地挨挤，像极了一扇原始的门。父亲劈断几茎最高的"拦路草"，信中的洞窟便出现了。"没有火把，你用我的手电筒照路。"听他的话，我接过手电筒，高高举着，弯腰进入。走了十来步，在一个转弯处发现更多的碎骨，勉强可以分辨出是一个人——但也不一定，父亲说，也可能是两条大狗。

是这里没错。父亲走到洞壁旁，一阵嗅闻，测不出洞穴的深度，只知道这里曾经有过水源，闻起来有一股潮气。我也贴近了，一拳打在洞壁上，凑出一个模模糊糊的形状，收回的拳头确有湿意。再后来我们在洞的尽头摸见一尊泥塑观音像。泥像用的是东北平原出了名的黑土。走近了观音，我听见李向阳说："小玉，咱们别再往前走了。"

那观音的容貌我现在还记得，温柔而神秘的笑，一团黑黑的立在黑黑的洞里，没有倒。佛像背面的一堵墙被熏得焦黑。我想，应该有人到这里上过香。

观音的猝然出现，就像是影子从黑暗中挪移出来，有意无意地，指向了它与我在未来某刻的联结。只是那时我还没读过阿玉的信，初子的故事也没听完——阿玉、九鬼、复一、遭手妈妈、百合子姐姐——这些尘封已久的名字在我脑海中盘旋，却也只是吉光片羽。片段总也拼不出一个完整的形象，我错失了什么，我还要再等多久？

尾 声

沿着古道而行。

后来我带初子上过角楼。那年我十七岁。我长高了，高过初子一个头。我感觉小小的角楼已经容不下我了。我拉着她的手，漫步在故宫的城墙根下，仰望迷离的天空，闻着春草的清香，倾听筒子河流水缓缓歌唱。暖风拂拂，迎面吹来。我看着她时常会想起十二岁那年遇到的那尊观音，在延吉。她开始跟我讲她的故事，也是在那一年。

在她的故事里，我第一个认识的是百合子。

老北京的天空啊，自然界的春天宛若慈母。百合子就是那慈母一样的女人。人多渺小啊。人同自然融为一体，投身在自然的怀抱里，怨艾有限的人生，对无限和永恒生出那本不该属于人的倾慕，还有渴望。她谈到百合子的时候，总是特别渴慕。我也跟着她爱上了百合子。也就是说，一旦她细细讲起，我们便能即刻投入这慈母的胸怀，生出一种近乎撒娇的哀情。

还记得横山大观的那张美人图吗？说来有趣，从江户到明治，美人真真五花八门，无美不备，可唯独那张白衣美人图画得最为真切。同样是月牙白、雪花白、缟素白的衣裳，只有她穿，才有一份世人不及的风情。而那张画就藏在曾祖父的书房，压在他私藏的浮世绘底下，仍旧精光外溢、宝气内含。我因而仔细打量着这藏宝斋，寰宇世界非雕镂即镶嵌，花梨、酸枝、黄杨、紫檀，刻画得层层精致；屏风帐幕非藻绘即绮绣，京友禅、誂纹糊、西阵织，渲染得色色鲜明。书房外小内大，洞天别有，内厅呈凸字形。初子点上一盏湘竹绢片方灯，领着我晃到桌前，也就是"凸"字的最尖端，小心翼翼地托它出来，放在桌台上平平展开……

某个夜晚词语迷失。在这之前，说中文还是说日语，词语都不曾如此。事实曾迷失，面孔曾迷失，美却不曾。初子告诉我，在她这一个个故事里，每件事都被其他事情牵动着。只有美，像是亘古不变的谜题，不曾迷失。假使百合、遣手妈妈没有因美抱怨、因爱而死，她们定会跟着初子迁去田野，或是追来北京，质问我们这些后来的人——美有何用？

不写年，不写日，没有前，没有后。美不留名，也用不着强做谁的好汉。清兮浊兮，很快便会一清二楚。她们说，女人了解世间的一切，了解落花点点漂浮，了解秋老群山白头，窥得见山樱树的倒影，看得见水底泥土的颜色。在初子眼里，九鬼似鬼非鬼，也是美的。对面走来一个美男子，穿着褪了色的灰色羽织，脚跋木屐，红色的刀鞘里插着一把短刀。他左手缠着绷带，吊在脖颈上，右手握一束盛开的山樱，信步而来。忽然，旁边店里一个磨鞋板的男子喊住了他，同样是个男生女相的美男子。只见九鬼把这束樱花送到那人的鼻子底下，匆匆忙忙说了几句，两人便呵呵笑了起来。然后他们把樱花送给恰好打身边经过的初子。初子捧着花走了四里路，过了渡月桥，随手把花扔进路旁的小河……

初子开始回忆她们，我试着抄录出她所说的一切。

勉从其请，尽力去写，重复摸索历史的窄边。很长一段时间里，我一直以为宋教仁是她故事中最后出场的人。我去过延吉，也去过南京。南京图书馆的宋先生遗稿几乎没给他留下任何可能的"死后"：匪徒、连放手枪三响、危险、身亡等等是这些残稿共同的描述。即使在这"民国第一案"昭雪之后的若干年里，我的曾祖母还是会叫错他的名字——"小玉，你这趟是去南京找复一先生吧？"

"复一"，仿佛只有这个名字才是她可以验证的。

然而跟其他人比，宋教仁是确确凿凿死了的。他死亡的消息最早披露在1913年3月23日的《民立报》，诸君警然皆呼："此事真不甘心。"两日之后，《民立报》进一步报道，指出杀人者系流氓军人武士英。再后来，杀他的人凑成了一个长名单，而且个个声名显赫，其中不乏——后来病死监狱的行凶者武士英、被袁世凯灭口的雇凶主谋应桂馨、被北京政府大理院判处绞刑的洪述祖（我还告诉初子，这个人是香港武打明星洪金宝的曾祖）、当年的内阁总理也是事件的另一个主谋赵秉钧、矢口否认自己参与的大总统袁世凯。

史，记事者也。但众说纷纭也不得相免。

袁世凯自称缺乏刺宋的动机，他说起自己与宋教仁还有过交情。在宋教仁留日期间，他们都曾为保全"间岛"做出过努力。1908年，也就是明治四十一年，宋教仁的《间岛问题》写成之后，立即引起了日本外务省的关注。日本方面派人面晤宋君，表示愿以五千金购买此书，但宋教仁以此书事关重大，岂能贪图区区五千金而卖国为由严词拒绝，转而托付同乡将书稿转交清政府驻日公使。

我所查阅的《间岛问题》单行本，与宋教仁遗稿分存两处，这一单行本现藏于北京国家图书馆。关于所谓"间岛"问题的来龙去脉无不详尽阐述，甚至连清政府收缴此书之后的用法也写得明明白白。清政府虽然积弱已久，但在此书的协助下，令日本理屈词穷，承认了所谓"间岛"为中国领土。事后袁世凯曾令驻日使官派人馈赠宋教仁两千元大洋，宋教仁不受，来人一再强之，宋教仁才勉强收下，但一转身就赠与贫困的留日学生。两袖一抖，他即时甩下一句——"吾著此书，为中国一块土，非为个人赚几文钱也！"

循着这些书文的指示，我跑遍了国内大大小小的图书馆。后来我大学考进了历史系，做的仍旧是"宋教仁研究"。以治中国近代思想史和文化史为经，以治日本明治维新史为纬，纵横交错，中日兼顾，为的是不漏掉那些曾经记得他的人，哪怕他们是一百年前，大时代里最无关紧要的小人物。

我写历史，写人，却不像宋先生那样私心全无。

二十四岁那年，我带着我的"私心"来到京都，在京都大学历史系读研究生。在一个无风的夏夜，我握着宋教仁的化名在街头苦苦徘徊。在涔涔的汗中，我猛然闪进一个电话亭，鬼使神差地拨通了北京家里的电话。我用"摩西摩西"开头，初子用"您好您好"接听。沉默。接着是一些类似说话的声音，带着抽泣的意思。

电话那头，曾祖母一语不发，吞声踯躅。半响，她把曾祖父留给她的那截文明杖随手扔了。

听得"乒乓"一声，我回头探看，初子赶忙闭上眼睛。太阳沉下去了，天边残余着光带，角楼上连个人影也没有。她知道，我是不会把熟睡中的她吵醒，让她自个儿下地走路的，我总怕她有些小魂小魄还睡着，跟不上我的步子。她知道，所以她继续装睡，乐意让我背着。我见她未醒，也就紧紧后背，云催雾赶地往家去了。

滔滔的水声，前方有桥。渡月桥。

新年前一天，清叶的女儿宫本绫香约我在桥上碰面。下午，我们约好一起去八坂神社。我不懂和服，向自己的日本同学胡乱借了一件新年礼服，红色的小碎花做底，墨绿的绫布绸缎做衬，外套的衣摆上绘有连绳和门松的图样。① 绫香则不然，她不愧是乐师清叶和和服家元宫本的女儿。她将一头鬈发绾起来，刘海儿也贴着梳向一边，着一身象牙白的绉绸和服，搭配一条黑底金龙纹锦带。绫香见我已经在等待，遥遥地挥了挥手，特意加快了脚步。

跨进东大路通的西楼门，绫香指给我看泥金朱漆的门楣，她说只有年年上新漆才能展现八坂神社庄重威严的风格。虽然也有人厌恶它，说新做的门楣俗气得很，缺少古京都的侘寂之美，但绫香喜欢这座在新年和赏花时节迎入万千香客的楼门。她说，在老百姓那里，清标绝俗远不如蔼蔼可亲来得实用。

爬上石阶，回头一看，笔直延伸而出的四条通就像鱼骨般细细穿过京都正中，支撑着这座被群山捧于掌心的小城。沿街两旁挤满了香客和游人，从款步到缓步，一眼看见的是河源町和祇园的大拥堵。

京都从何时起变成这样一座热闹的城市了？绫香在问。她不理解这一年胜似一年的人潮，像她母亲清叶那样的老京都人新年向来是不出门的。她们相信，除夕是留给自家人的。关起门，天下无事，我家无事，无客，无债鬼，亦无余财。淡淡焉，静静焉，度过新年。

我们俩对着挂有成排纸灯笼的舞殿说着，舞殿还是得晚上来看，灯笼亮起来了才有"年"的气氛。

合手连拍两下，求一支签。说好了不交换签文，结果还是忍耐不住。我排在绫香后面，偷看她一板一眼地跪拜、祈祷，偷学她上香的规矩。到我了。我直接把手中的签文摊到她面前——朱砂红字，还好，是"小吉"。她也只能从了我，也把手摊开——朱红小楷，同样是"吉"，不过是"半吉"。对着解签筒一顿细找，两只手几乎是同时摸到签解的。

我用中文，她用日语，当下读了出来——"等人不至"。呆脸相视，定一定神，她才说："清叶等了一辈子，这不终于把人等来了吗？"

绫香和我一样，也是一个人住。

自从清叶去世后，她接下了和服店的生意，平时就住在和服店的二楼。她说自己是个弃婴，三十年前曾被人丢在这间和服店的门外。宫本先生捡了她，抱上楼问清叶要不要给孩子喂点牛奶。没有奶粉，老夫妇跑遍了整个京都。那时正是反美运动爆发不久，洋货骤减，连一瓶牛奶也买不到。夫妇两个吃不饱（常吃的是七草粥和渍菜）饿不死，提心吊胆地挨过了那十年。

那些担心害怕的日子里，清叶说再多一个小孩子也无碍的，大不了一家三口齐齐饿死。就这样，她留下了，跟着两个足以做她祖辈的父母喝起了米糊菜粥。一年三百六十天，唯独过年不用喝粥，所以她最喜欢过年。

清叶家的新年料理每年菜色都是固定的，先从年糕清汤开始，材料有香菇、鸡肉、菠菜、烤过的年糕，非常简单。京都的年糕汤主流是白味噌，清汤是宫本先生的喜好。与汤搭配的年菜也颇丰盛。她将一叠三层的漆盘推到我面前，从最底下开始向我介绍——红烧京都胡萝卜、芋头、黑豆、牛蒡；往上一层铺满了咸鲜口

---

① 连绳、门松是日本传统的新年饰品，每逢新年都会挂于各家门口，起辟邪的作用。

的——青甘鱼和马鲛做成的西京烧、酒蒸蛤蜊、沙丁鱼干、红白鱼板这些年关硬菜；最上层则是小孩子钟意的——软嫩的鲔鱼角煮、日式炖肉、伊达蛋卷，还因为知道我要来，为着宴客特别加入的煮龙虾。

卖龙虾的是当年给三浦屋送货的那家。他家的祖上四处留情，活着的时候有意无意地招惹艺伎，当着人做出亲狎的举动。

我向绫香打听起他的下落。

绫香说这人多行不义，葬礼上还遇到小孩去捣乱。她也是听街坊说，一个小孩谎称是他的后人去祭拜，刚开始还一切正常，老老实实地用香膏涂抹他的排位和他那张歪嘴斜眼的灵照。后来，大家伙就闻到了一阵奇香。找了半天才发现，是那孩子把棺前烧香的叶子调包成了深蒸绿茶，搞得整个灵堂全是茶味！更不耽误有人在棺材的小对开门上用马克笔涂鸦画出一张鬼脸！这还不算完呢。街坊们放鲜花入棺时，不知哪个坏种把厨房定时器一起扔了进去，偏偏选在出棺的那几分钟哗哗作响！太坏了，想必是那孩子干的，但那鱼贩子也是活该。

我原本担心新年造访绫香家，可能会让新朋友生厌，但我横头看见这一桌子的京都年菜，亲切非常，也就只顾得大饮屠苏酒了。好在酒是我带来的。屠苏酒有点儿像中国的黄酒，入口绵软，但后劲十足。两杯下肚，我已经双颊泛红，嘻嘻憨笑着。也就这样，半推半就地，融进了节日与节庆的双重气氛。

新年的本质恰恰在于怀旧。也难怪，我们一股脑儿说起那么多人。

接下来说的是她母亲。

清叶后来被院长带走了，带去了东京附近的五浦海边。这里，在古日本是"常陆国"的腹地。相传，关东第二大的舟塚山古坟就修建于此。古坟位于恋濑川的河口，占据着水上交通的方便位置。千琢百家在山阴，院长家的别墅在山阳。清叶和祇园的十四个女孩，最大的十二岁，最小的五岁，排成两列站在野外一块空旷地。她们都是被院长买来的童女。夕阳将她们的身影无限地蔓延到遥远的水仙丛，苍鹰盘旋天穹寻找最后的晚餐，十四朵水仙花盛着西南风吻别了淌着鼻涕眼泪的十四张小脸。她们逃了无数次，在院长死后还困在这岛上十六年，被转卖了三次。三任家主都是军界的高级将领。一战之后，这帮人都盼着日本再一次扩疆拓土，而这次扩张的目标就是中国。在五浦的时候，这帮人也经常"扩疆拓土"——亲手刨开祖先的古墓，盗宝，鞭尸，奸尸，把坏事做尽。清叶说她最害怕夜晚。天色将晚，清叶在院子里就会听见有人喝叫她们的名字，一个接一个……清叶逃出来的那天，她已经二十六岁了。她趁着寒风恻恻，放了一把火。野火焚烧野地的烟霭像海浪一波又一波漫过坟地。西南风静止时，十三个没铺葺石的新坟冒着青烟，烟霭淹没了她身后的红树林。

清叶回到京都，那一年是昭和三年，也就是1928年。她逢人便问——年号不该是"明治"吗？对方的回答也很泰然——嗨，明治天皇早就没了啊。她半颗脑袋轰地一震，半颗脑袋仍清醒着，当即决定去寻她的两个姐姐，好像这才是她可以把握的现实。

绫香说，她母亲在锦市场的海味铺称过咸鱼虾米，在木屋町的渍物老店卖过酱萝卜，在上野茶屋端茶洗碗，在洋货店以物易物，跟外国人交换过烟草、糖、盐、饼干和罐头食品，再以薄利转售到祇园的大小店家，三年后买了一套友禅染的和服，也就这么认识了和服店的宫本先生。

如今，他们一家三口的照片就挂在墙上。相框里，宫本先生老了老了还是个白面书生，鼻梁上托一个圆形的黑边眼镜，立在老婆女儿中间左右顾看，玉葱一样的五指紧紧搂着她们，最是高兴的样子。绫香说，这张照片还是阿豆姨亲手拍的。

阿豆？会说腹语的那个阿豆？我忙即问道。

对啊，你也认识她？绫香回头把手指着桌上的碗碟，她说这些新年餐具就是阿豆姨的孩子送的。他们两家也认识了快半世纪。说来可巧，她父亲宫本刚好认识阿豆，也知道伎乐坊班子散了之后阿豆去了城南一家工厂工作，负责给战斗机安装凸透镜。宫本带清叶去南边找过阿豆。阿豆瘦得皮包骨，被迫一人做两班，每天只能吃上一碗薄面汤。后来几个月，适值厂子要被征为军用，见此情形，哪怕清叶不开口，宫本先生也要帮着搭救。人是救回来了，他们夫妇也几近破产。阿豆回到祇园那天，三人泪流满面，对着昔日的茶屋直声长号。

我约略说了一句。乱世，女人就像暗夜中的萤火虫，用自己幽微的闪烁对着同伴发出呼唤的荧光……

绫香即插说道，历史的残酷剧场就在这里。京都封锁，人人被关在这逃不出的地狱。因为那段时间意外而亡的人实在太多，时局实在太乱，女人走极端的也实在太多。没有活路，不是所有人都能像我父母那样相互依扶，也不是所有人都像你曾祖母那样能够情定一个中国男人……我听

清叶说过，她去北京找过你曾祖母，问她为什么要狠心抛下她。可你曾祖母却告诉她，她才是幸运的那一个——如果当初你曾祖母没有走，她就会被陆军旧部强征去当慰安妇。她没办法不嫁，她恨透了日本……

绫香放下酒杯，从随身的绉纱荷包里翻出一张黑白照片。

喏，这是上次我母亲去拜访你家，临别时你家曾祖母送给她的。照片上的人呢，从左往右依次是——阿玉，九鬼，初子。

我有些疑惑。端着旧照反复翻开，贴近看了右边，又回到左边，如此来来回回，最后一趟目光落在绫香说的"阿玉"这里。又问，你刚刚说这是谁？你母亲去中国见的是谁？

绫香怔怔地立着，笑着反问我道：怎么了？不是阿玉婆婆，清叶的阿玉姐，你的曾祖母吗？

我还是不相信，我不懂，阿玉也去了中国？

绫香刚绕出厨房烧水，我便听得一阵笑声，唧唧咕咕，热闹得很。我猜，是她在说——你真是醉得厉害，竟然连自己的曾祖母都认不得！

其后一切都串联起来了。

回忆我的曾祖母绝非一件容易的事。更不必说，我回忆的还是她的回忆，层层叠叠的二手记忆。

一切对立的事物，去界定去判断的方法，到了时间面前都变得摧败离披，不堪再想。就像上了年纪的美人，也会皮肉松垮，嘴中无牙，一老而成同一副模样，连性别也抹去了。我的曾祖母……说起她，为了证明她是"初子"，我要做的第一件事

434

半玉美人之図

便是把她的形象固定在"初子"的叙述中：她是京都人；她三岁时失去了双亲；她五岁在三浦屋做艺伎学徒；她七岁时认识了大她两岁的阿玉；她十一岁立志要成为一名艺伎，也知道十三岁的阿玉要当她的乐师；她十五岁时遇见了九鬼四郎；她十六岁时去随心院拜祭小野小町，还是和阿玉同去的；好景不长，后来日俄战争爆发了，她们人不像人，被驱赶，被歼灭……这前半段诉说的是一段无可追忆的青春史，但比起她十六岁后每况愈下的遭遇，过去的过去，那段混混沌沌的历史，竟可能是她最美好的日子……我在回忆中替她蓦然回首，她是否也会做此异想？我问我自己，她梦中出现的那个复活了的女人，是否也曾出现在我的梦境？

夜里，我和绫香钻进大被炉，从怀里抽出一张照片。还是初子和阿玉的旧照。我们机械地比对着，一点一点细细去看。猛抬头，看见窗户外有只小黄猫俯伏在玻璃上，睡得正香。我低声对绫香说，这是明治三十三年她们在岚山拍的，你看她们三个莫不是——阿玉，百合子，初子？绫香不等我说完，点兵点将地指给我看，她说这分明是——初子，百合子，阿玉！我急了，撒手起身，越羞越恼，越怕越急。刚说半句，自己却又哽住了。我……我认识她二十五年了，我怎么可能……时钟咔嚓咔嚓地走着，已近凌晨三点。窗外传来猫挠门的声响。

茫茫过去，漠漠未来，仿佛唯有这猫才是真的。

又一会儿，我掀开帘子推开窗，橘猫诧叫一声，凌空跃起。

窗外的世界，寒月如昼。风吹动着千万棵叶子落光的樱树，飘飘飒飒，在空明的霜夜里飞舞。地上的月影随树木一起摇荡。花见小路的尽头，到处是散落的枯枝朽叶。后来，绫香也凑到窗前，她轻轻探出手来，接住瑟瑟飘下的小绒花。她说，京都的冬天，怎么又下起雪来了？

猫儿走在绒花上，簌簌有声，如踏玉屑。

许久以后我才知道那是个预兆。

二十五岁、二十六岁，连着两个冬天我没有回北京。只记得那两年京都的风很大，连续数日不停。目之所及的地方，湖海、群山、行人、草木，都失去了自持力，有的狂奔，有的悲鸣，有的骚动。我卧在图书馆的一角，往身上衔了一把叫作"历史"的大铁锁，反反复复的"间岛"与宋教仁……我自投罗网了，投向无边又无际的史料。

有人说，做史学要像讲故事，但是传统的"文学"和"历史"之间的差异又教人疑窦丛生。如果回到1907年的历史现场，就会发现当时去"间岛"的并非宋教仁一人。在宋教仁之前，先有东北三省总督徐世昌派遣吴禄贞为吉林边务帮办，赴延边与日本侵略者交涉；后有孙中山留日期间获悉所谓"间岛问题"，派廖仲恺到延吉、吉林等地帮助吴禄贞开展反对日本侵略延边的斗争；再后来才是宋教仁，他在革命党人的支持下深入东北地区，希望弄清楚事件原委，最终书成的《间岛问题》在起源、争议、观察、评释、地志上无不备述。洋洋洒洒六万字，结尾处一言蔽之——"夫当今之中国，尚能保持残喘，受各国保全领土之处分，不即蒙瓜分之祸，而使我国民获乘间图强之机会者，何为也哉？以各国之均势故也。"短短一句话，即预示了数年后将要发生的战争。举要删芜，这句话指明了只有"强国"才是"御侮"之本。

而宋教仁的故事最好听，所以它一直留到了今天。

撑起历史的大多数人，正是被历史所遗忘的那一群人——男人受着生存的苦难，女人则更苦，她们同时受着男人带给她们的苦难。至于那些历史的细节与图景，哪怕我只是提一句有这么一位老妇人，她认识宋先生，她的回忆录和口述历史中有些至关重要的东西，就会立刻有中日两国的批评家为我扣上"缺乏理论"的帽子；如果我强调"人性""人文关怀""在小处着手叙事"，他们又会冲出来质疑我这个老妇是谁，她与我究竟是何关系。

我知道，她是我的曾祖母。只这一点，我很有底气。但我仍会匆匆败下阵来，在于我始终答不上——她到底是谁，是阿玉还是初子？一个连名字都说不清楚的女人，她的话又该如何取信？

曾祖母活了一百零八岁，她是一个女人。他们害怕她，不敢要一段"活的历史"，不敢听经由女人之口说出的前朝梦忆。

她给过我足够多的暗示。在她后半部的故事里，宋教仁并非最后一个出场的人，阿玉才是。这个寡言的女人总是在默默地看，像是这句——"阿玉调好了弦，又朝着初子一眼望去。"谁又能想得到，她沉吟的是自己的故事？故事过半，阿玉反而成为所有角色中着墨最少的那个。她一直在看，不说话，惯用"低首无言"开头，常以"沉默不语"结尾。没有形象，只得一个模模糊糊的轮廓。她大致是美的。但在她自己的描述中，美是不可及的东西。仰视之余，"阿玉"总也美不过"初子"。

揭穿她的秘密并不难。

在摸到旧物件的时候，我们一家人再次看到她那种亢奋，感受到她体内不断升高的温度。她长于抚琴，更擅长制琴。这东西哪一样是她的"初子"能教的？在初子的故事里，她就该是个天然的乐师。李向阳也可以佐证，亲眼见过她从废料场捡回来一块杉木板，把它刨成中间高两头低的形状。先将琴头磨圆，用凿子在琴体中间凿出两个浅孔，用火烤出木纹来，再用红绢细细打磨。她懂得这两个孔的区别。上面的孔用来装弦轴，下面的孔用来挂弦。最难的一步是做抚琴的拨子。在那个寻不到玳瑁和象牙的年代，她有她的秘诀。李向阳曾经亲眼见她削掉旧琴盒的一块，选取薄薄的一片桐木，泡于浓茶之中，洗净，阴干，置上数日。之后，将其雕成花朵的形状做成琴拨。等到了更深人定时，她再把新做成的三味线交到我爷爷李抗日手上，让他弹，让他独享抚琴的乐趣。

《间岛问题补遗》，我以此为题写就了一篇二十万字的毕业论文。

其中二分之一的内容，我考证了"复先生""贞村先生"与其朋友"九鬼四郎""前田初子"的生卒年月。男人们都是历史上有名有姓的人，他们的文献证据大都相当充足。偶有不同史学家对客死异乡者的争议，也多以"天涯迁客，海外思归"这样的话盖棺定论。例如我的导师井上志雄就提出"九鬼四郎"在延吉假死的说法，他认为当时死在延吉的另有其人，而真正的九鬼四郎应该是在二战中殁于美军空袭。

他手里有证据。1945年3月的大阪空

袭,《朝日新闻》刊登过一张燃烧弹轰炸中的照片。炮火中,一个人戴着眼镜,穿着木屐,撑着蝙蝠伞走过空无一人的大阪街头。井上老师后来也曾打电话去替我核实1907年东北的日本人丧亡名录。果然,名单上没有"九鬼四郎"这个人。

"很有可能是化名啊,或者有人为他替死?"我在论文答辩会上拍案而起,不同意教授们的质疑。他们觉得我的论文太像小说了,告诫我:"书写历史,最重要的是文献证据,倘若文献未曾明确提供材料,可不可以运用想象去重新构筑历史场景?"我错愕着,无言以对。

一个个朦胧的面影相互重叠。那些被迫坐在历史的暗角,那些与我素未谋面的,曾祖母的至亲,他们不现身,他们就不重要吗?

剩下的二分之一,历经长途跋涉的研究,我搜索到的却是复一/贞村先生这个人的形象:他恪遵传统史学的规律,尽量使用存世的档案,上穷碧落下黄泉,从中国史书方志到日本图书馆档案,几乎做到无一字无来历……然而,我不能说他在连接史料罅隙时是完全客观的。没有人能在自己的写作中剔除虚构的成分。然而,初子为救九鬼而死,九鬼为救宋先生而死,而宋先生为变革中国而死……那些隐去不说的名字,并不等同于他们不曾重要、不曾存在……更何况,是在我已经知道另一个版本的"间岛故事"的情形下。

是的,时代不同了。死葬故土的时代已经过去,但我仍然想问,我们做历史的时候,难道不该在书山辞海的史料之外,告诉世人历史那有血有肉的可能?带他们回家,哪怕他们的半边脸孔已淤黑发紫?

二十七岁那年。

在我回北京之前,绫香将一封信交到了我的手上。

信封的制式,同埋在我家树下的那三封如出一辙。逐字念出,三浦屋、阿玉每每在列,行文的味道也没有大变。可以断定,这些信都是出自同一人之手。只不过这一封是初子(这里是真的初子,而非后来代名"初子"的阿玉)另外写给清叶的:

……小清叶,三浦屋上下都还好吗?你和阿玉姐姐相处得可还融洽?你不要整日缠着她不放,为了把三浦屋迁回祇园,她最近有很多事要准备。在我回来之前,你要懂事,少惹麻烦。但凡有人来打听,你千万记得别说错了,记住——你的初子姐姐还在三浦屋,去延吉的是你阿玉姐姐。留心这些探你口风的人,帮我记下他们的名字。

还有啊,上次你来信请教我的那道酒蒸蛤蜊,我现在透露给你一个窍门:好吃的关键在于——蛤蜊吐沙。为了让蛤蜊吐沙,很多人会往水里放盐巴,制造类似海水的环境。这种做法会让蛤蜊感觉过于舒服,然后呢,它就不吐沙了。我的妙招是:把蛤蜊泡在四十五度左右的温水里面,不让它歇着。如此一来,蛤蜊就会燠热难耐,开始拼命吐沙。而且这么做吐得非常干净,比起泡盐水,你能煮出一盘更好吃的酒蒸蛤蜊……

根据这一纸残片,清叶也曾踏上"寻找初子"之旅。

绫香说,她母亲是在1928年才回到京都的,所以她并不知道1926年嫁到中国去的那个人其实是阿玉。清叶掌握的信息同样残缺不全，她只知道1907年随九鬼到延吉去的人是初子。沉甸甸的不知过了多久，她的心事才着陆。一个偶然的机会，清叶听说初子可能在北京成了家，她便在1966年夏天揣着这页纸来到中国。那一年，她刚刚收养绫香不久。

清叶万万没想到，阿玉竟然不肯认她。

两个人在我家院内僵持着，谈不拢。"姐姐……跟我回去吧……留在这，我敢保证你长不了。"清叶不由分说，死拖活拽地拉起阿玉往门外走。到了胡同中不溜的地段，她将阿玉随手拽进一个公厕。她堵死门口，前面挽，后面推，终于把阿玉别住了。她哭得喉音尽哑，只打干噎，脚底下不知高低，险些就掉入屎坑里。绫香说，这时我的曾祖母才稍有松动。曾祖母见她摇摇欲坠，一把拉住清叶的衣角。清叶慌地背转身，摔倒在地上。她当着阿玉的面，撩开裙子，扯下内裤，给她看自己阴唇上的烟斗伤。

一排排的樱花烙印。

"姐姐，你好好看着……是我啊，是清叶啊！"

"你，你回来了。"

"你，你回来了？"曾祖母的声音中夹杂着惊讶、喜悦、悲苦等多种情绪，见到我，忍不住微微颤抖。

白衣的少女，她记得眼前的这张脸却想不起名字，身体某个角落有个声音在呼唤。"初子，到底还是你来找我……"她不禁感伤，感激。我趋前挽拥她危颤颤的身体。她一个趔趄，踢到了门槛，几乎从轮椅上跌翻。我费劲地支撑着她，险些同她摔作一堆。她调整了一下姿势，弓着蜷缩的背脊，柔声带着鼻音问："初子，今天轮到你带我去洗温泉啰？"搀出门，推上轮椅车，我喊一声："走咯！等下初子给你搓背好不好？"她不做声，陡然伸出冰凉的小手。我知道，这是要我来握。

那年冬天很长，我经常带她去两条街外的大众浴池。

这不稀奇。北京人一到冬天就往澡堂子里扎，洗澡、搓背很便宜。泡汤两块钱，搓背五毛钱，梳头两块钱，剃头五毛钱，修脚一块钱，从上到下，全套都来一遍只需要六块钱。"阿玉，这次你又欠我六块钱。"我跪坐在她身后，按摩着她瘦得不成人样的单薄肩膀，说玩笑话也会颤抖。她紧紧合拢膝头，把两只枯柴似的双脚慢悠悠地放进水里。热气蒸腾。放下去，提上来，再放下去，再提上来。她就这样甩动着脚掌，池水如兰花竹叶，往四面飞溅开去。水花也落到我身上，惹得我赶忙用手揩眼睛。她看见了，嘴角一紧，笑了。

她把我当成了酒酣耳热的童年友伴，用长满褐斑的脸贴着我搓背的手，涕泪纵横，亲热地问："初子，还记得吗？小时候你陪我回老家，也是在这样一个温泉旅馆里。你我曾经相约，长大了就一起投湖自杀。"

"啊，对。"我小心翼翼，用她没有察觉的方式抽回自己的手，按着她的后背，缓缓往下揉挪，快速从澡堂的雾气中抓住一句话搭腔。我说："对，我们不是说过，琵琶湖比岚山要好，湖海是情死的圣地。"

她听了哈哈大笑，豁出拳来捶在我脖颈上，而且不忘马上扶住一头倒向热汤的我，她对我说："你果然是你爸的女儿。"

她在洗澡的时候跟我聊得最多。她的话，她的记忆，软绵绵的像是泡了水涨开的棉花，却也沉沉的，有种说不出的负累。也就在这时刻，我听到了更多的笑声，尤其是少女和老妪的，但已无暇分辨。同时我看到一幅色彩明艳的浮世绘，每个局部的颜色次第消失，接着只剩下黑细的线条……继而线条也断裂，消隐，段段流逝。

所有的声音和色彩都不在，她的故事里就只剩余白色。

空白。无穷的白。

那是她临终前的语气，说是我毕业论文中自雄的底色也不为过。说到底，我终归不是做史学的材料。这部《间岛问题补遗》写到最后，愈写愈像一本失败的小说。我曾经听说，历史上有些耆宿硕儒会将不满意的著作统统烧掉，却也在一卷竹书中留下零星线索，一点点的空白，让后世的研究者可以如探宝般久久追寻。

依照曾祖母的说法，我写的东西既不属于她，也不属于我自己。这一段时空是独立的一块，在大时代里飘浮。然而，我还是历历存想，心中悲苦万分。在她死后，我甚至一度觉得如果我不写全书这最后一行，她就可以不死：

1997年1月22日十一点，李百花

终以心肺功能衰竭及虚弱等症在北京逝世，茶寿一百零八岁。

她离去之后，我常睡在樱花树下，反复做着同样的梦。一次比一次深入，耗在梦里头的时间也越来越久。到后来，我只要闭眼就能看见她。十二岁那年夏天，在延吉。在黑水白芒与融化的翠绿中央，我清楚地瞧见她跪在坟场深处的无名冢前，轻轻抚摸着残余的一小截墓碑头。骨骸浅埋于土。而她难以自抑地抽搐着，只手劈开杂草。烈阳镀照在她的背上，汗水津津洒下。她又哭又笑，不断地叨念着："找到你了，原来你在这里……"

梦里永远是花季。

多年以后的最近，我才渐渐警觉到，这种非写不可的迫切感其实来自记忆发出的一种讯号。尤其是在记忆之中额外夹带一层记忆，让我几近停笔，留下的只有这些短笺似的絮语。

我的私心很小，但思以这些文字来纪念她们，阿玉和初子，我的曾祖母。

[特约编辑：谢　锦]
[插　　图：周婉京]

女人步上楼梯时
《半玉抄》一读 张屏瑾

《半玉抄》是一部凄美又深沉的小说，出自年轻的作家周婉京之手，读完后感到兴奋也有点意外。小说开头初子窥视百合子出楼的场景，立刻让我想起日本导演成濑巳喜男的电影的名字，不过与成濑镜头下的艺伎和酒吧女的形象相比，小说在写作层面带来的话题是更多的。

故事足够好看，明治时代美丽的舞伎少女，在逐渐没落的技艺里面成长、沉浮，无可奈何被卷入大时代之中，经历时间、空间、身份的几重颠倒，最后以一种非常特别的方式进入了历史。小说在接近尾声处交代了叙事初衷：活过了一个世纪的舞伎李百花，曾孙女成为一名近代史研究者，在考证所谓"间岛"争端的史料过程中，"我"发现的是曾祖母的历史，女人的历史，或者说是女人在"历史的窄边"投下的重重明与暗的身影。

一直认为，中国历史中最复杂的就是近代史，因为它不仅关乎朝代更替兴亡，更重要的是成就了一个现代国家，把中国人拽进了现代世界的地图。近代史复杂而加速的巨变过程，让每一个细节都变得无比重大，牵一发而动全身，差之毫厘谬以千里，还有更多不确定性和偶然性，潜藏在整体改变中国人命运的这段短历史的洪流下，等待被发现。这就给予小说巨大的机会，尤其是其中几个千古之谜，如果没有罗生门那样的小说创造出的视点，根本无法得到理解。宋教仁刺案就是其中一个。《半玉抄》写了宋教仁，但并非写刺案本身，围绕的是宋教仁所作《间岛问题》一书，这也是改变历史的一本书，晚清政府屈辱外交史中仅有的一点亮色。

这样的真实历史事件有分量，但也增加了小说的难度，在真实与虚构之间穿插，需要有足够的叙事能力。我之前读过周婉京获奖的短篇小说集《取出疯石》，觉得这是一位很有叙事能力的作家。当然要在《半玉抄》里实现的叙事抱负，与她之前的小说又不一样了，虽然复一（宋教仁化名）直到小说的中间部分才出现，但历史事件在这里不仅仅是一个点缀，而是核心内容。小说结尾处竟然真的出现了一篇历史论文，仿佛这是用小说的方式写的一篇史论。但《半玉抄》并不是一篇历史小说，恰恰相反，这是一篇破除历史中心主义的小说，它告诉你在重大历史事件背后，扇动风暴的那一些纤细脆弱的蝴蝶的翅膀，并努力刻画那些翅膀上的精细之极的花纹。

所以我很看重小说的前半部分，在男人和他们的使命还没有出场之前，京都祇园这一著名的属于艺伎的小世界，在女人的日常中徐徐展开。艺伎这种生存方式，把女人的美高度地形式化，也把女人的命运定格在商品和艺术品之间。然而每一个艺伎，都是靠真实的血肉和心灵去滋养她的商品性和艺术品性，那么她们身上的美到底是具体的还是抽象的？三浦屋的百合子，她的一颦一笑、一动一静都是美的标准，在初子和阿玉的眼里，她就是美的化身，也是世界的化身。但这个美的世界与现实世界的激荡碰撞正在到来。小说的前半部分，就是对山雨欲来之前，艺伎之美感世界的描摹，处处入画，令人心醉。这些文字也许会在读者心中唤起不少已有的艺术形象，如川端康成的小说，或者成濑巳喜男、沟口健二等人的电影，同类艺术题材在日本乃至世界范围内已经形成了它的小传统，而《半玉抄》在融入这一传统特有的美学语境之外，还另有它自己的一种宏阔感，如老年李百花所说，她一辈子与"京"字打交道，在此京与彼京之间，是沉甸甸凝重有加的二十世纪东亚历史，是中日两国各自的道路与时刻，是侵略和抵抗的心与力的较量，在同类题材中能够这样来接通美与力的作品，还是不多见的。

从美开始，非常正确。百合子，以及初子所领悟与承接的这种美，本来应该沿着既定的轨道生成、发展和寂灭，但在明治时代末期，它已偏离了这个轨道，形成了一种越轨的自足，一个在交换、售卖、控制之上的，美与自由的世界，然而它也是空虚和哀伤的。艺伎之美是日本的物哀的审美传统最好的表现之一，物哀原来是指向自然界的美景——这当然也是《半玉抄》的一个优点，酣畅淋漓的景色描写现在越来越少见了，如果一代小说家都不会写景，那会是一件多么遗憾的事。艺伎的美跟京都的市井、郊野种种风景，跟樱花的根植与盛放，跟自然万物和生命联系在一起，因此也和物哀的传统联系在一起。而在越来越工业化、非自然化，军国扩张野心越来越盛的时代，这种美的现实对应物越来越少，也很难再做到自我超越。初子出走田野，阿玉远嫁他乡，美之命运在大时代的大变动来临之际，是注定要崩塌的。

事实曾迷失，面孔曾迷失，美却不曾。初子告诉我，在她这一个个故事里，每件事都被其他事情牵动着。只有美，像是亘古不变的谜题，不曾迷失。假使百合子、遣手妈妈没有因美抱怨、因爱而死，她们定会跟着初子迁去田野，或是追来北京，质问我们这些后来的人——美有何用？

与美紧密相连的还有爱，美不曾迷失，但超越性的美是无用的，爱也是无用的。如果百合子永远留在这个象征物哀与美的偶像的位置上，那么初子与阿玉的命运也会完全不同，但百合子拒绝了这个注定无路可走的抽象化身，她选择了爱的逃离，使这部小说又带上了古典悲剧的气质，闪动着古代传说中为爱而殁的谪仙的身影。与对舞伎们浓烈而持久的美的描写相比，对爱的描写则幽深了许多，小说里的爱情隐晦、克制，带有几分迟疑甚至是否定。百合子和小柳的爱，在一袜一鞋的传递之间秘不示人，初子与九鬼的爱始终在延宕，被冲散，影影绰绰地存在着。只有在爱人们的结局中，才能看到这爱的强度并不亚于美。小柳的尸体被兵人在百合子面前砍成肉泥，她遭轮奸，沦落为娼；九鬼在历史的迷雾中下落不明，初子和阿玉不分彼此一路跟随至无名墓冢。她们从对爱懵懂的少女开始，在爱的终结处找到命运与自我。

时间隐隐波动，如琵琶湖黑糖色的湖畔，有浪，如深海的潮水。小时候，初子的父母指着湖面让她看："这就是海。"对年幼的京都女孩来说，海就是琵琶湖。爱，父母之爱，情人之爱，各式各样的爱，爱总是在欺骗那些从未爱过的人。

"海与爱情"之喻可能来自张爱玲，但这并不重要，有意思的是这段对爱的定义，到底是谁的想法，谁的话？多重视角是这部小说的一大特点。《半玉抄》的视角，一是"我"，二是初子，三是老年李百花（实际是阿玉），再加上叙事者的隐含视角。初子的少女视角是最主要的，但这一少女视角处在李百花的回忆中，"我"是李百花回忆的记录者，由于李百花的回忆存在着身份的改变和记忆的错讹，"我"在记录者之外还兼有探索者的任务。而"我"并不是超然于李百花的故事之外的，作为第四代，"我"是这段历史最直接的产物，并且"我"也在经历着恋爱，是八十年代的中国北京的恋爱，"从未爱过"在这里又有了一代人新的历史时空含义。由此，小说所构造的是这几种视角的互审与对话关系，小说中那些重大的历史事件，正是在这些女人们的互相审视和彼此对话中呈现。这是一场无比漫长的审视与对话，李百花活了一百多年，明治时代和那个国家一起被她的"活着"甩在了后面，而她的回忆为"我"打开了时光隧道的入口。如何感知时间，又如何认识历史？在常规的历史书写中，男人把自己的故事讲成了一个连续体，而女人只在这连续体的横断面上出现，只在历史的夹缝或边缘出现，她们失去了对时间的整体把握的权力，只有"隐隐波动"的时间，片断和零散的记忆。李百花忘记了所有的朝代与年号，她的一生仿佛活在无数零散记忆的平行宇宙中，初子在那里，阿玉也在那里，女人们都在那里。

  我约略说了一句。乱世，女人就像暗夜中的萤火虫，用自己幽微的闪烁对着同伴发出呼唤的荧光……

  萤火虫的亮光。"幽微的闪烁"，不仅在意象上成立，而且带有哲学的意味，无法照亮整片田野的萤火，在时间的有限性上打开了历史的虚无，也带来了存在与时间的辩证的法则。男人们之间有世代的传承，有立场和态度的协同或反对，但他们很少真正审视彼此，而女人们之间，无论年龄与时空，靠对视与对话连成一片。所以这部小说也不是一部单纯的家族小说，正如"我"发现，到最后，这篇考察间岛问题的论文没法再以常规的方式展开，而只有依靠艺术化的想象力，依靠讲故事的人，才能建立起真正的历史认知。

  还有一个细节也说明这个问题。在艺伎的世界里，亲生的、血缘意义上的妈妈总是缺位的，不是已经死去，就是清叶妈妈那样的虐待狂，遣手妈妈则是行业权力的象征，百合子和初子作为承桃嗣女，都没有走上这个权力的位置。转而代之的是"姐姐"，百合子是姐姐，百合子走后初子也成了姐姐。李百花四世同堂之后，并不像个老母亲，如"我"所说，"她是我们家最温柔的一个。虽说她是我的曾祖母，可她有时候更像是我的姐姐。"在这里，姐姐成了真正的慈母、地母、大自然母亲，是女人的共同体的象征，也是女人彼此镜像关系的象征。女人的主体性就是这样建立起来的，彼此映照，也可以互相置换，正史书写难以解释这种奇妙的身份置换背后深沉的情感，一篇小说却可以。

老北京的天空啊，自然界的春天宛若慈母。百合子就是那慈母一样的女人。人多渺小啊。人同自然融为一体，投身在自然的怀抱里，怨艾有限的人生，对无限和永恒生出那本不该属于人的倾慕，还有渴望。她谈到百合子的时候，总是特别渴慕。我也跟着她爱上了百合子。也就是说，一旦她细细讲起，我们便能即刻投入这慈母的胸怀，生出一种近乎撒娇的衷情。

于是《半玉抄》在多种意义上都让人联想起萧红，她著名的作品《生死场》和《呼兰河传》，那看似散漫的笔法，同样产生了对于历史的非连续体的感知，还有同样表现女人与国土之间的关系。东北平原上的女人们的肉体被土地牢牢地吸附住，如牲口一般下沉到底，与京都的太夫们的生命轨迹完全不同，但她们同样在主流的历史命运中被排斥、隐匿乃至残害。在中日两国的现代历史中，她们面对的是同一场黑色的战争，在两个国家的两面，女人都是最底部的受害者。周婉京在尾声部分写下了一句小说家想讲的话："撑起历史的大多数人，正是被历史所遗忘的那一群人——男人受着生存的苦难，女人则更苦，她们同时受着男人带给她们的苦难。"这一观点，就曾经有人用来评论萧红的小说，成为一种在性别研究意义上具有突破性的观点。若论女人的苦难，在《半玉抄》里，女人的身体并不是传宗接代的工具，而是男人享乐的工具，无论是走向极致的美还是纯粹的爱，想突破的无非就是这工具性——它在小说中清楚地展现为四个层次：艺伎，花魁，家养的雏妓以及慰安妇。百合子被兵人强暴几乎致死，这个残忍的事件没有得到正面描写，而是在卖鱼的市井男人嘴里轻薄地转述出来。暴力是战争的预告，暴力四起，不义的战争随后而来。历史的正义和非正义当然有它的结论，但小说家不会简单地采取一种绝对理性主义的态度，而是在故事和传奇里，告诉你女人和一切人的遭遇，还有他们应对苦难的态度和方式。可贵的是，《半玉抄》的故事虽然围绕女性展开，但并不急着要去塑造本质化的女性立场，去解构一切对既往历史的判断，它只是担负小说艺术最根本的使命，那就是尽可能丰富深挚地去搜索和讲述，而无论是自然法还是人类法就在这个过程中呈现出来。艺术不会说教，但艺术总有着比说教大得多的影响力，读完这部小说，读者对善与恶的复杂边界应该有更深刻的了解。

在这个意义上，初子和阿玉属于少女的感知力就格外地具有生产性。全文的结构建立在追忆的基础上，追忆本来应该带着追忆者的主观判断，但老年李百花的回忆并非全知全能，其客观性蕴含在初子和阿玉的成长体验之中，是对那个惊涛骇浪的时代的白日梦一般的体验，从被动、隔膜，逐渐走向成熟与行动。少女的成长体认在残酷变幻的环境里总是会闪闪发光，这在文学与艺术的历史上几乎已经形成了一种谱系，《半玉抄》里的少女形象，我觉得也可以进入到这个谱系之中。而对于老年李百花来说，她的垂老的剪影无须过多描摹，只需要保持简洁和那一种神秘的余韵，也会"偶尔露峥嵘"，比如冰场上的那段舞蹈。正如斯蒂格勒而言，我们的人格就是我们的记忆。赋予老年李百花的笔墨是轻省的，但又十分饱和，她的人格在小说塑造那个乱世的记忆时便完成了。至于小说里的那些男人们，先是九鬼四郎，他在小说后几章里的行为动机，虽则没有直接交代，但经过先前长长的铺叙，娓娓道来的爱与美的绝望与死亡，就很容易理解了：与对这爱与美的救赎的愿望有关。九鬼是作为初子她们的老师出场的，实际上倒是这些女人教化了他。再说宋教仁，在这部用来代替历史论文的小说里，他应该是主角，而这个人物写得好坏恰恰在于一群他并不认识的女人的好坏，如果没有百合子、初子、阿玉、清叶，没有与她们的命运联系在一起的九鬼四郎，就不会有宋教仁。既在场又不在场的宋教仁这个人物，乃是由小说对女人们的细致实写所烘托出。这便是我想要认定的这部小说的最后一重艺术性所在：要借女人写男人。对于正义而有情的男人来说，借女人来写，难道不是唯一最佳的写法吗？

《半玉抄》小说内容包含极大的时空变换，语言和行文基调主要定位于京都祇园的美学氛围中，但也延长至北京的六七十年代，这就会产生两种截然不同的文本调性，如何使之和谐而不冲突，算是一个小小的难题。能够看出作者在努力调和对于两种时空的表现，而一旦需要处理一些具有现实性的情节，就很难避免使用另外一套完全不同的语言系统。我想，在结构上找到一种更加别致的形式，或许可以解决这个问题，就提出这样一种期待，作为这篇评论的结束。

[特约编辑：谢　锦]

图书在版编目（CIP）数据

收获长篇小说.2023.秋卷 /《收获》文学杂志社编.
-- 上海：上海文艺出版社,2023（2024.3重印）
ISBN 978-7-5321-8848-2
Ⅰ.①收… Ⅱ.①收… Ⅲ.①长篇小说－小说集－中国－当代 Ⅳ.①I247.5
中国国家版本馆CIP数据核字(2023)第173776号

主　　编：程永新
副 主 编：钟红明　谢　锦

发 行 人：毕　胜
责任编辑：李伟长　张诗扬
封面设计：黄　海
特约法律顾问：王　嵘　光　韬

书　　名：收获长篇小说.2023.秋卷
编　　者：《收获》文学杂志社
出　　版：上海世纪出版集团　上海文艺出版社
地　　址：上海市闵行区号景路159弄A座2楼 201101
发　　行：上海文艺出版社发行中心
　　　　　上海市闵行区号景路159弄A座2楼206室 201101 www.ewen.co
印　　刷：上海中华印刷有限公司
开　　本：710×1000 1/16
印　　张：28
插　　页：2
字　　数：581,000
印　　次：2023年9月第1版 2024年3月第3次印刷
Ｉ Ｓ Ｂ Ｎ：978-7-5321-8848-2/I.6974
定　　价：55.00元
告 读 者：如发现本书有质量问题请与印刷厂质量科联系　T:021-69213456